走进历史深处

——儒家文化寻踪

刘振佳 著

作家出版社

前　言

　　这是我蜗居曲阜几十年最想写的书之一。

　　时间过得真快，转眼落脚曲阜近四十年了，除了难以根除的乡音，流转的光阴渐渐地将我变成了曲阜人，或者说变成了一个于曲阜情感极深的人。因为如此，随着年龄增长，或许因为长期以来关注地方文化，便总想做点与曲阜更关切的事情，除了报答地方这些年的供养或者说汇总这些年的积累，也是想不辜负自己与曲阜的这段机缘，缘分让人生出情怀与责任。

　　回想当年，1978年3月进了曲阜城，然后从读了四年的曲阜师范学院，跟着爱人扛着一个柳条包，提着一个纸箱子到曲阜师范学校教书，一待就是三十多年。三十年功名尘与土，八千里路云和月，几乎没怎么在意，不仅青丝变成了白发，也使一个胶东海边懵懂后生不知不觉变成了一个圣地儒道中人。

　　这个演变过程竟是那么的自然、自然而然，可以说既是圣哲灵光烛照欲罢不能使然，也是我生命中锲而不舍向学本性的体现，又是所处地势长久耳濡目染的成果。回想这些年来，孔庙里高大古松树枯枝老叶总是越过墙头直接伸到校园里来，虬龙嶙峋，撼人心魄；早些年，孔庙里的乌鸦、鱼鹳，还有白鹤不仅会故意地从头顶上翩然飞过，还会发出一声声明亮叫声，撼人心魄，荡人情怀；尤其是到了后来，孔庙里恢复了大大小小的祭祀活动，悠扬钟鼓和着香火味道经年不断地在校园上空飘散，激发幽思，动人心绪。我总是想，或许正是这些直观形象感觉诱引着我，所谓"地势使之然，由来非一朝"，经过了久远岁月浸泡和心历路程之后，将一个原本孔夫子不曾到过地方成长出的海边人，浑然不觉一点一滴地融化进了曲阜，冥冥之中不自觉地走近孔子及其儒家学说，从最初对于孔子及其儒家全是文化大革命留下的"封资修"朦胧认像，还有就是一些对孔圣人无端戏谑和丑化说法记忆，慢慢地改变为由初识惊喜到认同接受、再由渐入佳境到敬仰崇拜，终于成了一个虔诚的儒道中人，一个怀着至圣先师教诲的教书人，一个按照圣贤思想说话的人。直到后来，随着时间推移，在原来区域文化与原始孔学关系考察研究基础上，不知什么原因，又越来越喜欢走进儒家学说义理，体味历史真味的同时，每每做形而上畅想与深思，独享那份难与他人道的"学而时习之不亦说乎"至深美妙滋味。

也就是说，没有曲阜这片圣土，便不会有此书；没有曲阜几十年经历，也不会有此书；没有对于曲阜越积越深沉的情感，更不会有此书。此书是我曲阜几十年一段从中年开始边走边学、边看边思的生命载录，是一段留心儒学世存形态凝结的心理记忆，是经年累月行走在曲阜街头积淀出的儒学哲思，不只是因为学了孔夫子"学而不思则罔，思而不学则殆"的教诲，如果说学习是多年的生活积习的话，那么思考则代表着无法更改的兴趣，行走是天然尚动的必然作为，观看则代表了我与生相伴的心智追求。所以，才会怀着对曲阜的深厚情谊走向对于它的细致品读，走向小城所蕴含幽深历史深处探幽取秘，然后拾起一个又一个散落的儒文化历史碎片，将其描绘成如此古城"泗河夕照图"。

只是没有想到，它竟然会写那么长的时间，写了近十年，也改了近十年，随着白发丛生，随着形枯内守，也将自己的人生阅历和知性体味不断添加其中，不时地会因发现新的意蕴而微笑着抛却旧识，以至于感觉至今仍在路上，情之所至，乐在其中，大有不知老之将至的妙处。

当然，此书也可算作身为"曲阜人"的一种责任驱使。二十世纪九十年代，阴霾过后，曲阜和孔子终于有了复苏回升的气象，曲阜城不仅修了新的城池，尽管它是曲阜诸多历史赝品之一；孔子文化活动空前多了起来，尽管有时感觉实在是些做作虚应故事；曲阜城里有了熙熙攘攘的旅游人流，尽管街头浓重的斑斓色彩几将文化古城意味消失殆尽，近几年甚至是国家层面也开始关注曲阜的开发与建设，尽管还需要好多年摸着石头过河的探索和推进。不过，曲阜伴随着民族复兴大业，已经开始了新的历史进程，这是不争的事实。正是在此种背景下，因为关注曲阜历史和文化，便会搜集有关曲阜的历史典籍和现代出版物，渐渐地发现或许是受孔子及儒家文化影响的缘故，曲阜能写东西者代不乏其人，也确实出了些文章高手，他们各领时代的风骚，令人不能不为之仰慕赞叹，自古在曲阜孔夫子门前不敢妄意谈文章，需要我辈后生对前人恭而敬之地致三鞠躬礼。

同时，一个无须讳言的事实是，面对华夏满目繁花尽开的春天，面对国家经济形势的快速发展，当人们再也不用为吃穿发愁的时候，人们的精神生活正在日益陷入道德危机，人心不古成为整个社会不能不直面的巨大忧患。面对此种道德沦丧、信仰缺失的局面，人们惊恐之余，继续着华夏历史传统意识，再次发出拯救道德的历史呼声，也就是所谓"不得不回首两千五百年"，从历史的根系国脉中寻找陷落的出口与生路，使得孔夫子及其儒家经过近代现代的颠簸沉浮之后，不仅又重新走上了历史前台，不仅走进了国人生活及其心灵，甚至一路走出国门，成为世界上一个最为重要的文化存在，就像"孔子学院"在世界各地雨后春笋般地出现，孔子及其儒家正经历着前所未有的历史推崇与提高机遇，华夏民族又将经历一次历史性的本根回溯和返古开新。

在此种国学快速复兴的文化潮流中，纵览曲阜的地方文化研究，或许因为孔子及其儒学过于深奥厚重的原因，一个县级小城的文化承受力实在难以担得起与国体相当的历史重任；再加上经过当代"文革"运动的冲击毁坏，就像曲阜城里那些无奈残缺的文物古迹，历史出现了无法弥合的人才断层；当一个个懂得地方史的老人去世后，新一代人困守在经济生活的樊篱中，徘徊在世俗生活的肤浅表层，无能力或无闲暇或无兴趣关注儒家文化，使曲阜市的文化建设远远不能与曲阜的文化地位相匹配，无论是数量还是质量都严重不足，以至于多少年来，地方文化交流或者政府部门对外馈赠，只能拿出线装本的儒家原典《论语》，虽然那是绝对的历史上品、无可替代的区域文化形象，但是，面对日益繁复的现代社会受众层，面对一些更感觉活在当下的人，我们好像有些"不当言而言的"的愚沉和麻木。

即使在旅游这样的文化传播层面，曲阜文化解读本该是一个历史连接着现实的课题，应该有一个随着时间变化不断发掘创新的过程，所谓"苟日新，日日新，又日新"。这是一代又一代曲阜人必须明了的历史职责。我曾不止一次听不同层次导游讲述曲阜、孔子、儒家，还有名胜古迹的文化内涵，新世纪已经过去十几年了，他们依然拿着数十年前的文本书籍，不厌其烦地向人们作介绍，告诉来到曲阜的客人这是什么，那是什么，只能做平面性的外观实相介绍。有些追求一时之欢的低劣导游，还会将一些不知从哪弄来的低劣历史花边随意宣扬，实在令人不能接受的是，在堂堂至圣先师孔圣人庙宇，孔庙的大成殿门前，添枝加叶地向游客讲十三御碑亭建筑上"勾心斗角"史实，在一以贯之主张"仁爱道德""礼义廉耻"的圣人殿堂，以莫须有的恶劣添加宣扬世俗间厚黑诡计，不仅为外人所讥讽不屑，亦为圣人庙宇文化所难容，简直到了"是可忍孰不可忍"的程度。在现实顺流而下的世风遗波中，曲阜人少了不该缺失的道体精魂，也少了不能遗忘的大义深刻，更少了难以卸下的古风责任。

华夏文明几千年，神州大地九万里，曲阜绝对是个无可置疑和替代的存在，也就是说，不是所有地方都可以称之为历史深处，即使是像西安这样的千年古都，像北京这样的皇权之地，在某种意义上，只有曲阜堪此称谓。因为这里诞生了孔子及其儒家学派，他们建立起了华夏民族的延绵不绝的思想文化统系，儒家思想深化为了民族的主体核心文化。在推进民族历史的进程中，其他文化尽管也不乏光辉，也发挥了巨大作用，毫无疑问它们只能是这一主体的天宇卫星，只能作为它的内在机理的调节与补充。所以，尽管"天不生仲尼万古长如夜"有些夸张。但是"孔子前几千年赖孔子而传承，孔子后几千年赖孔子而存在"，这样的说法并不为过。只有在曲阜或说只有到曲阜，你才能领略到原始儒家真君子大丈夫的高古风采，才能体味到孔子所创立儒家思想体系的旷世真味，才能理解古老东方民族沿着孔夫子路线走到今天的质因所在，才能发现民族文化生生不息最深层历史律动真相。

不仅如此，如果你是一个细心的人，或者是一个善于思考的人，还会逐渐发现，曲阜的孔子及其儒家学说并非仅仅保存在一本本陈旧的线装书里，尽管曲阜从不缺乏儒家经典著作珍藏，它们还潜藏在曲阜每一座名胜古迹的细微纹理中，藏在曲阜城大街小巷的青砖瓦缝里，藏在曲阜人生活的一招一式上，藏在曲阜天空的游云和水中的绿草里，藏在四处飘散的祭祀香火和饭菜味道里，藏在悠悠飞翔的鸟儿翅膀上，藏在田间地头的欣然眼神里。也就是说，曲阜的有形之物无处不思想，无处不哲学；无形之物无处不灵动，无处不深沉。无处不透着孔门幽深的眼神，无处不闪动着儒家黯然的情态。对于前来曲阜的人来说，曲阜名胜古迹不仅要知道它们是什么样，还要能够知道它们到底为什么，因为其内在的蕴含品质比外在的形象更富有魅力，更具备形而上的回味余地。

或许因为出身中文系，毕业后又曾担任过长时间的中文课程，所谓本性难移。所以，当我对曲阜景观义理作深度开掘体验时，然后化作自己的心灵意愿表达，不知为什么就选择了文化散文这一特定文体和表达方式，书写的过程竟然感觉十分晓畅，觉得它既能够融入一些身处古城之中难以言说的幽深情怀，尽管这些情感有时过于厚重和黯然，甚至是缺乏时代亮色；又能够将思与史、人与事做一些有意味的剪辑组合，尽管这些人与事的嵌入使哲思和史实变得不那么冷静和严谨。还有就是将文字的冰冷化作了柔软的暖意。使读者受众或许更能产生些许读下去的兴味，获得一些更为亲近的人性温情，造出一种更为丰富的想象空间，具有比一般性说明与介绍更好的可读性。

只是因为文学修养的问题，还有就是哲学训练的欠缺，在行文表达上还有诸多不尽如人意的地方，所以，我现在将其付梓印刷，也许算作是一个抛砖引玉之举吧，因为历史还在继续，世间总是后浪推前浪，我渴望着能有更精彩的曲阜文化解读作品接踵问世，我相信也一定会有历史新人站在我们肩膀走得更高远。

目 录

序 一

万伯翱

  济宁学院初等教育学院（原来山东省曲阜师范学校）刘振佳老师给我来电话，让我给他的文化散文著作《走进历史深处》写篇序，我答应了，因为无论是于地还是于人，曲阜都有我无法释却的一份情怀。

  首先我是山东人，父亲的老家在与曲阜相去不远的东平县，母亲的老家在济南长清县，至今家里的老屋还在东平县州城的席卷棚街上，尽管被改建成了东平县党史纪念馆，那里不仅是我生命的根，还是心灵的所系处。所以，尽管我一直没有在家乡多住过，但是从启蒙开始，家里一直伴随着潜移默化的儒学教育。回想起我的奶奶，一个小脚山东老太太，尽管老人家目不识丁，令人吃惊的是她却能随随时随地引用一句又一句儒家道理的话，从不同的方面来教育我们，例如"已所不欲勿施于人""以直报怨最好""孝顺不是养牛马""不孝就是头等大罪""能说会道不仁义"等等；在成长的过程中，我的父亲不仅以山东人刚正不阿、诚实厚重的工作作风感染和身教着我们，终其一生持守孝道、对奶奶恭敬相待之情之行，始终重视伦理乡情的言谈举止，更是让人倍感其性情中的仁爱关怀；我母亲的任劳任怨、忠诚守信、以和为贵等不言之教，让我们终生受益。它们积淀为我们子女骨子里山东人重视道德的观念，存留为一言一行讲究礼仪待人之道，养成为平常生活推尊乡情关爱的情怀，不仅伴随了我们的一

1

生，甚至成为我们传给下一代人的宝贵精神财富。也正是山东人这特有的乡土和家庭观念，让我不时地会回到老家东平，在家乡的土地上走一走、看一看，获得心灵慰藉的同时，也每每受到更深的文化启迪和感悟，然后便会增添一种说不出来的心底力量。

这一次，振佳老师用他的著作传来了故乡更深更重的文化声音，用他自己数十年行走在曲阜土地上的深度思考与开掘成果，沿着形而下的历史具象直至传统形而上的哲理把握，将历史上至深的儒家本体文化通过游走方式予以具体展现和描述，将我们以往不曾关注和涉猎的文化信仰以及彼岸世界还有文化真相，甚至是"鸟的传人"等文化深度内涵形象性地予以呈现，在中国传统儒文化序列中增添了极有价值意义的一笔，读后令我为之耳目一新。

振佳老师著作中独特的哲理深思和跌宕起伏的形象描写，不仅勾起了我潜在心底的乡情意绪，引发了我对于故乡的追忆与思考，也让我更深地领略感受到齐鲁大地浓浓的历史神韵，领略到民族文化核心区域所滋生的深厚文化底蕴，领略到山东儒文化一路走来坎坷曲折的历史脉系，并由此进一步认识到齐鲁大地不愧为一方圣土，孔圣人的思想理论确然是博大精深，真切而具体地理解所谓"历史深处"，绝对不是随意夸饰虚言之词，只有在山东，只有在曲阜，你才能够体味到民族历史的至深意蕴，才能获得华夏民族历史表象的真解；进而体会到圣地曲阜不仅是过去，也不仅是现在，即使在更远的未来，它都将是民族乃至世界东方的文化渊薮地、整个人类精神财富之家园。

由此让我理解了，为什么当代国家领导人习近平会专门前往曲阜孔子研究院等进行考察，并提出以传统文化为立足点建构当代社会的核心价值观；为什么世界上诺贝尔奖获得者会发出"人类要想在二十一世纪生存下去，必须回首两千五百年，从孔夫子那里寻找智慧"这样至深的感言。故乡一以贯之的永恒历史承载和道义担当让我为之深思，古地延绵不绝历久弥新的历史传统和文化魅力更让我为之而骄傲。

当然，我们一家与曲阜还有着另一特殊缘分，在曲阜城里孔庙旁边，孔氏家族后裔衍圣公府的前面，有一所清末 1905 年所创办的师范学校，原来叫做"曲阜县官立四氏初级完全师范学堂"，辛亥革命以后改为"山东省立第二师范学校"，解放前后改为"山东省曲阜师范学校"，至今已有一百一十年的历史。1934年，我的父亲万里在同时考中了济南省立一师和曲阜二师的情况下，因为家乡离曲阜近些，读书的费用也低，再加上曲阜省立二师教学水平以及革命风气较高，便选择在这所师范学校就读，1937年毕业于该校，在这所古老师范学校里他老人家不仅学业有成，并在此加入了中国共产党，成为一个追随马克思主义和共产主义理想的青年革命者，而后接受党的指示，回到故乡东平县建立起县委并任第一任县委书记。

父亲这段早期成长历史，在曲阜师范百年校庆的时候，学校专门安排振佳老师经过几年时间的实地采访和档案搜求，精心撰写出了《万里与曲阜师范》一书，将父亲青年时期求学以及革命经历做了深入地发掘整理，不仅为冀鲁豫以及山东地方党史研究提供了一些难得的历史资料，成为整个万里研究中不可或缺的一页，也为我们子女更深刻全面地理解为革命贡献一生的老父亲提供了一份难得的详细史实资料，已成为我们家值得永久珍藏的家教典籍。

所以，一直到今天，父亲依然心系曲阜师范，称赞这是一座难得的好学校；我们兄妹几人包括我们的后代人都多次来到曲阜师范，寻找父亲留下的不平凡岁月痕迹，体验父亲曾经的顽强拼搏精神，为此还和曲阜师范的宋校长还有振佳老师等建立了深厚的友谊。应该说，因为我们与曲阜师范有这样一层更深的关系，使我们对曲阜这片圣土具有了一种特殊感情和关注，对曲阜有关的任何事有了一种亲情性的关爱和牵挂，随着时间的推移，随着年龄的增长，这种近乎亲情的情感越发深沉厚重，越发亲近和诚笃。

所以，接到振佳老师的书稿之后，感觉是那么样的欣喜与亲切，真有一种风雨故人来的心理激动，急切地展读之后，方知振佳老师不仅是一位合格的师范老师，曾为山东省著名的特级教师；他还是一个特别勤奋的人，在履行教书育人职责的同时，还能一以贯之地借地利之便致力于儒学以及地方文化研究，先后写出了好多部儒学研究著作。让我尤其觉得难能可贵的是，这么多年来，他竟然一直保持着锐意进取的精神和不倦息的求索状态，并没有像一般人那样，因为在一个区域中存留沉浸得时间长了，心理便会渐渐地被同化或变得迟钝，或者因此失去了可能的文化感受认知能力，而是能够始终保持文化的敏锐触角和独立思考能力，既有一种敢于突破和建树自己的品质意识，又有一种站在高处的审视甚至是批判能力，能够大胆地深入到曲阜历史遗迹和文化景观内部，对于儒家传统思想的诸多文化质因和侧面，依据历史遗存和现实物象做出全新解读与诠释，不断写出好作品，对于曲阜区域文化研究是一个突破，也将他的学术研究推进到一个全新的高度，实在可圈可点、可喜可贺。

不仅如此，振佳老师这一次选择文化散文方式呈现自己的儒学研究和思考，而且写得如此独具内涵与意蕴，为我们凭空塑造出一个儒学审美艺术时空，不仅使我们深感曲阜是一方文学艺术的宝地，儒学的世存是一座有待开采的丰富矿藏。还对刘老师文学上的探究与创造表示赞赏，他独具慧眼选择了区域儒学这样一个特殊的题材和视角，又别具匠心选择了一个具有巨大伸展功能的艺术表现形式，站在儒家学说的至高处，或者以自己的游踪为线索，剪辑历史文化时空片段，辑成涵括深厚的艺术章节，从而揭示古地曲阜千年流传的仁爱情感内涵；或者以自己的思绪为逻辑，活化曾经的历史人物和事件，构成具有特殊历史意蕴的佳作，表达曲阜古城所具有的深邃哲理；或者以自己的情感为结构，刻画那些历史极富意味的情节与细节，构成特定的艺术时空画面，抒发自己对于儒学古今流传和世事沧桑的感怀，写得如此独特厚重，写得如此丰富多彩，写得如此形散神不散，写得如此令人回味，实属不易，他在古城曲阜真正写出了散文的儒意和儒意的散文，堪称一部文化散文的佳作，值得我们好好品味欣赏。

我除了诚挚地祝贺振佳老师，希望在此基础上，他能写出更佳的作品，也希望大家都来读一读这部儒家的好书，这不仅能够从中受到较深传统思想启发，从中学会以仁爱之心理解和善待生活，也能享受到来自儒家古地原汁原味的古意之美、诗性之美，不亦乐乎。

是为序。

万里之子，现为中国作协会员、中国传记文学学会会长
甲午年荷月于京城苹花书屋

序 二

杨朝明

　　好久没有这样畅快地读一本书了，我竟用两天多的时间连续读完了刘振佳教授发来的所有书稿，可刘老师嘱写数语以为书序我却拖了许多日子，因为往往甫一开始便思绪绵绵，不知不觉间，就像该书的名字，被带进了历史的深处。

　　刘老师在曲阜生活了几十年，他自称"与儒学有缘"，但是，正所谓"菩提般若之智，世人本自有之"，谁人与"儒"无缘？有学者说"人天然是儒家"大概也是这个意思。可刘老师不一样，了解他的人都知道，他虽然来自"外乡"，有一直没有改变的乡音，但他是一位人文文化学者，是一位有情怀、有关切的人，他更有与众不同的对于曲阜越积越深沉的情感。

　　了解中国历史文化的人都知道，"曲阜"的特殊意义不仅是孔子故里，而且是黄帝生地、周公封国。这样的特殊不是偶然的，它使我们更正确地把握此地文化的历史发展及其地位。春秋时期，人们已经看到它的非同寻常，称这里"周礼尽在"，以这里为学习周礼的最好去处；战国时期，庄子以他特有的境界，发现在"道术将为天下裂"的时候，这里的"士人""先生"依然"多能明之"。

　　鲁地深厚的文化传统造就了孔子，孔子的巨大影响使这里形成为中华礼乐文明最具代表性的区域。孔子去世以后，"孔子家"被弟子后学改造成为纪念和祭祀孔子的庙堂，他们在这里按时"习礼"；在孔子墓冢不远处，一些弟子以及鲁人安家居住，以至于形成了新的村落。西汉太史公司马迁至鲁，这里的景象令他感慨，他看到洙泗之域犹有周公遗风，人们"畏罪远邪"，"俗好儒，备于礼"。所以，西汉时期有"鲁人皆以儒教"的说法。

由战国而秦汉，这是中国历史文化的一个重要时期。秦汉之际社会的剧烈变动，促使人们思考长治久安之策，经过反复思考，他们逐步选择了"孔子"和"儒术"。当我们今天回忆历史的时候，不难想象汉高祖刘邦"以太牢祀孔子"以及汉武帝"独尊儒术"的深层意涵，儒学从此与中国社会结下了不解之缘。

作为孔子故里，"曲阜"成长的根基正在于此。西汉前期的人们可能都不会忘记他们最初征服鲁地时的情形，汉武帝时，司马迁依然在《史记·儒林列传》有所记录："及高皇帝诛项籍，举兵围鲁，鲁中诸儒尚讲诵、习礼乐，弦歌之音不绝。"他十分感慨："岂非圣人之遗化，好礼乐之国哉？"这样的场景，一定对那个曾经以儒冠"溲溺"的"高皇帝"有不小的触动！

就是这样一个"好礼乐之国"，此后的两千多年受到了无数亿万人的关注。"曲阜"注定要与"孔子"联系在一起，曲阜的历史联结着孔子地位的升降沉浮，并与国运的盛衰息息相关。可以说，曲阜就像是一部书，就像一部关于"中国"的珍贵典籍，这里的殿庑、楼阁，这里的山川、街道，这里的文物、树木……都能无声地述说历史。只是，这部书读起来并不容易，读懂了它，也许就读懂了"中国"。因此，读"曲阜"需要用"心"，需要理性，需要像佛家所说的"离相"。刘振佳先生说得好，在这里，也许只有在这里，才能更真切地领略原始儒家的高古风采，体味儒家思想体系的旷世真味，理解中华民族沿着孔夫子路线走到今天的质因，发现民族文化生生不息最深层的历史律动。

刘振佳先生自1978年来到曲阜，在几十年的时间里，与曲阜结下了深厚的情谊，也注意把握了与曲阜一起跳动的中国历史脉搏。他了解孔子与传统中国的血脉关联，清楚孔子儒学近代以来的颠簸沉浮，明白世人面对道德沦丧的惊恐，更感慨一个"县级小城"的文化承载……读书、教书、写作之余，他不断行走在古城内外，他看得清，也读得懂，在他那里，曲阜的有形之物无处不思想、无处不哲学；无形之物无处不灵动、无处不深沉。

二十多年前，刘老师就出版了《鲁国文化与孔子》一书，从孔子时代与国度的角度思考孔子，而后又思考孔子与现实的关系。他留心儒学的世存形态，将思与史、人与事进行"剪辑组合"，捡起了许多散落的历史文化碎片，把自己经年累月的品读积累下来。也许是境由心生，或者是"秋风秋雨"所特有的蕴含，刘老师的漫步沉思往往是在深秋时节，他认为，此时才是曲阜的本色时光。

其实，有风骨、有关切的人才有乡愁。在刘老师那里，无论乡野里的绿意、河水中的云天，还是村落里的牛羊气息，都有助于"心灵逃离"。但我们从他的著作里享受"逃离"静谧的同时，也不禁顺着他心中奔涌的那条历史长河向前眺望。

2014 年 9 月 18 日

走进历史深处

——孔庙的悠远意蕴

十月的北方小城曲阜，秋意已经很深了。

天上不断地下着雨，虽然不大，黯然的浓云把天空和大地，连同古旧的小城润染得一片阴沉。城南神道两旁的古松树，像一个个浑身浇洗了的暮年老者，木木地站在那里，直着眼睛看着身旁匆匆闪过的身影和泛着白光的柏油路。公路上偶尔传来一点声音，那是殷勤的下岗三轮车夫披着蓑衣（现如今已经难得见到的一种遮雨工具），戴着老式的席甲（草帽）缓缓地蹬着车子走过来，向路上几个打着雨伞的行人，有一搭无一搭地招揽着生意。

远处飘着一个个伞花，我总觉着，在这没有风、没有鸟、没有声音的到处是阴沉着的背景里，它们就像是从路中间古松树根上长出的顶着水珠的蘑菇，淡然色彩散出一种曲阜古城特有的历史霉潮味。使人不由自主地联想到历史，尤其是那些渺茫的久远上古史，尽管我不是历史学家，相信它们一定是被岁月的黳云所包裹，而且一定飘散着蒙蒙细雨，不经意走进去，都会让人失了自己，让人窒息。

所以，秋雨绵绵的季节，阴云浓布的天气，这才是到曲阜游览孔庙的绝佳时机，因为，这里是民族历史的深处，借景生情，会让你收获更多。

一

曲阜游孔庙需要从南面的神道走起，如此则味道会更浓。

　　转身折下东西向横着的327国道，面朝北方，深深吸一口气，然后抛却熙攘的人流和匆匆的脚步，还有世俗的喧嚣和繁华，踩着神道中间那条石板路，一步步朝着静穆、古意幽深走去，原本躁动的心会随着脚步渐渐地沉下来。远处城墙做背景，两边数百年古松树做映衬，一条甬道伸进城门，景色氛围古雅而幽深，不觉间便有了另一种人生之旅的感觉。

　　据曲阜史籍《古城舆图》记载，当年孔庙神道南端并没有东西向的327国路。就是正南正北一条并不太宽的黄土路，从孔庙大门向南伸展，穿过色彩幽深的庄稼地，一直通到风景迤逦的沂水河边。民间传说，这是讲究建庙依山傍水的缘故，前面通向沂河，就有了水的意思。对此，我更愿意相信，它是古代庙宇建筑中一种专门的文化设置。因为"神道"，顾名思义，就是通向神灵的甬道，或者说走进神灵的甬道，用一条不太长的古道，将逢年过节回庙享祭的祖先灵魂引向庙宇。自然，也是提示前来观庙的人们，前面将见到一座神圣的祖先庙宇，在那里供奉着一个高高在上、令你不能不敬畏的神灵。就连路两旁的那些古老松柏都如此肃穆，你不能不生出崇高的敬意。

　　所以，神道的设置，绝对是观庙不可或缺的氛围渲染和心理暗示方式，绝对不能缺少的心态净化和意趣提升过程，唯其如此，才能让人以敬与静的纯真心态走进圣庙。古人说得好，观圣境唯有"敬"，方能入其质里，得其高致。尤其是拜谒孔庙，只有心静如水，抛却世俗的缠绕，才能走进孔夫子性命的崇高意趣，才能观赏到历史深处的大美意境，也才能够取得心领神会的高远效果。在这方面，《曲阜县志》上那些拜谒孔庙的诗句可以为此作证。虽然大多质木无文，但绝对写得真实，在孔庙前面人们一般不会打诳语，他们起笔往往从神道开始，从一株株枯朽老衰的松柏写起，所谓"老桧曾沾周雨露，断碑尤是汉文章"云云，可以确信，当年人们进庙拜谒，许多人就是这样沿着神道一路小心翼翼前行一点点地走进了历史更深处。

　　想象他们一定是在庄重中起步，然后弓着腰蠕蠕而行，脚下踩着路上斑驳的疏影，随着沉缓的脚步，一点一滴地洗却了心头的繁杂与浮躁，消解了情怀的激荡与愤然，最终将自己净化为精神上的处子，一个通体的朝拜者，内心酝酿出了无以言说的敬仰情怀，所谓"高山仰止，景行行止，虽然不能，心向往之"（司马迁语）。在这样的心态下，随着悠然古乐和凌然松树的导引，走进森森古庙，领略儒道的原质深味，接受圣贤的超度洗礼，捧着自己的灵魂，从现实走进远古，从肤浅走进深致。

因为如此，在神道的北端，前人专门建有一座危乎高哉的"万仞宫墙"，并且制造出一个有趣的现象，如果你站在神道的南端，便会发现万仞宫墙的城门并非与其直直相对，大门稍稍有点偏东；如果你一路走进去，真正到了神道的北头，会发现其实神道与城门以及孔庙中路正南正北地相对。一直以来，人们不理解此种构成原理，我想，这也许就是孔庙神道的独具匠心的设置，不论你心灵在何处，不论你情意如何偏斜，你走完了这一条悠长的神道，也就扶正端直了自己，沿着神道走进去，你就会找到真正的方向。

不由使人想起世界上更多宗教庙宇，它们大多都有这样的设置，西方的麦加之路，可能就是这样一个培育酝酿情怀意识的必备过程设置；还有高原上的藏传佛教，那些从老远的地方长跪到布达拉宫朝拜的藏民，甚至可以经历数月，一步一磕头，一路走来，不仅心底变得端正无邪，最终眼睛都变得清澈见底；还有那些藏在深山的道观和佛寺，它们无不在进入山门之前，让人先转一通曲折的山路，然后以超脱的心愿进庙求仙拜佛，应该说这都是同一种文化设置原理。

因此，当我虔诚地走在神道上，沿着古人设定的庙宇审美议题，感受庙宇文化的绝妙创意，不知不觉间便有了些气定神闲的感觉，脚步轻松得令我自己都不敢相信；再看看周围的人，他们大都低着头闭着嘴，眼睛里泛着宁静的水光，我相信大家都已经有了游孔庙的通体感受，具备了识解阅读的心理准备，形成了观赏和理解历史的场域氛围。

也由此更深度地理解了孔庙，圣庙是有章有节的大结构，它就像一部好的史书著作，自然是不能没有像样的序言。如果说中国历史是以孔夫子为核心编撰而成，孔庙是孔子及其儒家思想精华的空间实体展开，那么，某种意义上中国历史或许正是从这条神道起笔撰写，孔庙前的神道就是引人入胜的一篇精彩前序。即使不是一个专门的史家，平心静气地走完这条深邃的心理长路，也会萌生出莫名的好奇感，进而产生欲罢不能的阅读冲动。

二

天上的雨正紧，虽然古往今来有"烟雨江南"的审美命题。可惜，粗鲁的江北自古便不解此种风情，张口便是"大雨落幽燕，白浪滔天"，没有仔细品味雨景的习惯。置身神道的北端，才知在风雨中观景绝对是一个上佳选择，尤其是在曲阜孔庙前以风雨之心观景赏物，蒙蒙细雨不仅最能激发人的思古幽情，同时风雨为景观笼罩上了一层淡然的诗意，平添一种形而上的朦胧神韵。只是，细看曲阜的烟雨，它不仅将景色变成诗篇，也不是将人变成诗人，而是借着烟雨稠云，让人成为玄而又玄的宗教家或哲学家。

抬脸远望，透过迷蒙的烟雨，可以看到城门楼上有四个大字"万仞宫墙"，一看便知是清代乾隆皇帝的大手笔。据说此门原为"仰圣门"，明代嘉靖年间山东巡抚胡缵宗巡查曲阜，那时新城刚修了不久，便特书"万仞宫墙"以做门额。后来，乾隆皇帝来曲阜，又重书一遍悬于门上，有人说，经过乾隆皇帝这一题写，曲阜城以及孔庙就盖上了皇家的印章，其历史高度得到了最终的确认。仰圣门虽然命题不错，也很恰切，但是，"万仞宫墙"则意义大开，平添上子贡当年"得其门者或寡矣"的意蕴不说，同时也告诉前来孔庙拜谒的人们，自古找到进入孔子和儒门不容易，即使你一番跋涉不容易，最终也未必就能够真正进入历史的更深处，因为此处的大门有万丈之高。

不知为什么，看到这个匾额便想起了远在西藏的布达拉宫，那该是整个中国最高的宗教信仰庙宇吧，高居在海拔四五千米的高原上。在藏民的心目中，也许庙宇的神灵被捧上了世界至高处，于是便有了绝对意义和神圣性。所以，信奉藏传佛教的人会特别虔诚。曲阜城门被命名为"万仞宫墙"，标识的数字甚至比西藏的布达拉宫还要高，冥冥之中，便使人们获得了另一种绝对化更高直觉，意味着孔庙的神灵比世界上最高庙宇还要高些。加之此话出自乾隆皇帝之手，表明曲阜的至圣先师庙宇，这是皇上钦命的华夏至高宗教庙宇所在，这里才是我们民族至高信仰圣地。因此，仔细打量眼前的景致，如果说西藏的高原庙宇飘渺在风雪弥漫的山峰上，那么，借着烟雨从孔庙前的城门望进去，约略可以看见里面的大门，整个庙宇仿佛飘浮在仙山琼阁的天界，好不神灵。

当我置身城门之下，抬头仰望高高的城门穹隆，环顾那特设的瓮城，才知道乾隆皇帝之所以亲自书写匾额，可能还有另外一些不能明说的因由。万仞之高的宫墙里面，孔子庙宇绝对不是坐落在深山老林或者峰崖水边的道观佛寺。隐居的道观佛寺不管是谁，只要是想求仙拜佛，都可以爬上山去，走进山门膜拜祷告一番，求其所想。因为有了"宫墙"二字，至圣先师庙宇则不然，它属于国家的严格管控之地，绝对不可以随便进入，城头上的题款告诉人们，不管你是谁，哪朝哪代，需从"天子"钦定的大门底下，低着头走进去。中国历史有中国历史的规矩，除非是些街谈巷语野史可以随地流淌，中国的正史有着特殊的修史规范和现实用途，从来就不随便进入其中；中国的本庙同样也有中国本庙的守护和拜谒律则，中国本庙那可是国之重地，所以，一方匾额悬挂在大门之上，就是正告世人，此处闲人免进。

也就是说，乾隆绝对是一个有思想有能力的皇帝，大清王朝能够出现"康乾盛世"，绝不是历史的偶然。所以，乾隆十三年（公元 1748 年），当他再一次亲历曲阜祭奠孔夫子的时候，可以想象他站在城门下面端详沉思的样子，乾隆不仅理解儒家历史的深度和高度，也深知该怎样引导一个国家和民族进入历史的深处。于是，他率领群臣行过大礼，在孔府里品尝了正宗的诗礼银杏孔府菜，在一阵阵山呼万岁中，挥笔题写下"民风胜前度，时节欲清明。瞻仰宫墙近，曷胜望道情"之后。转过身来将众臣扫视了一圈，微微一笑，又题书出四个大字"万仞宫墙"，并颁下圣旨：就用它来做城门匾额。

清代人肇端于荒蛮之地，属于马上得天下一族。或许开始识汉字不多的缘故，因此对方块汉字有着异乎寻常的敏感和警惕，才会屡屡发生"春风不识字，何故乱翻书"之类的文字狱。在他们看来，孔庙绝不是流散在民间普度众生倡导超尘出世的一般庙宇，可以让民众随意地进出，尽管作为庙宇也有善化灵魂的作用，但是几个有知识有见识的汉人曾郑重告诉他，从一开始，整个华夏民族和国家甚至是历史就建构在此庙的基础之上。为什么后来唐代会造出天下无处不孔庙的局面，传播为整个民族普泛性的祭拜处，因为孔庙国脉所系、民情所系，绝对不是一个善字了得，所以，对此万万不可以掉以轻心。

尤其后来又从书本中看到了"天地君臣师"的记载，于是更让他真切地看到，皇权和孔夫子具有深层关系，他们之间不仅仅是同位一体，更重要的是会产生严重的历史连带反应，正像他的父亲雍正皇帝的《谒庙诗》所说："扶植纲常百代陈，天将夫子觉斯民。帝王师法成隆治，兆庶遵由臻至淳。道统常垂今与古，文明共仰圣而神。功能溯自生民后，地辟开天第一人。"于是，在孔庙前的大门上，专门贴上皇帝榜书的标签，不仅仅是对孔夫子的认定和褒扬，用"万仞"一词来标识孔庙，与称颂皇帝"万岁"同一语意，表明皇家和孔庙具有共同高度。即孔庙既是庙又不是庙，每一个进庙谒孔的人，需要带着敬仰皇上那样高山仰止情怀入庙祭拜，谒拜先师也就是在谒拜国家。如果不能够深度地理解这一点，也许你就不配来到这里，即使你到了这里，也不允许你进入孔庙观瞻。

特别是那个"宫"字，它特别透出别一种怪怪的眼神，因为不能不使我们联想到深宫朝廷。就像北京紫禁城里的浩大皇宫，那是一个至高无上极度神秘的人间禁区。因为皇上和他的嫔妃们就住在里面，所以，绝对不可乱来。以至于成了专门用来发布"奉天承运，皇帝诏曰"的圣旨去处。在乾隆皇帝眼里，既然君师一体，孔子是千年"素王"，孔庙自然也就是一个专门设置的"宫殿"，大成殿里的孔子塑像自然是头戴皇上的冕旒。只是这个宫殿里不是一代皇帝，而是百代皇帝。所以会像皇宫一样，只开辟一条皇家自己或钦许进入的专用甬道，在此发布另一种文化意义上的"圣旨"。而不是像旧时赶庙会或者今天旅游一样，成为一个叫卖声、说唱声、叫喊声干云的地方，如此这般，那"圣旨"便失去了神圣不二的意味。自古祭拜孔子，就是前来领受"圣旨"的过程。

这也就是为什么从宋代开始，孔庙绝对不允许人们随便进入，尤其是对那些怀才不遇或者放浪形骸的文人，更是不准他们入孔庙吟唱抒怀，因为他们会沿着文学"登山则情满于山，观海则意溢于海"（刘勰语）的老路前来观景悲怨，不是他们说得不好，或许他们说得太好了，好得几乎失真，再加上他们的婆娑眼泪和恣意吟唱，往往只是一己情怀的宣泄流露，且不说和所接受的"圣旨"有些不对路数，也与孔庙内在义理家国天下"大道"不相吻合。因此，孔庙绝对不能接受任何私情己意的祈求和表达，绝对不可以像其他宗教庙宇，可以随便到里面祈求道福禄财寿，即使与孔夫子教育教学的升学考试祈求，也一律免谈，非人世间大道之求则不受，这就是孔庙的传统规格和气度。

据说，明代的张岱就曾在曲阜孔庙门前吃了不大不小的闭门羹，他在《陶庵梦忆》中记道，为了圆自己进孔庙的心愿，最后不得不"贿门者，引以入"。据《申报》记载，一直到1899年，上面还三令五申不能让一般人进入孔庙，依然秉持着文人们不准随便进孔庙的老规矩，不仅如此，即使你能够进入其中，也绝对不能乱说乱道，因为面对孔子的通天大道，根本不需要语言，只需要跪下来，认认真真地磕头，认认真真地上香，认认真真地领悟即可，既不需要言说，更不需要分辨，它原本传达的就是既在人间又超人间的"圣旨"，只需要感受那一抹圣光灵韵，然后赞颂上天圣明。

只可惜，既往的规矩已不复存在，老化的城门已被翻修成了新色，城门上还造出了一个新的城门楼，原本紧闭的大门，如今已是城门洞开。大门从里到外成了一道可以自由来往的通道，石板路甚至被来往的车辆和人流磨出深深的车辙和脚窝。据说到了夏天，这里还成了远近老人们闭着眼睛乘凉的好地方。在现代人的眼中，皇帝早就倒了，封建社会已经成了一个个传说故事，孔子和儒家就是些天外的童话，眼前的一切似乎都与"圣人""圣旨"无关，于是，来曲阜旅游的人，听着庙门前两边商店里传出震耳欲聋的通俗歌曲声，还有导游小姐那天花乱坠的讲解，许多人不会把乾隆皇帝的匾额命题放在眼里，旅游已经将孔庙变成了一个赏心悦目随意游玩的去处。

即使如此，在我心底的更深处，也许是读了更多曲阜老书的缘故，依然坚信孔庙不会轻易被改变，所谓"芹藻献功皇祖述，宫墙焕道素王垂"（乾隆皇帝《释典先师礼成述事》）。因为宫墙里面素王孔夫子垂范的"大道"难以改变，包括帝王在内人们还将用不同的方式来祖述圣道，即使再过若干年，即使再经历世俗化和西方化的冲刷，因为历史所沉积建造出的孔庙已经化作了民族心理的永恒，人们不会随便让这座古老的建筑消失，就像不会让天地随意改变规律一样，于是，伴随着天地自然的永恒，它一定会被人们不断地寻找和祭拜，必要的时候到历史深处祭祀孔子，这已经成了一条民族历史恒律。

三

身边的雨稍稍有些弱，只是风还透着如许凉意。

步入城门，眼前是一条横着的东西柏油马路，两边旧时被人们称之为"东马道"和"西马道"，因为分别连着西面的"半壁街"和东面的"阙里街"，所以，它们是城里人平常出行的通道。同时，表示所有人来到这里，都需将自己所骑乘的马车放在庙门外两边，绝对不可以停放在神圣的庙宇门前。这也就是为什么会在孔庙大门外的东西两侧各有一幢"官人等至此下马"的碑石，并非是告诫人们不准骑着高头大马进孔庙，而是告诫人们，从孔庙的门前经过也必须下马行走，以示尊崇。可惜，现在这些老规矩已经没人理会了，现如今的人们可以随意地在孔庙门前开着汽车横冲直撞，"官人等至此下马"碑埋在齐腰深的杂草中。

孔庙门前的景致变化，不能不使人想到孔庙近现代史的历史变迁。近代史上，人们在曲阜孔庙并没留下多少值得记忆的建筑标识，相反，更多的是篡改和破坏遗迹以及那些令人无法忘却的痛苦记忆。就像《曲阜县志》记载，战争年代以解放战争时期对曲阜城的破坏最为惨重。1946 年一场国共两军在此割据争夺，大炮将城墙炸开了好几道口子；1966 年文化大革命运动骤然而起，北京大学的女学生谭厚兰领着几个人跑到曲阜，鼓动当地数万农民涌入城里，在空府门前举行了声势浩大的讨孔、捣毁三孔誓师大会之后，不到一天的时间，城里城外的牌坊拉倒了一大半，孔庙里的碑碣，被砸烂了一千多块。明代的孔子塑像也被生生拖出大成殿，绑在汽车上游街示众，最后被颠得粉碎，弃置在路边。

近代以来，最不能使孔氏族人释怀的事情，还有继秦始皇、元代之后，红卫兵将孔子墓第三次掘开，墓坑掘至近百米深，一直到"文革"结束后，近十年的时间，坟墓才被重新填平，将原来的"马鬣封"变成了现如今的圆坟头。那一次孔林掘开的坟墓竟然有几十座之多。也正是因为这个原因，据说七十七代衍圣公孔德成不仅终生没再回曲阜，死后也将自己葬在了台湾岛上，虽然在其讣告中有"厝葬"一说，暗示可能会回到孔林安葬，但是内心的惨痛却永远难以平复。

"文革"结束后，曲阜城依然在不停地改造，1977 年为了迎接当时的中央大员，在曲阜城正中间硬硬地劈开一条大道，就是今天的古楼大街；大概也是1977 年，当时的一位县委领导人，因为高高城墙上夏天经常有人在上面游荡乘凉，城墙下面，就是低矮的民房，大热天女人们洗洗擦擦实在不方便，如此下去，实在是有伤风化，于是他一声令下，将原本还算完整的城墙，除了南北两座城门，西北角东北角两段没拆完，其余拆得一干二净。使得新世纪之后，大约是 2003 年，需要用整修城墙的方式来招商引资，创新旅游环境，人们不得不在原来的基础上，绕着城四周重新修起青砖城墙，新修造的城墙不仅矮了许多，也窄了许多，怎么看都是故意造出来的假古董、历史赝品。不过有总比没有强，曲阜终于可以穿上新裙子了。

近代战争风云和世事跌宕中，曲阜不仅建筑和文物遭到严重破坏，因为人们总是喜欢将孔夫子和社会负面事情联系在一起，这里所遭受的文化内伤更为惨烈。随着异族入侵，华夏天灾人祸，中国人不知为什么，开始肆意地折腾孔夫子，将孔子拉出来做可恨大清王朝的替罪羊，用践踏孔庙来做心灵屈辱的发泄物，尽管闹剧之中颇有些不得已的味道，但是，确实让曲阜人为之而暗自神伤，一直到今天，过往的一切已成陈年往事，人们还不得不花费更大的代价，专门为当年的狂妄与肆情来还债，重新用"创造生活儒学""儒学进乡村""创造和乐家园""天天祭拜孔子"等活动为种种生命的羸弱而疗伤，人们不知道儒道一旦破坏，重新回归谈何容易！

所以，曲阜及孔庙前这一段空落的街道，便成了近代中国社会与孔子及其儒家关系的一个缩影，几乎就是空无一物。想当年，袁世凯、张勋之流，曾经大耍政治手段，肆意推行尊孔读经，甚至将原来的祭孔仪式改成了新式，结果还没来得及修缮曲阜和孔庙，便都被敲门砖活活给砸死了。当然，也出了几个像康有为之类的尊孔派人物。1912年，他曾专门召集一伙老儒，在上海像模像样地成立了一个"孔教会"；9月份，又跑到曲阜召开了第一届全国代表大会，推举康有为当会长、陈焕章当总干事。康有为还为此在曲阜住过一段时间，并为当地题写了不少的匾额。所以，细算起来，近代除了康有为的几件书法字碑还算有些看头，其他的别无长物。

进入现代之后，尽管蒋介石极力推行所谓的"新生活运动"，据说也是受了康有为的影响，后来还将此项运动带到了台湾岛上。蒋家王朝在孔庙中同样没有留下什么东西，据说曾给七十七代衍圣公孔德成送来了一对沙发，他原本是想带着沙发一块前来参加孔德成的婚礼，没有想到头天晚上发生了"西安事变"，活活被张学良杨虎城扣押起来，只好派人将沙发送过来，人却来不了了，蒋先生为此大为恼火不说，也让孔府上下当时颇为不安。

现代社会透过一阵阵现代工业所造出的枪炮硝烟，一些人对于地球那边一些新面孔和新鲜事由好奇进而产生向往，于是便以"德先生""赛先生"为旗帜，除了望着曲阜和孔庙疯狂地呼喊"打倒孔家店"，其他的好像什么也做不了，也不会做。在曲阜唯一能做的事情，就是使当年衍圣公府里的人们为此惊恐不已，曲阜城里城外的孔姓人家也跟着没少受气。到了后来，随着这一声高似一声的"打到孔家店"，终于让几千年的孔庙从此断了供奉的香火，威严的衍圣公府也成了"黄鹤一去不复返，白云千载空悠悠"的空宅，曲阜及孔庙当然还有历史传统颇受伤害。

关于"打倒孔家店"这一历史口号，曲阜当地还有一种说法，当年"五四"运动在曲阜轰然而起，坐落在孔庙左邻、孔府门前原本孔氏家族创办的"四氏师范学堂"，当时已改成了山东省第二师范学校，为了响应北京和省城学生的号召，学生们一边把姓孔的校长赶出了校门，一边连早饭也不吃，便扯着床单举着拳头上大街举行游行。浩浩荡荡的队伍到了孔府门前，据说一个学生突然从队伍中冲了出来，挥舞着一把大刷子，在孔府门前的照壁上用墨迹写下了"打倒孔家店"五个大字。后来有人回忆说，多少年后，照壁上的字迹依然非常清楚，不知为什么，孔府里的人一直没往下擦。

不管是谁喊出了"打倒孔家店"的口号，这个口号本身，才是问题的关键，它才是近代曲阜孔庙最大的病根。因为这个口号，不仅有了毁坏高于建造、抛弃大于引用的创伤，也使得曲阜这个天高皇帝远的偏远小城，一而再再而三地成为社会文化的漩涡；终于怒涛漫过城头，大水冲进城里，冲进孔庙里，将大街小巷冲洗一空不说，还将许多的名胜古迹冲得东倒西歪。也因为这个口号，使得"革命"成为一个时代的主旋律，极度逼窄了近代人的眼界和心胸，为了释放压抑和屈辱，人们进一步失去了理性，所谓无产者无畏，他们就像不懂事的孩子怨恨自己父母没能耐，怨恨孔夫子及其儒家妨碍了他们发家致富，怨恨自己在西洋人面前没能够耀武扬威，所以，除了砸烂自家的东西向父母示威之外，便是蹲在地上抱头大哭。他们毫无底气和能力来建构自己，像鲁迅所描述的只会"荷戟独彷徨"，到头来，只能留下一些难以磨灭的修改和毁坏痕迹，在孔庙整体建筑中留下一段建筑史的空白。一直到今天，人们除了尽可能地维护修缮曲阜既有的文物古迹，然后便是不知道在前人的基础上再建造点什么，或者说不知道该为儿孙们留下点值得怀念的记忆，许多人依然活在近代以来的遗风余绪中。

当然有人这样说，近代所给予曲阜孔庙的，就是一种历史的深思，有此深思便足够了；也有人说，近代给曲阜的就是一种弃旧图新的热望，现如今曲阜老城之外的迅猛发展，不正是这种弃旧图新的成果吗？此话虽不无道理，但是近代以来孔庙建筑上的空落和欠缺，中华民族文化的主体和核心上竟然没有一座近现代人的标志性建筑，除了历史的遗憾之外，也不能不再说一句，近现代人对于自己的民族传统太感情用事了，当情感淹没理性之后，他们也就没有能力给出"打倒孔家店"以后中华民族文化到底该如何存世发展的答案。

站在城门和庙门的空间地带，整个身心都被天空飘来的阴雨淋湿，有些空冷的感觉。也许因为下雨，游人少了许多的缘故，平常这里则是导游肆意张扬的天下，人们拥挤在这里，莫名地追随着前面的脚步、惊恐地望着满大街的小商小贩、无奈地听着各地旅游者无休止的吵闹朝庙门走去。我渴望着能有一场大雨，清醒清醒大家还在混沌的头脑，因为历史需要清醒的理性，任凭感情只能坏事。针对近代以来中外文化信仰的对峙与较量，民族信仰最后被冲击和肢解，乃至弃之如敝屣，终于造成今天所谓信仰丧失的严重问题。对于近代所造成的这种信仰文化的历史空白，到了该反思和矫正的时候了。

四

孔庙门前的游人走得很慢，一个个飘浮的花伞，在"金声玉振坊""泮水桥""棂星门""太和元气坊""至圣庙坊""圣时门"间荡来荡去，颇有些时空交错的感觉。脚下石板上泛出明亮的雨色，站在泮桥上望进去，可以清楚地看见庙里面老远的壁水桥、弘道门，甚至殿宇碑石，迷蒙的阴雨天气中，感觉庙宇特别幽深。

大门前后层层叠叠的门坊桥栏，无一处无来处，实在不乏典雅和气度，不用介绍，瞅一眼门楣上题款的年代，就可以清楚地知道这里是孔庙整体布局中的明清院落。最早的弘道门，建于明代洪武十年（公元 1377 年）；最晚的棂星门，建于清代乾隆十九年（公元 1754 年）。告诉我们走进历史深处，走过近代的空白地带，要从明清两代穿过，沿着历史甬道回溯前行。

在曲阜这么多年，随着时间推移以及对曲阜的了解加深，翻阅了曲阜及孔庙这部大书不知多少遍，最深刻的感觉之一，就是观念上会时常发生颠覆性的转折。比如对于明清两代的理解，开始的时候，每每迎着一阵又一阵的老屋气味走进孔庙，抬脸看到明清两代在中轴线上留下的几座空荡荡的院落，满眼尽是荒草苍苔，几棵孤独的古松柏静静地立在其中，总会快速从第一处院落走进第二处院落，不知为什么，感觉院落如此的空荡，空荡得令人生悸。开始的时候认为，或许是时间太近的缘故，明清两代没有能够充填更丰富的内容，后来又觉得好像不是或不全是这个原因，至于到底什么原因，则说不清楚。

曾站在院子里无边无际地遐想，看着几只不知趣的麻雀在荒草丛中蹦来蹦去，身上泛着尘土，用尖尖的嘴在羽毛和翅膀上使劲地撕扯着什么，也许是几个快要僵死的虫子和摇落的草籽吧。它们的身影多么像大清帝国的文人们，几百年一以贯之，除了几个考据家好像也考证出了些三皇五帝踪迹之外，真的从儒学历史的本身，除了更为凸显的实用主义，让儒学为可怜帝国大厦支撑着门面，几乎没留下什么更值钱有用的东西。至于到了晚清，予人更多记忆，则是那令人无法抹去的民族屈辱和疤痕。

所谓"寂寞锦鸡坊外柳，空留夜夜月明多"（孔宪奎《仙源杂咏三首》），感觉这就是造物主的玄妙，上天借一组空寥寂寞的建筑，鬼使神差地将明清两代的历史做了如此传神刻画。所以，当时觉得用考据和虚张声势书写的历史实在不难读也不需读，只需一小会儿，就可以从明清两座院落轻松地走过去。院落的空落活画出明清王朝儒学历史的真相，外表看似热闹，里面则是空洞无物。

后来，才知道这是一个严重的历史浅见和误识，明清两代远不是如此简单和萎缩。他们对于曲阜孔府与孔庙不仅用了真心，也下了大力气，现如今孔庙能有这样的规模和气度，就完全是明清两代人的历史贡献。尤其是在孔庙建筑的文化设置与创构上，他们动了一番大心思。或许看厌了历史的繁芜与嘈杂，便采用删繁就简沿波讨源的方式，就像洁净的明式家具，以最精确的理解和工艺水平，以建筑方式将时代与历史相接合，补齐了孔子及其儒家思想学说的历史链条，使人置身孔庙之中，通过建筑这一种特殊的文化读码，可以完整而又深刻地阅读到孔子思想精华，理解儒家原来如此构成。明清两代创新或有不足，但是经过了几千年的沉积与悟解，他们对于历史的理解与呈现绝对准确精妙。

首先，那座建于明代嘉靖十七年（公元 1538 年）的"金声玉振坊"，明代在庙门前专建这样一座三间四柱冲天式的石坊，孔庙便具有了开篇意味。不仅彰显出孔庙的卓越文化高度，也投射出孔庙建筑尽善尽美的品质，还标识出入庙祭祀的应然心怀，所谓"乐在宗庙之中，君臣上下同听之，则莫不和敬"（《国语·周语下》）。因为世间的至高精神义理一般无法用理性思维获得，只能通过音乐这样的直感方式，才能够得其仿佛。建筑历来被称之为立体的诗篇和流动的音乐，所以在明清人看来，孔庙的至深内涵根本不能通过讲授理解和把握，需要有智慧的人沉潜其中，用心去聆听感受，所谓"乐也者，其感人也深，其化人也速"（《礼记乐记》），"金声玉振"就是提示人们应该像欣赏音乐一样，走进孔庙去领略那一抹形而上的意味。

不仅如此，"金声玉振"还借用《孟子·万章下》中的话语，"孔子之谓集大成。集大成也者，金声而玉振之也，金声也者，始条理也；玉振之也者，终条理也。"无论怎么看，孔庙都是孔子集大成的深度体现，唯其如此才会将庙中的核心殿宇称之为大成殿。明清人看得很清楚，孔子之所以能够取得集大成的成就，就在于有"金声玉振"做基础。此处专设一座"金声玉振坊"，既可以将孔庙建筑的开端和结尾相呼应，即开篇用此坊总括点出议题，终篇用大成殿予以深化；同时也以此便完成了孔庙建筑的内在逻辑构成，"金声玉振"是孔子大成的前提和基础，明代人提示前来的人们，孔庙本身有着内在的条理，顺着目录一页页翻看下去，才能够看懂看清孔庙的意蕴。

所以，在"金声玉振坊"之后，明代永乐年间，又建造出一道三间四柱火焰冲天式的石坊"棂星门"。据说原为木质结构，后来清代乾隆年间，衍圣公孔昭焕修缮孔庙时，将其换成了石柱铁梁。孔庙里的石碑记载，孔庙之所以在此处设立"棂星门"，在于"取其疏通之意，以纳天下士"。认为此处设立"棂星门"，因为门扇采用棂子结构，以示内外疏通，便有了招引天下文人学士聚学于此的含意。此种说法有何依据不得而知，在我看来，这纯粹是望文生义，因为用了"棂"字，便认为取其"窗棂"之意，进而释为招引学士前来。孔庙原本就是大门紧闭，何来的招纳文人学士之说？

此处之所以设立"棂星门"，查阅史书得知，"棂星"就是"灵星"，又名天田星、龙星。原为上天主农事之星，因此上古时期便有祭祀灵星以祈求丰谷的习俗。《后汉书》记载，当年汉高祖刘邦就曾"祭天祈年，命祀天田星"。以至于到了宋代，宋仁宗在郊祀的祭台外垣建造"灵星门"，以此象征天之体，用灵星门象征着上天。后来将"灵星门"移于孔庙之中，正如袁枚在《随园随笔》中所说，因为灵星祈年与孔庙无涉，所以，人们只得将"灵星"改名为"棂星"。也就是说，孔庙中的棂星门，其本意就是"灵星祈天"，此处设立"棂星门"，旨在彰表上天之意，不只是"以尊天者尊圣人"，而是表明孔庙本身就内含着上天，或者说天道，如孔子所说："天何言哉？四时行焉，万物生焉，天何言哉。"也就是后来所说的"天命之谓性，率性之谓道"。棂星门从本源上揭示出上天、天命的命题，以此表明这是孔子及其儒家的哲学与信仰之源，走进儒家本庙，走进历史深处，从天道开始。

因为将天道作为孔庙的开始，才会将第一进院落两边的木坊分别取名为"德侔天地坊"和"道贯古今坊"，从侧面将这个院落的文化内涵再次强化和加深，表明其关于天与地、古与今的深质思考。然后在"棂星门"的后面，再建造一座"太和元气坊"。如果说"棂星门"说的是天道，那么"太和元气坊"则说的是地道。太和即大和，取之《周易·乾·象辞》："保合大和，乃利贞。"元气即原气，古人认为元气是世界上万事万物生成的根源。"太和元气"具体描述了按照天道原理地上万事万物的生成来源及过程。也就是天道与地道合二为一，儒家所谓"天行健，君子以自强不息；地势坤，厚德以载物"。睿智的明清两代用一个院落，两座门坊，严格意义上来说四座门坊，向我们讲明了孔子及其儒家思想学说的深度内涵，从文化信仰上说，基元就是"天地之道"。

如此，接下来的那座"至圣庙坊"，提示你将由此走进孔庙大门，你将从"天地之道"进入"天人之道"，由大千自然走向现实人生，这是一条至深也是必然的理论路向。就像那座建于永乐十三年（公元1415年）的"圣时门"，这是一个值得深思的智慧命名。因为"圣时"是孔子的代称，孟子所谓："孔子，圣之时者也。"圣时门不仅表明你已经进了孔庙，还表明天地之道经过孔夫子，一个对天地之道的承受者或者说深见者或者创造者，因为他的大智慧，看似他具有"无可无不可"的随性随活，然而关键时刻，他每每会做出世间最恰当、最精髓的选择。唯其如此，才会将上古传下来的天地之道。经过此"圣时门"，接续到里面的"至圣庙"里，你才可以看到孔子将所体验和理解的天地道原理，当然是他做了最深度最精妙的精华选择，它既是儒家的理论架构，也是孔庙的精魂所在，被潜藏在孔庙的至深处。

所以，穿过"圣时门"，沿着笔直甬道走进去，走过"璧水桥"，根本不需要环顾两边的"快睹门"和"仰高门"，因为内心已经有了之前从天地之道到天人之道的铺垫，自然已经有了"快睹"和"仰高"的好奇和热望；也不需要思考曲阜孔庙"璧水"和北京天安门"金水"是否同出一典，它们之间有什么内在关系。"弘道门"，表明孔子学说的本体在于弘道，绝对不仅仅是尧舜禹汤文武周公之道，还有从大门一路贯穿下来的天人之道沉潜其中；"大中门"，表明孔子所弘扬的大道就是天人之间的中道，所谓"中者，天下之正道；庸者，天下之定理"；除此之外则是"同文门"，一座宋代人所建造的孔庙大门，表明明清人对于孔子及其孔庙文化的诠释，就是和宋代理学家们"同门"而作，一脉相承，所谓"书同文，行同伦"（《礼记》）。明清两代人在文化上绝对自信，他们所感觉认知的儒道原理就是历史的真血脉。

一直走到明代成化四年（公元 1468 年）刻造的"成化碑"面前，你会读到如此标榜："朕惟孔子之道，天下不可一日无焉，有孔子之道则纲常正而伦理明，万物各得其所矣""道原于天而界于圣人，圣人者，继天立极而统承乎斯道者也"；"孔子之道之在天下如布帛菽粟，民生日用不可暂缺。"孔庙到了成化碑这里，如果说前面的建筑属于明清两代在孔庙的开篇，指出孔庙的空间格局和时间序列以及学理安排就是从天地之道开始，提示我们需要从天地之道开始阅读孔子及其儒家思想学说的话，那么，此处的成化碑则属于明清章节的结语，归纳点出孔庙从天地之道开始，沿流而下经过圣时门、弘道门，一路灌注下来，最后落实和呈现为孔子所选择和建构的"天人之道"。如果前面表现的是孔子之道来源，那么后面则是表现孔子之道的具体展现，成化碑可视为一过渡段，表明孔庙前后是儒家"天人之道"的立体大写。

所以，历代统治者会一再强调孔子之道不可或缺，孔庙作为孔子之道的具象承载一日不可或缺。为此，当孔庙遭受冲击时，他们尤能为之沉痛不已，舍得花大价钱和力气来予以保护和修缮。所以，明清两代孔庙的面积扩大了一半不说，在关键时刻，还会动用整个国力来维修保护孔庙，比如明代弘治十二年，突然发生火灾，孔庙遭毁，皇上下诏重修。督工大臣李东阳《重建阙里庙图序》记当时情形，"木则市之楚蜀诸境，石则取之邹泗诸山，瓴甓铅铁则官为之陶冶，丹垩髹漆则集之于商，斫削抟裁雕琢绘饰之工则征之京畿及藩府之良者"。为了再造孔庙的历史崇高形象，皇上不惜调动全国的能工巧匠参与此事，以此来重塑历史的圣哲辉煌，其用心良苦，真的苍天可鉴。

还有明代重建曲阜城这一浩大工程，可谓功莫大矣！宋代大中祥符五年（公元 1012 年），宋真宗信奉道教，于是便"推本世系，遂祖轩辕"，认为轩辕黄帝才是宋家王朝的始祖，并依据《史记》"黄帝生于寿丘"的记载，毅然决然地将曲阜城迁建到城东的丘陵上，改名为"仙源县"。并建造一座浩大的宫殿建筑群"景灵宫"来祭拜先祖，就这样，不仅将孔庙、孔林等冷落在了一边。后来南宋偏安江南，北方金人将原国都黑龙江的阿城一把大火烧掉之后，领着一群骑着大马、跑着猎狗、戴着皮帽子的鞑靼人闹闹嚷嚷住进了北京。从此，长江以北黄河以南的曲阜便成了南北交战区，元骑、金兵等一次一次地掠过曲阜，他们甚至曾趁着夜色将孔林的孔鲤墓和孔伋墓盗掘扒开，让这千年古都为之而沦落荒颓，使先师庙宇面临毁弃危险。

到了明代正德六年（公元 1511 年），河北农民起义军刘六、刘七兄弟一路从河北杀到了曲阜。对于大圣人的庙宇，也许是文化太低的缘故，根本不知为何物，看到这么大的一片园子竟然空空地闲着，实在可惜，正好可以做营地，当然也是根本没人出面阻拦。于是，起义军干脆将车马粮草连同队伍一起拉进孔庙里。一时间"秣马于亭，污书于池"。大圣人的庙堂霎时成了一群乌合之众的营房驻扎地，到处驴屎马尿臭烘烘一片。

此种前所未有的斯文扫地丑行，堪称儒文化史上的一段奇耻大辱，然而，秀才遇到兵，有理说不清，孔氏家族的文人们面对一群又一群满脸横肉的莽汉，除了关起门来跺着脚痛骂"是可忍，孰不可忍"的狠话，便是转过身去长袖掩面偷偷啼哭，女人们更是大气不敢出一声。几天后的一个早晨，眼睁睁地又看着他们从阙里街上滚滚而去，留下一阵阵的恶臭在孔庙和孔府的上空经久不散。对于这些亘古没有的丑恶行径，实在有辱大明王朝德化天下的颜面，于是时任兖州按察史监事潘珍上任不久，便诚惶诚恐地将本奏上了朝廷，建议将东面的曲阜县城撤回原地，在孔庙周围重新建造县城，以便"移城卫庙"，避免先师庙宇再受此辱。

当时大明王朝有些气力和胆识，所以，便很快准了潘珍的奏本，决定将曲阜城重新迁回原地辟建新城。据记载，从正德八年（公元 1513 年）到嘉靖元年（公元 1522 年）历时九年多的时间，终于围绕着孔庙建造出了新的曲阜城；另一种说法是，以成化碑为中心建成了一座新的曲阜城，使当年的曲阜城老户人家，终于又携家带口回到了故地，像老年间一样，大家簇拥着孔庙住了下来。应该说，正是明代人的苦心经营和不惜代价，才有了今天孔庙这浩大规模和簇新气象，这些历史的作为和功绩都记载在《阙里志》《阙里文献考》等典籍中，绝没有什么虚话。

清代皇帝更是别一番虔诚，他们不仅为扩林建府造殿肯花大笔的银子，大清皇帝从康熙开始，登基之后总是匆匆忙忙地驾幸曲阜，然后以空前的礼节在孔子面前行三跪九叩大礼，心之急切、情之诚笃、行之虔敬，堪称"生民未有"。有诗为证："銮辂来东鲁，先登夫子堂，两楹陈俎豆，万仞见宫墙。道统唐虞接，儒风洙泗长。入门抚松柏，瞻拜肃冠裳。"（《康熙甲子冬至过阙里》）

所以，至今在孔庙的十三御碑亭中，康熙皇帝的御碑最大，碑石采自北京西山，用好几年的时间才从古运河运到了曲阜；雍正皇帝不仅称颂孔夫子的声调最高，后来正是他重新建造出了现如今辉煌壮丽的大成殿；乾隆皇帝一人就来曲阜达九次之多，在此写诗七十四首，比前代所有皇帝吟诵曲阜诗的两倍还多。大清帝国的皇帝们一个个在孔庙里展脚跪拜，构成了孔庙里的一大景观。

因孔庙中有从"天地之道"灌注下来的"天人之道"，这是一个需要跪下来磕头默会的大道理。所以明清两代自觉承担起了保道与弘道的重任，他们用简洁的建筑塑造出一种使命，一种责任，明清两代对儒学做得真的不差。

五

细雨蒙蒙，头上松柏也发出飒飒响声，庙里微微起风了，感觉有些潮气扑脸，身上也略觉有些湿润，平添了一种幽暗和一种迷蒙的诱惑。

走过明清院落，本该看到金元气象，令我没有想到迎面却是"同文门"，一座典型的宋代建筑，《阙里志》记载，同文门原本建于宋代初年，为孔庙的南大门。过了明清两代，竟然直接来到宋人的门前，顿时让我产生了莫名的疑惑，作为一种建筑空间设置，为什么会少了金元这样一个历史的环节？有人说，元代时曲阜城还在东面仙源县，孔庙自然会少一些建筑，对此，我更愿意相信，在孔氏家族以及后儒眼中，元代也许不配是一种孔庙建筑的文化存在，即使做一个过渡段的资格也不够，因为金元代时期，尽管也曾专门来孔庙祭拜过；在十三御碑亭中还留下一座有名的"满汉碑"，一个难得的用两种文字书写的碑刻；在孔庙的院墙上，还修造了几个像样的角楼。不过，他们对于儒学的心态实在过于自卑和霸道了，一直坚持元人治元的国策不说，曾几何时，"九儒十丐"，儒学连同儒者被狠狠地踩在脚下，这绝对不是可以用荒蛮可以说清和化解的事。

宋代人则不同了，就其文化的高度尤其是儒家文化的高度而言，真的是不能不让人刮目相看，正是它们的努力，又创造出了民族历史上一个儒文化高峰。尽管对于历史上的有宋一代，人们总是怀着一种爱恨交加的心理，总是情感和理性激烈地碰撞和对峙。许多人并不怎么喜欢宋代，且不说唐肥宋瘦的文化差异，把唐代和宋代的国家版图拿出来一比较，就立刻会使泱泱大国的豪气短上半截，小宋实在让人瞧不起。

尤其国难来临之际，不是以浩然之气与之抗争，甚至与之同命，而是选择落荒而逃隔江而治，尽管除了宋朝，历史上也有隔江而治的时候，但好像都没有像宋代那样被渲染得如此窝囊和颓唐，听着就会憋一肚子气；竟然是那样一种苟生偷生、偏安怡然、不思进取、软弱无能的憋屈样子。"春风吹得游人醉，直把杭州作汴州"。想起那些事，连讽刺他们都觉得委屈。想当年大唐帝国万国朝拜，何等气势，何等让人豪情满怀。再看小宋那张悦人的猫脸，一副苟延残喘的媚态，不禁让人悲从中来。再加上出了几个像样的软蛋皇帝和经典奸臣，就像秦桧害死岳飞的故事，宋家王朝瞅着就让人脸红恶心。

然而这就是历史与现实，正应了那句老话，时代不幸诗人幸，家国不幸理论幸。时代悲痛不仅会出像样的诗人，也会出像样的思想家。宋代过于惨痛的历史现实，不仅激发出了辛弃疾、范成大、陆游等人撕裂性的情感倾诉和呐喊，动荡时势也会带来政治松动和情感自由，为文人们提供了最充足的发挥空间，特别是面对阴暗和忧患更能激发出传统士君子的浩然正气和抗争精神，就像朱熹等人的所作所为，宣泄伴着探究，创造和着批判，在现实和人性多角度多层次的发挥张扬中，奋力开辟现实人及人性的突围路径，非自觉性地于历史的绝处亮出仁以为己任，甚至是杀身成仁的儒家旗帜，用仅有的文化智慧和人格精神在溃败乃至沦丧中耸立起一座儒家文化巍峨高峰。

这便是孔庙中这座闻名天下、古代十大名楼之一的奎文阁。它初建于宋代，原名称作"藏书楼"。金代明昌六年（公元 1195 年），皇上金章宗不知听信了谁的话，说西方白虎共有十六颗星，它们"屈曲相钩，似文字之画"，其中第一颗星叫做奎星，据《孝经》上说"奎主文章"，于是，可以将孔庙中的"藏书楼"易名为"奎文阁"；后来，又有人进一步将奎星说成是"文官之首"，可以此来赞颂孔子为天下文官的首领。在金章宗看来，如此这般，孔庙中的藏书楼不仅有了更雅道的名字，也对孔夫子做了更高褒奖。殊不知，这纯是一种极其低俗的附会之词，且不说孔子被称为天上文官之首不着边际，将"藏书"变成"文章"不知道这其中又缩减了多少精髓内涵，金代这些短暂占领内地的边夷之人，完全没有理解宋代人关于书以及藏书的意图和用心。

宋代人之所以将其取名为"藏书楼"，一个"藏"字，写尽了宋代国家兴亡的忧虑和思考，国家面临着深度忧患，时代靠什么来挺立身姿？在宋人的视域中，应该是"书"。也就是说，宋代人在孔庙乃至整个曲阜城建造一座危乎高哉的巍峨楼阁，就是要用一座木石高阁，不仅将宋人对于人世间的真理思考立于历史的至深处，还以其特定的建筑神韵和文化内涵塑出宋代人文化品格和精神追求。所以，据《曲阜县志》《阙里志》等文献记载，宋代人建造这座楼阁真的下了如此大的功夫，整个建造采用当时最高的工艺技术，即层叠式全木架结构，所有木材之间的衔接，都是用木扣扣出，一座楼竟然没用一颗钉子关联。其坚固的程度更是匪夷所思，从建造到今天已有1000多年了，明代最后一次大修至今也500多年了，不仅依然保存着原貌，经历了那么多的岁月风霜雨雪，它依然凭空而立，傲然临风。宋代人用这样一座楼阁诉说了人世间的另一个真理，只有"书"才是立世之本，才会永恒不倒。

历史上孔庙曾有过两次火灾；康熙年间曲阜还发生过一次6.7级的大地震，曲阜一带"人间房屋倾者九，存者一"。然而奎文阁却岿然不动；文化大革命结束以后，文物部门要做局部维修，结果，因根本无法理解和掌握古代工艺，找来了好几个大学的建筑专家，最后的方案是：拆一块整理好再安上去，一个楼角修了一两年。所以，奎文阁与其说是宋代人用他们精湛工艺创造的建筑精品，不如说是用历史精魂建造的一座文化精神。宋代人极度痴迷文化，痴迷得几乎令人心悸，他们渴望着文化具有一种超然的能力，不只是支撑起大宋江山，还能支撑起整个历史。因为在宋代人的心目中，远道而来的佛教将人性引向空净，仁以为己任的使命空空如也，长此以往，华夏民族将何以立身命世？宋代失去的江山何以收复？当务之急是救世先救心，救心先救书，既要保书还要创书，或者说只有保书才能创书。因为佛庙之中设有"藏经阁"，于是，在他们看来，藏书和藏经属于同一命题。所以，在孔庙之一文化高地建造一座藏书楼，就是要将儒家经典提升至崇信的高度，以此表明民族信仰不倒。这也就是为什么孔氏家族一直将奎文阁作为藏经宝地，明代所藏儒家经典遭受破坏之后，皇上还专门"又命礼部颁御书以赐"。在人们的心目中，奎文阁就是保存儒家"圣经"的处所。

所以，"书"或者"书楼"，便在更高层次意义上具有了儒家世存经典近乎宗教性的内涵与意义，宋代人也正是沿着这样一种思考，不仅用"书"来标识和描述宋代及其文化特征，也以此来创构儒家能够和其他宗教相抗衡更为权威有力的经典范本，以此耸立起民族文化信仰的灯塔。这便是"书学"、以"四书"为主体的学说建构。经过在唐代韩愈古文运动的启发和推动，宋代人终于发现，"书"具有终极性的价值与意义。于是，在原始儒学、汉唐经学一脉相传的基础上，他们将原来存于书中的经典文本，也就是《大学》和《中庸》，从中抽了出来，单独编成著作；然后，又将原本人们并不太重视的《孟子》，重新加以开掘和推阐，再将孔门经典《论语》阐释一新，名其曰"四书"，就这样，儒学文化传承主体由原来"六经"体系变成了"四书"体系，"经学"变成了"书学"，一字之差，不仅改变了整个儒学历史的流程和方向，也让儒家学说变得更加精练，更加平实，更加易于民间传播。由此可见，宋代人对于"书"的理解已不单单是书本问题，他们非常愿意甚至是自豪在孔庙中建造一座书楼来标榜自己的文化发现和建构，也就并不怎么奇怪了。

当然，在宋代的哲人看来，将"书"上升至宗教崇拜或者"书"本身具有宗教意义，绝对不是普通的"书"。古人强调"有书不如无书"，道理就在于天下的书不仅仅在于书的本身，真正的书不仅是社会人生既往知识的汇合与介绍，书的本质是能够在其中有所发展和创造，或者说从原本平常之书中读出历史的深意和真意，能够成为人世间的道理承载，或者说能够发现其中的"道"和"理"，成为人们真正的敬拜和信仰真知。就像西方基督教将《圣经》视为人间终极意义的圣物，明确指出上帝不需要也无法证明，它们就是绝对，就是真理。对此，朱熹说道："程子曰：'读《论语》《孟子》而不知道，所谓虽多亦奚以为？'"书再多再好没有获得"道"的体验，绝对不是什么好书，自然也就不是好的读书。好书一定是有着大内涵、大境界，有着道体真意。他们就是怀着这样的存道和求道之心设置建造了这座藏书楼，表明人世间的大道亘原在此。所以过去把儒家的经典圣物陈列其中，今天老书存到了博物馆之后，人们会将其改作孔子圣迹图展览，藏书楼的内在文化意蕴和精魂始终如一。

宋代人没有能够抵御金元的入侵和欺辱，因为如此，他们才更重视这永恒的圣书，重视一个至深的"道"字或"理"字，他们希望能够在这样的文化信仰中安身立命。所以，宋儒是些舍了性命纯净得见底的真儒，永远坚持心身一体，知行合一，洗却凡尘，"克己复礼"，不惜穷其一生，以书见道，以身护道。就像朱熹对于四书的编整注释，临死之前还在修改《大学》的文稿。他们不会顾及弓箭长矛在身旁乱飞，也不会顾及僧侣道徒的酸言冷语，豁出一条老命向书本的更深处一步步爬行。为的是寻找到一个绝对值得敬仰的"理"字。也许太过痴迷了，以至于到头来失了分寸，喊出了一些"存天理，去人欲"，甚至是"饿死事小，失节事大"的过头口号，惹得后人对其大加讨伐，认为他们实在是些灭绝人性的蠢货。岂不知，他们是在用自己的身家性命和身后名声来创造这座让人叹为观止的理学高峰。所以，面对这座一直只能仰望无法登临的文化峰峦，想到那些"譬如平地，虽覆一篑，进，吾往也"（《论语》）的羸弱身影，便会感觉宋代人似乎并不是想象的那么可怜和卑琐，他们不过是些受了儒道通体染化极纯净的人，是一些历史上稀有的崇高儒道圣教徒罢了。

也就是说，宋代人重视"书"的价值并建造此座藏书楼，建构"道学"和"理学"体系，不仅具有防范和对峙佛道攻击的意味，还内含着全力创构儒家的圣经范本、全力保教护教的神圣使命感。具体说，就是人们看到的东汉以来佛教东渐、道教兴起，儒家备受冲击和冷落，以至于世上出现了信佛信道不信儒的怪事，于是，族根的担忧和国本的慄惕，使得一代明贤怀着"为天地立心，为生民立命，为往圣继绝学，万世开太平"的历史责任感使命感，将世间的佛家学说、道家学说、古传的儒学相汇通，相融合，创立起一个"道学"或者说"理学"的儒家思想体系，旨在让知识的书变成思维的书，使以知识明人变成以道理说教。在孔庙正中间建造一座足以恒世独立的"藏书楼"，让儒家的"天理"由此而当空傲然挺拔，让孔子之道由此而传之久远。他们所采用的呈现方式与后来的明清两代不同，不是以空间的展开和门楣的塑造来作陈述，而是在孔庙中用了一个具体的楼阁予以表征和传承，此种方式相对而言更为立体和凸显。

于是藏书楼成了天下闻名的圣迹，也成了曲阜城除了大成殿之外最为显赫耀眼的建筑，后来，拜谒孔庙登奎文阁便成了一种文化时尚风范，一种祭祀中不可或缺的宗教的仪式。每当祭祀孔子的节日，一拨又一拨达官贵人、文人骚客，在孔子像前敬上心香、磕过响头之后，会小心翼翼地登上奎文阁瞭望圣庙胜景，在更高处体会孔子庙宇与天地的辽远关系。所谓："千年道统高云汉，六籍文光遏斗牛。圣里归依心自阔，非同王粲漫登楼。"（刘敬业《登奎文阁》）他们觉得登奎文阁和当年的王粲登楼绝不是同一境界，不是登山临水的诗情画意享受，而是沿着"书"的指引一路攀升，既可以找到"道统"的发源地；又能够找到"文光"的真谛；更会找到"皈依"的精神家园。

　　置身奎文阁上，就像教徒置身于基督教堂之中，基督徒们面对高高在上的上帝，常常会发出"真美啊"的由衷感叹，然后便是没有任何语言。在这方面，以放浪形骸著称的"米颠"、宋代大诗人米芾在孔庙中就获得了此种体验。当他真的站在了孔庙奎文阁的前廊上，一番瞭望与深思之后，便放下了恃才傲物的诗人本性，又一阵长跪之后，几乎是流着眼泪仰天长歌道："孔子，孔子，大哉孔子；孔子之前，既无孔子！孔子之后，更无孔子；孔子，孔子，大哉孔子！"他之所以选用核心词复沓表达手法，就在于内心的感受无以言喻，只有感叹再加上感叹，抒发他终于见到了什么是天、什么是地，什么才是真正大圣人的真实感受以及无以言表的崇拜情怀，只能是拜倒在圣人的脚下，高呼"大哉！"

　　除了发自心底的赞颂，许多人也会像佛庙道庙中捐助建造特定建筑，或者捐赠具有纪念意义用品一样，也就是所谓做功德。在孔庙藏书阁的感召下，也曾有人用另一种方式表达对于孔子之道的诚心向往，这其中就有北宋的名臣范仲淹，景祐二年（公元 1035 年）他任苏州知州之后不久，为了表达自己对于孔子庙宇无以复加的敬仰情怀，以极度的虔敬之心做出一个决定，将州学和夫子庙合为一体，并不惜重金聘请当时著名的教育家胡瑗任庙学的教授。一时间，因为办学有方，声名远扬、四方效之，由此开出了另一种历史先河，形成了中国历史上特有的"庙学合一"制度。后来，元明清亦步亦趋地学着他的样子。到清代嘉庆年间，全国共有各类庙学 1700 余所；加上书院庙学竟有 2200 所之多。人们发现，孔庙里的晨钟暮鼓，不仅会让学子眼前的书本变得更加深刻和明澈，同时高耸的庙门和香火，更成为了一本令人敬畏的天地大书。

　　再后来，又有人学着奎文阁这"书楼"的样子兴办书院，书院虽然起于唐朝中期，但最终将它固定为一种教育方式制度，则是宋人的功劳。从北宋到南宋，书院遍布五湖四海，引得学子们铺天盖地、蜂拥而去，后来诞生出古代著名四大书院。创始出一种民族文化教育传统的同时，也规定了一种中国式的学统范式。因为孔庙中那个"书楼"的召唤，让当时的文化精英更是夜不能寐，非有"书"则不能为生。多少人一觉醒来，不顾一切学着孔子的样子，直奔教书编书而去。不仅让原本清清冷冷的书院又勃然兴起，也由此诞生出了几个像朱熹一样、像模像样的"宋代孔夫子"，此是后话。

　　面对孔庙的藏书楼以及所藏儒传圣道，皇上自是不甘落后，宋代从建国开始，便对孔夫子及其儒家文化取一种宗教性的崇拜，而且崇拜得五体投地，宋太祖赵匡胤虽是粗人，但黄袍加身当年，便迫不及待地跑到国子监孔庙里，一番叩拜大礼过后，还专门让人帮着吟出一篇《至圣赞》："王泽下衰，文武将坠。尼父挺生，河海标异……"又下一诏书：孔子庙用一品礼，门列十六戟。

尽管后来的宋代皇帝许多人信仰道教，但是，他们对于儒道丝毫不敢怠慢。宋真宗时期，不仅加封"至圣文宣王"的封号，孔子庙终于在宋人的手中，霎时变得崇隆辉煌，"缭垣云构，飞檐翼张"；"回廊复殿，一变维新"（吕蒙正《重修兖州文宣王庙碑》）。原本唐人不大的小庙，在宋人手里变成了东中西三路、前后四进院落、庙门三重、殿庭廊庑三百六十间，堪称天下第一大的庙。宋徽宗赵佶专门诏令："文宣王庙像冠服用王者冕十二旒，衮服九章，改执镇圭"，经由宋代人的一番苦心和努力，孔夫子终于从原本一个布衣，由公爵而至王爵，登上了贵为天子的尊贵地位。不仅对孔夫子，宋仁宗至和二年（公元1055年），皇上还将孔子四十六代孙孔宗愿由文宣公改封为"衍圣公"，这是中国历史上第一个国封的文官贵族封号，由宋人定下基调之后，孔子的后人承袭了32代，共计800多年。

站在烟雨迷蒙的奎文阁前，也曾产生出这样的疑问，即无论是从经济上还是从政治上，唐代的综合国力绝对强于小宋，然而为什么孔庙的建筑群中缺少唐代的身影，按说唐代不失为重文的时代，他们对于孔夫子也极其崇敬关怀，从唐太宗开始一直到唐高宗持续不断地编修儒家经典，终于完成了《六经正义》这历史鸿篇巨制，并且随之将其规定为科举考试的必读书。唐玄宗开元二十七年（公元739年），第一次颁给孔夫子"文宣王"的封号；唐太宗贞观四年（公元630年）在封孔子为"先圣"的同时，还诏令全国各州县俱立孔庙，让大唐帝国的整个天空庇荫于孔庙的屋檐下。不仅如此，从唐高宗君临天下开始，听说孔庙"庙宇制度卑陋"，便立刻差人前来监督扩修，孔子后裔《桃花扇》的作者孔尚任，曾专门记载唐代时的孔庙说："正庙五间……两庑二十余间……庙后为寝殿……前为庙门三间。"并且说在前代基础上，唐代将孔庙扩出了数倍之多，细算起来，约为现在规模的十分之一左右，他们待孔庙并不薄。

有人说，那时曲阜离京城西安实在太远了，当时孔子嫡传后裔，也只祭庙不守庙，皇上又没专设维护人员。所以，阙里孔庙时露荒颓之虞。当时以豪饮善谈而著名的诗人、宁阳人刘沧，回故乡路过曲阜，看过孔庙之后这样吟道："行径阙里自堪伤，曾叹东流逝水长。萝蔓几凋荒垄树，莓苔多处古宫墙……"

（《阙里志·经曲阜城》）诗中作如此苍凉的描写，绝不是因为"刘沧诗长于怀古，悲而不壮，语带秋意"（胡震亨评语），或许真是年久失修，香火乏资，阙里孔庙露出了不该有的荒秽气象。

事实并非如此，我想起了唐太宗那张似笑非笑的脸，尽管以善于纳谏而声名远扬，但当年站在城楼高处看到科举考试的士子们鱼贯入场，不禁喜上心头，说出一句让天下都为之胆寒的话："天下英雄贤达，尽入吾彀中。"让人明白颇有智慧的李家王朝对于文化和文人绝对是好用与大用的态度。于是，具体到孔庙管理上，便是需要时候抓一把，不需要的时候来个不闻不问，任其荒秽颓败。正是在他们的影响下，就连李白杜甫这样的大诗人，到了曲阜也绕城而过，连到孔庙游览一下的兴趣也没有，跑到城北的山林里寻找隐士们去了。因了这个原因，曲阜的孔氏后裔特别生气，便以李白"歌咏不及阙里"的罪名，专门将其从《曲阜县志》中开除出去。此事自然是道听途说之论，事实可能与李白张口闭口"风歌笑孔丘"有关，一番对孔夫子大不敬的模样，令后儒和圣裔实在难以忍受。从而证明唐代人远没有将孔庙上升至"天人之道"的高度。

也就是说，大唐帝国虽然高耸于历史星空，盛唐歌舞动天下。以至于到今天唐服、唐人街等唐代文化依然成为世人无法释却的情怀。但在儒家核心文化的流传脉系中，究其深度和宽度而言，唐代人上承汉代余续，不仅更多的是采其成说以命世，同时，对孔子采取实用主义则是事情的关键，所以，检索唐人不多的几首拜谒孔庙诗歌，他们的核心议题便是"悬知一王法，今日待明君"。（张说《奉和圣制经邹鲁祭孔子应制》）"徒有先王法，今为明主思"。（张九龄《奉和圣制经孔子旧宅》）祭孔拜孔不过是为我所用。绝对不是为了孔子之道的传承与建构，对于孔子的敬仰和崇拜根本没办法跟宋代理学相提并论。所以在孔庙整个建筑格局中，唐代只好掩映于宋代的背后，并没有一个专门的唐代院落或朝代标识。就中国历史核心文化传承贡献来说，我感觉绝对合理。

至于更早的魏晋南北朝时期，那更是一个让人不敢过多恭维的时代，虽然后来文人们多有称颂。羡慕那时文人们竟然可以如此不顾礼法，放浪形骸，挥金如土不说，单是那喝酒的醉意便让人羡慕不已，恨不得倒退一千多年，脱光了衣服和阮籍一起狂饮大醉。其实，往深处看这正是儒道被毁世道沦丧的伤口和痕迹，不仅儒家被冷落，"庄老告退，山水方滋"，"南朝四百八十寺，多少楼台烟雨中"，社会主体理论从原来儒家一统，变为多元共争，道教和佛教都堂而皇之地走上台来。结果，人为的礼法破坏和核心理念的坍塌，一瞬间便将国家拖入了割据纷争的深渊，文化主体的多元终于导致多政权的残杀与争夺。这样混乱不堪、白骨露于野的朝代，孔庙中不记它，绝对正确！

所以，归结起来，宋代人用对文化的痴情和执着把孔子庙真正拓展和装点起来，并留给后世一个像样的藏书楼"奎文阁"，用作时代整体文化工程的标志性建筑，并以此为中心构成整个庙宇建筑格局中一个相对独立、具有统领意味的文化单元，这是一个既难理解又容易理解的历史真实义理。因此，站在奎文阁下，听着头顶上鱼鹳鸟一声声悠长而深远的叫声，会使人感到探寻中华民族历史的文化流变，向历史的更深处回溯，你即使不愿意也不能不穿过宋人之门。从哲学到教育、从经济到科技、从文学到音乐、从书法到绘画。他们之所以会创造出那么辉煌的文化艺术，他们绝对是得了儒家传统文化的真传和深意，于是才会有如此深度的生命体验，才会将天地人生浑然一体予以深层刻画与揭示。儒家虽然不过多地讲究艺术，但是它绝对是涵养艺术最丰厚的源泉和土壤。

有宋一代，现实坍塌了，文人们转过身去，竭尽才情修筑起一道文化史上用人格精神构筑起的防护的隘，或者说开辟了一个民族文化突围的缺口，为长久的民族压抑虚拟出一个聊以自慰的心理舒缓空间，自然而然地在孔庙中以文人方式建造出了具有文人意味的形而上信仰道体建筑"奎文阁"，它构成了前面明清两代的理论之源，也成为展现汉代儒学沉积的具体物象，宋人的"道学"和"理学"与明清两代"天人之道"一脉相承，只是更为深刻和结实。

六

天上的雨滴渐渐稀了，风也轻了许多，眼前院落里建筑逐渐稠密，光线也暗了起来，扑面潮湿的味道也越来越重。绕过奎文阁便到了孔庙的第六进院落，在这座院落中，南面八座、北面五座排列着十三座御碑亭，习称"十三碑亭院"。亭内保存着唐、宋、金、元、明、清、民国七代所立的御制石碑。那阵势如同一道稠密的石林屏障。牢牢地护卫着背面更神秘的孔庙内里的天地，好不威严气势。门口站着整整一排帝王们的巨碑，看着就不是一般气势。

人们为什么要将十三座御碑放于此处？是装饰，还是渲染？或者是……我相信，此处竖起如此一片高大的御碑石林，就孔庙的整体建筑文化格局而言，这绝不是随便勾画的一笔。应该是设计者和建造者匠心独具，并且用意极深的一种文化创意。只是我们来这里游览观光的人，太着急要看它后面被掩映的部分了，或者傻乎乎地瞪着双眼，听导游小姐讲她们编造出的勾心斗角的世俗逸闻，忘了该坐下来好好品味解读这本该深度体会的文化篇章。

阴雨天气，徘徊在御碑亭之间，不知为什么，走着走着竟然有了一种奇妙的幻觉，阴雨中一个个碑亭好像活了，仿佛是并排站在那里盛装待朝的一大群臣下，因为时间尚早，他们一例都沉着脸，身上泛出黯然的水光，沙沙的细雨声像他们窃窃的私语。庙门还没有开，只好在寒风凄雨中寂寞地等待着，耐心地等待着大门里面的随时传唤。只是那扇等待的门老也不开，也不见有传唤的人出来。于是，尽管都是顶着"御碑"的桂冠，多少年过去了，这些来自不同朝代的帝王们依然在门外静静地等待着。如此想来，这真是表面看着奇怪其实一点不奇怪的历史大奇观，用皇帝待早朝来描写不无传神。

为什么让他们一直站在门外？难道都无事可奏？或者说门里的人没有工夫？当我沿着御碑亭前的石板路从东至西、又从西至东看过之后，我好像从中看出了点什么。在他们的石碑上尽管朝代不同、字体有异，但那说话的口吻和文里的内容几乎如出一辙。看过一篇之后，几乎不用看其他任何一篇。从那几乎类同的碑文之中，我仿佛看到当年他们书写的时候，也似乎是同一种脸部表情。开篇无非是"朕惟孔子之道，王者之道也；德，王者之德也；功，王者之功也；事，王者之事也。特其位非王者之位焉"；最后一定是"道统唐虞接，儒风洙泗长，入门抚松柏，瞻拜肃冠裳"。也许说的时间长了，从古到今里面的人听得实在厌倦，所以迟迟不开门也情有可原。

这些似曾相识，古雅深奥，一路接下来的政府文稿如此沿袭成风，到底是后人根本不能改还是不愿意改？或者根本没有能力改？如果说是沿袭的话，那他们是从哪里学来的这些现成的套话言辞？当我站在院落西头回望碑林时，冥冥之中，我想到了原来第二处院落中那两个站立着的高大汉代石俑，他原来是从城外的一座墓地上移进庙内，据说现在已经被移到别处去了。我听好多到过孔庙的人说过，在整个孔庙中，汉代石俑是最令人难忘的景观之一。不只是年代的问题，一眼看去那威武雄壮的大汉雄风，便会让人过目不忘，不能不为之叹服而倾倒。

记得好几次在他身旁，听到好几个人不由自主地吟出曲阜诗歌中那些有名的句子"万里冠裳王者会，千年邹鲁圣人家"（明人乔宇《谒阙里》）、"细看墨迹存秦汉，翘望文广射斗牛"（明人范辂《谒圣庙》）。在孔庙史上，引导后人去认识体会孔庙里意蕴的文章，毫无疑问是由汉代人起草，或者说是依据汉代人"天不变道亦不变"的卓绝创造，没有汉武帝对于儒家的大手笔，没有董仲舒等人的"独尊儒术"独特命题，绝对不会有后来的这些王朝历史和世道轨迹！汉人和汉民族的传统称谓，该是这一历史事象的最好注脚。

我终于明白了，十三御碑亭里的帝王们，他们肯定都听说过汉高祖刘邦第一个到孔庙里祭拜的史实，也都知道大汉帝国八百多年的历史，正是建立在汉高祖在孔庙里的惊天一跪上。汉高祖不仅开了历史上帝王祭祀孔夫子的先河，也为后代的帝王们上了一堂生动的帝王儒学课，千古基业，根系在此；百代帝王，基于一跪。他们从大汉帝国那里学到了寻根问祖的另一种方式，就是以天作证、以天为据，一路走来，只有到孔庙里朝拜明誓之后，你便成了汉家天下中的当然一员，于是，你的心里便有了底气，便可以获得汉民族"天道"的佑护，可以获得儒家"人道"的支持。所以，包括撰写碑文的细节在内，要绝对以汉代人的笔法立意为范本，信誓旦旦，苍天可鉴，他们会聚在这里，就像西方国家首脑手按着《圣经》就职宣誓，登基治理天下，入孔庙跪拜立碑，这一环节绝不可缺。

史书上记载，汉高祖刘邦来过曲阜两次，一次是公元前202年，楚霸王项羽兵败垓下，自刎乌江。刘邦亲率大军到曲阜城下劝降。那时他对曲阜及孔夫子并无多少好感，因为觉得从这里走出的无用儒生实在是迂腐和麻烦，在两军交战的关键时刻，不但不能发挥作用，还常常是奢谈误事。所以，有一次也许是实在是受不了，便顺手摘下身边一个儒生的帽子，褪下裤子，将一泡憋了大半天的老尿撒在里面。这便是后来让儒生们一想起来就脸红的著名"尿溲儒冠"历史事件。

不过当刘邦真得了天下，坐上了龙榻，特别是听到文臣博士叔孙通一番表白：儒家尽管不能帮您打天下，但却可以帮您守天下，可以制定礼乐制度让您尽享皇帝的荣耀和幸福。特别让他感兴趣的是，还可以为汉家王朝制定出像样的朝制礼仪。据史书记载：叔孙通有弟子一百余人，又专门从曲阜一地"征鲁诸生三十余人"，虽然有"两鲁生"不识时务拒绝征召，但汉朝立国的礼仪制度是叔孙通以曲阜为底本的文化杰作，这是千真万确的事实。据说那套威严的朝仪完成之后，刘邦在高高的宫殿上接受百官朝拜，大殿前全没有了原来乡下人赶大集似的混乱、没了樊哙等杀狗宰羊似的狂呼号叫，当时，刘邦在龙榻上得意非凡，情不自禁地小声说道：我现在才知道，原来做皇帝竟是这么得意。

高祖十二年（公元前 195 年）的秋天，刘邦第二次来到曲阜。这一年，刘邦再次回到了自己的故乡沛县，与其说这是一次荣耀之旅，不如说这是一次伤痛之旅。因为这次是专门为平定淮南王英布叛乱而来，当年信誓旦旦的忠臣，竟然全不顾情面，一朝举兵反叛，已经够他伤心的了。没有想到，就在这次平叛过程中，他还被流矢射伤，心里的伤痛和身上的伤痛合在一起，几乎让他在车中无法支持。

正是怀着无法言喻的忧伤感怀，刘邦踏进了故乡的土地，回到了熟识的当年。眼前的一切让他感觉既熟识又陌生。热情洋溢的乡情扑面而来，让他吃到了正宗的家乡炖狗肉，喝上了纯净的高粱酒，当然还有一阵阵山响欢呼。酒酣耳热之际，不意伤口又一阵疼痛涌上来，他转过头去，情不自禁地流出了眼泪，随手拿起木槌，击筑高唱道："大风起兮云飞扬，威加海内兮归故乡，安得猛士兮守四方。"唱完最后一句，眼前死一般的寂静，人们都惊呆了。看到刘邦竟会如此伤心，人们不明白到底发生了什么。

从小连远门也没出过、偏居鲁西南一隅的朴陋乡民，怎么能体会到一个拼杀了大半生、夺取了天下的帝王之心？理解他此时所承受的心理压力和为前途的担忧？"安得猛士兮守四方"，那是他压抑了很久一句心底的话。英布的公然叛乱，在西汉定国之后不是第一个，先前就有韩信、彭越等人的谋反。从频繁发生的叛乱来看，因为身体的原因，刘邦也许有了另一种不祥的预感，汉家天下的未来需要更多的"猛士"来为他镇守四方。可是环顾左右，偌大的西汉帝国，让他能够放心的猛士又有几人？

经过短暂的十二年掌国理政，刘邦有了与战争时期完全不同的体会，真正理解了"仁义不施，攻守之势异也"的实质。明白此一时彼一时，眼下真正的猛士，不仅是具有勇猛顽强的战斗力、会打仗的人，还必须有忠诚的信念和健全的心灵。在当时的历史条件下，忠诚或许比勇敢更重要，道德比征战更迫切。在历史的特殊时期，人往往不是溃败在能力上，而是毁灭在道德低劣坍塌上。或许正是此种忧患意识，让他终于想到了曲阜，想到了道德产生的渊薮，想到了孔夫子和他的弟子们，想到了那些曾告诫人们"非礼勿动"的谆谆教诲。据说中国历史上最早的侠客便诞生在那里，那里也许是产生真猛士的地方，起码那里有教化猛士、培育忠诚的文化土壤和教本。于是，他决定从淮南回程的路上，实施曲阜"寻猛之旅"。尽管身上还有伤口，一阵阵的伤痛会不时袭上心头，令他痛苦难忍。然而他决定坚持前往，因为他相信，只有在曲阜，才能找到治疗身心、当然也是治疗汉家帝国伤痛的最好良药。

那一年的曲阜城（那时叫鲁郡），一片瑟缩、满目秋霜，刘邦率领文武百官浩浩荡荡地开进了曲阜，人没下车便昭告前来迎接的人，这次来曲阜，就是为了参拜祭奠孔夫子，闻听儒道大义，其他一律免议。所以，车子进了阙里街之后，在孔子家的老宅的门前，刘邦被搀下了车，抬眼看去，院子里是几棵不知名的老树，正当屋里摆放着孔子当年用过的衣、冠、琴、车。面对这些百年圣物，刘邦一改往日的威严，率众臣当场跪下，用当时郊祭最高的礼仪——"太牢"祭奠孔子。豪华的祭品、滚滚的香火，一丝不苟的跪拜，刹那间，曲阜这座本来有些清寒的小城，被渲染得暖意融融、容光焕发。

仪式结束之后，他又专门接见孔子第九世孙孔腾，见到他手里拿的一根拐杖有些特别，便轻声问道：是为何物啊。孔腾回答道：是祖宗林中之木。听到这里，刘邦突然抬起头来，顿时声音提高了八倍，大声地说道：好啊，众爱卿听着，以祖林之木为拐杖，是大孝的表现，这就是不忘旧。因为他讲"孝"字和"不忘旧"一句声音大得出奇，站在后面老远地方的人也听得清清楚楚，所以，后来孔子后人能一字不差，将其记在了家族的史书中。

据说，刘邦还在不远处下榻的鲁南宫（即鲁泮宫）召见地方儒臣诸生，其中就有当时鲁《诗》大师申培公等人，让他们各自带着弟子入宫觐见，均以德治国和仁道天下论辩诘难，发表高见。命随行的文武百官当场聆听，接受教诲。刘邦的曲阜"寻猛"朝圣之旅，人还没有回到京城，一夜之间传遍了大江南北，从当年的"尿溲儒冠"到今天的"太牢祭孔"，竟会有如此迅速夸张的变脸，让全天下的人，一时间都张大了嘴巴，陷入了惊恐的沉思，人们知道这天真的变了。

刘邦是历史上第一个以帝王身份祭祀孔子的人，这是值得载入史册的历史大事件。对此，司马迁不愧是洞彻事理真相的大史学家，他不仅做出了最敏捷的反应，自然也清楚地看出了其中的内幕，尽管司马迁一直对汉高祖刘邦怀有鄙夷的心理，但是他看出了刘邦并非只是为汉王朝，也为所有的开国治天下者，在定一种新的基调，在开一种风气，即开国就是祭孔，治国更是祭孔，唯有祭孔才能长治久安。

所以，在《史记》中，司马迁记载了"以太牢祀孔子"之后笔锋一转，对此件事做了全新分析："高皇帝过鲁，以太牢祀焉。诸侯卿相至，常先谒，然后从政。"寥寥数笔，既清楚地记载了事件隆盛的全过程，也由此阐发出，帝王登基临天下，祭祀孔子是必需的历史作为和常识。然后就是"常先谒，然后从政"，这绝对是政治史上的一个大命题，它不能不让后代的帝王们产生出无尽的遐想，何况又是司马迁这样权威史家所做的论定，历史常常不经意的一笔，都会为后人描画一道无形的轨迹。即从"从政"上说，欲顺利地展开和推进政治，确保官途顺利，就必须从曲阜的孔庙起点出发。这是一种现实的定律，因为高祖刘邦的所作所为，已经为我们做出了充分证明："汉家四百年命脉全在于此。"

刘邦的曲阜寻猛士之旅，正式拉开了汉代重新调整治国平天下方针大计的序幕，也为政治理论未来选择涂上了浓重的儒学底色。他终于发现了新生政权的出路和希望。因此，这不仅是一次寻"士"之旅，也是一次文化的寻根之旅，还是一次政治宣传教化之旅。从此以后，遥遥万里之外的偏僻曲阜小城，逐渐成了世间最热闹的焦点之地。上至帝王百官，下至平民百姓，人们不远千里，跋山涉水尽可能到曲阜来。到孔子故宅前燃一把香火，静下心来往上拜上一拜，然后转过身去上路，脚步都显得格外踏实。

曲阜城里那些不经意的平常处，只需要从孔子及其弟子们走过的街巷里走一走，看看当年留下的那些陈年旧物和隐约的脚印；然后侧身观看一下曲阜人的面容和身姿，当然最好再和他们打打招呼，你就会自然体会到什么是古风纯熙和仁义道德。世间真正的义理，往往就在淡淡的风尘和不经意的生活眼神里，就像伊斯兰教每年的加沙朝圣，那是一种全地缘全环境的感受和敬拜，进到那里不自觉地便会被同化，真主在何处？就在你看不见的飘渺天地细处。所以，到曲阜拜谒孔庙，用心去体验这里的一切即可，"归来古道满眉睫，千蹊桃李无颜色。"（明代钟羽正《孔庙手植桧歌》）用心体验可以改变你的一切。

然后就像汉高祖刘邦一样，因为这里有先代传下来的"以德配天"传统，有"天人感应"的神秘意蕴，所以，需要认认真真地跪下来，向孔老夫子虔诚地磕上几个头，以真情的跪拜，全然性地匍匐，全身心表达自己对于孔庙所承载的"天人之道"是真心、是真信，所谓"诚者，天之道也；诚之者，人之道也。诚者不勉而中，不思而得，从容中道"（《中庸》）。只有与孔庙之道真诚合一，才能够得其真谛，得其道义。这也就是为什么后来康熙皇帝等到这里要行三跪九叩大礼，祭孔就是神道设教，入孔庙就是跪拜礼敬，这才是真正的尊孔。如果在此基础上又能献上一篇情真意切的赞颂祭文，就像在其他宗教庙宇或圣地发一点誓愿、做一番祷告，就更完美了，这大概就是为什么会有那么多皇帝祭祀碑文陈列在孔庙中的缘故。

因为高祖刘邦定下的驾幸曲阜、大礼祭拜孔子规矩。所以，这便成了一种有形无形的定制，凡是有思想欲作为的帝王，无不乘上辇车，越长江跨黄河驾临曲阜，这是文化空间位置和时间流程的必备细节，在帝国大厦的建构过程中，孔夫子的庙宇无疑就是基石和标尺。所以这是一条不能不走的路，从京城到曲阜，他们总想用一道深深的车辙将两处紧紧拧在一起，然后就有了"上帝就在心中"的踏实和温暖，就有了性命的依靠和定力。

东汉光武帝刘秀，虽然被指责是窃取了汉家天下的人物，但事实却是个有足够文化感觉和智慧的人，史载每到一地，常常是"未及下车，而先访儒雅"。以他的心计，或许是一种政治手段和艺术表演。但正是他，在客观上让儒学家及儒学思想成为了社会的宠儿。他本人曾三次亲临曲阜朝拜孔子，最长的一次竟然在此住了三个多月，除了按时入庙祭拜先师，便是每天和儿子一起细读儒学经典。不惜花费工夫，亲自导演儒教天下的大戏，品嚼儒道真味。在某种意义上，他并非是在作道德秀，而是想往能够在此真正获得道体德行，"故大德者必受命。"只有获得天意大德，而不是小德，必定会得上天之命。所谓"故大德，必得其位，必得其禄，必得其寿"。信则灵，不信则不灵，光武帝不是不懂。

东汉明帝进了曲阜城，在孔子庙宅寿堂前亲自敬献爵酒，行的是跪拜大礼。礼毕之后，令人没有想到的是，他命人抬过一把龙椅，直接坐到了孔子牌位跟前，命皇太子、诸王在夫子面前讲说经书，这绝对是惊世骇俗的一幕，与其说是讲说经书，不如说是面对孔子表态发誓。从此，开了帝王在孔庙中听讲经书的先例。汉章帝到了曲阜，据说在讲堂听了儒者论难经书之后，龙心大悦。命人即刻搬过一大堆准备好的礼物，赠给孔子后裔，并大笔一挥，将供奉在孔子位前的牺尊、象尊、山尊、雷尊、太尊五件祭器及明水瓶尊统统留于庙中，据说至今这些汉代宝物，还保存在孔庙中，可惜我没有见到。不过由他开的祭孔赐物留祭器授孔氏为官的风气，还是让孔庙受惠不少。

汉代人之后，汉安帝、北魏孝文帝、唐高宗、唐玄宗、宋真宗、康熙皇帝等，一个接着一个，在取得天下之后无不直奔孔庙而去，据说其中仅清代的乾隆皇帝就曾九次到曲阜祭孔。当然也是因为他不舍得把自己的女儿，却把一个认领的义女于珊兰，专门嫁给了孔子72代孙衍圣公孔宪培。让皇家和孔家结姻亲，那情意自是又进一层。虽然他不是一个很会写诗的人，他曾赐给衍圣公孔昭焕这样一首诗："春风二月又巡东，释奠今年为献功。讵止荣卿一家独，可知尊圣百王同。""可知尊圣百王同"，是一句直直白白的皇帝大实话。他们都清醒地知道，政权的稳固离不开孔子，如此这般，帝王亲临曲阜，用庙里上香祭孔这最直接的方式，甚至比专门下诏书更为明确有效，更容易颁布朝政大纲；孔庙作为帝王们的师法之地，更是社会达于淳朴厚道的基石，帝王要想有所作为，就绝对不能不来，祭孔为国之大计，祭孔更是国之信仰大业。

这便是十三御碑亭的文化由来，为什么几千年的时间十三御碑依然守候在这里，而且不怨不怒、不动不移，将自己的心愿乃至灵魂捧在手中，就是为了皇家的千秋大业，它和百姓遇事祈求上天保佑是同一思路，为了得一历史的真传和佑护，在中国这片土地上，因为没有上帝，也没有真主，更没有佛祖，这孔庙是唯一的求法之地，舍此别无他路。也就是董仲舒当年所说的"天不变道亦不变"，宋代人所归纳出的孔庙蕴含"天人之道"，在历史上被十三御碑亭框定成一个固定的皇家政治概念，那就是孔庙中的至道信仰，非为私家一己之事，是乃国事、天下事，绝不可将孔庙中的天人之道私用俗解，否则，格杀勿论。

据史料记载，刘邦的曲阜寻士之旅，也许是无意也许是有意，还开启了另一种传统，那就是开始了一场孔子由人到非人的造神运动，让孔夫子散发出圣而神的灵光。虽然有些阴阳五行家的意味，但此种带有世俗层面的神化推演和扩展，不仅加重了孔夫子的社会心理认同感，也开启了对儒家学说予以更加超现实崇拜的历史先河。将文人本身的敬仰向文化精神敬仰予以迁延，这绝不是一种历史的蒙昧之举，相反，它预示着一个更加注重文化、一个更文明时代的到来。必将引发出一个民族最广泛化社会群体发至内心的文化崇拜敬仰情感。仅此这一点，其功德足以雄贯千秋，让千年之后雍正皇帝不得不赞颂孔子是"圣而神"。也正是在这个意义上，现如今一些人将孔夫子去圣化，认为"去圣乃得真孔子"，绝对是无知小人的鼓噪，他们以还原孔子为名将社会导向低俗乃至恶俗，必将受到历史和文化的严厉惩罚。

因为正是这种特定的神化色彩，使得汉代的经文建构呈现为极度神秘性，认为"经也者，恒久之至道，不刊之鸿教也"。之所以称之为"经"，是因为它取法乎自然天地鬼神。就像那个"鲁壁藏书"的故事，皇太子汉王刘余修造宫殿时，无意中挖开了孔夫子家院子里的一座墙壁，发现里面座藏着一捆又一捆破旧的传世古文书简，与此相伴随的是天上竟然传来了丝竹之乐，至今那座藏书的"鲁壁"还在孔子故宅的院子里。它不仅说明流传于世的书籍，应该也必须是出之孔夫子之门，唯此方为正宗，方为真实。同时，它也是对孔庙"天人之道"、五经为儒教之本的另一种诠释和论证。

如果说孔庙包括宋代在内的前半部分，那是文人学者所讲授的天人之道宗教性内涵和结构的话，那么此处的十三御碑亭和汉代追溯，则是将宋人们的文人之道转升为国家民族之道；如果说其他宗教都是关于个体人的信仰的话，那么，儒家的天人之道则是国体、政体和个体、人生的统合崇拜。我们到底该怎样来祭拜孔子？该怎样在孔庙中做宗教性的体验和获取？或者说该从什么社会高度上来领悟儒家的信仰内涵？也许该好好体会一下十三御碑亭的文化意蕴，这些忠诚的帝王们告诉我们：儒家的"天人之道"在更高层次意义上，就是"经国之大业，不朽之盛事"（曹丕《典论·论文》）。如此家庙与国庙的统一、私德和国德的统一，将信国和信己融汇在一起，才算得到了儒教之道的真谛，也才懂得了汉民族文化信仰的本体。正是在这个意义上，我们必须透过汉代人的政权意图看孔子、透过民间神化看孔子、透过厚厚的经书看孔子，甚至透过汉代人的脸色和身姿、创造碑刻艺术的背影来看孔子。汉代文化是我们走进历史深处、探寻孔子及儒家历史原质最重要的一道大门。

七

沿着辇路两旁的石阶，缓步登上大成门的门阶。大成门为三开间，正门敞开着，大成门与别的大门不同，前后檐各有两个深浮雕的龙柱，上覆鎏金碧瓦内饰彩画。仿佛告诫走到此处的人们，脚下是一个不同寻常的去处，大门口以龙柱做柱，这绝对不是一般规格和待遇。

据清代戏剧家孔尚任编撰的《阙里志》记载：这道门原来叫做"仪门"，后来因为考虑和里面的大成殿统一和谐，改作了大成门。应该说，这个改动动了脑筋，也十分讲究。言为"仪门"，在某种意义上，只是一种对外人的告诫，告诉人们要以礼仪之心之行，恭而敬之地走过这道大门；而言为"大成门"则不然，转而成为对庙主的综合评价。告诉你从这里走进去，不仅要规规矩矩，还将要见到一个"大成"的历史巨人。当然也有人将"大成"作为成就解，意思是过了这座大门，你将看到里面的儒家学说至高成就，也就是孔庙最深邃最精粹的精神义理，也就是当年颜回所说"仰之弥高，致之弥坚，瞻之在前，忽然在后"的崇敬信仰所在，这才是真正意义上的"大成"。

因此，我没有轻率沿石阶走下去。我知道，这是一个既需要清理来路思维，又需要明确前进路向的关节处。前面一路跋涉之后，终于走到了历史深处的边缘。终于沿着明清两代"天地之道到天人之道"的信仰设置；走过宋代人用书学建立的"理学"或"道学"崇拜甬道；再经由汉代以后帝王们用"修齐治平、天人和德"来敬拜孔子之路，接下来，历史的至深处会是一种什么样的景致？或者说它又会告诉我们什么更为深刻的儒学内在义理？这真是一个令人兴奋的时刻，一个令人既神往的去处，不自觉地感觉是急切也是犹豫，是惊喜也是伤怀，是渴望也是害怕。不光是我，我相信凡是有文化感觉意识的人，许多人走到这里的时候，都会有这样的感觉和思考。

我想起了明代一位四川才子罗玉，他大概当年也是站在这个地方，即将进入孔庙深处的时刻，徘徊良久，情不自禁地吟诵道："杯酌寒泉豆荐新，鞠躬再拜素王神。杏坛春雨花犹媚，洙泗泉头仍有声。"（《谒孔庙》）他竟然眺望着院子里的杏花，冥冥之中听到了源头之水的声音；明代郴阳人、江西布政使范辂也曾吟道："曲阜停骖岂浪游，直寻泗水到源头。"他同样感觉寻到了真正的历史的源头。还有一个叫郑威的人，所吟稍有不同："尼山正脉频回首，洙水真源足洗心。"尽管都是为了寻得历史深处的真解而来。但是，郑威他不仅看到了渴望的儒道源头，还想望能让源头活水洗涤落满尘垢的心灵。也就是说，郑威不仅感受到孔庙是一个朝圣之地，同时，他还领悟出就像其他宗教一样，在孔庙可以用通天的圣道来洗涤净化自己的灵魂。作为一座庙宇，宗教性的参悟与启迪自不可缺，自会让人获得真正的人生精神境界升华，这是所有圣地或庙宇朝拜者共有的情怀。

想到这里，走进大门的时候，我特别注意放慢放轻了脚步，小心翼翼地步下台阶，沿着中间的甬道慢慢朝前走去，不想让脚步干扰内心的体验。就这样，不期然来到了杏坛上亭子里，这里是一个既可避风雨，又利环顾观瞻的好地方。南望南面一座大门四敞大开，隐隐约约露出外面如许的风雨景色；向东西两边的院子看去，庑宇静默寂寥，屋脊上方约略可以看见家庙和启圣殿院落的古松树枝；北望身后高耸的大成殿峙天而立，极其巍峨壮观、气势不凡；俯瞰院落，几只白色的鸟儿领着些灰色的麻雀无忧无虑地纵横乱飞，它们从露台上起飞，然后又从眼前轻轻划过，演绎出别一种生灵意趣。

只停了一小会儿，不知不觉间，我的头脑不期然有了一种豁然开朗的感觉，就像天空阴沉翳云被吹开了缝，渐渐地有了些清亮的感觉，有了丝丝光缕。所有往昔记忆和辽远想象顿时都活了起来，仔细打量眼前这座院落的景色，它多么像一个农家的四合院啊！只是它的面积大了些，院子里的陈设物件和一般庄稼人的院子有些不同。想到农家院落的这一命题，心里霎时激动起来，抬脚快步走到露台上，然后站在露台的正中间，背依大殿，前瞰庙院，只一小会儿，便结结实实地肯定了心中的答案。是的！这里确实是一个"家"，一个完整的"家"，冥冥之中，它甚至可以让人产生出温暖的回家感觉。

我既惊讶又欣喜，为自己的独特发现而庆幸，原来穿过那道大成门，在历史的更深处，我们所瞻仰崇敬的孔夫子，我们所看到中国核心文化原始形态，它竟然就是一个立体书写的"家"字，是一个极其平常而又极其深邃的文化主题。也就是说，在文化意义上，它是一个平实普通的家；它是一个真正意义的家；它是一个蕴含深邃的家；它是一个范本范导的家。"家"是华夏民族的文化原质形态，"家"是孔子及其儒家文化的至高认知。

至此，我才知道原来读书竟是如此粗疏，司马迁在《史记·孔子世家》中明明记载："故所居堂弟子内，后世因庙，藏孔子衣冠琴车书，至于汉二百余年不绝。"孔子庙原本就是在孔子故宅的基础上改建而成，孔庙的原体就是一个"家"，所以，它不可能没有家的影子，我竟然在司马迁文字里没有读出深藏的味道，竟然没有看到蕴藏着的整齐农家四合院。如果说大成殿是农家院落的正屋，那么两庑自然是它的厢房，前后便是整修得规规矩矩的院墙和门楼，只是它比一般农家院落大了许多，也丰富了许多。

院子里一派蓬勃生活气象。按照农家过日子的习俗，院子里该栽点什么。乡下一般农家是种瓜果栗枣，孔子家的这大院子里，除了几棵杏树以外，就是高大的松柏树，或许那是为将来盖房修屋。尤其是孔子当年亲手栽下的松树，后代人给它取了一个特定的名字："先师手植楷"。记得一本专门介绍孔氏家族的书上说，孔家后人把这棵楷树视作孔氏家族的命脉树。认为其枯则孔氏家族枯、其荣则孔氏家族荣。之所以到今天孔氏家族依然传延不绝，是这棵楷树死了三次又活了三次。目前这棵树生长得如此茂盛，昭示着孔氏家族必定是繁荣昌盛。我总觉得这是文人墨客的臆想，近乎齐东野语。当年在孔子看来，作为一个健康而丰实的家庭院落，怎么能没有点青枝绿叶的树木呢？栽上一棵棵松柏树，除了日后做木材用，四季常青也许会让小辈人从中感受到多么好的蓬勃生机。假如有人从中进一步体味出"岁寒然后知松柏之后凋也"的意味。岂不是一举两得的大好事？

按照传统的老规矩，"家"就要有"家"的礼数，就像孔子所说："弟子入则孝，出则弟，谨而信，泛爱众而亲仁，行有余力，则以学文。"这才是一个"家"应有内涵与风范。所以，孔庙不仅用特定建筑空间展现出"家"的形态结构，还用"家"的生活设置和环境塑造，塑造出"家"一以贯之的家教与家风，比如说"孝道"，在儒家的心目中，有"家"不能没有家人，有家人就不能没有孝悌之道，这是成长为人的根本，也是家庭相处的基本法则，更是家庭传世久远的基础，所以孔子才会说："孝悌也者，其为仁之本与。"对于儒家的这一生活铁律，孔庙用独特形态结构以及眉宇神情，做了全面而又深刻地诠释和描述。

首先，便是祭祖敬长。所谓"慎终追远，民德归厚焉"。儒家认为，世间的孝道教育绝不是一味地施以理论知识教诲所能奏效，孝道本身就不是讲授文化。因此，王阳明后来极力反对宣讲孝道的举止，认为那些整天在嘴边上讲孝道的理论家，实在是可笑和虚假。因为孝道就是家庭所创设的一种特有熏染和驯化环境，就是一种长幼之间经年累月的范导和带动。就如同旧时年节时分，曲阜的家家户户会摆上祖宗的牌位，供上发了黄的家谱。然后，家长率领着一家老少向祖宗磕头致祭；然后子孙们再分别向长辈磕头，这一番头磕下去，即使一句话不说，也将伦理纲常说得清清楚楚、记得严严实实。所以，孔庙的大成殿东面院落建有专门供奉先代祖宗的家庙（现改为了崇圣祠）。一直供奉到上五代祖宗。院子里还摆放着一套刻在石头上孔氏家谱。这种特定建筑设置和细节安排，就是要告诉后人，永远不能怀疑家族传承和传统，人应该知道自己的来处，知道基本的伦常关系和链条，这是一种特别重要的世传道理。

其次，便是孝敬父母，所谓"犬马皆能有养，不敬何以别乎?"在儒家看来，孝敬是人之为人的必然禀赋。为此，大成殿的西面院落建有专门祭祀孔子父母的殿宇。据《阙里志》记载：宋代初建孔庙时，供奉孔子父亲的齐国公殿及供奉孔子母亲的启圣王寝殿和大成殿之间并没有院墙分割，大成殿就紧紧地贴在父母的身旁，先师孔子就是要和老父亲老母亲共同享用供奉的香火。后来金代人入关，他们体会孔夫子的情怀过浅，于是，便用一堵墙改了庙宇规制，形成了单独的父母院落。即使如此，世界上的所有宗教，将祭祀庙宇建造成为一个家的结构和氛围，甚至让先祖、父母等一同配享，恐怕是中国儒家庙宇独有的规矩。从家族到夫妻再到儿女，讲究的就是孝敬长辈，这是相比其他更为重要的"忠厚传家久、诗书继世长"老规矩。

再其次，便是关爱妻子，所谓"妻子好合，如鼓琴瑟"。儒家认为，妻子是"家"的构成基因和部件，没有妻子便不成家。为此大成殿的后面，专门建有一座与大成殿紧紧相随专门用于供奉祭奠孔子妻子亓官氏的殿宇，叫做"寝殿"。此种规制后来成为天下所有孔庙建筑的一个定制，大成殿后面必设寝殿，虽然有的改名作"明伦堂"等，其基本人道、人伦意蕴却丝毫不变。因为有了寝殿，孔庙的"家"才成了一个完整的家、一个温暖的家；一个合乎伦常道德规范、经典而又实在的家；一个既合乎自然法则又合乎社会规律的"家"。在孔子眼里，一个完整的家女人绝对不可或缺。老旧的妻子也许无才无识，只是一个老丑的拙荆，但是她承担起了家族香火延续的重任，承担起了墙垣之内相夫教子的家务，家庭天伦之乐美好图景中，绝对不能少了她的身影；历史浩瀚的卷轴中，不能没有她的地位。孔庙用一座重檐九脊、黄瓦歇山的殿宇建筑，向我们讲述了孔夫子关于"家"的理想形态和基本构成。诠释出民族家庭关系中夫妻恩爱的永恒义理。自然也有力地回击了后来那些"孔氏三代出妻"的无稽之谈。

又其次，便是儿女亲情。所谓"仁者，亲亲为大"，在孔子看来，儿女情长这是古来的道理，但是，真正的君子亲在大义，就像孔庙的前端那座独特的院落，记载了孔子庭院教子的一段史实：一次，年龄很小的孔鲤从院子里跑过，正好被孔子碰见，便喊住问道：你学《礼》了吗？当听到说没学之后，孔子教导他说："不学礼，无以立。"意思是你不学《礼》的知识，将来就不知道怎样做官名世，孔鲤赶紧跑回去学《礼》；又有一次，又碰到了孔鲤，问他学《诗》了吗？回答说没有，孔子又教育道："不学诗，无以言。"意思是不好好学《诗》的知识，将来就无法更好地表达实现自己，孔鲤又赶紧回去学《诗》。后来，人们便将孔子教子的院落称之为"诗礼堂"，一个让人置身其中，便倍感家庭亲情和事理晓然的好地方。只可惜，现在只剩一座敞开的大厅，变成了一个供人们坐在龙椅上穿着官服照相的生意场，只有院子里那棵千年银杏老树和那依然挂在高处的匾额，还在讲述着一个仁厚大爱老父亲谆谆教子的温暖故事。

还其次，便是名世业绩，所谓"君子疾没世名不称焉"。原始儒家认为，一个家庭里的男子汉大丈夫，除了爱家、顾家、建家、续家的品质以外，儒家最讲究的就是业有所成，也许不是一番惊天动地的伟业，但起码是在事业上有所追求、有所成就。一个男人爱家的最好方式，便是能够为家撑起一片天空、竖起一座高大的门楣，通过自己的打拼，在仁爱天下、拯世济民的同时，为老婆孩子撑起门头，争得荣耀。这不仅是必要的，也是必需的。所以，孔子会"十五而有志于学"、会坚持做到"三十而立"。终于在他三十岁的时候，创办起天下第一所"有教无类"平民化的私学。然后，又一以贯之地秉持学而不厌、诲人不倦的信念，将教师作为一生奋斗追求的事业，终于创造出弟子三千、贤人七十二的辉煌业绩。再加上"学而不厌，诲人不倦"君子自道的话语，为他赢得了"大成至圣先师"的至高荣誉。直到晚年，即使享受鲁国国老的待遇，依然"不知老之将至"地执教儒门，声望尤被传之天下，一个家庭的男人，至此堪称已臻极致。

这一切后来具象为大成殿前那座标志性建筑"杏坛"。乾隆皇帝曾赞叹它："重来又值灿开时，几树东风簇绛枝。岂是人间凡卉比，文明终古共淳熙。"（爱新觉罗·弘历《杏坛》）乾隆二十一年，乾隆面对杏坛上迎着春风盛开的杏花，禁不住诗兴大发。在他看来，杏坛上的杏花绝对不是人间其他花卉可比，因为它是孔夫子栽培育人的结晶，便有了与世间文明相始终的特质，便有了与民族历史永恒的德行。乾隆皇帝与其说是在称颂杏坛上的花朵，不如说是在歌颂孔子"杏坛设教"的历史功绩。因为孔子倾其一生"无偿未诲焉"，在他的身后不仅有了一座芬芳四溢的杏坛，还有了东西两庑石桌上那么多的贤弟子以及先贤牌位，极有秩序地排列成为一个浩浩荡荡的儒家文化大道统，历尽世间风雨始终如一地陪祭在孔夫子的身边，呵护着圣道的同时，也以各自不同的方式方法来弘道护法于天下。就像佛教徒中一代又一代的忠诚执钵者，不惜以"杀身成仁""舍生取义"的毅力和心智，甚至是"道不行乘桴浮于海"，关键时刻会毫不犹豫地用生命去殉自己的敬仰与崇拜。师徒如父子，他们和孔夫子组成了另一种意义上的"家"，一种至高境界的文化史家。

就像大成殿檐下那些深浅浮雕的盘龙柱，八根深浮雕和十二根浅浮雕的龙柱将大殿高高举起，也将一个不朽的灵魂和意念托向了上天高处。民间传说，这些龙柱是天下仅有的珍品，就连京城皇家的太和殿也没有这样的物件，于是，皇帝来曲阜孔庙朝圣祭孔的时候，要专门用绫子包起来，以免让皇上看了生气。这绝对是一个俗浅的臆说。即使将它们包起来，难道皇上会故意装傻吗？睁着眼说自己不知道或没看见吗？应该说，他是不想要或者根本不能要。因为世间的皇帝，他们在世的时候绝对不想让神龙将其举上天界；死后更是没有这样的规格和待遇让神龙将其引入天国。所以，尽管曾有汉武帝等人感应神龙而生的神话传说，好像唐玄宗被人们曾尊奉为戏剧界的行业神，并非是因为帝王身份，而是喜欢在梨园中粉墨登场演戏的缘故。历史上一直到清代，没有一个皇帝会被人们尊奉为超世的神灵。他们很清楚，历朝历代帝王们即使生前再威风，到头来也只不过是人世间的一代帝王而已，永远不会成为历史上的"百代帝王"，更不配成为陪享上天圣而神的人物。

虽然古代皇帝有糊涂的角色乃至混世魔王，但更多的还是些聪明人。从汉代开始，他们都不遗余力地称赞孔夫子是超世的帝王。每每都会往高处和深处说，称赞孔子是超越所有帝王之上、超越古今真正的"帝王"，或者称他是帝王之师。他们没有一个会傻乎乎地跳出来，专门和孔夫子抢夺名分和地位。据《阙里文献考》等书所记载，历代皇帝来到孔庙中拜谒先师，见到恢宏的大殿和绝世的龙柱非但不会生气，他们还会兴高采烈地走向前去，在大成殿里悬挂一方金匾，上书"万世师表"；然后再悬挂一块金匾上书"生民未有"；又悬挂一块匾额上书"斯文在兹"。他们心甘情愿地将孔夫子推上万世，推出生民，推向永恒文化。不仅如此，他们还会领着朝廷上下一干人，在大成殿前的露台上堂而皇之地演出只有皇家才能享用的八佾舞；他们会不惜屈尊帝王之身随着乐舞行三跪九叩大礼；几番净手之后，又会用最洪亮的声音，上前诵读洋洋洒洒的祭文："仰惟先师，德侔元化。圣集大成。开万世之文明，树百王之仪范；永言光烈，罔不钦崇。"（康熙皇帝祭孔庙祝文）最后在淡红的夜烛和更鼓声中，望着曲阜悠深的夜空和明亮的星月，感叹"仲尼，日月也"。

所以，孔庙的不同角落里会有那么多的石碑，它们就像是一个在社会上颇有成就的人送来的一个又一个奖状和金杯，还有更高级的锦旗或牌匾，称颂这家的主人"大哉孔子，博学而无所成名"，称颂他是"大成至圣文宣王"。他们要用石碑将颂词传之千古，所谓"千年礼乐归东鲁，万古衣冠拜素王"（明代戴璟《谒夫子庙诗》），终于使孔庙成为了天下四大碑林之一，成为一座宗教庙宇的历史见证。因为这些石碑大都冠以国名或者以国体的名义予以建树，便会使人从中读到和认识到什么才是"国家"的真意，什么是"国与家"的一体。"国家"绝不仅仅是一个个王朝天下，尽管历代君王都把自己所建立的统治缩称为"国家"，其实"国家"是一个民族土地上永恒的政体存在。中国民族一路跋山涉水，最后以一个泱泱大国的姿态屹立于世界的东方，孔子庙堂上的这些如磋如磨、切磋琢磨雕琢石碑所彰显出的"道统三王大、礼乐百代优"春秋大法，为其建造出了最稳固的历史底座。

走进这迷茫而又神秘的历史深处，终于看清了民族关于"家"的历史深质及其文化真相，也更为深刻地理解到儒家庙宇信仰承载实体，理解了孔庙从天道到人道、从人道到"家"的深进脉络。对于什么是家？有了更深一层的认知，家不仅仅是一个具体的院落和人生时空，在更深的文化意义上，"家"乃是"人道"的基本范畴和场域内涵，具体说就是"人道"的生活化或生活的"人道"，假如用更简明的方式予以诠释，那就是活生生的生命"人德"展开和运行。在这民族历史的至深处，孔庙所蕴含着的民族信仰内涵就是我们平常所说的"天人之道"，或者说天人之道化为具体生活的"人伦道德"。古人评价它"极高明而道中庸"，虽然天人之道是一种极其高明的抽象大道理，但是落实到具体实处，其实就是我们的日常生活，就像孔庙院落里一眼看到的布局和设置，看似简单浅显，但是却内涵着一种极深的道理性，具体概括的话，不妨称之为"道德"。也就是从这个意义上，有人说中华民族的信仰就是"道德"，也许不为过。

只是孔庙中所深含的"道德"与一般所说"道德"纯然不同，孔庙中所包含和展现的"人伦道德",不是一己之德,不只是孔庙的祭祀已经被升为国家大典,同时还因为大成殿里面的孔子塑像戴的是天子的冠冕;因为每年祭孔必定是公职人员伴着孔氏家族一块儿上香行礼;因为孔庙里松树上那些鸟儿们可以任意翻翻起舞,所以,孔庙里的"人伦道德"既是国德又是家德,既是民族之德又是个人私德,乃至自然之德,它们混合在一起汇聚成世间的恢宏"大德"范畴。既高又低,既大又小,既繁又简,既雅又俗,在滚滚的历史长河中,最终沉积流布为华夏民族至高的"上帝",成为我们千百年来心灵敬仰崇拜的主体,"大德"才是孔庙这历史深处的真正本相主旨。

如果说西方的基督教堂以其高耸的巴洛克建筑和哥特式建筑,渲染出神圣的天国精神,并将基督徒们的追求目光引向天堂的话,那么,传统儒家则以庄严肃穆的大成殿,表达出人生的神圣意味,将现实人们的心灵置于世俗之中又超越世俗之上;如果说西方基督教堂中用耶稣那受难的形象来为人们赎罪,以悲情和痛苦激发人们的向善之心的话,那么孔庙中的大成殿里用孔夫子端坐的圣像来教诲众生,用他那庄严神圣的形象引领世人走向生命的崇高和信仰;如果说西方用定期的礼拜来参拜上帝聆听上帝的教诲的话,那么孔庙中则是采用固定的节日祭祀活动让人们的心灵与圣灵相融。教堂的唱诗班与孔庙的祭孔歌舞;教堂的祷告语与孔庙的祭孔文,它们如此的相似和相近,表明大家合起伙儿来走在同一条宗教追寻的道路上,都是要将人们引向信仰的坦途,让心灵找到终极的归宿。

没有想到,孔子庙宇这历史深处,竟是如此形而上与形而下的道德绝色风光。它让我为之激动感怀的同时,也不能不随着阴郁的空间和深邃的景致深深地感染和融化在庙宇的神圣韵致中,从心底里缓缓地生出高举的生命敬意,直向头顶的天空升腾,一直飞到阴云密布的高远处。随之而来,感觉生命沉静了许多,也干净了许多,仿佛真的感受到了圣灵的别样温暖。

也就是在这一瞬间,我突然明白了近代曾经有传教士想在曲阜古泮池边上建造基督教教堂,七十六代衍圣公孔令贻闻听之后,紧急召集孔氏族人商量对策,最后决定一方面向皇上呈递奏折强烈要求停止此举,另一方面动员族人尽快在此基址上建造出一座堂而皇之的崇圣祠,告诉世人这里曾是乾隆皇帝驾幸曲阜的行宫,使得建教堂立刻无疾而终;还有前几年一些人打着招商引资的旗号，故意要在曲阜城东建造据说是东亚地区最大的基督教教堂，一石激起千层浪，大江南北数十著名学者联名发表声明，坚决反对这一功利与荒唐之举，绝不能让更高的教堂建筑在曲阜凌驾于大成殿之上，也使得这一重大经济项目旋即销声匿迹。

在人们看来，也许任何地区都可以建造西洋人的教堂，唯独在曲阜不行，因为这里历史上就是"一方烟火无庵观"的圣地，这里有孔子，这里有孔庙，这里有民族文化信仰的祖根，如果我们连这一条民族的祖根和血脉都无法守住，不仅这个民族真的危险了，千年民族大厦必将毁于一旦。所谓"欲灭一个民族，先灭他的文化"，此话绝对不是耸人听闻。同时，我们这一代不管是有意还是无意，如果眼睁睁地让民族信仰陷落于西方的科技所创造出的金钱物欲中，或者面对建立在基督教基础上的个性与自由趋之如鹜，也必将成为子孙后代不可饶恕的罪人，因此，即使它再能拉动地方的经济，此事也断不可为。

我也突然明白了，近些年为什么社会上会有那么多的人怀着道德滑坡和信仰沦丧的恐惧掀起一阵又一阵国学热，有的人甚至不将孩子送进学校而是在家专门实施传统文化家教；更明白了习近平总书记为什么会在 2013 年 11 月 26 日前来考察曲阜。在时隔多少年之后，他以一个共产党总书记的身份走进孔府孔庙，然后在曲阜孔子研究院主持召开弘扬传统文化座谈会，并发表《孔子研究院讲话》，在讲话中强调指出："国无德不兴，人无德不立。"这无疑是华夏民族站在新的历史前沿发出的警世恒言，它让我们面对今天的世界格局和民族生存重新调整历史航向的同时，也是对当年贬低中国无信仰或者已经抛弃传统的前英国首相撒切尔夫人等郑重地发出了国家和执政党的昭告：中华民族不仅有着自己的文化信仰，也绝对不会将民族文化传统随意抛弃。非但不会抛弃，面对世界日益加剧的纷争和沦落，中华民族还将为人类在二十一世纪更好地生存下去，向世界奉献出两千五百年前孔夫子的卓绝智慧。

也就是说，如同国学教育已成时代大势潮流，各地儒学研究普及方兴未艾；如同我国已经在世界上建立起了五百多所孔子学院、三百多个孔子课堂。也许过不了多久，曲阜孔庙将对人类彻底敞开它的大门，孔夫子将再一次率领弟子们周游列国，他将再一次将民族"天人之道"的崇高信仰播撒向天南海北，让世界放射出更璀璨的人道光芒。我相信，伴随着民族振兴步伐，这一天绝对不远了。

　　我的思绪还在孔庙的上空恣意地飞旋。忽然，前面院落里响起了催促的铃声，身边的游客纷纷散去，才知道天色已晚了。天上霏霏的细雨渐渐地停了下来，古庙显得特别清亮和空净。这时，我突然产生了一个想法，即该在露台上郑重其事地为自己举行一个"信仰"的仪式。虽然下雨天并没有灰尘，但是，我还是上上下下拍打了一遍身上的衣装，而后仰望苍天深深地吸了一口气，搓搓满是潮气的脸，郑重地向着大成殿里的圣像深深地鞠上三躬，又双手抱拳，向着孔夫子，也是向着长天，庄严宣告：天人之道，你永远在我的心中！仪式结束后，感觉自己仿佛变了一个人，心中充满了融融的温暖，脚步变得轻松，走出孔庙大门的那一刻，回望孔庙的一切，感觉真美！

礼仪之殇

——孔府的历史沉浮

一

深秋季节，曲阜老城在淡然的秋阳中，暖成一杯醇香的老酒，出了学校的大门，踏着散散落落的路边黄叶，一路向鼓楼走去，行走在圣人故里的老街，满眼残枝败叶和秦砖汉瓦，才感觉秋天而且是深秋季节，才是曲阜的本色时光，自然也是观街景寻古的最佳时节。

曲阜城真的有些老了，在飘散弥漫的尘灰中，露出些暮年衰气的苍然神色。但当从街头这些陈年老物面前走过，那些风化的不成样子的砖瓦石雕，若用心去感应，依然会听到很沉重的喘息和沉缓的心跳，告诉我们，古城曲阜连同它那久远的历史其实还活着，古老生命并没走远。

从鼓楼街折过去，穿过鼓楼下的门洞，向西朝孔府大门走过去，一条不知走过多少回的古街道依然如故，街道两旁的石狮已斑驳不堪，透出残破幽怨的沧桑。从它们身旁走过，依稀传来它们悄悄的交谈，沉缓的语调伴着洋洋洒洒的秋风，仿佛在述说着那些恍若隔世的豪门逸事，中间还夹杂着一些听不太清的四书五经，街道溢满岁月拖下的光与影。

对我而言，孔府一直是我在曲阜一个无法释却的心结，或许是从解放初期到文化大革命，再到改革开放，一路走来的特殊生活历程，早年红色的印记总是无法清洗干净，所以，在一个很长的时间里，一直认为，孔府就是一个"封资修"的活样本，或者是一个陈旧阴暗的巢穴和渊薮。后来发现，即使在曲阜，有这种感觉的人，并非只是我一个。

走出胶东落脚曲阜城里，住的时间长了，特别是读了一些不曾读过的古旧老书之后，虽然在时间的衍化中，对孔府的理解渐渐有了新的变化，知道它还是一座无与伦比的世传贵族门第，有着世间小民难以弄懂的内涵和意蕴。只是，也许住得跟它过近的原因，每每放眼看去，便有茫然生出，它到底深在何处？又特在何处？到底该做怎样的现代释读？多年来，一直摇摆在"封资修"与贵族之家的边缘，难以走出世俗的余绪。

记得《论语》中有子贡这样一段话，鲁国的上卿叔孙武子曾当面夸奖子贡，你比老师孔夫子强多了，说完露出一脸富有意味的笑意。子贡听后，立刻红着脸高声作答道：先生，你错了，假如用房屋作比较，我家的围墙也许只有肩膀那么高，人们从门前走过，随便一抬眼就可以从墙外看到里面一切；老师夫子家的围墙那可是有几丈高啊，假如你找不到大门，就根本无法走进去，当然，也就无法看到里面像宗庙一样辉煌壮丽的景象，满屋子的阔绰与富足。可惜啊，一直以来，很少人能够真正找到大门。先生，你真的错了！

叔孙武子尽管身为贵族，无疑是俗人；而子贡虽然身为"士"，则是大智慧者。他通过孔子的宅院，参透了世间存在的真正层次落差。人生活于不同的境况与境界里，面对不曾见识过的陌生高墙深院，有的人即使穷尽自己心力，最终也无法找到合理的门径走进去。这就是历史必然的律性，这就是生命天然的距离，绝对不能用简单的悲哀与无奈来概括。由此，我终于明白了，自己从小生活于海边的小村庄，见过最多的是海浪和庄稼地，面对由皇帝命名的孔府高墙深院，只能是一个永远不可企及或理解的门外人。

虽然人们可以到此一游，但是，依然是会看的看门道，不会看的看热闹。譬如眼下正是旅游的旺季，孔府大门前，人来人往，声音嘈杂。人们从石狮看护中的大门走进去，满眼的神奇与惊叹。古往今来，不仅仅是我辈，又有几人再找到了孔府的"大门"？因为猎奇与敬仰，一代又一代人，总是锲而不舍地走进曲阜，在孔府前留下他们的脚步与身影，也许常人真的不需要看懂什么，跟着延绵不绝的人流，本身就是风景。

该走进孔府去寻绎一番，岁月匆攸间又过了一大截，虽然此时也未必能够读懂其中的蕴涵。但是早已过了知天命的年龄，真的感觉有些不一样。何况孔府大门正豁然洞开，何况"自古逢秋悲寂寥，我言秋日胜春朝。晴空一鹤排云上，便引诗情到碧霄"。何况古地的秋天别是一番意趣，秋天的暖阳为解读涂上了淡然的底色。

何况有孔子的话从心头隐隐泛出："吾见其进也，未见其止也。"人该有所进取。

二

走到孔府大门前，回身望去，从远处悠悠飞来几只白鹤，在天空划出美丽的弧影。这是曲阜古城上空特有的景致，每每望见它们，都会激起我无尽的遐想，将思绪扯得好远、好远。

中华民族的历史上，真正贵族可谓少而又少，人们算来算去，最终发现，偌大一个国家，悠悠几千年的历史，好像只有孔府一家够贵族的资格，所以，人们习惯将其形容为"天下第一家"，言下之意，大概是唯一的一家。

因为贵族的"贵"字，其最初为稀少之意。其次才是高高在上的气质，再其次便是贵人吉人天相。世间物以稀为贵，所以，曲阜早年间曾流传着一个传说，如果能亲眼看见孔府里的公爷，就不会害眼疼。在曲阜这样一个偏远的乡间朴陋小城，衍圣公府的尊贵威严与地域反差实在太大了，孔府几乎就是人间天堂的一个神话。

当然，这也许是本地人轻易不到孔府的原因之一。仰望头顶的大门，凌空飞势的屋檐直指蓝天，不觉间便有了异样的感觉，黑漆的三开两进、四梁十二柱飞檐挑角的大门，正上方是"圣府"两个威赫的大字，加上两边威风凛凛的明代石狮子，再配以方石上马凳，路南的对门照壁高耸凌云，一种大户人家的逼人气势迎面扑来，让人从心理到身体感觉又矮又小，大气都不敢出。

当然，如果仔细品味门前的如许的景色，也许会发现高门大户真正的威风，不是板着面孔吓唬人，更不是靠穿着马褂或者开着宝马车抖出来气势。它是一种混含着历史长度的内在包蕴品质。虽然高高在上，但可能是一种温和的笑意，甚至是浅俗的俏皮。就像孔府门前除了圣府牌匾、黑漆大门、狻猊铺首、菊花阀阅之外，门两旁几棵简单的紫金花，在阳光下频频颔首致意；就像那门上的文武门神，故意夸张的表情和姿态让人暗生会心的笑意。

大门抱柱上悬挂着清代才子纪晓岚撰写的对联："与国咸休安富尊荣公府

第，通天并老文章道德圣人家"。不知为什么，每次看到这副对联，都觉得纪老先生肯定是二锅头喝多了，要么是白天受了和珅大人的窝囊气，于是在昏暗中的灯影中，他露出浅浅的坏笑，然后拖过笔来，要故意幽老圣人家一默，专门写错其中的"富"字和"章"字，诉说一段"富贵无头、文章通天"的传说，造出圣人门前居然有错别字的无厘头逸闻趣事。

其实，最早"富贵无头"的佳话，出自一段曲阜民间的传说。据说孔子第四十二代孙孔光嗣（公元 900 年左右）娶亲那天，一位神仙前来指点，告诉他说，圣府影壁墙上的"富"字，顶上的那一个"点"不吉祥，应该把"富"字头上的点去掉，这样便可富贵无头。从此以后，千年圣府的"富"字都写成了秃宝盖儿。博闻强记、风流倜傥的纪大官人，不过是故意地跟着曲阜街民瞎起哄。

前几年，一个朋友从远方来，他端详之后，跟我说了这样一番话：看来纪晓岚是个嘴臭的角，正是这个不大不小的俏皮话，不幸而成了孔府百年的谶言。因为自从纪晓岚题了对联之后，孔府便开始走下坡路，末代衍圣公莫名其妙地去了台湾，家里从此没了人头主子，田产充了公，再到后来，偌大的一个富贵之家，成了一座空旷如洗的空宅。富贵之家无头人，何其神似！

还有那个通了天的"章"字，史书记载，原本唐代人的书法中，就有一竖贯日的写法。正是纪晓岚将其题写到孔府的门联上，使原本以书面文言"曰"字继祖传家的文章门第，变成以"田"立户的下人之家。可谓是一语中的，衍圣公大人去了海岛，没费什么力气，没有文化的山野村夫进了大门，并从此成了府里的主宰。

可能是受文化大革命"破四旧，立四新"的过重影响，我一直不太相信风水之类的迷信说法，所以也不知道他说的是否真有道理，只是感觉在孔圣人家的门口，随便开这样的文化常识玩笑，实在有些过头。孔夫子门前甚至忌讳念《三字经》，这里真的是不能也不应该用文字开玩笑的地方。

说来也是，堂堂衍圣公府并不缺懂《周易》八卦的人，也并非看不出这错字的危害，或许是怯于纪晓岚宫廷大员的威风而委曲求全。当然或许他们天真地认为，这不过是无伤大雅的一个雅趣玩笑，幽默是一种大智慧和真高度。所以他们欢天喜地地将对联挂上之后，据说又放鞭炮三千，显示他们有真贵族的雅量。我始终觉得孔子后来的子孙，对历史以及文化好像缺了点什么。

就像 2008 年奥运会火炬在大成殿前传递,传第一棒的人名字竟然是两个字,到底是哪一辈上的也不知道,孔氏家族没有辈分古来便是大忌,所以引得社会舆论一阵哗然;岂不知孔氏家族族规明文规定,不按辈分规定取名者,不准进家谱不说,死后还不准葬于孔林,这是铁的规矩,为什么就没有人站出来说一句呢?实在不行咳嗽一声也好啊!

最近几个想挣大钱的主,拍了电影《孔子》,在一片争议声中,九十好几的孔德懋不顾身体羸弱,不惜坐着轮椅前去拍摄基地探班,惊得大明星周润发当场跪下来磕头跪拜,让人感觉一夜回到了民国年间。在后来的电影宣传中,又是一个名字仅俩字的孔家后裔,站出来大谈我们孔子后人如何赞同感谢等等,还是没有辈分,话说得如此信誓旦旦,我真怀疑他们是几个"外孔"的子孙,故意地躲着藏着自己的真面目。看来,这千古的礼仪之家真的出了问题,而且是从大门开始,演绎历史之殇。

三

踏着石砌的慢坡走进孔府大门。不知不觉间,贵族家的威严真面目便露了出来,耳边仿佛传来告诫的嘘声。让你即刻严肃点,因为眼前进到了大门里,请注意规矩,请肃静!

其实,身边并没有提示者,川流不息的游客随意进出。环顾眼前,发现是大门两旁的门房,它让我产生了时空倒错的幻觉。因为虽然门房矮小,那里曾有几个像模像样的正七品县官在此把守。且不说是平民百姓,旧时就是有点身份的人,见了县官大老爷,也不敢有太多怠慢。县太爷竟然在此把守孔府的大门,不用说也会生出不小的怵惕与惊悸。

此地方我不止一次地来过,院子东面一座不大的边门,为孔府的东路,是府里感恩报德的祭拜地;院子西面的一座不大的边门,为孔府的西路,是圣府的宴宾会客、读书游艺之处。正面大门是衍圣公府的中路,为府内主人理政和生活宅院,现如今旅游都是观看中路。

一座府第有三开门的门面设置,便可见是非一般人家的气派规格。三座不同的大门，从文化意义上，将一个贵族应然生活的格局表现得清清楚楚。如果说东路用"念典堂、报本堂、沐恩堂"等成套的殿宇院落，诉说着原始伦理道德的戒律，告诉人们不可以忘本，应知其来处；那么西路则用"红萼轩、安怀堂、内书房"等园林厅堂，提示着家族久远的文化教义，训育诗礼人家绝不可以有文化缺失。道德和文化这是衍圣公府永恒的主题和规矩，是贵族之门必需的历史传神阿堵。

中间孔府的正门，是孔府最基本的笔法和内涵，描述着大家族生活的平日常态，在平常中尽显不平常。贵族不是暴发户金钱的垒砌，也不是官运亨通的显摆。真正的"贵族"是一种历史恒久的高度，是在时光流转中一种凌然在上的气度，是一个永远不倒的站立风姿，是一双威风八面的逼人眉宇。就像大门内院落中的那棵千年唐槐，一身沧桑，依然身姿高举，浓荫蔽日。

如此这般，方能化为历史上延绵不绝的浩然家族！一家一户的一世风光成不了贵族，最多也就是所谓的暴发户，贵族需要一代代人承接累积验证，汇聚成一个广大的家族群落，以此做底盘和背景；闪耀出由近及远社会性的漫长历史光芒，以此为路径和方向。如同站在正门口向里望进去，院子深深，层层叠叠，透出的是光阴岁月久远步履痕迹，不绝如缕的岁月是贵族不可或缺的条件，也是衡度它最重要的标尺刻度。

大树下站着一个穿着清洁工服装的老者，木刻般的脸庞和愚沉的眼神一看就是当地人。问过之后，他告诉我说，东院建筑解放前后已经彻底毁坏了，只剩下一个个地基和老人们才记得的名字；西院文化大革命中被改建成专门接待上级领导的高档宾馆，前几年才重新修复，可是已面目全非了。

孔府近代以来的续接存亡，如同孔夫子一路走来的坎坷命运，正剧之中又不乏滑稽和惨烈的情节。因为孔子，孔府曾经无比辉煌；因为孔子，孔府后来如坠夕阳。这也是一种株连九族、爱屋及乌的习性，华夏民族始终难以改易的传统之一。

当然，也是一种与时俱进，只是为一种家国的故园伤情罢了。如果说清末随着封建王朝的衰败，孔府已渐露颓势；那么中国近代民族危亡突变，则给了衍圣公府沉重的一击，从此便有了门里门外呜呼哀哉的低声悲叹，有了东西两路的断垣残壁无法抹去的时间遗迹，殇情有时在建筑中更为令人触目惊心。

四

温暖的斜阳从松树枝上照过来，鱼鹳鸟的叫声也顺着光缕隐隐传过来，一声接一声地长叫，越发衬托出孔府院落的静穆肃然，越发显出游客们嘈嘈杂杂的肤浅，越发显得心情沉重黯然。这里早已辟为曲阜著名的旅游景观，历史与现实在这里光影交错，演绎着另一种世事繁华。

中路是孔府的主线，这里不只是一条观光旅游的主线路，里面可看的东西多。直觉还告诉人们，它才是孔府的主体，当然不只是就建筑而言，所谓"中者，正也"，居中间而"执中"，才是贵族府第的文化精髓所在。

二门的正上方，为明代李东阳题写的"圣人之门"匾额。方想起明代农民出身的明代皇帝朱元璋，尽管他是一个连自己的祖宗家系都搞不清楚、自己的父亲葬于何地都找不到的人，但登基之后，在他的倡导带领下，有明一代，或许是因为他们出身过于卑贱的缘故，于孔氏家族和衍圣公府尤其用心，待遇不薄。

据载洪武元年（公元1379年），朱元璋刚刚登上皇帝的宝座，便立刻召见孔子第五十五代孙孔克坚，到南京的皇宫叙话，见面之后，便直接呼唤道："老先生，近前来。"一番问候之后，最后告诉他"你老也长写书教训者，休怠惰了"，争取"于我朝代里你家里再出一个好人啊不好？"这次乡间俚语的交谈，为孔府当然也是为语言历史留下了一方难得的"白话碑"，告诉后人别太相信书本语言，尤其是那些典雅得酸倒牙的文言文，都是经过文人们修饰的东西。这方石碑如今就陈列在孔府的大门里。

或许看到衍圣公是个老实忠厚的人，自然能够衔接如此声望的读书人家、名门望族，于我大明王朝固本筑基有些直接用处。所以，九年之后（公元1388年），朱元璋坐稳了新做的龙床，稍稍腾出手来，就决定为衍圣公再次扩建一个像样的府第。于是，才有了这座明代的孔府大门。也就是说，此前的大门和院落，均为清人的添加之作，前面大门口悬挂着纪晓岚的手笔，也就不奇怪了。

二门上方的立扁，题写的是"圣人之门"四个大字，它是整个明代为孔府所做的时代命意。表明此贵族之家的历史长度，从大圣人一脉相传至今；又标识出贵族之家的文化特色，家门严格照祖传礼法立身行世，家世门风，一以贯之，绝无二致。所以，将大门上的"圣府"和二门上的"圣人之门"相比较，发现还是明代人深刻开阔些，尽管朱家皇帝们出身卑微，还存有些理学家的深刻在里面。清代人隔着理学远了，于是便逼仄世故起来，学究气味也更浓重。

走进二门，迎面便是一座三间悬山挑肩、四柱、四梁、四垂花的垂蕾倒花门，端居在院落正前方，气度不凡。我早就听说过这座门，也了解一些这座门的来历，它叫"恩赐重光门"，简称"重光门"。因为门上方题有"恩赐重光"匾额，为明代皇帝朱厚熜所书写，它的正式名字应该叫做"仪门"或者"礼门"。

这是一座旧时封建贵族之家标志性建筑。门面虽小，但标识的身份地位高贵异常，封建社会别说一般人家，就是王公大臣宅第，也不准随便建造此门，否则便视为越制，以欺君犯上之罪予以惩罚，建筑礼仪属国家重法。

正因为它具有特殊的徽标和象征意义，所以此门一般不准打开，一般人也不能从门下通过，只有在迎接圣旨或者皇上驾临或重大事件活动中，在十二响礼炮声中，将门徐徐打开。

据说近代以来，此门只打开过两次，一次是蒋介石等要人来孔府造访，一次是第七十二代衍圣公孔德成出生时，迟迟不肯降生，情急之下，陶氏夫人命下人将孔府所有门户全部打开，小公爷才和着吱吱呀呀的门声顺利出世，当然这也是一种孔府继统礼仪的冲天欢庆。

明代是个既尚文又务实的王朝，就像它们的家具，简洁明快又透着精练准确，韵味十足。不像后来清代人做文章，总要拖拖拉拉，弄些虚华的渲染铺陈，令人生厌。明朝在此处专为衍圣公府建造仪门，不但深得时代文化神韵，就是开门见山，同时也笔法简洁，清楚地点出孔府的基本主题，眼前不是一般大户人家，是一个千百年来无可争议的贵族门第、礼仪之家。

所以，仪门也对衍圣公府文化内涵做了完整阐析，孔府之所以是古今不变的同天贵族，就在于从孔夫子开始，所建立与遵循的无非是一个顶天立地的"礼"字，并拉长为从古及今从未断绝的家传，聚炼成一个世代相沿顶礼膜拜的老规矩。一座仪门承载着从三千周礼到后来的《圣门礼乐志》脉系，这是孔府的立门与立命之本，唯其礼仪，是为贵胄之门，唯其礼仪，方能久远成族。

走上前去，仔细打量着低垂紧闭的黑漆仪门，那是一张极其呆板冷漠的面孔。不免让人心生黯然的寒意。因为在它的身后，就是层层叠叠的府第，一个浩然巨大的家，本来家就包含着日常生活吃喝用住的一切，然而从仪门望进去，你根本体会不到家应有的温暖。

一座当户耸立起的仪门，告诉人们，因为它的存在，这便不是一个简单的家了，不是在温情中浸泡得失了感觉的混沌农家日子，更不是清官难断家务事的巷陌家长里短、儿女情长。这里的所有一切因为仪门的宣示，都划定为严格的"礼门、仪路、家规矩"。告诫进门者，置身这座府第中，生硬的礼仪规矩可以也必须把人情冷暖压制到最低限度。

就像孔氏家族的门户承传，数千年来，孔府一直严格按照嫡长子继承制来承袭衍圣公的封号和家主地位。即使是亲兄弟，除长子外，结婚之前，可以住在府内，只要结婚便立刻要搬出孔府大院，在外面另建府第自己谋生。不仅孔府里的事不能随便插手，不准随便进出孔府，即使有事进府，也严格按照尊卑关系行礼敬拜，一丝不苟。

这是贵族世家千百年来用血泪做代价总结出的处世哲学。流落到世间，便是"君子之交淡如水，小人之交浓如漆"的处世格言。尽管中华民族自古是一个注重温和亲情的民族，但几千年历史流转沉浮的积淀和教训，站在人世间更高境界，还是孔夫子的话："克己复礼，一日克己复礼，天下归仁焉"最为实用，礼仪制度调控下的人生现实，才是最合理的存在，克制一己私情是一个永远的命题，情感用事不是，也不该是生活的常态和轨迹。

1959 年郭沫若来曲阜参观，曾写有一首《观孔府》，诗很平直，也很实在：

> 孔府庞然何所观，
> 衙门模样海同宽。
> 毫无礼乐诗书气，
> 只有清明元宋官。
>
> 寿字镌碑矜御赐，
> 真容悬壁炫朝冠。
> 饭疏饮水流风尽，
> 阙里空遗古井栏。

诗发表在当年的《大众日报》的副刊上。郭沫若原来是十足的尊孔派，从他的著作《青铜时代》可以看出。但那时"大跃进"流风正急，他老人家或许刚刚编完了《红旗歌谣》，所以，用一种革命的眼光轻轻一瞥，便做出了封建衙门和历史糟粕的判定，站在时代的风口浪尖，郭沫若真的没有故意夸大自己的诗人直觉。

诗歌无意中说出了历史的另外一种真实，虽然经历岁月风雨，衍圣公府的仪门依然坐落在原处。但自近代以来，特别是解放以后，在世人眼中，孔府"毫无礼乐诗书气"，只是一个别样负面官衙和博物馆。它至深的礼仪文化蕴含，被人就这样轻轻地删除抹去了，人们好像根本看不见，或者说看见了也不愿意接受这些繁琐的礼仪文化，

因为新时代当家做主的是"工农兵"，他们祖祖辈辈想得最多做得最多的是吃穿用住，自古便是"礼不下庶人"，"仓廪实而知礼节"，仍然在温饱贫困线上挣扎的曲阜父老乡亲，根本顾不上礼仪那一套。

就这样，社会喊着"高贵者最愚蠢，卑贱者最聪明"的响亮口号，一路高歌猛进，终于走进了文化大革命的迷狂。据曲阜地方史料记载，文化大革命中北京大学的红卫兵头目谭厚兰，鼓动起当地老百姓数万人涌进孔府，扬言要彻底捣毁这座封建贵族的老巢，决心让愚蠢的高贵者从大地上从此消失。这就是震惊世界的曲阜"讨孔事件"。

不知道为什么，涌进孔府里的人们，竟然没有推倒这座院子正当中的仪门，尽管它挡着路实在有些碍事，而是从它的身边急匆匆地绕过去，冲到里面的老屋里，狠命踢碎了一些不太值钱的门窗和桌椅板凳，摘下折断了一些挂在高处的牌匾和楹联。

红卫兵小将们用"卑贱者"的非自觉遗忘和忽略，书写出孔府，当然不只是孔府的一段历史，同时，证明了一个基本的道理，卑贱者的"聪明"是与其历史的身份地位相链接的，人的行为很难跨越自身的层次境界去行走。于是，当生活需要做出瞬间行为判断时，那结果必然是连带着出身环境和成长历程的"卑贱"选择。

也就证明了"无产阶级文化大革命"，这一概念真的无比准确，一群无产者出于不平等的义愤，揭竿而起要革高高在上封建主义的命，其实和历史上的农

民运动比较并没走出多远。到后来因为自身能力的原因，与其说是反封建主义，不如说是极端化表达了对封建主义的义愤，或者说是集体做了一场反封建的时装秀。因为一直到今天，那座最经典的仪门在孔府中仍然安然无恙，封建的形象载体在那里正偷偷地微笑。

由此，我又想到了乔羽老爷子那首著名的歌词，写得如此之好。名字叫《孔子赞》："多少通途大邑，早已化作瓦砾一片；多少亭台楼阁，早已化作过眼云烟。你依然就是你，你依然就是你，你永远活在众生之间……"乔老爷就是乔老爷，眼光真毒。

孔府的仪门不但没能被推倒消失，依然坐落在历史的原处，好像后来还被人专门修缮过，成为人们走进孔府不得不面壁深读的一页，这绝不是历史的偶然。几千年封建社会殚精竭虑创造出一整套贵族礼仪纲常，看来是非一日之功的锻造，也非一日之功可毁。

当然，也应了黑格尔的那句话，存在就是合理的，合理就是存在的。贵族礼仪也许从根本上就无法全部推倒和毁坏，那是一种合着天地原理的历史创构，自然天不变，道亦不变。

现如今人们所能够做的，如果算作一种改变的话，就是要么绕转而过，要么沉默不语，要么回望一眼，要么一声感叹，因为这座门解放以后再也没有开启过，是不需要开启还是无法开启？真的说不清。除了不时地修一下，就是在岁月中任其风化颓败，落满一身的尘土。

礼仪在这里只剩作一种记忆的象征。

五

院子里没有一丝风，秋日如洗的季节，眼前的一切都笼罩在灰蒙蒙的尘色中，心绪不自觉地变得古旧，引发出黯然的思古幽情。

绕过仪门，走进孔府的第二进院落，院落不大，但别有一种威严，甚至令人产生莫名的战栗。因为这里弥漫着官衙的肃杀之气，孔府档案记载得清清楚楚，孔府整体建筑是按照前衙后宅格局建造，这里是孔府的官衙所在，而且是当朝一品大员的官衙。

　　贵族参政议政为世界各国历史上的通例，只是西方社会的贵族理政与衍圣公府不同，西方是通过祖传的声望地位或者选为议员的身份干预政权政治。衍圣公府则直接享受在家里设置公堂的特权。中国贵族把国家政权直接搬进家里，堂而皇之地执掌审理政务，就如同皇宫里皇帝在家里办理国事，从来没人敢说不可以。

　　除了孔府，不知道还有哪个家庭，能被允许建立如此威严的公堂。同时，衍圣公府所设公堂也清楚地告诉人们，官家一体是古今贵族的通例，贵族永远也必须透着官气，在中国没有官阶的身份支撑，永远不可言贵，所以"富贵荣华"才是历代人们的真正向往，富而不贵，使得富也不得不打折扣。

　　这便是院子北面那座坐北朝南的明五进三、六梁二十二柱的大堂，从外面就可看见公案上摆放着印、签、文房四宝。从屋门探身看进去，公案端居正中间，两旁陈列着各种官家仪仗，公案后面摆设着各种官职秩牌。只是堂上没有"明镜高悬"几个字，让人感觉和外面的官衙略有差异，因为是至圣先师的传人，即使没有明镜，也自然会公正廉明，不需要专门宣示。

　　院落的东西两厢，排列着衍圣公府专设的各种官置机构。分别为专管土地租税、催征粮草的"管勾厅"，管理典章、书册、法规、礼制的"典籍厅"，掌管关防印信的"知印厅"，负责文书档案、书写的"掌书厅"，负责乐舞事宜的"司乐厅"，专理百户奴役用人的"百户厅"。据说，他们和二堂中的"启事厅""伴官厅"，还有远在巨野县的"督粮厅"，合称为衍圣公府的"十大厅"。

　　京城皇宫设有六部，衍圣公府里设有六厅，认真算起来，比皇家还多出四厅。以此设置让一个家庭直接和一个国家相对应。从而清楚地表明"公府第"的另外一层，这里不仅仅是官家一体的所在，衍圣公府和京城皇家几乎就是同根同体，一脉相承，"天下第一家"只是与世人不同。

　　将院落设计建造成如此格局，大堂内做如此陈设，即官衙之设，细究起来不过是一种门面的虚拟。因为据史料记载，衍圣公府除了选拔任命曲阜的县官之类，地方出了事，根本不归一品大老爷来审理。孔府档案中，也基本没有衍圣公在孔府大堂审理社会重案的记载。因此公案后面的官阶云牌，不过是些文教巡抚、考试督察一类，大多虚而不实。

　　但这却是一种衍圣公府内在义理不可忽略的空间象征，除了赫赫皇威在此震慑以外，还是一种摆在家族首位、族人必须参透的社会理念和生活智慧，它十分庄重地告诉族人们，衍圣公府之所以有千古贵族的地位和存在，就在于它是皇朝圣府一体连缀，没有历代皇权就没有贵族衍圣公府，皇朝在上是贵族之家的第一也是最高生存理念，

它还告诉家族里的人们，贵族再高贵、再富足、再广大、再久远，也绝少不了皇权的支持，万不可目空一切，毫无社稷之感、朝政之念，一切尊奉皇上，这是贵族家门的重中之重，是至高礼仪内涵标准，是贵族之家长存的第一要义。

也正是奉持着这样的理念，一代代衍圣公总是与时俱进，亦步亦趋地追随皇朝而动。早在清兵入关之前，孔子第六十五代孙衍圣公孔胤植眼看大明江山不保，便授意曲阜知县孔贞堪对进占山东的李自成上书乞降。转眼间李自成兵败，清兵攻占了山东，孔胤植立刻修《初进表文》一封，称颂大清皇帝"山河与日月交辉"，"今庆新朝盛治，瞻圣学之崇隆，趋跄恐后"。样子既谦恭又可爱，趋炎附势唯恐不及。

顺治二年六月，清政府发布全国剃发令，以武力强行推行满族习俗。六月二十六日，衍圣公孔胤植在院子里专门举行了隆重的剃发仪式，不仅没了对大明王朝的忠诚，简直是急不可耐，专设香案、宣读圣旨，府内所属员役，"具个剃头讫"。剃完之后，即可呈上一封《上剃头折》向皇上专门表功，自然是深得顺治皇帝的赏识和称赞，上下一片欢喜。

第七十六代衍圣公孔令贻，五岁袭封衍圣公后，曾一而再、再而三不断脚地跑到北京觐见，皇上诞辰寿宴几乎无一缺席。奔跑的结果，便是在大堂之后的二堂明间，有清圣祖手书"节并松筠"匾和清高宗"诗书礼乐"匾；在北墙根有道光、咸丰、慈禧太后等清碑七通，特别是两通慈禧所书的"寿"字碑，更是举世无双。顺着家里前辈人的指点，一路奔跑，讨来的成果达到令人瞠目结舌的地步。

尤其袁世凯复辟称帝时，尽管有不忠大清之讽，还是不顾一切连上敦促登基电报，称"君主之宪，已征大同于民意"，一阵阵狂热的吹捧，不仅把袁世凯吹得飘飘然，立刻赐他"赏带大绶宝光嘉禾章"的赏赐。据说还附带了一个"郡王"的封号。当然，一转眼间，京城又换了大总统，孔令贻自然又是赞颂有加，所以，他去世不久，尚在襁褓的儿子孔德成，便从徐世昌那里顺利地获得了"衍圣公"的封号。

即使袁世凯后来被自己的敲门砖砸死，孔令贻依然把袁世凯赏赐的官牌置

于大堂之中，与其说是一种炫耀，不如说是一种对后人的训诲："皇天在上，顺昌逆亡！"可谓用心良苦至极。

当然，孔氏家族除了奔跑于曲阜与京城之间，联络感情的同时，讨得一个又一个闪光的封号和几件特别值钱的宝贝，还有一种十分有效的方式，就是和皇亲国戚连亲，用他们自己的话说就是"王公大臣，半系亲戚故旧"。这比任何方式都富实效性。

第七十二代衍圣公孔宪培娶的就是乾隆皇帝的女儿。据说乾隆皇帝的女儿脸上有个黑痣，相面先生说她必须找一个比皇家地位还高的人家才行，否则会不吉利。结果，群臣上下一阵商议，此家非孔家莫属。尽管满汉不能通婚，但乾隆皇帝想法将女儿过继给大臣于敏中做义女，最后以于氏的身份嫁给了远在曲阜的孔宪培，成就了一段皇帝女儿嫁孔府的好姻缘。

这于氏的脸上到底有没有黑痣，其人身份如何？史书上连一点记载也没有，靠的全是家族后人的传说记忆。还有就是在孔府中所建造的专门供奉孔宪培和于氏夫人的祠堂"沐恩堂"，以及于氏夫人去世后，道光皇帝在孔林中建造的"鸾音褒德"坊。神秘的面纱至今无法解开，我更愿意相信它是衍圣公府故意制造的一种家训。

根本不需要做过多的解释。衍圣公府里的前衙院落，就是一个专设的经典范本，家族礼仪的最高处永远飘扬着皇家旗帜。至于想方设法和皇上连亲，旨在高调向世人宣称，皇家礼仪已入衍圣公府的血脉之中，于情于理，这里永远不会忘了皇家存在和皇家大体。

皇帝在上，唯马首是瞻。如若需要甚至可以舍弃一切，就如同大堂与二堂的相连过道里摆放的那两只"阁老凳"。当年明代重臣严嵩，动用权势联姻，把孙女嫁到孔府，做了第六十四代衍圣公孔尚贤的夫人，与孔府关系不可谓不亲，不可谓不近。然而当严嵩终于贪赃坐罪之时，一阵快马连滚带爬丧魂落魄地跑到孔府，请衍圣公前往京城向皇上说情免罪，听完了门房的报告，孔府上下硬是人头没伸一个。既没有被夫人的哭声软化，也没有被太岳父的可怜相感动，愣是让一个垂头丧气的白发人坐在那条冷板凳上，无人理睬地坐了好久，看到实在无望，严阁老终于摇了摇头原路退回。大约过了不久，明世宗便把严嵩罢了官，把亲家翁严世蕃谪雷州卫，然后便砍了他的头。

一条冰冷的"阁老凳"（据传说这就是"冷板凳"的由来），向世人揭示了一个标准贵族的内心世界，欲要"同天并老"，首先"与国咸休"。必须具有相应的清醒与冷酷。贵族不仅是社政的缩影，更是社政的附件。既为贵族便不能沉溺享受常人情爱之理，贵族家永远礼法大于人情。

所以，衍圣公府包括家族家法在内，堪称最完备与条理。为此，衍圣公府的主人们，专门建造一座三堂来加以诠释申述。一座五开间的正房，堂内上方高悬清高宗所书的"六代含饴"匾，本应含情脉脉。然而你无论如何也不可能从中感觉到家的温馨和暖意，仔细打量，这里不过是一个衙门的缩影。明间内公案迎门，两梢间分别是会客室和书官处，露出的是政教合一的格局和底蕴，透着宣教礼仪文化的高明与深刻。

专门设置一座三堂，旧时曲阜孔氏家族的人在外犯了事，一般不归地方审理，而是交由宗主衍圣公府，在此依照家族的礼仪规矩进行律裁，这里是执行家法的所在。

为了更好地审理家族事务，衍圣公府制定出一条又一条冷冰冰的族规条律。明代万历十一年（公元1583年），衍圣公府就曾专门颁行布示《孔氏祖训箴规》，作为家族各地支派制定家法族规的纲领文件。

孔氏家族所制定的族规族制与皇家大法相对应，处处透着国家礼法的阴冷与残酷，所谓"五大反堂，处死""大盗，亦家法处死"。为了世传家业万古千秋，遵循家族"礼仪"、施用家法绝不手软，这就是贵族家的法度。

从大堂到二堂、再到三堂，从国家到圣公府、再到家族，孔府用清一色的砖石院落，用粗壮的书案和木椅；连同正书的屏风和描金的帷帐，把一个大家贵族应该、也必需的以"礼仪"持家道理，立体地展现在世人的眼前，读得令人肃然起敬，读得情怀黯然。

不仅读得心累，一路走来，还让我感觉不好的地方，就是太空荡了，连个主事人的影子也没有，一切都是静物摆放，所有都是历史上的曾经记忆，如果真有几个活人在里面，哪怕是下人也好，礼仪也会有点活气，而不是冰冷一片，给人以如此难耐的死寂感。何况历史上的礼仪并没有变成绝对的古董和僵尸。

六

终于起风了，眼前的光线突然间暗了下来，身上添了些莫名的寒意。

顺势折过三堂退厅东山墙屋角，经过一段极度狭窄的石铺过道，转到屋子后面。几乎紧贴着屋后墙壁，是一条不足二尺宽的夹道，夹道的一边，便是那予人以无限遐想的内宅门，俗称"二门"。

民间素有"大门不出，二门不入"的说法，据说就出自这里。旧时只有富贵之家，才能有这样的规矩，女人们不用出门，便可享受优裕生活，乡下女人们不出门干活，非饿死不可。所以平民百姓礼仪规矩一般人用不起，大门二门的规矩不过用来当话说罢了。

按照孔府前衙后宅的建筑格局，我知道这里到了后宅部分。在数百年的时间里，这里曾是一个极度隐秘的所在，即使是孔氏家族的近亲，也很少能跨进这座关得极严的内门。因为这里包含了贵族之家礼仪的至深的一层，所谓内外有别，男女授受不亲。男女间的礼仪，历来被视为人间大防，一般人担待不起。

正是为了切实保护好家庭内部的礼仪。不仅在内宅门口张贴着衍圣公，"擅入内宅，严惩不贷"的手谕；门口一边还排列着几样红漆刑具，据说那是皇上赐给孔府里的专用器具，在此地打死人不用负刑事责任。与其说是为了保护贵族的隐私生活，不如说是表示家庭礼仪神圣不可侵犯。

衍圣公府不愧是经典礼仪之门，它会将生活礼仪落实到每一个细部。因为就在二门的门西侧，在墙壁上镶有一个石雕水槽。原来，即使是孔府里的挑水户，供应内宅里的人用水，也只能走到这里，把挑来的水倒入水槽，然后通过墙上的洞口，流进内宅院的水池里。衍圣公府将男女大防做得十分决断和彻底。

一道门，再加上一道高墙，不仅将男人和女人的生活划分成两种式样，也将家庭内部生活与外面政权事务划分为不同的世界，在贵族眼里，家就是家，政就是政，虽然二者相连，但生活中必须界限清楚，就像男人和女人一样，绝对不可盲目地混为一谈。

当然就礼仪而言，自然是国有国法、家有家规，如果二门外是贵族社会政治法度，那么二门里则是贵族家庭生活的规矩。随着场景转换和性别界定，礼仪观念也在时空中自然地演进。一座不起眼的小门，衍圣公府引导我们从国家和家族礼法走进家庭生活礼仪规范的细微处。

走进内宅门，门内第一处院落是前上房，一座并不起眼的老屋。孔府接待至亲和近支族人、举行家宴及婚丧仪式的内客厅。所以房内明间高悬"宏开慈宇"匾，一个"慈"字，散发出如许生命贴近的脉脉仁爱气息。一瞬间，身上仿佛有了些温情的暖意，这里毕竟是一个家的命意。

从自然生活上说，贵族之家与常人并无二致。无非是吃喝用住、男女人伦那一套。所不同的是他们生活的规格超群脱俗。正如这规矩的四合院里景致，两棵丁香花浓情蜜意地开着，将满眼灰暗与寂寞活化起来，平添出一种生活的诗情画意。

还有花树中间不起眼的地方，摆有几个石鼓，凸显在地面之上，是当年为了方便内宅里公爷少爷、太太小姐们看戏专门扎戏台的基座，几乎不用想象，铿锵的锣鼓、悠扬的琴弦、浓艳的扮相、婉转的唱腔，曾让这座不大的院落五光十色，荡漾着澎湃激情，散发出的光与影红遍夜空，甚至将整个曲阜人的眼睛都点燃。

这就是贵族，他们可以尽情享受奢侈豪华的生活。这既是他们的资格，也是他们的权力和条件，更是他们的荣耀和声望，在某种意义上，没有奢侈和享乐，或者不会奢侈享乐绝不是合格的贵族。对此，平民百姓绝对没有嫉妒，而只有永远的向往和赞叹。

他们甚至可以在私下的空间里，将这种优裕奢华发挥到极致。正如摆在前上房东间里那些堂皇的形态各异的银餐具，号称孔府一景的"满汉全席"餐具。据说仅在道光末年以前的半个世纪里，衍圣公府因为接待贵宾等各种原因，共计排办此种满汉全席不会低于万次，而每一次都会花费数千白银之多。

以第七十六代衍圣公孔令贻为例，后来实在吃腻了那些惯常的山珍海味，每到吃饭时，便叫下人到其他府里讨要别人家吃过的剩菜，然后混在一起炖成一个菜，北方叫做"折箩"，南方叫做"汇菜"，他吃的就是那股子酸不溜的味道，即使是怪诞，也是贵族不可或缺的美妙逸闻故事，少了怪诞也不是贵族。

尽管如此，身处衍圣公府的人是否生活就可以肆无忌惮呢？事实并非如此。据说还是这位第七十六代衍圣公孔令贻，在他的童年时期，他的母亲彭太夫人规定他每天练字一刀纸，而且用水不用墨，以便纸干了以后再用，并告诫他勤俭方能持久。那个时候衍圣公府还是金钱不缺的年月，还没有像后来衰落得不成样子。

如同前上房的院落，听戏可以听得沉醉，吃饭可以吃得忘情。你可以不回头，但只要你回头，就可以看到堂屋门旁挂着的对联，据说它出自第七十三代衍圣公孔庆镕的手笔，"居家当思清内外别尊卑择朋友有益于己，处世犹宜谨言语守礼法重勤俭无愧于心"。一部浓缩的《论语》和祖传庭训当空将你喝醒。

然后你便顺着大人的话语，透过艳丽的灯火，看到内宅门里的照壁，照壁上那幅有名的《獭警后人》画。一只麒麟状的怪异动物据说叫做"獭"。它本性永远贪心不足，虽然浑身上下前后都缀满了珍宝，可它还是张着大口，要去吞噬天上的太阳。使人想到"人心不足蛇吞象"这一古老俗话，贪婪的劲头实在令人憎恶。

平民百姓家的照壁，常是大书"福"字和"禄"字，因为生活中欠缺的就是福与禄，那是一种真情的祈求和祝祷。衍圣公府照壁画的是"獭"，他们的生活中欠缺的不是福与禄，因为整天就沉浸在福与禄之中，他们需要的是享乐中有足够的清醒、福禄中有坚挺的理性。生活绝不能肆情于欲望，忘掉礼仪规矩的奢侈与沉沦，只能是贵族的败家子。

因此，一幅专门绘制的《獭》画，也是一种贵族生活的特殊礼仪形式，只是它表达得更艺术，更传神，当然也更尖锐，更严厉。它使用的是儒家"使民知神奸"的绘画笔法。

一阵喧哗声从门外涌进来，一群操着南方口音、戴着红帽游客，听过导游的讲解后，争先恐后地到《獭》画前摆姿势照相，我默默地退到一边。从房顶上望上去，几只觅食鸟儿正躲在屋脊背后，碌碌众生该怎样解读这幅画作？是该作故事呢？还是该作纪念？我一时愣在那里。

现如今人们根本没有什么贵族之类的概念，解放以后当家做主人成了习惯，所以，不会在意自己的家境和身份是否适合于"獭"的寓意。当然也许有的人是故意而为之，即恨不得能贪上几口，将古代贵族戒心化作了如今俗常民意，以此种方式消解传统礼仪蕴含，除了颓丧，还能说什么呢？

七

太阳渐渐地西斜了，高大屋墙在院子里投下很深的阴影，告诉我，随着季节天短夜长，秋天已经残缺得不成样子。

走出前上房院落，绕到它的背后，便是前堂楼，从标致的大门来看，该是一个院落，其实进了门，只是前后几步宽的一个过道，楼前的空间实在有些狭窄，所以，几乎进了门就到了屋门窗下，就像走进了一座封闭的城堡。

隔着窗上的玻璃，依次从明间到侧间望进去，看得出，这里是第七十六代衍圣公孔令贻和太太们居住的地方，楼上楼下大大小小十几个房间，窗棂珠帘的背后，都是关于一个男人和女人、女人和女人们的故事。

贵族家里不能没有女人，自然也就不能没有关于女人的故事，何况古宅深院，窗前月下，自古就是演绎女人凄婉故事的最佳场景。只是贵族女人的生活，在东西方不同文化背景中，呈现为截然不同的故事主题和情节罢了。

西方贵族女人习惯游走于社交场合、广交情人、尽享生活，诠释着漫无边际的浪漫与淫靡。如果有几个男人能为自己手持剑柄生死决斗一番，那是莫大的荣耀与享受。当然，男人们能为自己心仪的女人奉献出热血，甚至生命，那也是无上崇高和欣慰，肆情淫靡是西方贵族女人追求的最高境界。

衍圣公府为代表的中国贵族女人们则不同，前堂楼就是最真实的描绘，阴暗的楼堂里，一张张精致的雕花木床，一把把闪亮的紫檀桌椅，一幅幅描龙绘凤绣花帷帐，一帧帧发了黄的暗影小照，闪动着一个又一个贵族女人寂寞孤独的身影，漂流着一个又一个孱弱的深宅"幽灵"。

第七十六代衍圣公孔令贻一生风流，娶有正房孙氏，丰氏、侧室陶氏，妾王氏，其中丰氏最为典范，据说，就是多年在圣府内宅做活的下人，也极少见到这位太太走出自己的房门。从结婚走进的房间开始，也没有生养孩子，直到死后被抬了出去。

"唯女子与小人难养也。"不知道孔子当年为了什么事、以什么理由，一怒之下竟然做出了这样一个判断，而且他还补充理由说"近之则不逊，远之则怨"。即使孔子不是故意的，近期也看到有人出来为这句话辩解，但客观上为中国的女人，尤其是贵族女人们，设定了一座几千年幽暗的牢笼，这是不争的事实。

孔子竟然使用的是"豢养"一词，这个带有动物色彩的蔑称，后来经理学家们一番挖空心思的理解和发挥后，终于参照饲养动物的方式，想出一个对付女人的绝佳办法，就是将她们像牲畜一样关起来，而且栏圈造得越严越好。这样从空间上，就可以保证用最严密最规范的措施，形成她们不得不遵循礼仪的固定藩篱。

除此而外，大约宋代理学之后，几个钻得深而又深的老朽，眼见自己已爬不上青楼妓馆的楼梯，江南歌女的演唱又特别撩人，心理失衡之下终于又想出了更狠的毒招，先是抛给女人们一个大道理：女人是祸水，"饿死事小，失节事大。"然后便是命令她们一律把脚裹起来，不仅包得要紧、要小，而且还要有花样，以满足他们别样的心理需要。

前堂楼的一张方桌上，就摆放着几双尖脚绣花鞋，竟然如此之小，实在令人吃惊，穿着这样的小鞋，似想连自己的身体都支撑不了，一个柔弱的女子，就是再有激情和想法，在男人们制定的礼仪规矩里，谅你也不会走多快、走出多远！

前几年读到几本关于女人缠足的高头文章，说女人缠足完全是一种民族审美文化的体现，好像还说是男人一种性心理的需要。其实更多的还是一种礼仪的具体措施，说到底，裹小脚不过是为了限定女人的自由行动罢了。所以现代妇女革命就是从放足开始，让女人们先享有走路的权利和自由，然后才有参加革命的可能，便是最好的反击和证明。

除了生理上的限制外，还有心理征服，男人们凭空制定出一套"三从四德"的条律，规定从生到死你只能紧紧束缚在一根专用的木桩上。用家庭伦理作为最后的理由，熏染你生命的终极价值观，如此这般，在家庭伦理的绑缚下，到头来即使让你走，自己都不会越雷池一步了。

抬头从院子里望出去，院落仿佛是一个井口，天上几缕歪歪斜斜的云丝，什么也没有，院子里原本好多鸟儿，这一会儿不知都飞到哪里去了，只剩下屋檐下那破碎的蛛网在风中摇曳。

这就是中国贵族的女人命运，若说西方贵族女人是满天飞舞的八哥和喜鹊，那么中国的贵族女人则是笼中的斑鸠和金丝雀，可怜其一生，只能瑟缩在笼子的一角。

青砖绿瓦的前堂楼，一部中国贵族女人的心酸史。一个个堂皇的隔间寝室，尽管绫罗绸缎，不失奢华。但与其说是富贵的居住处，不如说是按照礼仪画出的格子，规定女人们在此条条块块中，完成自己的生命的历程。

八

从前堂到后堂楼的过道台阶上，听到一个花枝招展的导游小姐，正在讲姨太太王宝翠的故事。第七十六代衍圣公孔令贻有一个小妾叫王宝翠，因为受到孔令贻的宠爱，生前饱受侧室陶氏夫人的虐待迫害，最后生了末代衍圣公小公爷，被狠心的陶氏用毒药活活毒死云云，讲得有鼻子有眼，听的人泪眼婆娑。

这是孔府旅游最为叫座的卖点之一，故事几乎就是民间传说的"后宫争嫡，狸猫换太子"的翻版。凭空为这座深宅大院增添了一个情天恨海的感人情节。一般导游在故事的结尾处，还会加上鲁迅先生的一句话"吃人"，造出别样的心里轰鸣效果。

其实，这故事最早是一本叫《孔府内宅逸事》的书透出来的，写书者是天津作家柯蓝，口述者是执笔者的母亲，孔府当年的二小姐，王姨太王宝翠的亲生女儿、末代衍圣公的姐姐孔德懋。事情不仅写得仔仔细细，还信誓旦旦，字里行间淌满愤恨的泪水。

后来，无意中又看到了另一本书，叫做《孔裔说孔》，作者孔令明，与孔德懋是近房叔侄关系。书的最后还附了一封孔德懋亲弟弟，现在台湾的第七十七代衍圣公（应该是大成至圣奉祀官）孔德成的亲笔信，说他母亲王宝翠根本不是被陶氏毒死，而是死于产后大出血。

孔令明在书中不无怒气地斥责"逸事"作者，不知为什么要这样诬损先人。什么"家丑不可外扬""嫁出去的姑娘泼出去的水""根本不该回来说三道四"等等，一副正宗孔家派头，按照礼仪规矩训斥的面孔。

其实，关于孔令贻的收房妻子王宝翠之死，除了演绎出的大家族内争宠夺势的故事之外，并无多大的价值。因为大家族里一个女人存在与否，对家族的生存实在无多大的影响。

唯一值得玩味的是，孔令贻于三四个妻子之后，竟将陶氏从河北老家带过来的一个随身丫环，急匆匆地收为己妾。有人说是因为王宝翠长得实在漂亮，在陶氏娘家做丫环时，陶氏两个弟兄就曾为争夺她而闹得不可开交，没有办法，才让她随陶氏一块来到曲阜。

正因为此，文化大革命开始的时候，红卫兵为孔令贻所定的罪名之一，就是他依仗权势，将一个纯洁美丽的贫苦农家女孩王宝翠强行霸占。据说在一次"批孔"大会上，一位后来很有名的儒学专家曾发言道：可怜的王宝翠姑娘，终于没能逃脱封建领主罪恶的魔掌。

孔令贻喜欢漂亮的女人一点不假。只是孔府里曾经当差的人回忆，孔令贻将王宝翠最后收房做妾，其主要原因，是他的几个前房妻子都没有生育，据说陶氏曾经生过一个男孩，不知怎么回事，三岁的时候夭折了，从此便再也无法怀上，使得人到中年膝下仍无一男半丁的孔令贻深感责任重大，绝不可等闲视之。

且不说是在大户人家，就在中国的普通民间，旧时按照礼仪规矩，"不孝有三，无后为大"，没有人来继承血统家业，也是个不小的罪恶。何况这事发生在儒家嫡传的衍圣公府，发生在衍圣公大老爷的身上。当时已近四十岁的孔令贻，该到了热火烧心、六神无主的地步。于是年轻美貌，尤其是身子骨健康的王宝翠，就成了孔令贻方便而又急切的选择。当然是合乎礼法的正式婚娶选择，王宝翠对此也该无异议。

就这样，王宝翠一个极其老实柔弱的人，平常很少说话和与人交往，只是默默地在自己房间和院子里小心翼翼进出，一个纯而又纯的下人丫环，在孔令贻急切的目光中，以及府里所有人的关注下，身不由己地走进了贵族之家，走进孔令贻的生活，承担起为衍圣公府生养后代继承家业的重担。

在礼仪重于泰山、无处不礼仪的衍圣公府，王宝翠不过是孔令贻选为家族继统的一个生育工具，一个简明实用的传后砝码。贵族的高墙深院里，女人所以被高贵地供养着，除了表明贵族一种完整的婚姻关系外，便是在这关系的最深处，需要她们能按照传统继承礼仪，为家中男性传承生养后代传人。这便是儒家所谓"礼仪造端于夫妇"的内涵，在这之外，一切似乎都不重要。

所以，王宝翠开始生了两个女儿，享受着很好的生活待遇，活得还安逸。被当做太太供养着。一朝生养了男孩，一切都发生了变化。仅仅生了小公爷七天，便发生了大出血意外事件，然后便是命归黄泉。王宝翠从丑小鸭到白天鹅的一生，以最完美的方式，履行了贵族女人家族传承的神圣职责。

如果说感到不平与愤恨的话，孔德懋先生应该从这里愤慨。因为王宝翠与其说是被陶氏的夺势害死的，不如说是为衍圣公府的传承礼仪而献身就义的，这是她无可逃脱的礼仪命定！

九

怀着十分复杂沉闷的心情，走出前堂楼，从西门走进后堂楼宽大的院子里。

或许从狭小突然到了宽广院落，再加上黄昏将至，光线暗了下来，身边游客稀少，后堂楼的院落显得异常冷清和孤寂。

按说这里是不该冷清的，因为衍圣公府其他住处的主子，早已命归黄泉，灰飞烟灭了，只有住在这里的主人，2009 年的春天，刚刚过世，他就是第七十七代衍圣公孔德成。他一共生养了两男两女四个孩子，再加上孙子、重孙子，第八十代叫孔佑仁，该是好大一家子。

可惜，只能用人去楼空来形容眼前，或者用"旧时王谢台前燕，飞入寻常百姓家"来描述院里的景色，按照儒家的原理，整个孔府前面所有的礼仪设置和物品存在，都是该由最后的这个院落来承接收场，这大概也就是所谓"有后"的来历。没有了后面的人，即使前面设置建造得再好，也是一个早晚会崩溃坍塌的空中楼阁，礼仪需要人来传接。

现如今这里恰恰是空空如也，"昔人已乘黄鹤去，此地空余黄鹤楼"，虽然后堂楼的一楼房间里，还陈列着孔德成使用过的生活用品，卧室的墙角里摆的是一对新式的沙发，据说那是他结婚的时候，蒋介石专门派人送来的贺礼。沙发及床柜甚至连鞋榻都清扫得干干净净，仿佛主人并没有走远，像当年一样，孔德成和孙琪仿夫妻二人坐着小汽车出去赶集了，一会儿就会回来。

事实是他们已经走远了，甚至是天人相隔。从 1947 年最后一次离开衍圣公府，孔德成领着一家人，跟着蒋介石去了台湾，一别就是五十多年，再也没有回来过。据说他的二儿子曾经跟着旅游团偷偷地来过，只是默默地转了一圈，什么话也没说。

孔德成是个老实人，每年春秋的祭孔时节，他都会在台湾的孔庙里领着一干人，眺望着曲阜方向上香祭拜，虽然选用的是经典八佾舞，明式祭仪，但异乡祭祖，何处是族林坟茔和庙会？清明上坟，何处是烟雨中的牧童和杏花？

所以孔德成晚年的时候，到日本讲学，依然操的是曲阜的地方口音。曾对前去拜访他的故乡人一再打问家乡的往事，是否还喝苦井水？是否还种香稻？是否还是泥巴路？是否还赶庙会？是否……无数个"是否"垒成一座永远翻不过去的思乡峰峦。

曾经有人设想过，孔德成当年干吗一定要去台湾呢？就不能不去台湾吗？如果他不去台湾，那又会是一种什么样的结局呢？

历史就是这么不能假设，事实是孔德成最后去了台湾。之所以会舍家远行，其至深的原因，还是那个家传的皇帝在上、顺势而行的礼仪智慧和传统思维起了作用。只是在历史的关键时刻，孔德成真的少了他前辈人的睿智眼光和权衡智慧，一个温弱的愚执书生气质暴露无遗，他绝对欠缺乃父的灵动与才气，就连书法也矮了一个大档次。

近代军阀混战结束以后，以蒋介石为首的国民党取而代之，成了中国的执权柄者，或者说他们感觉到自己就是国家的权力所在。于是他们学着历代王朝的样子，不仅崇尚儒学教化，1934 年的春天，还将年龄只有十七岁的孔德成召至南京总统府，为了表示国民革命政府的维新气象，决定改掉封建时期"衍圣公"的传统封号，改封孔德成为"大成至圣先师奉祀官"。

有人说，就是这个崭新的封号，成了孔家咒语，将孔德成拖出了曲阜，毁了衍圣公府的贵族气象。因为"衍圣公"的封号说得很清楚，就是要从孔夫子一脉相承，继承家族统续传之久远；而"奉祀官"不过是一个现代国民党的改革，一个不大不小的祭祀官员，并非与家族根系必然相连。是杜撰的封号将孔德成与孔氏礼仪传家的血脉活活割断了，孔德成他能不远走异乡么？

至于后来执掌中国政权的中国共产党，经过几十年的浴血奋战，解放了全中国，时间是 1949 年 10 月 1 日，终于当家做了主人。或许是因为其他的什么原因，中国共产党与衍圣公竟然就这么擦肩而过，而且一错过就是几十年难以聚首。不知这历史错位到底有什么更深的象征？更不知道中国内地后来的礼仪文化淡化，是否和衍圣公府礼仪传承人为中断有着内在的联系？这是一个颇难思索的问题。

历史就是这样，以看似偶然实则有其必然逻辑，孔德成扛着家族的礼仪纤绳搬到台湾，偌大的衍圣公府，作为一种曾经的礼仪象征体，从此失去了人气和人脉支撑，只能空照夕阳，空临晚风，"黄鹤一去不复返，白云千载空悠悠。"后人好像无论如何也无法追回那飞逝的黄鹤和流走的白云。

记得去年在北京孔德懋的家里，见到孔德成先生给他二姐的一副对联，"千年一杯酒，江山万里心"。说到底，衍圣公府的礼仪文化蕴涵连同它的最后断绝，真的不是几千年一杯酒的事。衍圣公孔德成人隔江山万里、依然心在圣府倒是真的，可惜心在人却再也无法回来了，死后他葬在了台湾。具体就在台北县三峡镇龙泉墓地，成为历史上继南宋孔端友之后，两个最后没能葬于孔林的"衍圣公"之一。

2014 年的 6 月，借参访台湾的机会，我专门去拜谒了孔德成先生墓。公墓坐落在一个山坡上，整个有四五千坟墓之多，他老人家的坟墓就坐落在其中，从上往下数第三排，坟墓为铺地平面结构，用黑色的大理石建造，墓碑一米左右，为子女们所立，右边是长子孔维益墓，整个坟墓一点衍圣公的痕迹也没有。它就那么呆呆地挤于众人之间，淹没于异乡的风尘中。

衍圣公府的几千年的家族规矩、承载着的历史礼仪重任，就这样被一湾浅浅的海峡还有孔德成不负责任的一己怨气，毁坏殆尽，化为乌有。作为一位曾经的台湾政要、大学教授，他将祭祖守业的重任抛向了海天一色的长风里。曲阜至今没有一个秉承礼仪祭祖的撑头者，每年靠政府来组织活动；据说孔德成的孙子孔垂长已被台湾当局封为"奉祀官"，前些日子回来，政府无法出面，地方半遮半掩，好不令人尴尬。

曾经的至圣先师、道德人家，如今的空荡院落，著名景观，礼仪在何处？让人不能不于孔子三千年之后再次发出"呜呼哀哉"的慨叹！

这是一个民族的礼仪之殇啊！

十

怀着如许的怅惘，我折进了孔府的后花园，太阳就要落山了，晚霞已经使高高的屋脊变了颜色，几个回归的鸟儿，在霞光中上下翻飞，这里是衍圣公府最后的去处，原名叫做铁山园，据说是因为从南方运进了几块铁矿石，故以"铁山"相称。虽然已是秋天时节，尚有不少绿色夹杂着花果挂在枝头，我长长地舒了一口气。

"铁山园"的名字真好，让人听着心里就觉得踏实。是谁将其改为后花园的？听上去总有一种"玉树后庭花"的感觉。并且由原来的"隔江犹唱"变成了现如今的"隔海犹唱"。虽然那棵执拗的"五柏抱槐"还在，假山上亭斯翼翼，然而毕竟物是人非，满眼秋风落叶，不免生出些恍若隔世的悲楚。

猛然转头，看到了花园西面照壁上那幅著名的《路路通油》画，几个年轻的游客正在画作前寻找角度拍照，刹那间感觉这花园、这油画、这游客，简直就是衍圣公府文化大结局的绝妙暗示。

从鼓楼街的前面大门开始，沿着礼门仪路家规逶迤前行，千年道德人家的传世礼仪家风，经过千回百转，谷底浪峰，最后在后堂楼最高处戛然而止。正应了那句老话，话说天下大事，分久必合，合久必分。

虽然后花园中礼仪之家的余脉还在，我们也无法抹去一路走来的情殇感受，但经过那么些个高墙深院，看到那么多曾经的阴暗与丑陋，如此沉重与艰难，好想把承受不起的许多狠狠抛在身后！人不能永远在夜幕下穿行。

于是，后花园是一个融化心境的绿洲，是一个阴沉下出气的窗口。这里的自然景色告诉我们，春华秋实的风景表明大自然在流转，所有的历史都会过去；青春勃发正是未来一代，他们正在寻找新的方向；路路通正展现出前景的多元化，未来必定是条条大路通罗马。

所谓"礼仪之殇"，也许只是我这样年龄人一种无法割舍的情怀，也许只是一个值得人们仔细品味的古意概念，也许只是一个人静之时想象出的绝美意境，也许……

所以，转身离去的时候，心里竟然有些释然，西边的太阳落山了，月亮领着漫天的星斗正在悄然升起。

死亡的哲学

——孔林的人生义理

我一直认为，人类的死亡有高深的哲学存于其中。因为人作为一种"高级动物"，只有他们能清醒地知觉到自己的生命死亡，具有一种"向死而思生"的能力，其他动物根本不具有这样的天分，它们只会在临死的时候，拼着性命发出本能性的求生嚎叫。所以，西方哲学家雅思贝斯从由死而生的思考出发，认为"哲学是死亡之彩排"。

也就是说，人类哲学最深层次和最高境界，便是关于死亡界的深度思考。或者说是生与死的临界思考，由死思生或者由生思死。因此，世界上所有宗教派别，其终极意义判断以及生命理论归结，都无一例外地伸延于死亡之后，围绕着可能死或者已经死而立体展开，在生与死的连接中，尤其是生死临界点上，具体析理人生存在的价值及永恒意义。

当然，因为死亡具有虚幻和不可知性，也成了特别适合展开哲思的领域；尤其死后的彼在性，使其具有更多形而上展开的余地；其不可知性，亦为人们提供了更广阔想望与再造空间。于是，对于"魂归何处"？西方先哲让人不得不面对"上帝"的召唤，无论如何不能变成上帝的弃儿；东方的智者让人"入土为安"，无论如何不要忘了祖坟与土地的存在。在人们的心目中，既然"死亡"可以随时到来，于是，不能不直面这样一种人间事象。

儒家文化作为一种中华民族的主体存在，必然会对民族死亡哲学进行深度的思考。我虽然没有对死亡哲学做过专门性的研究，偶然间也曾有所感悟，记得是为学校一行人为一个姓孔的同事至孔林送葬。深秋季节，猛然间置身孔林漫无边际的坟茔和林海之中，特殊的时令做背景，寒风阵阵，乌鸦哀鸣，林中萧瑟的景色平添出一种人生的悲戚感。再加上同事步入中年不久，便猝然而死，生与死如此倏忽难料，让我面对这浩瀚的儒宗坟地，不自禁生出莫名的怆然与凄楚感怀，自然而然便联想到死亡的问题，进而联想到儒家死亡哲学。

发现在孔子故里，其实最有条件思考这一旷世课题。因为对其进行表述的丰富原典资料，并非仅仅保存在那些世传的古书黄卷中，它们就活生生坐落于曲阜古城北面、泗水河南岸，一座绿树成荫的浩大孔氏家族墓葬园林，俗名叫做孔林，也称为"至圣林"；一个占地三千多亩、有着十万多坟头的巨大家族墓地，儒家死亡哲学的全本资料，就这样直观而又深邃地摆在眼前，沿着白云下的河流原野铺展开来。

经过几千年的时空流转，人世沧桑，一代又一代的孔氏族人于此不遗余力编撰修葺，一直到今天仍然不辍，他们已将"孔林"修成了一部无法结尾的儒家死亡哲学长编。

一

关于"孔林"，曲阜的相关史籍记载得很清楚，它原来不称"林"，最初称作"孔子冢"，后来又称"孔子墓"。孔子墓地称之为"林"，大约是宋元以后的事。那时，孔子的嫡裔已经有了"衍圣公"的显赫爵位封号，家族也如林海般遍布天下，特别在文化上成了天下最为广袤浩瀚的贵族门第。

因为孔林始于孔子夫人亓官氏，那时，孔子还奔波在周游列国的泥泞路上，亓官氏先于他在家乡去世。听到妻子去世的消息后，孔子做出一个新的决定，将其埋在了这新选的墓地上。当时，鲁国的宫廷里三桓争斗正狠，其他各诸侯国间战马嘶鸣，孔子只能徘徊在黄河岸边上，一次次地向故乡无奈地瞭望。

后来，儿子孔鲤竟然也先他而卒，身处他乡，白发人送黑发人，情何以堪！还是孔子，怀着丧子的切肤之痛，决定将其葬于泗水岸边，母亲的坟旁，以尽孝道。所以，当时坐落在泗水河滩上的孔家墓地，只有孤零零的两个坟头和坟头上的秋草摇着西风，根本无法称之为"林"。

孔子为什么要另选家庭墓地，将妻子葬于泗水之阳，让其背河望城而卧，而不是随父母一块葬于防山之阴（孔子父亲叔梁纥与母亲颜徵在以及兄长孟皮的墓，至今还在曲阜城东十华里的防山脚下，枕防望岱）？这是孔氏家族历史上一个不小的谜。

我曾数次沿着城北的神道一路走过去，探寻其中的道理。孔子坚持妻子不随父母葬，而是自己另起新墓地，难道父子间真有什么说不出口的原因么？当年，母亲确是在尼山下一个凄冷的山洞里，孤独无助地生下了自己，使他终其一生，也难以抚平乡邻惯称"野合"的伤痛；或者如曲阜民间所传：孔子要为子孙后代选一个绝佳的风水宝地做墓地，于是，不顾与父母相伴的理数，将妻子也将自己落葬于此。

对此，清代曲阜诗人颜光敏《孔林》一诗曾对此吟道："孔林林外彩云低，岱岳来龙水向西。闻说周公犹德薄，独留金穴卧宣尼"，说的就是曲阜地方上的一句老话，叫做"周占尧王墓，孔占周家林"。

相传孔林这地方，因背河望山，草木葱茏，被五帝之一的尧王视为风水宝地，死后选择葬身于此。后来，也许是泗水河经常发水，潮涨潮落渐渐淹没了尧王坟墓。周代的祖先后稷，无意间又相中了这方瑞土，于是，继尧王之后，也选择落葬于此。到了春秋时期，或许岁月的冲荡剥蚀，或许周王朝日薄西山，气数已尽，后稷的坟墓也悄悄地被人夷为平地。孔夫子是深知历史过往的大圣人，也深知这方风水宝地的来龙去脉，因此，当夫人亓官氏去世后，便毫不犹豫地选葬这里。他为孔氏家族选择了一脉相传的绝佳墓地的同时，也为家族的承继繁盛提供了一种高贵的佑护天机。

其实，这个古老的民间传说并无多少深意蕴含，表面是在说墓地承传，实际是在谈历史文化道统的继延。无非是说，从先圣尧到周先祖再到孔子，冥冥之中，他们有着一脉相传的天道关系，孔夫子是继圣而为素王。民间留给我们的，不过是一个千古世俗化了的道统故事而已。

不过，如果沿着此道统说想开去，倒也给了我另外一种启发，孔林虽然只是一座家族墓地，但是，从古及今，它还是一个巨大的世间义理存在，脉系犹在，蕴涵极深。虽然，人们对其内在义理可以作不同的理解诠释，但是，在翳翳郁郁的林木和荒草丛林中、在新坟与旧坟交替升沉的岁月变化中，其一草一木无不蕴藏着令人神往的先圣、孔儒大道以及不可名状的至深义理。面对孔林这一家族墓地，我们无论如何不能只作风景看。

二

孔子当年之所以把妻子的墓地选在了这里，我想，肯定有他的想法。因为我联想到城里的孔庙，在大成殿后面，至今有一座供奉孔子夫人亓官氏的殿宇，叫做寝殿。对此，北魏郦道元的《水经注》中记道：当时的孔庙"庙屋三间，夫子在西间，东向；徵母在中间，南面；夫人隔东一间，东向"。可见孔子庙中很早就有夫人的供奉。不仅如此，当年还曾将孔子母亲颜徵在的牌位一起供奉其中，母子情怀极其诚笃。

曲阜孔庙被称之为本庙，为天下孔庙的标准定制，因为曲阜孔庙大成殿后面建有寝殿，于是，寝殿便成为了天下孔庙的定例。也由此让中华民族的本土宗教与世界上其他宗教划清了界限，即其他宗教的祭祀殿堂庙宇均没有妻子的位置，统统将妻子忽略不计。只有中国传统儒家的庙宇，坚持让妻子与自己一同置身庙宇之中，尽情享受后人的供奉与香火，毫不含糊地将庙宇和家庭严严实实地糅合在一起，造出一片妻子儿女温馨的生活意趣。

儒家如此庙宇结构，绝对不仅仅是历史传统的问题，因为在上古的夏商周祭祀庙宇以及活动中，至今难以见到与妻子一起享祭的文献记载。在曲阜城东，就有一座祭祀周公的庙宇，高耸的大殿里，周公一个人孤独地端坐在中间，虽然有儿子伯禽侧身相伴，但是怎么看都透着一种高高在上的孤寂与冷漠。

到了儒家这里，孔子作为儒家学派的创始人，专门安排生前身后与妻子永久性地相伴一起，这是他从内心深处出发专门做出的情怀建树和意愿设置。即使妻子是一个默默无闻的人，毫无历史建树可言，然而，依然不会让妻子淡出人们的视野。按照"礼仪造端于夫妇"的古训，即使一个功德千秋的男人，也应该像普通人一样，始终如一地与妻子几千年相依相偎、相伴相随，儒家是礼仪修身持家学派，夫妻至死相依相随，这是孔子基于礼仪原理的一种现实创造。

这才是孔子让亓官氏成为孔氏家族墓地第一人合理的初衷和起因，对于孔子而言，妻子亓官氏不仅在生活中不可或缺，死后让她做自家墓地的始作俑者，既是一种礼仪制度的精深思考与创构，又是一个人生过程和生命原理的独特沉思与呈现，当然，还是一个饱含着既深且重心理情怀的爱意抉择。也许，还有他想以此正人视听。

因为对于孔子与夫人的关系，历史上曾有许多版本流传：其中之一，孔夫子从年轻时候起，就是一个以事业为重的人，整天忙于鲁国兴亡大事和礼仪研究，还有创办私学，从事社会咨询等一大堆事情，整天身后跟着一大群弟子，到处演讲，四处奔忙，根本顾不了家，更别说田里的春耕秋收、家里油盐酱醋柴米的琐事。正因为这样，后来有人专门传他是"四体不勤，五谷不分"的人，说他特别的懒惰，根本干不惯田间劳作的事。

对此传说，孔子并不在意，因为深知夫人亓官氏，这是一个深明大义、勤劳治家、任劳任怨的人，她具有鲁国妇女所有的优秀品质，不但信奉男人主外女人主内的老理，在鲁国的城墙内，此种观念在她的心里仿佛就是本命。丈夫不顾家，她甚至连想都没有想过，就这样在家里义无反顾地担当起相夫教子的责任，平常里一脚门里一脚门外，不光将家务事全部揽在身上，就是地里的活也决不让丈夫沾一下手、分一点心，以至于使孔子到后来成了几乎忘了种地事体的人。她甘愿做孔子身后的一头牛，永远低着头拉犁、拉车，也拉着车上的丈夫。

因为她秉此"鲁妇"的本性，即使当时孔子被鲁国的国君冷落，被一些无端小人猜忌嫉妒，真切感到自己的政治理想在鲁国已经无望、决定踏上背井离乡周游列国的程途、去寻找新的出路时。亓官氏甚至连一句嘱咐的话都没说，丈夫的选择就是自己的不二选择，她默默打点好丈夫以及弟子们所需要的一切，然后站在凄冷迷茫的暮雨中，目送他们上路。

她知道，身为一个女人，不论何时何地，不论顺境逆境，丈夫的一切就是自己的所有，丈夫的选择就是生活的全部，自己不能存一点剩余，也不该有一丝保留，这才是女人，女人的本分。就这样，寒来暑往，一去就是十几年，晨光暮色中的眺望和等待，还有日夜不停地为他担惊受怕，没有想到的是，最终再也无法见到自己的丈夫。

几乎不用多高远的想象便可知道，这十几年，亓官氏一个人在家带着一双儿女，该是怎样的一种生活情景。对此，她没有任何怨言，也没有任何惰意，像所有的时候一样，弯着腰默默地承受着生活中的一切，用她那并不强壮的身躯以及晨曦黄昏中无休止劳作的背影，在曲阜烟尘翻滚的阡陌小道上和苍茫田野间，费力地踯躅着尽可能地支撑起这个家，也支撑起孔子流落异国他乡寻道的坚定脚步以及教化想望。如果说殉道的话，她甚至比孔夫子殉得更彻底、更坚定、更壮烈。

因为亓官氏惯于默默无闻，沉默得超乎常人的想象，再加上如此全然而长久的持守，以至于多少年过后，当孔子被人们簇拥在布满鲜花的讲坛上时，人们似乎忘了还有她，还有她在孔子身后的存在。大概还是在孔子活着的时候，街巷里几个善于捕风捉影的好事之徒，或者是专门搜罗编造名人花边逸事的传媒人物，便凭空编造出一出孔夫子"出妻"的离奇故事。

他们的理由是：孔夫子周游列国那么多年，竟然不见自己妻子的面，怕是已经将其悄悄休掉了吧。为此，又继续编造证据，说孔鲤因为母亲去世，放声痛哭不止，为此，曾遭到孔子的训斥，说他不应该为已经出"去"的母亲哭泣，这不合乎古传的礼法。然后他们更用逻辑推理的方式，做出进一步证明：如果孔夫子和妻子没有离异的话，那孔夫子怎么能在他国一待就是十几年，他为什么不想家？不回家？连一个男人基本的人道都不尽？他还是男人吗？

我一直搞不清编造这故事的用意所在，或许是魏晋以来那些风流放浪之徒搞的恶作剧。那些想出名的人太想吐槽孔子了，因孔子名气大，用他来做文章自然效果斐然。可见，注重名人效应自古而然，正因为此说在历史上流传极广，至今台湾的一个名作家，还将这花边逸闻做了他一本书的名字，逗引人们前去购买赏玩。

这实在是一个民族可悲可怜的意淫传播，惯于用俗常人草屋同栖、夫妻相守千古不变的道理，去衡度一个横空出世千古大圣人的胸怀度量，用井上俗间小市民的生活习性去看待亓官氏、一个官门之后彻底儒化了的女人心理境界，可见世间的低俗化是无处不在、无时不在，是一种可以传染的瘟疫，无意之间，他们让世俗成为当然，让崇高沦为末流，这种风气在历史上并不新鲜。

对于世上流传的这种说法，不知孔子在世时听到没有，不过从孔子后来的所作所为来看，他的心里最有数。所以，史书上根本见不到他以及子孙们对此的反驳，或者说大圣人对此根本就是不屑一顾。他不仅知道清者自清的道理，更知道面对天下礼崩乐坏的历史颓势，还有更高远沉重的人间正道在等待着他；他也十分清楚地了解妻子，了解一个鲁地女人面对丈夫儿子的心意所在，当然，他知道接下来的事情，该怎样理解妻子以及善待一个弱女人为自己所做的一切。

因此，鲁哀公十年（公元前485年），一个尽管不是冬季但冷得彻骨的日子，六十七岁的孔子与弟子们正顶着漫天的风沙，在卫国的泥巴路上艰难奔走，突然远处有人匆匆跑过来，待走近之后，才看出是自己的儿子孔鲤，他一边哭一边告诉孔子，母亲在曲阜的家中病故了。

尽管他知道这是早晚的事，因为她积劳成疾已经很长时间了。但听到消息，还是禁不住悲从中来。于是，他让弟子们停下来，然后就地垒土为坛，师徒们站成一排，大家向着东北方默默行礼致哀。子路等几个亲近弟子在地上长跪不起，痛哭流涕，他则是紧咬着牙，转过身来，缓缓地回到车上，呆呆地仰望长空北飞的大雁和惨淡的游云，痛苦成一座黑黝黝的木桩。

过了不一会儿，他突然转过头来，两眼含着泪水向弟子们宣布：他做出了一个从来未有过的、惊世骇俗的决定，告诉儿子孔鲤，不要将母亲埋葬到防山脚下父母的坟茔地，而是要在曲阜城北泗河南岸那片青绿的芳草地上，重新选一块墓地，另建一座新坟，以彰其对于家庭、对于自己事业的奉献援助之功。

在他看来，妻子伴河而眠，身后那浩浩荡荡的泗河水，日夜不停地向西流去，不正是这人间岁月的流程的象征么？所谓"逝者如斯夫，不舍昼夜"，跟随自己一生的妻子，虽然几十年的光景，但好像还没来得及去温存体味，就这样匆匆过去了，这既是寻道者和寻道本身的悲哀，又是自己人生和命运的无奈，人生之死，说到底是大自然变化的结果，是岁月流逝的必然。就像泗河水日夜无语西流，也许是最好的生命过程诠释，妻子死得自然天成，死得其所。

当然，孔子在此还凭借泗河水的滔滔流去和波澜起伏，诉说着他对妻子不尽的情感与惋惜，大河用作坟墓的背景，河坟映照，动静相间，仿佛是在告诉活着的人：人生之死，特别是亲人之死，生命停止而情怀无限，即使是死后，情怀依然会环绕着曾经的生命涓涓不断，所以，珍惜生命时间的相聚相合，珍惜天意缘分，唯其如此方不愧为夫妻一场，唯其如此方不会后悔莫及。

孔子也许还有更深一层的思考，在妻子生前，自己没能够尽到丈夫之责、为夫之道，现实已没了补偿的余地。尽管人并不知道死后的去向及情形，所谓"不知生，焉知死"，但妻子也许生前曾说过希望有一个真正的家，因此从自己久已积蓄的心愿上、情愫里，是该为妻子重新建一个彼岸像样的家，造一处完全属于自己和妻子，还有孩子，能够未来在一起真真正正享受家庭仁乐的庭院。以表达对妻子、质朴鲁女大爱的歉疚和补偿，实现拯世济民之外另一种生活情景的渴望，这是他作为大"圣人"、可能也必须对亲人死后一种既具理性又有情感的哲理设定。

在这里，作为一代思想家，孔子是把家道和世理一块考虑，面对当时社会礼仪颓败、人心不古，他必须要从理论上为人的死亡做出新的修补和厘定。

岁月滔滔，往而不返，殷商所建立的崇神文化、鬼神彼岸已经渐渐地从人们的视野中消失了，西周所倡导的氏族礼仪文化也伴随着"礼崩乐坏"而渐行渐远。以夫妻生活为单位的小家庭，正踏着"废井田开阡陌"的浪涛从远处走来，一个崭新的"家"文化正在形成。惯于将社会道义背在肩上的"时圣"孔夫子，不能不去对其做新的理论构建，更不能不做出家庭道德的新解说。在当时的历史条件下，"家"才是孔子所有理论思考的起点和终点。

就这样，在西风烈、鸿雁南飞的季节里，那条坎坷曲折的周游列国苍茫古道上，沿着现实家庭生活的建构，对于未来阴间"家"的情感憧憬和着无以言表的心灵之痛，不仅使孔子为妻子选择了那方新的墓葬地，也为儒家的死亡哲学创设出一个全新的命题。

即从人之为人，尤其是亲人的角度看，死亡虽然是自然生命的终结，但却不是人间情感的终结，相反，因为现实的生命相融相合，它恰恰是家庭情怀的延伸与继续；死亡绝对不是生命的离散蓬飞，在哲学意义上，它乃是从一种家的形式转换成了另一种家的形式存在，或者说，为一种更完整美满、具亲情意味、更为温暖宜人的家庭实现。死亡不过是人生新方式的再继续，家无论在现实中还是在虚拟里都是永恒的。所以死亡并不可怕，也不该是毁灭性的悲哀。

至于后来这方墓地变成了"林"，从家庭墓地变成了如此大的家族墓地，经过一代又一代的层垒，成了一块一望无际、被称为天下第一墓葬群的风水宝地，甚至拥挤到"断碑深树里，无路可寻看"的程度，这是他不曾料到的结果，或许后人因为先祖的原因，更看重家在历史长河中的永恒。

其实这并不是一个太难理解的民族理论迁移，家族本质上不过是家庭在时间长流中的泛化和扩大，在岁月的更迭中，一个家庭必然要扩散为一个系统清晰的大家族，只是几千年的漫长过程，孔氏家族几乎一成不变地沿着林前的神道集聚在这里，集聚的神色如此坚定持久，堪称天下奇观。

也就是从这个意义上，我们称赞孔老夫子创始中国从家庭到家族、生前身后依然相连的死亡哲学理论与实践的同时，也不得不为礼仪之家如此崇奉不变的传统、持守家族观念的坚忍悲壮而惊叹，它们是历史另一种理念的存在，是对于死亡理论别一番深度诠释。

孔林一年四季荫荫的绿色和数不清的坟头，将民族死亡哲学做了最经典的诠释与展现，即从此岸走向彼岸，从一种"家"的生活走向另一种"家"的生活，孔氏家族聚族而居的林地设置，不仅证明了儒家的生活哲学主体观，也以此暗示民族"魂归何处"的终极关怀哲学理念以及生活至高信仰的意寓所在，根本没有和不需要上帝，生活就是一切，生活就是永恒。

三

孔林原初的面积并不大，不过几个坟头的范围。一直到东汉时期，据乾隆版的《曲阜县志》中记载：人们还习惯称孔林为"孔子冢"，数百年的时间过去了，仍然"地不过一顷"，只是祭祀的香火从不间断。

而后，岁月悄无声息地又过去了数百年，孔子墓前连同那些死心塌地为大圣人的守墓人换了一代又一代，泗水河就那么悠悠地看着花开花落秋风起降向西南流去，曲阜城里城外的人们，无数个枯寂冷漠的夜晚，习惯性地从神道上的树枝缝隙中凝望星斗，辨别着眼前的迷蒙路径。

直到一个叫做赵匡胤的人，穿上黄袍转过身来，然后又过了好多年，一个称之为宋神宗的皇帝，从开封一路逶迤跨过大水弥漫的黄河、古运河和泗水河，到曲阜城里尝过地方小吃馓粥，然后到庙里结结实实磕过响头，在孔子墓前焚香净手使足了力气为其题写了"宣圣林"匾额，一夜之间，天下始有了"林"的官方认定，金口玉牙颁下的诏书，让"孔林"的名字不翼而飞。

当然，这时的孔子墓地上，远远近近确实树木业已长成了汹涌澎湃的树林，连同树林中的坟墓土丘一起波浪起伏，原本一家人的坟茔地，如今变成了如"森林"般的浩瀚墓群，使人再也无法用"墓"或"坟"这样简单的字眼，去看待和描述这一大片撼人心魄连着悲情寂静阴冷的景观。

所以，有人评价说，孔林称"林"，绝对是真龙天子宋神宗艺术才情的灵感闪光杰作，他用创造书法瘦筋体一样的意境情思，对孔氏家族墓地做出了如此传神的艺术概括，在才子型皇帝的眼中，即使是死，也变得青葱浩渺一片，且富有令人神往的艺术意蕴。

我总觉得，这个说法值得商榷。从历史的承传序列上说，孔子是儒家学派的开山祖，他开启了儒家死亡哲学最初的思考，是他对死亡做了民族性原初理论设定，人们沿着他划定的理论路径，有了由墓到墓群、由树到森林、最终这一大片生长茂盛的林木诞生，孔林应该是一个由哲学命题在时间长河中慢慢成长出的历史巨著。漫长悠远的岁月中，绝非只有宋神宗一个人读懂了它，其他人则茫然无知；或者说只他一个人才情蓬勃，而其他人一片混沌。

因为它坐落在曲阜小城的身后，泰山的前怀，起伏涌动在朝出晚归的蒙蒙旷野风尘之中。之所以称之为"林"，首先是曲阜民间百姓们日出日落中不断观摩沉淀出的感觉，而后化为孔门及以后弟子们与世代儒生还有孔氏后裔对死亡，以及沿着这个命题继续不断深化的思考。伴随着林木的蓬勃生长，最终升华为既有面积又富深度的"林"的称谓。

有诗为证，这一片浩瀚的森林，引发出文人墨客的如许诗情画意。查阅《阙里孔氏诗钞》等地方史籍，发现历史上第一首咏林诗，是一首精妙的七言绝句，为宋代以前的作品，可惜作者不知是谁：

灵光殿古生秋草，
曲阜城荒噪晚鸦。
惟有孔林残照里，
至今犹属仲尼家。

曾几何时，大汉帝国辉赫一时的灵光殿颓坼了，曾经繁华热闹的鲁城曲阜也荒芜冷落，只有夕阳残照中的这一大片树林，还茂密地用"林"的方式，诉说着仲尼家的那些陈年往事，还有孔圣人的别样情怀。

在中华民族丧葬史上，不同身份地位的墓地，演化为不同标志性的称谓。古代皇家坟墓一般称之为"陵"，大概是因为取其高耸巍峨之意，陵毕竟比一般地面高出许多；官宦功名人家一般称之为"墓"或"冢"，其意虽不及皇家陵高耸，但也具有足够的高度，足可使人仰望恭而敬之。至于寻常百姓家，那只能称之为"坟"或"茔"。在山林原野的某一块地方，远远望去，有一个或者几个土堆，那就不错了，他们无论生前还是死后，只配与泥土一样的高度和颜色。

只有孔家墓地称之为"林"，据说，因为是上至皇上下至百姓对大圣人的专用敬称。所以，后来不知是哪一年，因为关羽被世人誉为"武圣人"，由皇家出面特地赐关家墓地为"林"，才称之为"关林"。于是，"林"在墓地的设置中，又标志着另一种生命色彩与高度，所谓"圣人"，圣而神的人物，与一般的官家序列别异其趣。因此，到了后来，曲阜及周遭地区的大小人家，几乎所有人家的墓地都习称为"林"，即使坟上一棵树也没有，也没有任何功名地位，乡下的百姓们就是想沾点福气，或者故意为自己脸上贴点金，均不可以作定制论。

所以，墓地称"林"，这应该是一个固定的称谓。那么，称之为"林"，与其他称谓相比，它到底有何特殊之处？如果以生死论的话，林的生长情势与死的毁灭境况，二者绝对难以合一而论，然而，它恰恰在孔氏家族墓地上合二为一。可见，其中当有至深的玄机。

我曾不止一次地细品"林"与其他墓葬方式的差异，但从外形上看，不管是陵也好，墓也好，坟也好，不过都是些无知无识的石土垒砌，最多也就是地表之上的标识物。在这方面，以佛教高僧的瓮中或坛上坐化，然后修造出高耸的佛塔为例，从生前的空净到死后留下历史的记忆，多少有些人为强迫的意味；基督教徒的墓地是一个墓穴加上一个墓碑，更是让人知道，一个没有灵魂的躯体就在这里。

"林"便不同了，它们是由活着的一棵棵紧挨着的高低不一大小相间的树木簇成，它不仅有四季变换的鲜艳色彩，更重要的是内含一种蓬勃盎然的生命气息。生生息息的林木草丛，仿佛在告诉我们：即使在死亡的阴间领域里，依然有生命流动的灿烂景象，有生命的内在美好意蕴，有生命的自然纯洁传承。最高的哲学便是艺术，它就是要使人看到树木的蓬勃身影，不能不生出悠远的生命怀想与崇高敬意。

记得是一个曲阜晚秋时节，惨淡的青空渲染出别一番幽深与悲怆，凝寂淡然的秋阳西斜半落，城外远近地里的庄稼都已收割尽了，萧瑟秋风溢满原野村落。近处，路旁一头老猪领着小猪们在狠命地拱着泥土寻找食物；远处，几只土狗像发疯一样在田野上追逐着天上的鸟儿。

我站在城北那段已经颓败了的老城墙上，远眺这片苍天下的古园林，天上云起云飞，田野里鸟儿尽情歌舞，我的思绪被目光牵引着追寻那天地间混茫的古意。天地悠悠，泗水浩浩，迷迷蒙蒙之中，几次觉得仿佛真有孔子弟子从远方迤迤而来，带着我一同走进一段久远的陈年往事。

公元前 479 年的农历二月，古城墙上寒风犹劲，泗水河里冰花未消，曲阜城刚刚举办了一场天下最大规模的圣人葬礼，老树低头，人流沉默，满大街地上树上到处都是飘散流转的灵幡纸钱，整个鲁国沉痛得像块巨木桩，石头城墙都在流泪。大圣人孔夫子去世了，人们简直不知所措，因为人们根本不知还有谁，能够支撑起鲁国潮阴的天空，还有谁能力挽天下这无奈的颓势？仿佛是一艘满载着生命的历史航船，此刻，正在惊涛骇浪中一点点地倾斜下沉。

不仅如此，先师孔夫子去世了，普天下的孔门升堂入室弟子，更是悲恸欲绝，他们不知怎样纪念自己的恩师才好，所以，曾一度决定用传统"尸"的方式纪念他老人家，也就是让与老师长相相似的有若，穿上与老师生前一样的衣服，每天照旧坐在讲坛上，接受众弟子们的参拜。直到后来，有人提出：这种做法恐怕不符合老师的一贯主张，才被废止。

大概又过了几天，几个入室弟子正在墓前面向老师讲经读书，突然，其中一个人站起来，告诉大家说，他想出一个纪念老师的好办法，可遍告天下的孔门弟子，不论是入室者还是登堂者，都可选择自己故乡有特点的奇树佳苗，各以其乡"奇木来植"。在这万物萌生的季节，栽种于我夫子墓前，以表彰他老人家百年树人、培育四方人才、因人而育的伟大历史功绩。话音未落，大家都鼓起掌来，都说这主意极好。很快，消息像一阵风似的传遍了江南江北的各诸侯国，于是，在曲阜城外的条条大路或阡陌小路上，渐渐出现了一股涌动的人流，

一些不同服饰打扮、不同方言话语、不同年龄辈分、不同身份地位的人，他们或独身一人，或结伴而行，或三五成群。迎着凛冽的寒风，弓着腰，由远而近匆匆而行，他们的肩上都扛着长短粗细不一的树苗，手里拎着镢头或铁锨，从四面八方向鲁城北面的泗水河边聚拢。虽然走得沉静迟缓，但四野里秩序一片井然。

他们如此默契，几乎是按照同一种程式规格，先走到孔子的墓前，摆上各色供品，然后焚香烧纸恭敬地行三跪九叩大礼，再一番长歌当哭之后，便转过身去，最后来到夫子墓的一边，找一地恰当的空地，用锨镢挖出一个又一个深深的大坑，结结实实地埋下手中的树苗，

除了鼓荡的西方，他们几乎都不说话，只有哀伤深沉的眼神诉说着内心的一切，他们是在用心栽种或者说栽下的就是心，既是一份深深的岁月流年的情感和记忆，也是一份伴着日月星辰为先师守墓宽心的祈愿。栽完树苗以后，他

们会再一次行三跪九叩大礼，而后，倒退着慢慢转回身去，三三两两又携伴向远方走去，空阔冷漠的旷野上，渐渐地余下一个又一个飘游的黑点。

对于这段往事，后来，明代一个叫吴宽的人，想象当年那感人的情景，情不自禁地吟诵道："墓木不可辨，合抱十万章。知为门弟子，移植来四方。"（《谒圣林》句）他对孔门弟子从四面八方来先师墓前种植纪念树，予以极高的评价和敬仰，竟有数十万棵之多，可见，这些林木扎根如此之深，生命力如此之强。

人者，树也；树者，人也。无论是栽树的原初意愿还是栽树的具体过程，都堪称是个绝世尊师缅怀创意。不仅在中国，乃至在世界教育史上，也是最精彩的历史佳构篇章，因为直到今天，还只有孔子的墓地被人们称之为"林"。

孔子用他一生的教育业绩，给后人留下了一部永恒的天书《论语》；泗水岸边烟波浩渺的孔林，何尝不是弟子们用植树方式，在鲁西南大平原上，书写出的又一部有生命质感活着的《论语》；如此巨大的林海，或是弟子们蘸着泗河水用心灵刻凿出的一幅杏坛设教立体画卷。林中既有孔夫子面南讲学的谆谆意蕴，又有弟子们环坐四周潜心听讲的默默情景，朝夕交替，日月轮回。日光月色是他们交流的眼神，泗水河的涛声是他们问答的话语，季节的流转是翻阅书卷的声息。这里永远流淌着"学而时习之，不亦说乎"的传世神韵与真义。

因为这里一直有天地大道在流溢，以林设教被视为一种无形的哲理自然诠释，泗水寻芳更是圣贤们陶然修行的进德圣地。所以，曲阜传说孔林里的荆棘没有倒刺，一般的鸟儿也不敢在这里营巢做窝。对此，明代李松的一首《拜谒孔林聊述小诗》吟道："凤凰有时集佳树，凡鸟不敢巢深林。"范雯则诵"树无垂棘连苍汉，鸟不营巢足好音"（《谒圣林》）。大概神灵怕倒刺挂伤圣贤的身体，怕聒噪鸟儿干扰师徒们的讲学情趣。天地老情，冰心可鉴。

大自然生生不息，孕育万物众生，于是它才被人们敬奉为天。古人曾一再大唱"敬天常，依地德""大德曰生"，普通老百姓也常将"老天爷"挂在嘴边。使上天大德崇敬成为古今最普泛的社会群体无意识。因此，如果真的是天人合一的话，那么，如孔林这般功德地无尽无期，是否将生命的历程接向了更加遥远的永远？也就是说，孔夫子生前不遗余力地学而不厌、诲人不倦。死后依然要道化天下，垂宪万世。永远不死的精神义理一如这茂密的树林，依然经天纬地教化众生，伴着日光月影布道四方。哺育着一颗颗蓬勃生长的树苗，长成参天大树。

于是，便留下了这茂盛的孔林，留下了死后这一大自然的形体艺术，留下了这一历史的生命象征，它告诉我们，孔夫子及其教育是永恒的，如果说大自然以自然的律性化育了天地万物的话，那么，孔夫子则以其巨大的历史功德，永远培育着人类智慧与生灵。

一片茂密的树林，一篇历史的哲学论著，是那些得了真传的弟子们，站在生死临界点上，对孔子之死以及永恒历史功德的具体陈述与褒扬，人的身体可以死亡，人的精神则永远不会死亡，当人以崇高价值走向死亡之后，死亡便会走向更高的层次境界，使生命获得更高的升华，使死亡获得更长的永恒。即使在彼岸，生命依然葱茏存在，依然流转飞升，依然化育天地，依然张扬着价值意义的光与影。

所谓"生的伟大，死的光荣"，所谓"有的人死了，他还活着"，孔林就是这样一座活着的见证，一座生命永恒的丰碑，高赞一个功德无量的先师，依然在历史的长途中，用苍郁的绿叶清风荫庇后代，回响着万古千秋之声。

四

说到孔林，人们会情不自禁地想到孔子的得意弟子子贡，想到孔林中至今还在生长着的一段令人感动的故事。

史书上记载，孔子晚年回到鲁国时已经68岁了，为一垂暮老翁，妻子儿子都已先他而去了，尽管鲁国给了他"国老"的待遇，但毕竟年事已高，生活上的诸多不方便，只能靠弟子们来照料自己的衣食住行。

令许多人没有想到的是，此时此刻，出现在孔子身边最多的，不是别人，而是孔门弟子显贵子贡。子贡此时已非同往常，不仅已是鲁国的重臣，政绩显赫，当时就盛传"故子贡一出，存鲁、乱齐、破吴、强晋而霸越"的故事，在政治上，可谓正是春风得意之时。加之他头脑灵活、经商有道，还是当时富甲天下的豪商巨贾，富裕的程度，行走都是成队的豪华马车、成队的侍从护卫，前呼后拥好不威风，以至于到他国访问，各国的诸侯都"无不与之分庭抗礼"。不得不与他平起平坐，并行施礼，当是许多人在金钱面前腰杆就没能那么直。

就是这样一个有钱有势的人物，根据《论语》里的记载，在从师孔子的时候，平常并没有在孔夫子和师弟们面前摆摆架子、抖抖威风，露出一副大款或成功者的得意姿态，对别人说三道四，对同门弟子指手画脚。相反，还像往常一样极尽恭敬之礼，一而再、再而三，早早晚晚地接受孔夫子的谆谆教诲，有时，因为夫子不满意，还屡次受到十分严厉的批评，甚至当面说他你根本不如穷得不像样的颜回，大刮他的面子。

子贡不愧是孔子的真传弟子，在孔子妻子和儿子都已去世的情况下，二话没说，便毅然承担起照料老师晚年生活的事宜，经济上接济不说，就连朝夕探望、服侍起居这样的小事，都做得细致周到，一丝不苟，全心全意践行老师当年对他的教导，"有事弟子服其劳"。恭敬的样子，像个专意尽孝的乡民愚汉。

古往今来世俗的眼光从来不会寂寞，而且常常还要争取成为诉说世道的尺子。看到夫子和子贡身份地位有了差距，且所作所为反差巨大，于是许多人大惑不解，终于，有一个惯于操心的人，晃着走了出来，当面向他递话：子贡大人，看看您现在，可以说风光无限，要地位有地位，要钱有钱，那些寒酸的同门弟子无法与您相比，就是孔夫子，您比他也强得很多，您有必要还和过去一样无微不至地服侍他吗？您不觉得这是降身份的事吗？我们真为您鸣不平，样子似比子贡还委屈。

子贡听完了这番话后，非但没有面露喜色，还陡然为之变色，一副诚惶诚恐的样子，厉声予以反驳道：千万不要那样说，孔夫子是我的老师，老师是无论如何也不可以诋毁的，何况其他人的贤能，只不过是如丘陵一般的高度，人们是可以轻易地翻越过去的，我的老师孔夫子就像天上昼夜运行的日月，那是无论如何也不能超越过去的；虽然有些不知轻重的人轻视甚至会拒绝日月的照耀，但那一点也不会伤害日月放射出的万丈光芒啊。相反，那正好反映出他的不自量力。说完仰脸向天，胸膛起伏，两眼炯炯如炬。

自然，小人不会罢休，一次鲁国早朝，大夫叔孙武叔依仗位高，一脸正义地跟卿大夫们说：我以为眼下"子贡贤于仲尼"，可就是不知为什么，子贡竟然还和以往一样，礼敬那老夫子。子贡当时不在场，事后，一个叫做子服景伯的人悄悄将此事告诉了他，这一次，他甚至连话都没听完，便猛地站起身来，冲出门去，一路小跑到了叔孙武叔家，进门郑重地向叔孙武叔陈述道：你在朝中说得完全不对，首先，我告诉你，我爱我的恩师，其次，尽管我现在有些地位和钱财，但不能同我的老师相比，或者说我们俩根本没有可比性，我和夫子就好像是修造宫墙，我穷其一生修的宫墙不过有肩膀那么高，人站在外面，稍稍一抬脸，就可以从上面看见屋内的一切，孔老夫子所修的宫墙则不同，那是有数仞之高，你无法找准门口，根本走不进门去，于是，你根本无法见到宫墙里面如宗庙般的神圣之美，如百官加在一起的豪华富有。

他喘了口气继续说道：何况眼下世事滔滔、物欲横流，又有几个有水平境界的人，能真正找到进入夫子的门径？你静下心来想一想，我尊敬的孔老夫子难道不是这样的吗？说完，甚至连声招呼都没打，便悻悻地拂袖而去。言辞之激切、态度之决绝，让叔孙武叔当时就愣在那里，好一阵都没回过神来。

正是子贡与夫子超过了师生甚至超过了亲人，是一种世间圣贤人才有的生命相融相契、大爱情怀，子贡爱师敬师之行，足以堪为世间楷模，这便使孔子越发对他不放心，因为他也太爱子贡这杰出的弟子了，正是因为爱，所以才为子贡想得更深邃、更长远。

去世的前七天，深感自己不好，将不久于世，于是，清晨天还没亮，他便颤悠悠地一个人从床上爬起来，拄着拐杖在房门口等候子贡。尽管那天子贡和往常一样按时来到老师门前，但孔子却觉得好像等了几天的工夫。当子贡看到老师站在那里，快步上前扶住他时，孔子抑制不住心里一阵高兴，说道：子贡，你终于来了，我也终于可以将自己最后的话告诉你了。

然后让子贡扶着他站在松柏高举的院子里，仰望着晨光漫布、星月凋残的穹庐，使尽最后一点力气高声地吟诵道："泰山其颓乎？梁木其绝乎？哲人其萎乎？"子贡，你要好好见证这巨人之死的浩然、巨人之死自有大义存其间啊，这可能是我为你上的最后一课了，也许是最深的一课，当然也是你眼前不懂然而以后必须懂得的一课。

话音刚落，只听子贡一声撕心地哭喊："夫子！"跪下身去，眼里满含着泪水，生作死别，让子贡泣不成声。孔子则不同，他一脸的笑意，不说一句话，昂着头站在那里，任浩荡的晨风呼呼从屋上刮过，看神鸦拍打着翅膀向高空远逝。这应该是孔夫子最精彩的课堂之一，尽管先前他有过"未知生，焉知死"这样冷色调的语言，仿佛是说死亡不可预知，对其进行思考和析理均无意义和无必要。然而，令他不能不直面的事实是，每一个人都必然地要死去，活着的人不可避免地要接受生离死别的现实痛苦，面对死亡，那真的是不可抑制的悲伤，是每一个人的裂心之痛。这是人之为人之必然情景。

正如当他面对弟子们一个又一个地先行而去，会不由自主地一改"未知焉知"的面孔，而变得无法言喻的悲泣忧伤。当樊迟传信来，说他实在病得不行了，瘦得失了原形，面目有些可怕，可能还是恶疾，听到来信，孔子非但没有避开，相反率众弟子一起往樊家，樊家人不让见面，他就从窗户伸进手去，拉着樊迟的手，一遍又一遍地说道："斯人而有斯疾也，斯人而有斯疾也。"表达出对爱徒遭此恶疾而终无以言喻的痛苦。

后来，他的最中意的仁义弟子颜回四十五岁撒手而去，他的剧痛一时间达到了极点，大有痛不欲生之意。他一边顿足痛哭一边嘴里呼喊着："天丧予，天丧予！"老天爷你这不是要我的命吗！老天爷你这不是要我的命吗！哭得丧魂落魄，哭得天伤地悲，完全没了大圣人的面孔，在生人和死人的最后临界点上，将其还原为一个真实而完整的世间老人，因为至亲的离世，内心痛楚之深，以至于礼仪都被淹没于情的泛滥中。当然还有子路之死，听到子路在卫国被乱刀砍死的消息，命人立刻将肉酱倒掉，悲情折磨之长久，使他觉得从此不会再吃肉酱了。

可以说，孔夫子的这些言行中，所蕴含的死亡意念非常清楚，他用一种近乎本能的直觉行为，向弟子们说明，人死的要义之一便是情殇，这是人类的天理所在，人性自然，自然而然。

子贡是个绝顶聪明人，对恩师的此番良苦用心，他不仅理解，而且想得更远。自己作为一个成功者、名冠天下的大商人，这么多年来，虽也能正确处理荣耀与礼节的关系，并不失深刻与独到。然而，同老师身教与言教相比，这远远不够，老师临终的一番苦心教诲，让他明白了，更艰巨的是在师长去世以后，能否一如既往地持守自己，不是外监督而是自己彻悟；能否避免在优裕与繁华中沉沦，沿着"不义富且贵，与我如浮云"的儒风道统走下去。不是将个人名声传于后世，而是将夫子大道流布天下，这是一个真正的孔门弟子无法推卸的社会职责。他真的理解了，夫子面对死亡对他所作的隐忧与暗示：关于荣耀与消亡、身后与现实、声誉与道义。当然，他也更深地体会到了老师，对他无以复加的真情挚爱，师徒大爱，爱得天地都无语感慨。

孔子去世之后，弟子们都纷纷聚集到河风鼓荡的泗河岸边，为老师服丧，以报答恩师无尽的师爱情义，履行师徒如父子的礼节，有的为了尽心搬到了鲁国城里，决定实实在在为先师服丧三年，也有的一番焚烧祭拜之后，决定回家为恩师服心丧三年。

　　一棵棵栽下的树木，一把把土垒起的祭坛，让半天里纹丝不动的云朵连同林中浓得化不开的阴郁，"斯文命脉真依庇，合抱森森松桧阴"（明代戴金《谒林墓》），"翁仲苔深蚀风雨，碑铭篆古结龙虬"（明代陈凤梧《恭谒孔林敬述》），枝枝叶叶都化作晴天雨季里至亲亲人亡故沉痛的宣泄与表白。化作不得不接受死亡现实而又无法割舍情感的行止垒砌。感恩之情在这里溢成一片绿色苍郁的海，和着云天风雨在这里涌起诚爱的浓潮、溅起心痛的浪花。

　　正是因为此底蕴，明人夏寅到孔林之后写下这样一首诗：

> 坟寝千年树百寻，
> 烟云无际鸟飞沉。
> 虽然弟子当时植，
> 不是恩深不到今。
> 　　　　——《谒圣林》

　　"不是恩深不到今"，深度揭示出林木深处的真爱意蕴。林木森森，这是恩情的历史培植与生长，更是人间真情的凝聚与生长。所以，当阴云密布的时候，曾有人听到林木中有阵阵哭声传出，这毫不奇怪。

　　面对先师逝世，只有子贡，他自己一个人默默地来又默默地走，过了不到一个月，人们发现，在孔子墓前，子贡一个人竟然盖起了两间坐西朝东的小屋，然后，又不知从哪里又搬来几件又破又旧的家什，断腿的木床，喝水的破瓢，还有摊煎饼的泥巴鏊子锅。他一身素装打扮，住了进去。这个时候，大家才知道，他决定从今天开始，在这里为先师守丧六年，要以此来报恩师的挚爱大德。

　　六年的光阴，2190 天，子贡如此超常之举，很快成为天下传颂奇闻，人们在猜想，到底是什么，让子贡这样一位大富大贵之人，抛弃所有的一切，用如此清寒的方式，在孔夫子墓前守候六年，而且只有他一个人。如果是为情感，真的需要六年的光阴来沉淀与净化么？如果是为了报恩，六年的时间就能报答完所有的一切么？在光阴的流转与季节的交替中，看林中叶长叶落，听河水涛声滚滚，他到底在想什么呢？

一代又一代不断地揣测，当我打开古人吟咏曲阜的诗卷，发现他们无一不是赞叹"再三独守如存义，不二犹坚事死心""而今尚恨知音少，流水高山莫抚琴"（王在晋《子贡筑室独居处》）。应该说，这些话都有道理。后来，在一次历史传说的采集中，我发现子贡独守六年，除了按时上香祭拜，他还干了另外一件事情，即用六年的时间，栽了一棵楷树，然后折其枝和着自己的心血和向往，扎扎实实地楷雕了一尊孔子夫妻雕像。黄昏夜幕下，在淡红的油灯下，他就那么面向孔子的坟墓，心如止水枯木，一刀一刀地向先师述说着自己对他老人家身在坟墓中的理解和记忆，表达着不绝如缕的死亡终极思考，回报着无尽的师爱情义，大人自有抒发大爱的方式。

这时，春秋已到了季世，战国已拉开帷幕，树是从心底里慢慢长起，任时光从眼前流过，他就枯坐在小屋内，老师在眼里、老师在手中、老师在心底，他不二想、铁定了心，用爱来浇灌着林间的花草树木。就是要用六年的时间来向天地老师证明，自己有信心有能力担负起老师所嘱托的一切，绝不只是一时，而是永永远远，"为往圣继绝学，为万世开太平"，正确理解并且能够践行身前与身后的关系。将儒家至深大道光布天下，传向未来。

他就是要让世人真正明白，坟墓能够掩埋人的躯体，掩埋一切荣华富贵，掩埋不了人间大智慧的永恒和意义，掩埋不了优秀生灵的心灵和爱意，更掩埋不了自然死亡的升华与创造。由此我想到佛家面壁十年破壁的故事，子贡是儒家中人，而且是孔门第子，所以他要用六年这个民族吉数独守，悟得孔门另一层微言大义，不光是交上学生对夫子临终那堂课的最后作业，还有未来历史践行与创构的积淀，所谓永恒的生命传承和永恒的历史承担，化作无语大爱在风中弥漫聚集。

这大概就是后来曲阜民间过年的时候，许多人家春联的横批总会写上"端木生涯"（子贡的字叫"端木"）四个字，将子贡历史功绩作永恒的载录，他们所彰表的不仅仅是金钱生意，是对爱的高扬与赞许，其根源就在孔林的"子贡庐墓处"。

所以到孔林不能不看孔子墓，坟墓并不高耸，也不是当年的特殊尊贵"马鬣封"形状。掩映在浓郁的灌木树林中，远方长风浩荡，残云飘逝，眼前松柏肃立，鸟雀无声，散散落落的几个游客静悄悄地从甬道上走过去，站在这里虽然觉得静谧，但是无处不流溢着生的意趣。你会看到树荫下那座小屋低垂着头就那么静静立在那里，任光影时间从眼前流过，它执着而坚毅地在聆听着先师的哲理教诲，死亡并非是全然的冥灭，而是另一个新的开始，一个接续着过去、进入全新创始发端的过程。

当我坐下来用心去体味这坟墓与小屋以及深林的意境时，发现它们以空间方式所诠释的绝不是简单的师徒二人对话，它是一本并不太厚，但必须将心沉到了历史最深处、才能读懂的儒家师爱相续的哲学史书。人死了，超越情感之上的大爱依然会继续。

五

十八世纪德国著名诗人席勒曾写过一首流传极广的《孔夫子箴言》诗。尽管他没到过孔林，但因为他真正读懂了孔子的书，所以靠了他特有的神游能力，越过重洋为孔林做了具有西方哲理特点的注解：

> 时间的步伐有三种，
> 未来姗姗而来。
> 现在像箭一样飞逝，
> 过去却永远静止不动。
>
> 当他缓行时，任你怎样着急，
> 也不能加快他的步伐。
> 所以，你要对未来深谋远虑，
> 不要做现实的奴隶。
>
> 当他飞速时，任你怎样惰急。
> 也不能阻挡他前行。
> 甚至是使用魔法，
> 也不能使他停下一步。

因此，你应该做一个明智温和的人，

坦然走完你生命历程。

不要把现在的飞旋做朋友，

也不要把过去的死寂做敌人。

在席勒的心目中，未来、现在、过去三种存在中，只有时间是永恒的，于是它便成了一种铁律、一种历史原型、一种神秘的预示。在某种意义上，它就是孔子之道，或者说是孔林所展现出的至高哲学境界。人们都说，是生活创造了历史，更进一步说，是活着的人，发挥各式各样的思想行为，点点滴滴地写出了历史时间中不同的篇章，历史是生命时间的层垒与实现。

因为时间是无法矫正的，只能由活着的人以历史的方式去做应然性的生活矫正，或者以更合理自然的生活去贴近延伸历史，就像后人只能去理解追踪孔子而不能让孔子去符合现存一样，曾几何时，一些想拉孔夫子来为自己做证明的人，最终都受到了历史的惩罚。

也就是在这个意义上，死亡也就是历史，"死"和"史"在古汉语中是一个同韵字，以此对死亡古人赋予了它深一层的文化蕴含，认为人死之后才有史的真正存在，所谓盖棺定论。人或者朝代的最终死去才是历史的开始，或者说是历史的真实表述。对于孔子这样的大圣人，死更是"史"的承传流布，留下一本带有本命性质的教科书，死便是活的认证与选择，或者说为乐活而死亡。

1959 年，郭沫若进了孔林，几千年来，孔林就这么背河瞰山繁茂峥嵘地生长着，无数死亡躯体之上，涌动着无尽的时空意蕴。他以史学家的慧眼看出了，"这是一个很好的自然博物馆，也是孔氏家族的一部编年史。"沿神道往回走的时候，他不禁诗兴勃发吟出了这样的诗句：

遗爱在人存槁楷，

后雕垂世仰青松。

史迁自叹低回久，

我亦逢人问泮宫。

也就是说，真正懂史的人，他们肯定会来曲阜，并且肯定会到孔林中做最诚心的阅读，历史上编著《史记》的伟大史家司马迁，就曾不远万里到了这里，据说，在孔子墓前一番逡巡之后，他竟然迷恋到了"低回留之不能去"的程度。相比司马迁，郭沫若堪称是个绝顶聪明的政治家兼史学家。所以，关键处，他总是把话说一半留一半。他说，自己在孔林中不过是借此进一步求索当年的鲁泮宫，做了一次尽情的史学畅想罢了。

他没有说，也许是不想说，尽管孔林没有和中国历史相始终，但它的历史长度和深度，与其说是一座埋葬孔氏家族生命的墓地、一部孔氏家族史的立体描述，不如说几千年的光阴岁月中，在这里由孔子起笔，以孔氏家族盛衰枯荣为线索，书写出了一部中国王朝的兴衰编年史。一条通向孔子墓地的神道，一代又一代人的脚步，将其踏成了一条回溯历史的巷道。人们喜欢在这里追思既往，沉淀思绪，将孔林辟作一个特定读史造史的场景，树为一面映照世人面孔的镜子，搭建成一座不同角色进行历史表演的舞台。

尽管曲阜小城居鲁西南大平原一隅，曾一再沦落到穷乡僻壤的地步，城南一条坎坷不平的黄土路伸过泗水河一直向东，另一条南北大道直直地穿城而过，四季轮回、风调雨顺的时候，上至皇上、官宦，下至文人、百姓，他们都会不断地从北方越过黄河、翻过泰山，从南面渡过长江、涉过原野，不顾舟车劳顿、风尘险阻来到这里，观瞻孔子和他的坟墓。了却一个心愿，这里有中国人一个永远解不开的心里死结。

就从城北古枝嶙峋的神道路上小心前行，走进林门，跨过洙水桥，在揽儿抱孙布局的孔子墓前供上三牲，焚上一炷香，烧上数沓灵帛。然后，行跪叩大礼，诵挚情祭文。以至于，孔林上空缭绕的烟雾几千年老也散不尽，成为小城传承最为久远、也最为传神的一道风景。

据记载，第一个到孔子墓前跪拜致哀的国君是鲁哀公，那时鲁国虽已成颓势，不过架势还在，当他高声诵读诔文时，在场的孔门弟子个个歪着头，大胆者甚至露出一脸不屑。但他还是读得哭声绕树、泪雨滂沱，"昊天不吊，不慭遗一老，俾屏予一人以在位，茕茕余在疚，呜呼哀哉，尼父，无自律。"这是一篇颇难读的古文，意思是说老天爷你真是不公平，就这么一个老好人你还不给我留下，使我感到非常孤独，从那一声"呜呼哀哉"长长拖音中，足可以见出他伤心之深之重。后来这篇妙文不仅成了诔文体裁的开山之作，还成了历史的范本。

从那以后，历史开了先河，好像再也堵不住了。据《阙里志》记载，一代又一代的帝王前赴后继驾幸古地，行过大礼之后，要么是下令为大圣人墓地"起园栽柏，修饰坟垄，更建碑铭，褒扬圣德"（北魏孝文帝语）；要么问"坟墓满布，墓地无余。该增林地否？"（康熙帝语）

最庄重的是乾隆爷，他端坐在林前的驻跸亭里，蘸着鼓荡的春风和满地的笑意，一连写下了数首赞诗："驻跸亭前有嘉植，亭亭特立学高贤。一株为想干云雾，数劫那随变桑田。……"直写得汗流浃背，神情恍惚。最后，抬起脸来从孔林上空望上去，仿佛看到了直慕高贤、心干云雾、大清王朝不随桑田而变的永恒底气。

至于那些三三两两清癯高古的文人骚客，则绝对没有帝王这么张扬大胆。他们总是小心翼翼地弓着腰低着眉，缓步踱进孔林深处，双膝跪地，行过大礼之后，再慢慢倒着退出来。如果还有些余闲，也许会有人寻一处并不太大的茅棚客舍，在如豆的烛光下，将自己灌得烂醉，然后竭尽全力做神与物游，展放自己最后的灵感思维，用毕生积攒的学问和练就的书法，写下"墓古千年在，林深五月寒。恩沾周雨露，仪识汉衣冠。驻跸亭犹峙，巢枝鸟未安。断碑深树里，无路可寻看"（明李东阳《谒孔林》）的诗句。文人就是文人，文人到了圣人面前，本来就有三分怯，再加上偌大的深树林海，树荫半遮长空，四野冷风扑面，他们只能感觉到莫名的觫悌寒冷，无论如何也看不到历史的出路以及自己的背影。

如果是小民百姓，事情就更简单了，他们一般都会在每年的清明节和古历十月前后，或顺路过来，或专程祭拜，手牵一两幼子，要么胳膊挎一柳编的篮筐，里面盛几色干瘪供果、两个馍馍、一刀黄草纸；要么干脆腰里夹一刀火纸，一路左顾右盼跑进树林深处，履行一回烧香祭祖的分内职责。一般是找个合适地方，摆上供品，点着火纸，嘴里念叨几句：老人家，我给你送钱花啦，接着撅起屁股，在地上结结实实磕几个响头，撒上几把土，便一路小跑，来到林门庙会的小吃摊上，往小板凳上一坐，大口喝辣汤啃烧饼，或者要一小盘肥肉炖熏豆腐，将一碗小酒喝得嗞嗞响。他们没有也不该有太多的深沉和悲戚。

正是经久不衰的祭拜热情和络绎不绝的人流，后来，孔林门前形成的庙会越办越大，甚至横跨好几个县。一年办两次，除了骡马大牲口以外，庙会上吃喝玩乐土产家用无所不有。将世道或许不是太平盛世，但也绝不是兵荒马乱的年份历史，怡然地涂写在孔林的甬道上，涂写在一代又一代人的记忆里，步态的从容和脸上的淡然，让岁月透出如许的生活温暖惬意。一条孔林大道，为后世留下如此追忆与祭奠中的温馨，告诉人们：死亡其实也可造就一种活着的人透心暖意。

当然，如果遇到了灾荒年，干裂的南风卷起满天的黄土刮过来的时候，这里便会走来另外一些人，一些让人心寒的冷面人物。他们会在这里写下世态炎凉和人情风俗的另一面，表明死有时也是生者的另一种辩证法和刺心痛苦。

曲阜史籍记载，阵阵阴风中，第一个走来的人是秦始皇。公元前229年，也就是孔子去世后250年，秦始皇雄风威烈，终于横扫六合一统天下，开始了他从始皇至万世的历史大梦想。也许是古来第一个做皇上的缘故，一时间得意真的使他疯狂了，完全失去了理智，于是在咸阳城焚书坑儒的烟火还没熄灭，深坑还没填平，他便急不可待地踏上了示威天下，东巡之路，旗幡蔽日，车马遍野，铁蹄踏得半壁江山都为之抖动。

过了黄河进了中原，也许是曾听说过孔夫子"登东山而小鲁"的话，半天里一阵烟尘卷过，他到了邹峄山，发誓要登上峄山体味孔夫子当年命题的滋味。不知为什么据传说他登山是用羊车拉上去的，或许是羊的温顺才会让他放心，我至今想象不出半山坡上，一片白花花的羊群后面坐着一个霸气冲天帝王的样子，那该是多么有趣的一幅画面。又传说到了半山坡，突然天降下大雨，将毫无准备的秦始皇浇成了落汤鸡，他顿时勃然大怒，认为这是天上的皇上故意捉弄他，欺负地上的皇帝。于是，下令放火烧山，以向上天示威。结果，邹峄山成了光秃秃的石山，裸露的山石在阳光的照射下只能发出无声的愤怒。

峄山登得不顺，怀着满肚子怨气，一阵风似的到了曲阜，他之所以要到曲阜，是有备而来，绝不是要崇圣礼文或是到此风光一日游。秦始皇知道咸阳一场焚书坑儒天下怨恨丛生，既然如此，一不做二不休，我就到曲阜你这儒家的老巢，彻底拔了你儒生的老根，以绝后患，看你又能将我如何。

所以，浩浩荡荡的队伍进了鲁城门，一步都没停，便挥师直奔孔林，大喝一声，命令士兵扒开孔子墓，要将这大头老儿掘骨焚尸。一时间，曲阜城北阴云密布，河水翻滚，孔林里狂风四起，枝叶纷飞，几千士兵一阵空前疯狂，孔子墓被活活掘开了，令他没有想到的是，几乎掘到了黄泉，除了黄土还是黄土，里面什么也没有。

最后，突然从墓坑里跑出一只小白兔，（我怀疑，之所以传说为白兔，大概是取其"白图"谐音，意思是白白地图谋，什么也得不到。）蹦蹦跳跳地向西窜去，出了孔林之后，顺着一条不大的路沟向南跑去。这条沟至今还在，被后人称之为"白兔沟"。一只可爱的白色小兔子，竟然用此种方式，向中国的第一个皇帝，开了一个不大不小且不无讽刺意味的玩笑，可见，中华民族的历史绝对是才华横溢，无时无刻不在发挥着它的幽默艺术。

孔子墓里没有得到什么，他盛怒未消，又到了孔宅，据说还是什么也没得到。民间传说，在他翻箱倒柜时，竟发现了一张谶书，上写着"秦始皇，秦始皇，扒我的坟，进我的房，穿我的靴，坐我的床，飞沙打你一命亡"。从历史的真实性上说，无疑这也是民间的后续之作，专意讽刺他与大圣人较量，简直是无知透顶。

历史上终于有了挖掘儒家祖坟先例。正是秦始皇这狠命一掘，掘出了一个血腥恐怖、空前以愚黔首的时代。秦始皇掘得如此之深，直至华夏历史的最深处、最痛处，恐怕连他自己也弄不明白，为什么历史的最深处什么也看不到？当然，秦始皇绝对不会想到，正是这一掘，不仅掘出了一个无法填平的历史大坑，还将一个刚刚经过艰苦卓绝、征战厮杀得来的天下，硬硬给掘塌了。同时也掘出了一个历史的铁律，人的死亡不仅可以化为历史，同时，死亡因为历史而延伸了时空和意义，形成为看不见但无处不在史的辩证法。只是，此种意义的表达，一般会由活着的人配合着死者一块书写。

所以，后来孔林增添了另外一种历史的法则。即后来据曲阜地方史志记载，元代"只识弯弓射大雕"的游牧民族，旋风似的入主中原以后，也曾挖掘过孔林的坟墓，写下了一段令后人不齿的"九儒十丐"丑史。再后来……掘孔林者，均将自己掘进了坟墓。孔林，作为一个死亡的空间载体，它用自己特殊的盛衰枯荣履历，印证了什么是真正的历史以及天道对应哲学，也以此见证出，中华民族在光明与阴暗中，曾经是一幅怎样的波澜起伏与历史演进图景。

六

应该说，时至今日，寻遍大江南北，完整并且依然继续的家族墓地，并不多见了，在一阵紧似一阵的"革命"风潮中，历史遗迹魂飞烟灭，已成了司空见惯的风习。只有城北的孔林，不仅没有随着历史动荡消失殆尽，相反，墓地的规模还在不断地扩大。其中主要的原因，天下孔氏的后裔族人，无论生前身在何处，死后总是想法葬身孔林，让灵魂依祖而卧，这几乎成为孔氏家族人等永远无法释怀的情愫定制。

所以，清代乾隆年间修家谱的时候，为了严肃家族规矩，重新修订的孔氏族法中，甚至用不许葬于孔林，任其成为孤魂野鬼，作为惩罚那些不孝子孙的一个律条。因为死后进不了孔林，对于孔氏后裔来说，那可是比死还大的悲哀。

不仅如此，孔家进林安葬的礼节仪式，根据身份不同，复杂的可以写成厚厚几大本读得令人头疼的老书。因为过于繁琐，曲阜民间忍不住曾造出了"圣公府发丧——没日期"的俗话。据说七十二代衍圣公夫人于氏光发丧用了两年的时间；近代第七十六代衍圣公孔令贻，其葬礼则用了一年零两个月。对于入林葬仪更是一丝不苟。清代孔氏后裔孔继汾正是因为著《孔氏家仪》对《大清会典》稍稍做了一点文字改动，便受到革职充军的处罚。对于孔氏族人来说，穷死饿死也不能坏了祖宗家法，那是孔家从古及今最重的事体。

对此，我曾在孔林见过一个外乡后生问一个至今穿着长身大衫、坐在孔子墓前的孔氏后裔老者：姓孔的干吗非要按规矩葬于孔林？难道不——？话还没说完，只见那老者猛地抬起头来，脸上的黑红皱纹在抖动，十分惊恐地对着他，也对着头上的树和树上的天空说道："怎么可以呢？这是家法，老祖宗定下的例。"说完又低下头去，嘴里细声地嘟囔道："慎终追远，民德归厚也。"虽然是头发枯白，但脸上透出别一种宁静安逸。

因为是曲阜方言，外乡后生没有听懂"慎终追远，民德归厚"这句老话，我则听得清清楚楚，望着眼前这如古松卧地般的老者，突然间，我仿佛又明白了另外一层。

几千年来，孔林之所以成了浩瀚的"林"，一代代子孙们死后，仍然不遗余力地奔孔林而来，用最正宗的礼仪入土为安，除了家法，他们还是奔一种心愿或者说是一种信仰而来，进孔林是一种族法，同时也是一种责任、一种荣耀，一种传教后世的天理大事，绝对马虎不得。

死亡是生命的终结，从生与死的关系来说，因为人生世世代代无穷已，生死之间的衔接对流，一直有着很深的教化义理。在孔子及其传统儒家看来，人们对死者的追怀，其实是对生者的崇敬，它会让人明白有上有下、有老有少的基本生活道理，对于死亡的认知，其中蕴含着极深的道德迁移功能。也就是说，族林草木茂盛生长的本身，就是一种道德哲学的自然阐释，洋洋洒洒的如林坟冢，那是家族一本时空交错的立体道德教科书，告诉人们，人死犹生，死在某种意义上，更具生的抽象道德价值和永恒性。

所以，在孔林的一代又一代坟墓前，除了一些高大石碑，上面用不同的字体书写着死者生前的种种业绩和取得的功名外，更多的是一生毫无作为的平民百姓，在不大的碑石上，也会结结实实地刻上"孝男孝女恭立"几个字，告诉人们：人生也许没有更大的社会名声，值得"留取丹心照汗青"，然而，能够生养出至亲至孝的下一代，其人生价值和意义同样不可磨灭，死即使在弱小的细节，也是一种形而上的大德承传。

孔林，它是孔子专意留给子孙的一本道德哲学经书，只是，它是需要后人不间断续写的历史长编。孔林应该不断地栽种下去，唯其如此，不仅仅是孔氏族人，世间才会因为林木的葱茏，变得文质彬彬，温情和煦，其乐也融融。

死亡，绝对不是也不可能一走了之，家庭和宗族不仅在阳间是永远的，在阴间依然永恒，在阴阳的交界处，人的灵魂犹在留恋与徘徊，一座葱茏茂密的森林，告诉我们：死是一种更深的道德建树与流布。所以，用"林"来作民族死亡哲学的陈述，孔老夫子及其儒家不仅是一个绝世的创构，也堪称是用心良苦！

鸟的传人

——少昊陵的荒古启示

春天的早晨，窗外飞过一群又一群不知名字的鸟儿，它们站在小院子的小树上和墙外的电线上，扑闪着翅膀左顾右盼，和着春天旋律肆意吟唱，加上明媚阳光和鼓荡春风，将我的心怀撩拨得再也无法安定和沉默了，因为，春天是让人无法不动情的，何况还听到了春天的召唤声，让我赶快随着鸟儿的叫声和身影去享受春的生趣。

或许昨晚刚读过孔子向郯子求教的缘故，望着窗外的鸟儿们，不自觉便想到了曾经"以鸟命官"的少昊，想到了至今孤寂地坐落在曲阜城东的上古遗迹少昊陵，那是曲阜最老的名胜古迹之一。史书上记载，郯子的先祖少昊其实是一个以鸟为图腾的早期部落首领，这个以鸟为图腾的部落就发端于泗水河上游、曲阜城北的"空桑"之地。

灯下思考之后发现，这还应是孔子及其儒家学说中不可或缺的一环，它不仅牵扯到孔子与上古文化关系以及心理信仰和价值取向问题，尤其是从区域文化出发，沿着古水细流，还可以寻找到从氏族社会图腾崇拜到儒家学说建立一条清晰的历史脉系。

只是不知道，那里现如今会是一幅怎样的景象？记得在曲阜师范学院读书的时候，好像也是春天，在一位当地同学的带领下曾去那里游览过，因为当时对于历史，尤其是对于渺茫的远古史所知甚少，只能将少昊陵等做神奇的风景看，以至于后来记忆中，只剩下了一座不算太高、白色的锥形石头陵墓。

读了这些年的曲阜老书，对于少昊以及少昊陵有了更多的了解，有意无意间也生出些神往与敬意，只是，不知为什么一直没能再去观览，此种情况不仅仅是少昊陵。窗外晨光里的鸟儿，好像忽然唤醒了我的兴趣，使我感觉少昊陵或许会有不一样的春天感受，需要再去领略一番。

匆匆吃过早饭，背上背包，步出城东门，一路向东，沿着一条弯弯曲曲的乡间小路怡然而行，两旁尽是碧波荡漾的麦田，将春天渲染得浓情一片。岔过几个路口，再拐几个弯，便来到了旧县村头，一个听名字便觉极有历史意味的村庄。

旧县村子不大，层层叠叠百十户人家。穿过街道来到村庄东北角，一条正南正北的神道向北伸去，神道两旁排列着些歪歪斜斜的古槐古松。踏着树影向前走去，看到北端有一座石牌坊，牌坊的后面是一座红漆大门，此时正静悄悄地敞开着，任春风进进出出。

眼下正是麦苗增高的季节，熙阳拥翠，暖风如歌。又一阵马车随着清脆的鞭声由远而近，最后转过弯去，消失在高墙背后，惊起院中一群小鸟腾空而起，几声鸣叫，打着旋儿向四面散去；此时，又一个戴着草帽的老者牵着耕牛，嘴里衔着旱烟杆，正慢悠悠从麦地里走来，盛世日月，和旭春阳，人和身边的古松碑碣连同天上的游云，仿佛都在同奏一首温暖的"暮春耕读曲"。

我停了下来，透过嶙峋的古松枝远望田野，天空格外辽远，远近了无人迹，我突然想到了古人"蝉噪林逾静，鸟鸣山更幽"的诗句，此时，天高地远旷野上空鸟儿的鸣叫，好像专意诠释这样一种至深的意味。

一

不知不觉间，眼前的暖风和着春阳渐渐将一切融化，包括久在书房中的郁闷和阴沉。重新整了整身上的衣衫，抖擞精神，一步步踩着石板铺成的甬道，拎着满怀的清风，还有远近零落的鸟叫声，缓步向陵墓院落里走去，神态自然是欣欣然，因为孔子当年讲究"游于艺"，意趣全在一个"游"字上。

穿过陵前的石牌坊，再登上大门的台阶，然后走进大门，发现古院里清风微微，松荫铺地，此地竟然如此清幽。站在石阶上，四处打量寻觅，静默之中，只有几只不知愁的鸟儿，跳来跳去在草丛中觅食，它们好似超时空的精灵，寂寞寥落之中，平添几许"庭院深深深几许"的幽远沉寂，予我以人在何处、恍如隔年的感觉。

院子好长时间没有清理了，沿着墙边荒草如潮，有的已漫到了屋子的窗台上，荒凉空寂的砖墙围绕着老朽悲怆的古松树，景色情不自禁地把思绪拉回到荒远的过去。让人在不期然的历史回溯中，萌生出缕缕"独怆然而泣下"的幽怨悲怆感，文化人总是惯于生出悲怨，它成了一种职业习惯。

据地方史介绍，少昊陵并不悠远，好像是宋代人的建筑，在华夏五千年的文明史上，死后能有一座巨大的陵墓赫然传世，绝非易事。且不说地位高耸，也非是所有的帝王死后都会留下陵墓供人祭奠，何况像少昊这样的远古先帝，被后代人用陵墓来予以褒扬，那是一种身份认定，同时也是一种至高的荣耀。

像陕西的黄帝陵一样，"陵"是后人的称谓。因为秦朝的时候，还尊称帝王的墓为"山"，汉代时才称皇帝的墓地为"陵"。之所以有此种称法，据说来源于《左传》中曾喻帝王之死为"山陵崩"之说。无非说明帝王生时崇高如山，死亡如同是江山倒塌。因为以山作比，死后的坟墓自然也该修得高大一些。高耸如山陵般才合乎他们的身份与地位。

这便是少昊陵的文化来源，在曲阜城外长风鼓荡的原野上，金帝少昊用一座高大的陵墓，诠释出一个神话传说的同时，也论证了一段若有若无的华夏荒蛮历史。既宣示出皇权的崇高威严，又不失世间的神秘意趣。这才是真正的曲阜，是古地春天以及原野的至深魅力所在，哪怕是走在漫泊庄稼地里，一不小心就会踩爆一个令人吃惊的历史掌故。

又一只麻雀从院子青砖铺成的甬道上跳着跑过去，在它的诱引下，我随之也走下台阶追过去，脚下长满霉苔的青砖散出浓浓的荒草霉臭味，恍惚间，在一只鸟儿带领下，我步入了历史幽深的巷道。

二

一转眼的工夫，那只鸟儿躲进了草丛里，没了踪影。

陵墓前的院落并不大，坐北朝南有正屋三间，两边配房各两间。然后便是在西配房的南山墙根下，东西向排列着一长溜大小不等的石碑。灰白色的石碑，风吹雨淋之后，大部分都已脱裂漫污。不过看那神情姿态，它们与院中古松老屋的情调正相符合。

我情不自禁地走向前去，费好大劲才能看清上面的内容，发现石碑的年代并不怎么久远。最早刻于明代洪武年间。不过，因为一例全是皇上的御制碑，便有些不同的气度。可以看作是后代解读少昊陵的经典文献。只是因为风吹日晒，字面看上去好多已经污漫，平添一种岁月的沧桑感。

更为沧桑的是碑上的内容，几乎所有碑上，都是相同的几句话："昔者奉天明命，相继为君，代天理物，抚育黔黎，彝伦攸述，功化万世，井井绳绳，至今承之，生民多福。"然后，才是叙述他们如何派官致祭，祭之如何、如何，剩下的全是官家套话，读之令人心生古旧的黯然，甚至有些压抑。

就在我心颓丧灰败之际，突然，从墙外传来一阵嘹亮的鸟叫声，随即便见一群灰白相间的鸟儿打着旋飞进了院落，他们落到草地上之后，好像并不是着急地寻觅草丛里的食物，而是伴着极嘈杂的鸣叫声，一阵阵地起起落落，肆意地玩耍打闹，全不顾身边还有我这样一个人的存在，看得出它们极度熟识院落的环境和生活，已将这里视为了它们的家。

原来这里是鸟儿们的居住地，如今依然是它们的快乐天堂。望着鸟儿们的身影，我不由自主地想到了陵墓的由来，想到了少昊的神奇传说，想到了那个在历史上"以鸟命官"的文化命题。终于明白了，游少昊陵与其说是来看名胜古迹，不如说是来这里作鸟儿的神思。或者说沿着鸟儿的身影和鸣叫声走进古老的图腾岁月，走进人类的童年时期。

关于少昊，曲阜的史书上记载得很清楚，相传为上古时期的五帝之一，说他为己姓，名挚。因修先代的太昊之法，故称之为少昊；又因为"以金德王天"，故号"金天氏"，单看名字，便透出浓烈的阳光味道。

少昊的身世，有一本古书叫《帝王世纪》，书中记载："少昊邑于穷桑，以登帝位。都于曲阜，故或谓之穷桑氏。"说他的籍里原本在"穷桑"这个地方，他出生在那里，并在此登上帝位，所以，有人给他起了另外一个名字叫"穷桑氏"。后来移迁到曲阜定都，想必那时候已经有了不少的阵势，只是用"定都"一词，好像还早了些。

少昊的出生地"穷桑"，古书中亦称空桑、扶桑，这是个颇有些讲究的说法。中国上古时期，世间流传着一种桑树生殖崇拜，因为"桑"字，至今在山东的许多方言中，依然用浓重的鼻音读为"生"，人类的早期，人口生殖繁育是最大的财富和希望，所以，人们会在庭院里种上几棵桑树以作祈福之用，用《诗经》里的话说就是"惟桑与梓，必恭敬止"，把它视为受人敬仰的神圣瑞物。因为如此，历史上许多帝王，甚至包括孔夫子，都传说出生在穷桑之地，伟大的人物只能诞生于"空桑"这样极广大繁茂的地方，不像随地生养的小民。

不仅如此，少昊还出生在一个以鸟为图腾崇拜的部落里。据《拾遗记》等书记载，少昊的母亲叫皇娥，她夜晚在旋宫中织布，白天乘桴木游西海，经过穷桑之地的苍茫之浦时，遇到白帝之子，为太白金星下凡，专门来到水边。于是便和皇娥追逐游戏，或泛舟海上，还用桂枝做华表，捆绑薰草在上做旗帜，刻玉石为鸠鸟，放在华表的最顶端，以便知道四时物候。过了不久，皇娥怀孕了，生下了少昊。据说后来在泗水边上，还留有一处遗迹叫做"娥皇女英台"，现在已见不到了。

据专家考证，当年少昊母亲皇娥和白帝之子相偎之时一起制作的华表，就是部落典型的标识，称之为部落"图腾柱"。特别巧的是，在后来考古发掘中，泰安大汶口墓地出土的一件背壶上，就清楚地绘有一变形鸟纹踞于立柱之上。学者们认为，它就是可以和《拾遗记》相认证的鸟图腾柱。图腾柱是一个成熟部落最重要的证明标识。

只是开始的时候，少昊的族人们信仰的到底是什么鸟？颇有些争议。从实物上看，好像是鸠鸟或鸷鸟，一种相当凶猛的鸟类，绝不是夸张，在当时部落纷争的情况下，没有凶猛绝对难以称霸一方。

因此后来到了少昊时期，或许是凶猛异常的鸷鸟以其强悍的作风震慑四方，彻底征服了其他弱鸟部落；或许是东方鸟图腾部落的人们惯于亲和联络，就像鸟儿喜欢聚群生活一样。少昊登上鸟图腾部落联盟的首领地位不久，便很快诞生了凤凰这一综合性的鸟图腾标识。对此，《左传·昭公十七年》中，有一段清楚的记载："我高祖少昊鸷之立也，凤鸟适至，故纪于鸟。为鸟师而鸟名。"

"凤鸟适之"一句，表示少昊执掌鸟图腾部落联盟庆典之时，有凤鸟翩翩而来，适时而至，"适时"二字，让我们从中想见出凤鸟为图腾的历史真实。硕大的凤鸟毫无争议地盘踞在图腾柱的顶端，接受众鸟儿们的祭拜，部落首领少昊身披凤凰彩衣，耸立在繁华簇拥的高坛之上，沐浴着泗河的长风，挥舞着金色的阳光，以"帝"的身份高举起以凤鸟为图腾的部落联盟旗帜号令四方。一时间，众鸟纷飞起舞，众生齐唱献宝，震得泗水河浪花四溅，吓得猛兽逃散四方。

据《左传》记载，当时参加联盟的有数十个鸟部落。它们就这样统一在少昊的麾下，济济一堂，按照部落大少强弱，分为联盟、五雉、胞族、鸟儿氏族四个部落内部层次结构组合，分别安排他们担任不同的职位职责。在天地四方尚是荒蛮愚昧的时候。泗水河畔诞生了第一个以鸟为范本的氏族社会，散发出第一缕华夏文明之光。

这一切，都是因为有了凤凰，得到了鸟儿的恩赐与惠泽。人们不能不跪倒在凤凰脚下，"凤，神鸟也。天老曰：凤之象也，鸿前，鳞后，蛇颈，鱼尾，鹳嗓，鸳思，龙纹，龟背，燕颔，鸡啄。五色备举，出于东方君子之国，翱翔四海之外。过昆仑，饮砥柱，濯羽弱水，暮宿丹穴，见则天下大安宁。"（《说文》）即使穷尽我们的想象，也难以描绘出凤凰的高傲与美丽，在当时的历史条件下，美丽就是一种至高无上的荣耀和权威，只有美丽才能为人所折服和敬仰，因为美丽来自天然，它代表着上天的意志。

凤凰更是智慧的化身，部落间的联盟整合演变的过程也是一个优化重组的过程，少昊部落有着更早更快的进化速率。人世间文明便是权威和地位，文明便有无可阻挡的同化力和征服力。对此，孔颖达在《正义》中解释说："是凤凰知天时也，历正，主治历数，正天时之官，故名其官为凤鸟氏也。分至启闭，立四官使主之，凤凰氏为之长。"凤凰的诞生，因为它具有知天时历数的神性特征，而知天时历数无疑是当时最为重要的能力内涵。因为愚昧之中的觉醒，因为混沌之中的智慧，因为这是最早见到曙光的地方，所以，少昊才能戴着高高的凤凰冠，昂首挺胸地站在泰山的原野上。

那是曲阜泗水河畔一段辉煌的日子，以少昊为首的凤凰图腾部落联盟建立以后，曾几何时，这个群体空前地强大和繁盛，由于部落内部各司其职，所以，相处极其和谐，也特别有力量。所谓"世不失职，遂济穷桑"；有的书上称赞他们的盛况，"民无淫，天下大治，诸福之物毕至"；"少昊金天氏，邑于穷桑，日五色，互照穷桑"。整个泗水两岸被治理得一片祥和安康。大概这也就是后来"凤凰来仪"、民间凤凰不落无宝之地传说的由来。

因为凤凰部落十分强大，渐渐地，一些别的图腾部落也愿意兼并其中，如东海边曾经显赫一时的太阳部落，此时也不远千里来到曲阜，志愿加入到凤凰联盟中来。所以，有人考证少昊的"昊"字，从天从日，明显有太阳崇拜的痕迹；不仅如此，"凤凰者，纯火之禽，阳之精也。"（《鹖冠子·度万》第八）凤凰身上也添上了太阳的生命意象。并且说凤凰和太阳都是出自一个叫做"丹穴"的地方。"凤是帝使"，凤凰成了帝派出来的使者。这既是后来日中有金乌画像的由来，也是民间丹凤朝阳传说的源头。

再到后来，又有了"韶箫九成"的说法，高赞凤凰降临之时，在她后面，不仅有数不清的鸟儿层层叠叠地起舞，就连凶猛异常的百兽们也都驯服地跟着缓歌曼舞。以至于后来人们将凤凰身上的花纹又加进一些兽的因素，使其变得更加威猛凌厉，这不仅是凤凰部落异常强盛的历史象征，同时也是古老东方大地生命和乐相谐的真实写照。

就这样，伴随着鸟儿们相融相和的脚步，不同信仰间的群落汇聚成欢乐繁盛的海洋，少昊蜚声四方，凤凰翩然天下，使得泰山以南、泗河上下的大汶口文化区，成了世人向往的凤凰之地，成了令人敬仰的"君子之国"，是东方的鸟鸣声拉开了华夏文明的序幕。

三

太阳渐渐升高了，在古松树的掩映下，条条缕缕的光亮照进了陵墓的院落，将其描绘成一幅斑驳陆离的古画。

我绕过颓败的享殿，只能是绕过，因为享殿里除了一尊据说是少昊氏低劣的塑像以外，便是一张供桌和一卷烧纸，还有几根烧了半截的燃香扔在一边，别的什么也没有。所以，来到这里的人大都只会探头一看，然后直奔享殿后面那座巨大的金字塔形石堆，也就是少昊陵。

在华夏诸多陵墓中，少昊陵堪称别具一格，它既不是传统的半球形，也非黄土掩身的山陵式，自然也就没有石仪碑碣之类分列左右。只有一座标准的"金字塔"形石堆，石堆顶上是一座象征性的小庙宇，就那么孤独卓异地掩映在古松柏下的荒草丛中。有一本介绍曲阜地方名胜古迹的小书说，之所以会造此形状，那是因为当年受了埃及金字塔的影响，所以建成了金字塔形。不知为什么，我一直怀疑这种说法的真实性。

因为，当年汉唐帝国的丝绸之路好像并没有通到埃及，一直到宋代，我国是否知道有一个叫做埃及的古国在地中海边上，也很难说。何况就宋朝的国家实情能力来说，他们能够接受和认识古老金字塔的弘深含义吗？如果真有这样的容纳气度和开放精神，哪怕是一点点也好，宋朝的历史大概也不会写得这么令人恼恨和丧气。

我决定坐下来，好好揣摩一下陵墓的形状以及它的原因，尽管地上有些潮湿，春天的草地上，随意地席地而坐，更会让人放松惬意。眼前一群鸟儿打着旋儿飞进来，转眼间，又有几只跃出林院外，剩下几只胆大者，在草地上一蹦一跳地望着游人，不仅不害怕，好像还在向人诉说着什么，而且急速认真，那交流的眼神显得神秘而又清晰。突然，一个念头从脑海中倏忽闪过，"鸟！"我心里猛然为之一震。

作为一座东方鸟部落首领的陵墓，这尖尖向上的造型，莫不是鸟的某种象征么？这一怪异的想法甚至使我激动地站了起来。抬眼再看那尖尖的石砌陵墓，呵！多么神妙，那不活脱脱就是一个向天的鸟啄么？曾几何时，弥漫于中华民族魂魄中的神秘凤鸟，早已在大自然中消失了；浓挚的鸟文化也渐渐被人们遗忘，只剩下残破的历史传说故事。原来在"好古以敏求之"的曲阜，还一如既往地对它钟情眷恋，在一个不被人注意的角落，悄悄地用鸟啄的方式，将民族曾经的鸟文化垒成一座石山留存于世上。

关于曲阜鸟图腾的盛况，《左传·昭公十七年》记郯子到鲁国访问有这样的描述：

> 我高祖少昊挚之立也，凤鸟适至，故纪于鸟，为鸟师而鸟名。凤鸟氏，历正也；玄鸟氏，司分者也；伯赵氏，司至者也；青鸟氏，司启者也；丹鸟氏，司闭者也；祝鸠氏，司徒也；雎鸠氏，司马也；鸤鸠氏，司空也；爽鸠氏，司寇也；鹘鸠氏，司事也；五鸠，鸠氏者也；五雉，为五工正；利器用，正度量，夷民者也；九扈，为九农正，扈民无淫者也。

这段文字是关于我国远古图腾文化的权威资料。它为我们揭示出历史上古地曲阜曾经的一段往事，描绘出古鲁国湿地水泽中，被人忽略甚至遗忘了的另外一番景色。远在图腾文化之前，也就是在这块山水相映温和的土地上，伴着东海的微茫涛声和黄河急湍的浪花,天空中一群又一群飞鸟上下翻飞,自由自在,相向和鸣。它们落在了山石上,落在了花丛中,落在了洞穴的出口处,落在身着兽皮、草裙的人身上,呵护这片土地,装点着这片土地,也养育着这片土地,与人相亲相爱,相依为命。

人与鸟对话,人与鸟共舞,这里成了一个人和鸟共享的天下。鸟儿为人们的生活带来了食品和财富,人们为鸟儿提供了温暖情怀和环境,渐渐地,偌大东方夷人有了鸟的精神气质,有了鸟的语言表情,有了鸟的感觉行为,山林原野上,到处都是鸟化的人和人化的鸟,尽管那时世界还是一片混沌,麋鹿等和人共游。

人与鸟儿共生,非但没有使人性走失,反过来正是鸟儿成了人类的第一个老师,鸟儿的灵性丰富和完善了人性内涵,极大推进了人类从自然人向社会人的迈进,我不知道人类最早是不是从鸟儿那里学会了开口说话并建立语言的,我只知道后来文字的产生,《易经》上说是伏羲氏受了地上鸟儿爪印的启发而创造的。我们可以称赞那时是最为人性、最自然天成的时代。可以说是那些翩翩翱翔的可爱鸟儿们,不仅用最本能的方式养育了人类,并一路陪伴推助人类度过了他们的蒙昧时期。

这样的岁月不知过了多少年,也许几千年、上万年,也许是鸟儿的世界太和谐温暖了,渐渐地,鸟儿在获得了人性肯定的同时,人也从鸟儿的生活规律中学到了原初生活的智慧,学到了鸟儿勤劳勇敢的品质,学到了鸟儿优雅美丽的风姿,学到了鸟儿情怀爱意的心灵,到了后来,人们甚至不顾一切地对鸟儿崇拜起来,认为人就应该像鸟儿一样,那样子既天真又可爱。

大概又过了好多年,人类终于学着鸟儿的样子,一点一滴地组织自己的社会,所谓"以鸟命官",建立起像鸟儿一样的生活秩序和人与人之间的关系。世界东方大地上的人类社会,模仿着鸟儿形成了它的雏形。社会迈着蹒跚的步伐进入鸟图腾崇拜时期。人们不仅爱鸟护鸟,建立专门祭拜鸟儿的土坛旌幡,人们的言谈举止、相处交往不仅全是鸟儿的方式,名字也是一丝不苟,全照着鸟儿的名字为部族群落命名。

又过了几千年,一个个青鸟氏、黄鸟氏、鹘鸠氏……散落在山东半岛的小部落出于对更神圣美丽的鸟王国向往,开始向曲阜靠拢,当然或许那是一阵阵血与骨的糅合。纷纷汇集在少昊氏的旗帜之下,他们齐声高唱赞颂,庆祝一个更美、更大、更神圣，也更强盛的神鸟——凤凰的诞生。在人们看来，凤凰堪称是最神奇的鸟。如果说一句"出于东方君子之国"，可以让我们准确无误地找到它在曲阜曾经的精神家园；那么一句"见则天下安宁"，安宁的神态追求则让我们隐隐窥见出东方民族礼仪观念的朦胧来源。

《山海经》说得更为神奇：

> 有鸟焉……名曰凤凰，首文曰德、翼文曰义、背文曰礼、膺文曰仁、腹文曰信。是鸟也，饮食自然，自歌自舞，见则天下安宁。

它的身上竟然写满了神奇"德""义""礼""仁""信"字样，凤凰全身几乎化作了道德范畴的杰作篇章，就这样，承载着东方人的原初文化理想和道德观念在天空中翻飞翱翔，装点着人们的眼睛和心灵，也装点着山林原野的生灵和花草，也许不需要多少想象，就可以通过反向思维，了解到古鲁国民情风俗久远的历史渊源，了解到儒家学派及其道德理念的原始出处，它就在那些曾经的鸟儿身上。

也就是说，从鸟图腾历史到鲁地风情、儒家道德文化中间有一根连接的潜在根系，它就深扎在少昊陵的地下、鸟儿的眼神中。

四

从少昊陵中，终于看出了孔子身上以前不曾看出的东西，原来，孔子是一位智慧鸟儿，或者说是一位鸟儿智者，从一开始，他就是一位满身"温良恭俭让"鸟儿品行的儒者；一位爱鸟如命、以鸟命世的大圣人。

公元前522年（鲁昭公十七年）的春天，泗水河两岸杏花飘飞的季节。在鲁国城外的沂河沙渚上，鲁国国君用最上好的鲁酒和据说是最好的菜肴鼠脯招待远方来的贵客。那一天，孔夫子受邀陪侍在旁。酒酣耳热之际，郯国国君借着酒色盖脸讲起了故事，他给鲁君讲的是他的先祖，也就是在曲阜建都立国的少昊氏，当年我的始祖才是这里的主人，是他为了文明治国，采用以鸟分设官设职，其用意十分明显。

他讲得绘声绘色，用最后的本领描绘出当时绝美的佳景，"凤凰于飞，和鸣铿锵"，那是一个如此令人向往的秩序井然的和谐社会。所谓"凤凰鸣矣，于彼高岗，梧桐生焉，于彼朝阳"，凤凰站在高高的山岗上一声长鸣，朝阳如焉，梧桐高昂，四面山林原野一片明丽，或者说凤凰的声音就是明媚的阳光。还有"箫韶九成，凤凰来仪"（见《尚书》），人们备九乐而致凤凰，据说还没达于九奏。凤凰自己便翩翩降临了，那些宾服的众鸟和众兽便随着凤凰相率翻飞起舞，大家一起共歌升平景象。

孔子虽然只有二十多岁，但因为有志于学，已闻名于天下，被聘为鲁国执政贵族季氏的家臣。因此，才有了这样"见郯而学之"的机会。对此，他听得格外认真，也格外兴奋，甚至还没有听完，便小声地对身边的人说："吾闻之，天子失官，学在四夷，犹信。"不仅如此，会听的听门道，不会听的听热闹。孔子绝对是个有心人，不仅听得如醉如痴，同时，他与别人不同，从中清楚地听出其中另外一层，即少昊氏按级分官设职的事，那是一个让他惊喜不已的历史图式，令他不由自主地想到了社会政治权力分级以及社会架构。

想到自西周以来的"君君，臣臣，父父，子子"的范式沦落；想到自周公以后"为政以德，譬如此辰"的礼乐陷溺；想到春秋社会"四海之内皆兄弟""温、良、恭、俭、让"的道德滑坡。历史上竟有过这样一种按长幼、才能、身份、地域、级别所设置的社会管理网状系统，结构得如此完整而又如此和谐。可谓上下有别、长幼有序、各司其职、各善其功，实在令人为之惊讶。一时间，少昊氏以鸟分官职的神话灵光，仿佛照亮了他的心怀，激活了他的情愫，理清了他的思路，使他在心底里悄然间描绘出了一直想望而不能的政治图景，一种朦胧的大同社会理想。

这便是神话传说的神奇魅力，世上任何神话都是现实的折射或者说是历史的幻影，正因为如此，其中所具有的英雄情结和意蕴，往往会连带生出社会政治的蒙昧追求，使人世间最尖锐和集中的政治成为其中的寓意主体，最终造成神话特有的政治品质与争斗内涵。也就是说，古今的政治斗争尽管最惨烈，然而政治斗争最容易导致神话，历史上的诸多童话都围绕着创世的帝王展开，使中国古代神话大多可做政治教材来读。

也许政治本身就是一种神话，政治的至高境界乃是神话演绎。伟大的政治家都是一些世间神话的崇拜与追逐者，或许他们不曾有专门的童话知识，但是，他们都是些为本命中的神话欲竭尽全力奋斗与创造的天地豪杰。孔子不仅是世间的"至圣"，也是满怀悲怆意味的"素王"，一个没有政治地位却有政治才能的伟大政治家。所以，他才会对鸟的神话如此敏感，如此体味深刻，以其特有的好学精思之心，基于神话的心理意愿，借鉴了神话的义理模式，形成了他特有的政治理论思维模式，促使他横下心来，在天下无道的残局中，决心要席不暇暖地去创造一个尽管不可能，但一直难以释怀的政治理论神话，或者神话政治理论。

仔细品酌孔子政治思想理论意趣，可以发现，它原来是建立在鸟儿的神话基础上，或者说是按上古鸟儿的神话模式所构成，这恐怕是许多人没有想到的事。

在华夏民族史上，好像只有一个人从中看出了点眉目，他就是以文功武治闻名海内外的一代天子乾隆皇帝。

乾隆十三年（公元 1748 年），乾隆皇帝南巡江淮，一路风尘来到曲阜。这是他第一次到曲阜，拜过至圣先师庙宇、召见过衍圣公等人，据说还隆重地赐给了衍圣公府一套完整的"商代十供"做纪念。然后，便迫不及待地来到了少昊陵，在他看来，这里是曲阜不能不看的一道别致风景。乾隆皇帝是个特别喜欢题诗的人，虽然大都可看作皇家语录，但正是这种皇家写作风格，让我们从中看到了他对于景观的特殊体味，其中所蕴含的皇朝政治思考，在少昊陵，他这样吟道：

> 徙都传曲阜，践祚忆穷桑。
> 先缵三皇后，宏开五帝庆。
> 建官遵鸟纪，举德以金王。
> 名与乾坤永，功同日月光。
> 貌予承后统，积恓谒云阳。
> 含念大渊盛，睠乎已汪洋。

"建官遵鸟纪，举德以金王"，对少昊氏位列三皇五帝予以顶礼膜拜的同时，也和大圣人孔夫子相视一笑。"先缵三皇后，宏开五帝庆"，对鸟图腾所创始，而后一脉相沿的政治道理蕴含尤其称道不已；"貌予承后统，积恓谒云阳"，也对至圣先师无与伦比的悟性大加赞赏；还有"含念大渊盛，瞠乎已汪洋"，认为此处深奥的大渊足以让后来的人茅塞顿开、永享其光。

五

在曲阜，鸟图腾是一种既深且重的潜流文化，其遗风余烈在东方这片古老的土地上生生不息地流传了几千年，一直到今天。当然，从更深层次上说，能够深得这一史意况味的人，只有孔子。他不仅仅从其中悟出了政治建构和礼仪制度，在孔子的心目中，那些灵动而又美丽的鸟儿，那些追踪着清风与白云的影子，为他构筑起一种温和而又高举的道德人格，内化为一种色斯举焉的为人处世方式，甚至是一种无不予人的语言习惯。所以，他一直宣称自己是夷人之后，为鸟传商祖的后代。不仅深谙鸟文化的历史，崇拜鸟文化，其人格因为浸染了更多东方神鸟文化精神，"凤鸟"意识已化为其灵魂的一种潜质。因此，在古老的历史传说中，麟凤龟龙被称之为"四灵"，翻检孔子的言行记载，可以看出，孔子一生最为心仪的是凤与麟，他对龙和龟几乎不置一词。

孔子的生活和学说中，因为敬鬼神而远之，于是，在更高的文化信仰意念上或者说在宗教情怀层面，孔子选择的是鸟儿信仰，一种久远的古老图腾崇拜，鸟图腾成了他一种精神的皈依、一种心灵的信仰、一种潜在的情怀，让他无时无刻不敬鸟爱鸟，无时无刻不执鸟行世，驾鸟御风。

据山东嘉祥汉画像石中刻画，孔子当年的衣服双袖上饰的便是鸟儿；他曾不止一次给学生讲授有关鸟儿的知识与道理，正像曾子所记："鸟之将死，其鸣也哀"；特别是弟子公冶长，不仅深谙鸟儿的生活习性，还直接懂鸟语，可谓是得孔子之真传。尽管获罪入狱，但孔子认为他"非其罪也"，并将自己的女儿嫁给了这个既懂鸟又爱鸟的好学生。

孔子终其一生研究鸟性、尊崇鸟性，据《庄子》记载，孔子特别提出"夫以鸟养养鸟者，宜栖之深林，游之坛陆"。认为应该从鸟儿的生活习性出发来养育鸟儿，要让它们像栖息在深山老林一样，像在广阔的高坛陆地上自由游玩一样，天地间的一切都应该在自然、自然而然的状态中生活。

鸟儿更是他永恒的拜教物，那只迎着太阳高唱非梧桐不栖的高傲凤凰，在他的心灵深处一直代表着正义、光明和希望，是人世间一切美好图景的绘制，是人生最美好的愿景。凤鸟的消失，不仅意味着天地的阴沉与暗淡，也意味着生命的失败与颓丧。所以，晚年当世事侘傺、岁月黯然、生命衰退、莫名哀伤之时，他所发出的是"凤鸟不至，河不出图，吾已矣夫"，让"凤鸟不至"成为一个千古警策心灵的偈语和彻悟天意的浩叹。

因为与鸟达至至诚，所以可以和鸟儿做神灵之通，以至于具有观鸟知凶吉的禀异。《孔子家语·辩证第十四》记，齐国飞来一只独脚鸟，派专人到鲁国向孔子求教，孔子听说道："此鸟名曰商羊，水祥也。"告诉他们：这是齐国要发洪水的征兆，应该尽快早做准备，不然后果不堪设想。其后，果不其然齐国经历了一场大水灾。

尤其是观鸟悟道，取鸟以法，从鸟儿的历史成说中开掘现实的义理，既深远又幽眇。在他的思维中，凤鸟已构成为一种生命的直觉习惯，久已消失的凤鸟图腾盛世，已经成为他无法忘却的现实比照参系。所谓"覆巢破卵则凤凰不翔其邑"，如果连鸟巢和鸟卵都无法存在，这世道一定乱得无法收拾和靠近，这种至深的体味和描述，与他后来主张的乱邦不入几乎是同一句话。

特别是他的思想内核"仁"道哲学，据有人分析，"仁"性理论便是通过参悟鸟性，从鸟儿身上所获得。因为孔子爱戴崇敬鸟儿，所以据《庄子》讲，他周游列国"七日不食，困于陈蔡"之时，入鸟群则"鸟不乱飞"，多么可敬可爱的鸟儿啊！无疑是一个仁爱至深的群体，在孔子身处困窘之时，鸟儿非但不嫌弃他，还依然仁爱如初，远胜人类，使他倍受感动和启发。

据《论语》中记，孔子和子路在山谷中穿行，发现眼前的野鸡忽而飞向天空，忽而盘旋以后又集聚在一起，子路大惑不解，孔子感慨地告诉他说，它们堪称是最识时务的生灵啊！子路听后，为之神会，便向它们拱了拱手，这群野鸡才振起翅膀缓缓飞去。对此，后人评论说："人有仁心，翔而后集。"因为人和鸟儿以仁心相待或者说能深刻体会鸟儿的仁爱之心，鸟儿自然会向人表达深情的爱意。

还有《论语》中那句有名的话"弋不射宿"，孔子之所以如此命题，因为他体会到：鸟儿在晚间住宿的时候，常在窝里和幼鸟们拥抱就寝，那是人道最为真切温暖之时，如果此时射杀它们，不仅是杀几个鸟儿的问题，是对自然伦理亲情的最大伤害，是教人以不仁不义，不仁不义最为可恶。

因为孔子一以贯之地与鸟仁爱相待情怀融流，后来有人发现，孔子的身上不仅仅有了鸟儿"温、良、恭、俭、让"的禀赋，他的眼神里具有了一种不可消解与蜕变的"鸟"性神态。这才是真正的孔子，他是一个鸟化的圣人。

所以，后来一个"被发而佯狂"的楚国狂人接舆见到孔子时，就别有深意地大唱《凤兮歌》："凤兮，凤兮，何德之衰，往者不可谏，来者犹可追。"有人评论说，这是"知孔子圣德，故比孔于凤"（邢昺注），其实，这只对了一半，并非仅仅是一种比附，更多的还是因为孔子身上具有凤凰气质，才招来直接以凤凰相称他。

所以，我们甚至可以得出这样的结论：孔子及其儒家学说连同所塑造的东方文化体系，是以"凤鸟"为本体参照物，或者说其本身就是一种"凤鸟"文化，这既是曲阜少昊故里的地缘文化传统所致，更是由孔圣人本身凤鸟遗传和先天禀赋的结果。

六

也许是天已近中午的缘故，眼前草地上的鸟儿越集越多，不仅仅是觅食，更多的还是与阳光嬉戏，原来，这里早已是鸟儿的天堂，它们是这里的主人。

我决定上前爬一下少昊陵，因为站在陵墓的顶上，能看到少昊陵四周的风景，多乎哉，不多也！我终于明白了人们为什么喜欢登高，因为人们身上有不可退却的鸟性，即使不能飞上天空，若能登高望远，也会让我领略到更高远的天地意趣。这是人的另一种天性。

少昊陵需要四脚朝天沿着石缝往上爬。待到了陵墓的顶端，才知道陵上有一座不大的庙宇，据说其中宋代雕刻的石像早已没有了，不知了去向。站在陵墓的顶端，从院落低矮的墙头上望出去，天高地远，长风浩荡，四野的庄稼如涛如怒，正在疯长。

坐在少昊陵上，沐浴着春天的阳光和阵阵清风，看着陵墓前那条通往无字碑的村庄小路，看着更远处尼山、九龙山微微的绿色烟岚，心便无法遏制地随之而澎湃地疯长起来，让我不自觉地从少昊想到孔子，又从孔子想到我们自己，想到了历史一脉相传至今的谱系，我们从何而来？沿何而去？

　　如果说少昊陵所彰显的鸟文化，是古老东方第一首自然与人生纯美的颂歌，也是东方子民们最直观最深刻的第一堂生活教育课。东方的神鸟和它率领的众鸟们，开启了东方的文明曙光。东方民族基于图腾崇拜形成的早期温情意识以及人与人、人与自然原初"和鸣"哲学，具象为少昊陵的石山造型，展现出一种原生状态生命本体启蒙和柔性生存体验认同。

　　那么孔子则是在此基础上，对鸟儿做了二度形而上的创构与展现，因此也高奏出人世间的和鸣魂曲，建立起具有华夏民族自己特色的人伦道德理性体系，在历史的流变过程中，内化为民族文化和精神的核心本体，成为烛照人生和社会的最高礼仪法则，也正是在这个意义上，不仅因为有了孔子的鸟化"中庸"思想而有了"中国"这一至尊称谓，还因为有了孔子仁爱思想而有了我们"仁者，人也"的自我认知和生存理念。

　　也就是说，我们从更深的生命内质上，作为东方的历史遗存和天地杰作，假如我们承认是孔夫子文化一路孕育所生的话，那么，我们的血液之中，就无可避免地存有儒家一脉相传的鸟儿质因，呈现为鸟儿的思维、鸟儿的习性、鸟儿的方式等等，虽然经过了几千年的自然界进化，我们依然是像鸟儿一样，在大地上觅食生养，在半空里游乐与想象，无论是空间还是时间，不过是如此。

　　也正因为如此，久远以来我们习惯大谈中华民族是"龙的传人"。在有些人看来，只要是喊出来这样的口号，就有了张扬的依据和本钱，就有了强盛的理由和底气，也就有了高蹈的能力和毅力，其实那不过是一种一厢情愿的想象，是一种由政治替代和掩埋历史的蛮横人为臆造的结果，这段历史被人重新涂抹过。

　　在先秦时期，龙或许并不那么高贵和伟岸，所以，先秦诸子大都无以置词。一直到汉代之后，一些主张天人合一的人物，将汉武帝刘邦黑龙当道化为帝身的说法流传开去。从此以后，历代皇帝无不视己为"龙"出，自然儿孙们为龙子龙孙。皇上穿的衣服为龙袍，坐的椅子也为龙墩宝座。在皇上的金口玉牙中，一张本来普通的人脸一夜之间可以变为龙颜，可以称之为龙颜大悦。

　　再后来，清人入关，好像不是纯粹汉民族血统，也扯出一张黄龙旗吓得小民连气也不敢喘。他们的逻辑很清楚，皇帝是天子，天下的平民百姓都是皇上子孙。既然皇帝是"真龙天子"，那么子民们便是龙的属下。沿着这种皇家逻辑，他们将人说成是龙的传人，实在是皇上对子民们的抬举与恩宠。说"龙的传人"和说"天子臣民"其实是同一腔调，只不过是换了一种说法而已。

我并不否认"龙"在中华民族发展史中起到的重要作用，曾几何时，"龙"曾激起了人们多少雄壮胆略和狂放想象，即使在今天，每当想起"龙"的传人，我们依然会热血沸腾、想望一飞戾天。可惜的是，这种先秦图腾文化狂放质因，经过几千年的儒家文化教化，到头来，它只剩下了皇家的威望与气势，也就是说，说到"龙"的存在，只存在于皇权文化中，老百姓没有也不允许有丝毫"龙"的心理存在，只要看一下许多重要道路上特设雕刻着龙的辇路便可发现，绝对不允许老百姓随便行走，否则便有欺君罔上的杀头之虞。

所以，一个令我们不得不面对的事实是，只要对"龙"稍稍做些体会和研究，就可以发现，那汪洋恣肆的"龙"，其实并非是华夏民族历史上唯一的或者说主体性的精神远祖。古往今来，尤其是在华夏民众的身上，我们既少有龙的恣肆与暴戾，也缺乏龙的残酷与狰狞，更没有龙的凶猛与狂妄。相反，这些品质在思想界和民间传统理念中，一直被作为人生不合理的反面，视为错误价值观念。

所以我不得不这样说，高喊我们是龙的传人，其实是一种随意的无端拔高和臆造，如果我们不是追求虚华的外表，能够放下心来，褪去政治的外壳，更仔细认真地审视解剖我们的精神内里世界，可以发现，从我们的为人方式到我们的处世哲学，我们真的并非"龙"的传人。

严格意义上说，从文化本源及传承关系上说，中华民族更多的应该是一群鸟儿的传人，或者说中华民族在炎帝和黄帝等部落斗争融合的基础上形成。翻检华夏民族的历史，其演变的规律告诉我们，从古至今，该是多种图腾多个民族共同融合的历史产物。最多也就是外表是龙的传人、内里则是凤鸟的传人。

所以，在历史的流变过程中，人们很特别重视龙与凤的组合，崇拜龙图腾和凤图腾，不仅皇帝和皇后也用龙和凤来称谓，国家层面讲究龙凤祥瑞；民间龙和凤分别代指男人和女人，历来信奉龙凤呈祥。甚至用阴阳来分别指龙和凤，将龙和凤视为事情的两极存在，升华为最高的哲学范畴，其意义自不待言。

从人的内在精神和气度上来说，鸟儿才是华夏民族更深的精魂所在，正是潜意识中延绵存续着古老鸟图腾传说，曲阜城外一座不高的少昊陵历风雨而不倒，为我们深度揭示出一个东方古老民族的精神初原起始，正像"日"字的原初构成，外面是一个象征着太阳的圆，里面是一个象征着"鸟儿"的曲线，鸟儿才是太阳的核心和主体，如果说人心向太阳的话，鸟儿构筑起了从远古到今天必然的精神气质和人格内涵。

这不仅可以从汉民族一贯主张的外在表情和行为规范中看出，惯久以来，人们讲究的是"温文尔雅"、看重的是"平和温顺"、实行的是"行不逾矩"等等。全然是龙之外另外一种生活的习性和意态。

我们还可以从更深刻的哲学层面和一些审美观上见出。中国人最为看重的是"中庸"哲学。中不仅是一种尺度，更是一种氛围和气质，凡事都讲究不温不火、不偏不倚、不紧不慢、不急不躁、不高不低等等，一切用"中和"来看待一切。这哪里还有一点"龙"的踪影？它让人看到的是鸟儿，鸟儿伴着煦风和暖阳在半空中随风滑翔的悠然姿态和愉悦神情。

美学家李泽厚先生在其著作中谈到中国文化形态时说，如果说西方文化是罪感文化、日本文化是苦感文化，中国则是乐感文化。虽然我不完全赞同他的观点，但我得承认，它无疑揭示出了中华民族文化的一个精神侧面。从审美意义上讲，中国人追求快乐的意识绝对超越其他，什么事往好里想往好里处，已成为一个民族的整体无意识，要么以苦为乐，像孔子和颜回得一种"孔颜乐趣"，要么直接逃离痛苦的方式寻得解脱。

所以，展读古代文学作品，发现以鸟为比的意象用得最多，《诗经》的第一篇便是"关关雎鸠，在河之洲"，然后便是"在天愿作比翼鸟，在地愿为连理枝""蓬山此去无多路，青鸟殷勤为探看"，等等，一直是人们爱情最极致的想望；文化人的心理中，他们总想望有鸟儿的色彩，有鸟儿美妙的声音，有鸟儿超越土地在天空中自由飞翔的快乐，有鸟儿永远不会忧愁怡然自得的感觉，人们恨不得直接将自己化为鸟儿。

在民间，老百姓口口相传的悲剧故事中，最后无奈的选择都是像《孔雀东南飞》或者《梁山伯与祝英台》一样，化成鸟儿或者像鸟儿一样的飞翔者。展现的是一种无法释却的以鸟为完美结局的心理情结。

也许不用过多地求证，中华民族究其本质来说，我们原来是鸟的传人，这是我在少昊陵无意中捡到的一个结论。

政治的眼神

——周公庙的理性气质

暮秋时节，枯叶飘零。又恰逢下起了沥沥细雨，城头阴郁，天高云低。打一把灰色的雨伞出城，不顾两脚泥泞，一路逶迤到城东北角周公庙赏景，因为刚听了一场学术报告，关于孔夫子的政治理想，一个话题引发了我现场考察的兴趣。

报告人介绍说，孔夫子的政治思想理念源于他的偶像周公，源于他对先代圣人周公之道五体投地的崇拜与向往，原始儒家思想的形成，经历了一个圣哲与圣哲的文化对话和真情传递的过程，此种观点我一直难以尽释。

曲阜是一座庙城，其中，坐落在城东郊外的周公庙，古旧得几乎让人无法记起，据说中国现存三处（另两处一在河南、一在陕西）供奉周公的庙宇，经历了长达四千余年的时序光阴，曲阜周公庙被视为曲阜最古老的历史遗迹之一。连绵的秋雨中，史的朽衰和命的沧桑在低云与潮湿中浓得化不开。野地里有几只乌鸦在悠悠地盘旋鸣叫，路边的古松垂着头无言无语。不过我觉得这才是读史绝佳的场景氛围，古人曰"自古逢秋悲寂寥"，尤能"便引诗情到碧霄"，它应该能让我看到些什么。

城东关依然半是乡村半是城镇的陈年旧景，古朴街道上雨水泛着白光，下了东104国道，走过一条东西向新修沥青路，再转而向北，穿过一座不大的"棂星门"牌坊，迎面便是周公庙的朱漆大门。门前一通"曲阜鲁国古城遗址"、全国重点文物保护单位巨大石碑，仿佛参加古装选秀淑女胸前别着一个刺眼的现代数字标识，颇不协调。因为下雨，大门屋檐下一个把头缩到衣领里，昏昏欲睡的老人，坐在门槛上，木然地望着眼前的秋雨发呆。走向前去买票，售票员——一个身披雨披的中年妇女用惊奇的眼睛看了我半天，才迟疑地将票递给我。

因为此时我心里想的是周公和周公庙，想着中国古代政治与政治家的话题。想着将经历的一段枯寂幽冷的历史回溯，想着将读到一段极富深度的政治家传奇故事，想着将唤醒一段青砖灰瓦下尘封的记忆，所以并未在意许多。感觉身与心都沉溺融化在史意的畅想中，尽管漫天是秋风秋雨。

一

展读中国古代发展史，周公以前，很难说有真正的政治家，政治家不仅仅是一种权势和荣誉，更重要的是要有显赫政治成果和成熟理论。在他以前尽管有尧、舜、禹、商汤、文、武名世，因为史料存世流传问题，使人除了传说和猜想，根本无法见到他们的全貌，所以，尽管我们不能像近代古史辨派，将他们中有的人说成是"虫"，将他们都视为在想象中被神化抬高的人物，则一点不为过。

周公则不然，他"制礼作乐"，不仅得到了孔子的全然肯许，还留下了一系列史料可供我们研究。只是，不能不使人对于此历史政治人物产生疑问，身为最初的政治家，历史上该是怎样一种威风与气势！为什么会在几千年后的今天，让曾经人声鼎沸的庙宇孤独地潜藏于北方小城的一角，淹没于满眼的庄稼地头，在凄风冷雨中瑟瑟发抖？

漫卷的阴云推助着思绪向历史源头漫溯，当又一阵北风裹挟着雨点迎面吹来，我缓步走进了庙宇的第一进院落。眼前的景色和天气正相符，雨打衰草，古树静默。历史第一政治家的庙宇竟然衰败冷寂到如此的地步，令人倍感凄然的同时，也更增添了疑惑与不解。

想起明代一个叫雍焯的人，他写过一首《谒周公庙有感》诗：

千年遗宇今仍在，
万古人文岂可忘。
应有相传裔庶姓，

岁时香火护官墙。

诗中的"岂可忘"和"应有"字样，让我了解了或许比明代还要早些，这庙宇早已冷落荒颓了。尽管中国是一个极重政治的国度，但是，第一政治家的冷落，并非是从今天开始，也并非是什么自然风雨的剥蚀，在古人看来，不仅政治家惯于一朝天子一朝臣，人文的遗忘和裔庶的躲避比它更可怕。

脚下是青砖铺成的甬道，已坎坷不平，歪歪斜斜地向庙宇深处伸去，虽然天上还在下雨，但是我决定收起手中的雨伞，让细雨在身子周围随意飘落，便觉得有了身在自然的感觉，身心和庙宇贴近了许多。环顾四周，院落空空如也，仔细打量，才看到东西的高墙上，各建有一个牌坊，一个写着"经天纬地"，一个写着"制礼作乐"。站在院子中间，仔细品味这两句话的意味，感觉庙宇中有这两座牌坊就已经足够了，它们是这座庙宇的主题和灵魂，更是这座庙宇建造的依据和理由，这属于文章的开篇点题。

就这么想着想着，头上突然阴沉得似乎更重了，大墙外高远处浓云涌动，我的心也随之被稠成了一团，放飞的思绪仿佛又围困于浓阴烟雨中。关于这周公庙的历史，我约略知道些，当年鲁国第一位国君周公的儿子伯禽，为遥祭先父辟建此庙，取名为"太庙"。用后人的话说，"太者，大也"，表明其为一所祭祀先父大人的庙宇，或说成足够大庙宇。不用说，当年周公庙不仅富丽堂皇，其香火之盛足以辉映半壁河山。

大概鲁国被楚国灭亡之后，周公庙便被人渐渐地相忘于江湖，后来甚至颓塌成一片废墟。虽然他所制定的礼乐制度一直世代相沿，但是，不知为什么，直到宋代时，宋真宗大中祥符元年（公元 1008 年），才重新清理地基，重新建造出这新庙。好像依然没有多少祭祀与香火。在中国，人们讲究的是神庙，一个因政治智慧而垒砌的庙宇，在跌宕起伏的历史潮流中，经历了一番又一番那么多盛衰枯荣，最后能够留下了这样规模和阵势的庙宇，应该说，也非易事。

眼望着狭窄的庙堂院落，看着清冷的祭祀香火，虽然历史没有抛弃和遗忘中国历史上治礼作乐的先驱功德，甚至将"经天纬地"在理论与实践上发挥到了极致状态，但与其历史地位和贡献相比，作为当年孔夫子的精神偶像和思想源头，后人竟然是如此的薄情和淡然，让人不能不为之大惑不解的同时，深感不平。

若将其与城里孔庙的辉煌建筑相比较，那就不只是心存不平了，巨大的落差，实在有些不可思议。远望孔夫子的庙宇，何其巍然，占地327.5亩，南北长达10余里，各类房466间，素有"中华第一庙"的称谓，至今人流络绎不绝。周公庙，《曲阜县志》记，它共计75亩，各类房舍11间。满院的荒草疯长便说明了一切。二者相差悬殊之大，根本不可同日而语。

还有二者的家族后人。孔姓为曲阜第一大姓，不但人丁兴旺，势力也笼盖四野，以致后来形成了曲阜及周围"无孔不成村"的说法，孔姓至今依然为享誉天下的名门望族，国家政协中还要专门为孔姓留下固定的位置。周公的后人，目前到底有多少？没人说得清，更有意味的是流传至今，在曲阜大都复称"东野"氏。《阙里志》上说是因周公之子伯禽曾耕作于"东野"而得名。我总怀疑这其中有另外一番苦涩意味在，他们是后人沦落为城东旷野之人也未可知。让人弄不清是家族自嘲还是历史他嘲。

否则，为什么孔子的后裔嫡系子孙，一代又一代被封为享誉天下的"衍圣公"，享受的是当朝一品待遇。而东野氏大概到清代时，康熙皇帝来曲阜拜孔子，东野人等奋不顾身拦驾奏请，才捞了个"翰林院五经博士"头衔。同是"圣人"后裔，还有前后源流承继关系，最后如此天壤之别的礼遇，大约不是无缘无故的历史疏忽所致吧！我站在雨中，天上的细雨一阵阵从高墙外刮进来，载着我的思绪随着飘飞的冷风向历史深处漫溯。

记得在嘉祥武梁寺汉代画像石中看到这样一番画面。年少的周成王端居中央，上撑宝盖，下设御座，年老的周公和吕公在一旁躬身陈述国事，姿态之虔诚恭敬，实在让人感动。雄才大略的汉代人将这样的场景连同各类孝义故事一同刻石存世，足可见出这个历史传说曾怎样地深入人心。

还有司马迁《史记·鲁周公世家》中的一番话：伯禽即将远行鲁国即君位，周公语重心长地告诫他："吾文王之子，武王之弟，成王之叔父也，又相天下，吾于天下亦不轻矣，然一沐三握发，一饭三吐哺。起以待士，犹恐失天下之贤人。子至鲁，慎无以国骄人。"这是几千年来让有才者总是难忘的一段话，说实在的，大权在握，国事在上，尤感知音难得！竟然为了人才一沐三握发、一饭三吐哺。告诉儿子绝不能因为是国君就随意骄横待人，这样大好的故事，曾让历代士子甚至为之感怀落泪。

如此再加上"制礼作乐"之功，所谓："道化千年在，耀明一国中，礼犹先世守，制此百王同，……归然遗殿在，不与汉侯同。"他创造的不只是一代文化繁荣，而是成了千年民族立约大法的制作者。后人因此不断给他冠以"元圣""先圣""文宪王"等称号，现在想来，大约再高的评价也不过分。周公建造起中华民族文明史上的第一座高峰，成为了历史上危乎高哉一种绝对的高度，一种永远的现实恒度标准，一种社稷千秋维系传承脉系，直直地插在世代的心灵和历史云天里。

二

周公万万没有想到，正是因为无与伦比的历史贡献，在他身后历史给予的恰恰是一个无法与之共歌的悖论。

身边的雨下大了，望着远方翻滚的游云，我突然心头一悸，身子静静停在了雨中，思维停在了断裂的云头上。隐隐约约感觉仿佛站在了一个狂风大作、阴云压顶的悬崖上，下临一个深不见底、足以让我粉身碎骨的深渊，眼前是一个荆棘丛生、十分危险的思维黑洞……

倏忽间我仿佛体味出了一种特殊的味道，或许正是周公的伟大与崇高，才使得他虽然生活于西周，比孔子早了近千年；虽然曾为历史"真王"，孔子只为"素王"；虽然他是"制圣"而孔子不过为"述至"。但身后的庙宇则要比孔子建得小，身后也必然频遭世道冷落。对于后来的皇权掌门人来说，周公连同他所创造的学说理论，无疑是崇高的、伟大的、可尊敬的，但是，周公绝对不可亲可爱，其行更不可随意地效法。

当年，面临周朝得天下之初的风雨飘摇政治危局，周公以其卓绝才华和无上权威整理朝政、平定天下，一番作为，为周王朝创下了八百年基业。这实在令人钦佩也令人怀念。不只是周期后代君主敬仰缅怀，历朝历代的君主谁不想望有这样一位雄才大略的先辈？横空辟出一大片繁花似锦的江山，创出可供尽情享用而无后顾之忧的天地！

他以卓绝智慧制定出的礼法制度，千年如一地维系着社稷纲常，使人即使无所作为也可御民于野，权统四方。用乾隆来曲阜谒元圣庙后的两句诗说："官礼睢麟共条贯，诸家注解惜徒纷。"官家自有官家独特的文化体味。在这方面，一些皓首白发的俗儒书生，曾不惜用一生做代价，诠解其人其文之大义，恨不得学着孔夫子要当世回到周公时代，他们哪里知道这其中的另一层隐秘？统治者在历史的风流人物群体中，一番选择又一番鉴别之后，决定为他建庙设坛，行香祭祀。尽管庙宇不大，但在统治者看来，也是文化统治中应该有也必然有的存在和命题，就像人身上的衣服，不可不穿，甚至不可乱穿。

只是因为时代使然，也或许是周公的智性过于超绝，还可能因为过重的使命感与责任感，使其所言所行超越了历史，也超越了现实，他站在人类思维的峰峦顶尖纵览时代政治，实在太纯净、太高迈，几近完美。不仅在思想上、理论上，还在行为上堪称为中国历史上第一个、大约也是唯一一个、纯而又纯政权本体政治家和思想家。

他虽然属政权中人，曾一度大权在握，然而所主持和框定的行为标准，不是一般人所认识的御民术，即民如何拥戴政权、绝对服从政权"治于人"的权治理论。他谆谆告诫伯禽："不要以国君之权势骄人"要"三握发，三吐哺"起以待士，再到弗辟而摄行政，至终还政于成王，直到制定各种礼乐制度。所有的着眼点都定在政权人物身上，都着眼于政权自身。在他看来，政权的稳固与否、社稷的繁荣与衰退，与其说是取决于民的本分以及对政权的敬畏与服从，不如说是取决于政权人物自身的完善及对社政规律的把握与勤奋。

所以治国平天下第一要务不是治民，而是自治。从统治者的心理气质，到人格精神，从思维语言到行为方式，要全面进行整治规范。不是享乐，不是优裕，更不是满足一己的占有和征服。而是自制自励，自我压抑，甚至是自我痛苦，以全然无我存在性的行止，换得政权的永恒和人格永恒。周公所创造的是一套完整的痛苦与奉献君主执政理论。

可惜，这样光辉伟岸的理论学说创造，到了后代君主们的手中，由于失去了认识和理解这一理论的先民气概以及西周时期的现实基础，又失去了接受与使用此种文化的观念和依据，除了标签的价值和作用以外，周公之道不过是只可把玩欣赏但决不可贯彻实施的陈设花瓶。

在其后的封建社会中，历史经历了一个无可怀疑权势过度膨胀的过程，在"一言九鼎"的朝政上，试想守着这么大一块属于自己、也可以任意分割支配的土地；跟随着这么一大批驯服恭敬、唯唯诺诺说让他们死他们绝不敢生的臣子；环绕着这么一大群莺声燕语、色艺俱佳又盼望着亲幸荣贵的绝代佳人，满眼是繁华，满耳是欢声，满身是舒坦。然后让他们不顾这一切，一味地去约束膨胀起来的欲望，自己规规矩矩食不甘味，痛苦地克制泛滥的贪欲目不斜视远离清音女色；让他们眼巴巴地干看着，你说他们能甘心么？他们又如何能情愿，如何守得住难耐的寂寞或者抵挡住这如山海般的诱惑！

因此，表面不好说出来，肚子里头也会深感这周公老儿所创造的君主论实在不切时务，好东西是好东西，但却万万不能接受，更不能守其成法。不但如此，尤其不宜对此张扬流布。否则宣传开去，弄不好一些不知深浅趣味的人以此为话柄闹将起来，岂不弄得皇上下不了台，坏了深宫春梦事小，到头来乱了尊卑王法，那君主还怎么当得下去？什么贤人才子，真正少几个绝非坏事，偌大江山还在乎这点吗？所以，只从君主身正检点说政权，不从百姓守法说江山的周公理论，嫌弃讨厌之余，也只好让它一边去。

然而他老人家毕竟还是文人们不知从何开始所创设出的一个不小"圣人"。于是，到了后来，从荀子到扬雄，然后再到韩愈，编造出一个长长的道统论不说，还宣扬得满天下都是这一套，直把周公放到了一个不轻的地位上。因此，宋家王朝在搬了曲阜县城后，那城就建在周公庙旁边，迫于公论世说，到头来头脑一转，便想到了存而不论的高招。所幸也花不了几个钱，给他造上一座小庙放在那里，彰显我皇家大度不说。至于别的，一切待议。这大约便是这周公庙的真正来历，当然还有那零落可怜的香火和沦落四方的东野氏族，终于也捡到了些残羹冷炙。

大圣人孔夫子，那就不同了，虽也讲君道，讲权治天下，但所站立场角度，不可能全是国君当权论，因为他没有这样的条件和资格，他作为一个自觉能够承担世务的文化人，只能站在权势者和平民之间的立场上，用一种专门性的中庸之道，一边一句轻声慢语地作"夫子自道"，不仅仅是一种智慧，也是孔子的身份地位只能如此作为。

虽然有时也会说出一句两句硬话，如走到泰山脚下见到一个女人大哭不止，上前打问，听说是为官吏所逼，屈死了几代当家男人，便很有些义愤地转过身来，告诉身边弟子：小子们听着，"苛政猛于虎也。"然而在更多的时候，更多的场合，他则会另外一番口吻，轻轻地告诉人们"君君，臣臣，父父，子子"，告诫人们要"臣事君以忠"。

尤其让后来君主们欣赏的是，在《春秋》一书还创造出了一种特有的笔法，虽然是一字一褒贬。但其中国君如果有了错处，臣下也不能随便地直接指斥，这叫为尊者"讳"。如果再加上"惟上智与下愚不移"等极富伸缩性的谆谆告诫，那皇上听了岂有不美之理，因为如此这般，这皇上才有些当头，起码是少了许多不必要的顾虑和麻烦。

如果说周公是从当权者行为为社会政治做出了论证，那么孔子则是从统治者与被统治者两方面做了政治申述。在孔夫子看来，从家国同构原理出发，为政以德，这"德"是统治者和被统治者都需遵循的生活法则，只有这样，才合乎合理的、自然的、不可更易的生存道理。

孔子绝对没有想到，它所设想的双向规范原则，因为执政者手持权柄的原因，不长的时间，便被强制演化成单项规范，也就是说，道德在特定历史时期，成了世上顺民的箴言。他不知不觉地从一个侧面——一个并不怎么让人称道的侧面——为国君的权力膨胀与欲望施展创造出了微妙的理论根据。而不是像周公那样，专门为了社政的长治久安，为了普通庶民，让统治权势去受苦受累，推行一种所谓的痛苦政权论。

孔夫子的"君臣"理论，让那些真龙天子们获得了可以尽情地享受权力快乐与生活幸福的理由，让国君们感激不尽的同时，舒服地躺在龙床上，在一片山呼万岁的声浪中，不得不由衷赞叹：知我者，孔丘也！这才是古往今来的第一大圣人，所谓"至圣先师"，这才是教化民众的好理论。

因为中国历史的皇权理论是以儒家学说为基础建构起来的。如此顺心顺意的说法，在统治者看来，功劳大者自然就当享受非同寻常的待遇，值得掏大钱为他建一座大庙，再给他几个像样的封号，让后裔也尽享荣华富贵。对于他的学说，就是要大张旗鼓地宣扬开去，让全天下的人都能听他老人家的教导。就这样，不只是一个朝代作如此想，城里的孔庙终于比田野的周公庙大了许多，不可能不大。

雨还在下，风也在刮。当我即将走进第二进院落的时候，忍不住会心地笑了，因为我觉得我略略读懂了一些周公庙，他是历史上真正的政治家，所以才会受冷落，政治家和政权人物并非等同。

所谓水清则无鱼，人清则无友，真正的政治家和政治思想，注定都是清冷与寂寞，古今中外无不如此。

三

踏进第二进院落，在第一进院落的基础上，心想这里无论如何也会隆重和繁杂些。没有想到，这里和第一进院落并无多大的区别。

一条直直的甬道旁，几棵淋得落汤鸡似的古松柏如泣如诉，使人想起被水浸湿了的百年古画。步下台阶向院落深处走去，再环视这院落，方发现这院落与前院并非完全相同，因为庙宇的两边又各增加了一座院落。记得《曲阜县志》上曾记载：东院为斋宿，西院为庖厨。因为祭祀礼节的需要，这也是一般庙宇的定制。

略有不同的是，据记载，东院原来有间礼堂等建筑设施，所记是《论语》中"子入大庙，每事问"的事。现在，殿堂早已不存了，但在院落的一边，还保留着一幢乾隆十三年（公元 1748 年）乾隆帝来曲阜朝圣时题写的《谒元圣祠碑》：

> 册府传宗国，銮舆莅葆祠。
> 所钦惟在道，祇谒亦云宜。
> 爻象先闻孔，保衡后继尹，
> 昭哉官礼法，万古式勤施。

诗实在写得不怎么好，起码是拗口难读，最多也就是皇家语录。然而细品其中口吻，把石碑还有这废殿基连在一起让人观摩，却是在严正地告诉人们，虽然城里的孔庙比这原野上的周公庙大而隆盛，但在卦爻象等方面，周公则先于孔子，连同这庙宇中的陈设在内，毕竟都曾做过孔子的老师，这事值得注意。

《论语》中有好多故事，那都是孔门弟子专门讲给后人听的。他们之所以要讲周公与孔子的故事，显然有意图在其中。以至于几千年到今天，我们仍在极力地弄清孔子和周公到底是一种什么心理关系，或者说孔子为什么要向周公学习，他到底学到了什么？

从孔子一再说"入太庙，每事问"。还有"鄹人之子"的称谓，他那时大概还很年轻，不过是一个带有乡下土里土气的毛头小伙。正如乡里人进大都市，看到什么都新鲜，都想看一看、问一问、摸一摸。以至于当时就有人评论他说：谁说鄹地来的那后生知道礼仪，你看他那样子，进入太庙后，每一样都打问。其中的轻薄贬斥意味很明显。对此，孔子以圣人智慧做了历史最经典的回答，说道：我之所以不停地问，正是一种想知道礼仪的表现啊。正是根据这一回答，有人评论，孔子在这里学的是先代的知识。

事情果真如此么？因为在另外一些场合，孔子对于先圣周公，又说了另外一些话，"郁郁乎文哉，吾从周"，又说"甚矣，吾衰矣，久矣，吾不复梦见周公"（《论语》），竟然因为没有梦到周公而感怀不已，如此心领神会的追求，恐怕远远超出了知识学习的范围。

据记载，在周公庙宇中，他曾对学生专门讲解"敧器"的道理，所谓"满招损，谦受益"，除了先代的知识，他好像对周代的礼法义理更感兴趣，对周公庙中竟然设如此警示器物大为赞叹，对周公足智多谋的智慧人格尤其向往。正因为此，又有人说孔子所学周公，除了礼仪制度及精神以外，还有其高尚的人格和杰出的历史地位。

我一直怀疑他们的说法，因为当我走进院子的深处。在三门前是一座碑亭和一方断碑。碑亭不算太大，走上前仔细看去，方知为康熙御碑。康熙皇帝或许因为大清帝国正盛的缘故，所以特别喜欢立大碑，在孔庙的十三御碑亭中数他立得最大，纯然一副康乾盛世的雍容华贵。在周公庙中，让如此一座大碑亭耸立在门口，且只此一座，硬硬遮住了大半个门脸，便感觉这碑立得有些霸道。细看碑文，尽管也有不少耐人寻味的溢美之词，然而和这空旷冷落的庙院相比，碑亭真的比庙宇大得太多了。

在大门左边的屋檐下，另外竖有一方残碑，碑石并不古旧，断茬崭新。转过去从碑的阴面残字中了解到，这原本是1961年国务院公布、山东省人民政府所刻立"全国重点文物保护单位，曲阜鲁国故城遗址"的碑石。人们之所以将其刻作了新碑，而且移置此地存放，在碑的正面，原山东省副省长李予昂生前的一段亲书碑记，做了清楚地介绍：

> 万恶"四人帮"，十年逞逆征。
> 少昊像颓碎，鲁故城拆光。

三孔大破毁，周庙受遭殃。

贼罪臭千载，历史诛臣奸。

首凶陈伯达，作伥谭厚兰。

留此残石在，铁证代代传。

下面还有一段小字看不太清楚，大意是 1980 年 5 月中旬，陪客人来到曲阜，"四人帮"破坏古文化的罪行到处可见。文化大革命开始后谭厚兰等人来曲阜，鼓动数万人涌进曲阜城，声言要捣毁三孔及古城文化遗迹。据文管会同志介绍，狂徒们先砸坏国务院重点文物保护单位碑石，继而向东疯狂毁坏。关键时刻，是文管会的志士于万分紧急之中将此石保留，以此存证云云。

徘徊在这残石下，深感这是一方值得体味的碑石，记载当年古城大劫难的一方残碑，竟然立在周公庙中而不是别处。尤其不可思议的是，几千年后的红卫兵无知者，竟然如此巧合地从孔子所尊敬的文化源头上砸起，遵循着从根一直砸到梢的战略，值得令人深思。革命小将难道仅仅取的是掘其源断其流么？更放肆地展开思维，我们于此碑面前，是否又会解读出城里与城郊、孔家与周公的另外一层史意象征呢？

原来的史学家为了追寻中国文化的谱系，曾编造出了一个详尽的文化承继统绪，盛赞孔子好学，所谓学无常师，甚至可以废寝忘食，不知老之将至。周公也确有可学之处，从人到文，从文到绩。以至于"自始趋跄注念后，堂开问礼到如今"。历数千年到如今，此处仍有许多问不尽之处。只是孔子和周公之间，他们到底是依靠什么相连接？是知识的芳香，还是那番壮丽的伟业？圣人与圣人之间是否还有另外的脱俗超越处？

因为历史上的孔子从开始到结束，并非只是一个纯而又纯的学术精进和道德君子养成，更非执其一端而不见其他的腐儒作为，从少年学业到中年入仕，再到老年游历，其生命的强悍和心理的威猛，情感的激烈无不从史学家们的纸背中透出来，细究这一心底的潜质，我们似乎从中可以见出别一种心态。即自古时代的顶尖人物，当他们站在时代的前沿统领风骚的时候，同时他们也都成了现实的孤独者，成了精神上孤苦伶仃的独脚僧。

何况，孔子又是"至圣"的智商，文化轴心时代最聪明的大智慧者，所以更容易独处绝顶异处，站在时代文化的绝顶，当现实再也找不到可以对话者的时候，哀叹之余，他只好仰望苍穹，寻求在史的长流中与更高层次的哲人进行心理交流与精神对撞。这也是古今大智慧者一种无可奈何而又自然而然的心理选择。因为如此，孔子不止一次地批评指斥同代人和当世情，周围几乎没有一个令他心信肯许的人物。只好把一句"克己复礼"的老话，向人喊了一次又一次，还是没人听懂他的意思。这其中的底细，便是一个大智慧者面对高天原野无可奈何的历史呼唤。

孔子的这番举止，不但由此演化出中国历史上一个无法阻挡截断的道统长流，也展开了中国文化史上第一场文人与政治家的碰撞，或者说文化与政治的超时空叙谈，一场不同路向的存在意义和价值对话，或者说是恒久生命力的抗争。令人遗憾的是，尽管孔子使尽了全身力气追踪周公，或许因为过远时空的原因，也可能是心力不足，到头来，只是在理论上，他们看似一脉相系，在更具体的现实作用和精神气质上，非但没有最后相融相和，甚至还有些无法弥合的对峙。终于使二人一个以政治家命世，一个以文化人传承，虽然也有人称孔子是中国古代伟大的政治家，但是，那不过是后来人故意为其贴上的标签罢了。

政治家和文化人具有不同的生命张力和历史命运，这是历史的辩证法所决定的，古今中外的历史早已证明了这一点。所以，在中国历史上，政治家和文化人从来就是分开写，按照编入史册和记入典籍来评定，政治家一直居于文化人之上，一部二十四史且不说以帝王系年，就人物数量比例来说，文人绝对难以与政治家相匹敌。然而，令或许自古百姓另有一番评价和心理需求的缘故，就社会流播的广泛性和永久性来说，最后在世俗层面，政治家远不如文化人来得广博与久远，国家的历史和百姓的心史绝对不一样。

二十四史中的那些政治人物，其生无不壮怀激烈，恢恢赫赫，然而到后来，真正流传在世人的口头中者，或者在现实中留下皇皇遗迹者，大约没有几人。且不说先秦的管仲、商鞅，也不说汉代的萧何、唐代的魏征。从宋代以后伴随着民族的软弱和龟缩，封建社会几乎没有出现过像样的政治家。

所以，到今天除了在史学家的口中和书中，还能略见他们的名字以外，其余实在是不甚了了。相反，一些生时颇为寒酸悲凉的文化人或艺术家，历千百年而依然悬挂在普通百姓的口上心上。从屈原到司马迁，从李白杜甫到苏东坡、李清照，我们可以开列出一大串名字，好像还应了"穷苦之言易好"那句话，越是到后来，仿佛只有艺术家凭借着他们那天然的灵性，还有在阴沉灰暗的社会中拼死一搏发出一点生命的光亮，其余则一片浓荫。

正如龚自珍诗所吟："九州生气恃风雷，万马齐暗究可哀。"艺术因为有了它的本真性，所以，不只是在当时能站得直，而且在以后似乎也难以被推倒。如果说艺术是以其浪漫或者嬉笑怒骂的风姿面对现实，那么政治则是以其具体的、现实的、理性的、集团的面孔主导现实，因为政治性的现实价值意义往往是即时的，精神性的艺术构成则要永恒得多。于是在现实的更易与变革中，政治存在的基础和条件会越来越缺少，文化艺术的时空则会愈挫愈坚历久弥新。

不仅如此，因为政治的现时品质与集团性质，不知历史在何时会突然冒出一个"异教徒"来，也是为了一己的现时与集体利益，冲上阵来大砍大杀一番，就如同周公庙中的这块残碑，毁坏得如此悲壮惨烈而冷酷无情，不仅使政治的余脉一再中绝，也终于使原本那点并不多的政治流传一点点被消解干净。历史政治理论和功业建构往往不是一个人的成就，而是需要一代代积淀完成。这其中就包括正面的建造和反面的拆除过程。所以政治家能在身后为自己竖起一块石碑，真的不容易。在这方面，唐代的武则天绝对聪明，她给自己身后立的是一块无字碑。

艺术虽然是形象的，因此会永恒；虽然是情感的，便具有生命意义。在任何时候文化艺术都不乏其存在的基因和条件，偶尔出现几个骂大街的文化艺术"异教徒"，因了时代的隔膜性，艺术家之间不会发生什么直接利害关系，或许会大骂一句两句，然而终于不至于置人于死地，因为没这个必要。何况那些史的情愫和艺术韵味，在适当的时候也会缓冲一下异教徒们自己这过于紧张的心理。就如同城里巍巍的孔庙，千百年经久不衰，不但没减少，相反一点点扩到如此的巨大规模。这其中包含着史的必然性。

也正是在这种意义上，历史上的政治家如果想传世久远，就必须也在文化上有所进取，政治和政治家如果仅仅是政权政治，没有能够跳出眼前视域以及集团利益的局限，政治家周公的庙宇就该如此空寂，政治的功利性原则，不仅给了它质实的品质，也使它有了无可逃离的时空限制。相反，文化人孔子的庙宇就该如此辉煌，它有着文化艺术特有的空灵神韵的同时，还有更符合生命的自然存在律性，人性既合乎人性才是一种永恒的存在。

四

当然，周公也有一些永恒的东西，这是我走进第三院落之后，透过蒙蒙细雨所看到和感受到的。第三进院落比前二进院落不仅大了些，其中还有一座大殿静静矗立在秋雨中，静穆而沉寂。踏着青砖铺成的甬道缓缓前行，不知为什么，感觉似乎总有一种反向的力在阻挡自己，使得向前走颇费力气，甚至可说是一种艰难。这是我在曲阜许多名胜古迹中不曾体验到的异样感觉。

对此，我甚至停了下来，细细观察周围包括阴郁的天空和穿飞的鸟儿，还有那紧一阵松一阵的冷风，希望能从中寻出答案。通道两旁荒草丛生，一些歪歪斜斜的古松，淋得浑身透湿，瑟缩着站在冷雨中。走到通道的一半处，便是些紧贴路边两旁并列着的自上而下流着雨水、可怜兮兮的石碑，将路夹成一个细长的小巷。

粗略看去，大约有十五六块的样子吧。抬眼朝前看去，甬道尽处是大殿黑深的殿门，幽暗地洞开着，秋雨如阴，石碑夹路，使你不期然间便觉得走在了历史的巷陌中，前面有一个幽深并让人胆寒的诱惑，或者是一个凶险的阴谋，使你不敢近前去。对于平常之人、平常之心来说，自然不情愿让自己坠入凶险中，这应该是能理解的事情，何况又是在这样一番恶劣的天气里！

这不禁使我想起了曲阜久远以来的一个传说：自古孔庙不吓人。客居曲阜城数十余年，我的宿舍就曾与孔庙贴墙而居，二十多年了，无论是风高月黑的夜晚，还是雨雪浓重的黄昏，一觉醒来，听着庙内松林中一声又一声哇哇鱼鹳鸟和白鹤清脆的叫声，从来没觉得心悸胆寒。因为久操笔墨，有时踏着下半夜电灯的残光在阙里街上走走，尽管也不时会有几只不知名的大鸟从头顶扑扑啦啦飘过，也没觉有甚吓人处。

我曾就这个问题问过当地的老者。他们说得几乎都一样：孔庙是人庙，不是神鬼庙，孔子生前不信鬼神，所以人庙不吓人。对此种说法，品味之后，感觉不无道理。然而似乎又不尽然。因为后来曾不止一次在孔庙中观赏步读。即使是逢上风雨天气，或者是大雪盈门，庙院依然是笼罩在温暖的亲和氛围中。加上院落中寿石书楼的随意点缀，虽然露台上也香火缭绕，然而总是令人觉得仿在邻家的院落里，无处不透着温暖的快意，绝非如眼前周公庙这里让人既陌生又心悸。

我努力地朝前走去，按照排列整齐的石碑一路读下去，元代天历，明代嘉靖、万历，清代顺治、康熙。发现最早的一通，不过是宋代大中祥符年间立，碑石剥落，碑饰平平，绝无甚骇人处。通读这些散漫的碑文，上面文字或多或少，或楷或草。无非都在叙述着这样几句套话："伟哉公旦，隆彼宗周。刑罚以息，王泽斯流。政成洛宅，庆锡鲁侯。式增显爵，用焕佳猷。"（宋碑语）从为文格式到语句排列，可谓平实了又平实，平实得让人觉得大都言不由衷。

面对它们，仿佛面对一个个眉须皆白的老学者，半闭着眼睛，他根本不看你一眼，在讲述着一个老而又老，既不吸引人，又无多大意义的一段陈年往事。真的，读着碑文，嘴里都会溢出一股霉味，就如同眼前雨中的腐草，弥漫得满院都是，甚至让人感觉憋得慌。再绕过路中央一个盘龙石香炉，古旧陈腐；登上青砖铺的露台，破损斑驳，四下张望，依然没有找到阴森的来源。最后抬头看看迎面这元圣殿的式样和气势，青砖黑瓦被秋雨淋得极其狼狈，除了衰朽还是衰朽。

至此，我甚至对自己产生了怀疑，也许是在现实生活中浸泡得太久了，世俗的心态令我产生了幻觉。所谓世间本无事，庸人自扰之。周公庙根本没有令人惊悸的理由。所以顺势从眼前的殿门望进去，或许是阴天的缘故，殿内有些暗，不过，里面简单的陈设摆布还能看清楚。

五间深的大殿内，正中是一座彩塑坐像，王冠旒苏，自然是周公了。细细端详，尽管是抬脸望远，有些气势，但眉脸方阔，并不乏平和意态，极有曲阜乡民的影子，或许是后人参照身边君主的模样所塑也未可知。在人们心目中，原来周公并非凶神恶煞。

大殿上方悬一匾额，上书"明德勤勉"四字，仔细看去，发现好像为乾隆御书。左右各有一抱柱，上悬挂大副木雕对联，上联是"官礼功成宗国馨香传永世"，下联是"图书象演尼山统绪本先型"。无非是说功德在鲁国传之久远，礼义经孔子而流之悠长，是些并无多少深意的套话。

在周公左边，有一座陪祀彩塑坐像，是他的儿子伯禽。同城里孔庙长长的两庑先贤陪祀相比，这里只有儿子一人深情地望着自己的父亲，不免有些凄然，可见政治家和教育家在身后自有其不同礼遇。就在伯禽身旁的不远处，阴影里侍立着矮小的塑像，初看并不太清楚，仔细再看，方发现那是一个小童子的塑像，嘴上被结结实实粘了三匝白封条。

心中不免为之一震，好端端地一个人，竟这样被封了嘴，而且是三道封条，实在有些过分。猛然间，他使我想起了史典中关于"三缄其口"的记载，进而想起那流传千古的金人和《金人铭》，原来它们就在这里。心里不期然便生出些莫名的怅然，原来自己的畏惧乃至惊恐就来自这里，实在令人惊讶不已。

这是一个传之久远、影响深广的故事。据说当年伯禽离洛邑前往曲阜就任鲁国国君，周公曾专门把他叫到跟前，半是关怀、关是训诫地告诉伯禽，你现在就任一国之君，即使地位再高，千万勿以国骄人。还以己为例，再三历数自己辅政天下的不易，直说得父子二人胸口起伏，月落西坡，洛水鸣咽。末了，周公依然不放心，于是又专门口授一段铭文，令人誊写到一张丝绢上，唤过一个小奴隶，把写好的丝绢挂到背上，并令他在去鲁国的路上和就国后要一直走在伯禽前面，让伯禽时时刻刻能够看到这上面的话语，以戒其行。

此奴隶后来便为史家书称为"金人"，周公所口授的《金人铭》也成了一篇永垂史册的千载华章；全文如下：

> 古之慎言人也，戒之哉！戒之哉！无多言，多言多败；无多事，多事多怨。安乐必戒，无行所悔，勿谓何伤，其祸将长；勿谓何害，其祸将大；勿谓何残，其祸将然；勿谓不闻，神将伺人，焰焰不灭，炎炎若何。涓涓不壅，终为江河。绵绵不绝，或成网罗。毫末不乱，将寻斧柯，诚能慎之，福之根也。曰是何伤，祸之门也。强梁者不得其终，好胜者必遇其敌，盗憎主人，民怨其上，君子知天下之不可止也，故下之知众人不可先也。故后世之温恭慎德，使人慕之。执雌持下，人莫逾之。人皆趋彼，我独守此。人皆惑之，我独不徙。内藏我智，不示人技。我虽尊高，人弗我害。谁能于此，江河虽左，长于百川，以其卑也。天道无亲，而能下人，戒之哉。

这堪称是中国古代最精彩的一篇政治感言，一篇教化后人警拔绝妙好辞，且不论文采斐然，其中所蕴含的智慧与巧妙，虽历数千载而犹能使人为之怵然，与其说是一种为政的处世哲理，不如说是一种狡猾而阴冷的奸诈禅机。

这就是周公，当年侄子周成王曾一度怀疑他有弑君篡位之心，危急时刻，正是靠了自己娴熟的以退为进方式，一边躲在一边沉默不语，一边故意让人发现其早年写的一篇"罪己昭"，一篇周成王有病自己甘愿替他受死的上天祷告文书，表达的是承先帝之遗愿，誓死效忠成王的誓言。最后感动得周成王痛哭流泪，因此免除了一场杀身之祸。

从某种意义上说，面对政治的险恶和险恶的政治，所谓伴君如伴虎，周公所说也并非无道理，所以当年孔子曾在洛邑后稷庙中见到相同的金人，告诉身边的弟子们说："小子识之，此言实而中，情而信。"从政治家处世的角度，对历史上的政治智术称道不已，这是一种为政的必然之道。

当然，此篇铭文包含了周公立身治世的诸多体验，又加进了一些卓绝的思考。面对高处"不胜寒"的艰险，必须时时保持防范性的警惕，淡化感情，不靠直觉，更排斥性格，时时刻刻都大大地瞪着一双如狼觅食般的眼睛，怀揣着一颗计谋策划之心，以柔克刚，以卑胜高，笑里藏刀，后发制人。在全面防守的同时，不计一时一地之得，以便最后置对手于死地。如此阴险冷酷的政治哲学，如此工于心计的人格理论。让我在此庙宇大殿的阴暗处，终于找到了周公庙艰难进入的原因所在。这里没有人情温暖，尽管是周公和儿子坐在一起，没有人情的场景是令人生厌的地方。

如果把此庙的情景与孔庙比较，孔子虽然欣赏周公，甚至对其人十分崇拜。但到了孔老夫子那里，无论学问做得怎样高深，在智慧上钻研得如何精到，它有一个基本的前提，那就是所有这些学问与道理，都是一种现实生活的自然阐释，从身内的自我修养，到身外的立身行世，从个人到家庭，再到朋友，然后到国家、天下。无不充斥着生活的俗常老理。

他一遍又一遍地告诫人们，"仁者爱人"，人该好好地活着，活得有滋味，活得有个性，活得有价值。不仅仅是知识的丰富，也不仅仅是思维的发展，还不仅仅是观念的提高，同时还有心理的健康发展、情感的正常流动，甚至是肌体的自然成长。人与人之间沟通理解，人与自然之间和谐共处，所谓大爱化天下。

人是社会动物，面对复杂凶险的现实，人不能不做智谋性的思考；面对诸种小人恶势，人不能不进行警惕性的梳理总结。然而这一切不仅要有一个度，同时还要有一个思考的出发点，为心计而心计，无疑是狡诈和阴森。不仅背离了正常的仁义道德，也必然为世人所不取。这就是人道理论和政道理论的根本区别。孔子是讲人道的，所以在孔子的言行主张中，我们不仅看不到阴险与狡诈，更看不到阴谋诡计。正直、坦率、仁义、热忱、大气、广阔。当说则说，当作则做，当骂则骂，当揍则揍。慷慨激昂，义无反顾。

正如《论语》中所记：弟子冉求为季氏家臣，设计谋划不择手段为主人多取些不义的租米，孔子见其到来，便勃然而起，大声呼唤群弟子，让我们一起鸣鼓来攻击他啊！晚生原壤无德无行，有伤风化，孔子见其状，二话没说便以杖叩其胫，照着他的屁股狠狠揍上几棍；弟子去世，他每每会哭得死过去。堂堂正正，不屈不折，即使因此而跌跤受挫，依然是一条鲁国的汉子。

周公则大不然，他笑嘻嘻地藏好锋利的屠刀，在温柔的智谋圈套中，用政治家惯用的软刀子眯着双眼，弯着嘴角一点一点割杀你，一边杀死你，同时，还可以给你讲个腥荤的笑话，让你死得既晕晕乎乎，又虚无缥缈。

所以，在现实生活中，孔子这样的人，尽管有时让人也受不了，说他真是麻烦或者倔强得让人头痛，但却是令人"心服"，可以亲近与信任的话，那么面对周公这样的人，你只能是敬而远之，或者干脆退避三舍，因为不然的话，不知在什么时候，正在你满怀暖意陶然的时候，突然就会吃上个大亏，或一朝大祸临头。其实已经被卖掉了，还正在给卖你的人掏操心费。

这就是不同的为政之道与道德文化走向，也就是说，孔子因为其学说的道德人情意味，最终使得孔庙也成为了一座充满人情味，或者说是依照人情味建造出来的人际庙宇。在世事的动荡起伏中，你尽管可以使足了劲谩骂它、痛恨它，甚至无知地破坏它。但它依然可亲、可信、可敬、可近。

周公庙就像这冷冷的秋雨潮气，因为其人过度的智谋理性和人际冷漠，他表现得太冷静、太深沉、太阴森了，他把天下玩于股掌之中的同时，也把人与人玩成了按格行走的棋子。以此建造的庙宇，让人即使是误入其中，也只能在产生隔膜寒冷的同时，生出无端的恐慌和惧怕，只能是做匆匆地逃离。因为像我这样的柔弱书生和更多的田间庶民，生活中根本不需要那么重的心计和筹划。

虽然院子里的风雨渐渐地少了，天却好像阴沉得越来越重。我终于走出了周公庙的大门，站在门外的神道上，回头再看这风雨中的颓败庙堂，我甚至觉得同孔庙相比，它就该这么小，这么破旧，似乎它还该再小些，因为永远不会有更多的人来品读世间的这篇古文。

人生犹如一部百科全书，生活不仅仅靠知识智慧，或者说用政治阴谋诡计，人生变成全然的理性，那将是一种变异的人生，在这方面我倒是同意李泽厚先生的观点，中国传统讲究的是一种情感在先的情理结构，它起码让人感觉不是一种简单的物品存在，唯其如此，方为是人。这方面，周公或者说政治真的做过了，他的为人以及他的学说连累了身后的庙宇，真的没有办法。

敬畏贫穷

——颜庙的儒道境界

一个冬天的早晨，没有雪，只有干冷的北风吹过，透着一股刺骨寒意。我独自一人沿着鼓楼大街一路向北走去，不自觉地一次次裹紧身上的棉衣。学校早已放假了，鼓楼街也变得冷冷清清起来，我想借此机会看看颜庙去，听说那里刚刚修缮过，好多人修了整整一年。

游颜庙应从"陋巷"开始，因为孔子说过，颜回身"居陋巷"，于是，陋巷不仅成了曲阜城里一条千古不变的街道，也成了颜庙建筑群不可或缺的组成部分，成了颜庙得以成立最权威的理由和依据，如果说孔子为陋巷做了空间上的论证的话，那么"不曰如之何，如之何，我未知如之何也"则是它之所以成立的理论缘由，儒家讲究要有前因后果。

记得刚来曲阜时，就曾随着一位住在陋巷街的同学来过这里，那时街巷东邻还是一座军营，口号声此起彼伏。街巷的西面住满了人家，沿街低矮错落的古式门楼，往里一看，全是陈砖旧瓦垒砌的灶屋或猪圈，房子还是半瓦半草的茅屋。称之为"陋巷"，确实有些往年的影子和味道。

同学介绍说，陋巷街上多是曲阜当年的碑拓户。所以，一路走进去，家家户户都散出淡淡墨香纸味。不大的院落里晒满一张张拓片；堂屋八仙桌上，供奉着碑拓业祖师爷孔夫子牌位，年久积深，牌位都变成了暗红色。虽命之为"陋巷"，有时不能不使人想起"何陋之有"那句老话，因为一条街道流淌着浓得化不开的古文意蕴。

如今的陋巷街上，老户们已经全搬走了，所以，街道似乎显得更破旧了，少了往日许多人影，一阵风刮起尘土卷过去，真的变成了一条破败的古街道，配上那个"陋巷"的名字,极富传神的妙处。不自觉可以让人品味出简陋穷困的生活况味,感受出人生的另外一层黯然,进而感觉到这里才是产生历史儒家文化最原始的土壤。儒家及其学说就应该来自于这样的社会底层生活,从根本上来说,儒学是社会底层贫穷人挣扎的一门学问。

所以曲阜古城游览,进孔庙走的是"神道",进颜庙走的则是"陋巷"。两个完全不同的街道和两个截然不同的概念,反映的不只是"圣人"和"贤人"的层次差异,更是两座庙宇社会质因命意还有社会意义的根本区别,颜回虽然有了庙宇,不过一位让人怀念的贤人,其地位远没有达到"圣而神"的高度。颜庙本质上就是一座彻头彻尾的好人庙宇,一座纪念穷人的庙宇,或者说一座关于贫穷的庙宇。

也就是说,陋巷街能够给前来观光的人,做出恰如其分的心理暗示,做出最适度的景色暗示和情绪渲染,让原本还沉浸在愉悦的旅游生活中的人,由此涂上一丝凄然的心理愿景底色。告诉自己,即将开始的旅游不是普通浅简的观光游,这是一次从朴陋出发的旅途,也是一次以朴陋和穷困为主题的心灵痛楚体验之旅。世间的旅游本来就有这样一格,叫做丑中之美或者说痛中之美。

当然,还是因为孔子那句有名的话:"君子居之,何陋之有。"它告诉你此次苦中之旅既不是吃臭豆腐也不是吃臭榴梿,而是关于"君子"的深度验证和认知问题,也就说,它不关乎人的自然性直觉,陋巷街里住着一个"君子",堪称"君子儒"的表率,尽管是陋巷,但是并非意味着绝对凄苦。它会让你在此行走的过程中,感受到精神上或者说心灵上并不"陋"的高尚韵致,"陋巷"从根本上是一个人生形而上的境界命题。

唯其如此,才会像颜回一样,从此陋巷一路走过,一生"箪食瓢饮"简陋而痛苦地行走,不仅走出了一种至高至真的人生盛誉,走出了传诸后世的精神,也走出了一座辉煌的庙宇,走出了远在生命之上的至深道义。虽然身处贫穷之中,关键是执着地行走,只要坚持不懈地行走,便会有新的奇迹出现,生命照样会永垂不朽。

所以,即使没有一条路和一座庙的连接,没有一个过程和一个结果的生成。仅仅"陋巷"一个名字,然后沿着生活逻辑想开去,也不能不令人为之肃然起敬,慨叹不已。何况眼前还有寒风和枯树渲染,还有孤单身影和思绪蔓延,它会使你更清楚地感受到，不仅仅是要开始一个人和一座祖庙的对话，沿着陋巷街走进去，你将听到一段"贫穷与境界"的故事，获得一声"敬畏贫穷"的告知，敬畏是儒家极其重要的理念，是君子和小人清晰的分界线。在现代社会中，我们有时真的需要这样的告知，因为只有这样，或许我们还会找回走失的自己。

因此，当我漫步至陋巷街北端的时候，忍不住回头张望，然后再端详那座出口处的"陋巷坊"。一座明代的陈年建筑，提款表明是明万历年间物，或许明王朝原本出身低微的缘故，便更能体味下层人贫贱的滋味，于是，专门对颜回及颜庙做了此项文化添加，建造一座街巷牌坊告诉人们，人生的贫穷真的值得敬畏，也只有敬畏贫穷，才能走出贫穷；何况人生富不过三代，贫不过一世，唯有敬畏贫穷，或许会使大明王朝更长久地远离贫穷。

一

陋巷坊路对面，建有一座复圣庙坊，依然为明正德年间物；在它背后，修缮一新的大门豁然敞开，透出憨厚而又睿智的眼神；左右两旁是两座"卓冠贤科坊"和"优入圣域坊"，怎么看都像是贴在额头的明日黄花，中间一座东西狭长的敞开院落还未收拾，似为了门面故意添加上的书前空白页，推开了拥挤的街道的同时，也让自己变得小小气气；中间便是通往庙里的甬道，寒风卷起颓败的枯草肆意乱飞，像是有意烘托着即将开始的庙宇主题。

从曲阜城的空间上说，颜庙坐落在孔庙之后，二者相距不过两箭地。所以，如果是从正南门一路走进城里，发现走在前面的孔庙，就像一个经历过世事风雨的大人。而它身后的颜庙，就像是跟随着的一个四处张望的孩提，不仅主次关系清楚，二者也相谐懿和。其实这也正是现实生活中孔子和颜回的真实关系，孔子比颜回大三十多岁，正是孔子当年扯着颜回的小手，像父亲一样将其教育成圣门第一弟子，领到了古今贤人之首的位置。

所以，孔庙现有面积320多亩，而颜庙的规模则不是很大，南北长不到300米，东西宽不到50米。虽然规模不大，但是华夏文明五千年，神州大地九百六十万平方公里，生生死死的人浩如烟海，能在身后留下一座庙宇，供后人敬祭观瞻不易；尤其庙宇虽经历千百年，而不是像有的庙宇一样，要么几代之后便不见了踪影，要么刚盖完甚至没盖完便化为灰土，一直保存到今天岿然不动，绝非是一件简单的事。应该说，人生至此，颜回足矣。

颜回之所以能享此殊荣，究其原因不是颜回一个人的事，儒家学派仿佛是一棵大树，思想学说不仅博大精深，也构成了一个完整系列思想体系，孔子创立之后，死后儒分八派，弟子们各执一端，仿佛就是大树上的各个枝杈，其中就有"颜氏之儒"，流变为儒家的一个重要思想侧面。加之他是孔子最得意的门生，儒家圣贤群体中的一个特别重要的角色。如果用庙宇来呈现儒家思想序列的话，颜庙是儒庙系列中绝对不可缺少的一座。

在人类文化思想史上，以庙宇方式进行文化推广与传承，堪称世上所有宗教派别的惯例。中华文明史上虽有道教、海神庙等坐落其中，但是无疑以儒庙为其正宗主体，人们不仅将孔子编订史书作为《圣经》来读，也将以孔子为主建造的儒庙作为特殊载体予以敬拜，固化为具有东方民族的文化序列和教育形象，凝聚为道德与智慧的文化场域，这是几千年民族智慧历史积淀的结果。

一直到今天，经过几千年不间断地夜以继日建造修缮，最多是高达数千所，儒庙不仅遍及大江南北，后来甚至建到了东南亚地区，又到了大洋彼岸欧罗巴，让阅读孔子以及儒家智慧从东方民族推进为世界性议题。依然是孔子领着他的一干弟子们，在新世纪再一次"乘桴浮于海"，其行止远远超出了历史和民族时空界限，那宏大的阵势和坚毅的表情，绝不仅仅是民族自恋情结所能概括。

说到这里，目前，世界各个国家设置孔子学院。这些以推广汉语为目标的教育机构，说到底，不过是现代人站在二十一世纪的平台上，苍茫四顾，不得不回眸历史，寻找继续生存下去智慧的举措而已。这是现代人在实施自我救赎，沿着华夏民族历史文化演进轨道，继续推进历史儒庙建设工程，只是稍稍改换了一下名称而已。

中国与西方基督教、印度佛教庙宇的内在意蕴有所不同，从庙堂场所的设置来说，中国主要是通过儒庙展现延绵不绝的文化信仰与崇拜。让子孙后代以五体投地的跪拜祈祷，对伦理道德为主体的思想学说，从灵魂深处"心服"的同时，形成"文化"超越精神和信仰，然后以风俗习惯的民间延展，让儒庙成为一个民族的寄灵之所。所以，孔夫子提出"敬鬼神而远之，可谓智焉"。告诫人们对鬼神不置可否，绝不可达到舍身相许的程度。相反，对于文化，孔子认为"文不在此乎！"更重要的是心灵深处葆有无法舍弃和淡化的生活文化观念。

在儒庙整体文化系列构成中，不同的儒庙所蕴含承担的文化侧面和职能也不相同，如果说孔庙展现的是"集其大成"的儒家学说；孟庙展现的是"仁义理想"的救世观念；曾庙展现的是"孝道伦理"的根本原理；仲子庙展现的是"信义忠诚"的思想信念。颜庙展现的则是"贫而好学"的至高境界。所以，在更深的义理层面，颜庙似乎以哲学方式告诫人们要"敬畏贫穷"。

这就是颜庙的特殊深度所在，在孔门弟子中，也许颜回不是最贫穷的人，这在《孔子家语》一书中有清楚的记载，他也没有受过子路和闵子骞那样的困苦煎熬，但是，也许他是孔门中对贫穷有过专门思考的人，建立了独特的儒学贫穷论；也许他不仅心甘愿情愿地接受痛苦，还能够在痛苦生活中怡怡而行；也许他故意用痛苦来历练自己，让自己进入更高的生命境界，所以，尽管"孔门四圣"中，只有颜回没有著作传世，身后所有一切，好像只是一座庙宇。其实这已足矣。颜回用砖石木料混合着他的悲凉身世和感受，在风云流转的世界上，砌出的一部"敬畏贫穷"的传世颜氏遗书。此种生命的作为和贡献足以让他名垂千古。

<h2 style="text-align:center">二</h2>

颜庙街上缓缓走来几辆仿古马车，车夫在车厢里抱着鞭子，硕大的狗皮帽子毛发飘飘，故意把头埋得很深，没一个人招揽生意，任凭清脆车铃声在空旷的街道上回荡。令我的思绪随着它飘得很远。

颜庙之所以能够存世流传，在于它具有其特定价值意义的内涵，而这无疑是孔子的杰作。孔子是大圣人，他不经意一句"贤哉，回也！"的感叹，不仅让颜回获得了足够建庙的名分，也让颜回从此名居贤人之首。以至于在很长的历史时期，紧贴在孔子身边、跟在身后的不是亚圣孟子，而是亚圣颜回，直到宋代孟子才达到了和颜回并列的地步，在世人眼里，颜回才是孔子思想的古道正传。

同时，孔子也为颜庙设定了基本的文化主题，所谓："贤哉，回也！一箪食，一瓢饮，在陋巷，人不堪其忧，回也不改其乐，贤哉，回也！"用现在的话说，真是好样的，颜回这弟子，用一个树编篮子盛着干粮，用一个葫芦水瓢喝水。住在简陋的街巷里，任何人都不能忍受那样的困苦，他却从不改变自己快乐的样子，真是好样的，颜回这弟子。

对孔子的这番话，历来的经典解读认为是夸张表扬颜回，说他的家里穷得实在寒酸痛苦，但颜回生活贫穷却志向高远，不为贫穷所困，能够坚持在贫穷中追求知识，堪称弟子们学习的榜样。此种解释虽然不无道理，然而，因为据史料记载，颜回当年的家庭生活状况，并非穷得一无所有，虽不是富庶之家，基本生活还有保障。所以，他父子二人才能"仓廪实而知礼仪"，拿出空余时间，一块儿投师孔子门下，静下心来学习文化知识，颜回的父亲是孔子的早期学生，颜回则是孔子中年以后的入室弟子。

对此。《庄子·让王》中记道：一天，孔子把颜回喊到身边，对他说，颜回，同其他人比起来，你"家贫居卑，胡不仕乎?"意思家里不宽裕，又住得不太好。你为什么不选择当官入仕，多挣点钱来改变一下呢? 颜回的回答是："不愿仕，回有郭外之田五十亩，足以给饘粥；郭内之田十亩，足以为丝麻。故不愿仕。"颜回的意思是：家里共有各类田地六十亩，简单的生活还是够用的，只不过是我穿点粗布衣裳，吃点粗茶淡饭，我不愿出来当官发财，当官致富并非是我的意愿。从颜回的回答来看，他的家里还有些田产，并非穷得只能啃干粮喝凉水。这些孔子肯定知道。既然如此，孔子仍然渲染其生活极其苦不堪言，难道是瞪着眼睛说瞎话吗? 或者是在故意夸大其词，向人们炫耀什么，这绝对不可能。以他老人家的为人，所谓"温良恭俭让以得之"，他总是以宽厚仁德的方式得到他人的欢迎肯定，绝对不可能这样不厚道。

仔细研究原文的话语意味，其实在这番话的里面，还隐藏着一个具体的教学场景。就是孔子并非凭空就颜回评颜回，也不是专门讲给颜回的一段话。而是他正在给学生授课，这一次，他给学生们讲解怎样面对生活困境，实现生活突围，在分析讲解的过程中，他不由自主地提到了颜回。然后，把他作为一个教学的案例，连带着颜回的日常表现，分析给其弟子们听，孔子的那番话，原本是一篇课堂语录。具体就是关于如何直面人生贫穷问题。因为从古到今，贫穷一直是天下人的惯常存在，古老的华夏民族从一开始，就是一个惯于在贫困中挣扎的民族。尽管什么是贫穷，并没有一个具体的衡度标准，但世上的穷人永远多于富人，更多民众底层过着缺衣少食、居行困乏的生活，贫穷对于贫穷人来说，它就像永远不可逃脱的魔咒，所以，上古文献中多有关于贫穷问题的记载，现实不能不使人时常发出"彼君子兮，不素餐兮"的痛斥声。

孔子在当时的历史条件下，之所以坚持创办自己的私学，就是要创办一所打破学在官府的平民私学。固然弟子中也有有钱的贵族，但是，学生中贫苦学生永远是大多数，贫困是他私学的基本学情。学生们在贫困中跟着老师学习，在身体委屈痛苦中继续追求知识与道德，学生们都是活生生的血肉之躯，他们不可能没有其他的怨气，也不可能没有其他的想法。所以，除了教授那些进入中下层官僚必备的知识与技能以外，对于日常所面临的生活困苦艰难问题进行辨识和探究，不仅是必要的，也是必需的。

首先，人都活在现实之中，如何直面穷困，在贫困中更好地生存下去，这是一个需要认真对待的问题，在生活上脱贫致富是每一个弟子都需掌握的技能，无技能而穷困是丑陋的表现。其次，也是最重要的问题，就是我们的私学虽然学习技能，但不是直奔技能而去，贫困中还要追求一些基本知识，这到底意味着什么？这既是弟子必须直面、需要从理论和实践上予以明辨的问题，也是门下所有贫困弟子极度渴望打开的一个心结。

他环顾身边的弟子，与颜回一样贫穷的人，甚至比他还穷的人，还大有人在。比如刚勇的子路，刚到孔子门下的时候，身上的棉袄露出的鸡毛鸭毛到处乱飞，甚至还粘到了头上，被人认为是故意插上羽毛，以示异类；还有那个以孝顺著称的闵子骞，寒冷的冬季里，衣服里絮的竟然全是不挡风的芦花，令人为之咋舌，为之感叹不已。孔子再联想到自己的成长历程，小时候尝尽了贫穷滋味。所谓"吾小也贱，故能多卑事"。当时家里实在太穷困了，为了生活，他不得不去干在有些人看来很低下卑贱之事，以挣钱维持生活。因为三岁父亲便去世了，靠母亲一个人带着他在阙里街上谋生，靠在鲁国城里帮人家干活，挣得一点可怜的生活费用，在极端贫困的境况中把他拉扯大，穷人的孩子早当家，孔子不得不过早挑起生活重担。所以他对贫穷有着切肤之痛，并极度恐惧。

于是，便引用了颜回这个具体的个案，他想告诉弟子们：在这个生活条件很艰苦、物质相对匮乏的时代，加之战争的破坏和贵族的盘剥，贫穷不仅是一个根本性的社会问题，更是一般人生活的常态，所谓贫穷是普遍的，富贵是个别的。对每一个身处其中的人，因为贫穷，便每每经历着严峻的精神与道德考验，贫穷的根本是心灵的感知深度和意识的清醒与否。何况贫穷与富裕并非定数，社会中的任何人随时随地都有可能陷入贫穷。所以，以什么策略规避贫困固然重要，而以什么样的心态迎接贫困，落入贫困如何对待，用什么样的方式方法冲出贫困，这才是衡度人内在坚忍度的一把尺子，也是现实中更具深度和哲理性的问题，能够从深层次上破解这一困惑和疑虑，不仅具有理论意义，也更具现实意义。

因为，环顾生活四周，面对贫穷，不同素养的人会做出不同选择。有的人会"穷斯乱也"，彻底崩塌自己的道德底线，走上铤而走险的邪路，干出违法乱纪的勾当，堕入罪恶深渊，险僻的心态会把"贫穷"作为恶端理由和借口。以至于有些人为了避免作恶，甚至提出要用富裕养廉的旁门左道来杜绝犯罪。甚至要把它作为政府廉政建设的措施加以推广。如果不是无知，就是幼稚和幻想，欲壑难填，这是不争的事实。用满足个人欲望的方法，根本不可能彻底遏制社会贪腐罪恶。另有一些人则沿着"人穷志短，马瘦毛长"的老路，在精神意志彻底失望的道路上越滑越远，由贫穷而最终沦为社会废物。像鲁国的原壤，孔子曾在鲁国都城大街上，用一根粗粗的拐杖，狠狠地揍过这个不知羞耻的人，一边揍还一边骂他：在困苦面前"少而不学，老而不死，是为贼"。身处贫穷境地，小的时候不知道学习，老的时候又无能为力，真是一个让人十足讨厌的废物！当然还有一些人面对贫穷选择奋发图强，以自己艰苦的努力来改变生活现实。就像他在教学的过程中，一再肯定学生们应该"学干禄"，他甚至以自己作参例，告诉弟子们：如果能够正当地富裕起来改变穷困境况，就是让我做赶马车这样的下等人，我也愿意去做。

除了以上三种人，还有一种能够在贫穷中越发清醒和觉悟的智者。在他们看来，贫穷固然是一种痛苦和无奈，是人生一种耻辱和怨愤。如果换一种思维与角度，它还蕴含着更深层次的人生哲理，即贫穷同时也是一服有效的生活良药、一本可贵的世相教材，仔细地阅读和深入地理解，也会使人变得清醒，变得敏锐，变得勤奋，变得勇敢，变得纯净和高远。就像颜回，他太崇拜向往智慧与道德了，不仅仅是为了生活历练，他一路追随着先代圣人的脚印，向着文道之巅秉烛夜行，甘愿做一个智慧的独行侠苦行者，为了那至高的一抹智慧之光，他甚至感受不到衣食生活的存在，走进了文化、走进艺术的深处，走进了纯粹的精神与信仰，唯其如此，他将会迈过世俗尘埃的门槛，获得人生的大悟解。

颜回生性就不是生活凡人，而是人世间稀有的心灵超人，贫穷是他形而上的至高选择，站在生命终极价值目标上，居高临下地明澈辨识人间一切，然后理性化地选择了贫穷，选择了历练与深刻，选择了超越与意志，选择了成就与光辉，这绝对是人生的大作为境界。因为世间任何人哪怕是微弱的成就，都必须以舍弃自我的某些方面为代价，付出相应的艰巨劳动，舍弃享受才能创造成就，这是一条社会定理。孔子的讲授既经典又权威，后来身受奇耻大辱的司马迁曾说过"不平则鸣"。认为身处水深火热之中，求生的本能往往会激发出最大的潜能，完成生命的俗浅超越与逃离。相反，宋代的梅尧臣曾说过"富贵之词难工"。认为深处富裕生活之中，往往会消磨掉人的进取意志和锐气，因为潜能的浪费而使人变得平庸。孔子想告诉弟子们"贫穷"绝对意义重大，值得我们为之敬畏，具体就表现在颜回身上，应该深刻地观摩和理解颜回的行止。

从孔夫子的教导到后来的颜庙建造，不过是后来人结合着自我生活体验、怀着对孔子和颜回的双重敬意的特殊表达罢了。他们发现"敬畏贫穷"这一历史命题既深刻又广泛，具有无可置疑的真理性，大千世界不能、也不应该没有这样一座庙宇承载教化，人世间需要颜庙为人生活理念建构作担当和守护。

三

一阵清风吹来，大门屋脊上方，飞来几只灰喜鹊，翅膀扑打着，发出欢快的鸣叫。寒冷的冬季，曲阜最多的鸟儿是灰喜鹊，被小城视为吉祥鸟。目光追逐着它们的身影，我走进了颜庙大门，院落里古松树苍郁茂密，院落北端有几幢石碑，不知深浅的鸟儿们，就落在石碑上，蹦蹦跳跳地叫着，唤醒我许多的沉睡记忆。

我知道那些碑刻以及碑上的内容，这些石碑大都是历代王朝所建造的御碑。既然是御碑，也就是一些皇家关于颜回追忆和关于"敬畏贫穷"的独特解读。不仅记载如何一步步理解并接受孔子所讲授的道理，然后怎样又把这理解接受，具体变为颜庙的构思蓝图，变为颜庙垒砌的砖瓦石头，变成为雨雪中的锤声和锯声。用石头装订出一部完整系统颜回及颜庙史。同时，它还是皇家尤其是国力衰弱时期如何认识和对待贫穷、如何具体突破贫穷的方式方法构想，展现出历史政治家关于"敬畏贫穷"的独特视角。

细品碑上的文字可知，皇上和我们平民百姓完全不同，他们对于"敬畏贫穷"这一千古命题自有其独到的理解和解脱路径，认为所谓"贫穷"绝不是个人一己生活困窘，而是社会整体性陷入危机和困境，从社会政权和政治需要出发，解困的方式方法自然不是简单地改变生活状况，而是在认同社会贫穷困难的基础上，能够与国家同甘共苦，忍耐贫穷的同时去寻求国家和民族大义。这才是颜回精神的最高体现。因此，历史上随着国家境况不同，统治者对于颜回的态度和颜庙修造各不相同。

颜回死后的战国时代，人们无暇顾及颜回。尽管孔子喜欢颜回，甚至感叹颜回，"视予犹父也。"师徒二人到了不是父子、胜似父子程度，开创出中国历史"师徒如父子"的习俗先河。从拜师入门到最后去世，颜回几乎没离开过孔子一步。所以在周游列国的路上，一转脸发现颜回不在身边，孔子立刻大为惊慌，待颜回一会儿找来之后，孔子仍不无埋怨地说道：我认为把你丢了。因为如此，颜回去世时，孔子如此难过，一边哭一边喊着"天丧予！天丧予！"老天爷你这是要我的命啊！要我的命啊！孔子撕心裂肺的哭喊声，令华夏伦理史、教育史至今都黯然神伤。

尽管孔子的痛哭声一直不绝于耳，但在颜回身后数百年间，《论语》并没有编辑定稿。战国的金戈铁马令血肉横飞，争夺天下的厮杀声铺天盖地，杀红了眼的战士，包括后来的秦始皇，他们需要的是能够驰骋疆场的斗士、奸诈狡猾的游说客，战争年代遵循的是另一种丛林生存法则。就连孔子都被冷落的时代，儒生的帽子甚至被用来接尿，颜回自然更无人理睬。"敬畏贫穷"根本进不到时代的话语体系中，所以，颜庙的碑文中，此段历史不置一字，可以理解。

汉朝帝国建国之后，富强时代不需要颜回。开始虽有董仲舒的"罢黜百家，独尊儒术"做铺垫，颜回只作为孔子配享的角色，在宗教神坛上，只是一座牌位摆放在那里。强盛富裕的大汉帝国雄风万里，孔子"敬畏贫穷"的教诲自然被淹没在粗豪壮大的张扬中，贫穷不会成为社会的主流话语。自然也不需要颜回和他的庙宇来做社会的文化徽章。政治强权时代，需要的是好学生，一个智慧顺民，悄悄地跟在孔子后面，孔子步亦步，孔子趋亦趋。小声地讲授一点仁者爱人或者非礼勿视古礼。所以，两汉时期颜回历史故事，石碑上也全部阙如。

魏晋南北朝时期，人们稍稍想到了颜回。魏晋时期社会朝政更迭频仍，白骨露于野，千里无鸡鸣，一时间人们又重新回到了战争的水深火热之中。不仅平民百姓陷入了空前的贫穷与绝望，就连权倾天下的豪强贵族，也时时感受到世事难料，前途渺茫。如此贫穷异常的社会，按说有了颜回用武之地和为颜回建庙宇的基础。但人人挣扎在战乱夹缝里，当权者忙于争夺权柄，贫民百姓疲于奔命，根本顾不上颜回儒生命运。只有几个想象和感情特别丰富的文人，写诗的时候偶尔会想到他，然后把他引用为篇章的典故。

曹植是建安七子的翘楚。虽然作出了"煮豆燃豆萁"的七步诗，还是被亲兄弟曹丕贬到了黄河滩上的鄄城，喝着浓浓的地下盐碱水，困顿的政治境况和巨大的生活落差，终于让他想到了颜回，想到了一个与自己一样、年龄相差无几出师未捷身先死的同命人，想到了现实"贫穷"的可怕与冷酷。于是在昏暗的油灯下，他一边含着热泪，一边望着长安方向，写下了第一篇悼念颜回的作品《颜子赞》，借颜回之酒，浇自己的块垒，虽然对"敬畏贫穷"颇有感触，但他除了笔和纸还有一颗伤痕累累的心，无一丝一毫的经济能力，在颜回的故里什么事情也做不成，只有此文保存在颜氏家书《陋巷志》中。

唐代中兴，颜回地位得到了空前迁升。唐太宗初升他为"先圣"；唐高宗再升他为"太子少师"；唐玄宗最终升他为"亚圣"。摆放的牌位不仅高了许多，圣贤排位直逼周公、孔子，一个原本穷困潦倒的文人，历史地位直接捧到了历代帝王之上。唐人抬高颜回，一方面是唐人总体上讲尽管国力强盛，但是他们却有不少的忧患意识，所以唐太宗会将魏征作为自己的政治镜子，谏官制度如此强势夺人，颜回的"敬畏贫穷"理念，无疑为政治的镜子之一。另一方面唐代步隋朝后尘，大兴科考之风。精明透彻的唐代人，他们尤其看重颜回身上那种刻苦求学的上进心，可以改造为金榜题名内动力的精神。他们对于孔子的话语，采取的是为我所用的实用主义观点，所以，唐代人可以不惜大肆吹捧颜回，然而没有也不会有类似在颜回故里建庙之举。唐人的一些崇颜功德荣誉称谓，颜庙碑虽然记得简洁，但条理很清楚。

宋代国弱民穷之时，颜回不能不大受推崇。宋代人最能理解遵循孔子在《论语》中的潜台词"敬畏贫穷"，所以，宋人对于颜回的价值多有发掘，对于颜回故里多有实际作为。对此，颜庙石碑中，自然宋人记载最多，也更详细。大中祥符五年，宋真宗一夜之间，把曲阜城迁到了城东土坡上，说是要在黄帝出生地，建上一座新城，以祭祀赵宋王朝原始老祖黄帝，同时将县名改作"仙源县"，样子十分虔诚。可惜，现如今曲阜城的东面，除了旁边一个不太大的村庄名字叫"旧县"，其他已看不到多少县城的影子。当年仅剩的几截土城墙，也被当地村民们拉回家里垫了猪圈，或者在农业学大寨、大干快上年代，刨下来拉去积了啥都不管的绿肥。只有几块没有来得及刻写的巨大石碑，号称"万人愁"，前几年从土里挖出以后，高高耸立在风尘中。仿佛在提示着人们，这里曾经有一座县城和一段历史，一些被埋入了尘土的陈年往事。

就在仙源县的景灵宫旁边，在一些人的鼓动下，宋代曾建起了一座不算太大的颜子庙。关于那座颜回庙宇到底什么样子，就连颜家的史书《陋巷志》也没有明确的记载。不过有无历史记载并不重要，重要的是宋代人终于想到了建造颜庙，想到了用现实的仪式空间表达历史感悟，实施国体理念教化。所以，宋代自赵匡胤开始，仅皇上亲书赞颂颜回的作品就有三篇，开国皇帝赵匡胤作的是《亚圣赞》，宋高宗赵构作的是《颜子赞》，宋理宗赵昀作的是《颜子赞》。一个朝代三个皇帝专门撰写歌颂颜回作品，历史上仅有宋代。只是宋人与唐代刻苦学习典型论迥异其趣，他们别有自己的思绪和想望。其中偏安江南的宋高宗赵构《颜子赞》这样写道："德行首科，显冠学徒。不迁不贰，乐道以居。食饮甚恶，在陋自如。宜称贤哉，岂止不愚。"诗中几乎没有别的内容，就是赞颂可敬的颜回他永远甘于清贫。显然在某种意义上回到了颜回的精神本体，隐隐透出一丝对贫穷的惊悸和敬意。

宋代能够获得颜回的真意，因为同先代盛唐富得流油相比，小宋实在是贫弱沦落得有些难堪。金兵压境的窘迫，自上而下的贫穷，已经成为一个不得不直面的问题，社会穷得难以遮掩时，让统治者不得不想到颜回真正的传世价值，想到了无奈精神胜利法。所以，尽管国库拮据，朝政困难重重，皇上还是决定为建造颜庙埋单。让人在距曲阜城东北三公里，一个叫五泉庄的地方，建出一座供奉颜回的庙宇，造出宋代特殊历史背景下一份沉甸甸的心事，一本形象的政治教材，造出一个贫弱王朝聊以度日的忧虑情怀。一个重塑时代精神的良苦用意。

因为有宋人的背景，元代延祐四年（公元 1317 年），一个叫段杰的江南行台监察史，看到仙源旧县城里的颜庙，颓败得实在不成样子，便上折请求皇上降下御旨，在老城陋巷街北端，颜回老家遗址上，重新建造一座颜回庙宇。以示人与事都源出其地，元代想用更深文根来笼络汉人。元代人的本意是接着宋代往下说，因为元代蒙古族入主中原，虽然不是绝对地"只识弯弓射大雕"，但国家经济衰弱是一个不争事实，加上思想文化上极度朴陋贫瘠。元代对政权因为贫困得而复失，具有一种本能性担忧和恐惧。孔子的敬畏贫穷思想，让他们找到了至深的贴近感觉，"敬畏贫穷"不仅仅是国教，更应该成为治国宣言。

也许是蛮夷出身的缘故，一旦认了真便蛮劲横生，迅速派专使到曲阜一番划地免税之后。元文宗至顺元年（公元 1330 年），专门又加封颜回为"兖国复圣公"。不仅如此，至顺三年，追封颜回的父亲为"杞国公"，谥"文裕"；颜回的母亲为"杞国夫人"，谥"端献"；就连颜回的夫人也被封为"兖国夫人"，谥"贞素"。让颜回一家老少尽享耀祖光宗的荣誉。然后就是花大力气，建造出一座有格局有式样的全新颜庙。从延祐四年（公元 1317 年）到至正九年（公元 1349 年），前后历时 30 多年。虽然经济上不富裕，但就是有这样一种锲而不舍的韧劲。对此壮举，庙中的石碑记得很清楚，元代人一边读着孔夫子的语录，一边建成了现如今的颜庙。

元代之后，明代人不过是依照惯例出钱做了些添加修缮。清代前期和中期，几乎没有什么添置和修造。一直到了晚清，嘉庆、光绪年间，地方史才有了专拨帑银予以修缮的寥寥记载，那时，衰败的大清帝国已经病入膏肓，虽然渴望"敬畏贫穷"能让他们喘口气，因为，大厦的根基烂坏了，除了小地方修修补补，其他也实在无能为力了，眼看着江山日暮途穷。再往后，颜庙石碑中没了记载，我约略知道一点，1934 年秋天，因为受到军阀混战的炮击，国民党山东省政府曾专门支款 30500 元，维修了正殿。当时日本人已经进了山海关，东亚病夫说法流传得满大街都是，他们想用颜回作麻醉剂，一脸的汉奸相。当代颜庙也小修过几次，但那是为了保护好文物发展旅游，于颜回精神理念似乎无多大关系。

一部颜庙的建造史，堪称民族历史上政权和政治关于敬畏以及突破贫穷的一部宣言，每当世情贫穷软弱时，便会有统治者想起颜回，想起"敬畏贫穷"这一先圣命题，号召人们不禁要直面贫穷，还要采用以国为上的方式忘掉和走出贫穷。就是在国家社会贫穷之时，要尽可能多地来为国家做事，这便是他们适时到曲阜来修造或修缮颜庙、号召人们都来敬祭颜回的心理潜因。不过是让颜庙站出来做时代形象代言人、替国家说好话罢了，并不深刻。

四

风越刮越紧，看来天要下雪了，本该是古城一个有雪的季节，飞雪无疑会大大增加季节的深度，可惜近些年来冬天好像一直无大雪，弄得满大街都是飘飞的尘土。所以院子里除了石碑以外，那些歪歪斜斜的古松树，浑身落满了灰尘。东西两边墙上的博文门和约礼门，实在低矮得有些不起眼，甚至可以忽略不计。只有院落正中一座古亭格外显眼，它便是著名的"陋巷井亭"。亭子下面是当年颜回家饮水的老井，为了保护这一遗迹，后人在地面专门建造了这座灰顶的四角亭。

这是一座独具匠意的古亭，最大特点是简约，平地几根圆柱撑起一个不大的亭顶，尖顶上还留有一个和下面井口相对的圆孔。没有斗拱雕刻装饰。打眼一看就是往年间物。颜氏家族的《陋巷志》中记载，最早建造陋巷亭者，是宋代曾任胶西太守的孔子后裔孔宗翰，是他偶然发现了这口古井，一处不该被人遗忘的历史胜迹。惊喜之余，不但花了些功夫"浚治其井"，还"作亭于其上"，为其取了一个富有特殊意味的名字："颜乐"。

这堪称是圣门功力极深的一笔，不经意之间，将孔夫子的语录经典做了凝练概括之后，又将"敬畏贫穷"这一历史命题做了更高远丰富的意寓拓展，以一个独特的水井建筑，向人们表明，在政治家之外，历史传统文人对于"敬畏贫穷"应该具有怎样的突围方式，因为文人们不仅敏感，还容易走极端，所以，需要用一口井和一座古亭来告诉他们：不是规避，也不是舍弃，更不是听天由命，而是将贫穷升华为自我更大价值的精神快乐。

当时，颜庙尚在城东仙源县城里，此地除了一座古亭下一口古井外，便是满眼庄稼和旷野西风。在当时的人看来，从文化意义上说，有这样一个紧接着陋巷的颜乐井和古亭，已经足够了。因为它用画龙点睛的方式，精练地涵括了颜回及其历史。所以，一时间，四方文人们望风而来，争相一瞻圣贤遗迹风采，在此面壁悟道。结果陋巷亭下人流如织，连衽成帷，成为了有宋一代，曲阜小城远近闻名的一景。

因为人们身处亭下感怀不同，最终，大家围绕着"颜乐亭"的文化解读，还发生了一场震惊朝野的争议，一场文坛笔墨官司打了几十年。据说苏东坡千里迢迢来到亭子跟前，一番观望之后，想到当年韩愈那篇《闵己赋》中对于颜回贫穷好学的评价："固哲人之细事兮，夫子乃嗟叹其贤。"韩愈认为颜回的箪食瓢饮，不过是哲人的细枝末节，其意义不过是"颐神而保年"，并不具有什么道德上的更深层义理。对此，苏东坡大为不满，认为颜回生活困苦但精神极端快乐，世间人生境界竟如此悬殊，这正是颜回人格精神的卓绝处，也是位列圣贤的重要理由，漠视贫穷绝不是他逸乐天年的悠然清唱，颜乐亭自然也不是文人的意趣之笔。

怀着对此亭此井的深深敬意和至深理解，苏东坡援笔"乃作《颜乐亭记》，以遗孔君，正韩子之说，且聊以自警云"。他得出的结论是，颜回的贫穷并快乐着，不但不是细枝末节，相反，正是这无声的小处，见出一个人的气度修养，人的大处往往能伪装，人不经意的小处，常出于自然而然，所以更加难能可贵。此井此亭正是颜回追求人生大义的见证。

苏东坡名冠朝野。《颜乐亭诗并叙》自然很快流传开来，遍受士林击赏。作品传到京城之后，当朝大员司马光正在修《资治通鉴》。读过苏东坡的诗作之后，尽管他和苏东坡有诸多的政治分歧，平常也多有微词，但这一次却是拍案而起，大贬一通韩愈人格不足之后，愤然写道："韩子以为细事，韩子能之乎！……聊因子瞻之言，申而言之"；"贫而无贱难，颜子在陋巷。饮一瓢，食一箪。能固其守，不凄而安。此德所以完。"指斥韩愈你这样的人，根本做不到就别到处乱说。颜回固守清贫，是他秉持世间完美道德的至高体现。"颜乐亭"绝对是最精彩的儒家义理榜书。

宋代人以其独到的学术目光见解，对颜回和颜庙做了深度辩说的同时，为颜庙确立起最终的文化主题。即它是一座表彰颜回"乐道箪瓢，不移所守"的道德操守之庙；是一座深度开掘人生质里并德化天下、引领世风之庙；是一座大得贫穷形而上学之道、洞悉人生哲理之庙。陋井之亭命名为"颜乐"，便是对世间贫穷义理所做的深度开掘和整理，面对贫穷懦弱而退是懦夫、不知所措是愚汉、胡作非为是暴徒，孔子最鄙夷的就是"穷斯乱也"。在孔子及其后来的理学家看来，冲破贫穷不仅仅是一种忍耐坚毅精神、一种勇于直面和应对态度、一种充分展开思维心智，它更是一种超越之后的明澈、一种升华之后的快乐、一种人性纯净至极的大美境界，只有他才能将贫穷转化为更高价值更高层面的快"乐",可见颜回的大智慧。

元人对宋人的主题提炼坚信不疑，所以建庙期间，始终以陋巷井为核心展开建筑整体布局。后面一路归仁门、仰圣门、复圣殿、夫人殿。几座建筑下来，干净利落，重点突出。元代人更希望所有汉家子民，忘却元朝社会的贫穷，能主动体会并努力追求精神意味的快乐。至于现在两旁边门克己门、复礼门；院子里的两庑；包括祭祀颜回父母的杞国公殿、杞国公寝殿；为彰显颜回特色所建造的进见门、退省堂、家庙等，则是明代之后的添加和点缀，与元人的思维无关。所以，有人说"陋巷井"才是颜庙的传神阿睹。使得入颜庙祭拜者，进了大门，眼睛几乎都是盯在这口井和亭子上。打开《陋巷志》等地方史志，几乎见不到其他陈设的评述与题咏。大有一叶障目不见其余的味道。所谓"宫墙不隔高瞻地，洙泗能回独往神。废井分明记瓢饮，因知原宪未为贫"。（明李兆生《谒颜庙诗》，见《陋巷志》卷七）

真正的贫穷不是生活匮乏，也不是艰难中简单地渴求胜利，身处贫穷之中困兽犹斗无以出路，用孔子的话说："不曰如之何，如之何者，我未知其如之何也。"只有孔子颜回这样的圣贤智者，才会经过艰苦跋涉，会当凌绝顶，发出心里那至真的感叹："登泰山而小天下，登东山而小鲁"，"回也不改其乐"。感受瞬间至高快乐。在某种意义上，自古穷文富武这是无法逃脱的命定，当然也是文人们的优势所在，所谓"患难见真情""诗穷而后工"，所以，"敬畏贫穷"就是要他们能够突破贫穷，从贫穷走向快乐，这才是得道的真文人。只是它绝非易事，既需要宽阔的胸襟，更需要高远的人生立意，穷并快乐着，这需要生命的大境界和大气度。

五

又一阵清风吹来，我终于走进了中心院落，眼前是修缮一新的颜庙主体建筑"复圣殿"。院落青石铺地，屋檐下彩绘鲜艳，大殿上碧瓦闪光，鲜红的廊柱、新漆的门窗，大殿里的彩绘颜回坐像，香案上香烟袅袅，整体散发出浓重的油漆和香烛味道。看得出，这一次整修省里和曲阜，下了大本钱和真工夫。

复圣殿的屋脊高耸，几只天真的鸟儿从远处正向庙里盘旋而来，冥冥之中，簇新的庙容让人感觉颜回又再生了一回，他再生在一个阳光明媚的早晨。时隔上一次国民政府修缮复圣殿，倏忽间，岁月又过去了近百年。按说早该修了，人们躲避和遗忘颜庙的同时，也为此付出了惨重的思想代价。

站在大殿门口望进去，颜子坐像前还真有几把高香烟丝袅袅，待再走过几个游人之后，发现前来上香者，都是些一般民众，让我从他们身上清晰地看出大圣人围绕着颜回所做的"敬畏贫穷"命题，对于生活在社会底层的人们，到底意味着什么，可谓是既简单又明确，就是祈祷上天能够赐福于己，有点钱的不要落进贫穷的陷阱，身在贫穷之中者，能够尽快走出泥沼。对于他们而言，贫穷中寻求坚守大义，那不是他们的职责和义务；贫穷中追求至真快乐，那不是他们的本分和能力。他们"敬畏贫穷"，就是一份实实在在的生活改善和防范思考。

这让我记起前几天在曲阜街上，偶然跟一个木讷的老者交谈，他穿着新式的黑色面包服，这是曲阜人最爱穿的颜色；头上戴着旧式的老头帽，脚上是老伴新做的青面大棉靴，眯着眼睛坐在墙根下晒暖。这是曲阜城里冬天的一景，老人除了写写毛笔字，就是晒暖，基本没有其他的消遣。过了半天，他半睁着浑浊的老眼，自言自语地说道："是该说点颜子了。"那样子像个圣城的预言者，一个地方上略懂《周易》老书的世上遗贤。因为这话初听没什么，细一品味，则是话里有话，不仅关乎现实人们的生存与生活，而且有着深重的忧患意蕴趣味，这就是曲阜人，只要张口，就是孔老夫子口气，"君不君、臣不臣、父不父、子不子"，那些礼崩乐坏最得意说。

或许身后便是曲阜的鼓楼大街的缘故，近些年来，商品经济的潮流汹涌澎湃，即使曲阜这样偏远的乡间小城，大街上一路走过，滚滚的车流、山响的音乐、斑斓的衣裤、闪烁的彩灯，编织着全新生活的人间童话。当然还有大洋彼岸，据说是富裕得喘不过气来的现代、后现代的无聊叫声，抛过来的一些肯德基、牛仔裤、街舞曲之类。急速旋转的迷彩灯下，有人被眩晕得步履蹒跚，有人正急剧膨胀着生命欲望，有人在舍命追逐中丢失了自己。

曾几何时，颜庙"门前冷落车马稀"，清冷和寂寞得令人心悸，大街上南来北往走过的人，甚至连看也不看它一眼，那些匆匆而过的脚步和冷漠面孔，仿佛挥一挥衣袖，便将一部千年文化经典，扔在黄昏日落之后，对于"贫穷"人们唯恐避之不及，根本不屑一顾它的存在。让人觉得当下中国人富有了，走进了一个民族振兴、升平富足的时代，虽然还有贫穷的弱势群体，奔忙在生活的底层或偏远的角落。但社会的整体趋势正向好回暖，在科技文明的推助下，中华民族实现小康，已不是一个遥不可及的梦想。在这样的历史盛期，我们是否还需要颜回"敬畏贫穷"这一文化命题？是否可以让几千年生生不息、人们一直不能忘记、也不敢忘记的本命故事，化为一缕月下清风，随波光粼粼而去？

望着复圣殿里的香案上再次燃起袅袅香烟，原来大门口走进一群外地游客，听他们的口音，好像是来自港台。这真的是一个值得人们深思的事，按照时下人们的逻辑，这些经济发达已经先富起来的人们，除了舍着命挣钱，不该有那么多的闲事，就像敬鬼敬神也该点到为算，尤其是不该如此虔诚地走进颜回这样一个以"敬畏贫穷"为主题的庙宇，他们该怀揣着大笔资金风光地绕道而过，找个地方尽情品尝孔府菜或者大口喝地道孔府家酒才是，怎么会每人捧着一炷高香，进到颜子像前，上香以后，恭恭敬敬地跪拜祈祷呢？

我不知道他们的嘴里会说什么，也是否仅仅将颜回作为一个保佑幸福平安的上天神灵，还是祈求一种好学上进的精神与成果？我想，他们既然能够选择颜回的庙宇，选择如此贤哲前来上香跪拜，恐怕内里心绪并非如此简单，想必这些所谓在金钱上的过来人，他们对于颜庙的文化真意，还是有深一层的了解和体会。对于平民百姓来说，即使已经有钱了，或者生活略有好转，依然需要从心底里来"敬畏贫穷"，需要面对颜回来好好地清醒一下自己，理理被过多色彩眩晕了的头绪。

从而告诉我们，现代人表面上风流潇洒，挥斥方遒。一副"数风流人物，还看今朝"的傲气冲天劲头。其实在生命的更深处，人们不仅心理极为脆弱，沿着历史的积习惯性，生命直感并没有走出多远。加上今天不仅仅是中国，甚至整个世界都兴起的孔子及儒家热潮，他们依然采用的是阴儒明法的那一套。证明现实需要孔夫子，需要孔夫子继续领着他的弟子们，赶着牛车再次周游列国，在杏坛春风里再次为世人传道授业解惑，现实需要孔门智慧。

在孔子身后的君子儒群体中，不能没有颜回的身影，不能没有颜回从生活贫穷走向庙宇传世的启发感悟，不能没有身陷痛苦依然对于理想与信念的坚韧与持守，不能没有苦不堪言时转动脑筋四下里的进取与求索，不能没有怀着对贫穷深深敬畏增添一份理性与懔惕，这是一个需要思想、需要沉静、需要深度的时代，没有思想的人是行尸走肉，思想有多远人的才能走多远；因为环顾周围的生活，可以发现贫穷并没走远消失，它就在每一个人的身后背影里，正虎视眈眈地觊觎着生活中的约略闪失和缝隙，随时都会迅猛跃起，将你拖入贫困深渊，此种情形就如同攀登无限风光时山路旁的万丈深渊，其实它就在身旁，只要走错一小步，人就会从山峰跌入谷底，让你改写生命的所有。

况且今天所谓的贫穷，也许不仅仅是物质匮乏、生活环境和质量低劣。还有那些过于富裕生活的后遗症，"饱食终日，无所用心"；"不曰如之何者"的怠惰慵懒。以满足想望的方式扼杀所有想望，将活生生的人变成生物机器。将心理空间变成莽原废墟，这是一种比物质贫乏更加可怕的贫穷病症。尤其是那些占得了社会地位和资源的所谓既得利益者，除了心里欲望什么也没有，穷得只剩下了贪婪的本能欲望，生活连一点起码的深度理念都承担不起，是信仰价值的绝对贫困户。甚至为了满足自己所需，中饱私囊，不惜一切代价，用尽所有的计谋和手段，将人完全还原为可怕的动物，这是现代意义的绝对"贫穷"。也就是说，"敬畏贫穷"是当今社会一个不可或缺的课题，虽然我们在理论的深度上还有所欠缺，完全解读颜回及其颜庙还需假以时日，但是，如果我们只从单面去理解"脱贫致富"，不知道贫穷是一个更值得敬畏的概念，我们最终必然会倒在"发家致富"的富裕路上。

也正是在这个意义上，颜庙早就该修了，它应该在改革开放春风乍起、晨光初露之时，便让其当路而立，临风长歌。早早告诉那些还没有走入歧途的人，虽然岁月走向了五色耀眼、莺歌燕舞的新路，真正的富裕不仅仅是物质生活的追逐与满足，还有人生生于忧患、死于安乐的教训。所以，今天曲阜有关方面决心整修颜庙，绝对是一个得民心合民意的现代文化工程，它满足了现实人们的心理需要，使得颜庙和颜回从曲阜城的一角，重新发出振聋发聩的声音，让人们敬畏"贫穷"！也以此种方式宣讲着一种人生义理的设定和践行，它内含世间一成不变的历史定律，关于贫穷的流变和流变的贫穷，尽管这个话题好像永远也说不完，真的也无法说完。

因为如此，当我步出颜庙的大门、走在鼓楼大街上的时候，心里暗暗觉得：曲阜，当然不仅仅是曲阜，在推广颜庙文化上，应该再加把劲儿才好。

悲情的烟岚

——尼山的大爱隐痛

一

盛夏的夜晚，皓月当空，独自一人坐在曲阜城南大沂河的河堤上，风从南面吹来，不仅带着田野的清香，也颇有些凉爽。脚下的河水是从东面圣尼山水库老远放过来的，闪闪地泛着白光。沐着鲁西南仲夏夜的风向东南方眺望，月色下的天空一片茫然。

我突然想到了孔子的母亲颜徵在，或许是因为尼山是她故里的缘故；不知不觉地由她又联想到中国历史长卷中和她命运相似的那些女人们。想到后来，竟然发现了一个令人十分吃惊的结论：中国历史上的女人们，她们之所以被载入史册，全是因为曾经悲情的情节，而且其人悲情越重载入越多，悲情的沉重程度决定了她们在历史地位的高低。她们中几乎没有一个是因为曾经幸福与快乐的经历而为人们所记忆。这不禁令我为之凄然了，难道悲情就是这样为中国女人永远无法逃脱的真实命定存在吗？是谁、又是什么原因造成这样灰暗凄楚的历史事实？以至于古已有之今亦依然。

原来一个民族背负着如此沉重的历史律性，虽然历史中也流淌着男人们的悲情血泪，然而翻检那些几乎发霉了的青灯黄卷，在字里行间的细缝处，看到仿佛只有女人们的悲情，才使得历史有了生命的质感，有了感觉的真实，有了哲理的深邃，当然最终有了丰厚而完整的民族大文化体系。

就文化的主体结构而言，如果说是中国男人们或用坚硬理性或用放浪戏笔构筑起了民族理论骨架的话，那么则是一代又一代的女人们，用婉约的情怀和无语的悲凉，为这个框架充填了最富价值意义的血与肉。

有人说，中国历史相对于西方的罪感文化、日本的耻感文化，其本质是乐感文化，我想此种判断也许只适用于中国的男爷儿们。因为我们在做这种判断的同时，那些依然苦命的女人们，或许正在为就业的性别歧视、男人习惯性的风流逃离等而流着无奈的眼泪，快乐绝对男女不平等！

夜已经很深了，河风轻轻抚着我的脸颊，从月上正南一直想到月下梢头，起身回家时，回过头再看氤氲缥缈的圣尼山，那里好像又多了一重神秘的魅力。

二

又是数月过去了，匆匆的生活脚步有时甚至让人感觉不到它的流失。一个深秋的早晨，曲阜小城里的古街道和城外原野秋阳如水，我又一次走进了圣尼山，走进了一个女人的悲情世界里。

站在曲阜东 104 国道边等了好一会儿，才搭上了一辆开往尼山的班车。我很喜欢这种一个人随意游逛的方式。想走就走、想停就停，无拘无束，在自由自在中乘兴而去、尽兴而归，最后将自己释放得干干净净。待汽车过了山脚下最后一个拐角，走下车来，才发现深秋季节，山里的风还是很大的，也有些凉。才知所谓"秋山惨淡而如洗"到底是一种什么样的味道。

下了进山的公路，拾级而上，便到了半山坡上的夫子庙前。远处群山悠邈，近处古松苍郁，几个像古画中小人似的游客，在庙前的古亭石坊间随意游走，不期然间便有了"人烟寒橘柚，秋色老梧桐""万里悲秋长做客，百年多病独登台"的意趣。秋天在鲁地的荒山野岭中更显得凄楚幽怨。

其实游尼山这是最好的季节，拎几丝悠悠淡云置身残山剩水、落叶秋风中，此枯淡黯然的景色与三千年古旧的历史意趣正相谐，虽然站在山坡上感觉有些寒冷。抬眼顺着山坡望上去，依山而建的夫子庙因年久失修有些破旧了，并且无大看头，城里的至圣先师原庙看过了，除此之外天下的夫子庙规制大同小异，可视为原庙的缩写版，并无新意，所以实在难以提起观赏的兴趣。

因此进了庙门，一路走进去，棂星门、大城门、大成殿从眼前一一闪过。感觉稍有不同，城里大成殿后面的寝殿，在这里被换成了启圣王殿及寝殿，脚下的甬道从上到下也有了些坡度。待转过身来要出门时，终于发现了一处明显的不同，便是进了大门的第一处院落里，多了一个红柱碧瓦、六角形的"观川亭"，迎着远处呼啸的山风端居在院子东南角的石崖上，下临绝壁。

关于"观川亭"我是知道的，《曲阜县志》上介绍，《论语》中曾记："子在川上曰：逝者如斯夫，不舍昼夜。"孔夫子当年曾观川赏景，借流淌的河水感叹时光易逝。此亭所在的位置，便是孔子当年观川之处，后人于此处专建古亭以嘉其行。

信步登上观川亭，将身体举在孤零零的高处，立刻觉得风又大了不少，凭栏远望，山脚下一条大河横亘南北，已经干涸的河床将人的记忆风化得很远；远方丛山巍巍，飞鸟悠悠，现出别一种时空交错的诗情画意，表明这是个临风怀古的绝佳之地。

即使你并不擅长发古之幽情，看到头顶古松树上的乌鸦鸣叫几声，拖着长腔向远方飘去，左边山腰上的殿宇瓦垄几乎褪尽了颜色，不大的院落长满了荒草，风一阵阵地打着旋儿，黄叶横飞，此情此景，也会感受到山窝里夫子庙如此荒芜，活脱脱渲染出人生命悲凉的另外一层。

望着这衰败的景色、凄楚的古意，不知不觉中，令我对观川亭及传说产生了另外的遐想，孔夫子当年在此观川，恰恰是在此处而不是在别的什么地方，或许并非仅仅在感叹时光易逝、人生难再吧。

不只因为山脚下河道早已干涸了，里面流的是满川混浊的风和衰草。风流总被风吹雨打去，这是人很无奈的事情。大自然和人世间总是在不停地努力改变着些什么，当然也不仅因为从古及今"逝者如斯夫，不舍昼夜"，是一个需用大智慧去领悟的时空命题，因为它没有提供任何背景资料，所以仁者见仁、智者见智，一直无法确诂，这是《论语》的基本风格。

眼前的景色开阔而辽远，想必孔子观川时，既然能说出这诗一般的话语，他已到了能够领悟世间另外一些的年龄，因此他应该清楚地知道，眼前山川河流是父亲曾经任宰邑的地方，也是母亲的故里所在，山山水水曾留下了许许多多父亲行走的脚印；虽经岁月风雨，依然留有母亲不止一处的往事行踪。

他更应该知道，当年四乡关于父亲和母亲，尽管他们有着说不清的情爱，但不知为什么竟然会有那么多的汹汹传说在山里山外飘荡，以至于曾让他经历了如此不堪回首的灰色童年，听到了关于母亲——一个乡下弱女子老也说不完的风言风语；甚至让他还躺在母亲怀里时，就切肤感受到因为"野合"再加上父亲的猝然去世，即使是同父异母间依然不近人情的世态炎凉。

当然还知道山那边外祖父家贫穷异常，根本无法接济他们娘俩生活的困窘。因此与母亲被扫出家门的最后一刻，母子二人无处可去，只能踯躅于寒风中；母亲那凄楚愁苦的面容，世人扭曲生硬的眼脸；因为流言蜚语，甚至整个少年岁月，留下了那么多"吾小也贱，故能多卑事"的悲凉记忆，成为他永远无法忘却的心头阴影。

尽管岁月匆匆，"逝者如斯夫"，几十年的光阴像眼前烟云飘然过去了，但那些不堪回首的陈年往事、悲苦的记忆，非但没有随时光从心头消失，相反，"不舍昼夜"，不分白天与黑夜，依然清晰地萦绕在心头，那些遭人鄙视欺辱的惨痛经历，忍饥挨饿的阴冷昼夜，一刻不停地刺痛撕扯着心灵。所谓山川依旧，往事难逝，历久弥重。

痛苦往往是人最难忘的情怀，所以孔子故地重游，只能是百味交集，黯然伤怀。因为即使再理性的人，此情此景也不会置亲情于不顾，只做纯粹哲理的思考。他应该也必然是饱含着曾经的生活经历，满怀着离情别绪去做遥远的追忆与怀想。何况这里曾是与自己相依为命的母亲的伤心地呢？

因此，"子在川上曰"，这段孔夫子当年观川臆语，该是他悲情心理自然而然的山川抒怀。想到这里，我有了一种莫名的慰藉感，有了一种凉风从心头穿过、霎时透亮的明澈。竟然没有感觉到太阳早已升到东山顶上了，我在亭中独坐了很久，该下山了。

三

出了庙门，往下不远便是夫子洞，《曲阜县志》记载：夫子洞又名坤灵洞，相传是孔子当年出生的地方。因为是孔子的出生地，所以便成了圣尼山最为有名的景观。

古今中外有一个惯例，凡是历史的灵杰之人都必定有一个非同寻常的出生来历，不但出生的地方特异，出生过程也一定匪夷所思，像历史上商代的祖先是母亲吞鸟卵而生；就连汉高祖这样的帝王，据说也是母亲一不小心踩到了仙人的脚印而怀的孕。人们都说他们是在用"天生"的神化方式强固自己不可动摇的权势与地位，我想也许不只是这些。

孔子是古今大圣人，出生自然该更异乎寻常，所以在曲阜当地一直流传着一些孔子出生"龙生虎养鹰打扇""尼山不长倒刺草"的神话传说。只是同帝王们的神话传说比起来，孔子的诞生传说似更有仁爱关怀意味，更具人情性及民间世俗性。

也许正因为这些美丽的传说，据一些地方古书上记载，夫子洞当年如一间山里人的住屋，里面摆有石头的天床、石凳、香案等物品，都是天设地造。那里俨然是一处上天专为孔子出生而设的大自然产房。然而当我秋风中置身夫子洞口，然后弓着腰，小心翼翼地向洞里望去，或许是这时山里的风又大了些，天上的云把太阳都遮住了，身上无端添了些寒意，猛然间为之一颤。

中国古代的大圣人，就出生在眼前这样一个其貌不扬的小山洞里，真是观景不如听景。往大处说这山洞总共面积只有几平方米、高不过一米，别说里面没有天床石凳，整个山洞真的是空空如也，因为阴暗潮湿散出浓重的霉潮味。

我相信，大自然界的石头是不会说谎的，即使经过了三千年，山洞依然不会扩大，也不会缩小，山洞里那些传说的精美陈设也绝不会自己长腿跑出去。所以此山洞绝不可能是上天专为孔子出生辟出的人间天堂。它原本就是一个真实而自然的山洞，在这样的一个阴暗潮湿的小山洞里，假如孔子真是在这里出生的话，怎么说演绎的都只能是现实中一个真实的降生悲凄故事。

或许不用发挥多少想象，就可以知道之所以会在山洞里生孩子，其前因后果以及过程将是多么样的悲凉痛苦，因为即使当年一个绝对贫寒之家，又有谁会故意不在家里而专门跑出门去，到山洞里生孩子呢？何况这里又是前不靠村后不靠店的大河边、半山坡的一个荒凉地。这其中肯定还有至今无法想象出的历史实情。

对此，曲阜的民间传说是，孔子的母亲和父亲结婚后，很快就有了身孕，因为叔梁纥家里前妻有九个闺女，后来娶妾生了个儿子是瘸子，无法承担祭祖香火的重任，为了让这第三任女人生儿子，便让颜徵在生产之前，专门跑到尼山向山神祈祷，结果没有想到孩子在半路上出生了，孔子只好出生在山洞里。

我查过曲阜的风俗记载，且不说当时并没有到尼山祈祷生子的习俗，即使是今天，当地民间也没有形成尼山求子的风俗传承。就是有这样的风俗，我想也绝不会像颜徵在这样，独自上山祈祷，一个人将孩子生在山洞里。那该是一番怎样的情景呵，孩子生下的第一声啼哭，伴着的是山下湍急奔流的河水、山顶上呼啸舒卷的风云，还有一个孤独的女人从撕裂的号叫到微弱的喘息。

想那山洞里的颜徵在已经面目全非，独自一人躺在冰冷的石头上做完了身上的一切，已是气息奄奄。深秋的山洞里黯然一片，旷野里几乎见不到一个人，只有几根衰草和几片枯叶在半空里随风翻转飘悠，几个野兔因猛兽追逐在山坡上狂奔。生孩子历来被称为女人的鬼门关，而颜徵在之所以会到这一步，肯定与那句"野合"的话有关，是一个单纯女人直率自我追逐或者舍身真情的必然后果。古今中外皆然。

据《孔子家语》中记载，当年面对孔子父亲叔梁纥的求婚，颜家三个女儿中只有最小的正在看到父亲为难的样子，当然也许真的是倾慕孔子父亲曾经的英雄豪情，便主动站出来应承这门婚事，说："为父主之，何问焉？"

那时孔子父亲叔梁纥尽管已经 60 多岁了，但仍被盛传"有力如虎者也"，是为鲁国立了大功的征战英雄，年仅 19 岁的颜徵在正是青春幻想的季节，她不仅怀着美人配英雄的梦想，她还要奉献自己，为举国的老英雄完成传宗接代的重任。这是古今中外情感女人的共性，一旦动情，她们便会不顾一切，想到男人的最大需要，选择自己最后的奉献。

然而毕竟是不合礼仪的结合以及小妾的卑贱地位，尽管她不顾一切奉献出了自己的所有，世间任何的痴情，到头来根本无法抵挡住世俗的冷峻与现实。也许对她自己而言，痛苦正是快乐所在，然而生活中的她只能落个洞中生孩子的悲凉下场，悲凉得天地都想为之潸然落泪。

这个结局，如同许多古今痴情女人一样，舍着命地付出，到头来要么悬梁自尽，要么投水殉命，要么血洒街头，尽管后人会给她们编出一个个感天动地的结局，然而感天动地正衬托出女人悲情别样的惨重与凄凉。

孔子是个绝世的聪明人，对于自己出生在荒凉的山洞里，而且只有母亲的呻吟和呼啸的山风迎接他的降生，长大成人以后，肯定对此情节不仅知之甚详，也一定感悟颇深，童年的记忆中，还有什么能比无家可归、荒凉山洞出生更让人揪心刺痛呢？

或许正是这人世间特有的悲凉与辛酸内蕴，酿成了他无法言语而又浸润全身并终其一生的凄苦心理，奠定了另一种生命的理性与坚硬，形成了另一种透着悲情色彩对人生的洞悉理解。

因为悲情中出生并且伴着悲情成长的人，要比在欢乐中出生、沐浴着温情长大的人要深刻得多，坚强得多，也厚重得多。也正因为此，使孔子最终创建出了最富理性色彩的儒家学说，以至于使民族文化通体灌注了浓重的悲壮与坚忍质因，夫子洞无疑是一种生命的潜质。

我们或许不愿意接受这个山洞以及那往事的一幕，因为它真的过于悲戚与冷漠，然而，想到孔夫子后来是带着它立身命世，我们甚至不能不礼敬与感谢这个山洞了。如此一个不起眼的山洞，它奠定了中国本体核心文化的情感浓度和心理色调，形成了浩大儒家文化工程基本的潜意识分量与质感，孔子的心境起于这里的青萍之末，也算为"何陋之有"作了一实情的注释。想到这里，我的心胸仿佛不再那么逼仄沉重了，以至于离开山洞下山时，脚步也变得轻松了许多。

四

我决定继续朝前走，再去探访一下孔子母亲的故里，那里也许有我更感兴趣的儒传故事。

听人介绍说，那里叫颜母庄，当地人叫母庄，一听便知是后来追加的名字，原来叫什么则没人说得清。上前问夫子庙的管理人员，他们告诉我，颜母庄就在东面凤凰山的东南方向，既可以从山的南面沿着尼山水库绕过去，也可从凤凰山的北面转着走，并且告诉我南面有路，好走些，北面则没有路。

我选择的是北面，不是为了别的，在这荒秋枯败的山野里，我喜欢那种随意游走的感觉。走在崎岖不平的山坡上，才知北方的秋山田野别有一番景色，山上山下树木不多，泛出了灰白的石色，树都落尽了叶子，低垂的枝条在山风中颇不情愿地摇曳着；地里的庄稼收割一空，顺着山坡是一垛垛的苞米秸，还有地瓜蔓。

远处静静地卧在山坡上的村庄炊烟袅袅，传来一两声断断续续的狗叫声；近处一个年龄挺大的老汉操着手抱着鞭子，缓缓地赶着一群羊迎面走来。走上前去随意地和他攀谈几句，就连那些散漫的羊们也纷纷停下来有些惊奇地望着我。

从老汉的嘴里我才知道，原来无意之中我走的路，正是当年孔子母亲从家里到尼山夫子洞走的路线。只是我是逆向行走，因为再往前走不多远就是搬倒井，过了搬倒井南面才是颜母庄，它们相去并没多远。

脚下是崎岖不平的羊肠小路，头上是不算太热的太阳。我想起了那个听过不止一次的传说：当年孔子母亲颜徵在从尼山夫子洞里生完孩子绕着山路往家走，阴历九月的天气，或许是失血过多，口渴难忍，正四下里找水喝，突然发现前面好像有口井，她急忙奔过去，结果发现水很深，根本无法喝着，无奈之下她用手在井沿上轻轻一抹，没有想到那口井自己渐渐倒了下来，水从井里流了出来，让虚弱的孔子母亲痛痛快快喝了个够。从这个故事中，你不难看出朴陋的山里人那惯有的善良与关爱。

待走到搬倒井边才知道，原本荒无人烟的半山坡，现如今已经变成了个不大的村庄。一幢幢石砌的农家小屋，三三两两地分布在高低不平的山坡上，像一幅石拓的古旧山水画。那口有名的搬倒井还在，就在村子的正中央，旁边一条正南正北的街道。走进了才发现，它根本不是一口搬倒的斜井，而是一口上下垂直的石井，探头看进去，可以看到深处的水影晃动。

井边一个正在洗衣服的村妇告诉我，这井本来就不是斜井，是山上流下来的一道山泉水的出口。自从这里有了人家后，看到流出来的水不光人喝，四下里的牲畜就连狗猫什么的也到这里喝水。再加上刮风下雨往里面刮和流脏东西，为了保护这村里唯一的水源，村民们便在水口上砌上了一个井筒，然后在井的旁边立了一块不算太大也不算太小的石碑，上面用隶书写了"搬倒井"三个大字。

我仔细地端详了一会儿，石碑足有一人半高，略有些风化的痕迹，字体大而雄浑，看得出，该是早年间人写的作品，现代人根本没这个心力。

真的是物是人非，甚至是人和物都已非往时了。站在搬倒井旁边，油然而生出如许伤怀之情，并非是井被人改变，孔子母亲原本就是一个实实在在的乡下人，即使看到与自己有关的历史遗迹被人改造了，因为是四邻八舍生活的需要，我想她也不会不顾乡亲们的生活日子，去求一个并不多么有用的虚名传世。

令人深感伤怀的是她当年用手一捧捧喝水的情景，冷风之中，一个无人顾怜的疲惫产妇，为了身边的孩子，即使是全身心炸裂般地痛苦难受，还要轻轻放下怀里的孩子，连一个搀扶的人也没有，便弯下身子，捧着喝口凉水。按照民间的说法，女人在这个时候是不能喝凉水，会受凉的。然而她太渴了，渴得使她不顾一切。

然后，稍稍缓了口气，继续朝前走去，路上留下的是斑斑血迹和一个产妇怀抱孩子跟跟跄跄的身影。这一刻，为了怀里的孩子，她几乎不是用腿在走，而是一种生的本能拉着她向前走。

悲情与韧性永远是女人的前后背，为了爱、家庭与孩子，即使面对再大的苦情，女人们也会用胸怀去全部接收下来，然后默默地背到背上，毅然决然地走着已非自觉化的"命"定路径，以至于到头来她们对什么是苦、什么是甜的感觉都消失了，还在走，也只能走。

因此望着这搬倒井边冷冷的石头，我甚至想象出了当时孔子母亲的境遇，想象出一个个极度凄惨的细节，想象出那张几乎没有表情的脸，在那一时刻，所有的爱恨情仇，像喝的井水一样，她高高地仰起脸来，硬硬地给咽了下去，即使吞咽的过程中，有时也会品味出一些别样的滋味，但品味之后，不管多么难受，她依然会含着眼泪硬硬地一个人咽下去，咽下去是所有悲情女人的最后选择。

离开搬倒井时，我借过洗衣服女人的水桶，打出一桶新水，蹲下来尝了尝水的味道，开始有点甜。再细细一品，又有一丝丝苦涩的味道，山里的地下水原来如此。

五

我准备到颜母庄去。询问洗衣服的女人，孔子母亲的家到底在哪里？她听后一愣，脸霎时变红起来，看得出她是个木讷老实人，告诉我说，真的不知道家的地方，只知道从井这地方往东走，不远的地方有个地方叫颜母祠，"不过"，停了一小会儿，她又细声地说，那地方破破烂烂的，没什么东西了，没有看头，说完又羞涩地朝我笑了笑。

竟然还有这样一个去处，这是来之前所没有想到的，顺着她的指点，从一条既像街又不像街的坑洼不平村路走过去，在村子的东头，经过再次打听之后，终于见到了那座颜母祠，一座供奉孔子母亲家族的祠堂。待到了跟前，才知道说是祠堂，其实就是一座普通的家庭院落，夹杂在村民住户的中间，门楼一看便知是后仿的古式建筑。或许是长时间没人来了，门前连条路也没有修，大门紧锁着，只有几头懒散的半大猪，躺在门前的草地上哼哼着晒太阳。走上前去，弯下腰从门缝里望进去，发现院子里有一座迎门照壁，它挡住了视线，无法看到里面的情景。

心想，既然进不了门，转着看看这祠有多大也好。待我转到东院墙外时，突然，看到一人多高的院墙，竟然被挖了个一人高的大洞，根本不用弯腰，昂着头就可从洞口进到院子里。才发现院落彻底荒芜了，好像根本没人来过似的，一院子齐腰深半枯荒草，院子中间躺着一块石碑，碑头已经破碎了，不过依稀还可以看到"大明"两个字，用草擦了擦，碑上首刻的是"阙里孔氏报本之碑"，中间刻的是"周故夫子外府颜府君祠"。

这是一通并不太难懂的纪念碑，记载城里孔氏后人，因为感恩颜氏宗族生出了先祖孔夫子，专门为其辟建一祠堂以嗣其香火，认宗报本是儒家一个重要的生活理念，圣人之门更是牢记心怀。只是为什么一直到了明代弘治年间才有此举？不得而知。就是这样一座后树之碑，现如今，也只能颓唐地躺在杂草丛中，枕着破砖烂瓦睡得死死的，让人不能不为之感慨系之。

看来祠堂荒颓不是一两天了，三间正屋门窗都已拆光，空空荡荡的堂屋里只剩下屋梁上垂挂的蜘蛛网和一地瓦砾，还有扑面而来的刺鼻霉臭味。这就是孔夫子外祖父家的祠堂，一个用于报本感恩的去处，本来应该充满着温暖的深情和真挚的记忆，无奈岁月荒颓之后，甚至不能用颓败得不成样子来形容。

荒颓的原因是什么？难道就因为是母系而不是父系吗？或者因为那句不中听的"野合"老话？即使是颜徵在在山洞里痛苦地生下孔子；即使是三岁丧父之后，孔母艰难地将孔子抚养成人；即使孔子为孔氏家族后裔带来了如此的辉煌荣耀，母亲的门前也只能是无情的冷落。

孔氏家族掖掖藏藏了千百年，才为外祖父家建造了这样一座并不大的祠堂。且不说无法和孔氏家族祠堂相比，在其后的日子里，竟然任其沦落得不成样子，难道这就是男女内外有别吗？联想到孔氏家族的皇皇著作上，对于孔子母亲的祖系几乎不置一词，好像故意将其打扫得干干净净，从而告诉我们，即使无以比拟的巨大贡献，到头来女人只能成为历史的配角，或者连配角也不配。

凡此种种，已超出了孔母颜徵在个人的悲情命运，同西方圣母玛丽娅被尊为天主之母、基督和人间的中保，甚至认为她死后肉体升天等称颂比起来，一座孔母家族祠堂的颓败，堪称是一个民族历史关于女人、关于母性文化更深层次的悲情承载。所以，从墙洞里退了出来时，不知从哪来的一阵大风从头顶刮过，扬起些无聊的尘土和烂树叶，几只土狗甚至跑过来向我狂吠，我愤然地抓起砖块向它们砸去，心里涌出的是无以言说的悲愤。

六

即使如此，我依然没有绝望，因为前面不远处就是颜母庄了，那里也许有令人心动的风景，毕竟那里才是圣母的故里。

午后一点多钟，我终于站在了颜母庄的街头。颜母庄是个大村，那天正巧逢村上赶集，花花绿绿的商品和赶集人塞满了并不宽敞的街道，好不热闹。当走上前去，向几个老者打听这里还有什么颜母遗迹时，他们正围坐在一起眯着眼睛抽着旱烟看街景，听完了我的问话，他们纷纷睁大眼睛上下打量我，好一会儿也没人说话。我只好把话又说了一遍，并递上刚买的香烟，然后他们一个个迟疑地接过香烟，有的夹到耳朵上，有的握在手里，然后摇摇头，小声说："没有，这里什么也没有。"

这里竟然什么也没有，这大大超出了我的意料，如此重要的圣人之母，如此惨痛的历史记忆，在这里被冲洗得干干净净。除了惊讶，就是慨叹！看着街上来来往往的脚步，听着高高低低的讨价还价声，这绝对不能怪乡民们孤陋寡闻或不关心历史，他们是普普通通的庄稼人，他们还不富裕，关心和忙活自己的日子，他们没有时间也没有义务，来关心历史上圣母的命运及存在与否。从古及今"死后是非谁管得，满村尽说蔡中郎"，这是中国人的老习惯。

它使我想到了中国那些数不清的历史名胜古迹，除了令人心酸的一座座贞节牌坊，到底有几处是从正面为女人们建造的？即使有"出塞通关""替父从军"这样的巾帼壮烈，也只能将她们藏在男人们的背后，供人们在戏剧舞台上品味把玩。民族历来有一种淡化和淡忘女人的传统。

只是颜母庄里一定有不少的颜氏后人，他们为什么也如此冷漠？为什么将自己祖上，甚至关乎村庄名字的人物清理得这么干净？不留一点痕迹？就因为她是村上的一个女人的缘故吗？还是因为在丈夫那里不受重视，就这样一直在人情冷暖面前躲躲闪闪，不敢抬头？相对于历史遗忘来说，自己同样遗忘，让人更觉悲催难耐。

所以，太阳偏西好大一块了，我一点也不觉得饥饿，匆匆逃出集市与人流，一个人来到村南空荡的麦地里。水库里的冷风从身边刮过，我仿佛就是被秋风抛落在荒野上一片不知趣的叶子，明明秋天老去了，还妄意地求取生命绿色，去听北风温暖诉说。

一直坐到最后，一整天什么东西也没吃，便直接从颜母庄搭上了回城的班车，车窗外的山头和水面再一次缓缓地向后飘去，走了不多远，感觉车内一阵阴暗，好像车窗上还落上了雨滴，这是曲阜今年的第一场秋雨，满是幽怨与哀伤。汽车摇晃着朝前走去，漫天秋雨让我全然没了欣赏风景的心情，感觉这一趟尼山行，真的让我的心老了许多，也重了许多。

曾经的曲阜人

——曲阜人的精神品格

曲阜人，这是个无论如何也说不太清的概念，曲阜当地人一般称之为"曲阜地"，而不说曲阜人，甚至查遍所有史书词典，仍没有找到"曲阜人"这一固定称谓的载录。华夏几千年，山不转人转，曲阜这方水土从远古到今天，生存于其上的人们，生生灭灭，延绵不断。于是，人种学意义上，谁是真正的曲阜人？真的属于说不清道不明的事。

在许多人心目中，好像孔姓人家最能代表曲阜人，其实，据史书记载，那也是在西周末年，一个叫做防叔的人，因为躲避杀身之祸，一夜之间，拖儿带女从遥远的宋国一路慌慌张张逃到鲁国，然后又不得不躲到鲁国城东一带的乡下藏下身来。所以，至今那一带地名还叫防山，本来叫做防邑，也许自古就是一个藏身防患的好地方。

因为这个原因，2003年秋天，沂河两岸寒风乍起，防山下树叶微黄。当年衍圣公府的二小姐孔德懋女士，在曲阜一群鸿彦硕儒政府官员簇拥下，浩浩荡荡地开到河南夏邑，专门要去寻根问祖，顺便拜访孔氏家族的纯种后裔。结果，感动得一些看惯了黄风黄土的河南人，直喊见到了圣人再世。事情过后，特别懂事的夏邑地方政府，不仅为此专门出了一大本书，以记其事之盛。还郑重其事地宣告：孔子及其后人，根本就不是曲阜人，而是河南夏邑人，不信，有此行为证。

不仅孔姓属外地户，据曲阜地方史志记载，后来四面八方移居到曲阜，然后落地生根的张王李赵们就更多了。仅明代洪武年间，从山西洪洞县大槐树老哇窝底下向山东的大移民，一夜之间，曲阜县涌进了一大片喜欢喝醋的人家。

现如今，尽管多少代过去了，乡下许多村庄头上，还是立起石碑作证，告诉人们：他们的老家在山西的何处，祖籍根本不在曲阜。前几年国家修筑三峡大坝，曲阜按规定又接受了一些满口南音的湖北老表，眨眼之间，大街上冒出了一家又一家三峡餐馆或移民饭店，凭空为这座土气的北方小城平添出几分喑哑艳丽色彩。

就这样，许多原本外乡人，就像秋后漫野飘飞的蒲公英种子，随着阑珊秋意和清冷西风，晃晃悠悠地飘过黄河或长江，飘过泰山秦岭，一不小心，便落脚到曲阜一个角落里，然后生儿育女，一年接着一年，一辈接着一辈，时间长了，不光是说话腔调，就连长相和步态，看人看事眼神，都变成了曲阜人的样子，可谓"在南为橘，在北为柚"。

曲阜人也会适时流向异国他乡，虽然当地人重乡土，讲究"父母在不远游"。但是，"逝者如斯夫，不舍昼夜。"曲阜处于神州南北交汇处，所以，也往往会不由自主地被冲到河西河东，漂过江南江北，甚至被冲到遥远海外去，近些年，这样的人似乎越来越多。曲阜历史上并不缺少这样的画面，因为这样或那样的原因，在一个寒风割面的早晨，或是风高月黑的深夜，一个人怀揣着一把自家院里的老土，匆匆地蹚过泗水河、大沂河，或者爬过九仙山、石门山、尼山，然后一步三回头，走出曲阜地界，最后一路迤逦，走向夜幕中的异地他乡。

对此，清朝末年编修的《孔子世家谱》，这样评述孔氏家族分化："自六十户至今六百年，瓜瓞延绵，遍于鲁地。再和唐、宋、元、明时落居各省县族人，中国内无处不有。"孔姓人家一轮又一轮地轮换交替，锲而不舍地将生命种子撒遍四面八方。因此，至今孔子后人在世界各地到底有多少人？已经无法统计了，据说仅韩国就有二万余户、七万多人。尽管已流落在天南海北，但在档案籍贯一栏里，需要的时候都会端端正正地填上"曲阜"二字，写字气力之大、用力之狠，总会把纸划出很深的大口子。

也有些人为了证明自己是地道曲阜人，他们会不止一代传承沿袭着曲阜老传统和生活式样，即使远在遥远的他乡，也统统照搬照用，表现出一副恒久不变正宗繁文缛礼老模样，不光用地道的方言，也用木讷的行为，认真地告诉进门客人：俺是曲阜的。正像衍圣公府最后一代公爷、第七十七代衍圣公孔德成先生，二十多岁离开曲阜流落孤岛，在台湾生活已数十年了。据前去见他的人说，不管是在家还是应邀到日本讲学，依然操地道的曲阜方言口音；尤其是家中陈设日用品，也多与曲阜生活习性相关联，取先祖所定不忘旧的老礼。他们人不在曲阜，根在曲阜，便生性难改，依然传曲阜血脉、过曲阜生活、求曲阜意蕴。因此，从文化渊源上讲，这些人仍然可以称之为曲阜人或至深至挚曲阜人。

为了不致产生误会，造成不必要的麻烦，我决定将此问题化繁为简，一方面采用文化视角予以审视。另一方面选择几个历史经典片段，取名为"曾经的曲阜人"，以便让各位曲阜的看官也许不会为了描画不当而大动干戈，何况历史毕竟过去了，即使不太如意，有时也该相视一笑，孔子曰："无可无不可"，较什么真儿呢？

因此，与其说我是在写曲阜人，不如说是在寻觅历史上一些曲阜人的文化特征，或者说在历史追踪过程中，深度诠释孔子及其儒家对于曲阜人格精神的渗透和染化过程，或者说沿着"曾经的曲阜人"进一步寻觅民族人格的某些特质，以此来确定儒家在人格形成中的作用和地位，这是本文开始之前，我需要做的一个理论说明。

鲁　人

历史上"曲阜人"最早是"夷人"，我在《鸟的传人》一文中做了分析介绍，而后便是称为"鲁人"。之所以作如是称，大约是因为西周夺取天下实行分封，专门在曲阜封建鲁国以为屏藩，于是，有了"鲁人"的说法。这是世界文化史上的一种传统积习，如同后来通称中国人、美国人、苏联人；称北京人、东北人、山西人一样，"鲁人"以国为称，鲁为重臣封地，故属于历史大称。

周王朝为何将曲阜一地称之为"鲁"，进而将在此地建立的诸侯国定名为鲁国，这是个至今争议不清的问题。有人说是从河南鲁山转称而来，鲁国受封之人是周公，最初就封于鲁山，后来改封曲阜，创建鲁国以作为东方诸侯国的"班长"，他将封地的名字带到了曲阜；也有人说是依据地上风物具有的形象命名，"鲁"字上面是鸟的状形，也有人说是"鱼"形，底下是"日"形，表示曲阜是东方日出之地。当年这里鸟儿纷飞、古木森森、荒草漫野、鱼鳖横行，因有此景，故有是字，继有是名；还有人说"鲁"是音转字，对此，王献堂先生考证得证据凿凿，我没看懂多少。

因为搞不清楚到底谁说得对，谁说得不对，打眼瞅过去，好像都贴点谱，然而都不尽然，所以，有时不免使人怀疑他们都不对或者都对。为此，我曾专门到曲阜师范大学图书馆去查阅相关资料，又一次次地翻阅曲阜地方古籍，发现"鲁"字的解释竟然有数种之多。其中多为地名姓氏，似与后来的鲁国有关；除此之外，一为"迟钝"；一为"粗鲁、粗俗"。它们是连带着曲阜地方人情风俗的文化解读，有时文化性诠释，或许更能体现出概念本身历史长度和生活深度。于是，灯下细品"鲁"字文化意义，令我着迷的同时，也着实吃惊不小。

具体考察"鲁"字注解，所谓"鲁人有周礼者也"，这看上去是个不太坏的称呼，好似一句相见客套话。说鲁地的人十分讲究周代流传下来的礼节，不仅有极高的道德操守，习惯性地持守礼仪，甚至成了他们的商标和名片。就像江南人秀气、蒙古人粗犷、犹太人精明、法国人浪漫、日本人鬼道，"鲁人"最显著特征是有礼仪气度。从古到今，鲁国人以惯于循守礼节、重德讲义而闻名于世，行走四方。

我曾怀疑这一说法出自后儒，出于坊间对先圣孔夫子的崇敬与爱戴，面对横亘千古的至圣先师，不得不做出这样的文化粉饰和历史充填。这里曾是民族礼仪的渊薮之地，更是孔圣人的故乡，不如此评价，便是对孔老夫子的大不敬，怎么可以说圣贤故里、孔夫子的老家是个不懂礼仪粗俗的地方呢？旧时代，辱圣那可是要被杀头的重罪之一。

后来读到了"夷俗仁"这样的历史记载，说东夷之地自古就流溢着仁爱的风俗习惯。在这片广袤的土地上，或许是山水的灵性感染，也或许是人性的自然天质，所谓地势使之然，由来非一朝，这里的人不由自主地就成了文质彬彬、礼仪诺诺的正人君子，有了不明所以的自然品行和规矩气质，其中文化内涵成了久远"鲁"字的首义和源头。

还有就是所谓"鲁人，鲁钝之人"，这个说法到底出于何时？无法确考。"鲁钝"即使是个中性词，听起来也觉得不那么自然舒畅，更无法让人趾高气扬、赏心悦目，就如同有人评价某人"憨得可爱"，前提是这人憨！当然，将"鲁人"评价为愚笨、鲁钝的人，怎么品都是透出那么点卑夷或自卑的口气。我曾想，如果真是鲁国人的自我解说，那该多么好，那绝对是旷远古今的大境界，那该是怎样一种超越尘俗的心怀、伟岸高远的自省能力，还有就是敢于自我批判的精神！绝对是"见不贤内自省也"的大儒境界。

在《论语》中还真有这样的命题。孔子面对高足曾参，曾笑说道"参也鲁"，尽管其中不无谦恭和自嘲的意味，但能以"鲁钝"来认定自己的心腹弟子，还是令人肃然起敬。孔子之所以评价曾参"鲁钝"，并非是空穴来风，而是基于对曾参的长期观察，发现他不仅一以贯之地严格持守礼仪，甚至达到了痴迷愚昧、冥顽不化的程度。比如有一次，一家人在山坡上锄瓜，因为曾参误锄了瓜苗，被父亲当场打得昏死了过去。打完之后，父亲扬长而去。曾参在慢坡里苏醒了过来，蹒跚着回到家里，进了家门，为了不使父亲担心，强忍着身上的疼痛，在屋里鼓起琴来，暗中告诉父亲，您老人家尽管打得凶狠，但是并没有把我打坏，所以请您老放心。据说孔子知道这件事后，也觉得实在有些过头，他曾批评曾参这么做，并非是合乎礼仪的孝顺之举，而是陷父亲于不义的愚蠢之举。

所以，孔子"参也鲁"的评价，该是一句半是疼爱半是批评的无奈话语。由此可以看出，鲁人曾经的独特愚钝文化品格。他们因为守礼而愚钝，或者说因为愚钝而守礼。守礼和愚钝，在他们身上既是一种文化互补判断，又是一种内含地域文化风情的连属证明，一直达到化心成性程度，可见其历之久远、浸之深重。或许正因为如此，世人认定鲁国人于礼仪最为契合沉迷，最为经典标准，将其冠以"礼仪之邦"的美誉。我始终觉得，这绝对不仅仅是一种艳羡称颂口吻，其中蕴含着特殊的揶揄和调侃味道，不能不令人为之尴尬无语。

或许我出身于尚利齐国的缘故，所以，对于鲁人沉迷礼仪而不能自拔的劲头，一直难明其里。后来研究中发现前人的评价是"鲁，鲁钝也，国多山水，民性朴鲁也"（《释名·释列国》），认为鲁国人天然一副鲁钝的面孔，那是因此地有太多山水，特定自然环境孕育出了"朴鲁"的个性。据曲阜老书上说，早年间曲阜周遭水草丰茂，泉水横流，城四周尽是杂草丛生的湿地。本来如此众多的河流水泊，该孕育出些秀男俊女、才子佳人才是，须知满眼葱茏的烟雨江南，就素以多水多秀才而蔑视天下。胶东靠海满眼是水，培育的全是如何计算挣钱的计利之心。几乎漂浮在水上的鲁人，无论如何也不该培育出些粗鲁愚钝的莽汉，所以简单的山水造就说并不能令人信服。对此，又有人出来解释说，不仅因为鲁地的山水过多，还有鲁地的山非江南之山、鲁地的水亦非江南之水，不同山水自有其不同孕育功能，这就是所谓的"水土"，该是水和土的综合作用。

　　为了寻求历史答案，我曾经不惜跋山涉水，去考察曲阜周遭山水的地貌形势。发现此说好像更有道理，鲁地山水自有其姿态品性。站在鲁地高处望去，长江以北，尤其是进入山东地界，尽是些北方特有的灰白色石质裸露山，黄河滩吹来漫天风尘，远看山峰与天空一片混沌苍茫；近看山坡上几乎找不到几棵站着的树，上上下下浑身都是突兀硬朗石疙瘩，就那么昂着头迎着风，活脱脱一个个并不富贵，但粗犷豪放的山野硬汉。

　　鲁地河水也大都不清亮泠汀，并非如江南水溪与青石芳草躲闪嬉戏，逗引着彩蝶翠鸟轻歌婉转。平原上的水和山峰之水自有其不同，它缓缓地漫溢在荒草野甸中，加上近些年来水系泯灭、河流干涸，即使是大白天，空旷河川满眼风沙，也予人以灌木横秋、猊獾逐人的感觉。这时，如果有一个人手提深褐色土瓦罐，戴着一顶破了边的草帽，半遮着一张黑红色胡楂横生的脸，一路向土坯茅草屋走进去，你会感觉活活把一张朴陋民间风俗画，悬挂在烟尘弥漫的鲁西南大平原半空里。

　　曲阜还具有特殊的人文生存环境和习俗，历史上独特地貌植被基础上形成的特定饮食文化，让人无法不木讷愚沉。如从先秦就有喝"饘粥"习惯，而后终于演化成煎饼卷大葱，再加上辣咸菜、糊辣汤等，硬食文化混合着味觉浓重的生活习惯，仿佛使人从中听到性格里铿锵响声和冲鼻味道，即使再修饰打扮，也无论如何不会像柔弱江南人，操着一口吴侬软语，俊朗隽秀得让人浑身酥软。曲阜人还喜欢穿深重色的衣服；喜欢用大碗将厚厚糊粥喝得山响；喜欢扒光衣服在大街上练地摊，大块吃肉、大碗喝酒；喜欢吃熬煮稀饭、乱炖菜等。曲阜现在以孔府菜享誉四方，那是后来的事，或者说只有贵族人家才会有如此精致吃法。

　　正因为如此，当年周王朝得天下分封立国，周公秉天地仪节制礼作乐，然后将曲阜培育成了"犹秉周礼"之地，或许不是历史的偶然。其中还包含着些说不清的地域风情因素。周公姬旦堪为最精明的政治家，他一眼就看到了这里的人愚朴纯厚，所谓"济济邹鲁，礼仪为恭，诵习弦歌，异于他邦"（《汉书·韦贤传》），厚道的曲阜人一直生活在缓缓流淌的时光隧道里，就像旷野中慢慢的流水，在日月轮回中循着固定节律悠悠而行。其人不仅可塑，其地更易打理。是初治天下最理想的礼仪推广实验区。

　　为此，他专门委派长子伯禽到这里主持政务，以便取得经验。于是，东面的齐国姜太公实施因俗而治之策，曲阜鲁国则是采用变俗而治谋略。结果，稍稍宣传发动之后，便立刻有了"兴于诗、立于礼、成于乐"的崭新局面。如春风化雨般润物细无声，周礼顷刻间风靡了泰山之阳、泗河两岸，曲阜人就好像着了魔，举国沉溺于礼仪之中不能自拔，可见礼仪与民性之契合无间。从此，以礼治国，以礼耕种，以礼谈吐，以礼吃饭穿衣，以礼生儿育女，一切都在礼的暗格中小心翼翼地超前挪动，男女老少，带着礼仪镣铐在四季轮回中欣悦跳跃，痴迷的样子令人赞叹的同时，又不能不令人阵阵心痛。

　　以至于到了春秋战国时期，那是个用刀光剑影和铁骑战车说话的时代，当南方楚国念着神秘魔咒，举着花里胡哨旗帜一阵烈风刮过长江，泗河两岸便尸积如山，血流漂杵。几乎没费力，就将八百年鲁国变成了一座风雨中即将淹没的孤岛。即使如此，"鲁犹秉周礼"命题一如既往，即使国家再跌宕惨烈，礼仪信仰绝对不可动摇，走在鲁国大街小巷，不时可以听到冲天而起的声音，"今人而无礼，虽能言，不亦禽兽之心乎？夫唯禽兽无礼"（《礼记·曲礼上》）。即使是国家已经到了崩溃的边缘，人们还在大骂特骂世上那些无礼者为猪猡，满脸不屑地蔑称侵略者们简直是猪狗不如。

　　《左传》记载，有一次，鲁国刚刚与齐国交战吃了败仗，齐国的一个重臣庆封来鲁国，就因为吃饭时表现得不太合乎礼仪，或许是故意地轻视鲁国上下，结果鲁国重臣叔孙穆子当场就站了起来，满脸通红，两眼冒火，立刻赋诗予以嘲讽，"相鼠有皮，人而无仪。人而无礼，胡不遄死？"那意思是说连礼仪都不懂，你去死吧。语言之狠毒全然不顾得罪强权会有严重后果。

　　因为鲁国特别重视礼仪，不知多少次了，趁着鲁国君臣正在斟酌战表词句是否合乎礼仪文书格式，如何按照礼仪布阵迎敌，交战对方军队突然沉下脸来，一阵血肉飞溅的横砍竖杀，鲁国人便没了踪影，侥幸逃到城里关上城门，面对城外海潮般的攻杀声，开始大骂别国小人者也，纯粹是些不可礼遇的无耻之辈，从此以后绝不跟他们搭腔云云。其中最为严重的一次，齐国疆界线竟划到了鲁国都城北城墙下，使得鲁国城墙倒了，就会砸着齐国地皮。

　　不仅战争上每每因执礼而失败，据说正当鲁国按照自然伦理春种秋收、礼尚往来时，狡猾的齐国人悄悄打起了坏主意。为了削弱鲁国国力，忽然一天，由国王带头，举国上下全穿葛布麻衣，大量进口鲁国麻丝做原料，憨厚的鲁国人一脸笑意，纷纷击掌相庆，这回终于有了发家致富的大好时机，于是，举国上下一阵风似的全都砍倒了传统桑田改种粗麻。看到鲁国人真的上了当，齐国那边管仲又一声令下，一个也不准穿葛布麻衣，否则以罪论处。结果一夜之间，鲁国的麻丝严重滞销，当场穷得锅底朝了天，国家经济散了架，一国人除了捶胸顿足痛骂，痛斥齐国为富不仁、无奸不商、卑鄙下流，此外，毫无办法。末了，只好面对骨瘦如柴、哀鸿遍野的凄凉景象，拖着长裙去齐国割地赔情，求赐一条生路。

直到战国末年，因为鲁国更多的是在家里准备接待他国观礼参观访问团，全然没有想到，平地又卷起新一轮瓜分的狂潮。终于，当早晨的礼仪钟声还没消散，南方滚滚而来的铁骑便无情地踏碎了弥漫在鲁国上下仁义温情的残梦，刀枪杀得包括礼仪在内片甲不留，鲁国在只讲势与利的南蛮楚国一阵猛攻之下，顷刻之间就亡了国。即使到了这一步，跌进岁月又长又深沟壑中的鲁国人，好像并没能够从饱饮礼仪的醉意中醒过来，甚至将灭国时的礼仪安排得既周到又细微，惊得依然披发左衽的南蛮子一个个目瞪口呆。在鲁人眼中，同礼仪比较起来，亡国也并无多大的痛楚。

这就是"鲁钝"，不管朝代如何更迭、世事如何变化，他们会说："曲阜经的事多了。"依然会把老书搬了出来，然后按着祖宗成法和老规矩，重新把传下的礼仪编成过日子上菜的顺序名单、编成让座次序仪节招呼、编成喝酒吃菜谦让术语，编成长辈呵斥晚辈威风、编成妻妾唯唯诺诺木然驯服、编成儿孙们大气不敢出点头称是脾气、编成磕头和被磕永远不变程式姿势、编成经年累月战战兢兢不越雷池一步没完没了篮子里的几刀老礼。

就像结婚仪式，一直到今天，曲阜仍然保持着夜晚完婚（古代"婚"和"昏"是一个字，规定在天黑以后结婚，认为那时是天地相合、阴阳交通，是结婚最佳时辰）的习俗，夜深人静的时候，小区里会突然响起震耳的鞭炮声，吓得熟睡的孩子哇哇大哭，也曾造成好多人心脏病突发，但一直没有遭到多少非议，因为这是古来的规矩。无论别的地方怎么改，曲阜绝不会改了这些老规矩。用地方人的话说，这就是礼，没有别的，他们喜欢这样，无论如何也不能丢了这个老礼。

就像逢年过节串亲访友送礼，一定是鸡、鱼、点心、肉等几色，即使如今生活好了，人们早已不吃肥肉和甜食了，然而那一刀厚厚的肥膘肉（谐音一道礼）提在手里绝不可少，走亲串户没有点当手礼，那简直就是用巴掌打了脸，根本无法过去；就像在所有场合特别喜欢用"爷们"这个词语；喜欢"没外人"这句老话；喜欢套亲戚关系；喜欢拜把兄弟。说来也是，只要进了伦理这个圈子，在曲阜办事就会特别顺利，深层礼仪心理已经内化为人们的潜意识和无意识，成为了社会关系运转不可或缺的润滑剂，没有比伦理关系在这里更管用了。

就像这座北方小城或许从周公以来形成的历史传统，或者因为这里出了孔夫子，可以说，全中国绝对没有一个小县城，会像曲阜城一样，竟然有那么多朝廷遗迹，甚至有皇家联姻血脉在跳动。这是一种特有礼仪渗透灌溉，因为朝政往往是社会礼仪最大和最高体现，于是儒家"君君、臣臣、父父、子子"，在这里化为了无处不在的景观，变成为一种群体无意识，以至于"听话""乖"成为随处可听最多的惯常话语，"佞种"在这里是最大的恶德之一。

沿着这种特定的礼仪内涵，包括曲阜人在内，很早就规定出这一区域特定的词语称谓和文化指向，在世人的眼睛里，曲阜作为"鲁邦""鲁国""鲁城"；在历史的潮涌中，这里除了"鲁道""鲁堂""鲁桑""鲁鸡"之类，就是些被礼仪浸泡的通体都发着霉味、严重僵直硬化、内外都是木然了的"鲁拙""鲁朴""鲁莽""鲁笨""鲁讷""鲁质""粗鲁"（令人非常吃惊的是辞书上围绕着"鲁"字竟造出了这么多刺眼词语），还有就是可敬可亲、本分老实的"鲁夫""鲁人""鲁民"。

也就是说，尽管这里曾出了千古大圣人，于是便有"人杰地灵"的雅称，有"南沂西泗绕晴霞，北岱东蒙拥翠华，万里冠裳王者会，千年邹鲁圣人家"（乔宇《谒阙里》）的膜拜称颂，说到底，更多的人还是愿意把自己修饰成憨头憨脑、言行拘谨、身心板滞、性情木讷的社会群类。"愚钝"在这里是本色当行，"巧言令色，鲜也仁"，能说会道绝对有小人的嫌疑。历史上，甚至将此种风气沿袭成一种固定的成说，并且秉于书传于世，唯恐被后人遗忘，曲阜老书《阙里文献考》这样记道：

> 尝考之古之论鲁俗者，名堂位曰，鲁君臣未尝相弑也，礼乐刑法政俗未尝相变也，天下以为有道之国，是故天下资礼乐焉。

在春秋诸侯国大兴弑君篡位、父子兄弟相残的风气中，鲁国从未发生君臣相弑的事情；礼乐刑政一直没有多少变化。在曲阜人看来，别的咱也许不行，持守礼乐纯厚之风，保护"有道之国"的礼仪制度，那是毫不含糊，咱是天下礼仪制度可资借鉴的世相样板，得意之情溢于言表。

对于鲁人的这个特点，"诗仙"李白曾在曲阜西边的瑕邱住了好多年，据他的观察是："民有圣人之教化，上礼仪重廉耻，有桑麻之业。"李白当时具体评说背景，不得而知，他称鲁地"上礼仪重廉耻"，虽然他是个以浪漫名世的诗仙浪子，但对于此地痴迷于礼仪民风习俗，还是赞叹不已。此种风气一直到了晚清，依然没多少改变，所以史书上会清楚地记道："欣欣然，犹有古遗风焉。"此种古遗风延绵不断成了曲阜的看家本领。

鲁 男 子

"鲁男子"是传统文化中一个专指意义的特称，既是指曲阜人，又为一种高尚道德称谓。有的书上将其简称作"鲁男"，所谓"婉转偎郎倚郎坐，不到鲁男真不可"（清黄遵宪《九姓渔船曲》），都是一个意思。因为把"鲁"和"男子"合并在一起，便会使人联想到鲁国的男人，联想到鲁国男人中的一类人或某些人，他们不经意间用自己的特立独行把区域人格特征写进了史书，属于古地男人中那些愿意创造历史典故的始作俑者，他们是曲阜经典中的经典，历史上曲阜就以出经典出典故而见长。

据考证，历史上"鲁男子"称谓，由一段又一段传说故事演化而来，好像经过了不短的历史演化过程。故事最初叫做"坐怀不乱"，故事主人公是鲁国名人柳下惠。《论语》等史书记载：柳下惠原名展禽，又字季，为春秋时鲁国大夫，因为他受封食邑在大柳树下，死后谥号"惠"，所以称为柳下惠。他曾出任过鲁国士师，一生政绩不多，但颇有口碑。《孟子》一书中尊称他为"和圣者也"。其最大特点，为人处世循守礼法，讲究原则，刚正不阿，所以每每得罪于人。曾三次为官，皆因刚直不阿，无缘无故地被免了职。即使如此，他非但不怨天怨地，或者拍着桌子骂娘，以死相要挟，甚至有人劝他，应该去国远走，彻底离开这是非之地。对此，他一脸严肃地回答说：按照原则办事待人，到哪里能不被罢免？如果不按原则办事待人，我又何必离开自己国家到别处去！言下之意，我要的就是这"直道而事人"的劲头。结果，此言此行被孔子知道后，大为赞赏，称他为"言中伦、行中虑"的绝世好人。

据历史记载，在他身上曾发生了一件流传千古"坐怀不乱"的绝代故事，汉代人注《诗经》说："柳下惠，妪不逮门之女，人不称其乱。"这是关于这个故事的雏形记录，虽然简略，但是足以让人看出事情梗概，并由此激发出了后人无尽想象。清代《辍耕录·不乱附妾》追记其事，曾这样写道：

柳下惠夜宿郭门，有女子来同宿，恐其冻死，坐之于怀，至晓不为乱。

柳下惠曾在郭门这地方夜宿，有一个落难女子请求与他共宿，当时天寒地冻，柳下惠实在不忍心让其冻死，便让其坐在自己温暖怀抱中，结果，整整一个晚上，二人没有发生淫乱事情。这绝对是一曲超越人性自然、纯而又纯伦理道德和高尚人格的伟大颂歌。一句"恐其冻死"，关爱之心暖意盎然；然后，一个活生生大男人，将一个热气腾腾俊女子，二人搂在一起，整整一夜，即使在阴暗模糊的夜色中，即使身体暖流交融在一起，也不起一点欲念要求，并且一直到天亮也没松手，什么事情也没发生，那是需要多么大的道德毅力和克制心劲！

假如开始引其入室同宿，还有些令人怀疑的话，那么至终也没有与其"乱"性妄为，以仁爱道德开始以礼仪道德结束，这中间，与其说是除了仁爱还是仁爱，不如说除了道德还是道德，除了理性还是理性，不是故意活活压下这阵阵欲望冲动，因为心中原本就有道德深根，自始至终就没有起什么冲动，坦然自若如超凡道德仙界真人。即使穷尽想象，也想象不出柳下惠当时是一种什么样的心理状态。不过，人们能够理解，鲁地经过了较长时间的道德浸泡，必然会生出如此纯粹鲁国真男人，不出这样的男人才是怪事。关键时刻，他们的道德理性高于一切，战胜一切，即使人最难控制的原始自然冲动都不在话下。所以，人们毫不犹豫将柳下惠定型为高尚道德的化身，因为这实在不是一般超越，它纯净得除了道德外没有一丝一毫的人间世俗气息。

因为鲁国出了柳下惠，后代人沿着他的故事想开去，终于得出了一个涵括性结论，鲁国绝对不只有柳下惠，鲁国男人几乎都是柳下惠。于是，历史上又有了汉代《诗·小雅·巷伯》毛传这样的追记：

　　鲁人有男子独处于室，邻之嫠妇亦独处于室，夜，暴风雨至而室坏，夫人趋而讬之，男子闭户而不纳。妇人自牖与之言曰："子何谓不纳我乎？"男子曰："吾闻之也，男子不六十不同居。今子幼，吾亦幼，不可以纳子！"妇人曰："子何不如柳下惠焉？妪不逮门之女，国人不为其乱。"男子曰："柳下惠固可，吾固不可，吾将以吾不可，学柳下惠之可。"

同最初的柳下惠故事相比，这个鲁国男人的故事更值得玩味，人物变成了独身男人和一个寡妇，还特别设置了一个暴风雨做背景，使得情节更为生动复杂，矛盾更为尖锐激烈，道德冲撞更为深刻厚重。一对孤男寡女，碰上了瓢泼大雨的夜晚，这是个可能发生故事也必然会发生故事的场景，主人翁的特定身份更易发生香艳故事。大雨淋塌了寡妇的房子，她侥幸逃了出来，主动跑到孤独男子窗下喊叫：这样天气，大哥就让我进屋避避风雨吧！从场景到起因都为故事向花色方向发展，制造了诸多必然性因素。

　　然而，即使如此场景和机缘，故事也陡转直下，鲁国的这个男子绝对无愧于鲁国人的称谓，他做出了果断而决绝选择，就那么端坐于屋内，从容不迫地回答窗外急切求生的女人：即使大雨淋得你再重，我也坚决不能让你进到屋子里来，不是因为别的，而是古传道德礼法不允许，道德礼法规定：人不到六十岁，男女不可以单独在一起，即使我很同情你的遭遇，即使无人知道的情况下，我甚至连一顶破草帽也不能递给你，没有办法，自古道德就是这样规定的，人的道德品行和荣誉大于一切，它比大雨淋坏了你的身体甚至夺去你的生命还重要，实在对不起，请你为了你、也为了我，咱们自重吧。

　　他比柳下惠做得更为决绝和彻底，连最后一点人与人之间的温情，也被清除得干干净净。在道德与爱怜之间，道德就是每一个人无法撼动的生命铁律自觉，"君子慎其独"，在鲁国男人心目中，永远是那么生硬而冷酷，不近人情才能得其真谛。也许寡妇实在受不了了，便提出：难道你不能像柳下惠那样，稍稍变通一下，咱们只避风雨不坏道德行么？阴暗中的男子仍然是一副斩钉截铁的口吻，丝毫没有一点回旋的余地，回答道：柳下惠认为可以，我却认为不可以，礼仪道德怎么可以随便变通呢？它绝对是铁板钉钉不可动摇的呀。

　　大风雨中寡妇后来到底怎么样了？书上没说明，令人为之深深感慨的是这位鲁国男子，那样一种循守礼法劲头，影影绰绰火光下，是一张毫无表情的脸和一双僵直不动的眼睛，固执、冷酷，仿佛是放置在夜晚阴暗处的一个礼仪道德活标本。永远依于礼仪道德，永远死板和僵硬，任何时候都不会有哪怕是一点点灵活机动，在他看来，唯其如此，才是鲁国真男人，也才是鲁男子质地，"其智可及也，其愚不可及也。"在风云变幻的世间长河中，永远裹挟着厚厚道德戎装，直道而行，一往无前，"仁以为己任，死而后已"。塑造出一种蕴含着区域文化特征的历史称谓的同时，又向世人展示出区域一种被定格了的无可更易的品行与风气。

　　自古民间传说具有一种不可逆转的流布扩散功能，成为岁月中逐渐放大的光圈。就像"鲁男子"，当它在历史上定型之后，不仅被制成了一种地方人格标签，投射和粘贴在曲阜所有男人的脸颊上；同时，曲阜人也对此种说法做了欣欣然心理认同与接受。然后将其从个体行为染化为社会集体无意识。再后来，便是以此为主题，不用外人帮忙，他们自己创造出一个又一个更加有趣的鲁国男人大好故事，并将其传向四面八方。

　　乾隆版《曲阜县志》上记载，大约也是很早的时候，有一位鲁男子年方二十多岁，与一位乡邻女子相恋正浓，一日，二人相约，黄昏时到城南沂河边相会谈心，具体约会地点，就在河里第二个桥墩底下。到了黄昏，小伙子奉行男等女老规矩，兴冲冲地提前来到了桥墩下耐心等候。不料正在这时，意外事情发生了，河上游山洪暴发，眼看河水从远处滔滔而来，越涨越高，眼前的桥墩渐渐被水淹没。这时，这位年轻鲁国男人非但没有慌忙逃跑，相反，他想：我和女子约会地点就在桥下，如果因为水淹而跑开，女子找不到不说，失了信更是不可原谅的天大的错，于是他紧咬着嘴唇，死死地抱住桥墩一动不动坚守在那里，最终水慢慢地漫过了头顶，被洪水淹死了。

　　他用自己的年轻生命，完成了一个鲁男子守信不移形象的最后塑造。史料记载，后来，有人为此专门立了一通巨碑，写了一些品行高尚、堪为人范的颂词，可惜，现在已经找不到了。只能使人站在城南沂河边上，望着旷野长风和游云，去想象他那冥顽不化的水中造型以及后来留下的流风遗韵，多好的男人啊！真是令人神往！

　　当然，曲阜男人在道德上的"愚"，不完全关乎男人和女人，愚德是其全方位的表现。据《后汉书·杨彪传》记载。当年袁术僭乱，奸臣曹操让杨彪去袁术那儿为他说媒，借机诬杨不忠，以重罪将其下狱治死，一时间，杨的冤屈和世人冷漠就横亘在朝廷之上。就在大家都敢怒不敢言的时候，只见一个身为孔子后裔的曲阜人孔融挺身而出，勇敢地从后面站了出来，大喝一声："今横杀无辜，则海内观听，谁不解体，孔融，鲁国男子，明日便当拂衣而去，不复朝也！"路见不平拔刀相助，且以割席相要挟，正是他关键时刻不畏强暴的一声"鲁国男子"的断喝，使曹操惧怕之余，不得已"遂理杨彪"。

这一声震撼魏晋朝野的断喝，为鲁男子称谓又涂上了另外一层闪光色彩，即刚正不阿、舍生取义，永远以一个顶天立地的大丈夫，以高尚道德风范傲然耸立在历史长卷中，他们虽然不失愚顽之气，但固执得可爱可敬。以至于清代的钱谦益，在其《狱中杂诗》之三中称赞道："国中安得鲁男子，天下无如王长君。"人们有时为关键时刻国中缺少鲁男子而感怀不已。因此，我们还真的不能不为鲁男子道德禀赋而喝彩礼敬，有时他们真的很有光彩，很有视觉冲击力和震撼力，让人不得不对曲阜男人刮目相看，为之礼敬喝彩。

鲁　姑

历史上，曲阜女人习惯地被称为"鲁姑"。曲阜女人原本并无多少显赫处，用当地男人话说，不过是些"娘们儿"。但是，一方水土养一方人，因为她们生于孔子故里，成长于道德渊薮之地，诞生在"三从四德"老地方，于是，她们即使不愿意或无意识，也不得不背负别一种区域文化职责，肩扛起另一种历史传统意念，默默地在岁月长途中蠕蠕而行。

其实，在原始儒家的学说中，除了那句被曲解了的"唯女子与小人难养也"之外，对于女人并无多少歧视目光。因为孔子面对自己困苦一生的母亲，没有理由也不会来敌视和丑化女人。史书记载，他不仅十分在意地为自己女儿和侄女寻找对象，再后来，死后也随妻子一块葬于泗水河畔；为了重视女人，还制定出"冕而亲迎"的结婚习俗，甚至在创立儒家学说时，综合前人观念，极力赞同人间"礼仪造端于夫妇"的观点。

所以，在曲阜民间习俗中，也并非绝对化地排斥和卑贱女人，相反，因为这里重视一个"孝"字，古来的孝道，最讲究孝敬父母，所以《论语》一书，包括后来的《孝经》，除了父母之外，孝敬祖父母则一字不提。按照传统孝道关系，祖父母应该由父亲一辈人来尽孝心，这叫做一辈管一辈，亲娘天经地义就该由自己进孝。以至于在曲阜人的口头语中，人们随口便可以叫骂"奶奶"或者"老娘"（即外祖母）。记得初时到曲阜，听到这句话十分吃惊并且不理解，怎么可以骂得这样狠毒。开始认为，这里的人愿意用更狠更蛮的劲头来骂人。后来发现，事情远非想象，他们可以随便地骂奶奶，但绝对不随意骂母亲，他们认为骂母亲比骂奶奶程度更严重，如果到了骂母亲的程度，那大约也就到了该动手的时候。

人们对于母亲别有一种娘亲意识。这可以从当地人喊"娘"的声音中听出，曲阜人喊"娘"声音是 na，而且是第四声。在语音学上，这是个合音字，古汉语中有这样一格，为"娘"和"啊"的合音，一个娘（na）字，便把母亲为代表女人们最大悲悯之情抒发感叹出来。我曾被曲阜人这种感叹深深震撼。在人们眼中，母亲从古及今真的是一些值得感叹的人。

可惜，这种极富人道的悲悯情怀，不是基于一种女人普遍情感和理性认知，而是基于孝道先在的性教化和规范成果，或者说是道德观念所规定出的特定人世情怀。于是，除了亲娘，其他女人，甚至包括祖母在内，也难以被人做出正确的社会角色和价值确认，至今在曲阜老式人家，如果来了客人，家里所有女人，即使年龄辈分再高再大，也不能上桌与客人共餐，这是古传死规矩。正因为如此，在曲阜历史典籍中，除了"女子无才便是德"诸多褒奖之外，几乎没有留下什么像样史料。比起男人来，简直是微乎其微。只在《曲阜县志》或者《阙里文献考》等地方史书"贞妇""列女"传中，见到她们一个又一个令人心酸的名字，然后便是在路旁或者墓地里一座座高大贞节牌坊上，依稀见到她们模糊的身影。

并且，对待这样一个生活中不可或缺的群体，随着历史积层越来越厚，不仅仅是男人的问题，包括女人自己在内，也默然地承受着眼前一切，被活生生地挤压到生活边沿和角落里，蜕化为全然性社会弱势群体。只要男人不站出来说话，女人就绝对二话没有。如果说曲阜的男人所面临的是道德礼仪困守，那么，曲阜女人们背上所背负的是礼仪和男人双重压力和禁锢。以至于后来，女人们不仅被区域生活环境强塑为悲剧黯然性人格，变成逆来顺受的"娘们儿家";女人也一天天地把本我消解的无声无息,变异成为年复一年幽怨无欲的格调和方式,聚敛为一句"一个女孩儿家"的民间惯常话语。

正如中国古代文化史所描述的情景,历史上,凡是被文人骚客纳入视野或者编入史书的女人,几乎全是因为悲剧性存在境况和故事流传,并且越凄惨越痛楚,她们在历史上所具有的地位与声望就越高,影响就越大。悲剧是中国历史存世女人的基本线索和色调。正史如此,野史更是如此。所以,我怀疑历史上男人中存在着些专门制造或观赏女人痛苦寻找快感者,他们就像寻欢作乐肆意饮酒或者抽大烟一样,一代代沿袭下来成了无可救药的"瘾君子",即使有几个说正话的人,那也是本着虽小道犹有可观的传统观念,为了实施所谓教化,让她们的悲戚往事,教育后来女人们要以史为鉴,为男人培养出更多既安分守己又"懂事"的好女人。

因此,寻找和阅读曲阜的女人,只能在一些地方史书的缀余部分,发现一些有味道的故事,下面我引用几则,供"博雅君子"品味欣赏:

故事之一:《伯姬守贞》。据《谷梁传·襄公三十年》记载,春秋时期,鲁国国君鲁宣公有一个女儿出嫁到宋国,为宋共公夫人,恭称之为宋伯姬,共公去世之后,她执节守贞。一天晚上,宋国后宫突然起火,熊熊烈焰铺天盖地,生命危在旦夕。这时有人发现国君夫人还没逃出来,便急忙上前喊叫营救。令人没有想到,屋里的宋伯姬听到有人喊叫,让她赶快逃命。在熊熊大火中,伯姬不是立刻往外跑,而是在屋里高声回答:"妇人夜行,必待傅姆。""傅姆"是老年人的男女侍从,男人有男傅姆,女人有女傅姆。当时有这样的礼法规定,女人一般不能夜行,如果一定要晚上出门,也必须要由傅姆在身旁跟随,以避免嫌疑。在宋伯姬看来,即使眼下大火已经烧到身边,然而身边没有傅姆,为了证明自己循礼清白,也决不能走出房门一步。

就这样,宋伯姬因为不肯下堂,遂被大火活活烧死,用自己的生命捍卫了女人的循礼和贞节之心。正因为她如此坚定而高尚,旋即便被鲁国男人们特意记载于《春秋》之中,以示褒奖,并誉其为历史上开女人守节诚贞新风的人物。中国历史上最早的贞妇产生于古地曲阜,这不应该感到意外,曲阜女人就该开创和形成民族延绵几千年的"贞妇"浩浩传统,它令曲阜人感到无比地骄傲和荣耀,因为这其中大有儒家道德知行合一的味道。

故事之二:《鲁姑弃子》,汉代刘向《列女传·鲁义姑姊》记载:春秋战国时期，有一次，如狼似虎的齐国突然率领浩浩荡荡大军前来攻打鲁国，铁蹄很快踏过了国境。队伍朝前推进过程中，突然见到一中年妇女带着两个孩子迎面走来，开始是抱着小的领着大的，待气势汹汹的大军走近之后，只见妇女突然变换了姿势，随手抱起了大的领着小的。齐人见此行为十分不解，便派人上前打问，她不仅毫无恐惧，还一脸端诚地告诉齐人说："大者，妾夫兄之子；小者，妾之子，夫兄子，公义也，妾之子，私爱也。"意思是说，我这样抱大有讲头，所抱大孩子，那是别人的孩子；手领小孩子，这是自己的孩子。面对危难，抱自己的孩子是私爱，抱别人家孩子才是公德。秉德好义就应该弃私爱而循公义，这才是为人根本。

据说，当时齐国统领听到这番话后，深深为之感动，转身向旁边人说道："鲁未可攻也，匹夫之义尚如此，何况朝廷之臣乎？"就连鲁国女人也如此重道义，可见此国绝对难以战胜，说完传令三军，立刻撤军回国。曲阜女人一次近乎本命性真情礼仪之举，甚至起到了熄灭战争、消除国祸作用，可见其大义凛然身姿会有怎样的震撼威慑力。

后来《鲁姑弃子》在曲阜被一再流传，并被人不断地仿效，据说衍圣公府中，就曾流传着一个与此相类似"张姥姥"的故事。唐朝末年，孔府中的洒扫下人刘末，突然发难，弑圣裔篡孔。年幼的第六十代衍圣公孔仁玉，被人偷偷转移到乡下，在刘末派人追杀到乡下的关键时刻，收留孔仁玉的张姓人家，老奶奶当着追杀人面，将自己小孙子交了出去，用小孙子的生命保住了圣府血脉。大义为人待世，对曲阜女人来说，或许根本不是一种理性行为，而是很深很深的历史自觉，在道德渊薮中待的时间长了，道义已经内化为本命性自然、自然而然。

故事之三：《鲁之洁妇》。《列女传·鲁秋洁妇》中记道："洁妇者，鲁秋胡子妻也。"历史所传洁妇，就是鲁国人秋胡的妻子。春秋时鲁国秋胡，因求取功名心切，结婚不过五日，便不顾一切离家"游宦于陈"。一去五年，或许并不顺利，竟然一点音信也没有。到了第六年，终于混出了点名堂有了点变化之后，便决定大摇大摆地荣归故里。临近村庄时，见到一位小妇人，独自一人在桑园中采摘桑叶。也许离家太久了，也许小妇人实在太漂亮，便情不自禁地走上前去，提出要与她求欢。小妇人根本不搭话，秋胡便又从腰里掏出金钱，告诉她若能允从，可以重金相赠。小妇人仍然不予理睬，秋胡自讨没趣，只得悻悻而去。

回到家里，有趣一幕发生了："及还家，母呼其妇出，即采桑者"，到了家里，母亲喊出媳妇，他才发现，原来自己郊外所戏之人，竟是自己的发妻。此时，妻子也认出了他，只见妻子暴怒而起，一边大哭，一边大义凛然地斥责秋胡，竟然随意悦路旁妇人，纯属好色淫逸之徒；还厉数其五年不归，实为忘母不孝小人。自然是喊天呼地，痛不欲生。说完之后，像发了疯一样，头也不回地跑了出去，一头扑进门前沂河里。

在曲阜，自古不孝和好色，是两项不可饶恕的大罪，无耻秋胡竟然两样同沾，妻子当然要与之不共戴天。所以，最后选择"愤而投河死"，结局完全符合曲阜道德律性，当然也是曲阜女人所能有的最高洁的道义选择，同别处女人比起来，曲阜女人会将此举做得更干净和彻底，更决绝有力。以至于，后来就连李白这样的浪漫仙家，也不能不被这样的道德义举所感动，动情地吟出"愿学秋胡妇，贞心比古松"（《湖边采莲妇》）。

只是后来，我听说民间还有一种流传版本，说秋胡妻并没有跳河，她一阵抢天呼地哭过之后，看到婆婆也为之大哭不止，加之这时四邻八舍纷纷前来死命相劝，流着泪说道：自古哪个男人没有三妻四妾；何况你死了，你那可怜的婆婆恐怕也活不成了，这时的婆婆自然是也几次背过气去。出于对婆婆的孝敬，她高声地喊了几声：我是冲着婆婆！最后打消了寻死念头，和秋胡又重归于好。这样一个结局，绝对是曲阜男人的杰作，也是一种真实世情描写，自古曲阜女人"嫁鸡随鸡，嫁狗随狗"，即使是咽不下去的时候，也要委曲求全，这是女人们另外一种当然本分。何况还有婆婆在上，她不让你死，你怎么敢随便去死呢？不听话就是不孝。女人不孝，比死的后果更为严重，会受到更严重鄙弃。

我曾就这个故事，去问过当地一些稍稍上了岁数的女人，哪个结局更好？她们大多数都笑笑不说话。有几个用直直的眼睛望着我，说道：死了又能怎么样呢？这就是曲阜女人，即使是男人在外面有寻花问柳或移情别恋情节，她们也往往不是立刻选择离婚散伙，而是一边哭诉一边期望男人回心转意。到最后还不行，她们要么是坚决不离，用不同意签字离婚这一手段，来制裁那些负心的男人，扬言要靠死他们，看我们谁靠过谁；要么站在大街上，含着泪向街坊邻居说一句"为了孩子"，然后低着头默默过下去。她们真的会自己拉着孩子过下去，然后，即使是多年之后，如果男人回家来，她依然会接受这个回家的浪子。

故事之四：《忠贞烈女》。清代颜光敏在《临清池行并序》中，曾记有这样一个故事：康熙丁巳年，曲阜当地有一个乡下田夫，在去往城里的路上，不小心掉到泗水河里淹死了。妻子宋氏听到消息后，决心为他殉情，家里人为了防范她出事，几乎天天夜里不睡觉看护她，对此，宋氏不止一次轻声慢语地对家人说，你们这样做是多余的，我最后一定要死到水里。

因她家离泗水河非常远，据说周围连个井都没有，所以，家人认为她深陷悲情之中，不过是说说罢了。谁知，过了没几天，该女突然从家里失踪了，派人四下里找也没有踪影。几天以后，有人在她家门前一个隐蔽的小污水池中，突然看到一条花布带子，才发现了她，看出已经死了好几天了。打捞时，人们惊奇地发现，小污水池总共不过二尺深，该女子脸朝下，怀里抱着一块大石头，匍匐在水中，因此才得以死亡。打捞出水之后，令人更为惊奇的是，她自己从上衣到裤子一直到脚下的鞋都用针线密密缝死。观看的人里三层外三层，无不落泪感叹，称赞该女子为有礼之人，据说，该女子当时只有二十岁多一点。

中国历史上殉情节妇烈妇不计其数，此女子不仅死得坚决，而且死的方式也与丈夫同一路向，水浅就匍匐抱石而死。为了免于被人触其肌肤，从而遭受不洁之辱，毅然决然将身体全部缝死。这就是曲阜的烈女，即使是殉情也与别处不同，她们按照从一而终的古训，将情殉得更合乎礼仪之节，殉得细密周全，殉得无与伦比。大儒颜光敏对此列女的行止深受感动，情不自禁地为之吟道："丈夫昔怀沙，妾有支机石，君流波、妾止水，……于斯万年，大浸稽天，此水泓然。"

曲阜女人就是这样死得极其轻便与随意，因为她们不怕死。生命与道德礼仪比起来是那么微不足道。所以，鲁女之死，往往不是英雄壮烈之死，因为她们不愿意或无法抛头露面；更不是拼命抗争之死，因为她们有异乎寻常忍耐力。从古及今，她们只在家道生活中，经常展现出一种令人感慨的轻命与贱命意识。每当受到生活挫伤，会转不过弯来，然后用自杀方式进行恐吓性表达。即：我这就死给你看！她们几乎感受不到生命所具有的更大社会价值和意义，对自己的存在与否有时真的并不怎么在意。

鲁 叟

"鲁叟"在古代文献中，一种被用作为孔子的特指。在先秦时期，"叟"是一种老年人的尊称，所以，在《孟子》一书中，梁惠王见到孟子之后，便直接呼道："叟，不远千里而来，亦将有以利吾国乎？"还说，"晋国，天下莫强焉，叟之所知也。"根据当时的历史背景，梁惠王对于一个不远千里来到国家帮助自己的名人，一个颇有些知识的正宗儒学传人，多少会有些尊敬在里面，所以，他所谓"叟"该是"老人家"，或者"老先生"，再或者"尊敬的老先生"，当时对上了年纪的儒学者方可称之为"叟"也未可知。

或许因为前有孟子做出这样的描述，魏晋陶渊明的时候，其《饮酒·羲农去我久》一诗才会有"鲁中叟"之说，用鲁国的"叟"来称谓孔子，所谓："羲农去我久，举世少复真。汲汲鲁中叟，弥缝使其淳。"大意是：神农伏羲已经远去了，时间因此也少了许多质朴与天真；直到后来鲁国出了孔夫子这样一个老者，急切地补救缺失使风俗归于纯厚。细品话语意味，尽管有"汲汲"这样的描写，但是并无多大贬义，相反，陶渊明满怀对先圣敬意，尤其以仁义礼智来拯救天下颓势，还是给予称赏和肯定，陶渊明作为一个心系农村田园的大隐，话味中很有些乡下人的纯厚意趣。

到了唐代，"诗仙"李白不仅将"鲁中叟"改为"鲁叟"来指代孔子。其《早秋赠裴十七仲堪》中吟道："荆人泣美玉，鲁叟悲匏瓜"，因《论语·阳货》一章中，曾有孔子谈自己，"吾岂匏瓜也哉？焉能系而不食"的记载，说自己难道是一个匏瓜吗？怎能挂在那里不食用！李白借此还发挥道：荆国人和氏只能为人们不识美玉而哭泣；鲁国的孔夫子只能为匏瓜系而不食而悲伤。细品李白的话味，怎么看都像是在故意嘲讽，蕴含一丝丝轻蔑的意味，说鲁国的那位可怜的老者，只能为是一个匏瓜而暗暗悲伤，终生无法实现自己的美好理想。

本来李白的这句话并没有人注意，也无多大的忌讳，诗人说话有时不太靠谱，也无需过多在意。所以，与他同时的人并没有几个用"鲁叟"来指称孔子。因为后来这一"世人皆欲杀"（杜甫语）的绝世狂人，又在不同的场合接二连三地说出一些更令人吃惊的狂话，像什么"我本楚狂人，凤歌笑孔丘"，他竟然置唐玄宗"文宣王"的圣旨于不顾，学着楚国狂人接舆讽刺孔子"凤兮凤兮，何德之衰也"的样子，不加掩饰肆意地嗤笑孔夫子，以此种博人眼球的方式来张扬自己，所以，不仅惹得许多儒学中人极度不满，更为孔氏家族所憎恨不已，不仅对其大加贬斥指责，还将其做了不少惩罚，成为历史上一段说不清的文化公案。

大概到了宋代之后，人们不仅常以"鲁叟"来称谓孔子，也每每围绕着"鲁叟"来做文章，其中固然有"鲁叟欲浮海，楚人休问天"（梅尧臣）、"放勋访吾叔，鲁叟问弘聃"（刘克庄）、"逝者固如斯，川上叹鲁叟"（林景熙）这样的感叹悲悯之语，感怀老夫子诸多的遭际。同时还有一些人不知出于什么心理，借此公开嬉笑怒骂以称其能，例如宋代贵族公子哥张镃，一个"其园池声妓服玩之丽甲天下"的放浪狂徒，就曾不知深浅地吟诵道："嗤笑鲁中叟，弥缝阙失成灰尘。"借着古人的话来标榜显示自己。

除却那些别有用心不论，就这样，"鲁叟"在封建时代中后期，成了中国传统中的一个特殊的话题，或者说成了一种特定文化意蕴的符号。因为他们选用鲁国一个老者这样的称呼，便多多少少含了些不敬的负面意味在里面，让人不是从历史至圣先师的崇高与伟岸传统来看待礼遇孔子，而是转而以一个有些暮年气息的过往老者，一个有些古旧和颓败的意象来表现和称道孔子及其儒家的存世式样，借此来诉说一己特定现实文化感怀意念，令人颇生感慨。

其实历史上对于孔子及其儒家并不缺指斥乃至对峙的声音，从孔子被人称之为"累累若丧家之犬""四体不勤，五谷不分，何谓夫子"开始，对于传统儒家"游文于六艺之中，留意于仁义之际，祖述尧舜，宪章文武，宗师仲尼"（《汉书·艺文志》）的行止，墨子学派就曾指责儒家一味地追求礼仪而不事生产，便是无用大于有用；孟子领着一干人周游他国游说，在战火纷纷的年代，净说一些"保民而王"的大话，实在是些"迂阔而不切实用"的玩意儿，所以，尽管孟子说得天花乱坠，但还是被人委婉地拒绝而不能用。

此种对于"鲁叟"指斥的声音，李白说得最为尖刻，在其青年时期所写的《嘲鲁儒》一诗中，这样写道：

> 鲁叟谈五经，白发死章句。
> 问以经济策，茫如坠烟雾。
> 足著远游履，首戴方山巾。
> 缓步从直道，未行先起尘。
> 秦家丞相府，不重褒衣人。
> 君非叔孙通，与我本殊伦。
> 时事且未达，归耕汶水滨。

尽管李白这首诗中的"鲁叟"表面上看已不是专指孔子，而是转而对于整个鲁地儒生的嘲讽，但是，这其中无疑蕴含着孔子，这是不争的事实，在他的话意中，或者说正是因为孔子为儒家开了风气，所以后来的鲁地儒生才会如此品质和模样，他们是喝着曲阜地上的水，由孔子教化出的代代一脉相传儒道中人，他们身上已经深深地烙上了鲁地的历史印痕，即使你再使劲地擦拭，也终难以消除他身上的暗记和味道。

具体来说，就是这些所谓的"鲁叟"因为沉浸于五经这样的天地老书，而且是终其一生将所有的力气和精力都用在章句的诠释和文字的解读上，即使是江山崩裂，生灵涂炭，他们依然埋首于书本之中而不闻不问；即使是社稷沉沦、国家危难，他们依然沉溺于知性的快乐之中而不能自拔，除了手中的书本知识，其他"经济策"也就是更富实效性更有用方式方法等，如坠五里山中，茫然不知所以。人们都说"百无一用是书生"，其实说的就是他们，一些可怜而又可笑读书死或者死读书的人。

尤其令人感慨不已的是，这些人对此始终浑然不觉，他们从来就是心傲气足，感觉良好，永远是一副唯我独尊、舍我其谁的表情和姿态，脚上随时穿着准备远行他国布道天下的布鞋；头上随时戴着翻山越岭教化众生的儒巾，走在路上从来迈着目不斜视直道而行的缓缓脚步，总是在还没有启程之前就已经声音遍野烟尘四起造足了出发的气势，高高的身姿耸立在云天之下，俯瞰众生以蔑视一切，仿佛整个天下的兴替存亡就在此一举。尽管身为诗人李白不无夸张乃至戏谑之意，但是在孔子之后，一些俗间世儒确实近乎仿佛。

从根本上说，儒家的学说并非完全是些无用的东西，其中所具有的"修齐治平"以及依据伦理道德所建构的"仁政""德政"学说等，就不能说它们与社稷人生毫无用处，相反，它们才是兴国安邦的根本所在，就像当年刘邦取得了天下之后，叔孙通等人为其制定朝纲礼仪，使大汉帝国为此不仅走向了健康发展的道路，同时也奠定了几百年汉家的基础。所以说，李白等一些以性情和浪漫为其眼界范畴的文人们，用一句"经济策"茫然如雾来概括儒家的所有，认为如此便可见出"鲁叟"们一无是处，绝对不是历史真实和理论定见，换句话说，文人和政治家永远不可能是同一视角和眼光看人。

只是从那些儒家末流的所作所为来看，他们无疑在历史的沉浮与争斗中，非自觉地继承和放大了儒家学说中的一些弱项内涵，或者说他们根本就不是按照原始儒家所设定的理论路向做现实沉重承担，而是龟缩在书本和理论的一角，将儒家学说变成了他们生存牟利的手段和遮挡风雨的庇护伞，久而久之，他们非自觉性地走向生活行为异端僻路，最后导致自己的人格精神和行为能力都严重退化，成了一些手无缚鸡之力、心无宏阔之境的狭窄文化人，这样的人和事，在历史上我们几乎随意就可以找到一大群。

就像儒家所提倡的"乐学"境界，《论语》一书中记载得很清楚，一开篇就是"学而时习之不亦说（乐）乎"，然后沿着此种学习快乐，不仅将学习的快乐延绵至生命的始终，也成了整个生命至大至高追求。如孔子曾不止一次很陶醉地跟身边人说，"发奋忘食，乐以忘忧，不知老之将至"，说他在晚年的时候，依然感受到特殊的人生学习之乐，不仅乐得长久，也乐得深刻，乐得沉迷，忘了衣食、忘了忧虑、忘了年岁，人完全陶然在乐之境界中。

学习不仅造就了他一种学习心性与人格，更坚定了他以学求生进取的信心与信念，在孔子看来，人与动物最大的区别之一便是人有智慧性的向学趋向，而且是"多乎哉！不多也"的终生追求与向往，一个真正的儒学中人，你绝对没有第二种生命选择，无论在何种时候、何种情况下，就是面向知识"死而后已"，而且是死得欣然快乐，只有这样，你才是一个真正的儒家道徒，一个具有至高慧觉能力的"君子儒"。

如果说其他宗教如佛教等，将心性入定、心佛一体、人佛一体视为人生至高境界，将能够获得佛境那会心一笑的清明快乐视为人生正途，由此构筑起宗教学说的内在生命信仰的话，那么，孔子和儒家基于人生的现实考量，则是将"学"、对于人生道理的永恒深进、最终能够获得连带德行一种知识和智慧至终灵光照耀，将人生义理与自己心性无间契合视为人生之乐的极致，所谓那最后一抹"真美啊"的感慨，以此构成他们的特定信仰意蕴，严格意义上，这才是"鲁叟"的历史本质真相。

之所以如此，除了孔子对历史文化的特殊悟性之外，据后人分析，与特定的区域环境和历史传统不无关系，所谓"记有之，广谷大川、异制，民生其间、异俗。况阙里为古帝王都会，山川灵秀，圣哲迭兴，沐教泽而被遗风者，其俗故宜与他处异"（《阙里文献考》卷二十）。自古一方水土养一方人，曲阜史上重教传统使其自会不同别处。就像地中海一定会产生出古希腊一批哲人，曲阜一定会出"其智可及也，其愚不可及也"，即一味追逐知性之乐的愚执儒者。

更具体的原因，《隋书·地理志》又补充道："齐鲁之所尚，无不贱商贾务稼穑，尊儒慕学，得洙泗之学焉。"包括整个齐鲁大地，一直有一个贱商贾重稼穑的传统，就像孔子不论"稼穑"行止，只会尊崇儒道钦慕学习，所谓"君子谋道不谋食"，堪称是洙泗遗风深一层的历史真传。这才是儒家学派诞生的真正心因，如果说没有历史文化学习就没有儒家学派的话，那么，没有一以贯之的知性快乐高峰体验追逐就没有孔子如此精深弘博的思想体系，所谓，"知之者不如好之者，好之者不如乐之者"，用在孔子及其门徒们的理论建构中更为贴切，儒家学说都是知性快乐高峰体验的成果。

本来，产生知识性的高峰体验并没有错，在某种意义说，它还是人生一种高等禀赋与品质体现，许多"下愚"终生想望也难以达到此种境地。只是任何事情都有一个度，人在现实生活应该具有自知之明，在不同的智商和品质基础上，做出合乎自己的明智选择，而不是一味地奔至圣先师而去，造成终其一生，也无法做到孔子这样的大智慧者在人生所有方面均挥洒自如、卓有成效。在懵懵懂懂的状态下沦落为等而下之的"陋儒"，或者说"贱儒"，成为像孔乙己一样知道"茴"字有几种写法的乞讨者。

就像孔子最心仪的弟子颜回，用《论语》中的话说："一箪食，一瓢饮，人也不堪其忧，回也不改其乐。"颜回终其一生不仅对孔子思想亦步亦趋，对于孔子所揭示和描述的乐化境界，更是有过之而无不及，吃的是粗得不能再粗的粗饭，用破木瓢盛凉水喝，痛苦已经到了人们根本无法忍受的程度，还快乐得全然忘乎所以。所以，此事到了宋代理学手里，便有了"孔颜乐处"以及"孔颜所乐何事"的千古命题。

以至于再到后来，在宋代道学家的蛊惑下，人们除了称赞向往孔颜精神之外，还对于如何达到极度快乐进行了考证与开掘，直到认为文化知识绝对不能从富贵中求得，自古"君子喻于义，小人喻于利"，这话反过来的意思是：如果说追求道义会产生君子，那么追求物质利益只能产生小人；富贵之言难好，贫穷之言易工。必须身处贫穷之中，或者说只有在贫穷的生活中，才可获得文化知识之乐，知识快乐才真挚纯粹，才具有真实味道，才会乐得透明彻底，富贵和知识二者绝对不可兼得。

要想达到学问至高境界，就要有意识地在生活上尽可能地简化纯化自己，假如学习知识之前便身处贫穷之中，绝对不是什么坏事，在一定意义上，可能还是幸事；有了一定知识之后，要想继续前进，依然要固守贫穷，即使有了改善生活的可能性和机会，为了那份知识的纯真快乐、那份洁净神韵，也应该持守着君子谋道不谋食、计其功不计其利的原则，决不向后退半步，唯其如此，方可达此极致。这是颜回至死不改初衷的原因，因为知识化成了内心"宗教"情结，知识的灵光成了为之甘愿奉献的"上帝"。以至于在四十多岁时，终因贫困折磨，不幸抱病而亡。即使在贫穷中死去，也决不舍弃追求知识快乐的意愿。

尽管有人面对颜回为了知识快乐甘愿贫穷，或者说有意为自己制造更痛苦艰难的举止，发出了这样的叩问，人类获取知识的目的到底是什么？是否就是为了单纯和永久地享受那知识本体的快乐？享受知识本体快乐是否是人生唯一的选择？高尚贫穷是否为人生自然而又合理的状态？除了这一个目的性之外，还有追逐知识的过程，即就知识的高层次境界而言，是否只有在贫穷的状态下才能进入或者得到更多，如果只有贫穷这一条道路，沿着它步入学问的殿堂，舍此别无他路，这种做法是否值得？是否愧对自己的自然生命？

事情到了憨厚木讷的曲阜人这里，他们连问也不会问一句，因为那是圣人的教诲，所以便会紧紧地跟在孔夫子后面，久远的"鲁叟"不仅成了曲阜人行身立世的基本标尺，更成了曲阜人形而上的人格坐标，成了心性意愿取向的潜意识和无意识。用孟子的描述就是"亦步亦趋"，从过去一直走到今天，虽然生活贫穷，但是唯知识是乐、唯快乐而快乐，全然活在形而上的原理中，即使将自己塑型为生活中不合时宜的一个个"苦行儒"，心里也会感到特别满足，有这些就足够了。

经过了几千年的熏染和沉淀，曲阜从里到外已经彻底孔子化了，化得漫无边际，甚至包括脚下草木和泥土，仿佛都成了写满文字的古板老书。人们就这样背着老书，活在老书的字里行间。曲阜人永远跟着"鲁叟"那厚重而又怆然的背影，既无法超越他，也根本不想超越他。就像后来一个曲阜当代绝世高人，他叫陈松谷，其古诗文章高、其悬壶医术高、其书法绘画高、其人格品位犹高。晚年卧室内一幅《卧游》横轴，将一位隐逸君子渲染得满屋泉韵松香。他曾在曲阜城关医院把脉调药悬壶济世，至今口碑四乡。

他绝世不随流俗，而是活在自己的所构筑的世界里，据见到他的人说，平常一领黑色过膝长衫，喜欢在有月光的夜晚出游田野小径；还会利用到城里串门访友的机会，将路边石头捡起来，用衣襟包裹着带回家，天长日久在他家的院内垒起一座假山。山上修有蜿蜒小径、栽有松柏竹篁和草丛灌木，山脚下专凿一山洞，洞内养一乌龟。若有人前来造访，先生会雅趣横生地讲解道：别看这乌龟不起眼，它才是老师哩，生命力特别强，顺境觅食，逆境则休眠，不因尘世繁杂而生烦恼。说话时，样子像个天真的孩子。

地方上一位颇有名的书法家，曾专门登门求教，那是一个寒冷的冬日，老人家正蹲在院子里啃凉地瓜，然后，站在破木板临时搭起的书案前，一边挥毫示范一边训导身边的人：啰啰那些社会乱七八糟的事做啥，一门心思练书法不好么？至于为什么要练书法？练书法要达到什么目的？他无论如何也不说。颇有意味的是，松谷先生书法作品最多落款名号，竟然就是"鲁叟"。

鲁 班

最早接触鲁班。从一段美丽童话故事开始。它就被编在小学课本中，故事名字叫做《锯子是怎样发明的》。说原来世上没有锯子，所以人们割起木头来特别费事，后来一个叫鲁班的人，他领着一帮人到山上去砍伐树木，爬山的时候，突然被一种带齿牙草叶拉破了手，于是，突然启发了他的灵感，心想如果用与草叶一样的东西去割树木不是会更快吗？后来经过琢磨和试验，终于发明了锯子。记得学这个故事的时候，课本上还有一幅素描图画，一个穿着古装衣服的中年男子手里拿着一个草叶，敦实质朴地站在那里望着远方作沉思状。一看就知道是个能干活的好手。

真正知道和了解鲁班其人其事，在曲阜读了大学以及大学毕业以后，读了些杂七杂八的陈年老书，方知鲁班原来就是曲阜人，不光特别有志气，而且是从小就聪明过人。其中，汉代赵岐的《孟子注》中这样写道："公输子、鲁班，鲁之巧人也。"原来本姓公输，名班（般），有一个让人颇费猜摸的名字。因为技艺超绝，尤其是多有发明和创造，被后世尊为了建筑工匠的师祖，所谓"木匠始祖是鲁班，家伙学成载一船"（清·蒲松龄《日用俗字·木匠》）。可见曲阜这方宝地真的非同寻常，随便一找，都会发现一段关乎民族的好故事。

时间长了，通过地方老书还有就是道听途说，了解到除了锯子这木工家什以外，他还发明了木工用的尺子，《续文献统考·乐八》上记"商尺者，即今木匠所用曲尺，盖自鲁班传至唐，唐人谓之大尺，由唐至今用之，名曰今尺，又名营造尺，古所谓车工尺"。此物在我的老家称之为拐尺或角尺，到现在还在用，也还这么叫。据传还有画线绳上的小钩，叫"班母"；钉在刮木料长凳上的小木块叫"班妻"等等，它们都是用来纪念鲁班的母亲和妻子。

他又发明了能飞上天的木鸢，《淮南子·齐俗训》："鲁班、墨子，以木为鸢而飞之，三日不集。"放飞的木鸢竟可以在天上飞好多天，可见工艺实在精湛，如此说来，他应该才是制作风筝的始祖、世上飞行器的最早发明者。

王充《论衡·儒增》中，记他发明了木马车，"世传言曰，鲁班巧，亡其母也，言巧工为其母作木马车，木人御者，机关备具，载母其上，一驱不还，遂失其母。"他实在是太聪明了，竟能发明一种自己驱动的木马车，可谓是惊天创举，原本是为了孝顺母亲，方便她老人家行走，也许真的不很完备，造成车子自己一路狂奔，最后竟然丢了母亲。事情牵扯到鲁国人，总会有些孝道的内容在其中，这成了一种思维惯性。

《述异记》记他曾发明了木兰舟："木兰舟在浔阳江中，多木兰树，……鲁班刻木兰为舟。"竟然从江北的鲁国刻到江南浔阳江中，可见鲁班神技传天下，使得以神奇著称的楚国大地，也不能不深深打上他的烙印。在同一本书中，记载他甚至发明了木鹤，"天姥山南峰，昔鲁班刻木为鹤，一飞七百里，后放于北山西峰上。汉武帝使人往取，遂飞上南峰。"不仅能制造出一种能够飞翔的"木鹤"，还能一飞七百里，以至于汉武帝坐着它飞上了天姥山的南峰，除了赞赏鲁班通天的技能，也是将人类飞翔的梦想做了最高的智慧认证。

他还是世间桥的发明者，明代金幼孜《北征录》云："鸡鸣山西北，即浑河，有石柱数十，比列于河侧，其半出地上，俗传鲁班造桥，未成而废。"在山西鸡鸣山下浑河中，一直存有鲁班造桥留下的"石柱数十"遗迹，之所以次桥半途而废，清代俞樾的一本书上专门作了补充，不是鲁班造桥技能不行，因为鲁班的姐姐心疼弟弟怕他太劳累，提前学鸡叫而耽误了造桥时间。不但留下了一段美丽的神话，还渲染出浓浓的骨肉深情。

在曲阜，关于他的传说就更多了，据说有一次，他在干活时无意中发现有人将两块石板夹起来，在上面凿出些纹路，将粮食粒放到里面，磨面的效果更好，他决定推广这种方法，后来，为了使用更方便，他把石板改凿成圆形，用一根木柱固定在中间，以此来旋转摩擦，粮食细末便从石缝里流了下来，结果发明了老百姓使用的石磨。将鲁班的发明和百姓智慧结合起来，不仅揭示了鲁班的身份与地位，也将民族原初创科技意义定在了生活的顶端。

北魏郦道元《水经注·渭水》中记：他甚至会造像，"（渭桥）旧有忖留神像，此神尝与鲁班语，班令其人出，忖留曰：'我貌丑，卿善图物容，我不能出。'班于是拱手与言，曰：'出头见我。'忖留乃出首。班于是以脚画地，忖留觉之，便还没水，故置其像于水，惟背以上立水上。"事情到了神仙身上，便不一样了，只能剩下一点后背置于水上，大有孔夫子对鬼神不置可否的意趣。

还有更多"鲁班屋""鲁班寺"之类的建筑，它们几乎遍布大江南北，有的说是鲁班亲手发明，有的说是鲁班神下凡所造，因为成了工匠始祖和行业神，便有了一些鬼斧神工的本领，于是把所有不可思议的创造集于一身，这也是古今中外历史神话的惯例。

鲁班的传说令人神往的同时，也是我在曲阜所遇到的最大难题之一，他让我一直困惑不已，绝对不是不敬，相反，正是因为我太崇拜和爱戴了，所以，对于神话所具有的文化真实，尤其是对于此人所体现鲁国人格的寓意，感到无以诠释。想当年鲁国如此一片土丘起伏河流交错的土地，在产生文圣人孔夫子的同时，又产生出这样一位超绝的"科圣"，中国古代的"文圣"和"科圣"竟然都出生在曲阜。他们以此为舞台，在春秋风云际会的"轴心时代"，上演如此至高至性双星会，绝非是一种历史的巧合，二者之间肯定有着不可言喻的内在逻辑关系，他们令人着迷。

如果说孔夫子最终成了鲁国的政权核心人物，足以代表鲁国上层对社会人生作精深思考的话，那么，鲁班则因为出身低微不过是一个劳作的工匠，则代表着曲阜下层民众对生活真理和意义的深解，也就是说，古鲁国在历史上不仅存在着一个上层社会洞深的儒学，还存在着一个下层社会睿智的"班学"，社会上层和下层一体共建，才是曲阜完整的文化格局和人格结构。

也就是说，从天人原理上说，人分为三六九等，本质上不存在高低大小的问题，只是各自选择了不同的人生路向而已，于是，除了孔子所说那些愿意承担修身齐家治国平天下大道理之人，鲁国还有漫山遍野数不清的"小人"，他们同样是些"难保"的生存者，这些卑贱的"小人"除了养君子以外，自己该怎样生活，应选择怎样的方式来打造实现高地人生，鲁班用更为具体形象的方式，对此做了别一种解说和认证。一个明智的人，其实根本不必跟在文圣人的后面高唱礼赞歌曲，也不必死命地"知其不可而为之"，要懂得"正名"的道理。像鲁班这样整日地游走在百姓中间，关注的是吃穿用住那一套，不是"焉用稼"，而是"为用稼"，最终不也是一个神吗？

对于平民百姓们来说。只要你能够塌下身子，做生活的有心人，像鲁班在不同的地方、不同的时刻，都能适时地做到"每事问"，然后就是学思结合，知行合一。当然，最好还能够以"班"的方式予以实施（在这方面，我总怀疑"班"是一个群体文化象征，鲁班该是一个鲁国工匠群体的代名词），也就是大家齐心协力，群体推进，不是同样可以产生一种人际区域繁荣，甚至是国家强盛景象吗！

当年在鲁班等人的共同努力下，鲁国曾经真的出现过科技文明进步的恢弘景象，是古地曲阜历史上一个光芒四射的时代。沿着曲阜城两条正东正西正南正北的宽广大道，"鲁削""鲁缟""鲁酒"，还有"鲁斫""鲁桑""鲁砚""鲁鸡"等等，这些代表当时最高科学技术水平的手工艺品和农产品，源源不断地用牛车运向大江南北、四面八方。因为鲁国的工艺水平高，所谓"迁乎其地而非能为良"（钱谦益语），他们那时掌握着天下最核心的技术秘密，以至于鲁国产品到了其他地方，很难做到精良。"鲁国制造"成为了一个时代的科技代名词。以鲁城为中心，就那么气吞天下地领属着一切，浩浩荡荡地输出着先进的观念、输出着先进的技术、输出着先进的产品、输出着先进的人才。

据史书记载，鲁成公时，在一场强弱悬殊战争中，楚国实实在在地打败了鲁国，楚国获胜之后，他们眨着江南人特有的精明眼神，向鲁国提出的赔偿条件是：我们什么也不要，就要鲁国的执斫、执针、执绔300人，作为战争赔偿。那时，只有鲁国才有这样的先进科技人才，先进竟然引来战争科技掠夺，足以见出鲁班的业绩之卓越；还有晋文公称霸时，因为军事上异乎寻常的强大，所以专门对衰弱鲁国提出觐见之礼，不是那些精美的礼仪之设，而是要鲁国"玩好时至"（《左传·襄公二十九年》），强迫鲁国专门提供最好的手工艺品，并且是非鲁则不悦。可见鲁国的工匠们"如琢如磨，切磋琢磨"的能力何其精到神奇！

不仅如此，也许正是因为有比孔子早了数百年的鲁班精英群体，他们以其卓绝的生存和生活智慧，在鲁国这样一个天然的富足之国和南北交接之地，着眼于当下民众生活实际需要，创造出了一个足可以和采集狩猎文明及圈养耕种文明相匹配的"早期农业科技文明"，在当时的历史条件下，这无疑代表着时代一种崭新的文化趋向和高度，将整个鲁国社会推向了文化与文明的顶端。以至于使得孔子能够"登泰山而小天下，登东山而小鲁"，也就是说，如果没有鲁国历八百年所积淀而成的文化厚度，绝对不会产生孔子这样的历史巨人，就像古希腊没有文明的积累不会有亚里士多德的出现，没有春秋时期鲁班一干人所创造统领风骚先进的"科技"文明，也绝对不会有儒家文化群体的诞生面世，所谓仓廪实而知礼仪，这绝不是耸人听闻。

如果我们不是基于先儒们的成见和书本成说，可以看到曲阜曾经是我国农业文明的历史发源地，是我国早期科技文明的先进区域，正是"犁铧"等庄稼耕种开辟了一条人类崭新的生存之路，是鲁国那些祖辈家传的手工艺人一刀一斧摸索整理，按照农耕需要运用聪明才智生产各种生产生活用品，孔子能够将鲁国农业生产理论予以提纯后做出新的升华，才汇聚成儒家的思想之海和澎湃气势，鲁班这样的社会底层群体才是儒家学说高楼的坚实底座，没有他们就没有鲁国儒学。在曲阜仅仅看到孔子及其遗迹，看到儒家思想学说可以造就首善之区，绝对是不完整或者说不科学的疏漏，因为割断了历史根系和缘由，得到的只能是一孔之见。

可惜，现如今在曲阜人们对鲁班似乎故意视而不见、听而不闻，任其自消自灭。我曾专门去寻找过鲁班有关遗迹，听街上老人说，早年间在老东门外边，倒是有一座纪念鲁班的庙宇，叫"鲁班庙"，因为规模小，加上常年失修，到"文革"前已经破旧不堪，当地人根本没拿它当回事。后来，文化大革命结束之后，就连这座破旧小庙，也从曲阜地面上消失得干干净净，至于是什么时间被毁掉的，许多人都说，根本记不起来。最近听说南面的滕州市成了鲁班的故乡，这绝不是历史的遗忘问题，从根本上说，则是历史的关注度问题，或者说是对鲁班文化的内心体验以及生活价值取向问题，曲阜面临着全新鲁班文化判断与选择，因为让所有曲阜人都跟着孔子走，且不说跟上跟不上，这种局面合理吗？这个问题值得思考。

儒山烟云录

——石门山的诗意风流

北方十月，满目秋色。鲁地夏秋自来界限分明，比如"立了秋，裤腿就往下揪"，有时一天都不差。不只如此，季节稍有些秋意，山林原野便会涂出引人入胜的色彩，大自然从来就这么真诚而勤勉，待人不薄。

星期天闲来无事，我决定到城北的石门山去秋游，除了观赏簇新的秋色，也了却久远以来神契石门山而迟迟不能的一个心愿，其实石门山就坐落在曲阜城北，距城里大约四十华里。卧居曲阜古城几十年了，石门山的历史和面目，平常听到和读到的并不少。令自己也感到大惑不解的是，不知为什么，竟然一直没能走进石门山，登山临水，一尽山水之兴，可见登山临水有时也需要契机和心情。

查了一下，去石门山走 104 国道最好，一条笔直宽广的大道十分顺畅。然后过了吴村，在歇马亭附近下国道，折转向东，便可进山。近几年旅游部门专门修了一条进山的柏油路，路途并不难走。

骑上那辆老旧的自行车，逃出整日车水马龙的城区，随意地骑行在散着泥土柴草芳香的乡间公路上。远处青山淡远，田野空旷，近处地里的庄稼已收割干净，露出淡绿的草色。望着树叶翻飞、雀鸟高举，再看看路边三三两两农夫挥着鞭子，或耕或种忙得正欢，好不惬意。古人素有"人烟寒橘柚，秋色老梧桐"的说法，或许年龄的缘故，人过五十之后，秋色比春景似乎更令人心仪，更能让人赏心悦目。

走了不一会儿，身上便有了汗津津的感觉，方知道年龄不饶人。随着路旁田野片片向后飘去，风在耳旁呼呼作响，此情此景，虽然没有"我言秋日胜春朝"的悠渺意趣，但也不由得使人忘情其间，方知出身农民的田野情结和乡村意趣，竟如此难以消除，见了农田就莫名亢奋。

也不由自主地涌出古人写曲阜山野的诗句："山尾山头拖翠长，吟鞭摇雨路苍苍，不成村舍三家住，稍有田塍半断荒。"（孔尚任《冒雨过石门山后由横岭口转寺前》）可见多少年来，地处北方的曲阜山野村落，便是清疏朴陋的景色，连同古城郊外的百姓生活，习惯性地在朴陋中透出天地纯厚的爱意。

眼下稍有不同，四野里秋收正忙，玉米秸秆躺得满地都是，来来往往忙活其间的绰绰人影，牛车、拖拉机和着远近悠长的叫喊声，溢出鲁地秋野温和而淡然的农家丰收喜悦，年景真好。

一个又一个身影从身边匆匆晃过，窃笑自己平常太重淡然宁静了，以至于变得有些孤陋和闭塞。据说，石门山早已成了远近闻名的观景胜地，在自己的心目中，它竟然还是一座朦胧且不乏神秘的去处，一个不知到底秋景如何的秘境，一座不知该作何种文化意义解读的梦中山林，真是不该。过重地自守，实在辜负了石门山那份地缘美意和期待盛情。

一

秋天日短夜长，头上懒洋洋的太阳，转眼之间便正南了。大约十点多钟，终于风尘仆仆地来到了山脚下，阵阵山风从远处吹来，予人一种透心的凉爽。

山门前绿树成荫，山坡上细果摇曳，山脚下路两旁几个卖秋果的女人，正闲坐在石块上悄声地拉呱，见有人走过来，她们也只是抬头笑笑，并不怎么刻意招揽生意。手里自然做着活计，有的扒花生，有的扎鞋底，有的把山货扎成小把，随意地摆在地上，虽然衣袖上的花布补丁格外显眼，但穿戴还算整齐。

她们是一群沉稳勤快的鲁地山里女人，活泛的身影包括轻淡的谈笑，都与远近的山林融为了一体，绘出一幅美丽的山地风景画，这些女人们大有传神写照的妙处。透出一片温润和谐，透着自然，使山景满是人的诚挚情怀，山因人而充满温情，人因山而尽显灵秀。

在她们身后，一块块灰白裸露的山石自上而下，秋风轻轻地从山石旁边的细草上刮过，一路刮上去，撼动了远山上的厚重松柏林，发出沉重的声响。此情此景，你会不自觉地想到久远的"古风"一词，想到城里孔夫子的一句老话："慎终追远，民德归厚焉。"原来在石门山上，还保存着原汁原味的鲁风，如此稀缺依然存活，令人欣慰。

二

坐在路旁的石头上，抬脸向山上望去，静静的山峰青葱浓郁，山头飘着悠悠的白云，情不自禁地生出并拉长了幽渺的追远情怀。曲阜自古是个滋生历史掌故的地方，我曾经专门问过，在当地民间的老话中，围绕着曲阜周遭的山峰，曾有好多的说法：泰山因为高峻超迈，被视为孔子的人格之山；峄山因为灵动毓秀，被视为孔门的哲思之山；尼山因为平缓开阔，被视为孔圣的亲情之山；石门山则因为素雅清丽，被视为孔儒的艺术之山。

此种说法始于何时？已不得而知，对此，民国版《曲阜县志》卷九十九《阙疑》一章，曾有这样一段记载：

> 尚任志石门特详，王士祯信之，孔贞瑄又谓为尼防之后障，泰岱之门屏。夫子作琴操于此。李杜往来唱和为儒流所尚。山外崇陵，复沓大美，中涌蒲溪，一水汀畜为湖，更逾一岭，始达山足，峰峦秀异，隧洞幽壁，芳树幕云，奇葩炫目，古藤拳曲数十杖，蜿蜒如蛟龙，有玉笋峰、芙蓉岭、凤凰岗、桃花峰、孔闻诗与郭本尝读书其中，大抵至圣发祥之地，岱为祖山，峄为朝应，汶泗潆带，尼防结穴，皆与石门血脉相通。

这是古往今来人们解读石门山的一段经典文字，不仅文字描写精到华美，对于山的文化内蕴，体会尤其深刻独到。曲阜为孔圣人的发祥之地，北面的泰山若为祖山，南面的峄山则为朝应、汶水和泗水是为潆带、尼山和防山以为结穴，它们自古都与石门山血脉相通。

石门山不算太高，但因为身处诸山的正中间，于是，便成为了连接圣山圣水的核心标识。因此，不仅山上古今文脉涌流，亦为古今"儒流所尚"之地，站在圣贤们曾经的历史故地，人与山相映衬，历史与现实相应和，不仅使山势更显淡雅秀丽，也露出别样的儒风眼神。据史料加载，当年孔子北上泰山，深悟"登泰山而小天下"之道，就是从这里经过，一路走过，不仅留下了清晰的脚印和不绝于耳的讲学声，因为孔夫子每每"登山则情满于山，观海则意溢于海"，惯于品山悟水，求道于自然，所以，他还曾于此和着山风泉流作《琴操》一首，一种自弹自吟的独特乐章。

可惜，查阅曲阜相关史籍，记孔子曾作诗篇近十首，其中不仅没有发现《琴操》的相关资料，更没有具体诗句内容传世。孔子一生琴不离身，鼓琴是实施乐教的重要科目之一。他对于操琴和琴乐，该有极深领悟和发现，所以，《琴操》一定是古今琴乐的又一惊天之作。也许是音乐难以保存的缘故，当年的《乐经》，就因为音乐难存而丢失，使得古传六经变成了五经。再加上世事过多地流转沉浮，使它在历史中丢失了。

细想起来，这样也好，在石门山的山崖溪流上，它为后人留下一个巨大的审美想象创造空间。千百年来，人们循着孔子的脚步，畅想着悠扬的琴声，纷至沓来，走进山林，在想象中放飞无与伦比的文化情思，演绎山水静穆绕树婉转的琴声，也使石门山从山外映衬到山里风姿，从山下深涧到山上藤葩，用变幻流溢的光影姿色，涂上了一层神秘的音乐色彩，塑造出一种特有的"绘事后素"艺术情调和诱人场景。孔子是古今至圣先师，当年不经意的一声轻轻弹拨，让石门山从此有了荡人心脾的魂魄和灵性。

"山不在高，有神则灵"，山上有孔夫子衣袖飘飘、歌声缭绕；山下有琴声绕溪流转、不绝于耳。如此的音乐盛举，如此的儒艺风流，必然引来山林草木还有四野乡民的随声合唱。当然，会有文人、文化结伴而来；会有李杜往来唱和的雅兴；会有孔贞瑄等人携酒挈童席地而坐、雅会唱和的放浪之举；当然，也会有了孔闻绍等谦谦君子端坐崖上、伴游云于此读书悟道的兴致。

人们在山水中仔细寻觅体味着丝丝缕缕的"孔颜乐处"和"仁者乐山"意蕴。在儒家的观念中，仁便是爱，仁者的山林之乐，不仅仅因为山林自有仁性的品格，人只需对于山水仁质作单向度的感悟与索取。还因为仁更是人的品质，山之仁乐还是人对于山林大爱暖意的关怀与投射，所谓"情往似赠，兴来如答"，这才是圣人的高妙处，人化的自然和自然的人化永远二为一体。因为有孔夫子的身姿与琴韵在，石门山便有了仁厚的品质。

所以，欣赏石门上的景色与韵致，首先要从孔子和孔子的历史命题开始，正是他把一个又一个古老而现代的艺术灵感描绘在了蓝天白云之下，谱写在了清风与朗月之中。形成了所谓"此中有真意"的化境，使人面对此景此情、此意此趣，不能不发出"文哉、雅哉、斯山"的感叹。然后，也不由自主地沿山路而上，循着孔子留下的足迹，去寻找体味石门山之上那一抹琴弦的意蕴。

其次，还要满怀着对历史的深情厚意，满怀着对先师的崇敬与向往，唯其如此，才能读懂石门山，才能真正找到孔子所留下的曲折坎坷山路，获得孔圣儒家之山的丰富蕴涵，如果只是看光景，绝对不懂石门山。

三

石门山不算高，但是山路崎岖婉转，溪流缠树，再加上禽鸟和鸣，极有曲径通幽的趣味。顶着呼呼叫的山风，顾不得山石间半枯的黄叶在身边哗哗作响，沿着山路拾级而上，很快便爬到了半山腰，感觉身上有些热，脱下衣服，绑在腰间，终于成了一个真正的登山者。

停下匆匆的脚步，还没有从气喘吁吁中缓过神来，猛一抬头，前面竟有一座不大的古庙端坐在山崖上，好像一个暮年老者，正在静静地闭目养神。走上前去，只有一对老夫妇，看上去有七八十岁，在摆小摊卖饮料零食，也许是长期被山风吹刮的缘故，脸上暗红，刻满皱纹。见我走过来，他们主动告诉我，这里叫做石门寺，石门山上唯一的庙宇，并没有故意向我兜售身边的物品。

关于石门寺，我约略知道些，曲阜地方史志记载，它位于石门山涵峰腰间，距今已有近千年的历史。元代时为金真观，属邹峄山道教的下院；明代初年改为玉泉寺，民间称之为"石门寺"。经历了那么多年的岁月颠簸，风雨侵蚀，它竟依然健在，而且就坐落眼前，这是我没想到的。

记得阅读石门寺记载时，无论如何也弄不明白，为什么元代时会在此建一座道观？然后到了明代初年，原本好端端的道观，为何一夜之间又变成了佛家寺庙？难道仅仅是地方乡绅或达官们一时兴起，或者是突然周遭冒出一大群佛门子弟，他们故意在此儒山上占山为王？从山坡上望出去，天高云低，平畴开阔，原野起伏和缓。思维沿着如画的山野放飞出去，不知为什么，望着天边的云际处，好像突然悟出了点味道，石门山上建道观，然后再改寺庙，也许并非历史的偶然。

当年，孔夫子领着弟子们弹着古琴、一趟趟唱着《诗经》还有古歌谣，从这里往来走过，寻找登山思天下的义理，想必那时的石门山，不仅山石云烟、飞鸟走兽，就连崖上的嫩草和山涧的小鱼，都透着儒雅文气，圣人最懂得如何演绎"天人合一"，何况孔子总是有感天动地的气度与作为。

孔子去世之后，孔门弟子"儒分八派"，然后散落到各诸侯国。虽然在战国车马嘶鸣铁血征战中，曾有蘸着江风烟霞将楚骚染成惊艳绝世的狂人屈原；后来在大汉帝国雄起时，出了个将大赋铺张扬厉得惊天动地的司马相如；一直到魏晋南北朝，嵇康阮籍等文人诗酒风流沉江南。因为孔子的威望犹在，曾经的"罢黜百家，独尊儒术"和"圣之时者""至圣先师"如雷贯耳，使得人们面对曲阜和石门圣山，谁都不敢越雷池一步，要么弯下身来，做些孔夫子"温柔敦厚，诗教也"的私家诠释，要么躲进田园深处恣意地饮酒谈玄，在一个很长时间内，不曾有人到此改写石门山的文化命意。

一直到唐宋时期，石门山才迎来了它的艺术知音，一群群酒意阑珊的诗人，一阵马上披发狂奔之后，又在此仰天长啸，泼墨挥毫，满是敬仰与尊崇，那是大唐盛世和宋文天下的历史杰作，他们蘸着峰峦溪水，做出了承继道统的真情告白，将撰写的惊天妙文，一篇篇悬挂在泰山前襟衣袖上。那时的石门山，儒诗儒乐几乎就像春风里的青草，在阳光下成片成片地疯长。

没有想到，宋代如此之羸弱，江山如此不堪一击。仿佛一夜之间，皇戚贵族们正在上河上吟风弄月时，从西北的荒原深处，跑来一群骑着骏马英勇剽悍的蒙古族人。这些"胡儿不识汉家音"的莽汉，几乎不费吹灰之力，便将一个用红肥绿瘦晕染和瘦金体勾勒的天下连根拔起，硬硬变成了一个不需要文化、也不需要文人的蛮横天下，战马与长矛主宰一切。在他们眼中，改朝换代竟然只需提着牛羊肉和酒壶大喝一声。

膨胀到极点的忽必烈子孙们，甚至长驱直入，毫不顾忌地跑进了曲阜，跑进了孔林里，生生掘开孔子及其子孙的坟墓。直接要绝断扫荡儒家的老根，毫不客气地制造出"九儒十丐"的荒诞世情，就是让那些保守懦弱的儒家文人们立马滚蛋，最好从此消失！

荒诞不仅会让历史重新排序，也会让各色人等扭曲人生，当"只识弯弓射大雕"的忽必烈们跃马立刀，横扫天下，甚至连妓女们也扬眉吐气、兴高采烈地庆贺排在知识分子前头的时候，那些奉行着"达则兼济天下，穷则独善其身"古道的儒生不能不遮起眼帘，悄然退居，蜕变为惯于退隐避世的道家者流，这是中国文人的基本存世智慧，达则儒门，退则道徒。

使得石门山不得不进行迅捷的文化转身，在世间狂风暴雨中，它悄悄地隐藏起自己的历史真面目，改变了儒家的腰姿与装束，然后接纳了以遁隐为本色的道家走上山来，在此安身立命。这就是儒家智慧者的基本路向。身处治世立身的通畅之时，傲然挺立、砥柱中流；处身窘迫境地，才能无可施之时，便退避三舍，保全自己。将自己打扮成纯而又纯的道家模样，身着道袍，手挥拂尘，一门心思地闭目养神，炼丹护精。石门山从此不再有慷慨悲歌的声音，也不再有训导天下的神情，一身仙风道骨的装扮，一番成仙得道的绰约风姿。

后来，人们曾这样吟诵当年的情景：

　　石门半落短篱遮，
　　时有仙翁饭紫霞。
　　云去天空山鸟乱，
　　年年风落碧桃花。
　　　　——颜光猷《石门山》

仙翁往来，紫霞当空，天地空净，四野清明，那些曾惹人心乱意繁的红艳桃花，被西风就那么随意地阵阵吹落，只有碧水伴着青绿的山韵和山鸟的身影，依然无忧无虑地望着长空白云浅斟低唱。

石门山在世事风云中，无奈地从一座儒家山一夜之间变成了一座道家山。不过，好像儒家并没有走得过远，因为与其说道家在石门山上找到了天然归宿、石门山在道观以及烟霞中找到了另一种人格寄托，不如说在元朝的文化威慑和人格重压下，儒家以更加柔软轻缓的智慧，选择了道家的生存路向，关起山门，以退为进、图谋人生，悄悄地躲在道家身后。

儒家不可能走远，不仅儒家的道体是个开合自如的灵活体系，儒家在历史上遵循着孔子"无可无不可"的通变行世方式，在诸种文化的抗争对峙中，惯于将自己示弱隐藏，所谓"就下其谁不许，如愚四处皆安"。总是不断适时变换花色面目，展示自己一以贯之的历史真相。对此有人惯用"柔术"一词来形容古代的儒学史，也有人用"权术"（权衡意）来描述儒家为人，极有眼光和创意。

同时，从源头上说，道家原本是从儒家分化出的一个流派分支。它继承和发展了儒家圆滑、随意化的求生艺术，用退居山林做掩护，在看似自然无求中，有效延长和扩张人生。所以，有人评价道家是中国历史上最富艺术性的学派，老庄哲学是充满上等内智的权术哲理。其实，道家的超然富有艺术性的人生智慧，不过是儒家尚实之道的外在人为彩妆而已，在这方面，石门山堪称是最有代表性的一笔。

四

就这样，岁月在紫云烟霞中匆匆过了二百年，道家以其特有的灵性和品行与石门山相伴，和着经年不断"道可道，非常道；名可名，非常名"的吟诵，书写下了石门山内儒外道饶有余味的一笔。

好像是明代初年，石门山忽然改变衣装，重砌山门，山上原本好端端的道观，一夜之间，有人出面将其改作了佛寺，令山下山民们大为吃惊。有人说：这是与明高祖朱元璋早年当过和尚有关，天下大兴礼佛之风，或许不无干系，但是，仔细打量之后，好像也不那么简单。石门山上的道人，自上得山来，他们与人与世独步清流，实在过于清高与逍遥了，整日云游四方，一副万事不关心、人在虚境中的模样。若真有呼风唤雨、起死回生的法术还好，可惜他们除了仙风道骨的清癯冷漠面孔以外，什么也没有，什么也不会。虽然书本上说，可以朝饮甘露、夕餐紫霞，但还是需要一些更耐饥的干粮来填饱肚子，那丹炼得再好，也不压饿。

明王朝建国之初，虽然对孔子和孔氏家族不薄，也结结实实出了几个儒道学中的人物，将理学推向了新的高度，但很快就是宦官当道，魏忠贤等权倾天下，为了让天下人敢怒而不敢言，到处搜寻"东林党"等文人才子，他们深知道家和儒家的连带关系，也深知历史一直以来儒道互补的传统道理，所以，儒家学士们噤若寒蝉的时候，道士们自然也没了多少保障，各种生活更都成了问题。

试想，就连曲阜孔庙大成殿里端坐了上千年的孟子，因为几句历史君道的坚挺论述，被朱元璋一怒之下，硬硬地赶出了孔庙，罢了陪祀资格。从此，凡是顽固不化讲求"道"学派，几乎都沦为了清查之列。于是，传统的文人们，个个如惊弓之鸟，噤若寒蝉，除了风花雪月，就是词不达意的闭嘴诗文。尽管还有人在编写小说，也有人在改编戏剧，但那些都是俗谈俚语，谅他们也走不了多远，根本入不了官家的法眼。

大明王朝的文官政策数年之后，山上的道人眼看前景不妙，求生更难，也许是实在熬不下去了，不得不摇晃着脑袋一步步踱下山去。不是因为别的什么事情，其中一条看不见的世道轮转法则，将道徒们赶出了久居的石门山。随着冬天的到来，石门山的儒魂道魄只能被片片大雪压埋到更深处。

于是，大概是来年山上春暖花开的时候，正是佛教得意的年月，几个光头圆脑心眼活络的出家和尚，不知为什么突然出现在这里，而且一眼便相中了这风水宝地。山坡上有现成的店面，连锅灶也是现成的，根本不费任何事，便有施舍处，何乐而不为。全然是一副小人得志的嘴脸，一阵嘈杂谋划之后，一个晚霞如火的傍晚，他们几个结伴爬上山来，烟尘四起，把太上老君和屋顶的《八卦图》一同清了出去，然后，又找来一伙强人，把不知从哪弄来的几座方耳阔面佛祖像端放中央，几个人就赤身裸体横躺在佛像下，一夜鼾声如雷。

第二天早晨，阳光普照，金日开业，不知放了鞭炮没有，他们大大的吆喝震得山林呱呱作响，发狠要把这座道家山，重新创造为佛家山，而且要兴隆通四海、茂盛达三江。因为山上有一道玉泉溪水，他们便为寺庙起了个好听的名字，叫做"玉泉寺"。大明王朝阴云密布的特务网络，终于让爱说话的儒家道家知难而退，退避三舍，让得势和尚把石门山改换成远离人世间的佛家山，将文人们逼出石门山的同时，也逼出了一种心在蒿壤嘴在天国的别样生存智慧。

其实，这又是儒家一次超绝变通，孔子曾经说过："不当言而言，为之瞽。"如果不该说的时候，你不看眼色乱说，就是可怜的睁眼瞎；奸臣当道的时候，既然所有民族自己传统文化都不准言说，那就借外来印度佛教话语体系好了，引佛入儒，儒佛合一，相得益彰，尤得佳趣。

何况，引入儒佛是佛家老早就有的智慧和手段，传到明朝的时候，江南江北所谓的佛家，已经不是当年原始大乘佛教，而是经过唐代六世祖慧能改易之后的禅宗一路，或者称之为中国佛教。因为当年佛教传入之后，一种讲究出家空净为本的学说，在中华这重视现实的国度里，根本没法立足生存，为了佛法的生存与发展，聪明的佛教不得不做出些改变，即不能不向"不孝有三，无后为大"的儒家靠拢，尽管要付出箴言流失的沉重代价，但循着向善之路，后来也真的愿意为儒家艺术之道做出点什么。

石门山凭着借佛保儒的策略，从此，石门山在缓缓的四季兴衰枯荣中，少了许多世事沧桑的烦扰，那些俗家弟子，平日里一伙人袒胸露臂、疯疯癫癫地喝酒吃荤。念的梵文经语连同那佛祖金刚的名字，山里山外的人们，听也听不懂，听也听不清，所以，到了后来，整个山里山外统统地闭上了眼睛，太阳偏西也不醒一醒，偶尔醒来，也只与清风白云接语。

石门山上梵钟木钵的阵阵响声，尽管是那样的微弱，但是，毕竟使石门山飘散着节奏与旋律，香烟袅袅升上青天白云，吟唱诵经声随风四处飘流，佛光烛影与苍天朗月相辉映。使得原本山上儒家的流风遗韵，不仅有了另外一层清空神界的韵致，也终于补上了"不知生，焉知死"的彼岸世界想象与思考，大大拓展了原本的理论时空维度，石门山儒艺躲到了佛门后。

因为石门山用的是借佛保儒，或者说佛家是借儒上山。到头来，山上的玉泉寺并未繁盛多久也不会繁盛多久，随着大明王朝的衰落，它也渐渐露出了衰败的窘相，待进了清朝之后，它便了无踪影。对此，清代的颜氏后裔颜光猷，曾写过一首《石门》诗，记道：

> 石门山寺白云深，乱雨飞花野火侵。
> 法帐空悬莲叶散，梵钟不响草虫吟。
> 牛羊历落千林满，藤挂苍凉一径阴。
> 草阁昔年何处是，流泉仿佛似鸣琴。

在岁月的乱雨飞花中，转瞬之间，法帐空悬于屋梁之下，彩绘的莲花散落一地；梵钟再也没了响声，只有石头下的草虫在孤寂地鸣吟。尽管佛家借着儒家某些便利，走上山来，但是，他们毕竟不是这里的本体主人。就像大地上的草木一样，它们会随着季节而不断变化，大地永远不会改变自己。在中国历史上，儒家就是所有文化的大地根基。

所以，石门山前后几百年，几个远道而来的道士，没能在此造出一座道山仙境；一帮肥胖的僧侣，也没能完成一座佛家山的修造，不是他们无能，也不是他们不该选择石门山，孔夫子故里的这座并不怎么高峻的山峰，它别有一种历史的永恒脉络在，别有一种倔强性格在，别有一种不散精魂在。在它坚硬恒久的底色上，别的只能是过眼的烟云。

石门山千古不易，道家走了，留下的是房舍，佛家也走了，留下的还是房舍。然后便是充满人间暖意的林鸟与溪水轻轻地吟唱，还有那些枯荣的绿草和漫野荆棘在烂漫地生长。诉说着"天何言哉，四时兴焉，万物生焉"的天人相契至深艺术道理。玉泉寺功不可没，它让我们读到了儒家艺术史的另外一节。

五

因为儒艺才是石门山的本体，所以，最终必然会有民族自己的儒家者流，在此做儒家"兴观群怨"诗艺感悟的同时也将石门山描绘得繁花似锦，诗意盎然。据考证，唐玄宗天宝三年（公元 774 年），石门山下苍然古道上，就曾经有两个狂人骑着高头大马，一路狂奔，向石门山跑来，惊得路旁燕雀田鼠四下乱窜。其中一个叫李白，一个叫杜甫，他们携古传诗歌狂飙突进，意气冲天。

这就是大唐帝国豪情和做派，它可以让所有的人都奋发昂扬。年前，二人不期相遇于东都洛阳。杜甫小壮年盛，锐意仕途，"放荡齐越间，裘马颇轻狂"，正是意气风发之致；此时的李白，却因朝廷之上让国舅杨国忠脱靴，让杨贵妃捧砚，而且每每酩酊大醉，"天子呼来不上船"，被唐玄宗轻轻一挥，便"赐金放还"，也正好合了李白云游天下的心愿。只是初次相会，好像在一块并没待多久，也没做什么过深地交谈，因为时间过短，上朝与出朝心境不同。很快，杜甫飘然西行游王屋山，访华盖君去了；李白则踽踽独行，到济南府访道士寻仙境饮酒赋诗不亦乐乎。

谁知这么巧，第二年，他们竟然在古地鲁郡再次相遇，这一回，不但不再陌生，诗意追求已将他们的心灵完全打通，加上有了相同的经历和感受，可谓是"酒逢知己千杯少"，二人立刻进入了"醉眠秋共被，携手同日行"的忘我境地，一种真挚而又神会的诗化神交境界。

尽管李白到了曲阜后，据说这位闻名天下的诗仙，非但没有入庙磕头拜谒，然后写下一两通高不可及的至圣先师赞颂之词。不知什么时候，也可能是酒后耳熟之后，还随口诌出了"我本楚狂人，凤歌笑孔丘"的混句。以至于后来圣裔读到此句，忍无可忍，以"歌咏不及阙里"的罪名，决定将李白永远开除"曲阜县志"。这件事在《曲阜县志》里有明确的记载，之所以他歌咏不及阙里，并非是他故意仇视孔家或鄙视孔圣人，在中国历史上，还没有人有这样公开与本体文化作对的胆量，何况李白也是从孔子经典诗书里走出来的人物。因为在他之前，几朝皇上早已来过曲阜，如果说曲阜城里孔庙和孔林，那是皇家用政治朱笔批阅出的孔圣及经典文告的话，那么，曲阜城北石门山，则是经孔夫子及其后贤描摹之后，承传至今的人与人、人与自然的艺术作品，他们更愿意用艺术方式去走近孔子，走进儒家至深处。

何况李、杜本是天真无邪的真诗人，不仅有真诗情怀，有诗化人格，更有诗化的为人处世和行为方式，使得他们常常不愿面对甚至厌恶世俗官场应酬，他们更喜欢的是"诗无邪"的纯真艺术，尤其是高妙诗酒风流韵致。于是，到了曲阜以后，他甚至连想都没想，循着自己的本性，绕过了香火缭绕神鸦乱飞的曲阜城，直奔石门山而去。

据说，在曲阜城北的徂徕山上，还有高人隐士正等着他们，他就是范十，字叔明，传说他和孔巢父、太白等人同隐徂徕，称"竹溪六逸"，所以他俩一路沿城北去，急于拜见这位闻名天下的名贤大隐。以至于呼呼前行，不顾一切地前奔，迷失了道路，落身在荒山慢坡中，身上都挂满了苍耳的刺果，放浪之中又有几份落魄。

李、杜与范十，一见如故，相见恨晚，一阵大笑接着一阵狂呼。范十用酸枣、山梨、寒瓜等山间野物招待他们，自然天趣，妙味横生。"不愿论簪笏，悠悠沧海情。"（杜甫句）"酒客爱秋蔬，山盘荐霜梨。他筵不下箸，此席忘朝饥。"（李白句）在这石门山上，他们才找到了所想望的隐逸之风和诗酒情怀，在他处几乎不会下箸或不屑下箸吃饭，在此甚至忘了寒冷和饥渴，展现出一副天然遗世的独立性格和自由自在的品质。

诗人从来追求脱俗放浪形骸的诗心交往，那才是诗的追求极致。自然天成的诗人雅集相会，是诗情诗境激发感兴的绝佳妙境。何况他们是历史上的真诗人，在他们身上，"有朋自远方来，不亦说乎"这样的诗酒精神，它远胜于观古悟道，更超绝于面壁驰思，唯如此方能激发出创作灵感。

> 春山无伴独相求，伐木丁丁山更幽。
> 涧道余寒历冰雪，石门斜日到林丘。
> 不贪夜识金银气，远害朝看麋鹿游。
> 乘兴杳然迷出处，对君疑是泛虚舟。
>
> ——杜甫《题张氏隐居二首》

没有想到，在这里他们甚至找到了诗之上"泛虚舟"的感觉，找到了潜流山之中、飘逸山之外那一抹自然灵气。令大诗人对大山情不自禁地发出"真美"的惊叹。尽管只是一瞬间，然而有这一瞬便足够了，对于一般人来说也许并不需要这一瞬的感觉，但对于诗人的艺术创作来说则不同，不仅需要，甚至是最高最后的追求，因为有了这哪怕是瞬间美感的灵魂震颤，诗人可以无怨无悔，诗也可永恒千秋。

这是真正的"智者乐水，仁者乐山"，智不仅仅是世间的知识，更是一种大智慧升华之后的天地清明；仁也不仅仅是世俗之爱，更是一种融汇天地人于一体的大爱纯真。它们无一不蕴含着人与诗"游于艺"的美妙神韵。化作信马由缰徜徉在山林石水间，物我一体，"秋水清无底，萧然净客心。橡曹乘逸兴，鞍马到荒林。"（杜甫《刘九法曹郑瑕邱石门宴集》）正因为此，他们一阵扬鞭催马、呼喊长啸地突奔，便把俗儒隐藏在石碑和高墙里面的所谓"悟解"艺术智慧，还有深埋在暗黄书卷中那些"苦吟"创作理论，远远抛在身后，视若土灰。

平常里儒雅端肃的杜甫，此时有了"痛饮狂歌空度日，飞扬跋扈为谁雄"（《赠李白》）的气度；一贯放浪不羁的李白，此时更是"醉别复几日，登临遍池台。何时石门路，重有金樽开。秋波落泗水，海色明徂徕。飞蓬各自远，且尽手中杯"的洒脱与豪放，活灵活现地展现出诗评者难以置信和把握的性格真我。

孔子曰"仁者，人也"，"人而不仁与乐何！"千百年来，人们一直评说儒家的诗论，说它是纯理性的现实主义模板，又是现实功利主义的铁律，其实，在更深的层面上，儒家倡导"诗三百，一言以蔽之，曰诗无邪"，讲究的就是人与诗的透明纯真，讲究的就是内外一致的自然率真。在儒家看来，唯其是为真人，才能写出真诗。

没有真人，不可能有真诗、真艺术。这就是石门山的"真意"，在石门山上，李白与杜甫找到了同道知己，面对石门山如此坦诚的胸怀，还有什么不能抛弃，还有什么值得掩饰，还有什么矫揉造作的余地。有的只能是本真再本真，从山到人，从人到山，从人到人，让山石为人们、也为诗来作证。

所以，李白和杜甫放马而来，他们实在不能不来。是中国几千年默然诗魂在召唤着他们，是孔圣人至真艺术理念在吸引着他们，使得他们不顾一路蜿蜒曲折，甚至是挫折与失败，沿着诗意追求，终于走进了孔夫子原始命题之中，走进这承载着儒道诗艺的石门山，走进了中国民族艺术精神本体的更深处，在这里接受最高境界的洗礼。然后转过身去，才能在大唐滚滚向前诗歌洪流中，泛舟中流、扬帆远航。

或许真的读到了诗意真经，当年，在石门山上聚会时，李白是个急性子的人，想到在不久之后，他们二人就将相诀分手，从此天各一方，不禁悲从中来，怅然若失。于是，酒酣耳热之时，他把酒临风，抓过笔来，一阵疾风般地狂草，写下了一篇皇皇巨著《梦游天姥吟留别》。虽然只是一个"梦"的咏叹，但是，它将中古代诗歌史的历史含量和艺术品质又提升了一大截。

据文献记载，经过了十几天诗酒神会之后，他们二人在秋风浩荡之中，肩并着肩结伴走出石门山，李白乘船下了江南，杜甫则打马去了长安。因此，翻开二人诗集，细品二人诗作，可以看出，石门山相会之后，二人诗境大进，只是杜甫或许更深一层地走进石门山，使得他的诗作"群"和"怨"意味更多更重了些，终于成了中国古代经典现实主义的伟大诗人，被尊称为"诗史"，李白则继续着他的诗仙之梦，此是后话。

六

李白和杜甫之后，石门山再次等来儒道中人，或者说真正知音，时间又过了800多年。此人便是清代著名戏剧家孔尚任，字聘之，又字季重，号东塘，别号岸堂，自称云亭山人，孔子的第六十四代孙。

孔尚任先生的老家并不在石门山，而是曲阜城东一个叫做小湖村的地方，虽然村庄不大，但是景色优美。相距石门山大约十华里。平日里站在村头，向北可以望见石门山，绰约的山影如梦如幻；日出日落、云起云飞之时，也可以感受到石门山吹来清爽宜人的风。正是这种不远不近的距离，石门山在他心里平添了几分虚幻、几分神秘、几分朦胧美感，石门山儒雅之美很早就埋在了孔尚任的心灵深处。待后来年纪稍长，父亲率全家搬到曲阜城边梨花店村，但孔尚任一人曾专门到石门山书院读书数年，市井之外，山林之中，晨色晚霞，春溪秋月，特有的诗意韵味，耳濡目染更是入怀萦心。

于是公元 1678 年，康熙十七年的秋天，风洗疏林，月弹山溪，漫山遍野柿子树叶红的时候，孔尚任和族弟孔尚恪、孔尚悼几个英年才俊结伴出城，打马来到石门山下。几个曲阜风流倜傥的贵胄公子雅集于此，自然是魏晋气派，兰亭风流。少不了酒，也少不了诗。从日上三竿一直到日落黄昏，身姿与长风同摇，魂魄与山意共舞。这是石门山等待了几百年才有的一桌诗酒宴席，所以一直醉倒了大半个山头。

末了，几个人终于按捺不住心灵的鼓噪，一致跪倒，以酒为盟，相约聚钱修筑，来日隐居此中，以尽诗酒风流。这是石门山所签订的第一份儒艺契约。一份以痴情为代价、以人格为担保的契约。因为山魂与人心全然相知相契，因为才情与想望完全融合在一起。因此，虽然马蹄声渐渐远逝在晚霞的背后，但是孔尚任早已把他的慧根、把他的心灵，连同他的最后魂魄觉悟，都留存在了石门山上，留给了崖草与溪鱼，从此，石门山便有了另一种期待。

七

孔尚任相约石门山。许多人认为，他之所以登临函峰、命诗山峰、醉酒溪流，并萌隐居之意，主要是因为山林之美，景色与心相契所致；还有人说，孔尚任此前参加了戊午年的乡试，尽管他在石门山书院为卓异才子，大有跃龙门上云霄之望。但结果是天不遂愿，济南贡院一行，名落孙山。于是孔尚任满怀沉沦的郁愤。登山临水，借酒浇愁。至于结庐退隐之意，更是少年气盛，一朝挫折，心意灰冷的愤情所致。

事情远不那么简单。清代诗坛翘楚、神韵派魁首王士祯，他与孔尚任相知甚深，曾专门为孔尚任写过一篇《闲园记》，其中约略透出些实情。康熙三十四年（公元 1695 年），王士祯在京城孔尚任寓所雅聚，言及石门山，孔尚任眼望远方言道：石门山实在令人心仪向往。日后有钱，当于山下范氏庄旁专建造一座闲园，读书赋诗其中，以了心愿。大概是孔尚任描绘得实在出神入化，景色超然。不知不觉，王大人也受了感染，于是依孔尚任所说，旋即写出一篇颇有神韵的《闲园记》：

> 孔东塘博士言，曲阜县东北有石门，即杜子美诗《题张氏隐居》所谓"春山无伴独相求"，《刘九法曹、郑瑕丘石门宴集》所谓"秋水清无底"者是也。李白有《石门送杜甫》二首：……孔欲于寺前水汇处作亭，曰"秋水"；又于其左起馆，曰"春山"，皆取杜句也。山南有两小泉，俗称"金耙齿""银耙齿"者，子美诗"不贫夜识金银器"之句，益偶然即目耳；非身历其处，固不知也。又故鲁北有范氏庄，即太白《访范居士失道落苍耳中》者也，孔亦将修复其址，仍取李白"闲养幽素姿"之句，名以"闲园"。
>
> 予喜其好事，诺为之作记，而先书于此。

言外之意，孔氏之措举不无令人肃敬钦羡处，不经意地向我们透出了另外一层。孔尚任心目中的石门山。非纯为山上风光之谓，此前有至圣先师再次命意造境，后有杜、李等前辈在此结庐吟诗。在孔尚任心中，石门山之美，美在圣迹诗人之化境，美在儒道真诗之遗风。从作亭到起馆，然后造园结庐，决心要直慕李、杜而上，甚至达到无一处无来处，就是要继李、杜之通天文理，誓承风雅颂旷代余烈。

他所魂牵梦萦的，乃是石门山与曲阜城地脉相连、神情相通的文化义理，还有就是那一抹先祖至圣先师流传久远的孔脉诗魂意境、儒艺真意天趣。

心里始终装有无法忘却的石门山，这既是孔尚任的大幸，同时又是他的大不幸。大幸是因为孔尚任正是得此山林之助，在石门山的草屋里，以神来之笔写完了《出山异数记》，然后一根扁担挑着两筐书卷，带着石门山的韵味，揣着石门山的神情，诗意高蹈踌躇满志地上路出发了。不幸，则是由此揭开他悲喜交加的另一种人生。

八

清朝初年，康熙大帝南巡驾幸曲阜，曲阜衍圣公孔毓圻推荐孔尚任御前讲经，让他讲《大学》一书，旁征博引的同时，更是一番宏论再加上一番睿智阐发，于是"克服朕意，可不拘定例，额外议用"。孔尚任一夜之间沿着祖庙前辇道，迈上曲阜之外的更远仕途。

官运亨通也好，家世恩宠也罢，不管怎样说，这一回，家传诗文精神帮了孔尚任的大忙，正是靠了儒家文的深邃与诗的才情，将二者完美结合在一起，终于把一部平实语录讲得文采飞扬，意味悠长。诗的魅力再加上理的逻辑，使康熙皇帝不能不龙颜大悦，择机将其赐官世用。

这和杜甫做工部和李白入官以前极其相似。对于历史上的文化人来说，"学而优则仕"，朝为田舍郎，暮登天子堂，这是最有价值和意义的生命渴望。许多人正是体会出了它高低变化的微妙，不仅荣及一身、风光一辈子；也可荫及子子孙孙，惠泽几代人。所以，许多人不顾一切投身科举洪流之中，渴望能够实现鱼跳龙门的梦想。

在这方面，孔尚任像其他人一样，并没有走出多远，接到皇封，谢主隆恩之后，又山呼万岁。当然还有些荣幸挂在脸上，含在心里。只是在孔尚任的心里深处，虽然大丈夫志在四方，雄豪天下，然而，他无论如何也无法淡忘心中的石门山，不仅仅是山上的诗酒雅会生活，更是那山林的气质和神态，无处不在的清芬和绿意，还有一以贯之的思维习惯。非但不能忘却，相反，还一如既往地痴迷着。痴迷得不分东西，遑论南北。他和李白杜甫一根肠子，一门心思，钻进诗意里，无论如何也出不来。

这就是身为孔子后裔的天然本分，还有就是出身诗书礼仪之门家族遗传的痼疾。对历史承传和文字成说，永远是"其智可及也，其愚不可及也"的绝对化崇拜。不论到了哪里，先祖所传之道，永远一以贯之，分毫不改。所以，当心怀石门山这永世不变的心境尺度和诗意判断，余晖中站到了北京城大殿前。必然会有另外一番体味见解，所谓：

佳节豪华住帝都，闲官冷署自踟蹰。

凉生枕簟愁多少，月满江湖信有无。

露下添衣新病怯，灯前改句旧工夫。

长安秋色今初见，愁绝山堂影倍孤。

像当年李白和杜甫到曲阜不进城里直奔石门山一样，在他们眼里，那些冷漠殿宇建筑文化，永远比不上自然山水诗情画意更有味道。所以，迫于无奈，心里装着那四季清幽的石门山，走出曲阜仅仅向世间迈入了一小步，便有了这许多的露凉月冷感慨和那么多的"愁"字生出来。有了找不到自己、无法实现的感慨，让人不能不为他的心性担忧。

接下来，他又怀揣着石门山诗韵到了烟雨迷蒙的江南。这一次，他跟着临时提拔的工部侍郎、恩师孙在丰前往淮扬疏浚黄河海口。虽然康熙大帝文韬武略均绝有清一代，然而，自从黄河水夺淮河入海以后，淮扬一带连年水灾，几派重臣，终不见根治，于是，大水漫漶处，将一个好端端的江南鱼米之乡，一点点变成了黎民深渊。

更可恨的是官场还在继续踢皮球，根本不顾百姓危难日益沉重。几年下来，虽然路没小跑、话没少说、人没小见，但治理水患却见效甚微。成了一种欲罢不能、欲干不能、心忧天下、一事无成的进退两难局面。

孔尚任心系曲阜古意，心系先祖教诲，心系石门诗统，所以整日忧心如焚，便学着杜甫写"三吏三别"那样的巨篇重笔。所到之处，除了身躬力行，救民于水火之外。便以他的所见所感所想，用极低沉而悲痛的笔调写出了整整一大本不得不吐的《湖海集》：

五云北望是尧天，重叠恩波到野田。

官冷偏留湖冻处，家贫还累母残年。

人情薄厚今宵见，仕路逢迎几处全。

欲寄乡书无可寄，三年愁绪验诗篇。

从官场冷暖写到家境贫寒，社会视野的开阔，终于跳出了原来"为赋新词强说愁"的小圈圈，端起笔墨毫不客气地刺向社会。大有先祖"苛政猛于虎"

的惊呼声以及"任重而道远，仁以为己任"的深度自觉，让他从极度精美的一己诗情，终于转向了对粗犷社会的丑陋批判。

也许那时他的名气还不够大，所以诗流传得并不那么广，还没有给自己带来更多麻烦。但是这种无可逆转地追踪石门诗流、以石门山诗意相比附的心态，让危机在一步步地走近。对此，孔尚任或者浑然不知，或者觉到了亦无可奈何。因为他信奉先祖的教导：生死有命，富贵在天。

九

终于，东窗事发。

康熙三十七年（公元 1698 年），历时十年之久，孔尚任写出了清代的第一剧，也是中国几千年文化史上不可多得的佳作《桃花扇》，当然，也是他一边奔走治水一边伏案写作，倾注了十年心血，包含着痛楚和眼泪，深觉与先祖心承义接，透着石门山幽眇神韵的心灵倾诉。更是孔尚任怀着孔门一贯"挽狂澜于既倒"的历史情怀呐喊，所谓"警世易俗，赞圣道而辅王化"。所走和孔夫子当年著《春秋》，让"乱臣贼子惧"；周游列国、布道天下，实现"克己复礼，天下归仁焉"是同一路向。

因此才会有《桃花扇》中这样的小引：

> 传奇虽小道，凡诗赋、词曲、四六、小说家，无体不备。至于摹写须眉，点染景物，乃兼画苑矣。其旨趣实本于三百篇。而义则《春秋》，用笔行文，又《左》《国》、太史公也，于以警世易俗，赞圣道而辅王化，最近且初。今之乐，犹古之乐，岂不信哉！《桃花扇》一剧，皆南朝新事，父老犹有存者，场上歌舞，局外指点，知三百年之基业，隳于何人，败于何事，消于何年，歇于何地！不独令观者感慨涕零，亦可惩创人心，为末世之一救矣。……

这就是家传难改的韧性精神和痴迷迂腐，也是情感深处的石门山无时不在的自然发作。把世间污浊变为山林纯净，恨不得让天下"一日克己复礼"。他没有想到，吃大清的粮食，喘大清的空气，尤不知趣地发思古之幽情，大谈明朝三百年之基业兴亡史。这不是吃饱撑的是什么？

在皇上看来，不知大清代明乃天意所为、世道轮回么？身为明季遗老，这不是故意大煽复辟之风、坏我大清基业又是什么？还有，竟然更弄出了"场上歌舞，局外指点"，"为末世之一救"，这难道不是在影射我朝又是什么呢？身为朝廷命官，竟然不大声颂我康熙盛世辉煌，反而底下窃窃私语，言外之意，当朝岌岌可危，皇上无能，小人当道，其用心又是何在？

说你是在行"四书五经"的遗风余韵，委实不错。但曲阜讲经时你如此引经据典，颂我大清顺时适世、万古未有。没有想到，刚刚提拔了你几天，便学着狂徒李白杜甫等人的样子，专与当朝皇上作对，专找我大清诸多不是，未免太有些不知好歹了吧。譬如大烟土，既可入药又可提神，你干吗非要让它入药不行，为什么就不能学着先前的样子，学着别人的样子吸几口？再说我大清几句好话呢，我可不管你什么圣人之后，什么石门山之遗孤。大清有大清的法度，一律顺我者昌、逆我者亡。

尽管话不能明说。据说连夜让孔尚任入宫送《桃花扇》剧本时，康熙还大度地向他笑了笑，并说了几句颇富意味的表彰话语。然而那内里明明在说，我不敢直接对四书五经开刀，我还不敢治你这不足挂齿的山林之人吗？于是，康熙帝甚至连史书可能都不用翻一下，便做了批语。当年不是有李白"赐金放还"的先例吗？而且是放还之后去了曲阜的石门山，那么你照样再走一回吧。至于金子嘛，那就免了吧！大清不是大唐，没有治你死罪，就算格外开恩了。

写到这里，我们不得不佩服康熙的豁达，还有些大清盛世气象，为一本书不屑去治一弱小文人的死罪。不像到了后来，清代"文字狱"一步紧似一步，有时为一个字也可能被砍掉脑袋，连带诛灭九族。所以孔尚任实在庆幸，他活在康熙年间。

十

孔尚任到底怎样从京城调转车头，一路逶迤回到曲阜。被贬回乡更具体的因由是什么，历史并无明确记载。所以，"孔尚任还山"，一直是文学史界难解的谜团之一。不过据当时写的几首诗来看，孔尚任并非是衣锦还乡，满载而归，除了满怀的悲怆之情，而颇有些与其先祖像是"累累若丧家之犬"的味道，他接受到的不是皆大欢喜善果。

尤其还山之后，当即被停了俸禄，以至于家无隔夜之粮，一家老小生活情形颇为沦落凄惨，对此，孔尚任曾哀吟道：

> 披衣开户犬乞怜，皴手才汲冻井盥。
> 早餐大于军国谋，獠奴画策予决断。
> 负手犹预日亭午，饿腹雷鸣从者散。
> ……

这是他到济南访友时，面对经常资助他的老友王士禛时随口所占诗句。生活境况竟然落得如此沉重窘迫，言里言外一派困苦凄情，还是超出了一般人的想象。可以想见，当时打道回府，那该是一种怎样的沉沦与狼狈。

他还曾这样描写出京时的悲酸："十八寒冬住到今，凤城回望泪涔涔；诗人不是无情客，恋阙怀乡一例心。"在京城住了十八年，不说也是有感情了，之所以别京城而去，大约是和所有人一样，都有怀乡恋家的情结。细品话中意味，说自己是因恋阙怀乡而出京，大约属无话找话的应酬。不过若说与怀乡全无关系，也未必是真心话。细究起来，也许正是那座性命之中的石门山，要了他的老命，让他惹出了一场祸患，所谓一出《桃花扇》，千里贬谪路，心系家乡故里的儒风圣教传统，梦呓石门山的诗性内蕴承载，这才是他走到被贬回乡的根底所在。

唯其如此，当他出了京城，甚至有了一种彻底解放的轻松，才会"故山今日真归去，上马吟鞭急一抽"。急不可待地回归他的石门山，这是他真实生命潜意识，与当年李白杜甫直奔石门山而去是同一原理，直觉告诉他，就是应该挥鞭打马直奔石门山而去，那里才是他生命归宿地，才是他的安灵之所。

从曲阜成长出来的艺术家、诗人们，他们的本命只能如此，可谓"地势使之然，由来非一朝"。他们在儒家道德氛围和诗意理论中浸泡得太久太深了，儒艺已经成了一种群体无意识生命存在。因此，到头来，只会在此境遇中翻滚生活，走出曲阜便会觉得水土不服，精神萎靡，儒家"温良恭俭让"的诗化命意，到头来成了解不开的困局，到头来，只能听天由命任其所使，所谓成也石门山、败也石门山。

因此，黄叶飘落的秋天，好像还是初秋，孔尚任骑马归来，重回石门山，山前山后，远远近近，农家男男女女、人来车往，收棒子、割豆子、刨花生、晒瓜干，忙得不亦乐乎。孔尚任太情急了，根本无暇顾及这一切，一头扑进石门山，整整好几天，他没有走出山门一步，山上山下，像个孩子，尽情地徜徉沉醉在山林景色中。他真的到了"家"，到了生命的目的地。于是，接下来，他干了两件事，其一，在函峰前购庭院一座、茅屋三间，以为自己隐居之地，让石门山成为自己终老诗酒梦幻之乡，永远的栖灵之所。了却了少年时期的一桩心愿，完成了自己久远以来的一个痴情梦想。

孔尚任当年建造的老屋如今还在，就坐落在半山坡上，掩映在山崖上树丛中，院子不大，没有院墙，一棵老树在风中随意摇晃，周围连个人影也没有。因为屋门紧锁，房子里到底什么样，已无法看到。想必来这里的人和想知道那段历史的人实在不多，所以，屋子根本没人管理。

其二，在淮徐观察使刘廷玑的帮助下，在石门山"秋水"之上建起了一座六角飞檐古亭，取名叫"秋水亭"。亭内置石碑一通，刻上当年李白杜甫会聚此石门山所吟诗及事由。在他心目中，此事非但不低于自己建造生活的家园，从心愿上讲，沿石门山脉上溯流而直追李杜，这才是他至深的想望和心仪，是情到深处地不自觉追求，用他所写的《建秋水亭记》中的话说，"一以栖前哲之灵，一以迟后贤之驾"。就是要追着李杜的诗灵一路向上，再续石门山的儒传艺语，再造儒家"温柔敦厚，诗教也"的山景诗境。尽管是一段生命的悲剧，依然沿着一种被固化了的"吾往也"生命底色，因为先祖在上，"饮水、枕躬、乐亦在其中也。"用一方石碑记载石门山从先祖孔子到诗贤杜李，然后再到他自己的一段心心相印血脉历程，这既是他的骄傲，也是他的责任。

孔尚任所建造的亭子和所刻竖的石碑，终于被保留了下来了。这可以用天地造化来解释，好像在继续着"天之未丧斯文也"的历史谶语。因为没有人能够想到，解放后，这块石碑的周围被建设成了一座森严的军队医院，专门收治患了肺结核的军人。当年这可是一种极具威胁的传染病，平常一般人根本不敢靠近。即使文化大革命中红卫兵小将发誓要扫荡一切，大破"四旧"，大立"四新"，也终于没有胆前去动它。现在部队的医院已经撤销了，石碑又被圈到了一所私立职业学校里，即使是学校的学生们，据说平常走上前去观赏的人也很少。现在到石门山上旅游的人，基本都是为了看山林风景，他们没有看历史、尤其是看深度历史的兴趣与耐性。即使偶尔有人看到石碑，他们回来后，跟我说：根本没看懂。

是呵，不仅仅是石门山，即使城里的三孔，又有几个会站在那里仔细打量，会问上几句，属于真正懂行看门道的人？石门山从孔夫子到李、杜，再到孔尚任，这里一脉相传的儒艺血脉以及落满风霜雨雪的沧桑世史，也许真的很难懂，读懂它不仅需要知识和阅历，还有心境与兴趣，高处不胜寒，知音难觅。

何况世事正在做着新的更迭，眼下，石门山又面临着一次涅槃选择，当地政府正在全力将其打造为旅游胜地，绝对不是为了山中那一抹儒艺灵光，而是简单而又直接开办快餐文化，让人抹去山林之上的一切，直接面对山石流水，直接面对荒草树木，当然绝对不能忘了交上钱。严格意义上，不是为山而去，而是为我而去，不是来此了解学习什么，而是一家老少到此散散心，如此而已。

当一阵又一阵风潮袭来，将所有都消解至自然原点，山里山外承载的儒艺传统或许要再次深藏起来，或许会悄悄地淡化流失而去。再也不会有人到此深处久居了，不是地皮管理问题，现代人既忍受不了这其中的寂寞，也没有与石门山心会神交的能力。想到这里，我感到了一阵莫名的寒冷袭上身来，抬眼望去，天已过午了，山下的村落里人们牵着牛拉着车正在出工，几只不知忧愁的鸟儿在山坡上肆意觅食，秋风从北边使劲吹来，树叶哗哗撒落，仿佛告诉我：季节不饶人。

我站起身来，决定下山去，因为山上太清冷了，肚子也咕咕地叫起来，可见我也是个不可救药的俗人，关键时刻总是想着吃饭。

霸王的游魂

——霸王坟的历史象征

一

曲阜鼓楼大街上一位老者告诉我，曲阜东面荒郊野外的几棵老枯树下，曾经有一座项羽冢。接着他又说，坟墓里埋的是楚霸王项羽的头颅，一条好汉，可惜连个身子也没有。说这话的时候他一脸的怅惘，眼睛望着远方，头抬得很高，那样子很高古，像一幅残秋的古画。

这是我没有想到的事情，因为早年读《史记》，记得它上面说，项羽的墓在东郡谷城（一说在济南市的长清县东阿镇，一说在泰安市东平县旧县镇旧县三村）。东去东阿十七里，西距谷城三里半。竟然在曲阜也有一座项羽的坟墓，而且埋的只是他的头颅，不用问，这其中肯定有一篇奇特诱人的故事。

并且直觉告诉我，它肯定也是关于曲阜、关于儒文化一个极深的文化史课题，曲阜是儒文化的渊薮之地，深质内涵的文化命题无处不在。试想，一颗霸王的头颅，埋到曲阜而不是别处，一个威猛英雄的灵魂，沉睡在古鲁国的土地里而不在故乡，一抔黄土伴着几丝荆棘，扯着秋风落叶过了两千年，它依然横卧在那里。难道这是历史的偶然么？

到底是什么原因？又是谁让他的头颅到这里枕着泗河流水、偎尼山怀抱筑坟安灵？是历史更深处的冥灵召唤，还是他灵魂的自然皈依，还是……令人神往的同时又让人为之深思。坟墓自古是人类社会很深邃的一个文化读码，它的创设绝不是仅仅为了掩藏躯体，像藏族很长的一段时间采用天葬，引来天上的老鹰和秃鹫，将尸体啄食得干干净净；西南一些少数民族，采用的则是按照等级分食尸体的方式，礼敬死者。反映的是一个民族特殊的宗教文化信仰。

汉民族的丧葬习俗，很早就知道选择修造一座类似阳间的住宅，盛装盛物掩埋，流露的是汉民族久远以来难以割舍的现实伦理情怀。然后，坟前再竖上一座碑石，便在心灵深处建树起死者的永恒和崇高，以此也挽起一个永远值得怀想的史念情结。表明他不管是在身前还是身后，即使灵魂走得再远，他永远是现实家庭群体中的一员。

项羽竟然被埋在了古城曲阜，从人际和地缘关系上，到底是谁？又是什么原因令人对一个南蛮的楚霸王、一个历史上孔武有力的文化符号、一个悲切千古的铁血浪漫情种，这么难以割舍，又难以忘怀？

二

我决定先去查阅《曲阜县志》等典籍，曲阜早年间的一些老书肯定会有记载。曲阜孔府档案馆是座新建的仿古建筑，青砖绿瓦，悬山重檐。与孔府隔墙相毗邻。沿着鼓楼大街绕过鼓楼门走进去。午后的天空积着浓浓的云，天重云低，燕子贴着地面乱飞，蜻蜓上下翻滚，几乎碰脸。走在大街上，从北面吹来的阴沉的风又狠又急，眼见一场大雨就要到来了。

时间太久了，馆藏的老书泛着暗黄色，深绿的封皮，纸张又旧又破，不过在阴暗与潮湿中，我还是读懂了这段散着霉味撼人心脾的历史载录："曲阜城北汉下村，有古冢，俗称'霸王头'，相传为葬项羽首处云。"《阙里文献考》中也记道："曲阜城东北有古冢，俗名霸王头，相传为项羽首处云。"至于楚霸王的头颅为什么埋在曲阜？书中援引司马迁《史记·项羽本纪》中的记载说："项王已死，楚地皆降汉，独鲁不下，汉乃引天下兵欲屠之，为其守礼义，为主死节，乃持项王头视鲁，鲁父兄乃降，始，楚怀王初封项籍为鲁公，乃其死，鲁最后下。"

司马迁不愧是史学大家，更是讲说故事的老手，通过他的记叙，令人仿佛看见，当年围绕着项羽的头颅，确曾有过一个惊天动地的故事。故事就发生在鲁国故城曲阜，那个时候已改叫鲁县。故事的前因是，秦二世三年，项梁、项羽叔侄二人，拥立前楚王孙熊心为楚怀王，项梁被封为大元帅，项羽被封为鲁王。至于项羽为何被封为鲁王，而不是封至别处，史载并不清楚，可能因为陈胜吴广起义，孔子第八代孙孔鲋，基于秦始皇掘祖坟的义愤，背着家传礼器投奔了起义军，表明鲁国全心身向楚。于是将霸王封于孔子故里，赐为鲁王。

如果真是这样，那便是个十分耐人寻味的封号。除了项羽与鲁人有些前世的缘分，上天冥冥之中给了项羽另一种议定。从司马迁的记载看出，正是这个封赐的名分，因为是名分的大问题，鲁国的上上下下父老乡亲，便从此认了真，鲁国人的认真那才叫认真，用孔子的话说叫"愚不可及"，或者"知其不可而为之"。认真得让人迷惑，让人心痛，这是鲁地久传的民风积习。

即使楚汉之争已见分晓，项羽兵败乌江，江边《霸王别姬》的演出已经落下了大幕，天下已尽归了刘氏，此时再做对抗，已完全无济于事。但痴迷顽冥的鲁国人，还是在冰天雪地里男女老少倾城而出，演出了一场只有鲁国才会有的悲壮的街头史剧。剧的名字便叫做《霸王的游魂》。司马迁到过曲阜，这可以从《太史公自序》中见出。而且是将曲阜里里外外看了个遍，想必当年他在项羽坟前驻足沉思过，而且一定是感慨万千，所以他不能不记下历史这有意味的一笔。只是不知为什么，他非说礼葬霸王是鲁人守礼义、重死节之举。

三

沿着历史的隧道，让我们回到公元前 202 年的深冬。夜里一场夜雪，把曲阜小城压得结结实实，天地间泛着残白的冷光。太阳也怯生生地躲到了尼丘山的那边，风扬起雪屑在街巷间肆虐咆哮，小城在颤抖。

其实楚霸王连同虞美人在乌江边上兵败的消息，早已传来，甚至那泼皮刘邦已抢得了天下，并引天下兵欲屠鲁城的檄文在大街小巷四处横飞无忌，天昏地暗，日月无光，就连平常惯哭的小孩此时也瞪着惊恐的眼睛，望着大门外几个缩着尾巴的土狗，它们向着太阳在狂吠。

终于，如血的黄昏来临了，当残阳拖着余光，呼啸着砸向大地的一瞬间，像陡起的一阵风暴，幽黑的高大城墙外突然爆发出如海啸般的呼喊，铺天盖地，五雷轰顶，杀，杀，杀，刀刃燃烧着火光，马叫撕扯着脚步，呼呼啦啦的大旗下面闪着净是绿色的眼睛，士卒像一团团马蜂打着旋儿向城墙涌来，一时间整座城都被推得摇摇晃晃，千年古城即将陷落。这是继春秋战国齐国欺鲁、楚国灭鲁之后，古城曲阜面临的又一次大劫难。

四

黑云压城城欲摧的关键时候，让人无论如何也不会相信的是，城墙里面竟然完全是另外一种光景。以至于千年之后，曲阜的一代学宗颜光猷，登上颓败的土城墙，远望如烟的城隅和辽阔的旷野，不无自豪地吟诵道：

> 四面楚歌霸业移，乌江战败有谁知。
> 鲁人尚自终臣节，闭户弦诵拒汉师。

这真是个千古叫绝的奇招，面对兵临城下的危难，身上流着"东夷大人"山东大汉血液的鲁国人，不是像前辈人一样，操起长矛大刀严阵以待，或者大吼一声杀出门去，也不是抡起弓箭飞石，瞪着血红的双眼拼个你死我活。曲阜城里的男女老少，选择的是另一种更为超绝的应对方式，他们要用声震云天的经书来吟诵，抗击和毁灭城外的敌人。

也许鲁国人在古旧的历史陈编腐简中浸泡得太久了，古老的经书甚至成了他们的自然禀赋和文化智慧。尤其从周代开始，"周礼尽在鲁也"，一部周礼老书，让鲁国硬硬支撑了800年。他们太崇拜书本文化的力量了，相信文化德义会战胜一切。只是他们那时还不知道，汉高祖刘邦是吃狗肉长大的，曾往儒生的冠里撒过尿。

城外喊杀声越紧，城里越发显得安静，夜也仿佛沉得很深很深，平常那些惯叫的狗猫们，这时也紧紧闭上了嘴。不知由谁开始，也不知从哪开始，最初是几个，然后是一群，最后是一片，有男的，有女的，有老人，有孩童，一律头戴儒帽，身着儒服，每人手里捧着一支火红的蜡烛，从四面八方向城西南角汇拢，他们低着头走得很慢，小城里顿时仿佛是几条游动的火龙在蠕动，天上的雪在下，只是没有一点声息。

最后，他们停在了孔子故宅门，会聚在青石板铺成的街道上，这里古树参天，池水凝寂，老屋沉着，院落安然。四下里此时被打扫得干干净净，地上铺了厚厚的黍草，几根高大的火把插在四周映红了半个城隅。

有人甚至把族谱和先人灵位也抱到这里。他们席地而坐，然后举起龟板或蓍草面向孔子古宅，开始集体诵念经书，有《周礼》，有《易》，有《春秋》，有《诗》，当然更多的还是《论语》和《孟子》。低沉浑厚的声音随着红红的火光飘向天空野外，"天行健，君子以自强不息"，"君事臣以礼，臣事君以忠"，"任重而道远"，"杀身成仁"，"富贵不能淫，贫贱不能移，威武不能屈，是为大丈夫"。书声和熊熊火苗一块燃烧，发出冲天的红光，夜被点着了，头颅在晃动，树叶在飘落，雪花在融化，大地在抖动。

五

雪越下越大，越下越厚，越下越白。当城外的又一轮攻城退潮之后，雪地里的刘邦慢慢坐了下来，望着巍巍的城墙和城上通红的火光，闻听从城里传出的阵阵诵经声和钟鼓鸣响，他惊呆了，惊悸不已，他望着麾下的众将，众将也望着他，他无论如何也不明白，在这生与死的关头，城里到底发生了什么？

屠城可以说是易如反掌，然而面对城门内如此的沉静，刀锋也似乎软了许多，将士们的喊声如此苍白无力，这是天地间的大气势大威猛，是不战之战，是战上之战，他感到了一种从未有过的震撼与恐惧。于是，他把谋士召到跟前，问谋士也问自己，屠还是不屠？是屠得还是屠不得？他们又问：天何以大雪？马何以不进？旗何以自折？莫不是大圣人在借天命世？

一阵紧似一阵的西北风吹来越发使他感到寒冷异常，一直到城里又传出夜深的更鼓声，大雪埋过了马蹄和车脚，雪花大如席，君臣还是无法决断。士兵们更是沉默不语。突然，城上传来了一阵泣血般的古埙声，还有长号嘶鸣。刘邦循声望去，雪花迷蒙处送来了一阵更撕裂的缭绕哭声：刘……邦……我们要一起死，死……死……死。就是听不见有喊杀声。

六

刘邦终于明白了，城里的人在行大礼。他没有权力去剥夺他们，也没有能力剥夺他们。何况刘邦还是个聪明人，这时，他独自一人回到帐中，坐了下来，一杯烈酒慢慢饮下，然后微微会心一笑。尽管自己干过"溺叟儒冠"的蠢事，但那早就过去了，天下已在掌握之中，登基已成定局，此一时彼一时也，想想未来，鲁儒如此愚执仁义道德，冥顽不化，以至于置生命于不顾，这不正是治天下自己所需要的吗？可谓天赐良机。

于是他立刻站起来，大步走进雪地里，令旗一举，三军退城五里，并传令"将项羽的头颅挑上高竿，举过城墙，绕城三周！"这便是司马迁所记载的"为其守礼仪，为主死节，乃持项王头视鲁"。他自己则在城外穿起白衣，烧起灵帛，长跪不起。

霸王的头颅在城墙上闪过，霎时整个小城都打了个寒战，鲁王死了！霸王被刘邦割了头！天下尽归了刘氏！顿时，孔子故宅门前刮起了一阵旋风，凭空里一棵百年老树拦腰折断。

有的人跳将起来准备自焚，有的人从腰里拔出了长剑立誓拼命，有的人高声哭喊：为了大义我们决不能投降。熊熊火光里人们站成一座又黑又重的山峰。这时，一位老者颤悠悠地站了出来，用哭哑了的嗓子缓缓念叨："孔老夫子说过，逝者如斯夫，我们就认命吧。认……命……吧。"说完一头栽倒在地。人们纷纷跪了下来，哭声如翻腾的海潮。

又一个壮汉站到了高台上，他撕开衣怀，挥舞着一根熊熊的火把高喊道：我们决不能轻易投降，既然鲁王阵亡了，城门可以打开，但我们要鲁王的头颅，它属于鲁国，否则决不开城门。"对，我们要鲁王的头颅！"人群又是一阵嘶喊。黑夜仿佛也被一阵阵惨烈的声音撕扯得片片飘零。人群沉默着开始向城外涌动，一群年轻的儒生自发地跳到杏坛上高唱起孔子创作流传下来的《黄河操》，低沉幽咽的歌声缓缓升起，在阴云和古树间缠绕漫延，仿佛是天外来音：

黄河水，

洋洋乎，

丘之不济，

命也夫。

刘邦派人把项羽的头颅，用银盘托着送进了城里。一个政治家的至高谋略和一群道德家的终极情杯，也被和盘托出。

七

那一年，项羽 31 岁，刚进而立之年。曲阜城里城外，下了有史以来最大一场雪，草屋压塌了数百间。

城门洞开之际，刘邦在城外以土为坛、以爱马为牺牲，率群臣行三跪九叩大礼之后，又"故以鲁公礼葬项王穀城"，即所谓"汉王为发哀，泣之而去"，这里面也许真有些英雄惺惺相惜的味道。也许实在不忍心看下去了，曲阜人天地间的至高大义，他不敢也无法消受这些。眼看着城里的人们开始忙活起来，他们要礼葬城君鲁王。

第二天，相隔鲁国灭亡四十年之后，鲁城又发了一次国丧。城里万人空巷，幡旗遮天，刍灵盖地，八八六十四人拱抬的灵柩缓缓前行，人流车马整整十五里，行的全是古礼。

> 子弟无端散楚歌，鲁城坚守意如何。
> 非关愿效重瞳死，只是因沾圣泽多。
> ——孔衍栻《项王冢》

不仅在外人眼里，对鲁国人自己来说，如此隆重礼葬楚霸王，也是一个别有深义的国事话题。鲁国人之所以这样做，用当地人的话说，并非是故意要跟项羽一块去死，因为身处儒家文化重地，接受孔子思想的教育，凡事都得讲究个"礼"呀！所谓入兰圃之中，久而不闻其香。当事情到了眼前，没有人专门招呼，人们不由自主地上了大街，不自觉地为项羽悲泣起来。一切都是因为这里曾有过圣人，圣人的教化弥漫浸润在人们的生活细处，礼化的人格到头来便是身不由己。

所以，关于沾了圣泽就会去悲项羽，并且悲项羽便是礼仪道德的说法，虽然不无道理，但也不尽然。因为后来，我是从《阙里志》等孔氏家族著作的字缝里，读出了另外一层。公元前 209 年，项羽随他叔父项梁起义反秦时，鲁国的百姓们曾奔走相庆，因为他们看到暴秦终于到头了。

鲁人特别是孔氏后人与暴秦有着不共戴天之仇，且不说"焚书坑儒"的国仇，只说秦始皇东巡，一路洛阳邹峄山，最后烟尘滚滚地来到曲阜，一阵疯狂的喧嚣之后，又窜到滔滔奔流的泗河南岸，在一片吆喝声中掘开了孔子的马鬃封坟墓。当然里面什么也没有，挖到深处从里边跑出一只小白兔。掘祖坟那可是奇耻大辱，百世不解之恨，尤其是礼仪之门的孔家。

所以当项羽西去入关破秦，一把大火烧了覆压三百余里的阿房宫，将秦王朝上上下下从王宫里逐出，"烧秦宫室，火三月不灭，收其货宝妇女而东"，鲁国人国宴家宴整整喝了三个月。据说也正是在这次宴庆中，有人发明了一道菜，取名为"油炸秦始皇"，就是将活鱼放在沸水中，煮去所有的皮肉，把剩下的骨头架子，在油里炸得酥脆，浇上作料趁热吃，香甜可口。如此这般，才觉得稍稍解了心头之恨。自然也就不能不感激楚霸王的大恩大德，是他为曲阜人报了欺祖之仇、雪了掘坟之恨。

所以，到后来当听到项羽兵败身亡的消息，鲁国人因为崇拜爱戴大圣人，不能不遵圣人教诲，守信报恩，知恩不报非君子，他们也不能不哭，还情不哭是小人。小人在鲁国最为可恶。在这里，孔圣人和祖传礼仪曾不止一次告诉人们，要说一不二地守信、报恩，"以德报德"，这才是道德。非但如此，更高的正人君子，就是要百倍甚至千倍地去践行情义性的承诺，直至不惜用自己和家人包括几辈人的生命为代价，这才是最为高尚的人品境界。

当然，如果是反面，则无论如何要"以直报怨"。因此，大家会不约而同地到孔子古宅，在那里诵经示威，诵经堪称是直得不能再直的举动，去与不去这绝不是小事情，要的就是那口气、那个人味。迎回项羽的头颅，然后国礼葬之，鲁国人崇奉杯水之恩当涌泉相报、君子报仇十年不晚的信条。他们与其说是迎葬了项羽的头颅，不如说迎葬的是圣人训化而形成的那颗道义性心灵。

八

他们也了礼葬一段历史和一种历史上的经典人格，所谓：

竹锦烟消帝业墟，关河空虚逐龙驹。

灰坑未冷山东乱，刘项原来不读书。

虽说战国末年，是一个需要英雄也必然出英雄的时代，然而令那些前往鲁国观礼的人感到不可思议的是，天下竟然落在了两个不读书的人手中，并且同是不读书的刘邦战胜了不读书的项羽，虽说成者王侯败者寇，但这一番楚河汉界的争夺看得委实令人眼花缭乱。

这到底什么是胜利？或者说什么是失败？胜利者一路欢呼到故乡沛县高唱《大风歌》去了，战败者则戛然而止，鲜血淋漓的头颅伴着漫天风雪被摆放在鲁国古城的祭坛上。观礼的人们，无论如何也想象不出其中的道理，难道真如项羽所谓"天亡我也，非战之罪"么？周围的人你看看我，我看看你，然后一脸的奇怪茫然，除了热闹，其他的似乎什么也看不出。有几个年龄稍大约略看懂的人，在寒风里无论如何也张不开嘴。

关于这个话题，据说刘邦坐了龙床之后，有一次开怀畅饮，真的有些醉了，微笑着谈论他的胜利，不觉间道出了些底隐：

夫运筹策帷帐之中，决胜于千里之外，吾不如子房。镇国家，抚百姓，给馈饷，不绝粮道，吾不如萧何。连百万之军，战必胜，攻必取，吾不如韩信。此三者，皆人杰也，吾能用之，此吾所以取天下也。项羽有一范增而不能用，此其所以为我擒也。

这绝对是一个政治家的至深城府道白，表面上说，这不过是一场大气和小气间的争斗，最终心胸宽广的刘邦战胜了心胸狭窄的项羽，能容者得天下。其实内里更深层的原因，刘邦不想说，或者说了人们也未必听得懂，刘邦不缺心计。

世界上永远不缺性情中人，当时两个站在身旁的贴身臣子，高起和王陵无意中道出了真情，他们半躬着身躯，趋前作答，之所以刘邦胜利而项羽失败："陛下慢而侮人，项氏仁而爱人。"说到底，你们之间的差异，在于一个"慢侮"，一个"仁爱"。项羽最后活活地死在"仁爱"手里，说完两人没敢抬头。虽然，初听这是个让人无法从心里接受的结论。但自古类似"为富不仁"的成说，恐怕是一种极高境界层次的命题，它所蕴含的意义只可为知者道、不可为俗者言。项羽至死没能悟出来，只能说他悟性太低，所以不配当君王。

后来，又过了两千年，有一个人听懂了这番话，此人便是毛泽东，当他读到《高祖本纪》这一节时，他再也掩饰不住内心的激动，挥笔写道："项王非政治家，汉王则为一高明的政治家。"然后他又高赞《大风歌》："这首诗写得好，很有气魄。"这是大政治家与大政治家的心灵对话。又说："我们现在有些第一书记，连封建时代的刘邦都不如，倒有点像项羽，有些同志如果不改，最后要垮台的。不是有一出戏叫《霸王别姬》吗？有些同志如果不改，难免一天要'别姬'就是了。"至于要改什么？毛泽东没明说，或者说他不想说。政治家需要有悟性。

说到项羽最后失败在"仁爱"的手里，纵观历史，也确不乏其人其事，不乏其历史的深刻与正确。古往今来干大事，从来就是人类温和情感和残酷理性的生命感觉较量，又是人生恢宏大业和平凡庸常的价值取向对峙。大人的大量和小人的小心，在此擂台上展露无遗，而想逾越自己又谈何容易。

在一般人的眼睛中，项羽绝对不是一个仁爱的人，且不说他引兵西屠咸阳，杀秦降王子婴，烹周苛，烹说者。单说在新安城南一夜击坑秦卒二十余万人，在外黄县，虽然敌方已经投降了，但他还是"悉令男子十五已上诣城东，欲坑之"，他连眼都没眨一下。基于此，有人说他是个凶恶残暴的人。我更想说的是，他的残杀无辜，至多也就是个情绪过度的莽汉，一个不成熟的愤青。

项羽的骨子里是个深具仁爱精神的人，只不过在刘邦看来，那只是一种"妇人之仁"。当垓下之战为刘邦所围困，知道自己已无法脱身，最后见到前来与己交战的是以往部下吕马童，便大声道："吾闻汉购我头千金，邑万户，吾为若德。"临死还不忘与己相交的旧部，以生命为代价，将好处慷慨地送给他。可谓仁至义尽。

军亡身死之时，他的一番悲歌"力拔山兮气盖世，时不利兮骓不逝。骓不逝兮可奈何，虞兮虞兮奈若何"。与虞姬的"汉兵已略地，四方楚歌声。大王意气尽，贱妾何聊生"相唱和。悲的不是大业东流、大军溃败。而是大哭他的美人"虞姬"，甚至哭他的战马。可谓是爱得深挚、爱得广泛，关键时刻活活一副多情种的面孔。他的这些举止，令我想到了孔夫子。当年鲁国马厩起火，孔子问的是"伤人乎？不问马"。被称为至仁者之行。项羽承续着儒家仁者爱人的议题，实在爱得漫无边际了，爱让他在关键时刻找不到北了。

同项羽比，刘邦绝对是一个寡情少义的人，尤其是关键时刻更是能够"义断其恩"，当年从沛县逃亡，后有楚军追击，情急之下，为了个人逃命，三次亲手将亲生儿女孝惠帝、鲁元公主推坠车下，以便轻车减重能够逃之天天。犹为人所不齿的是：当项羽将刘邦的父亲推至阵前，并恐吓刘邦"今不急下，吾烹太公"，面对父亲的生死存亡，刘邦一脸的笑意不说，还竟然高声叫道："约为兄弟，吾翁即若翁。必欲烹尔翁，则幸分人一杯羹。"为了天下全然不顾至亲的生死，那无赖的面孔简直令人发指。然而，令许多人心里难以平复的是，最后是刘邦抢得了天下，坐上了龙床，谁能说这全没有点来由、纯是历史的偶然？

对于刘邦的这种内心表现，项羽的季父项伯是个聪明人，他早就看出了门道，曾经很深重地告诉项羽说：刘邦之所以能够这样做，是"天下事未可知，且为天下者不顾家"。言下之意，如果说刘邦是一个国，那么项羽你不过是一个家。再深刻一点，如果"仁爱"是家的话，那么"冷酷"就是一个国。特别是在夺取政权的阶段，这是一个绝对不能兼得的分项选择。

可惜项羽连听也没听懂，或者说他压根就不想听这一套，所以，后来身陷夺权的急流险滩之中，项羽缺少必要的心理硬度，缺少从仁义走向残忍的能力，于是只能以失败而告终，最后魂归鲁国孔孟之乡，礼仪之邦的仁爱之地，这不是必然又是什么？到了这一步，可以说，只有仁义天下的古鲁国，从文化脉系上与他的灵魂最为会心。这里的人最讲究"家"、最讲究"仁爱"。项羽一个如此爱家的人，一个如此仁爱的灵魂，不到这里安息又会到哪里去呢？项羽的头颅葬于鲁国，堪称适得其地。

九

异常隆重的国丧发了整整四十九天。

> 剑戟沉沙光隐约　骷髅成冢势嵯峨
> 虞兮独葬阴陵下　空吐繁葩斗绮罗
> ——孔衍栻《项王冢》

终于，在鲁城的野地里，有了一座高大的坟墓，它依山傍水，鲁国人取的是活人建阳宅的风水。作为一个曾经不遗余力地拨弄历史的人，终于被历史拨弄然后抛弃。多少年来，虞姬的陵墓在阴陵。曾经不可一世的项羽，凄风冷雨之中一个人的孤魂，漂泊在鲁地原野上，坟头上几朵孤零零的野花望着白云苍狗，落得个如此清冷寂寞、空旷无奈的下场，实在令人凄然。

世界上的事，尤其是政治斗争，一个人格的悲剧，终将演化成为整体生命悲剧，这绝对是历史的必然。《史记·项羽本纪》描写他的童年："项籍少时，学书不成，去；学剑，又不成。……于是项梁乃教籍兵法，籍大喜，略知其意，又不肯竟学。"项羽到最后也是个狂傲的粗人，从小他就不喜欢学习文化知识。

他当然不乏胆量和力气，还有蛮横和凶残，所以他特别喜欢斗狠、斗力，有时兴起，如果再有人逗引，他还会豁将出去卖弄和显示一番，以此告诉大家他很有能耐，决不怕人。用曲阜当地人的话说，到老是一股二杆子脾气。正因为如此，当他拼杀疆场，面对一个恒远幽渺深不可测的天下时，他不仅气短心虚，关键时刻也只能以苍白的吼叫，挥舞着双拳来为自己壮胆、吓唬别人。然后便无可奈何地看着大好江山滚滚流失。

司马迁后来曾不无嘲讽意味地说："然羽非有尺寸，乘势起陇亩之中，三年，遂将五诸侯灭秦，分裂天下，而封王侯，攻由羽出，号为'霸王'，位虽不终，近古以来未尝有也。"开始的时候，不可谓不辉煌壮丽，凭着一己之力，将五诸侯奋力一击，顷刻间秦朝大厦为之倾倒，翻手是云，覆手是雨，堪为近古以来的大英雄。

但接下来便是"自矜功伐，奋其私智而不师古。谓霸王之业，欲以力征营天下。五年卒亡其国，身死东城，尚不觉寤而不自责，过矣。乃引'天亡我，非用兵之罪也'，岂不谬哉。"司马迁不愧是洞彻深明的大史学家，可以说此语是一言中的。靠着自己的小聪明，尽管也能吟唱出"伤虞姬"这样的短歌；靠着自己的蛮力气，可以数次冲阵轻取敌军的头颅。然而，仅仅靠身上的力量就想取得天下，到头来只能是落得个亡国身死的下场。

更可悲的是，项羽到死也没能觉悟，当然也无法自责了，他无论如何也不明白，自己到底败在何处？而这种不明白恰恰是他真正失败的原因。无可奈何的事实，从乘势而起，然后盛极一时，到轰然败落。历史以其残酷的辩证法，证明了项羽文化性格荒谬的必然结果。虽然他曾将其生命的质里做了最大限度的夸张展露，然而生命内里的贫瘠和粗劣，无论如何也不能支撑起一个皇朝天下的巨大空间。

当私智终于不够长度，当师古至终也无法悟解的时候，本然性的意气用事和情绪化的直觉思维便主宰了一切，自觉与不自觉地滑向了"天命"观。大事不成怨天怨地怨时机怨命运，就是不怨他自己是否有足够的心理和智慧能力。司马迁用一个"谬"字，便把项羽与历史之间的荒诞关系，刻画得入木三分。

产生于鲁国土地的儒家是重教的学派，理论框架中也不乏"智"字，但在一些人的脑海中，不知为什么，活活地就让这"智"字走上了邪路。尤其当智用于社会人际关系时，一路走偏，不知去向。在当地人的眼睛里，此"智"或许用基础知识、基本技能理解更为恰当，并且还要是仁性知识或知识仁性的限定。所以到头来孔门弟子中并不乏有知识的人，然而说到另外的智慧，除了子贡经商取得过成就，获得更大发展好像没几个人。

孔子一句"刚毅木讷，近乎仁"的告诫，不知从什么时间开始，类似"灵活"这些词语，在鲁国人的话语体系中便成了贬义词，所谓"巧言令色，鲜也仁"。刚强勇武呆头呆脑，如果再加上笨嘴笨舌那就再好不过了，因为他隔着仁人不远了。我猜想，这句话未必是孔子的人生整体性判断，但曲阜人喜欢把孔圣人的话当作至高至远的哲学，愿意做无限定的引申发挥，而且越远越好，到头来终于使"愚"这个概念变得不再令人讨厌。"愚不可及"甚至成了一种让人微醺的称颂，就像后来曲阜人将"木讷"作为挂在嘴边的口头语"知不道"，言语中透着美滋滋的味道。

不知从何时起，沿着大愚便是大智一路想下去，甚至有些对"愚"崇拜起来，最后终于得出了莫名其妙的愚人照样可以救国治国论。引得一些淳朴善良的农夫山民凭空喊出"皇帝轮流做，明年到我家"的口号，使李逵也按捺不住内心的冲动要"杀到东京，夺了鸟位"。农民大胆爆发起义，似无可非议，然而怀着一种农民情结而认为"愚"而有力气，亦可以像种庄稼一样，进入并指导社会革命的全过程，并会取得淳朴性的江山胜利，那就大错而特错了。

夺取政权，治国平天下，那是另外一个层次的人员事理。需要另外一种超常的特殊大智慧，在这方面刘邦的见地最为经典。彭越之战，项羽阵前提出要和刘邦单挑："愿与汉王挑战决雌雄"，汉王笑谢曰："吾宁斗智，不能斗力。"用四两拨千斤的艺术，一个别有深意的"智"字，便把项羽千古挑落于马下。

也正是靠了这个"智"字，后来的历朝历代的皇权政治略施小计，就把那些曾一度不可一世大大小小的农民起义军收拾得干干净净。究其历史深度原因，那些可爱的项羽们恐怕是太相信"愚不可及"的理论了。也正是这个方面，如果说鲁国是创造愚理论的原生地的话，那么以讲究蛮力而著称的项羽，最终将头颅埋到曲阜的泥土里，可以说他的灵魂并没走错路。

十

几千年留下的霸王墓，现如今已消失了。据当地人说，早年间被城西关的曲阜师范大学考古队挖开之后，看到里面什么东西也没有，就连埋也没埋，留下一个大土坑。再后来经过一年年的风吹雨淋之后，大坑自己填平了，然后长满了荒草，又变成了庄稼地，从此再也找不到踪影了。

站在曲阜城外的原野上，望着一马平川的庄稼地，北面是隐隐约约的泰山，淹没于辽远的长空里；南面吹来的风扬起一阵又一阵尘土，平添一种岁月的迷蒙，让人产生一种生死两茫茫的感觉。我不知道曲阜人是否还会关心霸王坟这件事，更不知道没了项羽冢，对于古地曲阜是好事还是坏事，只是觉得，在中华历史的核心之地，许多历史恐怕不那么容易忘却，虽然坟墓没了，但故事还会有人接着继续讲下去，因为曲阜人特别爱说道历史。

所以，我只好站在一块突起的高地上，恭而敬之地行一个注目礼，从心里遥祭这座曾经的古墓及其故事，并听耳边风声鼓荡，人语袅袅。

城头的诗行

——曲阜栖鸟的神韵

古城曲阜的鸟儿，是幸福的鸟儿。

它们用扇动的翅膀和清脆的鸣叫，将儒诗写在高耸的城头，写在飘渺的云端，写在人们温情爱意的目光里。尽管儒家不以诗胜，而是以理见长。但儒家并非没诗，只是，它不是些纯情的风花雪月，也不是一味的哀怨情愁，它是别一种诗意境界，是天人合一的大羹玄味，世间至美篇章。

也有人说，曲阜的鸟儿还是蓝天里跳动的音符，它们用翻飞的身影和闪光的羽毛，拎着晨光和晚霞，合着岁月节拍，尽情载歌载舞，演绎出旷远"尽善也、又尽美也"的圣灵魂曲。此话可谓得之，中国的艺术自古就是诗乐舞三位一体，后来被人为隔江划界，各自成了一门类。曲阜的鸟儿是古意的精灵，所以，即使过了数千年，依然还会用悠然的姿态神情和时空演唱，将民族古老的诗意传统原汁原味传承至今。

所以，我每每看曲阜的鸟儿，都会生出别样的感动，然后虔诚地凝望这一儒家诗歌的经典意象行注目礼，然后静下心来，细细地体味一番。并随着它们忽远忽近的身影，做精骛八极、心游万仞的历史畅想。

一

曲阜城很老了，泰山顶上吹来的风和着黄河滩上刮起的土肆意涂抹吹打，加上时光的打磨，一座数千年鲁西南大平原上的小城，渐渐地变成了衰意极深的暮年老人，蹒跚地行走在鲁西南大平原上。

尽管如今城南大小沂河边上，还有城东高铁站周围，建起了一片片高楼，规划出颇具现代意味的新城区。夜晚时分，伴着震耳欲聋的电子音乐声，杏坛剧场冲天的灯柱，照得古城满天发白；孔府孔庙前大街两旁，树上的彩灯流光溢彩，恣意地向人们做着曲阜现代生活的炫耀与表白。然而，古老的城墙，陈旧的街巷，古松掩映，庙宇阴阴，一个个寂静沉缓的农家老院依然光景如旧；护城河边上的老树下，一个个黑厚暗影慢慢地拖着残月西斜，任光阴在城头演绎着枯淡的安魂曲。

说不上多少次，夜幕低垂，万籁俱寂，一个人坐在鼓楼前的石凳上，望着远处的古松和老街发呆。大街睡得很沉很深，月光半掩，鼓楼如梦，环顾四周的林林总总，总会有一种莫名的黯然悲哀漫上心头。朦朦胧胧之中感觉物非物、人非人，经过几千年岁月浸泡，小城已经通体发霉了，透出了很深很重的霉味。轻轻地吸口气，陈腐的味道感觉呛人。所以，白天那些到曲阜旅游的人，或者选择古旧的老建筑、半枯的松柏树留影拍照；或者站在巨碑下塑像前仰着脸用心解读，样子很虔诚，也很可爱。到了晚上，他们便会选择早早睡觉，很少会沿着鼓楼大街，踏月赏景，因为灯影里游曲阜城，像是在油灯下翻读线装老书，会读得心里又沉又累，现代人不会有这样的毅力和耐心。

就连我这与儒文化极有缘的人，夜晚时分，每每从阙里街上走过，也都会有头脑昏昏沉沉的感觉。仿佛到处是早已被设定已久、不知多少人说过、也不知说了多少遍的古意残编；好像满眼是被荒枯岁月肆意涂抹了的儒道人化或人化儒道，全都是些无论如何也无法洞彻的高深话题。

多少年过去了，我才真正懂得，这才是曲阜的本质真实，这才是它的历史原色，只因为它们一直隐藏在古松树光与影的背后，隐藏在孔庙龙柱深浮雕的纹理旋律中，还有曲阜人那似睁非睁的眼神里。一般人根本无法看到，更别说去感受领悟它了，因为过于沉重和黯然，时常会有种承载不起的感觉。

二

因此，我每每会忙里偷闲，专门去做心灵的逃离，瞅空跑到城外去寻另一种曲阜的面孔和眼神。它是一座地道的乡下小城，四野田园别有一番景致，庄稼地里满是随风奔涌而来的绿意，河水中无遮无拦地倒映着蓝天白云，四处弥漫着牛羊粪味和野草花香，满身心都是惬意和舒坦。

记得那是一个晴空碧日的好日子，敞开衣襟拎如许春风，从孔庙前的古城门里冲出去。沿着笔直神道一路向南，于是，便有了夫子当年"浴乎沂，风乎舞雩，咏而归"的意趣。加上挣脱了陈腐抛却了苦思的缠绕，更平添出一种"临春风、思浩荡"的惬意。

脚下松柏掩映下的神道，夜风将其打扫得一尘不染。突然，仰脸看见了古城上空那些自由自在的鸟儿们，它们从远处翩翩而来，又悠然而去，尽情地舞着阳光白云，讴歌着清风光景。倏忽间拖着长长的弧影，从你眼前悄然划过的一瞬间，最后一丝绪念都消失得无影无踪，它们就是天外专门派来点化古城的天使。

如果蓝天是一张巨大的画布，这些鸟儿就是这小城静谧风景画上最富动感的一笔；如果说小城是一首钟磬合奏，它们就是和弦中最响亮的跳跃音符，不只有声的嘹亮、色的斑斓，更因为有了影的流动、态的飘舞、情的飞扬。千年呆滞木然的古城，因为有了它们的身影，霎时便活泛起来，具有了别一种诗意般的纯真和亮丽。

此情此景，不禁使我想起苏东坡那有名的句子："观摩诘之诗，诗中有画；味摩诘之画，画中有诗。"它们真的是平原上小城的自然天成历史佳作，尽管儒家不以诗胜，偏于哲理。可惜，多少年来，它的美妙意境，没几人能读懂，或者说，就没有人曾去真正品读过。

或许是生活节奏日益加快的缘故，人们迫于生计，根本顾不上它；或许后来者大都心虚情躁，不具备品味的心境和兴味；或许是后人知识和功力根本不够用，难以达到其应有的历史意境。总之，世道在悄悄地变化，曲阜鸟儿被人忽略的原因，一时难以说清！

只有那些天上的鸟儿，依然故我，在风中随意上下翻飞。

三

我教书的学校与孔庙一墙之隔。天时地利，使我无数个晨曦黄昏，有了享受和品味这份景致的机缘。

早晨，太阳悄悄地爬上古城门，伴着嘹亮的校钟和学生们的歌声，从路东的家属院欣欣然走进校门。然后站在校园里，仰脸看着鸟儿们或者从头顶上或者绕着楼房飞来飞去，发出清脆嘹亮的鸣叫，飘飞的身影每每从古松嶙峋的枝头悄然划过，总会带来一种撼人心魄的诗意之美。为此，我会常常伫立在那里，有时甚至上课的铃声已经响过，依然会带着巨大的惊奇疑惑，还有感激和礼敬，静静地目送鸟儿们悠悠远逝。

教学楼的窗户就斜对着孔庙古松枝，甚至你会感觉到那些古松枝正慢慢伸过来。秋天温暖的阳光照着教室窗棂，有时课堂上正讲到美妙处，窗外突然划过几道白鹤的弧影，然后又是几声清脆长鸣，引得学生们齐刷刷转过脸去，眼睛闪耀着洁白的亮光，看得出，他们的心也随之飞走了，飞得老远老远。

往往这个时候，课堂感被化解和消失得无影无踪，师生的身心一齐飞出教室，飞进了晴空万里的旷野，飞到水草漫漫的河水边，飞到凉风习习的杏树下。每到这时，我都会停下几分钟，让学生们静静地望一望，用心体会一下，品味曲阜古城所特有的与鸟儿一起心飞神驰的意趣，感觉这比我讲多少课、让学生背多少书还要有意味得多，也深刻得多。

有一段时间，我就住在校园里，那是一段身与心与孔夫子不断走近的日子，不仅仅因为卧居低矮的小屋中，能够静下心来多读几页儒家经典。更多还是于夕阳的温暖中，在煦风中将书本徐徐打开，一边听着孔庙里断断续续的古乐，一边闻着院墙那边老树和殿宇发出的缕缕霉味，自然还有白鹤与鱼鹳的阵阵叫声，悠悠读开去，便会获得一种浸入心脾的古感史意。不期然间，便会将人全然融化到孔夫子的语义里。

到了夜晚，躺在潮湿的木板床上，那时小城的人都睡得早，不一会儿，四周便万籁俱寂，只有窗外不时传来鸟儿飞过，翅膀呼啦啦的拍打声，还有高一声低一声的悠长鸣叫，将漆黑的夜划得很深，也将心意和情思拉得很远。每每会引发我回到原始枯荒的感觉。好像置身在树杈上，与鸟儿同枝而卧。望天上月残星稀，听林中风吟水泣。

于是，曾做过这样的梦，鲜花盛开、草木茂盛的丛林中，河水闪着粼光缓缓向前流动，鸟儿们纷纷落在我的身边，有的还蹦蹦跳跳地在我的身上啄着衣裳，它们和我认真地说话，好像着急地要告诉我什么，可惜我什么也听不懂，后来它们招来了更多的鸟，一块儿在我身边跳舞，它们跳得很陶醉也很尽兴。可惜，一阵高声的鸟叫响起之后，我醒了，原来，屋外天快亮了，孔庙里的鸟儿们正要结伙远行。

四

对于曲阜的鸟儿，一直有个问题萦绕在我的心头。这里的鸟儿有白鹤、鹭鸶、鱼鹳鸟、乌鸦等几十种，它们到底从哪里而来？为什么会聚集在这里？它们靠什么维生？孔庙里除了古松树，就是满院的荒草。

为此，我曾专门到南城门，在秋阳如水的日子，请教城墙下一个晒暖的老人。他坐着布绳的马扎，背依靠在城墙上，头埋在棉袄领子里，半仰着脸，眯着眼睛，烟袋杆横在膝盖上，烟荷包拖着地，身子一动也不动。他听到问城头上的鸟儿之后，那如枯树皮般皱褶的脸，微微动了起来，眼睛也慢慢裂开了一条缝，然后伸出头来，望着天空，看似喃喃自语，又好像专门告诉我：它们可是些神物。说完，还用手当眼罩，向远处四下里望了望。

当重重地又咳嗽了两声之后，他轻声慢语地讲述道：早年间庙里的乌鸦可多了，太阳落山的时候，白鹤领着乌鸦回窝，曲阜城的半空上，从远到近一群接着一群，像涨潮的潮水似的，前浪涌着后浪，起起伏伏。到了孔庙上空，转着圈打着旋儿，整个城都像阴了天，叫声和翅膀声响成一片，像是下大暴雨，下面的人对面说话，几乎都听不清，就这么一直叫着飞着，让太阳从枯树枝上落了下去。

他装上一袋烟，喘了一口粗气，断断续续地又告诉我，老辈人都说，它们是老天爷派来保护孔庙的三千天兵。说着吸了一口烟，又向我讲起"孔庙三千乌鸦兵"的故事：好几千年前了，那时曲阜叫鲁国，城有现在好几个大，四面是水，兵强马壮。住在阙里街上的圣人孔夫子，更是天下有名。

一天，孔夫子外出讲学，碰见一个猎人在射猎乌鸦，已经有几只乌鸦死在了箭下，便急匆匆地走上前去，一边劝猎人不要伤害这些无辜的生灵，一边让弟子们将死去的乌鸦全身埋葬，埋完之后，据说他老人家还流着眼泪，念了一篇为乌鸦写的悼词。又过了几天，他老人家讲学回来，他们师徒突然遭到歹人的袭击。正在这时，只见大片大片乌鸦从天而降，奋不顾身地向歹徒们啄去，一直将他们啄散，然后在天空盘旋鸣叫着，一直护送着孔子和弟子们平安回到家里。

据说从那以后，每当孔夫子出门，总会有或多或少的乌鸦护卫在他身边，渐渐地成了孔夫子的三千乌鸦兵。一直到孔夫子去世，这些乌鸦依然不肯离去，这些有灵性的圣物，世世代代还要在孔庙里为孔夫子守灵护院。他稍稍喘了口气，眼睛里也有了些光泽，然后特意转过脸来看着我，用非常肯定的口吻说道：这事在曲阜老书里都记着哩，不信你去查查。一边说，一边用手里的烟杆使劲在烟袋里抠挖着，就是不往外拿。

我急忙点头说，我信，我信。然后他又转过脸去，自言自语地说道，别看鸟儿很多，好像很乱，其实它们规矩得很哩，凤凰是它们的头领，平常住在天上，有大事才来，所以一般看不到；仙鹤是监察官，鱼鹳鸟是运输官，三千神鸦则是护卫兵，各司其职，忠贞不贰，白天为林庙守护，夜晚还要为林庙打更，几千年一直就这样守卫着，守护着上天下凡的文曲星。

他竟然能说这么多的话，到了后来，他好像不是在跟我说话，而是在向上天自言自语地做表白。望着如雕塑般的古地老者，朦胧之中，我好像悟出点了什么，都说曲阜人木讷，其实并不尽然，对于沉在心底的话，他们会倾情倾力地告诉你。

五

对于曲阜的鸟儿，似乎还有另外一些说法。据《阙里志》记载，当年孔林孔庙里，一年到头大小祭祀不断，从皇上到民间，有上百次之多，取的是香火不断之意。供奉自然不少，便为鸟儿们的生活提供了足够的食粮，据史籍上记载，曲阜的鸟儿们，也是被这里繁盛的祭祀香火引来的，这话并非无道理。

不过文人们还有另一种解释。早年间他们一路风尘仆仆，逶迤着进了城门，落下轿子，滚下马来，前呼后拥，或者一领长衫，或者厚袍加身，拜谒林庙之后，站在古松下静思，突然抬脸看到鸟儿们翩翩起舞，听到它们天籁般婉转歌唱，顿时诗兴大发，随口吟道："凤凰有时集嘉树，凡鸟不敢巢深林。"（明·李松《拜谒孔林聊述小诗》）"枳棘不敢开圣道，鸟鸢远去避神灵。"（元·陈天祐《奠拜圣林谨颂一章》）"灵光殿古生秋草，曲阜城荒噪晚鸦。"（宋·佚名诗《留题圣林诗》），长吟短叹的样子，甚至比枝上的鸟儿还天真。

在他们眼里，曲阜鸟儿绝对是有斯文慧根的圣物。它们因崇拜信仰而来，为寻找哲思灵感而来，为了命世的真知而来。仔细琢磨话里的味道，除了通体的敬意外，总好像是在做自我的内心比附。所以才会有"凡鸟不敢巢深林"的奇观，曲阜林庙中的鸟儿，不仅绝少有一般的雀类黄雀之类，偶尔出现，它们一般也不在树上降落。匆匆忙忙地当空溜过，一点声息也没有，实在是有点不可思议。

说到曲阜鸟儿的神灵之举。有一年的冬天，曲阜下了一场罕见大雪，雪后的孔庙，别是一番景色，殿宇亭阁和松柏树枝上，覆盖了一层厚厚白雪，林木呆立，屋檐低垂，碑碣肃穆，从高处望去，阴云舒卷，雪丘起伏，远近一片宁静。偌大的庙群，成了一件天公特意雕刻制作、泛着白光的建筑工艺品，摆放在古城正中间。只有庙宇墙外四周，低矮的农舍中冒出缕缕炊烟，歪歪斜斜四处飘散着，露出小城如许的生机。

那天没课，坐在楼上的办公室看闲书，不时地把脸贴在窗户上，欣赏着眼前这一美景。耳边传来学生们阵阵读书声，还有老师高高低低的讲课声，炉子里的煤火着得很旺，不时传出噼噼啪啪爆裂响声，心里暖暖的，仿佛窗外的雪也透着融融暖意。

庙里的古松树就平铺在眼前，望着它们把雪高高托起的姿势和气概，不由自主地想起了孔子的名句："岁寒，然后知松柏之后凋也。"眼前景色是对这一儒家命题最好的诠释，告诉人们：松柏是永远不会凋谢的，尤其是生长在曲阜土地上的松树，连漫天大雪压顶都不会使它凋谢，它还会凋谢吗？于是便想起陈毅将军的诗："大雪压青松，青松挺且直。欲知松高洁，待到雪化时。"现在看来，陈老总当年一定是站在松树下吟出了这首绝唱，仰脸看去，松枝高举，身姿挺直，器宇轩昂，当风而立。松的高耸和雪的洁白相辉映，不能不令将军心生敬仰和羡慕。

心里这样想着，不知不觉产生出了一种幻觉，仿佛看到了孔庙松柏另一种儒雅与才情，它们是一群浑莽的北方汉子，一群两手托雪的向天舞者，踏着端庄肃穆的舞步，整齐地跳着诵天祈福、天人共契的裸舞。

正在无边无际冥想的时候，突然，几只灰白的鸟儿翩翩飞来，扇着翅膀蹦蹦跳跳地落在了松柏树上，踩得树枝一阵摇晃，白雪也随之纷纷散落，同时，溅出几声特别嘹亮悠长的鸣叫，震得四周都铮铮作响。我不禁为之眼前一亮，这样的天气竟然还有鸟儿！如此忠诚地与孔庙相厮守，不是说冬天鸟儿们都到南方了吗？曲阜的鸟儿竟然还留在北方，即使天寒地冻，也不作季候的迁徙，它们为什么不走？难道不怕冬天的饥饿与寒冷吗？

我站了起来，打开窗户，探出头去，仔细地向孔庙眺望和打量。一阵寒风扑了进来，顿时打了个寒战，方知季节不饶人，屋外寒气逼人。再看远处的鸟儿们，三三两两地结着伴，在孔庙上空来回盘旋着，飞得很是怡然和自在，它们是整个天空下唯一动着的生灵，在一片洁白的卷轴上，用飘摇的身影挥洒出影影绰绰的雪野诗行，长短不一，参差错落，即使没有那些清凉的叫声，长天下那空灵的身姿，也会让人的心灵为之悸动不已。

六

我被深深地震撼了，曲阜的鸟儿竟然能够做这样的生死相许，须知曲阜的冬天也很难熬！莫不是在圣地待久了，被仁义道德所同化，学会了儒家的历史承担精神和意志，或者是具有了君子"以德报德"的观念。

因为就在它们的身影从眼前划过的一瞬间，我脑海中猛然蹦跳出孔子的一句话，"戈不射宿。"虽然在《论语》中，这是一句并不起眼的话，仅仅是说要真心地礼待鸟儿，大意是无论如何也不要射杀已经宿下的鸟儿，世上的正人君子永远不能也不应该做出这样的卑劣之事。

对于这其中的具体内涵，古人曾解释说：夜晚时分，树上的鸟儿们已经就寝了，它们一点防备心也没有，也没法有，说不定正暖暖地搂抱着儿女们睡大觉呢，这时，偷偷地去射杀它们，让融融亲情爱意顷刻间化作血腥灾难，实在是伤天害理的大罪，属于不仁不义的邪恶之举。

转瞬间，窗外的鸟儿们又不见了，我的心随之沉在了孔夫子这句话的情景之中，思绪也随着天上飘飞的云彩，向很远很远的地方飘散。朦朦胧胧之中，我仿佛看到了一堂孔夫子的鸟儿课。天上艳阳高照，地上水草青绿。就在古宅的老院里，孔子正讲得兴起，忽然有几只鸟儿飞过，落在身旁的树上叫个不停。弟子起身要哄赶它们，因为实在太吵了，这时的孔夫子仰起脸来，看着树上的鸟儿，发现它们非但一点不害怕，甚至还恣意地抖动着羽毛，歪着头望着下面的人跳来跳去，一点躲避的意思也没有。

孔子轻轻地用手示意弟子，让他们坐下。然后小声地讲授道：你们知道什么叫做幸福和快乐吗？世间最大的幸福和快乐就是没有恐惧担忧，"仁者无忧"啊！为什么会无忧呢？就是天理自然与生命和谐呀！用仁爱打造起幸福温暖的意蕴天空。就像这树上的鸟儿们，因为我们的爱意，鸟儿才会无忧无虑地靠近你。难道你们没有从它们的叫声中，体会出仁爱天地万物的美好境界吗？这时弟子子路站起来，粗声粗气地说道：先生，从古及今逮鸟入食是传统呀，难道我们因此就不再食鸟了吗？

孔夫子抬起脸来看了看树上的鸟儿，这时鸟儿们突然停止了叫声，只见孔夫子慢慢站起来，看着弟子们缓缓说道：物物相食自然是天理，如同老虎可以吃人，人同样可以吃老虎，但即使相食也应该有礼数，不可毫无规矩，恣意妄为。靠阴冷奸诈获得，到头来不仅是物物血肉相残，更是会坏了人性的道理。他停了一会儿，几乎是一字一顿地大声说：就譬如这树上的鸟儿，本就应该"弋不射宿"，这其中就有大义！仁爱才是大义呀！据说，树上鸟儿静静听完了孔夫子的话，突然一声长鸣，然后纷纷展翅欢叫着向远方飞去。

不知道是鸟儿们听懂了孔夫子的话，还是弟子们传播的原因，此话一夜之间传遍了大江南北。告诉人们，当然还有鸟儿们，泰山脚下黄河岸边的鲁国城里，那里是孔夫子的老家，最讲究人鸟相亲相爱，最讲究以礼相待的道理，所以，此地是鸟儿最安全快乐的地方，鸟儿们是不怕死的，害怕的是小人们的阴险欺诈和残暴。因为先祖孔夫子有这样的教诲，不但孔氏后裔，从此有了不打宿鸟的家教家规；曲阜林庙从一开始，便立下了不准打鸟的铁规矩，从春秋一直到今天。

一条千古流传的古训，一条不成文的法规，在曲阜古城内外，就这样拉近了人与鸟的距离。造出了一个特定的诗意的空间和诗意的生活，具有了仁乐的生活氛围和温暖季节；由此不仅勾画创造出了天人合一万古长存的生活，也描绘和抒发出了其乐也融融的仁爱美景。

曲阜的鸟儿们，它们因了孔夫子的一句话，不远千里翩翩而来，为仁爱大道来到了曲阜。这也许是许多人不曾想到的事，然而却是史实。也许正是这些鸟儿们，让曲阜人由此懂得了一个平浅而又深刻的道理：饿不怕、冷不怕，就怕命里没窝爬。世间的所有，活命从来就是第一位的需求，而要想活命，或者说更好地活命，"里仁为美""居不择仁，焉得智"就是硬道理，儒家的智慧就是善于选择和创造仁爱的环境，从家到族、从祖到国、从国到世、从世到天，不只是人类，要一直达到自然万物共契，生命方能长久永远。

可惜的是，到了后来，人们好像越来越缺乏这种生命的大智慧了，大家习惯在欲望的浊流中恣意沉沦，随意妄为，已经在欲望的河流上漂得越来越远，以至于在人的欲壑难填中，世间的其他动物物种在急剧地缩减，成批地灭绝。为此，上天一次次地惩罚那些无道之人和无道之举，老天正在以它不曾有的愤怒和悲伤在警告人类，要求尽快回到"民吾同胞，物吾与也"中来！

因此，为了子孙万代能够更好地活下去，人们真该重新回到儒家的渊薮地，然后望着曲阜城头上的鸟儿，仔细地品味欣赏一下这独有的城头诗行，然后再想一想其中的微言大义。让曲阜这些精灵的鸟儿们，重新感发出你那天地仁爱的情怀，不好么？

北方的男人

——曲阜古松的气度

有人说曲阜古松是一个真正的北方男人。也有人说曲阜古松是古城一部站着生长的历史。

这两种说法都有其道理，因为中国的北方以刚性著称，历史上就是产真正男人的地方，所以，从远古一直到今天，"陕西出帝王，山东出将军，江南出秀才"已经成了大江南北的一种共识。相对曲阜来说，尽管地方不大，但这里才是北方男人真正的生长基因所在，从"杀身成仁"到"舍生取义"，特有的"大丈夫"气概行止，成了民族真正男人最经典的历史徽标。他们不仅能够撑起家庭门头，养家糊口，还能够站在历史峰峦和岁月滩头，笑看大海潮起潮落，勇对长天云起云飞，即使再经历几千年的时光颠簸，再经历更多的风霜雨雪打击，就像孔夫子依然端坐于大殿正中间，其精神傲然挺立在曲阜的原野之上，一以贯之，岿然不动。

还有，就是世界上的历史都是站着的，因为历史从来都是人的历史，站立是人的特性也是人的荣耀，所以，宁可站着死，也不躺着生，变成了一句男人的箴语，"躺倒"在人生的任何时候都是一种沮丧和失败。史上的英雄虽然最后躺倒在地，但是他们的精神则是永远站立的。加上世上真正的历史几乎没有开头，于是，也没有结尾，它随着时间会延绵不绝地生长，与天地相始终，因为人的历史起于人终于人，只要有人在，历史便不会终止。中国历史"春秋"由曲阜男人起笔，在他之后，历史一直按他所规划的"人"字续写，于是，未来还会有"春秋"，只要有人在，时间就是历史。

正因为如此，几千年过去了，经过大自然风风雨雨的磨难，经过人类社会血与火的铸炼，经过自身一次次生与死的枯荣蜕变。曲阜的古松非但没有消失，没有退缩改变，还依然站立在曲阜的褐色土地上拂星揽月，将古都刻满虬龙般的天地沧桑，将圣地涂抹出浓墨般肃穆的生命底色。所以，卧居曲阜城一隅数十年，我特别喜欢秋风萧瑟季节前去阅读这部天地老书，它有时甚至成为我一种很重要的生命支撑，从中学会另外一种生活方式，建立别一种存在意义观念。在所谓"四君子"中，唯有松树最为契心。

以至于久居古地，史的情结越积越重，有时面对古松自觉不自觉地会站在那里，呆呆地让思绪一直走进曲阜古松史意更深处，感受它除了久远时间长度，厚重身姿承载，还有那古苍长空造型和时空幻影，不期然间便会陶醉在它那永远的昂首向天、临风不动以及与历史相始终的君子风度之中。并且冥冥之中，便觉心与天地共涌流，灵魂和旷远时空相为一，这是一种大自然和人类社会中罕有的生命品质气度，然而它却用最自然的方式、北方男人最平实的站姿挺立在你面前。为此，我曾数次走进至圣先师庙宇，站在它面前向它鞠躬致礼，然后手拂古松在它的浓荫下参悟大道义理。

一

世上真正的历史需要真正的史家来读，同样，真正的男人也需要真正的男人来审看，因为他们相同的经历和体验更容易产生共鸣，达成相视一笑的默契。

据《曲阜诗选》记载，明代万历年间，担任工部工科给事的山东益都人钟羽正来到了曲阜，拜谒孔庙时曾写下这样的句子：

迩来二千三百载，老干龙钟羡犹在。
冰霜剥落操尤坚，雷电凭陵节不改。

这是个深得儒家道义精神的山东人，所以，在京任官因为太子问题被贬，二话不说，第二天便骑着毛驴，一路回乡。一去三十年之后，重被皇上起用又因为出视宣府边务事时，不畏强权，严惩贪官，曾连续弹劾扳倒朝中重臣，其刚正不阿的性格，已备受臣僚和宫中阉宦们排挤，自然，在句中加进了诸多不

便明言深意，

他沿南门外神道一路走进去，还没进庙门，便被眼前的古松耸天而立、昂首云外的雄姿深深震撼了，他不仅真切感受到"斯文一绪天未坠，圣殿古桧独倔然"的场域氛围，更从中体会出了两千多年来"冰霜剥落操尤坚，雷电凭陵节不改"的精神气节，这里站着的是一个个与时间相永恒的山东汉子、一个个与泰山黄河相并峙的傲岸君子儒，站在那里，世间的任何冰霜雷电都无法撼动它的贞操气节。

曲阜古松不仅姿态傲人，之所以具有如此内在生命伟力，他终于悟出了其中的道理，自古所谓地势使然，其中还包括人文质地，曲阜古松如此高古，并非纯然得之于天然惠赐，它还得之于大圣人孔夫子文气如日月天光般的精神灌注，诚能化人，亦能化物，至圣更当如此。

《论语》中对此记得很清楚，正是孔夫子当年风雪中灵感突发、心灵悸动的一声咏叹："岁寒，然后知松柏之后凋也。"并亲手将这一命题注进了曲阜古松生命的深处，后来曲阜的古松才具有了异乎寻常的生命力，它们是由圣脉儒根繁衍而成曲阜城里城外一片片茂密松林及伟岸精神。或者说，曲阜的古松就是孔夫子的化身，时至今日，在孔庙的大成殿前，还会有一棵直上凌霄的高大松树临风高举，旁边立一通巨碑，上书"先师手植桧"五个红底大字，旨在向世人述说着当年孔子历史命题真实性的同时，也将孔子的人格精神树在了辽阔的清空。

唐人封演的《闻见记》中记载："曲阜县文宣王庙内并殿西南各有柏叶松身之树，各高五六丈，枯朽已久，相传夫子手植。"孔子当年曾一口气栽了三棵，后来枯了又荣，荣了又枯，还曾遭受过兵祸和暴乱，虽屡受挫折，然而终于没能够将其毁灭，因为松树内里所蕴含的圣人精神和生命义理根本无法摧毁。

所以，据《阙里志》记载：清代雍正年间，"先师手植桧"只剩下了一棵，突然又遭不幸，终于将大树毁灭殆尽。正在人们恐惑和疑虑之时，没有想到八年之后，竟然在老树原地又长出一棵鲜嫩的新芽，并终于长成一棵参天大树，所以，现在的这棵"先师手植桧"又被称之为"再生桧"。"再生"即彰显出曲阜古松一种历史恒在的大气度，又是一个孔子和儒家的历史隐喻，即在几千年的风云岁月中，孔子连同他的儒家学派几番升降沉浮、几番结构重塑，然而，不管经历过什么，也不管会有多少时日，也不管被埋得多深，它终会在一个早晨悄悄醒来，然后便是粲然一笑，迎着日月星光上路，这成了中国历史的一种不可更易的律性。

正因为孔子栽种和命意的古松寄托着圣人的灵魂，内含着天人恢弘之道，有着不可思议的顽强韧性精神和不可毁灭的再生能力，"先师手植桧"被后来孔氏家族视为家族命脉树，相信其树荣则家族荣、其树败则家族败。在他们看来，既然这树生生死死、死死生生，永远不会消失，所以，他们也坚信孔氏家族会万古长青，嗣之永久。

二

孔老夫子当年为什么要栽此树？而且恰恰选的是松树，这是历史上一个有趣的谜，有人说，这是受了《诗经》中一些诗篇影响所致，也有人说是"殷人以柏"历史传统使然，后来，我夜晚细读《论语》，方知事实其实并非如此。对此，《论语》中记得很清楚，孔夫子创办私学，不仅是中国历史上的教育始祖，也是世间最优异经典的教师，对于圣师而言，其言其行之高蹈自有许多不为人所知处，比如栽松植柏，便是他独创造出的别一种教学方式，一个哲人洞观天地之理、大悟自然之道的行止，一代儒宗用栽树方式对人间世簇新道论的卓绝诠释。那时，大约他做老师已有好多年了，两鬓已有了些如许的白发。

大雪纷飞的岁末寒冬季节，西北风刮了一夜，早晨，像以往一样，孔夫子推开家门打扫庭院迎接众弟子的到来，也许是风雪太大，也许是岁末将至，一直等了好一会儿，竟没见一个人影。正在他疑惑不解要出门去看个究竟的时候，只见颜回等几个曲阜弟子逶迤而至，脸上恐惑中透着愤怒，几个弟子嘴里好像还嘀咕着什么，子路则是怒不可遏，顿足大骂。

弟子们告诉他，原来城东出了个叫少正卯的人，看到孔夫子办私学非常盛隆，或许是想到会挣大钱，或许是要扬名四方，于是，一夜之间，竟然也打出了办学的旗号，而且还信誓旦旦要讲天下最精深的学问，培养最有名、最畅销的人才，更令人吃惊的是，他竟然能够一个晚上将消息传遍曲阜城，引得那些不明真相的外乡弟子清早起来纷纷跑到那边去，曲阜以及亲近弟子硬是没能将他们拽过来。

三两弟子低着头垂着手站在院子里，他们等待着老师的训诲。这确实是个令孔夫子吃惊的消息，记得此前他曾多次对弟子们讲过少正卯的为人，告诉他们这是个值得警惕的"巧言令色，鲜也仁"的小人，没有想到，单纯的弟子们还是上了他的当。他真的不知该说什么才好，他刚要出语安慰弟子们，突然，眼前凭空刮起一阵大风，院子里屋顶上漫天卷起了冲天雪烟，风雪中几支无根衰草夹杂着脱落的寒毛在天上飘摇而过，景象煞是惊人。

正是这时，只见门前的那几棵高耸浓郁的古松树一阵剧烈地摇撼，发出惊天动地的呼呼响声，仿佛是一个个舞动着全身、一头怒发正与天搏斗的勇士，杀得半空里长风鳞甲横飞，雪花魂魄四散，好不威风。正当夫子和弟子们惊恐不已的时候，大风又倏忽间逃匿而去，你再抬头看那古松树，高大的身躯，气宇轩昂，仰天而立，一身突兀浓深的绿色，仿佛在向着这满眼苍白的世界宣示着生命的至高伟岸和正气。大自然造化冥冥之中瞬间的表演，一时间将在场的弟子们都惊呆了。

孔夫子长袖飘飘，也被景象深深地震撼，同时，脑海中突然划过一道亮光，一句话从心底涌上来，冲口而出道："岁寒，然后知松柏之后凋也。"声音如此之大，震得四周都嗡嗡作响，在场的弟子被吓了一跳，这时，他不自觉地又仰天重复了一遍，低头望着弟子们，弟子们抬脸望着他，霎时间，他们的眼睛中都发出了闪亮的光芒。他再也抑制不住心中的激动，高声地对弟子们说：小子们听着，今天的课程就是这棵高举的古松树，内容就是"岁寒，然后知松柏之后凋也。"这时只见颜回向前一步，躬身而拜，小声问道："敢闻其理。"孔夫子大步走向前去，用手抚摸着树身，一字一顿地告诉弟子们：后凋绝不是因为仅剩你们几个的缘故，也不是少正卯一时得意炫耀的事实，甚至不是天下纷争大浪淘沙的时势，这其中有古往今来经天纬地的大道理在呵，任何时候都是品质决定永恒。

说完之后，弟子们一动不动地站在院子里继续仰望着松树，也望着眼前的先师孔夫子，不自觉地在他身边站成一堵高墙，任风雪在身边绕来绕去。据说，颜回在树下站了半天，又到孔子屋里坐了半天。

三

一堂生动的因材施教现场教学，便为曲阜，当然不只是曲阜，甚至包括他自己做出了另外一种生命硬度与长度的存在设定。一种关于松树形而上学道理的解说，这是他从《诗经》学来的方式方法，叫做"赋比兴"，以此物比彼物也。

正是从那一时刻起，孔夫子在心中萌生了种树明志的念头，因为他夜读老书，发现"百年树人"原初并不仅仅是一种施教的大道理，更不是一种理念抽象虚拟概括。其实，就是真正在春风里埋土栽树，这是一种流传了很久的教育风俗习惯，上古教化后人根本没有书本，都是用具体的行为施教，所谓"行教"，种树只是其中之一。想到这里，他不仅为之高兴起来，因为这绝对是一种高妙的教育设计，大家一起挖土浇水栽种树木，活动生动活泼情趣盎然不说，活着的古树郁郁葱葱更是可以存留久远的立体简牍，无论是栽树过程还是树木存在，尤其是那一天天长高、嫩绿蓬勃的生命历程，比所有高明讲解都会让人悟出更多。

当然，在春秋战国这样一个阴云密布、杀机四伏、人心不古的特定时期，人们奔走于利禄之途，为富不仁已经严重扭曲了人的本性。现实需要一个更深更坚定的物体承载和象征，所以，将自己连同松树一同埋下，让弟子们每天仰树思理，理解根深才能叶茂，根深才能独立不移，自己就是这样一个深根在地身姿不移的人，此身教堪称大教至极。

所以，转过年来，当春的眼睛在曲阜城头还没苏醒的时候，他老人家便在自己屋前西南方挖下三个大坑，从城外精心选来三棵松树苗，栽树那天，他让弟子们站在周围，静静看着他下苗、培土、浇水，末了他只说了一句话，"道在树中啊。"弟子们转过身去仰望着他，望着这个在天下无道岁月中直道而往的老师，心里都泛出很深很深的青绿色。

孔子栽下的松树慢慢地长高，小城曲阜因此也渐渐具有了另外一种内在气度，一种应着齐国兵马和楚国强权而生长出的坚韧不拔的生命质感，一种全凭内力支撑气宇轩昂的应对个性，一种敢于冒着风霜雨雪勇往直前的情怀，就像他在夹谷会中大义凛然之举，就像在他死后墨子学派学着他的样子人死不旋踵的侠客神情。也许正是孔夫子栽松之后，雄霸天下的强邻齐国再也不敢贸然兵犯鲁国了，转而采用派人奉送文马美女之类的计策，以此离间孔夫子和鲁君的关系，其实他们不是惧怕别的，在充满血与火以战争纷争天下的年代，孔夫子栽种古松以及命意实在令人生畏。

百年之后亚圣孟轲肯定到过曲阜，因为他是孔子孙子子思门人的弟子，他不可能不到孔庙徘徊良久，也许正在此看了古宅里古松以及先圣衣冠琴车以后，还有就是那些契入生命很深的竹简，终于得出了"富贵不能淫，贫贱不能移，威武不能屈，是为大丈夫"的结论，孟子惯于在孔子基础上"发越"畅想，以"大丈夫"诠释古松何其入理传神。

四

我始终觉得，若论曲阜古松气度，以神道两旁及孔庙孔林最为得其神采。

曲阜共有两条神道，一条在南面孔庙前，一条在城北孔林前。或许身处俸祭之地倍享烟火的缘故，神道两旁的古松长得特别古苍劲拔，满身鳞峋枯裂，依然苍劲向天，用历史活化石来形容一点也不为过。我曾数次在神道上望远方鸟儿远逝，暮色西沉，不期然会有一种悲怆涌上心头；当然我也曾月下神道漫步，残月当空，风绕牌坊，头顶的古松树筛下斑驳朦胧的树影，又倏忽间会生出置身荒古的感觉。方知天老地荒，白云苍狗，世事老去已经很久了，当年肃穆的神道现如今只剩下这些古松仿佛在守候着什么，守候得令人心悸。

所以，曾在很长时间里，或许因为"神道"名字的缘故，我只是将其视为是个神秘的古道，仅仅那静谧的环境和肃穆的氛围，就是一个易于诱发人们思古怀旧的绝佳之地。直到有一天，我再次沿着神道向前踱去，突然，发现身边一两棵枯死半边的老树上，本来已经枯槁嶙峋的枝杈末梢，竟然活脱脱地生长出了几枝嫩绿的细黄芽，在细风中惊奇地望着身边的人流，纯真无瑕、十分可爱。那一刻，我真的被惊呆了，好一阵子才回过神来，脑子里蓦然间跳出两个字："生命"，老树新芽，枯木逢春，这是圣地大自然创造的一个真实的生命涅槃童话，它就演绎在曲阜苍茫的古道上。

　　仰望着这古松奇景，我第一次了解了古松的真相，原来，它们老朽的只是被岁月风化了的外表，或者说是我们世人惯常的眼光，世上真正能够从外表达其内在的人，历来很少，其实，在它的内里一直有一颗永远活着的心，以自己的方式活在岁月无法到达的深处，坚挺地流溢在古城神道的两旁，也流溢在我们芸芸众生的心目中。当大地酷旱死冷，"万户萧疏鬼唱歌"的时候，它便会将隐隐生命潜伏于更深处，不是退缩，也不是圆滑，更不是计谋，而是让龟裂的表皮和枯死的枝杈与世风共舞；当四野风调雨顺，"万紫千红总是春"的时候，它又会萌发于半空的末梢，不是炫耀，不是妥协，更不是随波逐流，而是让嫩黄的色彩和俏皮的新芽同唱阳光。

　　有人说，这是它借了圣人灵光的大智慧，他们不知道其实这就是圣人自己，所以，后来我踩着路上很深的车辙一路往回走，到了北城门下回头望去，天地苍茫，世事辽远，从古松树缝里看过去，其形其气，其神其势，它们真是华夏一路荒古走来，一种"我欲仁斯仁至"的韧性精神和自然律性附体。

　　我也曾到庙里看过，曲阜的庙宇很多，小城的东南西北几乎都有庙宇，同神道上的古松比较起来，或许庙宇的底气更旺盛些，也或许庙宇是庙主意念精神的集中汇聚，因此庙宇中的古松会绿得又厚又浓，厚得凝成了疙瘩，浓得几乎化不开。所以，庙院古松树都一样，四季轮回，风霜雨雪，一以贯之，可谓"造次必于是，颠沛必于是"，它们不会因季候的变化稍稍消退一点颜色，也不会因为天地脸色而微微换一下表情，曲阜古松永远是一副"天生德于予，桓魋其如予何"的劲头，因此最具时间与自然抗争力。

　　每当风雨从北边来临的黄昏，它总会以其积聚的内力弄长风于旷野，味暴雨于腹内，然后，袒露出绿色的肌肤，伴着风雨的节律、雷电的光影，让古庙连着小城一起涌动起生命的原色和气势，让那些秦砖汉瓦，还有碑碣楼宇在它的呼唤拍打下隐隐而动，展现灵性意趣。尽管不是江南烟雨中花草冰清玉洁的俊朗雅致格调，也不是东海狂风里树木端居山崖壮怀激烈情怀，但绿色已被过长的时间积淀和过多的世事经历内敛成它一种更坚定的生命韧性，这是一种更深几乎接近生命原质的禀赋。于是，"仰之弥高，钻之弥深，瞻之在前，忽焉在后"，才大气磅礴，更具生命的震撼力。

　　所以古往今来真正有思想的哲人、艺术家无不迷恋这其中的韵味，渴望解读其中的道理。据记载他们中许多人曾到过曲阜、进过孔庙，演绎着大智慧者与大智慧者的心灵对话，进行着高人与高人的激情碰撞，所以，纵览历史上写曲阜的诗歌，无一不以曲阜古松树为意象进行意念诠释。

这其中，就有宋代的艺术狂人米芾，经过晓行夜宿一路风尘，下了车马急速趋步而进，俯首垂恭，到大成殿前的露台前一番仰天颂赞，又一番附身跪拜，转过身仰起头来面松悟道解东风。他舍去艳阳的映衬，拂去鸟儿们的喧嚣，透过眼前雄伟壮丽的外表，闭目涵虚，凝神静气，深潜心造于质地和色度更深处，直逼悠远岁月长度和生命质感。诗句油然而生："炜皇道，养白日。御元气，昭道一。动化机，此桧植。矫龙怪，挺雄姿。二千年，敌金石。纠治乱，如一昔。百氏下，荫圭璧。"（米芾《孔圣手植桧赞》）

据说，米芾曾经为了自己喜欢的高帽子，不惜在出行的时候将车顶除去，招摇而过市。当他置身孔庙之中，不由自主地一改平日癫狂傲慢的本色，情不自禁地吟出心头震撼之感，然后，后退了三步，又进了三步，敛襟正容，深深地跪下身来，结结实实地向大成殿和眼前松树磕上三个响头。

五

关于曲阜古松树的气度，说实话，我总觉得后来即使是曲阜人对夫子当年栽松的苦心也并未真正理解，或者说他们不经意中被世俗繁华和人情炫耀迷惑得渐渐失去了深见能力。

曲阜被世人称颂为圣地古城，是个"千年王者会，万代礼仪乡"的重地，仅曲阜县志上记载，历朝历代光皇帝到曲阜磕过头的就有数十人，所以，就连曲阜街上穿着黑厚棉袄和搭腰棉裤啃着粘饼的老汉，也会拖腔拉气地说："从这街上俺大官见多了。"于是，曲阜人背着古城圣地名分以及皇命诰封，还有世人古城赞颂等惯常低俗越走越远，到头来，曲阜人连同小城一起沉溺到这浓得化不开古意中，人古地古心更古，大街小巷被赋予了过于幽深沉重的古意命题。

所以，走进曲阜城，常常会使人产生展读清灯黄卷的感觉，城墙肃穆，庙宇阴阴，街巷幽暗，面孔板滞，就连流溢的空气也仿佛弥漫着霉味，散着寂意。虽然厚重的古意不失为一种美的感觉，所谓"寂寞荒阶暮，摧残古木秋"，（刘斌《和谒孔子庙》）然而过深过重的氛围，则会使人平添一种黯然枯寂的心绪。

尤其对于那些年轻的外地游人来说，走进曲阜绝对需要一种活性质因的慰藉，以便在它的激励诱导下，使你能有足够的心理勇气继续走下去，能够沿着大街小巷那些石板路，从过去一直走到现实中来，然后再欣欣然地走向未来。每当这时，我总会感觉到，曲阜城里所有的景观静物，仿佛只有那些端正地站在你身边、温柔敦厚的一棵棵古松树，可以与你相对交流，然后成为静静为你引路的古儒老者、厚道人。

我曾不止一次跟来曲阜旅游的朋友说，走进曲阜，绝对不能不看古松树，它不仅是一种审美的需要，有极深的地方文化承载，并且它也可以获得极宝贵温暖的感怀，同时长知识，开阔思维，获得最原始"以文会友"的意趣，并且绝对可以学到现实已稀缺的儒雅君子风度，与它结伴同行，你会真真切切地体会到"三人行，必有吾师焉"的历史真味。

最好还是从神道开始，下得车来，步入古地，道路两旁古松整齐排列，它们或老，或少，或粗，或细，无不垂恭而立；当你走进林庙里，古松遮天蔽日，它们或壮，或弱，或高，或矮，无不温暖相拥，那是一种特殊的仁者生命催生力量，它们无一例外地端庄肃穆地站在岁月的滚滚烟尘中，屏息静气动也不动，一身浓郁厚重的棉衣，一张木刻似的脸，一种定型了的姿势，始终如一。

任煦阳戏着路旁摇曳的春草，任疾风扬起一阵又一阵沙尘，任花花绿绿的衣裳和着轻软歌声在它身旁打旋，任匆匆岁月拖着车轮脚步踏得远近土地隆隆作响，它没有一点表情，也没有一点声息，甚至连眼睛都不曾稍稍转动一下，沐浴着曲阜古城的晨钟暮鼓，肩负着泰山泗水的曦色黄昏，簇拥着乡下城隅的炊烟人语，就那么让时间在这里缓缓前行，仁者乐山，它有大山一样的秉性。一路向小城的深处走去，即使你大字不识一个，当它迎面走来，你也不能不悄然间驻足其下仰视那高树拔地而起直上凌空的雄风；感受矮树厚重朴质沉稳的好脾气；品味老树倔强峥嵘坚忍的神气头；欣赏新树端庄本分俊朗的意态和姿势。在这样一个不起眼的偏僻小县城里，接触并看到君子儒的本真面目，憨厚的鲁地老儒让你无比的踏实。

这时，你也许是刚从泰山上下来，一路风尘来到这里。你会真切地感受到，泰山上的松树尽管也很美，但让人觉得相对山下的平川松树而言，它透出一丝皇亲国戚的贵族傲气，对于艰难爬上山观景的游客而言，它又是一副阿谀奉承的媚态。就像站在半山坡上的那些迎客松之类，并非不美，但它们或许美得太妩媚甜腻了，就如同时下许多宾馆饭店门口的迎宾小姐，确实不乏彬彬有礼，衣服穿得也漂亮，然而，总是给人不舒服的感觉，不能使人怀疑那是为了钱的缘故，故意做出的姿态、挤出的几缕笑容。妩媚甜腻得令人心酸，让人多少觉得失去了松的本性。

当然，泰山松树本来生长站立在高山之上，地势使之然，由来非一朝，阅尽人间春色，自然会有良好感觉，会生出些高居舒展的会心笑意，那也是不可避免的人情世故，所谓"风起秦松常似雨，气蒸汉柏欲成云"（徐中行《登岱》）。时间久了，也让人感觉它们或许真有些翻手为云覆手为雨的本领。同泰山松树比起来，曲阜的古松树大有不同，古人吟诵曲阜的古松树是："五干同枝叶，凌凌可耐冬，声疑喧虎豹，形欲化虬龙，曲径阴遮暑，高槐翠减浓。天然君子质，合傲岱岩松。"（孔庆镕《五君子柏》）更多的是它少了迎客松之类的低眉笑意，多了些"喧虎豹、化虬龙"的强悍威猛气势。

如此，说它可以傲视泰山灵岩松树，这多少有点过分，不过平心而论，说到山高为峰，说到孔夫子在史上无与伦比的地位，说曲阜古松雄踞泰山之上，也许并不过分。只是，从它一以贯之的立身行世风格来说，"曲径阴遮暑"，以及"凌凌可耐冬"不仅显示了它们的历史功德，也显示出它们的性格本分。

因为曲阜的从古及今古松实实在在地生长在平实的土地上，脚踏实地的生存境况，除却高矮的差异不论，洞悉人间世事沧桑繁芜，使它知道只有默默无闻把根扎得深而又深，靠自己浑身的力量成长壮大，然后去为泥土遮荫，为庭院添绿，所谓"文庙地灵松树古，讲坛春暖杏花香"（明代太常寺少卿李杰《庙陵诗》），功高日月的伟大历史贡献，自会获得无限自然空间和人世地位。

因为它具有傲风雪斗严寒的精神品质，使得世人望而生畏，平添出一种抗击世俗污秽或砍伐意志，以至于因为具有超凡的气度，更使得那些蝇营狗苟的小人无奈地退避三舍，所谓"凡鸟不敢巢圣林"，唯其如此，其人不仅能长久行世，最后也自能成才做栋，用以己之力肩起民族艰难前行的大纛，三千年唯其一人而已。

尽管气宇轩昂，具有一种舍我其谁的气度，这就是曲阜古松，君子之装，其著也乡，从品位、气度，到姿态、神情，它坚持从朴陋的曲阜小城实际出发，做出另外一种设定与选择，以它惯常沉寂默然的身影塑出北方小城任何其他地方都不曾有的愚沉气质，编成圣贤故里、可以让人随意查阅的智者老书，并进而造出一种"千年礼乐归东鲁，万古衣冠拜素王"的历史长流和风气，何其伟哉！所以，在看似平常的曲阜古松身上，即使你没有多少历史的感觉，也会从中感悟和证明关于自然与社会、关于历史与生命永恒气度，从古及今"天然君子质"这句话的传神情态，深刻理解这句诗歌所彰显的意义，千百年邈不可及的圣人境界绝对不可阶而升也。

<h1 style="text-align:center">六</h1>

曲阜城在古松陪伴下走过了几千年，孔夫子亲手栽下了古松树，也栽下了他自己，栽下了儒风儒韵，栽下了一种历史浩然正气，栽下了永恒的天地原理。

正因为如此，所谓"人杰地灵"，在这里可以看得很清楚，如果说人杰可以从孔子身上读出的话，孔子堪称是中国古今最杰出的代表作；那么的灵则可以从古松身上全然获得，古松无疑是曲阜土地最富经典意义的文化形象。所以，孔子和古松密不可分，相得益彰，孔子是古松的孔子，古松是孔子的古松。因为如此，据说米芾豪咏手植桧后仍觉意犹未尽，回过身来，仰望着凌然高拔卓尔不群的大成殿，突然又悟到了另一层，于是，他两眼如炬，一边摇着长发、挥着长袖，一边用手拍着古树高声地向着长空有节奏地吟诵起来：

孔子、孔子，大哉孔子。

孔子之前，既无孔子。

孔子之后，更无孔子。

孔子、孔子，大哉孔子。

——《书孔子小像》

因为他从古松树的身上，真切地看到了一种只有在孔庙里才能看到的伟岸气度、一种超迈历史之上的人格精神，树中有人，人中有树。这个人就是生于北方长于北方，成就于北方的孔夫子，一个真正的北方男人。

幽深的光晕

——曲阜庙宇的暗影

一

古城曲阜是一座庙城，这是我在一个雨后的黄昏突然悟出的语境。那天没有风，空气很闷，房屋低矮光线非常暗，我正在一页一页地读曲阜的老书《阙里志》，书是从学校图书馆借来的，线装本，已经破碎不堪的书页散发出很重的霉味。

书上记载得很清楚，曲阜老早就有庙宇存在，最早可以追溯到夏商周时期，留下的实物是东周时期，那就是城东的周公庙，一座纪念鲁国封侯建国功臣周公的庙宇；到了春秋末年，这里又建起了一座孔庙，孔夫子死后，鲁国国君鲁哀公不但创了一篇诔文祭孔子，还决定就其古宅院落辟建庙宇，纪念"呜呼哀哉"的大圣人。书上说，正是这些圣贤庙宇的出现或者说延续孕育，才有了后来的曲阜城。

曲阜称为"曲阜"是后来很晚的事，这里商代为"奄"、周代为"鲁"，一座挺大的诸侯国都城，有过上千年的风光岁月，那个时候，不光"周礼尽在鲁也"，文人荟萃、礼乐繁盛。郊野景致也很美，波光粼粼的泗水河上不乏渔舟唱晚，城头时有人月下弄箫，无际桑田更是绿浪滚滚，彩色斑斓的采桑女游弋其中。

自从进入战国之后，鲁国被蛮夷楚国一夜之间所灭，无情岁月，风吹雨打，鲁国古城无奈地一代又一代衰落了，到了后来，它甚至彻底成了一座心远地偏的荒僻小城，渐渐地淡出国家聚焦视野。以至于唐代李白和杜甫到城北的石门山寻范十隐士，竟然连城都没进，挥着马鞭绕城而过，想必那时已荒芜得不成样子了，实在没有什么看头。

到了元朝，"只识弯弓射大雕"的忽必烈狂风骤起，一阵金戈铁马从这里踏过，城里到城外除了古泮池、舞雩台等自然景观还依稀让人记得曾有过的古旧年代、岁月辉煌，别的早已灰飞烟灭、白云空悠悠了。所谓"鲁国遗踪堕渺茫，独余林庙压城荒"（元·党怀英），从大漠深处杀过来的蒙昧金族莽汉，如秋风扫落叶般使曲阜城一夜之间彻底荒颓了，党怀英用一个"独"字，写出了铁蹄下古城时日的满目苍凉，城墙塌落，街巷废弃，泗水与沂水的荒草丛里，只剩下半掩的林庙枯坐于尘风滚滚的旷野之上。那个时候的县城在如今的城东，名字叫做"仙源县"。至今那里还有一个村庄叫旧县村，古旧破败的街道，地下不时露出的旧物，依然载录着历史的沧桑巨变。

因为宋时皇上特地给孔氏后裔加封了"衍圣公"封号，所以，当时城西孔庙里，大约还有些残余香火，夕阳中翻飞的乌鸦和着社鼓奏出小城别一种地域风情。透过寻常巷陌的袅袅炊烟，仿佛告诉人们，鲁国古城的根还在，因为庙宇是它永远不变的眼神。

所以，明代人重修曲阜城，原因是仙源城离孔庙太远，不仅守护和祭祀不方便，还总觉得宋代改造的仙源县少了点什么。便确定以孔子庙为核心。说明刚开始的时候，明王朝还是有一些国力和气魄，所以造城的设计还有些深度，提出"依庙而修造焉"，将城的正中心选定在孔庙的院落里，中心点便是那座高耸的"成化碑"。如果没有孔夫子和他的庙宇，皇上绝对不会出钱来修曲阜城。

从那开始，曲阜一点点被框定为庙城的文化建造格局，庙宇不仅做了一座方圆几公里北方小城的核心，还做了它的心脏，做了它的眼神和表情。以至于后来不断造出些散落四下的颜庙、鲁班庙等，它们不过是孔子庙的辐射和卫星，或者作为孔庙的渲染与点缀，层次很清楚。所以，一直到今天，这些庙宇依然备受冷落，道理就在这里。

那时，曲阜城里人口不过万，一千多户人家，庙宇占地面积大半，堪称一城老屋半城庙；因为庙宇是城里最为辉煌壮丽的建筑，那些茅草屋只能被遮掩在庙宇浓重的阴郁中，连陪衬都称不上；年节时隆盛祭祀烟火，不一会儿就可将小城笼罩得严严实实。就这样渐渐地曲阜彻底被庙化了，化得既深且重，庙化景色以黄昏时最为传神，伴着古城门夕阳残照，空气中飘散的一声又一声缓重暮鼓，成群成群的乌鸦夹杂着鱼鹳鸟长长的腔调，从远方盘旋翻滚着回到这里，在庙宇半枯的松柏枝上起起落落，抖落半天斜阳，将城遮得浓荫一片。

晚霞慢慢西沉，从庙里升腾起来的阵阵晚祭烟雾，缓缓地和城里的炊烟狗吠搅和在一起，小城转瞬间笼罩在一片幽深庙宇暮霭之中了，过不了一小会儿，月上城头，星疏风淡，整个小城弥漫在一派幽暗肃穆的庙宇意趣之中了。

二

不知又过了多少年，不仅自然风景，渐渐地，这里的人文景观也被庙化得一片古朴纯熙。

因曲阜的庙宇不同于别处，是地道的人世间圣哲庙宇，主要是供奉大圣人孔夫子及其贤人；还因为孔子在《论语》中，曾谆谆告诫后人"不语怪、乱、力、神"，甚至说道："敬鬼神而远之，可谓智也。"因了他的话语，从一开始，佛寺道观等庙宇在这里被挥得远远消遁，曲阜自古"一方烟火无庵观"，这并非是一句虚话。

于是，日出月落，冬去春来，城里那些严守古训造出来的并不太高的庙墙，就那么温柔敦厚地和周边的农家院墙肩并肩地挨在一起，庙墙里面除了岁时节令按定例对老人家做供奉进献外，素常里庙堂就安详地端坐在那里，宁静地享受着四邻八舍一天三顿粗茶淡饭的自然供奉，包括油灯下的唠唠叨叨和睡梦中的鼾声呓语，自然缺不了孩子们肆意的打闹和顽皮，那都是人情真意。尤其到了冬天，鲁西南大平原上的暖阳特别宜人，置身小城的街头巷尾，一路从庙宇到农家小院走进去，绝对没有庙宇的肃穆威严和阴森感觉，让人直觉体悟更多的是"里仁为美"，飘散其中乡野道德至真至纯美意，因为庙宇也是按照四合院式样建造，全然是庙庭家院合一格局，便把一句"慎终追远，民德归厚焉"的老话，顺着错落的街巷推演开去，儒道义理被渲染得情意绵绵又温馨纯熙。

于是，缓步走在曲阜街巷的石板路上，呼吸着空气中浓浓的庙宇霉潮味，不期然间便会获得一种特别而又深重的儒庙审美感觉，如听老曲，如饮老酒，如对老者，古苍而又幽深，沉缓而又厚重，如读一部古板陈年老书，是关于时间、物与人关系的远古诉说，还有生命的至深义理，它如此的古奥和神秘，使你根本无法停下寻觅的脚步。如果这时恰巧晚风又送来阵阵祭祀钟鼓和赞礼歌声，冥冥之中更会让你体会到特殊的"神人以和"的天然妙处，只是这个神不是上天的神灵而是人间的老者幻影。

我曾在天黑以后仔细地体验过这一场景，渐深暗影中那些沉缓而又厚重的旋律随光线慢慢地渗进灵魂深处，不知不觉中你便被通体感化获得飞升，在"八音和谐"——空中飘散的祭祀典礼旋律伴奏下，心与物一块漫游至历史意境的更深处，然后不但渐渐有了历史情怀，有了礼仪表情，有了古旧步态，还会获得内心从未有过的"千年礼乐归东鲁，万古衣冠拜素王"（明·戴璟）"仁""德"性天然意趣，获得了只可意会不可言传的古雅真意。

所以，外来的人都称赞曲阜人守道德、讲礼仪，即使对面不说话，一眼便可以看出是曲阜人，因为只要一碰面，便会感到一股特有的古雅淳厚神情扑面而来，规矩中透着古淡，静穆中和着诚恳，愚沉中含着厚重，缓慢中蕴着恭敬。其实外人不了解，这正是城中古庙氛围年久积深化育润染的结果，一种东方圣地特有的庙宇心理和人格精神，所谓"过庭遗训在，变道古风存"（元·杨惠），它曾经历了一个很长很深的历史内化过程。

古人所谓"一方水土养一方人"，其实不仅仅是自然环境，这其中也蕴含着像庙宇一样的有形无形之物年久积深感染，在某种意义上，现实生活性的场景氛围更能潜移默化人的心灵。

三

我是个喜欢独处思考的人，所以每每会坐在城外护城河边上看云起云飞，这时，不期然会把思绪拉得好远好远，抬眼望去，天尽处云海悠然，使我想到，曲阜庙宇润染的范围何止曲阜！

曲阜有一座民族历史上师祖文化的原庙，世人习称为"孔庙""夫子庙"，史书上则称之为"文庙""至圣先师庙"，还有"祖庙""家庙"等名称，在不同区域或不同适用场合，人们都会选择一种别有深意的称谓用作标识，但万变不离其宗。

曲阜孔庙是一座皇上举全国之力所建庙宇，也是民族庙宇建造规模最大、建造式样最为辉煌、建造规格最高的庙宇；比如其中的"大成殿"，所谓"大成一殿此又殊"（郭沫若），它和北京的太和殿、泰安的岱庙一起被称为"东方三大殿"。据说抗日战争时期，日本人侵华进了曲阜城，不但没敢破坏孔子庙，还恭恭敬敬地集体列队，前往大成殿前烧香磕头，礼节做得一丝不乱。

曲阜尽管地处鲁西南的一隅，但因为孔子庙就在此处，庙宇的存在，使得世人不能不前来称颂和景仰。因为皇上规定，天下所有郡县均依曲阜孔庙式样建造文庙，以彰先圣文道天下之风范。就这样，随着大自然和人间世风流转，也随着人来人往的各色脚步，曲阜的庙宇神色像天上舒卷的云、飘动的风，悠然起于阙里，浩然吹向四野，所谓"泰山遍雨，河润千里者也"，不仅润染了神州四面八方的城镇乡村，甚至祭祀的香火远飘之欧罗巴世界。也就是说，从文化意义上讲，曲阜庙宇之小，不过是泗河一隅人间香火的供奉和世情化育；曲阜庙宇之大，甚至可以把民族几千年的历史都置于它的浓荫之下，以其特有的恢弘庙意不仅规范着华夏历史与生命式样，同时还规定着生活特定路向与节律，从而塑造出一个民族整体性古城"文庙"的性格和气质。

多少年来，曲阜一直盛传"千年王者会，万古拜素王"的说法。这里的老百姓尽管一身黑土布棉袄棉裤，但就是有眼福，因为从古到今，曲阜从不缺帝王们来来往往的脚步和身影，至于达官贵人、文人墨客可以用"蜂拥水漫"来形容，人都说，看过孔庙之后，就有了底气。为此，我也曾专门跟随滚滚人流脚步，在孔庙里体验和寻找过那神秘光晕，发现，只有走进孔庙，你才知道颜回当年为什么说"仰之弥高，钻之弥深"；你才知道米芾为什么一扫狂癫之态，恭恭敬敬地仰视大殿，高赞"大哉，孔子"；你才知道历史在这里竟然具象成如此宏深高耸的神秘空间，大成殿端居云雾缭绕之上，这里才是华夏民族古今神往的天界去处。

攀上历史峰峦，需要一步步行走，所谓"不积跬步，无以至千里"，沿着古松夹路甬道，走进高大"万仞宫墙"，一路跨过洙水桥，迈过棂星门、大中门、大成门，穿过唐、宋、元、明、清成片成片的碑林碣石，迎面来到大成殿前；然后登上露台，步入殿内，站在孔子以及四配塑像前，香烟缭绕之中，你会看到正上方一块金字大匾横空照耀，上书四个漆金大字"斯文在兹"。落款清楚地道出它出自清代雍正皇帝之手，字体甚雍容大方，极有皇家气派，望着它，你得承认雍正帝真是个悟性不低的人，前些日子有人作了《雍正王朝》一剧，将它写成了是个大有政治头脑的人物，看来不为无因。

雍正皇帝当年书写此牌匾，从想出这四个字到挥笔直书，一定是两眼炯炯放光，心中涌起如山潮水，然后仰天长叹，感慨万千，因为这四个字绝对是他治国平天下的至深之思，也是他书法中的神来之笔，更是曲阜这座大庙宇的点睛之作，还是一个民族的永恒存在的历史命题。

若果说其他庙宇都是以神立庙，那么对于孔庙而言，"文"既是庙宇的灵魂和精髓，又是整个庙宇的由来和基础，还是庙宇赖以存在的终极价值和意义，正是有了这"文"的存在，不仅使庙宇的楼宇殿阁包括青松细草都有了灵气，庙宇也因此流溢着生生不息的古今血脉，大庙之上更氤氲弥漫着诱人的深邃意境，孔庙因为有它才活了起来。所以，孔庙不能不以"文"来做命题，虽然孔老夫子留传下来不过一本薄薄小书《论语》，然而就是它，不仅成就了几千年文化始祖根底之说，因为孔子"文不在此乎"的一句感叹，"文"也由此被渲染成历史的祖概念，华夏文明史的进程中，"文"成了最为核心的范畴，它又远又近、又高又低、又大又小、又实又虚，它无所不包又无所不在，成为了一个民族几千年不可须臾离开的生命原质存在，中国被世人称之为"文"明古国、礼仪之邦，其理由也就在这里。

正因为此，它才被后人和宇宙最高的景色"明"连接在一起，构成为"文明"一词，文者明也，明者文也。不仅可以使天地更明亮，也可以使人生更明丽，被人们公认是社会必须也必然的明日选择，更是大自然永恒合理的明媚向往。这一切就来自曲阜，来自孔庙主人的大智慧，来自于这座庙宇无处不在的道德内蕴，来自于庙宇那一抹形而上的意义，即使你大字不识一个，也不能不生出深深敬仰，生出诚挚的神往，然后为之感慨万千，赞叹危乎高哉，曲阜庙庭！

所以，雍正肯定是提起斗笔，饱蘸浓墨，使出浑身力气书出这四个大字的，开始，天下静得一切都停止了呼吸，翘首以待。书成之后，据说曲阜上空顿时像决了堤的洪水一样，长风发出了惊天动地的呼啸。自然，它是雍正皇帝专意草成的一道昭告天下圣旨，它就站在孔庙的大成殿前的露台上，威严无比郑重其事地诏告世人：大清国就要以文治天下，以孔圣人聚国魂，曲阜庙宇才是文的根、文的魂，文的真义、文的规范、文的永恒，不仅曲阜以文庙立城，天下均以文庙立世。

　　书完四个字之后，雍正皇帝也许无论如何也睡不着，因为似觉意犹未尽，于是又披衣而起，望着晴空皓月，高声吟诗一首："扶植纲常百代陈，天将夫子觉斯民。帝王师法成隆治，兆庶遵由臻至淳。道统常垂今与古，文明共仰圣而神。功能溯自生民后，地辟开天第一人。"（《祭文庙诗》）他又专门为曲阜庙宇的题辞做了定向注解，据说，在他之后大清国的皇帝和重臣曾络绎不绝地到曲阜朝拜，至于国家到底实现了多少"文"治不得而知，不过，因为他的原因，一时间天下又掀起了一阵建造文庙的热潮却是事实，而且规定庙制规矩和曲阜孔庙决不允许有二致。取的就是一脉相传。

　　从唐太宗贞观元年下诏"天下学皆各立周、孔庙"，至清朝末年兴修文庙推行教化，据记载，全国共有孔庙 1500 多处、海外各地的孔庙达 200 多处。就这样，曲阜的庙宇随着滚滚的车马和匆匆的脚步，沿着庙前的神道隐隐漫出，终于使孔庙泛化流布成天下公认的根庙，成了覆盖天下最广的文化庙群建筑，至今余荫犹在。也就是说，如果说世间的庙宇是所有宗教的信仰载体，庙宇的活动则是信仰的具体寓意，可以说，遍布四海的文庙，则为华夏的子孙寻找终极意义和灵魂归宿地提供了有形的场所，即只要你是华人，不论你走向哪里，你身在何方，只要有了文庙，走进文庙，获得了文性生存的启悟，你就有了坚实的人世生命信仰，有了切实的生活意义。

　　这便是曲阜庙宇的至高和至深魅力，过去依然，现在依然，将来还是依然，所以面对它，你不能不发出这样的感叹：高哉，曲阜庙宇！大哉，曲阜庙宇！

那些河流

——曲阜河流的命数

从古到今，河流一直是人类生命最深层的文化议题。

你也许会不相信，曲阜这座北依泰山、南瞰湖泊的北方小城，曾是一座漂浮在河流上的城市。曾几何时，春花秋月，沧海桑田，水草连天漂着城楼残月的同时，也漂着历史的红花绿叶，漂着民族的潮涨潮落，转瞬间，几千年的光阴，就这样从它身边匆匆而过。

根据曲阜的老地图勘载，当年曲阜城南和城北分别有两条河流将城区夹在中间，一条是泗河、一条是沂河。然后，由这两条河流的分支，形成若干条大小不等纵横交错的小河流，沂河、郭泗河、崄河、衡庙河、纸坊河、寥河、蒋沟河、响河、洙水河、白马河、烟袋河等等，然后将小城围得严严实实而又温润亮丽。

水光潋滟的河流，在曲阜城郊形成一个散发状的河流网络，蓝天白云下，它们像曲阜城散出的一层层光圈，又像簇拥着小城的一道道彩带，波光掩映着亭台楼阁，水韵润染着四季原野村落，使城与河、白与黑、动与静、远与近交相辉映，构成了一幅绝妙的天然哲理与神思画卷。

人是大自然的作品，世间的文化产生于自然，它们都是天地形而上的美意创造。唯其如此，在这古城与河流、时光与云影的交错中，才会演绎出一个既闪动着河的波光水色、又倒映着古城晨钟暮鼓、一个人和一群人、一个人和一种历史的故事，诞生出一个叫做"儒"的浩然学派。在某种意义上，儒不仅仅是人的文化创意，还是曲阜四周河与水的天然杰作。也就是说，是曲阜的河流让一个叫孔子的绝世老者，用积累了一生的超拔智慧和匆匆脚步，在河与河的交汇处，在河流浇灌的山林原野间，踏出一条又一条仁道天下的泥巴路，通向远方的城镇村庄、殿堂茅舍，最后，连同他那厚重的背影，在中国历史上留下一道独特的圣贤文化风景，中国古代圣贤文化映照着曲阜河水激滟的影子。

虽然几千年过去了，曲阜的河流已今非昔比，现如今，人们站在城头上一眼望出去，长空下的风尘正肆意翻滚而来，有时甚至会遮天蔽日。然而，那些干涸的河道还在，当年的老路还在，河边的古杏枯柳树还在，人们的怀念与想象还在，于是，在曲阜文化史上，河流依然是人无法忘却的圣迹遗踪，使人每每会睹物思人，畅怀古今，依然不能不发出深深感叹：那些河流啊！

一

公元前551年，深秋季节，孔母颜徵在生下了孔子。孔子的生命始于一条大河，这条河叫沂河，亦称沂水。距离曲阜城东南五十华里，蜿蜒地横卧在尼山脚下。也许是人为了把它和东面的沂河区别开来，现在称它作小沂河。据说那一年北方山地的秋天来得特别早，刚踏入秋的门槛，尼丘山上便空寥一片，北风卷着衰草满山飘飞，山鸡瑟缩着在崖下踯躅，野兔惊恐鼠窜。阴历八月二十九日，当太阳刚刚爬过东山头，孔子在寒风中出生了，降生于沂河边一个低矮潮湿的山洞里。当时，父亲已经六十多岁了，母亲颜徵在刚满二十。

千古大圣人出生在一个河边的偏僻山洞里？这是曲阜历史上，当然也是中华史上一个猜了几千年、至今还在猜的谜。不过它可以清楚地告诉我们：孔子出生的第一声啼哭，就伴着山下的河水声；接受大自然的第一感觉，就是河上吹来的寒风；喝的第一口乳汁，便含有大河的味道，这是千真万确的事实。孔子出生的山洞后来被称作坤灵洞，一个并不大的山洞，四周幽暗，石壁潮湿，顺着洞口微弱的光线，就可看到外面的唯一风景，一条大河，浪花飞溅，河风呼啸，河水呜咽。此时赤裸着身子的孔子，是洞外大河的咆哮，第一次把他的心性唤醒，也引发了他最真挚原始的呐喊啼哭，尽管，那时他还在一片混沌中。

山中的河流是大自然情爱之作，于是便有了永远无怨无悔的赐予和滋润精神，对大山延绵无尽地眷恋和拥抱情怀，包括从头至尾永不绝断的执着相系相偎意念。这一切，无一不深深地渗进了孔子原初的生命直觉，使得他后来不管身处何处，遭际逆顺，所创立的学说深处，始终有一缕爱意温润的潜流、仁爱的情意隐隐涌动。尤其是河风刮进来后，让他一开始便尝到了河水的真味；大河的意蕴抚摸安慰着他的心身，大河的声情启迪生成了他的灵智。

这绝对是一个充满着暗示和隐喻的生命起始，也就是说，孔子出生伊始，上天便为他确定了一生的命运背景和主题，那就是河流滚滚、河风萧瑟、河风远逝。河流将成为他一生的心灵皈依，河也将成为他一生的脉络和行世韵致。当然，孔夫子的一生，因为生于大河之上，河流也成了他一个难以诠解的诡谲，成了他一种永远无法逃脱的身心宿命。一生与河流密切相关，一切随河而动，河流成了他生命最深层的定法。

二

孔子一岁，回家，河边的路上，留下了永远的幽怨与痛楚。

古今神圣的大圣人，连同那旷远厚重的人生义理，竟然出之于那道沂水之上，萌生于大河奔流的咆哮中，造端于水光映照的山洞里。大河与山洞之间只有几尺的距离，且满是碎石与荒草，大河岸边荒芜的境况，仿佛令人生出更神圣的通天敬仰。于是，对于孔子的出生，远近那些善良淳朴的山民，他们编织艰辛日子的同时，也编织出那么多善意同情的好故事，什么"龙生、虎养、鹰打扇"；什么"尼山不长倒刺草"，等等。将一个乡下孤独女人在山洞里生孩子，按照山洼里暖日洋洋、河水缓缓的样子，涂抹上别样一层人间温情底色。

其实，现实远没那么温暖，且不说生育过程的痛苦与艰难，大约在太阳的余晖中，孔子母亲终于支撑起身子，将刚出生的孔子抱出了山洞。因为他们需要到大河对岸去，需要蹚过沂河，再转过河对岸凤凰山的山峰，然后往南走，那边有一座破旧的小山村，母亲的娘家所在。除了那里，他们没有更好的地方可去，那里才有能体贴关怀他们娘俩的亲人。

有井为证，至今在离孔子母亲老家不远的北面山坡下，还留有一个著名的古迹，叫做"扳倒井"。当地民间传说，孔子母亲抱着刚出生的孩子，蹒跚着走到这里，实在口渴难忍，便用手轻轻一扳，奇怪的是井竟然倒下了，让她俯下身子喝足了水，才有力气将怀里的婴儿抱回了娘家大门。不仅是乡亲四邻，就连大自然也为他们留下一个善良的谜语。

他们娘俩一定是蹒跚着走出了山洞，眼前大河波浪滚滚，虽然刚刚生子不能下水，甚至有被水冲走的危险，但是眼前必须要蹚过河去，因为只有这一条路是生路，唯其如此，他们才可能回家。就这样，孔子被母亲紧紧地抱在怀里，无奈地迈进了冰凉的河水里。孔子人生的第一次出行，第一次上路，便是踏入河流。把自己无形的脚印，随着母亲的血迹，一步步地印在了流水波涛之中。这也许就是命，命中注定，他将是世间一个艰难的行者，一生都将行走在悬浮与漂泊大河之上的人。

可以想象，一个刚生完孩子的女人，怀抱婴儿蹚过那么宽而且是大水汪洋的一条河。孔子那时太小了，根本无法感受和理解母亲过河的痛苦和悲凉，但他一定感受到了母亲的战栗与冰冷，感受到了母亲悲戚的幽怨的目光与叹息；感受到了山野的寒意与幽暗。在他生命最软弱的时候，大河所给予他的是切肤的惊恐与悲痛。所以，我相信这最初的生命悲凉体验，不能不潜入肌肤，不能不渗入骨髓，不能不化于心灵，由此造成他一生挥之不去的悲怨心绪和酸楚阴影。所以，后来包括整个儒家学说的言谈话语，还有思维理念无时无刻不流露出本命性的悲情意蕴，也许是出生时大河留下的原初记忆。所以，《孟子》一书记载，孔子曾经一而再再而三地对水发出无以言喻的感叹，所谓："仲尼亟称于水曰：'水哉，水哉！'"此中的感叹到底意味什么？是何种水让他终生挥之不去？令人深思。

尽管《论语》一书中有诸多孔子谈论水的名句，什么"智者乐水"；孟子也对孔子"何取于水也？"做了哲理性引申与发挥，在我看来，这些都难以尽叙孔子对水的切肤感受，尤其是从远处高山上流下的河水，总是让他生出另一种人生无语悲凉。孔子和儒学一块在大山脚下萌发生长，从一开始，因为河水染化出了他无法驱散的悲凉心境，所以，后来诞生于河边杏坛上的儒家学派，也好像被尼山下的那条河流涂上了一层浓重的悲情色调，以至于后来整个华夏民族文化都透出一种悲愿色彩，这是有其原因的。

三

孔子三岁，春风嬉戏的年龄，沿着大河流，他走出了大山。

转眼尼山进入秋风萧瑟、落叶飘飞的季节，只有山上的柿子树露出点点红色。还是他和母亲，还是抱在母亲怀里，他们又要蹚过河了。只是，这一次，孔子好像稍稍懂得了什么叫做"过河"，就是到河的那边去。他们不得不再次蹚过河走向别处，因为年老的父亲叔梁纥去世了，刚刚过了 66 岁的生日，便溘然而逝。母亲是父亲的第三位妻子。曾经能保护他们娘俩的人没有了，为争夺那点可怜的家当，家里乱成了一锅粥。

他们不得不再次蹚过沂水河，顺着河流一路向西走，去曲阜城里投奔亲戚。走在河边的小路上，踏着野花青草与满眼秋阳，终于走出了沉重的大山和暗影，走出了山里的朴陋和荒凉。大河冲积出的平原地带，一望无际的庄稼地平整地铺展开，秋收早已过去了，鲁地原野展现出另一幅寥落清新的晚秋画卷。

孔子趴在母亲肩上，感受着母亲摇晃的身体，还有一些他听不太懂的絮叨话语。母亲才二十出头，自然不时会有几声不太成调的山歌飘散开去。他看到了，天空中的飞鸟还有河水里的小鱼，它们竟然都那么自由自在，原来大山之外便是蜿蜒和自由啊！身后的大山越来越远，前面的城市越来越近，渐渐地，他似乎明白了，这一次，他们真的要走了，沿着这条河，他们要去很远的地方，从生活的这边走到生活的另一边。

母亲身上背着一个花包袱，他紧紧地抱着母亲，他慢慢地高兴起来，不仅仅眼前是一片新的景象，也从此不用再看那些难看的脸，再听那些"野合"难听的话了，那是一种刺人心扉的痛疼。再加上沿着眼前的河道走下去，两岸的村庄越来越大，人也越来越多，母亲脸上似乎也有了看不出的笑意。于是，在他的潜意识中，朦朦胧胧地感觉到，其实过河并不是什么坏事。即使河水有些冷、河风有些大、爬坡有些难，但只要蹚过河，一切就会有新的变化。真正有志气的人，他们不应该也不会惧怕过河。

就像自己的母亲，从她的坚定脚步中可以真切地感受到，内心生发出一种别样的坚强与决绝，尽管还是一个年轻的弱女子，面对老家那片不大的宅院，不是发疯争抢，不是委屈地等待，也不是垂泪苦熬，而是毅然决然地选择出走，在人生最恰当的时候、最恰当的地点，勇敢地选择渡河而去。展现出山地女人一种倔强的本性，还有奋发求生的果敢智慧和坚定勇气。如果说母亲是他人生的第一个老师，那么幼年的渡河经历则是他人生的最初启蒙之旅。坎坷逶迤的旅程，让他知道了，消极等待，无所作为，绝对是一种愚昧和愚蠢，坐等其成不仅仅是懦夫，也永远不会有好结果，其实人生就那么几步，关键的时刻，就是要选择正确的人生渡口，选择渡过河去，直达光明的彼岸。

对此，后来教授学生的时候，他将此表述为"我欲仁，斯仁至焉"，说只要有自我求仁的欲望和志向，必要时刻，敢于过河，敢于求仁，就一定会获得自己想望的美好与成功。也因为如此，在他周游列国期间，一次，遇到两个耦而耕的隐士，听说前来打听路的人是孔夫子的弟子，便立刻回答说："是知津也。"说孔夫子是个绝顶聪明的人，他绝对知道恰当地选择渡口，并知道为什么渡河以及怎样渡河。之所以会如此评价，这全得益于他早年随母亲渡河而下的经历。

当然顺着河边一路向前走，也是一次难得的愉悦之旅，转出山窝，顺着从尼山流出、一直流到曲阜城的河水往下走，走走停停，停停走走，他第一次真正地品味到，人顺水行走的时候，两岸的风景特别轻松和美好。远处蓝天白云，青山倒影，云鹰盘旋；近处树影婆娑，鸟语花香，鱼跃欢歌，特别是迎面吹来鼓荡的河风，他感觉到一种从未有过的欣喜愉悦。便情不自禁地从母亲身上挣脱下来，尽管还跑不太稳，但踩着软软的水草，他一路向前飞跑，要去追逐远处那更诱人的风景。

他第一次找到一个行者的感觉，就像眼前河水日夜奔流不息；就像田间路上人们匆匆前行；就像自己轻快的脚步，虽然会有坎坷和劳累，但因为是美丽的寻求，无边的景色让他无论如何无法停下脚步，在他的前面，有着抵挡不住的诱惑，所以，追逐便需要行走，他好像有了新的感觉。沿河而行的经历，在孔子幼小的心灵中，也留下了难以静止的印象，也播下了后来"吾见其行也，吾未见其止也"的种子。以至于在他心目中，迈开脚步行走，成了一种永远无法遏止的冲动，所谓"死而后已"。

为了那最末一缕的"大道"真美景色，他甚至要"道不行，乘桴浮于海"。如果在陆地找不到"大道之行"的门径，发誓到更多水的地方，去寻找世间不曾有的仙山琼阁。童年河流边上的记忆，在心里每每扩散开来。沿着一条河扩散开去，一直到大河的尽头，到河水的浩瀚汇聚之地大海，或许在那遥远大海里，那万河的聚汇之地，才有他想要的一切。幼年蹚过沂河，沿着河流而下，沿途一路奔跑，为他留下了终生"大道之行也"的幻影追逐。

四

童年，河边的嬉戏，让他学会了"陈俎豆，设礼容"。

坐落在泗河岸边的鲁国首都曲阜，曾是一个春秋战国风云中写下鸿篇巨制的城市、一个散发着礼乐文明光芒的侯国、一个不断滋生演绎着人生梦幻的地方、一个承载着现实希望的圣都。只是若干年之后孔子才知道，母亲牵着他的小手，从城南下了河堤，一路疾走，最后来到了一条叫做"阙里"的古街上，因为在街的出口处，竖有两个巨大的石阙，那是鲁国都城的标志，告诉人们：走过它，你就从乡下走进了城里，从田园走进了市场，从随意散漫走进了规范格局。

大约过了不长的时间，年少的孔子渐渐发现，鲁都城里太拥挤了，比较好玩的地方都在城外，因为城四周不只有一条河流，从城里到城外，四面八方，一条河流接着一条河流，走出城去，一条条闪光的河流，将原野连接成了五彩缤纷的画卷。阙里生活让他渐渐地懂得了，城里人和乡下人的区别，其实就是生活在河里河外，城里人生活在一条条河流的包围中，从高大的城门下，人们出去又进来，他们不想走出河流，也无法走出河流，人只能在河流之间来回地行走。正是一天天的河边行走，将人的踪迹连接成定势生活；乡下人则生活在河流的外面，所以，乡下人不用河流做衔接，脚下就是生活。

从阙里街的南口到城外的小沂河，不过几箭地的距离。母亲太忙了，她起早贪黑地为大户人家帮佣做活，根本顾不上他，不过孔子有许多小朋友相伴，春夏天他们到河里捞鱼摸虾，洗澡游戏；秋冬天他们到河边上捕鸟摘枣，滑冰滚雪，甚至在梦里，滚滚的河水声淙淙流过，成了他最好的童年摇篮曲。在孔子的童年心目中，曲阜四野的河流不仅仅是无忧无虑的欢歌与奔跑，还有春种、夏长、秋收、冬藏的季节变化，河边总是演绎着天地间说不尽的神奇，"天何言哉，天地成焉，万物生焉"。一切都在自然而然中繁衍成长，成长为河滩上那些变幻莫测的自然美景。

尤其令他感兴趣的是，每每在城南的沂河边上，还能看到四乡百姓在舞雩坛上求雨的仪式。舞雩坛的中央摆满了供品，成百的男人们脱得一丝不挂，在烈日下暴晒，围成一圈，一边跳舞一边高唱，跳得汗流浃背，跳得尘土飞扬，跳得一丝不苟，跳得天地共鸣，当然最后总会有几个人昏倒在地。那一刻，曾让年少的孔子情不自禁热血沸腾，跟在大人后面也使劲地跳将起来。当然还有春天的祭春、秋天的秋祭、冬天的腊祭，大河在他的眼前，不时地翻开人世间五彩斑斓的另一页。让他见识到什么是礼仪、什么是神圣、什么是生命、什么是精神、什么是人生。

从河边回到家里，母亲正忙着给人家洗衣服，孔子便在院子里摆上瓦块，插上树枝，学着河边祭祀的样子，玩起祭天、祭地、祭祖先的种种游戏。所以，后来汉代的司马迁到曲阜采风，街上的人都说，孔子很小的时候，就知道在家里"陈俎豆，设礼容"。那是城南河边的土风，对孔子做了最早的礼仪启蒙。

因为如此，阙里街开办学堂以后，有一次，他和弟子们做恳心交谈，当听到曾皙说喜欢暮春时节，带着几个披发的童子和几个加冠的少年，"浴乎沂，风乎舞雩，咏而归"。就是在鼓荡的春风中，大家欢快地跳到沂河里洗澡，然后跑到舞雩台上，观看乡民们的求雨古风仪式，最后唱着祭祀的古歌谣回到家里。孔子情不自禁地喟然叹曰："吾与点也。"说我和曾皙想得完全一样，因为，不期然间，激活了他童年生活的记忆。

孔子童年家境生活窘迫，所谓"吾小也贱"，也许有我们无法想象的艰难与酸楚，根本不可能获得只有贵族才能有的书本，对于儿童来说，好奇就是聪颖和智慧，河边那些令他心醉神迷的风俗人情，那些掩藏在桥下河滩上的故事，一幕幕永远不会完结的敬天祭祖演出，成了他童年最美的天然读物，不仅让他获得了"每事看"的机会，也因此学会了"每事问"的技能，为年幼的孔子上足了成才的课程。就这样，城南城北那些宽广奔流的大河、年年生长的人和事，奠定了孔子最初的文化直觉，由此形成了儒家学说的内质基础，启蒙催生了原初礼仪崇拜和宗教情结。正像人们所说，世界上的诸多学说都产生于"大河文明"，并且所有原始学说都具有宗教性，儒家自然也不例外，只是与其他宗教不同，儒家的宗教性品质生于曲阜城的河边，于是，它不能不具有鲁地河水的天然秉性。

五

三十而"立"，在日夜流失的大河边，他创办起了第一所私学。

大智慧者总有大智慧的行止，总是善于站在历史潮头舞风踏浪，然后便是不鸣则已，鸣则惊人；不立则罢，一立便会卓尔不群，这才是圣人。三十岁那年，孔子创办了世间第一所私学，此举让传统官学一夜之间土崩瓦解，这实在是大大超出世人想象了，一个曾经的乡下孩子，竟然一夜之间，在最重礼仪制度的鲁国城里，改写了近千年的历史，这不能不让他的声誉随之传遍四野。

据曲阜史籍记载，孔子所创办的私学，就设在水波荡漾的大河边。这绝对是孔子一个特意设置，就是要让弟子们望着奔流不息的河水，听着拍岸的涛声听他讲授古往今来、讲授天地万事万物，因为河水奔流着明亮的智慧，河风夹杂着水草的清香，合着河水的讲授会将课堂连同声音都洗得清清爽爽，听来更会令人心旷神怡。对此《庄子》一书中记载道："孔子游于缁帷之林，休坐乎杏坛之上，弟子读书，孔子弦歌鼓琴。"虽然《庄子》喻言三千，文中多有夸张虚构之词。但"杏坛设教"的描述，恐怕不是空穴来风，因为写得如此形象和具体，令人不能不生出许多美丽的想象。后人经过考证认为，孔子的杏坛就是河水岸边一个长满杏树的高台。

所以，至今在曲阜孔庙大成殿的前面，还专门建造有一座高高举起的杏坛。周围杏树环绕，绿叶婆娑，杏花盛开的季节，虽然树木不多，但也足以摇曳出一片杏林繁花的意趣，渲染得满眼都是道德清芬与义理芳香。也有人说杏坛是在河中的沙渚上，四周全是杏树。不管怎么说，这绝对不失为一个诗意的选择，在漫漫之水的河边上，杏花摇曳，蜜蜂翻飞，中间是一座高高的土台，孔老夫子就端坐在土坛的至高处，四周坐满弟子，看着弟子们仔细翻检阅读，孔子在古琴上信手弹去，就连水鸟也停在半空，河中的鱼儿都跃出了水面。

孔子为什么选择杏林之地做学堂，后人颇费猜测。除了从杏到"兴"的谐音具有祝祷意义外，大约到了春天和秋天时节，树下还可乘凉休憩，特别颐心凝神，当然还可以从花的艳丽和果实的丰硕中，获得过程与结果的形而上哲理启悟。在大河边教授弟子们，《论语》中有一段含意很深的文字，值得人们诠释其中的精妙意蕴：那便是"子曰：'知者乐水，仁者乐山；知者动，仁者静；知者乐，仁者寿。'"不用做更多更深解读，就可知道，这是个多意向的复合命题。教育、生活、智慧、仁德、静谧、灵动等等，如果细致地分析，还可以从中找出更多文化深质，可谓是"仰之弥高，钻之弥深"。

即使孔子没有讲什么特殊议题，就这样一个自然的场景，清凉习习的杏树下，空旷嘹亮的河水岸边，清风、花香、游云、逝鸟。即使不讲授，也是一堂精彩绝伦的从形而下到形而上的自然、自然而然的论道课。题目便是：流水与时间，河水与生命！孔夫子用自己的眼神在告诉弟子，水是智慧的基因，智慧是水的花朵。他自己从小到大，一路寻水而行，在曲阜远远近近的河流上奔走，那曾是一种何等的人生意趣啊。挽起裤脚踏水而行的轻扬脚步，会让生命长出青青的枝叶，让心灵绽开殷殷的花蕊。

眼前蜿蜒曲折的大河，那是上天大书在原野上的诗行。让人透过年轮的阴晴圆缺、季节的风霜雨雪，知道什么是真正的人世苍生，什么是真实的蓬勃生命，什么是真美的大化流行。弟子们身心穿行在河边的柳枝下，甚至可以听到心智拔节的声音。清清的河水擦亮了幼年懵懂的眼睛；欢快跳跃的浪花激活了童稚的灵气；还有那天上翻飞的鸟儿和悠悠的白云、水中自由自在的小鱼和岸边依依轻抚的杨柳，将原本一个个木讷的童稚，一点一滴灌注出智慧的源泉，融化为眼前欢欣鼓舞的灵性。再到后来，就连睡梦中，也会让人依然还在和花鸟们轻轻地对话，发出欢快悦耳的嬉笑声；一转眼，水中猛然间跃出的鱼儿，溅人一脸水花，将梦惊醒。在杏坛下浪花中读书，梦幻随河流放飞远逝，不仅让人读懂了大河与流水，获得了拎着春风上高台的至真快乐，也明澈了天地风物的真谛，心灵追随着流水，鼓起永远激越奔放的风帆。

当然还有远处的山，站在水边，眺望远方，远近的山峰倒影在潺潺的流水中。远方静静的山峰竟然会如此深情地望着流水，因为河水是从它的心灵深处流出，那里永远有一缕至真至纯的牵挂，有一缕天地大爱的眼神，像母亲望着子女。这是曲阜胜景的绝佳处，山水相依，天地相连，构成了一幅天地间和谐完美的画作。蕴含着仁爱与智慧的幽深意境，能够最终使人理解，什么才是真正的快乐和永恒，天地之仁。

他最终也没告诉弟子，他为什么会把课堂选在大河岸边，他想让弟子们包括后来者，自己去体悟教与被教的原理。望河水思悠悠，临长风意荡荡。自己一路从河边走来，然后在河边开讲，这是不教之教，是天然之大教。孔子以其至圣的智慧，对曲阜的河流做了深度教育原理的开掘与传播，然后，他又用具体的河流行教来传道授业解惑，把教师的惊天伟业和永远的教化真理，用几乎看不见的微微笑意，一点一滴地刻写在了曲阜的山水之间。

六

五十而知天命，望着逝去的河水，理解人生真义。

五十年的岁月，孔子除了短期出道他国，基本都是在鲁国度过。他不仅经历了鲁国跌宕起伏的一切，也走遍了曲阜的所有大小河流，岁月的潮涨潮落、季节的盛衰枯荣，面对延绵不绝流失的河水，一次又一次地面水悟道，好像参透了许多，又好像增加了许多疑惑，原来，大河尚有许多难以尽释之处。为了参透那些疑惑，他不惜一切跑到遥远的洛阳去求教老子，一个饱历风霜的老者。然后，在那座住了几十年的老宅里，不顾酷暑严寒，找来所能找到的书简，读得如醉如痴，读得天昏地暗。一大捆《易经》，一直读到"纬编三绝"，连接竹简的牛皮绳被翻断了三次；还有与弟子们油灯下"如磋如磨，切磋琢磨"的探讨研究，声音震得月落星残。

大河边杏坛设教的伟业，虽然为他招徕了天下人的眼睛，很短的时间，杏坛的周围便被造访者踩成了四通八达的通衢。弟子三千，贤人七十二，浩浩荡荡的队伍，每当孔门师徒出行，车马嘶鸣，烟尘滚滚。坐下来的时候，弟子们坛上坛下一阵齐声朗读，震得整个天下都嗡嗡作响。人们把孔子看成了神，称赞他无所不通、无所不能，天生一个绝世的超强智人；鲁国城里到处都是"大哉孔子，博学无所成名"的赞叹。大家都说，坐在水边杏坛上的孔夫子，他竟然知道得这么多，真的让人不知道用什么称呼才恰当。

然而，又有谁能真正理解他的内心意愿？之所以一刻也没有停下在河流间行走的脚步，不是不想停，而是无法停下。因为这些河流在他的脚下，仿佛越走越远，越走越深。仿佛身后有一个使命在推助着他，看看前面，竟有那么多的人，正在等待着向他发问；看看身后，竟有那么多的人，正大步流星地追逐他。不仅仅是知识和道德，天地间的未知还有很多很多，并且越积越多，越积越厚。这就是人世间真正的智者，在他的直觉和理解之间，永远是一片无边开阔汪洋恣肆的水，永远是无法言喻的空旷和寥落，还有诱人的迷蒙和微弱的光晕。

多少次晨光暮色里，他站在河边怅然若失，感叹"多乎哉？不多也"。自己尽管付出了很多的努力，也一直坚持不耻下问，曾被人耻笑进太庙还要问；甚至坐上牛车，不远千里，跨过一条条波浪汹涌的大河，到遥远的远方去向智者请教；甚至在偏僻的村落，为了求教，被一个年幼的孩童项橐问难嗤笑。他们回答得越多，越让他感觉"空空如也"，知识与智慧的空间在心海里四面展开，好像变得越来越大，永远也无法充填满足。就好比痴情地去追逐时间，后来才发现，追逐的前面，时间越来越远。他感到了一种莫名的悲哀，只是他不知道这是人的悲哀，还是天地间真理的悲哀？明明知道永远追逐不到，还是会愚不可及地"知其不可而为之"，生命与河流日夜不停地交互碰撞，这其中是否还有更深的义理？

终于有一天，离开尼山多少年后的一个早晨，他又回到了自己的出生地，尼山脚下的那个幽暗的山洞前。回到了梦一般的陈年往事里。站在河边上，河里飘散出的水汽湿润了他的双眼。山还是那些曾经的山，河还是那条曾经的河，然而自己却已经不再是那个原来的自己了，时光流转，物是人非，转眼间自己已经跨入了老年的门槛。一切好像恍若梦中经年。还有那苦命的母亲，虽然阴阳相隔，依然心心相印。多少年前流传在这河边的是是非非，就像这滚滚流去的河水一样，也终于烟消云散了。凤凰山上那些淡淡的白云，倏忽之间，被长风吹到了遥远的远方。想到这里，他不是难过，只是一种莫名的忧患涌上心头。人生是一个如此短的时段，世间的一切都以时间为刻度。人生的经历，或许就是沿着时间从一条河流走到另一条河流，永远不会有尽头。

好比眼前的自己，竟然在如此短暂和匆忙中，走过了几十年的路程，转眼间，自己又回到了生命的起点。依然置身在大河水边，倾听往昔的涛声拍打山石岸堤，静观曾经的峰峦风尘中飘渺如烟。一瞬间他好像明白了什么，于是猛地站起身来，狠狠地沿着山坡往上走了几步。蓦然回首，眼望大河，一句感慨冲口而出："逝者如斯夫，不舍昼夜。"并非因为人的脚步匆忙，而是河水在不断地向前流逝，流动的河将世间一切都改变了模样，人不应该仇恨自己，也不应该仇恨时间，天地间唯有河水，无情之中最有情。河水滔滔不绝，流失得那么快、那么急。快得让人惊悚，急得让人恐惧。眼前看似抓住了它，转眼间又滚滚流去，天地间的四季，日月下的昼夜，面对河水除了无奈，还是无奈地叹息。

人在河流间行走，生命如此短促，岁月如此匆忙，人生有限而天地永恒，对于那些有承担意识的人，真正有思想有觉悟的人，尤其是乱世之中的士君子们，既然是社会文化精英，面对蜿蜒远逝的河流，不能不忧患生命之苍白徒然；不能不忧患大道的狭促中断。这就是孔子及其儒家，一个个为真理而殉道的人，大河让他们悟出了天地大道之无限的同时，更因此悟出了人生求道之艰难辽远，他终于找到了大河日夜流动"任重而道远"的原理。这就是儒家的使命和责任，因为是从曲阜的河边生出，便有了鲁地愚者无法释怀的承担，背负着社稷苍生，也背负着时间叩问，更背负着历史幽怨，永远眉头紧皱，永远脚步匆匆，永远满怀忧患，风雨兼程，即使是腥风血雨，他们绝不会像道徒僧侣，躲到半山腰的高墙深院里，不关事务，一味地闭着眼睛清吟，在木鱼声中怡然沉醉，在孔子及其儒家的眼中，鸟兽永远不可与同群！

当然也不会像白发飘飘的道徒，手挥拂尘，吞服仙丹，要么在山水的狭长小道上，要么在山崖上的道观里，心随清风白云逶迤而行，恣意做超然世外的天地同游。儒家内心永远是"仁以为己任""任重而道远"，所以根本无法闭上眼睛。曲阜流淌的大河，让他懂得了，什么才是真正的承载，什么才是真正的意义，什么叫做"死而后已"。

七

七十岁，闻着大河澎湃的水声，透彻了人生悟境。

七十岁是人生的一道坎，一把年纪的人了，终于熬到了"从心所欲不逾矩"的地步，无论怎么样做，似乎都不会超越生活的规矩。这是孔子一句真心道白，告诉人们：经过七十年的人间河边行走，生命会渐渐老去，体力有时也会有些不支，于是，老人应该有老人的胸襟，老人应该有老人的情态。

对于有些人来说。"七十从心所欲不逾矩"无疑还是一句很深的箴语，略带无奈的自我嘲讽之中告诉世人，有的人虽然老了，但是，心并没有完全死亡，老人依然需要面对内心欲望和外在行为的冲突与对峙。尽管年纪大的人身体在不断地老化。但并非意味着老人的内心已成死灰，枯朽死寂，什么都没有。恰恰相反，因为诸多的阅历和经年的积累，老人的想象或许更丰富、更具体、更生动。只是身体原因，行动和欲望之间无法同步罢了。

比如面对美色，即使有再大的渴望，可恨的身体已经无能为力了。所以孔子曾非常认真地告诫，那些仍然知其不可而为之的人，"老年之时，血气已衰，戒之在得"。不能得而偏要得，必定会有大祸害。孔子的这番表白，与其说是在陈述人生的巨大的无奈和悲哀。不如说是从更深的原理上，论证人生必然的残缺和遗憾。阅尽人间春色之后，人应该有极高的卓识洞见和豁达胸怀面对不圆满。

人在年轻的时候，总是信心百倍，要去争取和实现人生最终的完美。待到上了年纪以后，才发现，其实人生是根本无法做到完美的，完美只是少年意气的理想，残缺才是生活的真实，就如同痛苦才是人生的常态，幸福只是一时的幻觉一样。所以，人应该也必须要能够理解并接受残缺，承受无奈甚至是痛苦的结局，这才是人生的一种大智慧和大境界。孔夫子是大圣人，他在有生之年，不仅对遗憾和残缺有强烈感受，同时，对于生活中一而再再而三的遗憾与残缺事实，他又有洞深的理解和坦然心底，因为他曾经有过一段不平凡的渡河经历，大河让他理解了这人生另外一层。

据说，孔子一生曾有三次渡过黄河的机会。因为黄河北的赵国国君赵简子特别赏识他，曾数次让人传话，希望他能到赵国去辅佐自己，以成大业。对此，孔子十分感激，也铭记在心。士为知己者死，这是鲁地人的世传信条。孔子第一次渡黄河是在他周游列国不久，待真的到了卫国，才知道，卫国的国君不过是想借助他的声望，以重天下罢了。表面上照样给他鲁国的俸禄待遇，让他衣食无忧，背地里将他束之高阁，把孔子当成了卫国外交的一张名片。卫国国君的做法，令孔子十分不满。因为他曾对人说过，他最不喜欢"系而不食"，将自己视为一个只能看、不能吃的匏瓜，知行合一，既会说又会做，才是真儒，做摆设当样子，对他这样的大智慧者不公平。

于是，他想到了黄河北的赵国，想到了赵简子的殷切召唤。燕赵自古多慷慨悲歌之士，豪侠的性格，果敢的品质，与孔子这位在夹谷会上挺身而出、勇退强齐之辱的大侠，更能心领神会。他决定带领着弟子们离开卫国，一路向北，渡过黄河，到赵国去，去追逐实现那"大道之行"的美好理想。经过几天艰难跋涉，孔子与弟子们终于来到了黄河边上，令他没有想到的是，这是一个并不适合渡河的季节，夏天刚过，黄河正在发大水，只见河面上波浪滔天，连个鸟儿的影子也没有。孔子的渡河计划连同施展赵国的理想，就这样被滚滚而来的黄河大水无情地冲走了。在巨大的自然界面前，人常常是既渺小又无助。

孔子第二次渡黄河是在几年之后，孔子周游列国，四处碰壁，屡遭小人的暗算和打击，使他又想到了渡河去赵国。毕竟那里有一个令他心仪已久的赵简子。为此，他还特地从鲁国多唤来了几个弟子，偌大一个国家的治理，肯定有巨大的空间，需要众多的人才。这一次，他用了更多的时间准备，然后，率领弟子们一路逶迤、风尘仆仆再次来到了黄河岸边，眼前阳光明媚，河水漾漾，堪称是最佳的渡河季节。河面上船来帆往好不繁忙，凭空为孔子和弟子们渡河增添了信心与力量。他大声地告诉弟子们：晚上好好休息一下，整好行装，明天一早，咱们就渡河去赵国。众弟子听后，更是一阵欢呼，他们仿佛看到了一个繁花似锦的美好前程，正在向他们频频招手。

第二天早晨，孔子早早起来喊弟子们起床，令他没有想到的是，喊了一遍又一遍，也没见几个弟子走出来。原来，昨天晚上，好多弟子不知为什么，突然生起病来，有几个病得很厉害，发烧几乎昏了过去。孔子一看，顿时慌了手脚，赶紧喊人为他们诊治。弟子们的生命永远是第一位的，他们比渡河重要得多。所以，孔子立刻决定取消这次渡河去赵的计划。赶紧打起行装往回走，到就近国都去，找最好的大夫给弟子们看病。就这样，渡黄河去赵国又落空了，人祸和天灾比起来，常常更能让人感到委屈和难耐。

第三次渡河是在他回鲁之前，周游列国几十年过去了，孔子依然还在理想的路上奔走。眼见自己的身体渐渐衰弱了，他想，趁着自己还能活动，还能有点力气做事情，应该尽快到赵国去，为自己，当然更多的还是为弟子们，去寻一个好的出路。时不我待，该去做人生最后一搏了。这一次，他接受了前几次的教训，既察看了季节天气，又特地精简了行装和弟子。他想，他与部分精干弟子率先过河，待在那里站住了脚，再招其余弟子也不迟。而且，决定到了黄河边上，就立刻渡河，绝不拖沓。用最短的时间、最快的速度渡过黄河，到赵国去，以免再节外生枝。

　　他带领着几个亲近弟子，几乎是一路奔跑来到了黄河边上。从车上跳了下来，喘息未定。只见眼前一艘又一艘大船载着满满的人，从对岸向这边涌了过来，人们跳下船后，都相拥哭成一片。孔子急忙上前打问，人们告诉他：赵国发生了内乱，赵简子杀死了他曾经的功臣。孔子听后，立刻被惊呆了，这实在是个让人无法相信和接受的结局，数载等待，一腔热血，狂奔而来，赵国竟然变成了血海，只差一条河的距离，赵国的大门，在他眼前又重重地关死。

　　孔子呆呆地站在黄河岸边，无论如何也不明白，这到底是为什么？是什么在阻挡他们渡黄河？一而再、再而三地跑到黄河边上，俗话说：事不过三，为什么他就是过不了黄河！黄河对他这样一个承担历史重任的人，为什么要如此无情无义，决绝而彻底。想到这里，挤压在胸中的愤懑实在憋不住了，面对波涛汹涌、浩瀚无际、永远都汪洋恣肆、奔腾咆哮的黄河，他猛地站起身来，大声的呼喊道："黄河水，洋洋乎，丘之不济，命也夫！命也夫！"重复喊了好几遍，然后老泪纵横，汪洋一片。滚滚东流的黄河水，你是那样的宽广浩渺，那样的令人神往。我孔丘这一辈子都没能乘船渡到彼岸，这是命啊！这是命啊！

　　一条大河，将他一生的美好向往挡在了河的此岸，重重地扔在了河滩上。在几乎是生命的最末端，给了他致命的一击，让他的心灵留下一道无法愈合的伤残和懊悔。当然，也让他的慧觉哲思因此提升了一大截。这就是命、命运，"生死有命，富贵在天"。命是一个说不清道不明的人生质因，你可以不相信它，甚至诅咒它，但是，你绝对不能越过它，更不能改变它。人的一生几乎就是按照先在性的命运蠕蠕而行，直至终点。所以在《论语》一书中，最后一章专门记有"不知命无以为君子"的命题，因为人生诸多不可预知、不可掌控的质因，也就是所谓"命运"横亘其中，人生不会是个完整的过程，也不会是一帆风顺。人生陷落之时、无奈之余，能够用"命也夫"来化解天意和人心，这绝对是人生的一种大智慧，也叫不解之解。奔流到海的大河让孔子明白了：人一生在河间行走，即使再聪明的人，终有一条无论如何也过不去的河流。

八

　　七十三岁，漫历人间坎坷，重回大河岸边。

公元前 479 年，孔子七十三岁。他为子贡上了最后一堂人生课程之后，便从此岸走向了彼岸，从阳间走向了阴间。这就是圣人，即使死亡，依然接续着天道，继续着人生原理的陈述。

夏历二月十一日，在病倒卧床的第七天，他去世了。鲁国城里阴云密布，国君鲁哀公连夜草书出一篇"呜呼哀哉"的诔文，街巷的小民哭声一片。料峭的寒风冷得整个鲁国都瑟瑟打战。讣告很快出来了，令人没有想到的是，丧事文告中，孔子的坟墓不是选在防山北麓，他父母以及哥哥的坟茔旁，尽管那里有好大的一块地盘。而是在鲁城北面的泗河南岸。

弟子按照先师的嘱托，将孔子安葬在泗河岸边，背河而居，这是一个特定意愿的选择，也是一个富有哲理意味的选择。弟子们的心里明白，孔子出生在城南的沂河岸边，在河与河之间行走了一辈子，死后将其葬于城北的泗河岸边。寓意着先师的一切都是从河边开始，在河边结束。如果说历史用一座高高的舞雩坛，以风乎舞雩的方式，宣告孔子命运的起始，那么造一座河边的坟墓，可以将一生必然性的宿命，由此画上圆满的句号。

他想以此告诉后来者：即使是大圣人，从一条水到另一条水，这既是生命长度，也是生命的轨迹。根本无法超越它，也无法改变它，这是一种难言的宿命。在河与河之间，走过去，就成就了他所有的历史与现实，也成就了未来。还不仅如此，从水边诞生的生命，必然会沐浴着流水与河风，还有咆哮的波涛与光影，最后，将生命再融入河水中，化作不息的河流，化作天与地相接的混茫，这是对人生价值最经典的描述，从无穷处来，到无穷处去，人生的不朽，就是无穷连接着无穷。

当然，将孔子墓选择以河水为背景，也是便于弟子们展开怀念和追忆，"滔滔不尽如流水"，古今皆然。站在河边，从先师的生命起点看去，正是那些记忆中不绝如缕的河水，将他启悟开智，给他以仁爱与礼仪的精深思考，甚至是激动的情怀和勇往直前的意识。让他具有了"仁者爱人"的生命直觉彻悟。先师一生在河边上留下的脚印和观望以及沉思与升华，一点一滴地积淀支撑起了一位集智慧之大成的"圣人"，最终都留在了弟子们河边的瞭望中，大河是先师人生心怀情谊的至高隐喻。同样，大河也是对他老人家身后的具体暗示，不论是谁，所有的生命都将化为世间有形和无形的流水，只是有的人长、有的人短罢了，先师孔夫子的生命之河将与世永恒。

除此而外，孔子一生在河与河之间还踩出了一条恒常之路，便是用一生从沂河边出发，穿过一座人声喧沸的古城，最后走到泗水河碧草青青的河滩上。将一座不大的偏远小城，在历史上做如此深刻的生命契入，让话语成为了这座城市的底色，让眼神从这里散发出世界性的夺目耀眼光芒，什么是生命，现如今儒学无处不在的具象，向我们说明了一切。

所以，古往今来，人们对孔子将这沂河和泗河会通为一，尤其是它们之间的神秘意蕴，能读懂的人极少，许多人到曲阜后，不过是白天看庙，晚上睡觉。他们没兴趣，也缺乏应有的文化感觉和能力去做文化的延展。所以，这两条河之间的关系，曾是人们到曲阜关注最少的地方。

真正的大儒则不同，朱熹这位"宋代的孔夫子"，虽然他不曾来过曲阜，毕竟是一代文宗，对于孔子从沂河出发最后葬于泗河，他一直心怀牵记。所以，当春风乍起，湘江的风吹皱一池春水的时候，他又一次想到孔子葬于泗河岸边的命题，他呆立在白鹿洞书院门口，抬脸向北眺望，不禁情怀激荡，心驰神往。情不自禁地随口吟道："胜日寻芳泗水滨，无边光景一时新。等闲识得东风面，万紫千红总是春。"最后，他将这首诗的名字命名《春日》。明眼人一看就知道，这是宋人又一首内涵丰富的哲理诗，绝非为了描写春日景色，而是借助春天这一意象来思考深度的人生义理。或者说，就是诠释孔子葬于泗河的神秘意蕴。

将背景设置为春花烂漫的春天，凭江远眺，泗河岸边的孔子坟墓，不仅仅是一道历史的风景，它更能牵引着人们的哲思目光，让人随着浩荡的春风放飞神思，引导人们沿泗水河一路寻踪，体味品酌墓与河、历史与现实的内在意蕴。仿佛使人看到，春风吹过原野，远远近近的风景，一时间，变得光鲜无比；也使人仿佛看到，历史的余脉正在泗河中滚滚而下，正是圣贤遗风的不息道统和义理，不仅把一个沉睡的冬季唤醒，也把一个青葱的岁月染得青葱碧绿。

河水浩浩不息，长风荡荡吹拂，从河水到河风，从圣哲到风范。泗水河边，古往今来，这里已成为一方永远的风景，一种永远的动力，大河拥抱着孔子墓，孔子墓激荡着大河，所以，眼前的一切不是也不会是历史的终结。古老的泗水河，年年岁岁都会有东风吹来，身后的大河以及河水提示着后人，大河与孔子、河风与儒道，他们永远相得益彰。所以，不论在何时，只要你是一个喜欢风景、懂得风景并愿意寻找风景的人，在这里就会领略识得东风真面目，发现这里，因为有孔子墓，这里河水洋洋，不论世间如何变化，有大河浇灌，永远是万紫千红的春天景象。

在朱熹老先生看来，孔子葬于泗河之上，这是他老人家为自己，也为后人，专门设置的又一个继往开来、如何审度领悟光阴和生命意义的至深命题。人最终都倒在滚滚的流水中，人死了，河水还在流；只是有的人会和大河一块儿涌流，有的人则不会，这就是河水的命数。

圣师的背影

——诲人不倦的古意

"学而不厌,诲人不倦",这是孔老夫子连带自己的一生做出的一个极具历史与生命深度的文化命题。虽然只有短短的八个字,仔细品味,发现其实更多的该是夫子自道,属于他创办私学之始,个中酸甜苦辣的由衷感叹。其中一个"倦"字,留给后人的是一份沉甸甸的文化沉思,一份久远而又沉重的历史想象追忆。

也许我身为教师的缘故,三十多年走来,年久月深,岁月的记忆积淀都已泛出黯然的灰黄色,除了在教育教学中的跌宕起伏外,便是异地他乡人情世故的磕磕碰碰,心里结出了厚厚一层疮痂。于是,便有了越来越多与孔夫子相似的感受,深知古往今来,从教不易,教育别是一种风雨中撑着油纸伞悲怆踯躅的人生。所以。当我携着层层累累的记忆,沿着孔夫子这个极富魅力的命题溯流而上,在台灯下寻绎历史更细处,畅想孔子其人、其事、其师之道时,就仿佛我第一次站在大成殿前的露台上,仰视古今大圣人的空间以及高度,让我获得了通身的震撼之外,也获得了一种意想不到的视角和思路。

静静的夜晚,小城安静沉着,仔细查阅古今对这句话的注解。发现,即使《十三经注疏》这样的大部头著作,也只将其释为"教诲于人,不有倦息";以弘深明澈著称的朱熹老先生,于《四书集注》中,竟然不置一词。直到近人著名学者杨伯峻先生,除将"倦"译为"疲倦",在注释部分则存而不论。令人不得不对此现象生出诸多的疑惑。方知《论语》真的是一部伸缩自如、实在难读的公理名典。那些仁者见仁、智者见智的经典,不知为后人创设了多少莫衷一是的话语空间。由于它不曾提供必要的场景或由头,哪怕是一点点也好,所以到头来类似这"学而不厌，诲人不倦"，便成了难以稽考的无头案。

古城的夜晚，最宜品书。前有淡红灯光导引，后有静谧夜色拥抱，温暖而又闲适。只是，我看着这两句话越想好像越迷茫，仿佛穷竭所有的思虑，依然无法捕摸到孔子当年此两句话的来龙去脉。它们是老先生引经据典的课堂引申发挥？还是批评指斥眼前顽皮弟子不恭的诚语？抑或是身居杏坛之上，老夫子确实是有感而发？

短短的一行字，就摆在书桌上，越看越使人如坠雾里山中，仿佛走在泥潭中干着急却找不到出路。一直思考到脑袋隐隐作疼，方信《论语》的编著者造圣功夫之深，玄奥幽妙，神圣崇高，难追至极。

只得找出一本介绍孔子生平的著作，慢慢读过去。当我读到了司马迁对孔子的描述与评价时，仔细品味书中的上下对句关系，感受司马迁字里行间的寓意情怀，感觉好像有了如许的触动，虽然灯光依然，远近连一点狗叫的声音也没有，但是心渐渐地就像窗外那弯残月，一丝丝游出了云层。"学而不厌，诲人不倦"。虽然孔子对此是做连带性的陈述，其实，分析"学"和"教"在教育教学中的价值意义，尽管为同一场景，且有二者不可分离的对应关系，仔细琢磨两句的内涵，绝非是同义命题或同层次的形而上阐释。

先说这"不厌"与"不倦"的区别。"不厌"依古人"不厌烦"解，说到底，属于个人的心理感觉问题，也就是说，厌烦与不厌烦有极强的主观性、自我性，所谓"有我故我在"，芸芸众生，世间本无事，庸人自扰者有之；放浪形骸，为赋新诗强说愁者有之；有人甚至将"厌烦"秀成一种获人爱怜的手段，现代人叫做卖萌。"不倦"依照"不倦怠"讲，则主要为人的自然机能表现，身体上感觉疲倦劳累，是人无法逃避的自然现象，是硬性的客观存在，更多的时候，身体疲倦与否，大约自己也做不了主。

所以，比照二者的状况，如果说"不厌"从自我体验出发，必要时能以自己的理性予以调控和解脱的话，那么"不倦"即使壮志凌云，豪情满怀，当身体状况恶化，生存危机加深，命运陷入绝境，"不倦"绝对无法予以自我免除和选择。也就是说，当处于超负荷工作，时间又特别长；当生活条件无以保障，更无改善希望；当身陷逆境，总也无法解脱；当备受伤害，实在无处躲藏的时候，那疲劳和倦意就是鬼打墙，你根本无法绕出去。除非你此时硬是仰着脸，伸直脖子，即使已疲惫不堪仍然直着嗓子喊一声：我就是感觉不累、不倦！喊完一头栽倒在讲桌下。

因此笼统地将"不倦"和"不厌"相连接，认为学可以不厌，教就一定会不倦。强为之曲说，因缺乏现实依据和科学论证，命题难以具有权威性和说服力。以孔子这样的大智慧，加之做教师几十年，酸甜苦辣尽尝腹中，断然不会做出这种不合乎常理、浮浅霸道的推断。

再加上"学"和"诲"这两种事项，如果进一步分析它们的现实状态和价值意义，二者之间的差距更有霄壤之别。从古及今，"学"本质上是一种利己行为；"诲"则无疑是一种利人义举。因为学习这件事，无论我们学什么、怎样学、学得怎样，到头来或多或少终会有所得，成为自己立身行事的本钱和基础。说得再深一点，学习与个人价值实现关系密切，古往今来，人不学习就会沦为低层的废物。学习的好坏与生活业绩天然不可分离，所以我们无论如何也不应该对学习生厌，当然甘做废人除外。

因为有人生优化和功利蕴含其中，如果再把古人那些美丽至极的经典名言计算在内，"书中自有黄金屋，书中自有颜如玉""洞房花烛夜，金榜题名时"。有这么多绝妙的美景在远方招手，非但不该生厌，拼着性命去头撞学门，以便尽享荣华富贵还不及呢！还说什么"厌"与"不厌"的蠢话呢？因此，古人曾下了不少的工夫，创造出许许多多劝人学习的大好故事，什么"头悬梁锥刺股"、什么"凿壁映雪"、什么"十年足不逾户，目不窥园"。虽然残酷了些，但并不少感染力量。

至于"诲人"则不同，从古至今，大千世界，教育和教学与每个人并非是与生俱在的职能。就是说，人一生能够诲人与否，以及怎样诲人，都与一己的生存生活并无必然联系。现实生活中，并非人人都必须去诲人不可。正是此种特定的利他性、无功利性，决定教育教学事项，付出、付出、再付出，付出才是它永久的价值指向。尽管后来一些受过教育的人出于感恩情怀，为了满足教育者的心理需要，创造出了一个个如"桃李满天下"的美丽解说，所谓"令公桃李满天下，何用堂前更种花"（白居易《春和令公绿野堂种花诗》），更多的还是精神层面鼓励，类似于年终发奖状。所以，近代以来，受外来文化的影响，对教师又产生出一些更经典的阐释话语，"点燃了自己，照亮了别人"。海外归来的陶行知先生对此说得更彻底，"怀揣一颗心来，不带半根草去"。以半根草为喻，极言其奉献之深之重之彻底。让人不能不为之感怀激动，虽然有些凄然意味。

也就是说，教诲与学习，二者既不在一个义理方向，也不在一个道德层次。其深度人格精神，为两种落差甚大的生命境界。孔子不会看不出这其中的大小差异，于是以一种简单的"疲倦"释《论语》这一原典中"倦"字，绝对不靠谱。所以，当夜向更深处沉落，淡淡的夜风敲打着窗户，流星从当空划过，窗外明月如水、窗内心照如镜的时候。从《四书集注》那密密的字里行间，我终于明白朱熹为什么不说了，他是个极有心计的明白人，冥冥之中他感觉到了"倦"字弘深博大，不可以小句释之，说不好不如不说，让后人自己去领会，这不失为一种明哲的好办法，大儒就是有大儒的头脑。

一

孔夫子眼中，"诲人不倦"就是一种超越。

《吕氏春秋》记载，孔子曾这样评价自己："吾何足以称哉？勿己者，则好学而不厌，好教而不倦，其惟此邪。"由此可知，《论语》中的这句是夫子自道，而且堪称传神阿堵。表明孔夫子一生的教学经历，绝对是一位经典的"诲人不倦"者，从三十岁设坛授徒，到七十三岁去世，长达四十多年的教学生涯，说他从没有感到身体疲倦，既不合理也不现实。但历史的实情是，不管发生了什么，孔子从未放弃过"诲人"的职责，则是确凿的事实。因为他始终感到"舍我其谁"，无法舍弃的是他兴教成人立世的人世关怀，是一颗"敬事以忠"恒定不变的心灵，是融入血液对生命至终价值的理解与向往，所以，能够"一以贯之"，即使有倦意也无怨无悔。

孔子一生，有过辉煌的岁月，从中都宰干起一直到鲁国司寇，荣任鲁国司法部长一级的官吏。并"摄行相事"，一时成了鲁国政权的核心人物，以至于权势过重，使强邻齐国都害了怕，引发了齐国故意送美女乱鲁国政权、鲁国君臣纷纷跑去看歌舞、三日不理朝政的政治绯闻。孔子权倾一方之时，史料记载，他并没有因政务繁忙而放弃教学。而是一边做官，一边教学，转过身去是部长，转回身来又是教书先生；白天是官，晚上是先生；朝中是官，在家是先生。官位赫赫，弟子们仍然喊的是"老师""先生"（当时称为"子"）。他并没有觉得掉价，因为没有喊职务，要专门给他们点颜色瞧瞧。然后非让他们改口喊"中都宰老爷"或者"司寇大人"不可，以示尊贵和威风。杏坛上的教学依然是"循循然善诱人"，课里课外依然纯真可爱，人前背后依然芬芳无比。

孔子真真切切倒过霉，据说受到鲁国"三桓"势力的排挤和陷害，紧要关头连衣帽都没来得及整理，便冒着霏霏细雨，急匆匆地踏上了"周游列国"的泥巴路，这是一条坎坷的路、泥泞的路，大自然的风霜雨雪，人世间的艰难困苦，甚至随时都有生命危险，孔子只能是蠕蠕而行。特别是在宋国的路途中，差点让人误作阳虎将其杀掉；一次，在蔡国的半道上，因为没了粮食，差点被活活饿死。《论语》记载，如此困厄之时，他依然没离开弟子们半步。还是一派烟尘滚滚勇往直前的阵势，子路在前面赶车，马前车后几十人，一大帮子人，硬是把一条周游的路踏得喊声四起，所到之处，人们无不为之惊诧叹服，感叹"大哉，孔子！"

弟子们实在走不动了，此时，孔子并非一脸苦相，然后找个理由，躺在土坡上向上天发怨气。相反，他依然"弦歌不止"，精神抖擞继续上他的音乐课，铿锵的弦声和着高亢的歌喉，硬是把身旁的弟子连同草木都鼓荡得澎湃沸腾、生意盎然。鲁莽的子路是个直筒子，面对此种困厄的境况，走上前来问道：夫子，人大概都会有穷困，其中好与坏的差别在哪里呢？孔子放下手中的琴，一脸庄重地告诉他：穷困是自然现象，最大的不同，在于君子面对穷困会一如既往，持守自己；小人面对穷困，则会意志摇荡，滋生恶念。其中的潜台词非常清楚，那就是吾辈人既然踏上了云游施教的道路，即使再难，陷落再深，也绝不会改变和放弃诲人的初衷，困厄不改为师的模样。

人有旦夕祸福，生有跌宕沉浮，既然选择了为人师这一职业，同时也是选择了一种精神、一种品质、一种境界，成也英雄，败也英雄。得意并不以贵而轻教，失意时也并不以贱而弃教。"诲人不倦"是一种永不倒塌的生命抗震力，信念如初。不倦者，超越荣辱，信念永恒之谓也，是为圣贤气象，亦是为师的本色。

二

孔子眼中，"诲人不倦"还是坚忍的抵御。

古往今来，特定的时间和条件下，诲人倦与不倦，在我们这个素以穷文富武为传统的国度里，身处贫穷与富裕的对峙转换之中，能否以平静之心衡度得失，调节欲望，必要时拒绝有损教师人格的"嗟来之食"，更是一种考验、一种职业本身不得不直面思考的精神历练。在这方面，孔子是中国历史上第一个民办教师，也是第一个创办私学谋生的人。开始的时候，经费需要自筹，生活需要自理，完全依靠教学的本事吃饭。尽管那时尊师的风气不薄，也真有几个有眼力的人，愿意拿出钱来支助他们，但那辟创的艰辛以及维持教学的困难，绝非我们今天的人所能想象。于是才有夫子"股躬饮水"、颜回"箪食瓢饮"的自我告白。

面对艰难，孔子曾数次有感而发，告诫弟子"汝为君子儒，勿为小人儒"，无疑向弟子们提出了一个极富现实意义和挑战性的话题：世上有君子儒，也有小人儒，一个有志从教的人，如何看待物质享受？如何战胜生活困难？这是人生的另一道门槛。孔子曾把教学作为一种谋生的手段。毫不隐讳地告诉人们："自行束脩以上，吾未尝无诲焉。"只要交点学费，便可入门受教，学费对于他来说，绝不可少。其他从政和晚年的时候，除了弟子的"自行束脩"奉献之外，大概还有不少额外的馈赠。曾被尊为鲁国的"国老"，享受着充裕的生活待遇。

不仅如此，初次周游来到卫国，卫国国君卫灵公问他：老先生，你在鲁国有多少俸禄啊？他回答："俸粟六万。"于是卫灵公说，那照样给你俸粟六万吧。当时实行的是实物工资制，即使流亡在外，因为是大夫的身份，依然可以得到六万斛的待遇，可谓不薄。此时的孔夫子，自然不会轻易弃教而去，丰衣足食，这是古今教师最为令人向往的境界，无后顾之忧，何其幸也。正因为此，孔子百年之后，弟子们汇编《论语》时，还不无称羡地将此事特意记录下来，予以彰著，尽显历史荣耀。

当然，历史有时也会绕个弯，或打个折扣。那便是孔子"在陈借粮"。后来，还有人以此为题材，专意编出一出挺耐看的杂剧。把老夫子穷困潦倒渲染得一片唏嘘，没了经济来源，生活发生了困难，为了活下去，不得不派子贡前往楚国去借点粮食度光景。即使面对极度穷困潦倒，孔子，一个真正的教师，面对绝粮的困境，他依然目光炯炯，依然做出"诲人不倦"这样坚挺而直接的告白，"不义而富且贵，于我如浮云"，虽然已经是气喘吁吁，但他率领着弟子，又大踏步朝杏坛上走去。

那时，也曾兴起教师下海，弃教从政，弃教从商。如弟子子贡，就曾投身商海，后来甚至富甲天下。据说，子贡的经商之术，就学之于老师孔子。所以，对于孔夫子来说，面对贫穷潦倒的境遇，可以说，富足和舒适就在身后，转过身去便可享用。但是，孔子绝对不会去做此种华丽的转身，尽管说过"富而可求也，虽执鞭之士，吾亦为之"话，在孔子看来，既然选择了教师，这一回头，不但扭曲了自己的身躯，也扭曲了灵魂、扭曲了精神、扭曲了信念、扭曲了本该宽阔正直的历史大义、扭曲了生命道义的追求，这是断然行不得的，人面对"三十而立"，不仅应该具有一以贯之的韧性，还应该有"杀身成仁"的志向。

当然，身处贫穷之中依然坚持从教不辍，孔子并非要申述教师贫穷的必然性以及教师忍受贫穷的合理性，相反，他认为世界上任何人都不应该贫穷，贫穷是时代的最大丑恶。但是，在某种意义上，财富并非是贫穷的唯一尺度，自然，解决贫穷也不只是财富问题。然而，如果稍不如意便直奔财富而去。见利忘义，甚至比商人做得还要刻薄露骨，过后，再以堂而皇之的动人腔调，大言不惭地诲人以道德，对此首鼠两端之辈，孔子斥之为"巧言令色，鲜也仁"。不倦者，抵御诱惑，凌然守道之谓也，"修道之为教"，唯有道则能永恒。

三

孔子的心目中，"诲人不倦"更是直道而往，以直衡世。

《荀子》一书中，有一段争论了两千多年的文字。《宥坐》篇记道："孔子为鲁摄相，朝七日而诛少正卯。"不知为什么，我一直觉得历史必有其事，也就是说，孔子在阙里街上成功创办私学，社会上必定会有"少正卯"这样的小人出现。以孔子的性格和为人，也一定会义正词严地诛杀少正卯，只是"诛"也未必是真的砍了他的头，口诛笔伐或以某种方式使其落荒而逃，无所遁形，或许更近史实。

孔子创办自家的私学，是一个千古辟创之举，超前的眼界和业绩想必令世人为之惊诧的同时，也会是好评如潮。于是必然会盛况空前，有升堂的，有入室的；有身着彩绸衣冠飘飘的贵族，也有平头赤足衣衫褴褛的平民；有华发老人，有总角童子，人们争先恐后来投奔孔子。当太阳从东山上升起的时候，那些求学者便踏着欢快的脚步，浩浩荡荡地涌向曲阜城，沿着阙里街这条石板路，会聚于那座并不高大，但极其热闹的孔家大门前。太阳越升越高，人流从大门涌进涌出，"圣人啊大圣人！""大哉孔子！"呼喊声此起彼伏。在鲁国都城上空回荡经久不散，

可以说这是春秋乃至中国封建社会教育史上最为壮丽的一幕，正因为有这长长的队伍，才演绎出古往今来文化教育如此绚丽的叠彩华章。也正因为有这长长的队伍，终于有一天，从古城的另一边走来了一位身着儒服、先生打扮、眯缝着眼睛、吊着嘴角唤作"少正卯"的人。据古书上说"正卯"为司辰一类的小官，可以看出，他不但有些自然物候的知识，口才大约也不错，尤其是他工于心计，颇有些活动能力，在不大的鲁国城里，也算是个人物。

至于他当时到底做了什么、怎样做的，历史并无明确记载，只记最后竟然使孔子的学堂"三盈三虚"。原本好端端在孔子家里听课的人，都起身纷纷离去，跑到了少正卯门下。而且一连几天都是如此，可见他跳窜之高、蛊惑之深、作用之大，能量绝对非同一般。树大招风，这是古今中外的通理，孔子门前如此兴旺热闹，且声闻四方、誉满天下，同样是人，眼睁睁看到别人兴旺发达，自己一无所有，少正卯们嫉妒得两眼放光，四肢抽搐！也就是说，孔子遇到了一个经典小人，一个嫉妒得心里出血的小人；一个随时制造成人心灰败、毁业丧德的小人；一个极其阴险、惯使手腕的小人。

曲阜自古有句老话，宁得罪君子，不得罪小人。小人因心理阴暗狭窄，通常不按正常套路出牌，而且又能撕下脸来，跟你大吵大闹，现场还会挤出几滴眼泪，高喊自己是最大的受害者，总能把歪理辩得天花乱坠，把不是说得滔滔不绝。所以，如果直面对垒，大多数人会颓然倒在小人的冷笑中。为了更好地认识少正卯其人，我们在这里开列一下孔子痛斥他的恶德恶行。相信孔子这样的人格，绝不会无中生有或鸡肠狗肚式地胡编乱造。

1. "心达而险"。有些智慧、心底险恶。
2. "行辟而坚"。言行乖戾，胡搅蛮缠。
3. "言伪而辩"。专说假话，长于诡辩。
4. "记丑而博"。会挑毛病，到处传播。
5. "顺非而泽"。制造混乱，捞到好处。

小人最为难缠，所以，面对小人可以做出多种选择，有人拍案而起挥拳相

向痛殴一顿；有人改弦易辙，置之不理；有人长叹口气，敬鬼神而远之；有人毫无办法被活活气死。

孔子是大圣人，他不会因"三虚"栽在小人手里，或者垂头丧气，赌气弃教不干，当然也没有一味抱怨，不知所措；他采取的方式是，果敢地站出来，于大庭广众面前义正严词地口诛笔伐少正卯其人其事。以自己的正义之身告白世人，此人就是小人，小人有不可饶恕的恶行恶德。面对这样的小人，自己是身正不怕影子斜。孔子一贯主张，君子既不应以怨报怨，也不应该以德报怨，正确的方式是"以直报怨"。面对小人的所作所为，敢于大义凛然地站在阳光下，对其予以口诛笔伐的同时，还要义无反顾地向小人表示，我永远不会退缩，会一如既往地继续干下去，而且会做得更好。这才是生活中真正的强者，宁愿倒在烽烟滚滚的战场上，也决不败在小人的险恶阴谋中。大丈夫顶天立地，就是宁折不弯。面对孔子的浩然正气，少正卯被诛杀得无地自容，只好落荒而逃。从此不见了踪影。

孔夫子以超越世俗的过人胆识和行为，写下了"诲人不倦"对付嫉妒小人的外一章。从而避免了一场由社会文化悲剧演化成生命价值悲剧，绝不能无端被小人所击倒，这一点尤其值得后人礼敬。不倦者，以心辟邪，直道而行之谓也，身正不怕影子斜，更不怕斜影当道。

四

孔子认为，"诲人不倦"是学养通神，教入化境，人道至极也。

因为教了这么多年的书，更能够深知"学而不厌，诲人不倦"二句的内涵。这确是两句非为同一层次的语义命题。既然如此，孔子为什么仍然坚持此种方式陈述？我想，在他浩浩荡荡的弟子群中，已经从教和将来从教的人不在少数。孔子从为人师的道理出发，告诉弟子们：师有一根本性的立身行教之道。就是"学而不厌"为"诲人不倦"的必要前提和条件，"诲人不倦"是"学而不厌"的综合成果，只有"学而不厌"才能将"诲人不倦"做得更杰出、更高迈。他是连带着自己的一生经验，要给弟子们以更恳切的建议，语重心长地告诫弟子，自己就是持守着这二者，以学习为前提然后施教于人。

所以一部《论语》，"学"字竟然出现了 64 次之多。这其中，用于说明孔子自身的不在少数。或许正是受了《论语》启发，再加上到鲁国采风时，又亲耳听到不少关于孔子好学的典章故事，司马迁后来为孔子作传记，才会写出那么多的学习细节，从五岁玩游戏便学着大人"陈俎豆，设礼容"，到"十五而有志于学。再到入家庙每事问，又率弟子至京都向老聃问礼，一直五十以学易"，纬编三绝，最后"发愤忘食，乐以忘忧""不期然老之将至"。把好学不厌作为了"孔子世家"的基本线索。最终结论是，孔夫子为了以更丰富的学识教人，终其一生学无常师，学习不辍，学习不只是他获取知识的途径与方式，后来还成了他一生的基本生活方式，造就出他纯然的学习人格。

正是依靠此种执着与恒久好学，大大提升了他的精神境界和生命高度。使他能于平凡之中，以超迈的胸怀和智慧会当凌绝顶，感悟出诸多的不朽社会公理，而不只是一般原理。将一个本然普通的世间生命，提升为生灵绝世精英——至圣先师——世上仅有的绝顶聪明人。我们不得不承认，不仅仅因为后人笔墨笨拙。更是因为心灵平浅、智性太少、境界过低，根本不能感悟描述出"大圣人"精神领域和心灵空间的壮丽景象。

对此，即使是他的入室弟子，也只能透过古人的零星追忆，略窥其中的一二。子贡曾这样感叹道：拿房屋四周的围墙作喻吧，孔子的围墙高不可及，如果你找不到大门，就进不到院里，自然根本欣赏不到内里，那宗庙一样神秘弘深的气势，和绚丽多彩的建筑艺术。可惜世上能够找到大门的人是不多的。就更别说是进到院子里面了。同孔子相比，我们这些平常的人，不过像农家小院一样，一眼就可从低矮的墙头上，将里面的所有看得清清楚楚；颜回曾这样回忆听夫子授课的情景："颜回喟然叹曰：仰之弥高，钻之弥深，瞻之在前，忽焉在后，夫子循序然善诱人，博我以文，约我以礼，欲罢不能。既竭吾才，如有所立，卓尔。"（《论语·子罕》）

这是孔子教书育人、诲人不倦最经典的一段描述。当你坐在清风徐来、花香四溢的杏坛下，听着夫子缓缓讲去，不知不觉中你会被引入到另一番生命状态，眼前宏大的世界辽远展开，越抬头眺望，越觉得眼前高远，越往前钻研，越觉得幽渺深邃；眼看着它在前面，却忽然又落到了后面，那是怎样富有魅力、一步步难以抵挡的诱惑呵。知识的雨露在滋润着你，礼仪的灯盏在烛照着你，思想的光芒在引领着你，你想停下来吗？那是根本不可能的。这时你用尽全力，去领略践行哪怕是其中微小的点滴，那一定是非常卓越的历史与现实真美瞬间。不用做过多的分析，便可以明了孔子当年的教学到底是怎样回事。通过他，使人知道了什么是真正的教师，什么是真正的教学艺术。圣人的不教之教境界，到底高明在何处？

他绝不是愚蠢浅薄地停在教材演绎上，尽管他曾是教材的选用和编订者；也不会一味舞弄教具、变幻教法，尽管他曾创有因材施教等绝世方法。因为有"学而不厌"、雄厚的知识素质做基础。于是诲人不仅不会有倦意，教学现场甚至成为一出出演绎特殊知识韵味的生命戏剧、描绘才能智慧的绝佳风景。天高云淡的长空之下，竹简散落、书声隐隐，尽管教学关系中知识的意味还在，然而那仿佛是水中盐、镜中月，是一片开阔的水，又是一团幽深的林。在至高的生命文化情韵中，人与人灵魂直觉地对话，教师的人格光辉以及所塑造的生生不息文化氛围笼罩着你，使你不知不觉中获得通体净化与提升，进而发出"大哉"的由衷感叹，解悟出生命的真谛。只有站在知识的峰峦之巅，你才会具有师的高度和能力，才会有令人敬仰着迷的神采与底气，才会有永恒垂范的价值和意义。

五

在孔子看来，"诲人不倦"，归根结底是一种人格光辉，它不言而教，自然天成。

作为一名教师，其职业的特殊性在于为人师的路途上，做人和诲人永远是同步前行。如果自己是一个弯曲的脊梁和一张媚态的脸，即使你知识再多、教法再好，诲人也不过是自欺欺人瞒天过海的把戏。单纯知识的形式表演，绝不是真教育和真教学。

在历史上，人们通常喜欢称赞孔子"有教无类"的壮举，说他非但不拒绝贫穷子弟入学，相反，还总予以特殊关怀和照顾，仁者大爱，感人至深。其实在这之外，我更感兴趣的是他另外一类教学实例，即教诲那些富家子弟的具体情景。孔门的弟子中，不乏有钱有势者。超级大富豪子贡，便是代表人物之一。

子贡家里世代经商。据司马迁描述子贡当年富裕的程度："束币帛以聘享诸侯，所至，无不与之分庭抗礼。"走到哪里，就连国君也要让他一头，可见其商业之大、豪富之贵。甚至获得了"端木生涯"的儒商誉称。就是这个腰缠万贯的子贡，一朝身入孔门，他在与同门弟子求学以及世人眼前，好像并没有特意地显示多少富人气派。随处吆喝，花钱如流水，耍威风摆气派。相反，其总是一脸的恭敬，站在杏坛下，唯孔子的话是听。

孔子对这个富可敌国的"特殊生"，非但没有对他表示出多少额外关怀照顾，据《论语》记载，弟子中接受孔子批评，在数量上，除了子路就是子贡。孔子还不时地会将他和贫困生颜回比较一番，然后郑重其事地告诉他：你比颜回整体上差远了，要安下心来好好向他学习，下决心赶上去才是。因为在孔子眼睛里，学习场所中，弟子们学习修行是唯一的尺度，除此而外便没有任何其他的标准，更没有任何身份地位差异。金钱多少，绝对不会是老师评判教诲弟子的砝码和条件。

还有一个例子，更值得我们仔细地品味。弟子冉求因为学业不错，被选拔做了鲁国贵族季氏的家臣，当时鲁国政权旁落在孟孙、叔孙、季孙三家，冉求可谓是权势赫赫、鲁国上下八面威风的人物。也许是为了讨好主子，在一次制定年度田赋制度时，全然不顾别人"敛从其薄"的劝告，坚持把原来封地上的十取其一税，又增加了几成。事情传到孔子耳朵里，当时他并没发作。终于有一天，冉求再次来到堂前求教，孔夫子见是冉求，二话没说，便跳将起来，大喝一声："非吾徒也，小子鸣鼓而攻之，可也。"尽管你是当今权势人物，但竟然背着老师做出这等不仁不义的事来，你这样的人，怎么配做我的学生！在座的弟子们，敲起锣鼓，亮出旗帜，赶他出门呀！我想这堪称是世上绝无仅有的一出教诲弟子街头剧，剧的名字就是"拒绝权势"。虽然孔子并非在故意演戏，然而现实中真的没有人能把戏剧从生活中剥离出去。于是，剩下的便是其演绎主题的深度和广度。通过戏剧的情节矛盾冲突，不知不觉中，展示出一个真正教师的深度文化人格，远离世俗与卑薄功利。

庄子曾评价孔夫子说："故圣人法天贵真，不拘于俗"（《渔父篇》）。一切都是天真和自然，全然超越于世俗之上。既然认定了教师这一门，那么教育教学就是处世的天，"诲人不倦"就是永远和所有，这才是教师的本体。孔子以自己端正的身姿告诉世人，"诲人"就是要笔直地站在讲坛上，穷的贱的弟子要教，富的贵的弟子也要教。不会因为眼前的金钱和权势，而稍稍降低和改变自己原本洪亮果决的声调，更不会因为一点蝇头小利，而使自己的腰杆和腿骨降低或弯下半分。为了得到富人的一点残羹冷炙，整天像只媚态的猫。虽然这样做会被人视为"不识时务"，还会遭到世人"愚不可及"的讽刺，但那傲岸的人格精神将会阳光普照，赢得当世和后人最终的尊敬，在历史功德碑上建立起垂范永久的业绩。

历史的辩证法就是这样，到头来就连被斥责的人，往往也会心悦诚服地跪倒在你的形象面前。如冉求虽然被老师和师弟痛击奚落，落荒而逃，威风扫地，但过后依然执弟子礼，甚至是礼敬有加。晚年成为孔子的得意弟子，位列七十二贤人。冉求无愧于孔子的真传弟子，他用自己被痛批斥责的过程和表现，将老师别一番教诲弟子的真情与苦心，刻在自己心底的同时也刻在了民族教育历史的丰碑上，光辉灿烂，芬芳怡人。

于此，你不能不大声地称道：

大哉！孔子！

大哉！不倦者！

大哉！浩然正气的师者人格！

怀念荷塘

——荷花池的叹息

我所说的荷塘，就在山东省曲阜师范学校，山东近代著名教育家范明枢先生二十世纪二十年代就任校长，其间专门在校院内开凿了这样一方池塘。池塘不大，为椭圆形状，四周砌以白条石，南北不足五十步，东西长不过百余步，然而，它却曾是曲阜乃至鲁西南大平原上颇负盛名的一景。尤其是到了仲夏时节，池塘中荷花盛开，伴着艳阳熙熙、垂柳依依，荷花绰约倩影如琴曲般随水流溢，随着清风书声一起在校园青枝绿叶上轻扬，熏染得曲阜半城都是书卷香味。

一直到 1977 年，文化大革命即将结束的时候，池塘被活活填死了。校党委以身作则，全校上下齐动员，将整个校院挖地三尺用于填塘，干了整整两个月，一时间人声鼎沸，锹镢横飞，古城都为之晃动。从此，荷塘在曲师人的梦里远逝了，连同它所渲染的荷风遗韵，还有校里校外关于它老也说不完的话题，成了人们一个永远的怀想。

一

1921 年的早春时节。东岳泰山冰雪半消，泗河岸边新芽初萌。山东教育界名宿范明枢刚刚过了五十四岁生日，原本是省立一师学监的他被省教育厅任命为山东省省立第二师范学校校长。他还是那身打扮，上穿对襟黑布老棉袄、脚蹬扎底青面布鞋，一路风尘，从济南匆匆回到泰安老家，然后马不停蹄地向南一路走宁阳、过兖州，弓着腰迎着大风冲进冰雪覆盖的曲阜考棚街，开始就任曲阜省立二师校长。

据说，他到校后不久，曲阜城外河滩上春草刚刚发芽，他便主持挖了荷塘。五十多岁的人了，头发半白，一个晚清廷式的师范举人，还到过日本留学，那一阵子曲阜城阴雨连绵、冷风四起，特别是到了傍晚，孔庙里的乌鸦和鱼鹳鸟在校园上空遮天蔽日，列成长阵发出潮水般难听的叫声，那是曲阜一段特殊的日子。范校长望着天边半落的残云和斜阳，微微一笑，便率先脱下外衣，挽起裤腿，抬起身子跳进坑里，抡起镢头使劲挖了起来。在他的身后，便是省二师的老师和学生们，他们紧紧跟在校长的后面，前赴后继，从早晨挖到黄昏，从月亏挖到月圆，终于挖得塘底汩汩冒出了水。

曲阜师范挖塘的消息像阵风似的传开了，有人说，曲阜师范的校长领着一伙人，生生地挖断了曲阜地下的龙脉；也有人说，他们挖空了曲阜城下的圣泉。一时间朝野震惊，四处震动，人们交头接耳地议论，为什么早不挖晚不挖，偏偏在"五四"风潮刚刚过去的初春？而且在与孔庙仅一墙之隔动锨动镢、在又硬又实的校院里挖这样一方可以照出天象的池塘？

人们纷纷揣测，有人说是范校长特别爱花爱草，因为他出生在泰山脚下，早年伴着泉声芳草萋萋、红花摇曳的记忆太深了。文化人爱花爱草，这自古就是一种断不了的根器，何况又是一个省城来的大知识分子。所以自他进了校门放下行囊，就没人见他闲着过，除了持守老"三到"：学生上课到课堂、学生吃饭到餐厅、学生睡觉到寝室，便是扛着铁锨锄头在校园里栽花种草，然后便是在学校里来回地溜达，见到有教师从眼前走过，总是尽快地躲到一边，等着教师走过自己才走。

后来，当时的学校学生吴伯箫在《回忆老校长》一文中回忆他：老校长在校期间，暖阳中那顶老毡帽很旧了，黑棉布褂褪了颜色，脸又黑又瘦，从外表上看就是一个校园里雇用的杂役，要么种种花草，要么像是啥事不管似的来回踱着。也许是他跟蔡元培学来的作风，也许是从心里崇尚无为而治，大教育家从来就有"不问马"的派头。正是在他的栽种下，沐着晨光，浴着晚霞，从初春暖风一直种到秋末残阳，校园里被他种得满眼青绿，种得枝头鸟儿啾啾不已，种得学生眼睛闪着光亮，一直以来从西边孔庙里漫过来的幽暗压抑，还有老屋霉味硬硬被挤走了，晨光暮色的校园里流淌着书声和歌声，全都带着青绿味。

有花有草，自然是不能没有水，于是，范校长又做了个决定，挖一座能蓄水能养荷花的池塘，这里本来没有水，但是，如果下一番功夫，不仅能挖一汪清亮的水，也能照亮学子们清亮的眼睛和心灵。自然，池塘和花草艳阳相映照，又别是一番情趣。

当时，曲阜还是孔子后裔衍圣公的天下，在圣府门前随便动土是要犯禁的。因为这里是圣地，据说地底下有圣脉、圣灵、圣族的风水。所以，平常里哪怕是稍稍动一点土，都会找懂《周易》的老先生来算一卦，看看是否不宜动土，稍稍有点异样，都会使孔氏家族，特别是衍圣公府的公爷们心惊肉跳，恐慌万分。

因为这个原因，当年大清王朝不是在曲阜城里而是在城西北郊修造横贯南北的津浦铁路，勘探结果是从泰安一直向南经曲阜、邹县，到徐州，然后过江南下。有一天，一位乡民到衍圣公府报告，说有人在他的地里丈量画线，听人说是要修铁路。衍圣公府派人到城外一看，所画铁路线距孔林不过一箭地，竟然距祖林这么近，完全没有想到。孔氏家族上下顿时为此乱作一团，甚至有的人立刻坐在新画的白线上号啕大哭、浑身战栗。这还了得，火车一开轰轰隆隆的车轮声再加上刺耳的汽笛，先族地下亡灵不得安宁，实乃罪莫大也，何况还要从南到北挖路基，岂不要辗断洙水自东向西延伸的圣脉，孔氏一族千年传承岂不是要毁于一旦？

一阵慌乱之后。族长会议公推第七十六代衍圣公孔令贻牵头，火速向大清国的皇帝上奏折，以至圣先师的圣灵不得安宁为由，要求立刻将铁路改道绕行，否则，祖灵不安阖族凄然寝食不安，有违大清国爱民如子的风范；圣灵不保致使国基不稳，世风摇落，坏了大清的江山！派专使逢驿换马星夜送达北平，据说听到衍圣公的奏报之后，皇上也为之惶恐不已，当即下颁圣旨：津浦铁路绕道而行，以避开圣灵之地。即使是国家修铁路这样的大事，也能让原本一条直直铁路委屈地打个弯，从曲阜北向西绕一个大弯，经兖州城区南下了事。

所以，面对范明枢在校园挖荷塘的举止，据说，孔氏族人也曾气势汹汹地撞进校园，当面和范校长有过一阵激烈吵闹。因为那时大清王朝已经倒了，辛亥革命后也已经十年了，不仅许多人割了辫子剃成分头，即使曲阜老城里，许多人也大模大样地穿起了新制服，将长袍马褂扔在一边，好不洋气。山东省立第二师范学校虽然曾是孔氏家族办的"曲阜县官立四氏完全师范学堂"，但是刚刚过去不久山呼海啸般的"五四"运动余威犹在，省立二师的学生们一手拿着《新青年》，还有鲁迅的《呐喊》，一手举着红旗、标牌，绕着衍圣公府游行示威的声音，还在钟鼓楼上空余音缭绕。甚至在游行的过程中，几个怒不可遏的青年后生，竟然不顾这里是道德圣人家，用毛笔在圣府门前照壁上直书"打倒孔家店"的大字标语，斑斑字迹虽历经风雨依然清晰可见。

再加上此时学校已改了名称，教育教学经费学务等统辖权全部收到了省里，衍圣公府尽管还可以参与些事，但是，学校已经属于独立办学，在圣庙旁刨土挖坑虽属"是可忍孰不可忍"之大罪，然而到头来衍圣公老爷望着大门外风卷残云，秋雨落叶，除了一脸无奈，也只能象征性地找人问一问，然后长长叹口气，关起门来了事。就这样，春天刚过半，曲阜城头煦阳照耀，范明枢用他教育家过人的胆识眼光，当然还有教师学生们的冲天力气，在讲究古礼的圣地硬是挖出了一方清纯如碧、沁人心脾的水塘，一幅清风弄月、柳枝戏水的景致，使幽暗小城一夜之间，仿佛清丽了许多，也明亮了许多。

二

据说此事还传到了省城，教育界更是为之盛传，大家都说，范校长在曲阜省立二师开挖荷塘，这完全是受了当时北京大学校长蔡元培的影响，绝对是学着他的样子干出的新鲜事。此话不无道理，毕竟范明枢也出国留过学，见过西洋教育世面，据校史记载，范明枢曾是蔡元培的忠实崇拜者和追随者，在济南期间，就曾见过蔡先生并与之交谈甚欢；来校之后，更是情有独钟，在他的日记中，清楚地写着敬慕蔡先生兴办新教育思想观念，并表示要以蔡先生为榜样，以教兴国云云。

所以，就任二师校长不久，蔡元培在北大成立美育教育研究会，消息刚刚传出，范明枢便修书一封，除了对蔡元培美育思想大加称颂外，特意提出要率吾校之师生加入研究会，愿为美育思想在华族推而广之、践而行之，执缰扶辕，助上一臂之力。后来，为了更好地聆听蔡元培的教诲，在省立二师推行蔡元培之道，他甚至带着煎饼大葱亲自北上京城，一身黑布装到北大诚邀蔡大校长屈驾曲阜传授美育大道。大约在 1923 年左右，蔡元培一领长衫，操着一口地道绍兴腔，在山东省曲阜师范学校新建的礼堂里，主持召开了一届全国性的美育教育研究年会。整整一上午，范明枢主持，蔡元培作专题演讲，为此，不大的礼堂被挤掉了两扇门。

范明枢在校治学管理方式，全然一副蔡元培派头，山东省立曲阜师范学校地处鲁西南偏远小城，如此一个低院小小学校，范校长奉行垂躬而治，实行的绝对是"兼包并容"的大政策。尤其是教师选聘，人不分南北，地不分东西，一切唯才是取，为能是用，据说一位省教育厅有关系教师所教课学生有意见，范明枢二话没说，便在聘期没满之时，笑着对他说：先生还是"高就"吧，那人威胁他：不想当校长了?! 他依然是笑着说，请先生一路走好。他把曲阜省立二师变成了一个北大缩影。

至今，老学生还记得一段老校长聘特师的佳话。范校长到校不久请了一位武术教师，此人为武林高手，尤长于南拳，一天酒后，不知为何与一位北师大派教师吵了起来，北师大派老师衣冠楚楚、颇有派头，一边正着领结一边斜着眼睛讥诮道："尔等不堪理论，实乃不学无术之辈。"这位武术老师听后，顿时脸色大变，大吼一声跳将起来，一把抓住对方衣领高叫道：什么，你说我不学武术，走！你是条汉子就到院子里领教领教去！甚至连"无术"和"武术"都分不清，范校长知道后依然执礼聘他，让他在课外活动专门教学生打拳习武，成了学校一景。后来，这位武术教师也真不辜负范校长的信任，使出浑身力气教学生，不仅使学校声誉大增，还用真本事带出了一批武术高徒，解放后曾任中国武术协会主席的陈玉蒲，就是其中之一。

范明枢任职不到一年，便使校园风气为之大变，呈现出一派崭新的气象，曾经有人描绘说：那时的曲阜省立二师：甬道上、讲台上、饭桌上，西服与马褂并肩，分头与小辫共舞；教学上北大风、北师大风、东南大学风，当然还有曲阜古风，各行其道，十分有趣，好不热闹。在政治上，他更是主张开放自由，海阔天空。1925 年夏天，学生们要在学校成立国民党曲阜县党部，他立刻辟出两间房屋专做办公室，还提供些办公经费；1926 年，又有几个学生提出要建立共产党曲阜二师支部，他二话没说，不仅上台演讲予以支持鼓励，暗中出些钱供他们办刊物。

范明枢在曲阜省立二师贯彻实行蔡元培教育思想并大得其神。正是因为这个原因，蔡元培作为一代教育界的宗师，曾对水与学校教育有一番高论。他曾说：学校里水不可或缺，一所真正有深度品位的学校，不能没有水，水是知识的根、智慧的泉，还是学生品质的魂。他持着此种观点，做民国教育总长时，力主把在济南的山东大学迁往青岛，在他给北洋政府的信中所谈最重的理由，便是济南虽然也有水，但青岛靠海，那里有更大更多的水，学校与水为邻方合办学之道，

大约是 1928 年，山东大学终于在蔡元培的主使下，迁到了青岛海边，栈桥的一旁，也就是今天中国海洋大学的老校区。说来也怪，自迁青岛以后，那几年确实成了山东大学的鼎盛期。不知道蔡元培任北大校长时是否正是看上了那方水塘，才不惜重金将清朝的名园淑春园一角买下，做了燕京大学的新校址；建校之初，为了整修水塘，他又不惜人力物力对湖面做了新的挖掘，使北大校园的这汪碧水闪耀出别一番旖旎迷人风光。后来，据说起名时是钱穆老先生一锤定音，给它起了个挺有味道的名字叫"未名湖"。一直到今天，依然湖水清绿、波纹四溢，湖中的塔影飘成白云，从对面望去，绰绰约约的书声在水底沉得很深，成为北京大学一个标志性的经典，也是历代学子永记心怀的学府记忆。

范明枢进过北大校园，也逛过未名湖，我想一定还站在湖边认认真真读过那些年轻学子的悠然脚步和教授们翩翩水中的倒影，也真的是被校园中的水所陶醉，进而引发他一系列的联想，北京大学就是学习的榜样。于是，对校园文光四射赞赏有加的同时，决心学习蔡氏完整一套治学之道，连同北大校园景致和教学风气，一并搬进曲阜省立二师校园里。其中就包括那方水塘，既然蔡校长在北大治出一方活水，他也要在古地老校中，挖出一个活脱脱的灵气来。因为到了初夏，池塘挖成之后，人们惊奇地发现，曲阜省立二师的水塘，竟然挖得跟北大未名湖形状差不多。

三

我真的无法证明两种说法哪一种更正确，因为细细想去，好像都有些道理。不过，随着时间的推移，随着我在曲阜古地生活加长，渐渐地我好像从中悟出了点什么，使我对此有了自己独特的理解和认识。

那是秋后的一个黄昏，夕阳西沉，漫天红霞，在晚风中，只见一个老者穿

着风衣站在红楼前向东使劲望着，那天操场上的风很大，落下的树叶在地上滚着哗哗作响，老者就那么站着，任秋风把白发吹得飘飘，不用看，也知是一个老校友。我主动上前打问，因为我曾是学校校史的撰写者。果不其然，他告诉我，1936年从母校毕业。然后，一辈子流转各地，生活跌宕起伏，这次是从台湾回乡省亲，专程来看望一下曾经培育了自己、魂牵梦萦的母校。令人没有想到的是，他停了好一会儿，突然又大声地问我，那样子显得异常激动，甚至有些失态："这荷塘你们为什么要填死呢？"我听后不禁一愣，是啊，为什么要填死呢？这是个不曾思考的问题，或者说了也未必人们能够相信的问题。

关于填塘的理由和过程，我曾听学校当年的老教师说过。原来，荷塘的南岸是解放后建的三排老屋，1977年，经历了十年动乱的文化大革命终于结束了，学校开始招收工农兵学员，教育教学正在逐步走向正规，当时，学校的建筑因为十年没有建造修缮，所以，教职工住得特别拥挤，其他能住的房子也不多，三排房便临时用作女生宿舍。曲阜虽然是圣人之地，但毕竟是一个偏僻的乡间小城，自有其诸多乡下积习，比如从来就是认为"有理的街道，无理的河道"，在黑影地里更是如此。那时夏天特别热，又没有降温设备，也没有多少好去处，于是，月上柳梢的时候，一群群半大小子便会跑进校园里，然后便脱得一丝不挂，纵身跳到荷塘里洗澡，大呼小叫不说，光溜溜地跑上来跳下去，受"文革"遗风的影响，学校根本不敢管，也管不了。

这还了得，在曲阜这讲究礼仪廉耻的地方，竟然一群光腚孩子不顾一切公开在校园里洗澡，嚷得嘈杂一片；更要人命的是洗澡地点，就在女学生宿舍的后窗下，半大小子一个个脱得光溜溜，虽然黑夜天看不太清，但实属有违师教之所规范、为败坏道德之奇耻大辱，真的是"是可忍，孰不可忍"！于是，面对此种情形，也许实在管不了这些孩子，也许关乎道德事宜实在不敢等闲视之，于是，几个学校负责人凑一块一商量，既然我们管不住，那就干脆把它填死算完，省得整天为这事生闲气。也就是说，不仅仅是为了守护道德底线，也是一些人的情绪使然，做出了一个透着时代印记，也透着人生境界萎缩的憨直决定。

就这样，填荷塘成了十年动乱之后，严格意义上属于"文革"余绪时期，曲阜师范最后一次革命造反行动，只是这次的革命对象不是那些坚持走资本主义道路的当权派，也不是一些面和心不和的"地富反坏右"或者"牛鬼蛇神"，而是一座由贤哲所辟建存在了几十年、承载着曲阜师范，当然不只是曲阜师范学校的一个儒家传统文化的古地风景，对于历史风景，历来就有不同的观赏和应对方式，关键是观景的人。

表面上是对"文革"遗风和管理坏乱的无奈之举，内里除了男女大防难以承受，曲阜总是有一种固守道德的深层心因，还是关于荷塘存在价值意义的理解和认识，就像二十世纪九十年代，一位在校长达十年之久的校长，后来竟然在新建办公楼的正前方，用青石块垒砌出一座乌龟型的假山。然后笑嘻嘻地环顾着身边的人："真是好看！真像乌龟。"对于这些曾经在校园中以造出乌龟而欣喜不已的人和事，我又怎么向既往的老校友解释和回答呢？

四

送走老校友，转过身来，站到当年荷花塘的基址上，由后人的这种填塘行为，联想到前人为什么挖塘理由，我终于明白了，范明枢当年开凿荷塘有一种特定心理潜因。

因为当我重新打量着不大的校园时，目光随着长空雁行的幽眇身影，在学校的高高低低建筑上徘徊，不知不觉就停在了学校礼堂大门上那方范校长创制的老校徽上，它那特殊的造型和深红的色彩吸引和启发了我的深度思考，真知有时就在有意无意之间。校徽图案设计为一个古香古色的木铎，在它的身上向上斜着两支箭，之所以用此两支箭，则是象征着"二师"（古代箭称为"矢"，"矢"与"师"谐音）；据史料记载，木铎本为上古时期天子用于教化民众的用具，后来便演化成教化的象征物和代名词。

范明枢校长之所以做出此物选择，那是经过了一番深入思考斟酌。从学校的功能与职责上说，师范教育是培养教师的地方，身为一代之师，在古人的心目中，他们不仅仅是知识技能的传授者，也不仅仅是人格精神的养成者。教师的终极意义，还在于他们是人生社会的人道教化者，在生生不息的历史长途上，他们就是通过教的行为，从新性上觉醒一代代人，普度众生，以此推进社会文明进步，这才是师范教育的本体。所以，直到今天，北京师范大学的校徽就是一方木铎。

所以，后来的亚圣孟子，在体验了终生的教育之后，不仅得出了"得天下英才而育之"为人生一大乐趣的结论。经过对教育历史的纵深思考之后，他发现，之所以可将木铎与教师连接在一起，互为意象，因为从当年确立教师身份的师祖开始，便自觉地承担和内化了这一历史功能意蕴，所谓"天子以夫子为木铎，金声而玉振之者也"，这便是孔庙前那座"金声玉振坊"的由来。

范明枢极其崇拜孟子，据说，他办公室里就挂着他书写的孟子"大丈夫"条幅，所以对孟子的至深体味，他让范明枢明白了，那象征着历史权威和教化的木铎，这是天命之谓性或者说是孔子"知天命"而生成的特定职业命意。因为自古以来"天命不可违"，所以，它便无可置疑和无可逃脱地成了至圣先师一脉传直至今天、教师们一种近乎本能性的使命，孔子是代天立言，行为世范。

范明枢校长出生于泰山脚下，成长于齐鲁大地，读圣贤书长大成人，虽然曾经为了"多乎哉，不多也"的追求，渡身海外学习别国文化，依然是修学师范教育专业，无论是地缘关系还是他生就的本性，自是对孔夫子别有一番情怀。所以，尽管经历了"五四"新文化运动的洗礼，他在济南任职期间，曾经为了学生们冲破军警对学校的包围上街游行，站在学生队伍最前面的他，不惜脱下帽子，挽起长衫，用头向着军警的刺刀撞去，为学生们冲出校门走出去开了一条路。然而对于他来说，继承先圣立教行世的传统非但不能消减，相反，广大圣人"诲人不倦"的风范是师范教育的天职所在。

正因为如此，当时学校建起礼堂之后，他望着颇有些壮观的曲阜地标新建筑，心想该有副像样的对联才是，经过一番精心构思之后，他专门手书一联刻在礼堂门脸的抱柱上，上联是"广建大厦庇寒士"；下联是"愿学隔壁老圣人"，成了校园里又一大景观。对联中那个"学"字最为传神，也最为醒目，它使人因之而恍然大悟，原来，范校长坚持在校园内开挖荷塘，其中大有文章，其中有一个只可为智者道不可为愚者言的至深内因，那就是学习和践行隔壁孔庙中供奉了几千年老圣人的行止，正是按照孔夫子的教导，在此拓一湾知性的灵泉。

孔老夫子是大山的儿子，更是水的精灵。他出生的夫子洞，就在大山脚下、河水岸边，应该说，他不仅是伴着水涛诞生，还是看着流水长大。所以，孔子最早的老师就是那滚滚流去的水，以至于养成了终其一生逢水必观的习惯，也使他老早就能读懂水，所谓"逝者如斯夫，不舍昼夜"；熟识水性，"水性向下，随物赋形，如君子之高义"（《孔子家语》）；喜欢在水中嬉戏悟道，"浴乎沂风乎舞雩"，水成为他一生不可言喻的知识动力和生命支撑。还有那些"子在川上曰，逝者如斯夫，不舍昼夜""道不行乘桴浮于海""水之德有若此，是故君子见必观焉"的声声咏叹，依然撼人心脾，蕴含大道极深；特别是那句"仁者乐山，智者乐水"，将人世间的智性慧觉乃至心理德行都涵括无疑，它们无一不是从山水中来，因山水而化成，尤其耐人寻味。

每次读到这后一句，我都感觉那一定是站在巨川之上灵感突奔的神来之思，远方群山巍巍，端庄肃穆，仿佛是一个个站着的古今道貌岸然君子灵魂，如果说它们是道德大象化身的话，那么脚下流水滚滚、灵动活泼，便是情思与想象在古今智慧的内里和灵觉意念上的浩浩流泻。流溢之水则是一种形而上的智性承载。大自然的水向孔子及其儒家打开了一本哲学原典，一本天地真知大书，透过它的自然纹理可以清晰地看到，生命是流动的、深邃的、明切的、洁净的、情感的。水不仅是人生命之源，更是人智慧的渊薮，从形而上学讲，它才是人性发育完善更深一层的性命机理学说。

当然，孔子对水的悟解，后代也只能有古今大智慧者能与之做对话。如范明枢，他借水教人、用水悟道，站在历史的长流中，于古今大道之巅，能以天地共流性心智超越既往，通过挖塘聚水，做至圣先师关于水与人性、水与教育机理更深一层的悟解与践行。从某种意义上，只有范明枢这样饱读诗书、坚定不移的鲁地士君子、经典教育家才能深入其里，得其真味。也才敢在不该动土的地方大动其土，把荷塘就挖在孔庙旁边，挖在学校的教室窗下，让塘中的潋滟水光，时时刻刻映照着课本中的眼睛；让荡漾的波纹涟漪，源源不断拉长书桌前的思情心意；让池水的绿色，轻轻擦洗文理的俗念；让明澈的水月，一直贯通混沌的心灵。

在学校挖池塘，这绝不是个一己喜好的雅事，而是一个真正教育中人、历史智者在从教过程中必然或者说自然而然地选择，其深层意寓内涵，就是以超越世俗的大境界、大悟性，旨在近代那西风劲吹、人心分裂、思绪混乱之时，能够通过这样的方式不仅仅为眼前，也是通过师资人才培养，能够更好地为天地立心，为生民立言，为往圣继绝学，为未来开太平。所以，即使有人站出来反对，甚至有人私下里威胁他，他全然不顾这些，我行我素，"君子学以致其道"。才敢于在不该挖土的地方，挖得那么坚定、那么坦然、那么投入。因为在他的心灵深处，孔庙旁挖有水的池塘，非但和圣脉不相抵触，相反正是承续深化圣脉之所为。

因为只有这流动清澈的水性，才能继续在杏坛之下、教育故地，塑造出一个个智慧新人，才能培育出更富内在活力及生命趣味的童真心灵与道德净土，实现所谓"仁者静，智者动""仁者寿，智者乐"的生命感知境界，让莘莘学子不仅能够站在时代前沿动起来，也能够获得更大收获的至高快乐。

就这样，范明枢在圣人故里，像当年用泮池建造出鲁国诸侯的教育场所，而后甚至演化为入泮才能求学的古老习俗，他用池塘把古老的经典传统再次演绎成一方具体教育生活场景，具象为一本需要用脚步和心灵去仔细品味的传世佳作，古城教育再一次活了。据说到了第二年春天，他又率领师生在新辟建的池塘中栽上了荷花，那是他夜读《爱莲说》，特意在水中加了一道"出污泥而不染"的文化命题，在曲阜这样的道德渊薮之地，任何时候，道德都是一个无法忘却的机理存在。

<h1 style="text-align:center">五</h1>

对于这些，后人根本想也没想，或者说根本没有能力去想，就匆匆地把荷塘给填死了，虽然表现为一个偶然时机和理由，但绝对包含着必然性。这就是当代以来诸多悲哀之一，人们总是于有意无意之间犯些常识性过错，而且是浑然不觉，悠哉滋哉，就连你想埋怨和批评都找不到合适的词语，或者说不知该说什么好，无法理论，就像曲阜师范一群人将一个至深古今教育命题和至高的树人境界，活活地给掩埋了，就埋在脚底下，虽然觉得非常可惜，然而也很无奈。

所以，曲阜师范学校的那方荷塘只能成为了人们一个永远的怀想，我总是想，有怀想就有希望，起码是人们终于记起了这样一段历史，伴随着这种记起，也自然会记起历史曾经具有的文化议题，于是，"道不远人"，每一个人都活在现实的道中，只是有先觉和后觉的区别，只要能够觉悟，即使是学而知之，甚或是困而知之，"及其知之，一也"。都属于现实的成功和生命的跃进，大可不必颓唐。何况人类历史只能无尽地承续，大智慧者代不乏其人，所以，用掩埋的方式来消失和淡化真理，真理永远无法被真正掩埋。因为人是永恒的，生活是永恒的。人世间可以也必然跌宕起伏，就其人生及教育法则来说，则会永恒存活，那些故意掩埋真理的人，最终只能是将自己的生命史连同世人的记忆一块埋掉。

所以，曲阜师范荷塘连同所散发的清芬义理，绝不会就这样轻易被掩埋掉，它还会以某种方式潜存于社会以及教育文化的深处。只不过它经受了一次次历练之后，再也不会轻言开口，静默之中，它在审视着历史与现实的流变，在等待着有深度有作为的人去了解它，进而去发掘它，最终去发扬光大它。只是我们应该有足够的文化想象力和忍耐力，就像当前儒家传统文化伴随着世界回看中国的历史潮流，又重新萌发了复兴的生机希望，历史一定会重新刨开已踏踩死了的思维地面，从心底打开这方月亮宝盒，我相信，到那时定然会有另一番晴空和神采出现在我们的眼前。所谓：

> 半亩方塘一鉴开，天光云影共徘徊。
>
> 问渠那得清如许，唯有源头活水来。

我特别喜欢在怀念荷塘的时候，轻声地吟咏这首富有哲学意味的小诗。

圣脉儒根

——老考棚的昭示

考棚其实不是一座棚，而是一座考院，当年衍圣公府主持十四县区考试童生专设机构，民间俗称其为"考棚"。它就坐落在曲阜师范学校校院西南隅，前后四进深院落格局，旁边附带一个专用四合院考间。考棚西面一墙之隔，便是闻名天下至圣先师孔夫子的庙宇，俗称孔庙。

这是一种别有意味的空间组合，将圣庙和考院有意识地连接在一起，形成近乎一体化结构布局，只知道古有"庙学和一"之说，不知是否也有"庙院一体"之制。因为，正是曲阜圣地的这一设定，便具有了文庙修造的范本作用，使得后来神州大地上的孔庙，有的称之为"文庙"，好多便和地方考院合为一体，比如南京的夫子庙，内里堂而皇之的贡院成了其一大特色。

据民国版《曲阜县志》记载：曲阜考棚的位置属于府前庙左，曲阜民间素有"宁住庙前，不住庙后；宁住庙左，不住庙右"之说，此地堪称曲阜绝佳风水宝地。因此，在明代以前，被选作开办孔氏家族的"家学"，也称"四氏学"，招收孔孟颜曾四姓弟子。明代时皇上在此改设"都察院"，作为中央政府的特派监察机构，监察范围大约包括整个山东西部地区。

照曲阜当地的说法，风水宝地一般不宜作为他用，普通人因为命太软，便不能随意在此地居住，那要犯冲，特别是此处为孔庙的上首，大圣人的命相那是通天之命，孔子自己就曾说过"五十而知天命"，有谁还敢在他老人家之上吃喝拉撒睡！于是，明代的都察院到了清代康熙年间，皇上专此诏书一封，将此地基址改为衍圣公府专设考院，用作周围县区的童生考试场所。此诏书石碑至今还摆放在考棚的院落里。

按大清国设考制度，曲阜一地本不该设立考院，只有州府才能设一座考院，所以与其相邻的济宁直隶州，当时便设有考院，建在济宁城内的鱼山。因为曲阜是孔圣人的故里，天下道统之维，大清文脉所系，于是，不能不予以特殊恩渥礼待，特批兖州府再在曲阜增加一座专设考试点，名之曰"曲阜考院"，由衍圣公府主持用于考泗水、邹县、曲阜、宁阳等四氏学共十四个县区的童生，习称兖州考院东棚。设于兖州城内的考院俗称西棚。

从后来曲阜考棚所遗留下来的那些完整小考间来看，当年各路考生进了考棚之后，每人一个考间，就是一个个小房间，并非是坐在大棚底下作题答卷。之所以将考院称之为"考棚"，大概那时的童生考试时间，都是定在春天，远近田野里的耕作刚刚露出些眉目，泗河边的垂柳才探头探脑吐出嫩芽，各县参加考试的童子们便长衫短褂步履匆匆地涌进曲阜城里，一大家又一大家的随考人员遍布大街小巷，刹那间，考院周围搭起了一座又一座大棚，也许是一些为陪考者准备的居住地；也许是考生进了考场便不能出门，需要统一住在大棚里，也许……那时不仅周围到处是大棚，而且阵势一定颇为壮观，所以，事情落到百姓们的嘴里，才会有人称它为"考棚"，将考棚门前的那条街同时称为"考棚街"。

一

中国流传了千余年的科考制度在 1905 年戛然而止，秀才赶考只剩下了戏剧中浪漫的艳遇表演，所以，对于今天的人来说，经历风雨依然存在的考棚，更是一个神秘的古旧之处，再加上考棚院里立有一座"山东省重点文物保护单位"的石碑，使人走在考棚身边，随便向里瞥一眼，便会感受到一种陈腐与衰朽意味，感觉连同岁月在内都实在太老了。即使在太阳高照的日子里，因为西面墙外孔庙里高大的古松树高举墙外，半枯的枝杈嶙峋阴郁，起起落落的庙里神鸦盘旋着发出哇哇苍凉的叫声，风轻屋静，树高草低，考棚老屋的青砖缝里和屋瓦垄上长出的青绿苍苔藓菜，与幽暗窗棂、剥落墙皮相映，显得整个建筑越发像一个身着黑厚棉袄呆坐在墙角里低着头晒暖阳的古地老者，甚至连睁一下眼睛的欲望和力气都没有，任凭风在身边来去，任凭树叶在脚下流走，任凭时光悄然流逝。它一动不动地坐在那里。如果是夏天雨后，院落里会飘出阵阵很浓的霉潮味，使你不由得怀疑，时间在这里其实早已停滞了，岁月枯死半边，一切都化为了莫名的死寂。久远的科考渐行渐远，只剩下一个虚无缥缈的悲怆背影。

所以，据曲阜师范校史记载，解放以后，曾经有好多次人们都想拆掉它，甚至有几次，人们上房已经揭去了屋上的雕砖老瓦，拆下了大堂二堂前后那些粗大的木廊柱，院子里的人手里拽紧了绳子，憋足了劲，拉开了架势，就等有人一声呼喊，就可将其拉倒在地。令人不可思议的是，竟然没有人来喊这最后一声，所以，一直到"文革"开始，老考棚尽管老得整天颤颤悠悠，但是就是不断气，硬撑着占在那里。据说，1966 年文化大革命轰然而起时候，这里便成了学校红卫兵一个组织的指挥部，一天晚上，几个愣头愣脑头上戴着黄军帽、胳膊上戴着"红卫兵"袖章的革命小将，一边啃着烧饼，那是他们刚卖掉学校图书馆珍藏了六十年报纸所换来的美味食品；一边烤着火炉，那是他们将学校里的明清木制用品劈碎之后烧出的火苗。听着老屋外怪怪风声鸟叫，议论道：这老古董这么破烂不堪，怪吓人的，不如咱们放把火烧了吧，也算狠狠革它一下封建的老命。不知为什么，虽然这么说，他们几个人并没有动手点火烧棚，或许心里实在有些胆怯。

近代以至于今天，老考棚多数情况下只能不断地被修缮，就像 1931 年，大门里的二层老楼因为腐烂突然倒塌，当时的张郁光校长将其改建成新式红楼，其他三座前后相连的门房和二堂、三堂，一直保存到今天，当然，二十世纪九十年代，济宁来了一位校长，特别喜新厌旧，也不愿意多操这份闲心，便将靠西墙的考间院落拆了个精光，变成了现如今的空地。与他不同的是，学校里的当家人换了一代又一代，凡是有点文化意识和感觉的人，都会像待家里的长辈老人一样，侍候着它们的起居，打量着它们的生活。好吃好喝，有病治病，那里补补，即使日子再穷，也决不让它们这样轻易故去，供它在此安享晚年，曲阜人所谓："家有一老，屋有一宝"，尽管不是将考棚视为什么宝贝，解放以后人们还没有这样的眼光和能力，更多的还是"孝悌也者，其为人之本与"情怀，地方上的仁厚心理使人真的不舍得将其随便拆掉。

就像前些年又重修了一次，那一年雨水大，夏天过后，大堂后面的屋檐整体塌颓，二堂的屋山墙严重开裂，屋上的瓦都掉了下来，落得满地都是。学校自然又是一阵匆忙慌张，一边给上级打报告，一边请人到现场做出了整修方案，表示无论如何也要重新修出老考棚来。当时的校长宋思伟，他是个有心人，他到现场前前后后看过之后，不仅决定重修大堂二堂，还提出要在已拆除考间院落的地基上，按历史原样建个小型考间院落，不是为了要它们做什么用，只是觉得作为老考棚，这是不能缺也不该缺的部分，在不同人的内心深处，有人会从中感受出历史与现实一些说不清的东西，有人则不会，这便是文化人与否的标尺。尤其是在这样一座培养为人师表的师范学校，更是如此。

2009年秋天，学校依据明清考院式样，重新增添了几间古式考间，并专门刻碑记载这一史迹的历史更迭。尽管新修院落不是很大，但无疑又使其有了老考棚的历史意味，就像一位百岁老人，重新换上了件新的衣裳，他返老还童了；又像魏晋时期人物画，苍然的面容眉间添了三撇，此人便活了。使人重新置身院落之中，审视历史潮涨潮落，畅想岁月人来人往，总是会感受出另一种文化史的脉动，品味出时空在这里交汇之后另一种深度义理，即经过了岁月一次次跌宕沉淀之后，老考棚与曲阜师范二者之间，已经超出了一般古建筑与校园文化建设关系，它已经凝结为一个不可或缺曲师校文化遗传质因，或者说形成为一种虽然看不见但是无处不在的教育教学心理潜因。

所以，凡是具有教育家品质的人，都能为此不约而同地形成了一个共识：不管世事如何动荡艰难，不管天地多大风雨毁坏，这座久远的老考棚要永远存在下去，从现代时期激烈地"砸烂孔家店"到解放后革命派疯狂地"破四旧立四新"，一直到"文革"后期迷狂地"批林批孔运动"，曲阜师范无一不是运动中的先锋和骨干，然而，这就是古儒文化的定力所在，你可以无视它，甚至蔑视它，但你无论如何也不能撼动它。这些经过儒文化浸泡熏染很深的士君子，总会有这样的历史水准和毅力，形成他们守家业的内心自觉和非自觉，至于考棚之所以存在的理由，谁也没说，也不去说。大家用一种在曲阜古地孕育而成的"讷于言"特殊心理默契，在一座不大的校园里，用一座古建筑群，递相沿袭地诠释着一个华夏民族教育文化很深的历史命题。证明教育特别是师范教育，不能没有文根，老考棚就是曲阜师范学校的文根。

二

曲阜师范创办于 1905 年（光绪三十一年），正式筹备时间是 1904 年的秋天。那时的清政府虽然弱不禁风，但还是有几个像样的人物，比如张之洞等人，愿意并能够站出来，说句实话，办件实事，其中所提出的"西学中用"等国家复兴策略，即使放在今天，依然不失其胸怀与其风度，特别是其中的"中用"二字，好像被后人完全歪曲了，化而用之绝对是经国上策。

这其中，就包含孔氏家族的嫡裔衍圣公孔令贻大人，尽管在曲阜至今仍有关于他的诸多花边逸闻。当年，奉皇上颁下"废科举，开办新教育，以养成贤才供国家之用"的旨意，衍圣公府闻风而动联合曲阜名流创办"曲阜县官立四氏完全师范学堂"，孔令贻领着一伙人着实颇费了一些心思，才将校址选在了老考棚里，这绝非是个随意性的偶然巧合，这里古来就是社会教化和办学之地，最早孔氏家族"四氏学"就在这里，学学相承，一以贯之，堪称为往圣继绝学应然之举。

回想大清皇朝迫于时势宣布废止科举、兴办新学之时。人们何其惶恐疑惑，大有国将不国的末路之感。没有看到其实早在这之前，社会上已经起了别样的风潮，露出了新变的端倪，就连曲阜这样的幽暗古地，周围的许多学校学生们有的剪了辫子，有的穿上了统一制作的大盖帽和对襟校服，有的甚至半土半洋地还学起了洋文，四处闪动着别样的眼神。

尤其是一些前清遗老遗少，风潮袭来，看到仅仅与孔庙一墙之隔的老考棚，经历了数百年的岁月辉煌，终于被闲置空落，孤零零地立在清冷的秋风中看大街上人来人往，看半空里云聚云散，使人每当望见它的时候，不期然间都会为之而凄然动容。然后长叹一声，怅问一句：难道老天就这样要"天之将丧斯文也"吗！是否需要跪下来送它一程？

他们没有看到，古往今来曲阜一直是读《论语》悟道的好地方，何况还有大成殿、杏坛、舞雩坛等天设地造圣物做背景，再加上曲阜人，这些活生生直观道德教材，随意从街上一个角落里走过，你都可以从中领会出几章经典精意，有时步读真的比书读会更有心得，因为步读是活的，书读则是死的。对此，士生土长的曲阜衍圣公孔令贻大人体会最深：如果不将"四书"合起来琢磨，将所谓的"克己复礼"和"日日新，又日新"综合参悟，那是没有希望的酸儒或腐儒。

所以，在一次师范选址家族会议上，透过桌子上摇摇晃晃的淡红烛光，衍圣公大人和几个世家老儒在书房里相视一笑，说了半天，他们好像突然看出了点什么，其实科举的废止远远没有那么可怕可悲，新教育也绝不是吞噬一切的洪水猛兽，它们之间非但不是水火不相容，其实教育义理古今一体，它们都是始祖孔夫子创教育的余香遗脉，只不过是时间和方式不一样罢了。

想当年，始祖老圣人奉行"自行束脩以上，吾未尝无诲焉"，开创平民教育的先河，让子路这些吃不上饭穿不上衣服的四乡穷苦人，会聚门下同样享受到人的待遇，接受知识的雨露滋润。这个理想后代一直没能很好落地，从汉代的推举制到魏晋的九品中正制，一直到隋朝创立的科考制，终于在人尽可参加科举考试的人流中，才算真正地落实到了民众的头上，用"朝为田舍郎，暮登天子堂"的历史写实，告诉人们，知识改变命运并非是遥不可及的神话。

这无疑是一个社会政治的大进步，终于不再将所有的一切都寄托在皇帝一个人身上，勉强地用君主一个人的道德水准和社会责任感，去苦苦支撑社稷国家的堂皇门面和存亡忧患。而是改成一种新的广泛造就社会用人制度、建构皇家政权的保障机制、辟建科考之门，以此延揽天下英才用于官僚统治。选用文化考试的方式，在人人平等竞争条件下选出堪用之才。

尽管科举考试中经唐宋元明清不断完善，"天子重英豪，文章教尔曹，万般皆下品，唯有读书高"。人们对于科举的激情日益高涨；所设定的科考内容和方式越来越严，以至于一步步走进八股文死胡同，繁琐考试确实让人苦不堪言，带来摧残人心腐蚀灵魂之痛，所谓"三条烛尽，烧残学士之心；八韵赋成，笑破侍郎之口"。直至演绎出"范进中举"这样令人啼笑皆非的人间苦乐戏。

然而，这绝不是科举考试的全部，甚至不是它的主体，因为正是伴随科考风行天下，让许许多多原本几乎绝望了的寒门子弟，在日渐阴冷的天气中看到了渺茫的挣扎希望，获得了一丝微弱的烛光照耀温暖。从而在当时历史条件下，社会因此所造出的最大可能读书晋身机会，不仅仅刺激了加官晋爵的普世欲望，也大大推进了平民读书社会风气的泛化与提高。科举考试在更高意义上，堪为社会平等教育之大德，历史功绩绝对无法抹煞。

在孔氏家族的一代掌门人孔令贻看来，时至今日，尽管大清王朝用尽了最后一点力气，也没能抗住西风东渐，社会一派"无可奈何花落去，夕阳下几时回"的颓唐之气，只能眼睁睁看着科举制损毁倒塌。但是，身为古来一脉传至今日的诗礼人家，自当有这样的眼界和气度，看到这不过是万世春秋的又一次寒战和颠簸罢了，世界不可能没有颠簸，也不可能因颠簸而消失永恒，尤其是与生命相始终的教化成人之道，"道之所存，师之所存也"，恒久的社会教育不会也不可能消失，我们何惧之有！

只是衍圣公府作为教育始祖的圣门后裔，如果说在历史滚滚长河中，曾是无可替代民族文化和教育形象代言人的话，那么，当又一次新的世界更迭变造来临时，更是深感责无旁贷，重任在肩。何况第七十六代衍圣公孔令贻年轻气盛，大有圣人气象，因为如此，在皇上召他做山东学政巡抚时，不仅能够毅然决然地前往任职，据说因为用心办理政务，还得到溥仪的亲笔嘉奖。

圣人家族自有圣人家族的规矩，"为往圣继绝学，为万世开太平"，这是永远不可推卸的本命天职。大清国没了，但"与国咸休安富尊荣公府第，同天并老文章道德圣人家"的大门还在；大成殿前杏坛上依然花开花落，孔子墓身后泗水河依然帆来帆往；尤其是大成殿露台上，虽然原来的八佾舞祭祀改为礼乐生赞颂，三跪九叩改成了集体行鞠躬礼，皇帝亲祭或者委派专人代祭改为政府部门牵头，但是，依然是午夜时分行礼，香火缭绕，颂声不绝，冠盖如云。

衍圣公府的历史职责没有变化，除了按时祭孔行礼，就是要将祖传"天将夫子觉斯民"的历史伟业，责无旁贷、义无反顾地去予以发扬光大。尽管世风变了，但是将旧世考棚选为新学的校址，在此基础上创办一所新式的四氏师范学堂，这是一种必要和必然选择，旨在沿着科考一路向上，为往圣继绝学，扬圣教风范于天下，为家族的后代计，当然，也是在新旧历史交替时期，为世道沦落觉醒，探索一条可以改变身份和命运的新途径，以科考之后的另一种方式，再次扬起先圣私学精神理念的大旗。

所以，衍圣公及孔氏家族创办师范堪称功德无量，也是沿着家族古训"有教无类"的又一次创辟之举，以儒家教育思想为依据，以老考棚为场域氛围，以师范教育为手段，造出曲阜古地一座平民教育历史新丰碑，对于穷乡僻野的曲阜而言，正是它的出现，现代文明之光带来了圣地新生的希望；对于处于新旧交割国家教育而言，他的出现，也让风雨飘摇中困惑疑虑的人们，获得了一脉相承的历史新启悟。这就是圣人和圣族的力量，一动而为天下法。

多少年来，每当学校毕业生回母校探望，都会由衷地说出这样一句话："感谢我的母校，曲阜师范改变了我一生的命运。"自古寒门无力，唯有心醒，正是因为这里有了这样一个面向农村、面向基层、面向小学的师资人才培养基地，一个再穷的乡下人也能读得起的国办学校，一个承载着底层人前途希望的名校，使多少乡下才俊得以脱颖而出，连带着家庭和家族获得荣耀和新生。

一百多年过去了，曲阜周遭地区的鲁西南大平原上，放眼望去，曲阜师范就像一根耀眼的火烛，也像一个轰鸣的播种机，到处都有它点燃散出的智慧之光，到处都有它播撒成长的绿色。在这方面，作为在学校工作了三十多年的教师，感受最深的就是你在济宁范围行走，随时随地都会碰到曲师学生，然后他们会怀着感恩向你致意，会表达对于母校的思念和敬仰之情，让你真切地体会到，师范之风山高水长。

> 惠我以知识兮，立我以高岗；
> 铸我以魂魄兮，辟我以新生。
> 呜呼，我在师校中涅槃再生世，

这是一位即将离校毕业生临行前写在黑板报上的一首诗，虽不算是多么好的句子，但是。漫长而曲折的百年校史上，学生中乡下农民子弟一直占百分之九十以上，"大师"（这是解放前后地方对曲阜师范的俗称）一直被四野乡民们视为普及农村教育的基地，农家子弟真心向往的地方。所谓"考棚有余荫，师范读书忙。夫子大道行，四野有天光"（当年学生中一首无名氏诗）。

因为有此文根，续至先师"有教无类"余绪，于是，便能最大化改变人的命运。

三

据有关史料记载，唐代科考盛期，一位诗人曾经这样评价唐太宗科考国策：

"太宗皇帝真长策，赚得英雄尽白头"，这是一个有眼光有胆识的人。

此话源于一段故事，据说有一年，正逢天下大考，唐太宗站在城门之上，俯瞰四方士子从城门下鱼贯而入，一个个无不精神抖擞，豪情满怀，他的脸上不自觉溢上了深邃笑意，然后，环顾四下里高大城垣，又抬头望着远方尽出，向身边人一字一顿地说了句让世人不能不深感震惊的话："天下英雄尽入吾彀中也。"说完之后，他欣然坐下，一脸的踌躇满志。

唐太宗不愧是有头脑胆识超人的一代名君，说得如此深刻而又直露，实在超出人们想象，后代人评价唐太宗这一高论的历史是非，自然会得出诸多结论，然而，无可否认的事实是，中国历史上的科举从一开始，就是皇家政权为专门选拔人才而设置的关卡，而后无法逆转地变成了出于一家之治、万世继统的政权统治策略，并且代代相沿愈走愈牢、愈染愈深，终于划成了天下读书人生命轨迹的固定路向。

因为如此，伴随着阴阳交割，春秋代序，在一阵高似一阵的科举浪潮中，多少从红颜到白发的举子，沿着一条"金榜题名"的独木桥蠕蠕而进；历朝历代的士子，按皇家划定的同一路向策马疾驰。前方就是"学而优则仕"的七彩渡桥，那高悬的"状元"榜就是人生皇冠上的璀璨明珠。

我无力评价封建科举制度全部，因为它从一开始就是个具有多向性现实愿景，皇家政治意图自不必待言，一层又一层的科举遴选，曾为民族历史上国家管理选拔出了一大批精英人才，这是无可辩驳的事实。因此让宗法制度下的官僚多了些精英质因色彩。从生而优则仕到学而优则仕的历史蜕变，严格意义上应该说是进步，比原来门阀制度下劣徒当道、庸才掌权、亲情肆虐，具有无可比拟的历史进步意义。尽管它有这样和那样的种种弊端，将其视为民族文化的一种至高境界的创意设置亦不为过。

正因为科举是一种社会性的普选机制，时至今日，我们还只能在它的基础上，继续采用与之相似的考试方式，作为各种人才选用的途径与方法，应试教育存在之坚毅、实行之坦荡从容，甚至于当前教育推行全面的课程改革，面对社会应试教育一片讨伐声音，有关方面仍然可以理直气壮地站出来宣布：起码目前不会停止高校升学考试，因为高考到目前为止，还是相对最平等合理的社会机制。这话令人深思。

一直到到今天，如果说学校教育是一种人才培育造就基本过程的话，那么，科举考试便是对人才的认定和推举必不可少的环节，也就是定性教育的质量标准规定教育的基本价值方向，就人生的整体推进而言，依然需要沿着儒家"内圣外王"的理路进向，使教育能够为天下培养人才和培养天下有用人才。难道我们吃空口无凭的亏还少吗？失去了考试的基本评价和竞争，将无以来衡定一个人内在素质的优劣和取舍。也正是在这个意义上，孔子当年的"学而优则仕"的训诫，或许不仅仅是一个做官为仕的命题，其中当包含着教育人才整体如何培养和实现的精深思考。

当年衍圣公孔令贻领着孔氏家族一干人筹划考棚改师范，他们不仅深刻地悟到了这一层，也一定是将考棚所具有的人才蕴涵深深地契入了师范的办学理念和框架中，因为那天当曲阜城头的更鼓声再次传来时，身为师范总理的孔令贻心里好像早就有了数，于是才能大声宣布道："就把师范设在考棚里吧，都是造人才，那样会更好养成贤才以供朝廷之用。"据说临出门的时候，负责具体筹办事宜的山东省近代教育界名流孔祥霖专门对身边的人说：燕庭（孔令贻，字谷孙，号燕庭）的话一定要写进学校的校规里去。

所以，在后来"曲阜县官立四氏初家完全师范学堂章程"里，就有这样一条规定："养成人才以供朝廷之用"，因为有了筹办学校时与老考棚连带在一起的精深思考，有了创办曲阜师范以人才服务社会的文化命题，孔子故里的师范便有了不同于其他学校的深度与高度，承继着孔子当年培养"士"的教育传统，此师之学非为后来单纯的教学之"师"，曲阜师范所造就的是与社会血肉相连的"君子儒"，于社会真正有用的"仁以为己任"者，为整体性社会建设的栋梁之材。

在这方面，后来主校名贤大都能于此心领神会，如二十世纪二十年代范明枢时期的那首老校歌，就有："俾师资兮养成，跻华族于太康"吟唱，透出一种极其巨大的社会承担意识。不仅如此，融汇着老考棚那深邃的气质和厚重的造型，也将其特定的社会承担理念点点滴滴地内化于学生们的心灵深处，造就出一批又一批于风云际会之时、挽狂澜于既倒的慷慨悲歌之士。

一位二十世纪二十年代的老校友曾这样回忆讴歌在母校的感受：

往昔已传二师红，慷慨悲歌表海东。

春风化雨映朝日，培养同怀范老功。

时遭板荡激士志，大浪淘沙见鱼龙。

树人原为百年计，坚持反帝复反封。

红旗指处豁眸胸，神州亿万尽英雄。

我愧无才心尚红，远瞩世界望大同。

写这首诗的人叫刘位钧，1929 年时在校曾是共产党组织的负责人，据中共党史记载：1949 年春天，曾受周恩来的委托，赴南京与李宗仁和谈，为解放中国做出了杰出贡献。

1985 年秋天，时任国务院代总理的万里，回到母校视察访问，谁也没专门问他对老考棚的感觉，当他走到老考棚的院落时，不自觉地停了下来，站在那里望着西墙下那些已经破旧不堪的考间老屋，很动情地对身边的人说道："我们当年就住在这里面，住在考棚里读书就是不一样。"记忆中平添出一种历史的深沉和厚重。虽然不能说万里后来成了国家领导人就是学校老考棚的原因，但是在校期间自觉成才的观念和意识，使他于 1937 年在校期间就加入了中国共产党，这其中学校原质文化底蕴绝对功不可没。

还有人大常委副委员长楚图南，来校视察时，就坐在考棚大堂里与学校领导师生畅谈以往，座谈期间，他不自觉地一遍遍用眼睛扫视着四周，然后深情地对大家说："当年就是在这考棚大屋里，放胆给学生讲苏俄延安革命，师生都特别有感觉。"除了风云岁月忧国忧民的情怀以外，考棚里所具有的厚重人生体验和成就历史氛围和时代革命主题或许更为契合，也更能激发人的整体觉醒和进取欲望。

纵观历史总会给人以许多不可思议处，近代开始的山东师范史上，曾几何时从正规师范到各地乡师，再到层出不穷的师范讲习所数十所，所有师范因种种原因都有过停办解体的经历，只有置身曲阜城里老考棚基址上的山东省曲阜师范学校，一百年来从没有中断过办学，所谓"造次必于是，颠沛必于是"。其中原因与它紧贴社会需要造就人才不无关系，与老考棚"讷于言而敏于行"的默默内里支撑塑造品格息息相关。

中国近代以来师范教育所培养的人才，正国级国家领导人中，湖南一师出了个毛泽东，曲阜省立二师出了个万里，我无意将毛泽东和万里作比附，就历史地位而言，毛泽东自在万里之上。我只是想说，近代史中师范学校数以千计，如此历史巨人出在这两个师范，绝非是偶然，如果说岳麓书院曾经奠定了湖南一师底气的话，那么老考棚连带的圣庙文化无疑铸造了山东省省立二师的内在魂魄。

因为有考棚做根系，所以能够沿着至圣先师划出的"修齐治平"路径，培养出既是师又远在师之上的社稷栋梁之材。

<h2 style="text-align:center">四</h2>

不止听一个人说过，你们在曲阜师范的校园里工作，真的是一份难得福分，且不说这里是曲阜城中一座难得的古香古色花园，就说每当霞光初照或日落黄昏，浴一天颐光煦风漫步曲师校园，使你真正体会到什么是儒家文光所渲染的古朴文雅，什么才是真正的静谧欣然，什么才是纯化干净的文明滋润。

古松柏掩映下的考棚古院幽深而静谧，悠云淡淡，暖风轻轻，翼翼古亭临池水而高举，巍巍石狮踏实地而奋起，古曲盘旋缭绕，小草悠然戏风，甬道上走着三三两两或三五成群学生，他们或謇或笑，或唱或吟，脚步似乎也比平常人轻缓慢逸许多，眼前一派温、良、恭、俭、让的纯净沁人古风。

许多从没来过曲阜师范的人，从学校的门前经过，也无不会站立下来，举目向校园的深处望去，然后站在大门口，散出羡慕的眼光，深深地吸一口气，称赞这里是一个读书的好地方。曾经有一个耄耋老者，特准他进校逡巡看过之后，很认真很神秘地告诉我：你知道么？你们这里有一股看不见的文脉在涌流，这绝对是一块风水宝地。

记得前几年上级派来一个检查督导组，一干人在学校里住了将近一个月，一天，检查督导组组长突然问我，你们学校到底有多少学生？当我告诉他有一千五百左右时，他用一种不相信的眼光对我说，是吗！校园面积不大，为什么看不出有那么多学生？这要在一般中学，早就感觉人满为患了，而且在这里几乎见不到一个学生在校园里奔跑大声叫喊，是不是你们管得特别严啊？

我告诉他，真的不是管理问题，也说不上什么原因，每年秋天，学生们从鲁西南四面八方走进校园，开始，也是不少鲁西南梁山好汉式的暴躁顽劣禀赋，然而，进校之后用不了多久，人都渐渐地自己稳了下来，静了下来，从声音到动作然后到步态，一直到眼神，都会变得淡然而安定，变得和校园里老考棚环境格调相一致，待到三年之后，那时师范学制三年。虽然用眼看不见，但是无处不在的潜溢氛围，终会将一个个乡下后生熏染成一个个文质彬彬的曲师人。

他听完我的话，静静地立在那里，然后转过眼去向学校深处扫视瞭望，最后眼神停在了校园西南角老考棚方向，我知道，他也是一个教育中人，他一定在想，这就是历史老屋所具有的定力，学生们面对几百年里的考棚老屋，那沉默不语的厚重气质，那斑驳之中的深邃与沉着，有谁还能在它身边狂放嘶喊？有谁还会肆意不逊无忌？即使偶有这样的冲动，人与神置身老屋史的沉落和感怀场景，思绪也不知不觉会走进历史深处，然后便是会心一笑。

到了最后，他又转过身来，郑重地告诉我：我明白了。至于到底因何而明白？明白了什么？他没有说。其实也不需要说，一座老考棚所渲染播撒出的文气和古意，真的有一种无形灵魂净化功能。这大概就是文根和传统的魅力所在。它会让这里的一切不自觉地走进教育本体，走进师道之魂；走向文化意蕴追求、走向自我提高完善向往之心，所谓"宁静致远"，在这里可以获得最真切的体验和感悟。

正因为此处有一种特殊的安定净化之气，"定能生慧"，慧能取新，二十世纪八十年代后期，一直到九十年代前期，在山东省师范界盛传着一种"曲师现象"，让人百思不得其解，一直到今天，人们还在津津乐道这件事。

即当年山东省实行中师毕业可以插入高师考试制度，具体的参考程序：学生由学校综合推荐之后，以地市为单位，将报名考生统一集中到省城参加考试，采用严格考场纪律、统一阅卷等严格措施保证考试真实性，结果是，连续六年，曲阜师范所推荐插入高师考试的考生，综合参考学生成绩名列全省第一，考生录取人数比例为全省第一，由此形成了"曲师现象"的说法。

尤其是 1992 年，省里拨给曲阜师范十五个参考名额，成绩公布以后，参加考试考生不但全部被录取，而且全省成绩前十名中，曲阜师范学生占有五名，济宁其他四处师范只考取一名学生，不仅全省为之震动，济宁市政府还为此专门发来贺信和表扬信；2003 年，学校第一届大专班插本科考试，共计报名 62 名，最后被省内高校录取 58 名。进一步加深了人们对于"曲师现象"的认识。

即使一些办了好多年专科层次教育的师范学校，也纷纷派人到学校来学习取经，一进学校，他们无一例外都神秘地问：学校是否有什么秘诀？甚至有人直接提出：是否学校参加了教育厅出题？对此，学校里的人都会报之一笑，不是他们不想说，而是根本说不出来。可以负责地说，曲阜师范如此高的会考中考率，既没有什么特别的诀窍和高招，也绝没有作弊和取巧，因为这里是孔夫子的故里，道德诚信是这里，尤其是曲阜师范做人做事的道德底线，他们不会也不屑于这样做。

为了解开这其中的谜，曲阜师范考生全部考中的第二年，高考前半年的时候，同市两个师范学校将选拔出的预考生送到曲阜师范，一方面是让他们参加应考复习，另一方面也是想看看内里关键到底在何处。结果，其他学校的学生入校不到两个月，几个人便感觉受不了了，开始偷偷地掉起眼泪来，一遍遍地表示自己选错了路子，根本就不该到这里来，曲阜师范和他们原来的学校完全不一样，至于哪里不一样，说不准，就是不一样的氛围和感觉。

他们最难以适应的是曲阜师范学生认劲，真的不知道曲师学生从哪来的巨大心力，学得特别快、狠、实、高，用他们的话说，在曲阜师范读书，与其说是教师教得好，不如说是学生们学得"认"，他们根本无法跟上这里的节奏、这里的气场、这里的态度、这里的精神，以至于到了最后，几个外校预考生因为实在跟不上趟，只得怀着曲师学生就是"管考"这深深遗憾，中途无奈地退回母校。临行前，他们说不是后悔来这里预考，而是后悔从一开始没有考进来。

也许永远也说不清这其中的原因，为什么生活学习在曲师校园里的学生就如此认学，如此坚毅执着于更高文化目标追求，能够承受更深更厚的知识和思维压力，甚至具有置于死地而发愤图强的倔强气质，除了置身孔子故里，诵读于杏坛侧畔，接受了那些"君子食无求饱，居无求安，敏于事而慎于言，就有道而正焉，可谓好学也已""默而识之，学而不厌，诲人不倦"的圣贤教诲之外，是否还有别的什么地势质因在起作用？

我也曾数次漫步校园之中，端详着校园中那些更细微处，探索寻绎其中的答案。好像是一个满天星斗的夜晚，月亮半落，云淡星稀，一个人漫步在老考棚旁边的路上，突然，目光被老考棚里透出的一缕淡红灯光所吸引，那时考棚还用做学生的临时自修教室，有桌椅没有灯光照明，因为教室按时关门，宿舍也按时熄灯，几个好学的学生只好到这里，自己点上蜡烛继续学习，整个屋里悄无声息，他们一个个头埋得好深好深。

夜色沉沉，西边孔庙里松柏树上的鱼鹳鸟发出一声声悲怆而高远的叫声，校园里考棚老屋沉默不语，古式窗棂上透出的身影，已被老屋前的松树浓荫融化得绰绰约约，一时间，我仿佛消失了时间概念，仿佛回到了遥远而又遥远的过去，几百年前早已设定好的应考场景幻化着映入眼帘，所谓：灯烛燃尽心头愿，夜风吹醒梦里心，拼却余生，跃龙门。尽管眼前已不是跃龙门的年月，这些学生也不全是参加插本高考的学生，然而，这就是曲阜师范的底蕴，在静默中向学进取已化作了生命的非自觉性。

虽然科考废止一百多年了，然而，在曲阜师范学校的心脏部位，这里依然流荡着泯灭不了的科考幽灵，这里依然回响着举子们的暗地心语，这里散落着四书五经的斑斑遗迹，这里始终保持着考棚垂躬而立所塑造的严峻考试氛围和精气神。没有人来告诉你该做什么不该做什么，也不需要告诉一种看不见但就存在在那里隐隐涌动的文化知识精魂，冥冥之中，在诱引着你，在染化着你，一切都化作了自然而然，所谓"地势使然，由来非一朝"；所谓"其感人也深，其化人也速"，最重要的是有一种内在的魂魄。

老考棚这个承续着圣地文脉的"幽灵"，具体说是科举考试这个幽灵，正像《共产党宣言》评述当年共产党这个"幽灵"一样，当它生成之后，即使你结成再大的同盟，也无法阻挡它人间徘徊，尽管静了数十年的文化批判，将科举考试视为妖孽毒虫，但是，它并没有消失，就在学校文化的更深处，一如既往地润染和锤炼着特殊文化追逐和考试人格，于是，尽管有人曾想将此老屋拆除重建，也有人对其置若罔闻，岂不知它已经从"知天命"到"耳顺"，已经达到了"从心所欲不逾矩"的高度，即使是世间，又能奈我若何！此中真意只可为智者道，如我辈至多也就是报之以淡淡一笑。

我是一个无神论者，但是面对这考棚"幽灵"，我坚信它就在那里，在缕缕月光中，在考棚檐下的幽暗处，在学校每一个人的心灵深处；我相信文根已经深深扎在地下，扎在校园的每一个地方，扎在百年办学历程中，扎在古今教育原理的更深处；我相信"天不变道亦不变"，即使未来再大的风雨，老考棚依然会存在，存在于古今信仰中。

古城红光

——红楼的昂扬风范

一

红楼坐落在山东省曲阜师范学校校园内，是一座古色古香的二层小楼，学校里的人们都称它为"工字楼"，因为除了楼顶覆以红瓦之外，整体结构为一"工"字形。于是，曲阜史书记载：红色楼顶象征着光明与进步，造型中也蕴含着工农革命寓意，是一座典型中国现代风格建筑。

曲阜是一方古地，到处是浓得化不开的儒文化氛围，曲阜师范与名闻天下的孔庙仅一墙之隔，最初为清末皇上给孔氏家族办的四氏学堂，即使到了现代，1943 年，蒋家王朝依然加封孔德成为"大成至圣先师奉事官"，衍圣公府余威尚存，学校当家人竟然在此以建筑方式，如此大胆地诠释革命斗争这类激进话题，实在是耐人寻味的事。

从胶东飘落曲阜小城教书，已经三十年了，两鬓斑白，面目沧桑，生活都透出了暗黄的色彩。也许是在校园里时间久了，我依然喜欢在秋叶飘零黄昏远望着红楼时在校园中随意地漫步，那是古城一道特有的平阔景色，松柏掩映着碧瓦红墙，半落晚霞照得远近云低影暗，连同迷蒙缥缈的城头意趣，让你凭空获得一种时光倒流感觉、一种静默沉寂情怀、一种不由自主走进思维深处的意绪。

一所百年老校，一方儒道厚土，在校园深处竟有这么一座异类小楼？难道只是现代人一种建筑巧合，或一时情绪激动所创构？难道就没有一种深质历史和自然文化律性在里面吗？如果建筑是立体诗的话，我们又该怎样通过它去解读这座百年老校？还有它所承载的深度为师机理与意蕴。往往这个时候，晚霞中三三两两翻飞乌鸦还有半空中的弧影，总会把我的思绪扯得很高，也很远。

二

据学校史料记载，当年主持建造这座红楼、为后人留下这一历史命题的人叫张郁光，一个当年北京大学高才生，一个流淌着青春热血的有志青年人，一个为民族勇于献身的革命者。

学校里已经很少有人知道他了，只在红楼一层过道的西墙壁志碑上，还依稀可见"张郁光监修"几个陈年老字，时间是民国二十年，公元1931年，那时军阀混战、天下大乱。他在曲阜师范总共前后不过一年，其间因为煽动革命风潮，军阀韩复榘下令抓捕他，不得不一夜从曲阜逃到上海，又从上海逃到日本避难。

回国后，任教于北京师范大学并开展革命活动，1938年1月，被中共中央派到聊城，任爱国将领范筑先将军的参议长。同年11月，日寇攻打聊城，他和范筑先将军一块冲出官邸，利用巷战进行拼杀，最后倒在聊城街头。实现了他丹心照大河、英名光岳楼的意愿，所以至今聊城市的张郁光纪念馆里，一身戎装的遗照下，摆放着一把沾着血的手枪和一套全是弹洞的军装。

1930年，张郁光只有二十六岁，便被省政府委任为曲阜师范校长。春风浩荡的三月，满眼生机的季节，他从济南出发，到曲阜走马上任。一个青春勃发才俊，一副雄姿英发神采，一番仰天大笑出门去气概。从姚村火车站下了车，西装革履飞身便上了马车，一路向前飞奔，扬起的烟尘在田野上飘得又长又高，奔驰车影、急促马蹄声，惊得路旁古树上乌鸦和麻雀一阵阵鼠窜乱飞。

他端坐在马车中望着前方，身旁一个永远不离身书箱，心中一股激情澎湃热流。尽管进校的道路很不平坦，但一路走过，便把风风火火做派以及奋进激情，楔进了曲阜木讷的土地和行人眼中，这是一个需要风火激情的时代。

这是一次临危受命，一年前，学校刚刚经历了震惊海内外的"子见南子"风波，校长宋还吾被解职，校园的革命分子被清洗，学校自1905年建校，曾经历了数次动荡与冲击，这一次，不仅学生运动的规模空前，其影响更是震惊朝野海内外，一些人无论如何也没有想到，就在孔圣人的故里，竟然会发生这样的新鲜事。

那是 1929 年的冬天，临近放年假的时候，曲阜下了一场铺天盖地的大雪。就在孔子古宅、千年衍圣公府门前，至圣先师庙宇的一旁，被"五四"新文化运动烈火点燃和融化了的曲阜省立二师，竟然冒天下之大不韪，将无人敢演的林语堂发表在《奔流》杂志上的《子见南子》，一出故意对孔圣人带有讽刺意味的独幕话剧，在学校礼堂堂而皇之地公演。

这绝不是一般的演出，因为师生心中有股"火"，他们不但演出前向衍圣公府专门借来了服装道具；演出开始，邀请圣府里的太太小姐们还有孔氏家族的族长们坐在前排观看；演出过程中，孔子画成大花脸，子路扮成江湖绿林好汉的模样，尤其是演员们还在舞台上极尽丑化之能事，不仅让夫子围着南子转圈，造成二人相撞口腹相接，甚至还随口说出些不堪入耳调戏脏话来。孔府以及族人当即离场，一时间，曲阜小城平地掀起了一场轩然大波。

竟然在曲阜孔子故里发生公开辱圣事件，海内外顿时一片哗然，国民党中央政府为之震惊，蒋介石甚至在济南火车站专门召见山东教育厅厅长何思源，令其详查严处此事。社会上的媒体舆论为此分成赞成与反对两个阵营，在报纸上公开叫板对骂；曲阜城里的孔氏族人甚至召来红枪会，声言要血洗曲阜省立二师，孔氏家族和学校对簿公堂，大街小巷到处在谈论和痛斥这件事，那是一段被极度夸张变形了的现代人革命情感，也是一段情感被严重刺伤且难以承受的族规沦丧之痛。事件的最后结果是将校长宋还吾调离免职，将参与演出的学生开除出校，用鲁迅先生评论的话说：《子见南子案》"依然是强宗大族的胜利"。所以，又一阵寒风过后，曲阜又恢复了往日的僵直与生冷，学校重新被冰冻所裹覆。

张郁光在《子见南子案》中曾作为省教育厅特派调查组成员来校处理过此事，那时他为教育部所写的报告上明确写着确无辱孔之事实。曾被孔氏家族连学校一起告到中央政府。罪名是他调查中故意袒偏曲阜二师。此次再次走进校门，眼前看到的是门里门外阴冷仇视的目光，耳边听到的是四下里窃窃的激愤声。对此，他早已有了心理准备，所以，放下箱包，还没来得及好好喘口气，便召集全校师生进行大扫除，要求把学校从里到外进行彻底地清理。

打扫就像一场真枪实弹的战争，楼上楼下、屋里屋外、边边角角，扫帚、拖把、铁锨、镢头，甚至还有铁镐，那是学校近几年不曾有过的忙乱日子，呼喊声此起彼伏，校园里烟尘弥漫，一片嘈杂。整整好几天，师生们清扫、水冲、刮擦，刨挖，据说仅老考棚周围打扫出的陈年垃圾就拉出了几十排车，荷花池一番打捞之后水清得可以看见鱼儿眨眼，玻璃擦洗得闪闪发光，使学生的笑声也在春风里透出了鲜艳亮色。

张郁光用鲜红的油彩把一条刺眼的大标语写到了校门口的照壁上：团体化、组织化、革命化……一进校门便会为之一震，那不啻是熊熊抖动的一团火，把校院连同花草树木还有年轻人的心再一次点着了。据当年的老校友们回忆说，看到鲜红的标语之后，知道该穿红色衣服了，许多同学都拿出了压在箱底的红色衣服，还有的同学专门跑到街上买来红衣服穿起来，弄得整个校园突然之间变得红红一片，引得校里校外的旧派人物们无不侧目而视，私下里痛骂尽是些革命党。

没过几天，曲阜城降下了一场多年不见的杏花雨，校园顿时浇灌得青葱一片。张郁光告诉大家，要重新整顿和组合教师队伍，让曲阜省立二师的教育教学也面目一新，于是，他专门修书一封，从上海请来了他在北大的革命战友任白戈；亲自去济南，从北边聘来了有共产党嫌疑的楚图南；一封加急电报召来了李大钊的心腹弟子刘弄潮；托人带信找到了会唱《国际歌》和《马赛曲》的王云阶，还有……一时间，学校里成了当年北京大学革命缩影，激荡澎湃的革命情绪和革命活动，此起彼伏，学校被社会第一次用色彩予以称谓，称它是地道的"红二师"，这既是学校文化意蕴概括又是品质内涵提升。

他也是一个真正懂教育的人，所以，特别关心图书馆建设，知道那才是教育青年学生的好场景和阵地。结果，他到学校图书馆一看，发现新书好书实在太少了，且书页发黄，库房幽暗，霉味冲天。出了馆门，便喊过人来，立马派人南下上海、北上北京，广泛购置当时流行的革命新书，还有那些翻译过来的国外名著，专门嘱咐前去购书的人不要怕花钱，越快越好。据说，一次就拉回来两大马车新书。

三月天，鲁西南大平原上最清丽的季节。沐浴着晨曦和晚霞，经过整修之后，学校的风都变得清爽了，树木变得葱绿了，月光照在楼房墙壁上仿佛都发出了清脆回响。学校的报栏前更是人头攒动，群情激奋，原本不敢露面一直在暗处的左翼作家联盟和共产党支部，一下子都公开了，而且都精神抖擞地走上了前台，大家公开与国民党三青团等地方干部在学校礼堂进行各种社会问题辩论，常常是你还没下来我就跳上台去，尤其是该怎样抗击日本侵略中国的话题，更是围绕着政府责任唇枪舌剑，各不相让。每天夜晚，校园篝火晚会嘹亮的歌声和呼喊，在漆黑古城夜空直冲云霄，经久不息。

张郁光来到曲阜省立二师的所作所为，不仅让地方政府为之震惊，更吓坏了大墙那边的孔氏家族和衍圣公府，他们偷偷派人将一封告状信送到济南韩复榘主席处，称自张氏郁光携北大之风入主曲阜省立二师，革命之风甚嚣尘上，教师课上大肆宣讲异端邪说，读赤色书籍风气犹盛，人心不古，风气大坏，师生满嘴唯物论、两眼世界观，长此以往，必将此地有另类异端肆虐乡野，扰乱圣教，破坏国政，骇人心目，不胜恐惧云云。据说韩复榘接到告状信之后，原本要立刻处理张郁光，因为当时教育厅厅长何思源极力保护，认为这么短时间就处理一位名地校长，实在有损省主席大人的声望。

不过人们都预感到，以张郁光的色彩和个性，用不了多久，听凭他做下去，一定还会有惊世骇俗之举出现，这是迟早的事。对此，小城里的上上下下各色人等，都怀着不同的心情在等待着，观望着。

三

他们说对了，二十世纪三十年代，那是个激情燃烧的年月，民族矛盾和阶级矛盾交集在一起，文化上更是新旧交替暗流涌动，国民党根本无法掌控社会大局，社会纲纪松动之时，即使不是张郁光，也必然发生惊心动魄的事情，这是个并不太深奥的时代情势命题。

让人没有想到，就在那些老派人物一脸惊恐哆嗦着双手偷写状子的时候，初夏时一场突如其来从天而降的大雨，将人们的担忧和预测提前了，并变成了惊心骇目的现实。具体就是伴随着巨雷轰鸣和闪电，曲阜省立二师校园中考棚古院的那座标志性的建筑，被岁月熏黑了的二层老楼，或许因为年久失修，也或许实在撑不下去了，便随着风雨轰然倒塌，倒塌的声音和雷声混合在一起，使整个曲阜城都为之一颤。

倒得竟然如此突然而又一塌糊涂，事情传开后，外传当差下人一路狂奔进衍圣公府传递消息，当时，衍圣公府里的太太和公爷、族长、近亲一大群人，正召集在一起，商量着为第七十六代衍圣公孔令贻以及夫人陶氏守丧事宜。

听到这个消息，孔氏族长大人顿时惊出一身冷汗，庄亥蓝等几个师爷脸色青黄，摇着头一遍遍地念叨：天意啊！天意！不祥之兆，不祥……末了，几个人扑通一声长跪在青砖地上，向当家的公爷孔令誉禀奏道："请大人一定要照原样重修此楼，一定……那可是千年传到今的祖灵文运之根啊！"声音中带着哭腔。屋子里没有人说一句话，像死一样寂静，只有院子里风雨中飘摇的白幡，发出吱吱扭扭的响声，令人一阵阵心悸。

此时的师范学校里，张郁光也领着一干人徘徊在倒塌的烂木头堆旁。学生们正在不远处礼堂里进行歌咏比赛，高亢的歌声一阵高过一阵，大雨过后，校墙外孔庙里和眼前这堆烂木头散出刺鼻的霉味。头顶上伴随着暴风雨停歇，一团团残云正翻滚着向远处遁逃。当一阵大雁昂首排阵从头上嘹亮地飞过，几只灰溜溜的老鼠从眼前四散奔逃，张郁光抬头向高天望一望，然后，转过身去，大步向校长室走去。路上清风阵阵擦洗着他的脸颊，绕过荷塘之后，他感觉渐渐地悟出了点什么。

孔夫子说过"天何言哉"，虽然苍天不说话，但是，老楼的倒塌何尝不是一个无法言喻的岁月暗示！他回过头去，再次眺望那老楼倒塌后的空地，当学生们的歌声再次传来的时候，一个全新的造楼方案——当然也是一缕久远的思绪，悄然浮上了他的心头，

那是一个从北大开始就已埋在心底、多少年来让他魂牵梦萦的红色影像，或者说进入曲阜二师之后，被师生们的发光眼神和澎湃的话语所催生的想望，还可以说是老楼倒塌的一瞬间，猛然激发出的崭新灵感。古老的校园数百年的历史沉淀，全变成了黯然的灰褐色，在这样的特定历史时期，在这样特殊的历史古地，就像北京曾经被皇权压抑了数百年之后死寂一片，太需要红色来照耀和催生了，幽暗的古城需要红色，鲜活的时代更需要红色，"苟日新，日日新，又日新"其实也是古传至今的儒家法则，何况还有"君子无所不用其极"的号召。

他顿时信心百倍，深信别无选择，这是上苍借风雨赋予他的历史使命，所谓："天命之谓性，率性之谓道，修道之谓教"，教育和教化就当循天理而行，他决定合着这天意和节律，不惜一切代价，在校园里造出一座含着更新命意、更富时代活力的红楼来。说也奇怪，当他在头脑中隐隐约约构想出整个新楼的

方案时，晚霞燃烧得正旺，校园仿佛笼罩在红色的光晕中。

暮春时节，二师校园里的草木疯长，荷塘里的荷花也格外茂盛，到处是无边光景一时新的气氛。张郁光新建的楼房在草木的拔节声和荷花的摇曳中奠基了，小城里你一群我一伙纷纷跑来看新楼的模样，他们站在旁边一边大声议论着一边看农工们打桩画线、看他们垒石砌砖、看他们树木桩、看他们上楼板，有的学生情不自禁地上前帮起忙来。看到这些，有人摇头说看不懂，有人拍手说新花样，有人黯然神伤，有人……

霎时间，二师造新楼在小城街巷中鼓荡开来，成了人们最大的话题。春去秋来，大街上流荡大风扬起尘土和枯叶，又卷起漫天雪花，一阵一阵地摇撼扑打着晨光暮色中的钟楼和鼓楼，扑打着古老城墙。仿佛为这一新楼的建造在呐喊助威。张郁光将所有精力都投入到建楼中来，一个一个细节规划监督，一个一个环节矫正推进，工程不仅非常地顺利，速度也异常地快捷。

待转过年来刚进初夏，校园荷塘里的荷花又露出了尖尖小角，花园里的桃花杏花开成了火焰，人们悄悄换上夏装，在暖风里追逐柳絮的时候，二师红楼终于建成了。学校为此专门举行隆重的竣工庆典，没有想到，场面竟会如此气氛热烈，省里、府里、县里名流会集，半城人都涌到学校，在新楼前荷塘岸边黑压压站了一大片，鞭炮响起，彩绸飘落，纸屑横飞。那一刻，凝聚成曲阜师范百年史上一个永恒的经典，正是这样一座小楼，让数千年古地小城，终于有了鲜红的色彩，像一柄火炬燃烧在古城正中间，燃烧在儒家思想的核心地，这是现代社会应该有也必然有的一笔。

激动的学生们跑上前去，一些古地老儒也挪上前来，新派旧派，百姓官员，大家仔细地打量这座昂首天外的红顶新楼，有欢笑、有惊悸、有悲伤、有恼怒，更有深思和联想。当庆典演出的一阵歌声之后，在欢呼声中，一大群青年学生站到台上，它们集体朗诵郭沫若的《女神·凤凰涅槃》：

    你就是你

    我就是我

    他就是他

    火就是火

    火就是火呀

    火就是火

　　高亢洪亮的声音在古松殿阁之上的半空里萦绕回荡，震得旁边考院那些老屋一阵阵往下掉陈灰朽渣。这些从明代撑到今天的考间棚屋实在太老了，老得叫人不忍心去看它们一眼。所以，当它们拖着衰老的身躯实在无法挪动自己的时候，虽然并不情愿，但无奈之余，也只好默默地去做红楼脚下的陪衬物，和红楼一起构成一幅具有特殊历史意味的空间画面，高与低的比较、红与黑的映衬、新与旧的较量、生与死的分离。创造出古鲁旧地无法言喻的心灵震撼，予人以无尽的历史感怀和生命遐想。

　　学校盖了红楼之后，据当年的老校友回忆说，那时，因为有了红楼，学生们的神情都不一样了，好像革命情绪更高涨了，谁也不愿意做老封建、老腐朽，即使是那些反动人物，大家谁不革命都成了很羞耻的事。正是在此基础上，很快学校除了"红二师"的称赞外，一个更敏感的名字在社会上悄悄流传开来，曲阜师范简直就是"小莫斯科"，人们进一步将其视为刺眼的赤红色，一种令人为之恐惧害怕的颜色。

　　这绝不是一个名字问题，因为与其说是一个名字，不如说是一种色彩、一种宣言、一种风范。正因为孔庙旁边有了红楼，阴暗的小城从此有了更鲜亮的色度，有了更灵动的活性；老校园也再度激发出了澎湃的激情和想望。曲阜师范校园向着天空为曲阜城增添时代新主题，也打开了另外一本崭新生命意义教科书。

四

　　有一位后来成了诗人的学生，他曾浑身颤抖着在黑板报上写下这样一首小诗：

啊　红楼

你把我的心点着了

你把我的梦点着了

那就让我擎着这火把

把历史点着

把今天点着

把未来点着

我要和这世界一块燃烧。

点着的岂止是学生诗人，那是一个极易燃烧的时代、一个极易燃烧的群体、一个极易燃烧的地方。学校老校友、万里委员长 1985 年回母校视察，动情地回忆说："我进校后最早的教室就在红楼上，坐在红楼上读书，既新奇又激动，不仅感觉不一样，也能早早激发革命的想法。"

也就是说，万里当年就是因了红楼启发，从一个进步青年逐步走向青年革命家道路，1936 年毕业前夕，他在校义无反顾地加入中国共产党。想必当他举起拳头的时候，其内心一定燃烧着红色火焰，充满对工农革命、砸碎旧世界、建设新中国的向往。而这恰恰正是红楼的深质内涵。所以，1985 年，时隔五十年再回母校视察，与师生们座谈之后，他提出就在红楼前照相留念，那份激动与急切，即使光阴再过去五十多年，他依然心系红楼，在努力地寻找和认证着曾经的鲜活记忆。

还有原人大副委员长楚图南，他重新回到当年教书的老地方，绕着红楼转了一圈又一圈，最后，他就站在楼前，一句句地向人们讲述当年建楼的过程；讲新楼建成之后共产党支部秘密在楼上开会的情景，一个又一个细节地历数，讲得红光满面，讲得目光如炬，讲得眼前都红光灿灿。末了，在红楼下考棚大堂里，一边望着红楼绰约的风姿，一边酿足了心劲，用他那忠贞刚烈的楚氏颜体，为学校题写"发扬红二师精神，培养祖国有用人才"的题词，把红楼的神采和内涵，用沉积了数十年的底气和思绪，再次做了慷慨激昂又神采飞扬的诠释。

历史不会忘记，1940 年 5 月，一场暴雨过后，曲阜城天昏地暗，在阴风中张牙舞爪的日本宪兵队将曲阜师范 6 名党员以及数名师生用一根绳拴着押往济南。同年 7 月，日寇将曲阜师范学校一干人拉到济南清华院刑场屠杀，临刑前，校长刘秉周和教师学生们手攥着手，整整齐齐站成一排，集体面向母校红楼方向英勇就义。

一位解放前毕业的山村女教师，病危时分，让家人搀扶着回到母校，她说她要再看一眼红楼；一位台湾老校友回乡省亲，在红楼下长跪不起，泣不成声。痛哭喊道：我对不起你啊；一位久居海外老校友，手拂红楼的墙壁，一遍遍地说：真想你啊！

多少年了，几乎成了一种不成文的规矩，每年夏天，毕业学生即将走出校门的时候，他们都会整整衣领，穿上新装到红楼前照张相。不仅仅因为这是学校的标志建筑。然后，就这样怀揣着红楼的记忆和信念上路，大着步子走向四面八方，走向山林与旷野，走向大众基层。然后将自己的所有调成红色，染红四面八方未来一代。如果说旧时曲阜师范的学生们是按照"明德"来为师从教，那么新一代曲阜师范的学生便是按照时代的"红色"教书育人。于是，便具有了更为鲜明的时代特征和意义。

对于那些已经走出和即将走出的曲阜师范学生来说，时代在不断地变化，可谓是任重而道远，面对未来的日子，或许岁月的风会把他们吹得很远很远，然而即使飘落在最偏僻的清冷角落，光阴都褪尽了颜色，因为有红楼，生命便不会黯然沉沦，事业依然坚定执着，肩背着历史纤绳坚定爬行，让心灵去催生那山坳水巷的绿色，让向往去润染茅屋田野的童真，让信念去构筑新的理想大厦。

红楼永远挺立在学校的一隅，挺立在曲师人的心头，栉风沐雨，就那么与身边的青松古柏，当然还有桃林杏树并肩而立，所以，它会生命长青，不仅会让曲师人、一代代师范生们，从它身上读出了学为人师别一种真谛与风采，也会让古城的人们、一代代儒学后生，从它身上读出孔子及儒学的内在神韵和世道之风。

五

所以，红楼会具有一般古建筑不具有的抗争精神和再生能力。1985 年的腊月二十五日，大年将至，天气特别冷。夜里三四点钟的时候，突然校园里传出了一阵令人惊恐的呼喊声，红楼起火了。

恐怖的声音把漆黑的夜晚撕扯得四分五裂，待大街东面家属区的人们冲出家门，往校园里一望，整个红楼已经淹没在熊熊火海中，那可是一座经年纯木质结构建筑，人们不顾一切冲向火海，端水救火，抢救图书资料。学校教职工再加上消防队员，几百人围着红楼死命地扑火，直到天微微亮，大火终于被扑灭。

寒冷晨风中，红楼一夜之间苍然地塌成一片，看上去几乎成了废墟，在场救火以及前来观看的人们，大家脸上满是黑灰和失望，根本无法遮掩内心的痛苦与怨恨，还有就是莫名的恐惧和大惑不解，原本好端端的红楼，怎么会一眨眼就没了呢？转瞬之间，整个曲阜师范的人们走路仿佛都变得轻飘飘起来，感觉脚下没了根。

很快，校里校外围绕着如何处理红楼问题，便爆发了一场是修楼还是拆楼的纷争。那阵势，绝对不亚于一场硝烟弥漫的战争。以政府和新人为代表的拆楼派认为，重建都比修楼花钱少，何必呢！以老干部老教师为主体的修楼派认为，他们是真正属于曲师或读懂了曲师人，眼睛在熊熊冒火，手在瑟瑟发抖，泪水在脸上淌成了河。他们几乎都说不成话，说得最多也最重一句是：没有这红楼，哪里还有曲阜师范学校！没有！没有！绝对没有！

这便是红楼真正的深度和重量，在他们的眼里，红楼是曲师的心，是曲师的魂，是一条深而又深的文化命根，因为它，才是真正的曲阜师范。没有了它，曲阜师范就面目全非。据说当时一位在学校教了四十年书的老教师，曾专门写了一篇洋洋千言的长文，来历述必须修楼的理由，它堪称是曲阜师范历史上的一篇绝世名文，至今读来依然撼人心脾。

　　曲阜师范学校百年程途屡遭坎坷、倍受挫折，自红楼建造以来，地方恶霸权横屡欲迁学校于济宁而不得，非为惧人，实乃因红楼端居校中而不敢或无法挪移也；1937 年，举山东师范学校避寇江南，学校月初人去楼空，月半，省县时贤便急不可待四处奔走、置日寇刀枪于不顾，刘秉周毅然决然出任校长，谓其圣地不可一日无师范、红楼断然不可无书声，否则，为大不祯祥之兆，凌寇锋续师脉于烽火岁月，是乃天理昭然、人心所向之谓也；又 1948 年，人民解放军和国民党军队割据于曲阜，你来我往，校园无一日无烽火硝烟，然而尤为令人深思者，无论谁占曲阜，均灶火未热，先清校园、办师范，以至于交替过快，人流如朝夕之潮，不得记其名字者数千人也；解放后四十年间，学校教育上上下下朝令夕改，撤并停转不计其数，唯有曲阜师范学校历四时而不改，并日月而长存。未尝一日停学改教，其中原因不能不令人深思熟虑。无不因红楼挺拔傲立，揽日月星辰聚合兴替，扬新风红光于天下，育革命师魂于古今，其所彰为"日日新，又日新"之微言大义者，此乃古今立教之本、立人之本、立世之本，亘古不变之大道也。故曲师不可无红楼，红楼亦不可无曲师，否则，必为历史罪人无可逃匿！

是否因为这篇文章的缘故，最后，红楼才得以照原样重修不得而知，但文理昭然、人心昭然，从中可见一斑。可惜，原文找不到了，否则，该立一块大大的碑铭，让后人知道百年校史上，还曾有这样光辉的一页。这就是曲阜师范的红楼，它不仅仅是一座建筑，它还是一种历史、一种信念、一种精神、一种文化。它不仅让你去阅读，也让你去触摸、去欣赏，去感悟。

其实也绝不仅是一所师范学校，儒家的仁道便内涵生意，所谓"生生之谓仁"，红色代表着生命的绽放，代表着成长的希望，也正是在这个意义上，天地间的一切，都需要不断地加入红色以作催生，唯其如此，才可以称作真正的生命，世间才有更大希望。

后 记

此书的文字，是我十年的心血凝结和思虑汇聚，也是我对这座东方圣城最深挚的情感和美好记忆。

曲阜是一座县级小城，在这样的小城里，尽管它是一方文化重地，然而要想出一本书，也并非是一件容易的事。且不说写书时经年累月的切磋琢磨，所带来的甘苦真的异常难耐；因为受到特定狭窄区域限定，即使再努力扩张自己，也往往难以写出应有的气象和境界。尤其是出版发行，那就更是一言难尽。于是，对于我而言，每一次出书都是一次不小的折磨，有时甚至感觉特别委屈，只是每每想到和看到"地势使之然，由来非一朝"的现实境遇，心里也就不能不随之而释然。这一次，同样如此，本来这是一本早该出的书，也曾经有过好几次出版的时机，但是，总是因为种种原因而被迫止步。以至于2014年，孔子研究院杨朝明院长甚至为我撰好了序，后来还在有关报刊上发表了此文，一些朋友因此来信打问或索要此书，因再一次出版夭折，不得不红着脸愧对杨院长和朋友们的好意，至今想起来还有说不清的内疚。

即使如此，作为一个孔孟之乡的学者，我仍然是执道而往，因为内心具有一种潜在的情愫，那就是不勉而行，不自觉地愿意为孔老夫子和儒家文化传承而不辞辛劳，做点事情。可见在圣地待久了，圣灵化育出了儒者一种特殊德行品质，所谓"吾见其进也，未见其止也"，不自觉便有一种

"仁以为己任"的自觉性。因此，当此书能够真正付梓面世时，并没有幽怨，相反感觉这些年数次出版未果，也许不是一件坏事，它让我多了一些时间沉淀，多了一些现实生活感悟，也更多了一些与时代发展和进步相谐的思考，不仅能够使书写得更接近历史实相，也更能够将自己的心愿和想法予以更充分体现，当然，也就会少一些立言于世的遗憾。

在此，我还要特别感谢著名传记文学作家、中国作家协会传记文学协会会长万伯翱先生为拙著写序推荐；感谢孔子研究院院长、博士生导师、著名儒学家杨朝明先生百忙之中专门为本书作序举荐。他们的奖掖之德，将永远铭记在心。感谢相关编辑人员为本书出版付出的艰辛劳动；感谢我的家人一如既往地对我的支持与帮助，让我不仅能做成我想做的事情，也能够继续不断地去实现一个又一个梦想。

是为记。

图书在版编目（CIP）数据

走进历史深处：儒家文化寻踪 / 刘振佳 著.－－北京：
作家出版社，2016.7
ISBN 978-7-5063-9025-5

Ⅰ．①走… Ⅱ．①刘… Ⅲ．①散文集 – 中国 – 当代
Ⅳ．①I267

中国版本图书馆 CIP 数据核字（2016）第 160362 号

走进历史深处——儒家文化寻踪

作　　者：刘振佳
责任编辑：史佳丽
装帧设计：百丰艺术
出版发行：作家出版社
社　　址：北京农展馆南里 10 号　　　　邮　　编：100125
电话传真：86–10–65930756（出版发行部）
　　　　　86–10–65004079（总编室）
　　　　　86–10–65015116（邮购部）
E-mail:zuojia@zuojia.net.cn
http://www.haozuojia.com（作家在线）
印　　刷：北京中科印刷有限公司
成品尺寸：170×240
字　　数：320 千
印　　张：22.25
版　　次：2016 年 7 月第 1 版
印　　次：2016 年 8 月第 1 次印刷
ISBN 978-7-5063-9025-5
定　　价：39.00 元
